KB176246

葛飾北齋畫

大望

대망7 도쿠가와 이에야스

야마오카 소하치/박재희 옮김

도쿠가와 이에야스
대망7/차례

태어난 탑

혼다 사쿠자에몬은 오카자키에서 철수하여 슨푸로 돌아오자 돌처럼 말 없는 사람이 되어버렸다.

히데타다가 교토를 떠난 날이 정월 17일. 25일 슨푸에 도착하자 즈이류사에서 은밀히 아사히 마님의 영혼을 위로하는 불공을 드렸다.

아사히 마님의 마지막 모습은 오쿠보 히코자에몬이 자세하게 사쿠자에몬에게 알렸으나 그때도 일언반구 말이 없었다.

발표된 사망일은 14일. 처음에는, 난토(南都)에서 아리마로 온천 요양을 떠났다가 불치의 병이라는 것을 알고 주라쿠 저택으로 돌아와 그곳에서 숨을 거두었다고 발표되었다. 다만 오다와라 출진 진용이 22일에 이미 발표되었기 때문에 전시라는 구실로 장례식을 뒷날로 미루었고, 히데타다와의 대면도 곧 전쟁준비라는 거창한 행사 뒤로 숨어버렸다.

도쿠가와 문중에서는 아직 아사히 마님에 대한 반감이 사라지지 않고 있었다. 그래서 히데요시와 대면한 날, 오다 노부카쓰의 딸과 히데타다의 혼약이 있었다는 사실도 물론 발표되지 않았다.

"이상한 일이오. 주군은 분명 간파쿠와 도련님의 대면에 대해 호소카와 다다오키 님에게 간곡히 부탁하셨소. 그런데 이이 나오마사와 호소카와가 시중들어 혼약식까지 치렀다는데 이를 발표하지 않거든요. 옷가지와 칼에 이르기까지 모두 마님과 오만도코로님이 정성을 다해 마련하셨다고 들었는데……거기에 대해서도 말 한 마디 없고."

히코자에몬이 살피는 듯한 눈초리로 사쿠자에몬에게 말을 붙이자 사쿠자는 얼굴을 홱 돌렸을 뿐이었다.

"말하지 않는 게 당연하다고 생각하십니까? 이제부터는 사이좋게 오다와라로 출진하시도록 말씀드리는 것이 좋다고 생각한 게 이 히코자의 잘못일까요?"

사쿠자는 옆을 쳐다본 채 혼잣말처럼 내뱉었다.

"자네는 형보다 사람이 좋구먼."

히코자에몬은 사쿠자가 무슨 생각을 하고 있는지 도무지 짐작할 수 없었다. 하기야 20일의 동원명령으로 여러 장수들이 잇따라 슨푸로 도착하고 있는 탓도 있었지만…….

이리하여 아사히 마님은 교토의 도후쿠사(東福寺) 경내에 묻혀 남명원광실총욱대자(南明院光室總旭大姉)라는 법명으로 어수선한 가운데 사람들 기억 속에서 사라지고 가신들은 모두 오다와라 정벌 전쟁준비에 몰두하고 있었다.

혼다 사쿠자에몬에게도 새로운 명령이 내려졌다. 혼다 마사노부와 함께 히데요시가 행차해 오는 통로와 여러 성들의 정비 책임이었다.

그때도 사쿠자는 이에야스에게 의견다운 말 한 마디 하지 않았다. 가신들 사이에는 어수선한 사람들 움직임과 함께 꼬리를 물고 유언비어가 나돌았다.

"주군은 교토에서 간파쿠와 밀약을 맺고 왔대."

"무슨 밀약인데?"

"뻔하지. 오다와라 공격의 선봉."

"미친 소리. 그렇다면 저쪽이 생각하는 대로 놀아나는 꼴이잖아."

"아니, 그게 아냐. 그 대신 마님이 돌아가셨는데도 도련님을 볼모로 잡지 않았거든. 그리고 우지나오를 친다면 그 상으로 간토 8주 땅을 주신다네. 그러니 주군께서도 의욕에 차 계실 거야."

사쿠자에몬은 그런 소리를 들으면 침을 퉤 뱉고 냉큼 그 옆을 지나가버렸다…….

혼다 사쿠자에몬으로서는 이번 오다와라 출진이 마지막 충성의 기회였다. 아니 '충성'이라는 딱딱한 말은 이미 머릿속에서 사라졌다고 할 수 있었다. 이에야스라는 같은 시대에 함께 태어난 인간에게 자유스럽고 활달하며 조금도 비뚤어지지 않은 마음으로 마지막 힘을 보태주자…… 따라서 이것은 주군이어서 섬기는 것도, 그것이 '선'인 까닭에 추종하는 것도 아니었다.

'사람으로 태어난 증거의 탑을 세우겠다.'

비록 그 일이 이에야스를 격분케 하고, 가신들의 비난의 대상이 되더라도, 그런 것에는 일절 마음 쓰지 않고 내가 갖고 태어난 '업' 하나를 크게 살려놓고 죽겠다는 심정이었다.

'그렇게 하지 못하면 내 생애는 가즈마사에게 지는 게 된다…….'

이번에 이시카와 가즈마사도 히데요시의 부하장수로 출진한다. 어디서 맞부딪치더라도 콧방귀를 날리며 웃어줄 수 있는 삶을 살지 못하면 오히려 가즈마사의 비웃음을 사게 될 것이다.

가즈마사는 몸을 히데요시 곁에 두느냐 이에야스 곁에 두느냐 하는 것은 문제가 아니라고 말했다. 두 사람이 품은 큰 뜻의 궁극적인 목적은 '일본을 통일하여 온 백성에게 신불의 자비를 베푼다'는 것이었다. 그러므로 이를 실천하며 살아가는 인생, 그 두 사람의 인생에 결코 뒤지지 않는 거라고.

사쿠자에몬은 그게 아니꼬웠다.

"무쪽 같은 놈이 큰 나무 흉내를 내려 하다니."

무는 무다. 큰 기둥이 되려고 생각하는 것은 한낱 마음의 바람에 지나지 않는다. 무는 무대로 훌륭하게 그 삶을 살 길이 있을 것이다.

그러한 사쿠자인 만큼 때때로 이에야스가 말을 걸어도 못 들은 척 외면했다. 이에야스도 벌써 그러한 사쿠자의 마음속을 꿰뚫어 보고 있는 듯했다.

"간파쿠님이 진군하시는 길목을 깨끗이 치워 두도록."

혼다 마사노부와 나란히 앉혀놓고 그렇게 명령 내렸을 때도 특별히 사쿠자 개인의 대답 같은 것은 기대도 하지 않는다는 태도였다.

"출발하는 날은?"

"3월 초하루 교토에서 출발합니다."

"진군 경로는?"

"사쿠자, 좀 조용하게 말할 수 없겠나?"

"조용히 말씀드리면 진로가 바뀌기라도 합니까?"

이에야스는 쓴웃음을 지었다.

"마사노부도 기억해 둬라. 오쓰에서 하치만산, 사와산, 오가키, 기요스, 오카자키, 요시다, 하마마쓰, 가케강, 다나카를 거쳐 슨푸에 드신다."

"흥."

"사쿠자, 그대도 간파쿠님을 뵐……때가 있을 것이다. 그때는 그 말투를 좀."

"주군은 그걸 잘 아시고 이 임무를 주시는 것으로 압니다."

"일부러 일을 만들지는 말라는 거다."

"일은 만들지 않겠지만 싫어하는 사람에게 반하라는 말씀은 아니겠지요."

"그대는 간파쿠가 그렇게도 싫은가?"

"속속들이 싫습니다."

이에야스는 임무에 관해 사쿠자에몬에게는 더 이상 말하지 않고 마사노부에게만 꼼꼼하게 이르고 있었다.

이번 작전에서, 이에야스에게는 선봉의 임무뿐 아니라 히데요시의 대군을 맞아 그 영내를 통과시켜 오다와라로 향하는 길을 안내하는 큰 역할이 주어졌다. 만일의 경우 히데요시의 직속무장은 물론 전국 각지로부터 소집된 여러 가문의 군사와 도쿠가와의 장졸들 사이에서 혹시 말썽이라도 일어난다면 그야말로 큰일이 아닐 수 없었다.

"맨 먼저 고슈(江州) 하치만산을 출발하는 것은 미요시 히데쓰구 부대이지만 영내에는 오다 노부카쓰, 가모 우지사토 등의 병력이 앞서 도착할 것이다. 이어서 도착하는 것은 수군이다. 수군은……."

이에야스는 눈을 반쯤 감고 뛰어난 기억력을 더듬어 가면서 말을 이었다.

"와키사카, 쿠키, 가토, 조소카베 등의 수군이다. 이건 엔슈 이마기레에 상륙시켜 시미즈(淸水)에 정박시키도록. 여러 숙소에는 보급말을 50필씩, 간파쿠님이 진군하실 3월 이후에는 숙소에 따로 50필을 배당할 것……."

그 말은 혼다 마사노부에게 이미 전달되어 있었던 모양인지, 그는 옆의 서기를 돌아보면서 듣고 있었다.

"문제는 피아간의 사이는 물론이요, 아군끼리라도 말썽이 일어나는 일이 없도록……그 점 때문에 마사노부와 사쿠자에게 명령하는 것이다. 모든 준비는 마사노부, 아군 장병의 감시감독은 사쿠자의 임무인 줄 알아라. 사쿠자, 알겠나?"

그 말을 듣고 사쿠자는 빙긋 웃을 뿐이었다.

그리고 그 뒤 마사노부와 사쿠자의 협의가 일찍이 없었던 결작이었다. 마사노부와 단둘이 되자 사쿠자는 그냥 어슬렁 일어나 가려고 했다.

"사쿠자 님, 기다리시오."

"아직 볼일이 있단 말이오?"

"아직 있소. 우리 두 사람은 아무것도 협의한 게 없지 않소."

"협의랄 게 뭐 있겠소? 모두 그대가 알아서 하면 되지. 주군께서 날 믿고 우리를 고른 것은 아니니까."

"그 무슨, 그러면 내가 곤란……."

"뭐? 곤란……그렇다면 왜 거절하지 않았소? 맡아놓고 곤란해 할 그대는 아닐 텐데. 주군한테까지 일일이 지시하고 싶은 도쿠가와 가문 으뜸가는 재주꾼 아니신가?"

"사쿠자 님, 그렇다면 이번 역할을 어떻게 받아들이고 있는 거요?"

"그대가 무법자를 만나 난처해 할 때, 내가 그 무법자에게 호통쳐 주기만 하면 되는 거지. 뭐 곤란할 일이 있으면 언제든 말하시오. 나라는 사람은 달리 써먹을 데가 없을 테니."

"그렇게 알고 계셨소?"

"그럼, 재주꾼은 어떻게 알고 있었소?"

"나는 노인장과 둘이면 상대도 얕보지 않을 테고 또 못할 일이 없을 거라고 여겨 짝지어 주신 줄로 알, 일일이 조언을 듣고자 했소만."

"천만에. 똑바로 말해서 나는 코끝에 꾀주머니를 차고 다니는 인간이 가장 싫소. 히데요시도 그렇고, 그대도 그렇고…… 그러나 싫어하는 것이 오히려 편리할 때도 있지. 그대네는 맘대로 하면 될 것이고, 나는 나대로 그대를 안중에 두지 않고 무례한 자들만 족치고 다니면 되거든. 주군도 꽤 재미있는 일을 하신단 말이야. 알겠소, 이제부터 나에게 일절 의논할 필요 없소. 나도 의논하지 않을 테니."

　혼다 마사노부는 그 말에 견디다 못해 얼굴빛이 달라졌다. 그러나 그냥 감정에 사로잡혀 화낼 정도로 단순한 마사노부가 아니었다.

"글쎄요."

　일단 진지하게 응해 놓고 슬쩍 말을 돌렸다.

"확실히 우리는 꽤 재미있는 짝 같군요."

"허, 자네도 그것을 알았소? 어떻게 재미있지?"

사쿠자는 일부러 짓궂게 마사노부를 돌아보았다.

"그건 한 마디로 할 수 없지요."

"아니, 나는 한 마디로 말할 수 있소. 어차피 그대가 굽실굽실대며 여기저기서 주군의 체면을 손상시킬 테니, 나더러 그 뒷수습을 하라시는 거지."

"예? 내가 주군의 체면을!"

"그렇소. 그것으로 충분한 거요. 마음 놓고 망신당해 보시오. 마사노부가 이에 야스보다 뛰어난 인간……이니 하는 터무니없는 소문이 결코 나지 않도록 말이오."

그런 소리가 나오자 처음으로 마사노부는 찔끔했다.

"아, 그 말을 할 작정이었군요."

"그렇소, 바로 그 말이오. 그대는 곳곳에서 창피당하고 나는 곳곳에서 이를 꾸짖고. 의논하지 않는 게 백배는 더 재미있을 거요."

말하고는 벌떡 일어나 먼저 가버렸다. 그리고 그것은, 히데요시의 선발부대가 미카와에 들어오게 되자 마사노부가 예상한 이상으로 처치 곤란할 만큼 폭발하기 시작했다.

처음 사건은 2월 28일에 교토를 출발한 아사노 나가마사가 히데요시의 본대 선두로 오와리에서 미카와에 들어온 날 일어났다. 혼다 마사노부가 애써 여러 숙영지마다 세워둔 찻집에 들렀을 때였다.

나가마사는 차를 받쳐들고 나온 젊은 무사에게 기분 좋게 말을 걸었다.

"참으로 머리를 잘 썼군. 진로마다 이 같은 찻집을 마련했소?"

사쿠자는 얼굴도 쳐다보지 않고 말했다.

"모르겠소. 아무튼 유람여행이 아니니까."

"뭐, 뭐라고 했소, 노인장?"

"—모른다고 했소. 오다와라의 우지나오 님은 과연 싸울 생각으로 성에 이르도록 죽 찻집을 세웠을지 어떨지."

나가마사는 금방 얼굴빛이 달라졌으나, 소문난 혼다 사쿠자에몬인 줄 알고 가까스로 화를 눌렀다고 한다. 이렇게 되면 혼다 마사노부는 예정지보다 더 나아가 맞이하며 무례함을 사죄해야 한다.

이시다 미쓰나리가 들어왔을 때는 한술 더 떴다. 오카자키 어귀인 야하기강 큰 다리목에서 미쓰나리는 사쿠자인 줄 모르고 말을 걸었다.

"미리 말해 둔 오이강의 배다리(浮橋) 준비는 되어 있으렷다."

"오이강의 배다리?"

"그렇소. 이에야스 님에게 일러둔 것으로 들었는데."

"그렇다면 간파쿠님은 적을 도토우미로 끌어내어 싸울 작정이신가? 나는 후지 산 구경을 위한 유람이라고 들었는데."

"뭐, 뭣이? 적을 도토우미에!"

"그렇소. 아군이 건널 수 있는 다리는 적도 건널 수 있소. 미리 다리를 걸어두면 좋아라고 쳐들어오겠지. 그렇게 되면 유람이 안 될 텐데⋯⋯."

미쓰나리는 시퍼렇게 되어 신경질적으로 힘줄을 세웠다.

"유람이나 적에 대해 묻고 있는 게 아니오. 배다리가 준비되어 있느냐고 물었소."

"그러기에 아직 안 되었을 것이라고 대답한 거요. 젊은 친구가 귀가 멀었나."

"에이, 그대 가지곤 안 되겠군. 행정관을 불러, 안내책임자가 있을 테니."

"갈수록 말이 통하지 않는 양반이로군. 행정관은 나요."

"무, 무엇이? 그대가 혼다⋯⋯."

"사쿠자에몬. 사쿠자에몬이기에 아직 안 되었을 거라고 애매하게 대답한 거요. 간파쿠를 통과시킬 다리니, 완성되었는지 안 되었는지는 간파쿠가 도착하기 전에 미리 알 필요가 없다고 생각지 않소? 전쟁에 대해 개뿔도 모르는 양반이로군."

이시다 미쓰나리는 부들부들 떨면서 걸상을 박차고 두 번 다시 노인을 돌아보지도 않았다던가.

그쯤 되니 마사노부는 자기 나름대로 사쿠자에몬의 생각을 추리해 살필 수밖에 없었다. 사쿠자는 오는 병력마다 실컷 욕지거리를 퍼부어 이번 싸움의 선봉을 맡게 된 화풀이를 하려는 것이라고. 이미 슨푸를 떠나 누마즈로 먼저 가 있는 이에야스에게도 물론 이런 일들이 알려졌으나 그는 아무 말도 하지 않았다.

아니, 이에야스가 모른 척할 뿐 아니라 이 소문이 도쿠가와군에 자꾸 퍼져나가자 모두들 말했다.

"과연 귀신 사쿠자다!"

"가슴이 후련해지는 것 같다."

"그에 비하면, 마사노부 님은 뭐하는 거지?"

"그야 도리 있어? 수판으로 일하는 사람이니까."

아무것도 하지 않는 사쿠자에몬은 평판이 좋은 데 비해, 뼈가 부서져라 일하며 굽실거린 마사노부의 평판은 엉망이 되었다.

'참으로 어이없게 되었군!'

정면으로 화낼 수도 없고, 또 그랬다가는 오히려 저쪽의 인기가 더 오른다는 것을 알므로 마사노부는 쓰게 웃으면서 마음만 조마조마하게 졸일 뿐이었다.

그러는 동안 차츰 흙내음이 부드러워지며 계절은 봄에 접어들고 있었다.

3월 초하루, 히데요시가 새로 가설한 산조 대교(三條大橋)를 건너 동쪽으로 향했다는 소문이 잇따라 들어오는 군사들을 앞질러 도카이(東海) 지방에도 들려왔다.

이번 히데요시의 출진은 지난날의 규슈 전투 이상으로, 여간해서는 놀라지 않는 교토 사람도 질려버릴 정도로 진기한 것이었다고 한다. 그날따라 히데요시의 분장부터 참으로 현란했다. 당나라식 투구에 눈부신 금박이 찍힌 붉은 갑옷을 걸치고, 이빨은 새까맣게 물들이고, 분칠한 두 볼에는 곰털로 만든 한 줌이나 됨 직한 큰 수염을 달았으며 그 끝이 양쪽으로 뻗어 올라가 있었다 한다. 칼은 황금 자루로 된 것 두 자루. 금칠한 화살통에 화살을 한 대 꽂고 히데히사(秀久)가 바쳤다는 새빨간 등나무활을 쥐었으며, 타는 듯한 붉은 술을 입힌 키가 5자7치나 되는 말을 타고 엄숙하게 산조 대교를 건넜다고 하니 생각하기에 따라서는 정상적인 정신이라고 할 수 없다.

그 말을 들었을 때 사쿠자는 웃어댔다.

"낮도깨비가 나왔군……."

마쓰다이라 이즈노카미가 그 말을 들었다.

"사쿠자 님, 말을 삼가시오."

못마땅한 얼굴로 나무라자 사쿠자는 더욱더 배를 움켜잡고 웃어젖혔다.

"우스워서 웃는 거니 용서하시오. 저쪽이 도깨비로 나온다면 이쪽에서도 뭔가 있어야 할 텐데. 우리 주군은 무엇으로 나가실까?"

"무엇으로 나가다니, 농이 지나치지 않소."

"하하하······노하지 마시오. 옛날에는 히데요시도 주군 앞에서는 퍽 얌전한 무장이었소. 가네가사키 전투 때도, 아네강 전투 때도 말이오. 그게 점점 뿔이 돋고 털이 나더니 금은과 곰털 도깨비가 됐군. 그렇다면 이쪽에서도 둔갑해 보이지 않으면 좀 미안하지 않겠소. 그렇잖소, 이즈노카미 님?"

이즈노카미는 씁쓸하게 혀를 차고 지나갔으나 혼다 마사노부는 여기서도 사쿠자를 다시 보았다.

'아하!'

이건 예사 농담이 아니다. 상대의 나오는 수법에 대한 아군의 대비에 허술한 점이 있다는 풍자임에 틀림없었다. 그런 것을 깨닫자 마사노부의 두뇌는 맹렬한 속도로 돌기 시작했다. 이러한 것으로 볼 때 두 사람의 배합은 실로 묘하기 짝이 없는 무언가를 내포하고 있었다. 저 옹고집쟁이 영감은 대체 무엇을 노리고 있는 것일까······?'

사람이란 책략의 나뭇가지에 사려와 야심의 둥우리를 짓고 사는 동물이라고 생각하는 마사노부에게 그것이 단순한 배짱노름으로 받아들여질 리 없었다. 배짱노름이라면 이보다 더 위험한 배짱이 없다. 한 걸음 잘못 디디면 사쿠자 자신의 목숨은 물론이고 온 집안 식구가 풍비박산나고 말 것이다.

사쿠자의 언행은 이에야스도 히데요시도 안중에 없는 폭언으로, 반역이나 미친 짓이라고도 할 수 있는 종류의 대탈선이었다. 그것을 깨닫게 된 것은 역시 마사노부의 뛰어난 견식이었다. 개중에는 노발대발하는 중신들도 많았다. 아무튼 이러한 사쿠자와 마사노부의 배합으로 잇따라 동쪽으로 진격하고 있는 도요토미 쪽 참모들은 적지 않은 혼란을 빚었다.

'이에야스의 속을 모르겠다······'

대체 마사노부의 정성을 다한 친절이 본심이냐?

아니면 사쿠자에 의해 나타난 방자하기 짝이 없는 반감이 본심이냐······?

히데요시의 본진이 길목에서마다 백성들을 놀라 자빠지게 하면서 오카자키에 이르렀을 무렵, 도쿠가와 군은 벌써 선봉대로서의 배치를 끝내고 언제라도 오다와라로 손을 뻗칠 수 있는 태세를 갖추고 있었다.

그 최전방 부대는 7부대로 편성되었다.

사카이 이에쓰구.

혼다 헤이하치로.

사카키바라 고헤이타.

히라이와 지카요시.

도리이 모토타다.

오쿠보 다다요.

이이 나오마사.

이 일곱 대장에게 저마다 전열을 갖추게 하고 제2군이 그 뒤를 이었다. 사쿠자에몬도 도로책임자에서 이 제2선의 한 사람으로 올랐다.

동료인 마쓰다이라 이에키요, 사카이 시게타다, 나이토 이에나가(內藤家長), 시바타 야스타다(柴田康忠), 마쓰다이라 이에노리, 이시카와 야스미치(石川康通)의 여섯 사람에 사쿠자를 합한 고르고 고른 일곱 무장들이었다. 이 제2군 뒤에는 측면에 스가누마 사다미쓰, 구노 무네요시(久能宗能), 마쓰다이라 노부카즈(松平信一) 등 세 장수가 붙고 우익에는 아마노 야스카게, 미야케 야스다, 나이토 노부나리(內藤信成) 등 세 장수, 좌익에는 마쓰다이라 야스미쓰, 호시나 마사나오, 고리키 기요나가의 세 장수가 따랐다.

이어 여섯 직속부대, 기치부대, 연락부대의 대열 등 실로 도쿠가와 병력의 총출동으로 이대로 간토에 쳐들어가도 감히 맞설 적이 없을 정도의 배치였다.

그런 만큼 히데요시가 기요스에서 오카자키로 진군하여 요시다성에 들어갔을 무렵에는 히데요시의 직속부대에 터무니없는 소문이 일기 시작했다.

3월 11일 아침, 이날은 전날부터 내리던 비가 계속되고 있었다.

"이렇게 성에 머물러 있을 게 아니라 얼른 강을 건너야 하지 않을까?"

"왜? 이렇게 비가 퍼붓는데 굳이 그럴 것까지 없잖나."

"그렇지 않아. 앞길에는 또 도요강이 있어. 여기서 주저하고 있다가 만약 홍수라도 만나 오카자키에서 배후를 찔러오는 날이면 큰일이지."

"설마……도쿠가와 님이 그런?"

"아니야, 그 정성을 다한 친절이 오히려 수상해. 말을 들으니 혼다 사쿠자에몬이라는 대쪽같이 곧은 영감이 사사건건 선발부대에 반감을 나타냈다고 하지 않은가?"

이러한 의심은 이곳에 먼저 도착해 보급부대를 지휘하고 있던 이시다 미쓰나리를 통해 히데요시에게 알려졌다.

무릇 인간으로 이 세상에 태어나 그 표적으로서 한 개의 탑을 쌓고자 하는 것은 결코 사쿠자에몬 한 사람만이 아닐 것이다. 아들을 얻어 더욱 용기백배한 히데요시는 사쿠자보다 몇 배나 더 큰 꿈을 펼쳐놓고 그것을 쫓고 있었다.

"그래, 이렇게 작은 성에 머물 것 없다. 비 따위 두려워 말고 단숨에 하마마쓰까지 밀고 가자."

그리하여 그대로 성을 나가려고 했을 때 오구리 다다요시(小栗忠吉)와 함께 접대역을 맡은 이나 다다쓰구(伊奈忠次)가 말을 건넸다.

"잠깐 기다려 주십시오. 이 비가 갠 뒤에 떠나시는 게 좋을 듯합니다만."

히데요시는 크게 머리를 끄덕이면서 웃었다.

"내 부대가 비에 발이 묶여 예정을 그르쳤다면 뒷날 사람들이 웃을 것이다. 사람이 비에 녹았다는 이야기는 못 들었다. 앞에 강이 있으니 지금 건너지 않으면 나중에 못 건너게 될 우려가 있다."

"안될 말씀, 눈앞에 강이 있고 비가 올 때 적은 병력이면 서둘러 건너야 한다, 단 대군이면 기다리라고 병서에 분명 적혀 있습니다."

"허, 그거 재미있군. 왜 그런가?"

"대군이 무리해 건너려면 긴 시간이 걸리니 뒷부대는 반드시 홍수에 떠내려가기 마련…… 전하의 직속부대는 10만이 넘습니다. 거기에다 선봉은 저희 주군이 굳히고 있으니 급히 서두를 필요 없습니다……."

그러나 히데요시는 가짜 수염을 꿈틀거리면서 웃었다.

"이나 다다쓰구, 장하다! 그대 의견에 따르기로 하마. 그럼, 모두 이 성에서 편히 쉬자. 선봉에는 내 매부 다이나곤 이에야스가 있단 말이야. 왓핫핫핫……."

히데요시가 내세우는 자신감의 탑은, 혼다 사쿠자에몬의 그것보다 훨씬 통이 컸다. 그러나 그의 내부에는 언제나 자신을 운 좋은 태양의 아들이라고 믿는 마음과 그 믿음을 가끔 시험해 보지 않고는 못 견디는 호기심이 함께 도사리고 있었다.

태양의 아들은 언제나 비를 싫어했다. 비는 그의 진기하기 짝이 없는 군복과 아름다운 마구, 그리고 화장한 가짜 수염의 존엄을 위협하는 것이었다. 되도록 맑은 날씨에 황금을 번쩍이면서 진군하고 싶었다. 그래서 이나 다다쓰구의 진언을 대범하게 받아들이는 형식으로 요시다성에서 비를 피하기로 했다.

'이 히데요시를 해칠 자가 있다면 어디 나타나 보라……'

자신감과 호기심으로 사흘간 요시다성에 묵는 동안, 이 조그만 성 위에 내내 보라색 구름이 깔려 있었다는 전설을 만들어 퍼뜨렸다.

"뭐, 내가 묵으니 날씨가 달라졌다고? 그럴 테지. 내게도 짚이는 게 있어."

히데요시만 한 달인이 되면 그 심경이 장난꾸러기 같은 어린애로 돌아가는 모양이다. 그는 근위무사나 이에야스의 접대담당들이 어이없어하는 소리를 예사로 했다. 그러고도 그 태연자약한 모습은 이내 사람들을 신기하게 야릇한 감탄과 도취경으로 휘몰아갔다.

'역시 보통 사람이 아니다. 어딘가 신적인 데가 있어……'

이렇듯 이 무렵의 히데요시는 벌써 아무리 괴상한 행동도 신비화되는 교조의 풍격을 갖추기 시작하고 있었다.

그 히데요시가 날이 개어 요시다성을 출발한 것은 3월 14일이었다.

이날은 그를 위해 이미 요시와라(吉原)에 진막이 마련되었고 그가 진막 안으로 들어가자마자 또다시 이에야스에게 다른 마음이 있느냐 없느냐가 문제로 대두되었다.

이시다 미쓰나리는 히데요시 앞에 나가 진언했다.

"아무래도 마음 놓을 수 없습니다. 이 언저리에서부터 앞쪽의 정황이 예사롭지 않습니다."

"예사롭지 않다니 무엇이 말이냐?"

"지금까지 오다와라 쪽에서 선봉인 도쿠가와 군에 싸움을 걸어오는 기척이 없습니다. 이 점이 첫째 의문…… 역시 이에야스와 우지나오 사이에 어떤 밀약이 있는 게 아닐까요?"

"하하하……그대는 여전히 조심성이 많구나. 그럼, 나가마사는 어떻게 생각하나."

이렇게 묻자 같이 앉아 있던 아사노 나가마사는 세차게 고개를 저었다.

"당치도 않은 의심이오! 도쿠가와 님은 몸소 전선을 살피고 병사를 훈시하며 다니고 있습니다. 만약 이를 의심하신다면 간파쿠는 소심한 분이라고 비웃음을 살 것입니다. 아니, 그 정도에서 그치지 않고 일부러 도쿠가와 님을 적으로 만드는 결과가 되지 않을까요? 옛날의 노부나가 공과 아케치의 선례도 참작하셔서 그런 의심은 푸시는 게 좋을 듯합니다."

"그럼, 오다와라가 움직이지 않는 이유는?"

"그건 너무 엄청난 병력이 왔기 때문에 아직 작전계획이 서지 않은 것으로 해석함이 옳지 않을자……."

나가마사가 거기까지 말하자 히데요시는 무릎을 탁 치더니 장난기 어린 눈을 반짝이며 말했다.

"좋다. 내가 직접 이에야스를 시험해 보지."

미쓰나리가 막았다.

"그건 안 됩니다! 전하께서 직접 시험하시겠다니, 그런 경솔한 일을…… 그러다가 무슨 일이 생긴다면 큰일입니다."

이 미쓰나리의 반대는 오히려 그를 자극했다.

"무슨 소리냐, 이 나이가 되어 아들까지 얻은 나인데. 이에야스 따위에게 당할 내가 아니다. 그렇지, 나가마사?"

"저는 도쿠가와 님에게 다른 마음이 없다고 믿습니다."

"그러니 누구 말이 맞는지 시험해 보자는 거다. 19일에 우쓰산(宇津山)을 넘어 슨푸에 들어가기로 되어 있지. 들어가기 전에, 이에야스에게 데고시(手越)까지 마중 나오라 일러라. 미쓰나리, 걱정 마라. 내가 직접 시험해 수상쩍은 데가 있으면 슨푸에 들르지 않고 누마즈로 곧장 가겠다."

"그러나 그건 너무 경거망동한……"

"운수 시험, 운수 시합이다…… 내게 맡겨 둬."

히데요시는 잔뜩 신나는 듯 즐거워 보였다.

물론 그는 오다와라성 공략을 그리 문제 삼고 있지 않았다. 그보다는 이에야스를 간토로 내쫓고 하코네 서부의 땅을 심복으로 하여금 튼튼히 굳히게 하는 일, 다테 마사무네를 불러내어 호령하는 복안 따위로 머리가 가득했다.

그 밖에 또 한 가지는 이 정벌을 기회 삼아, 정실과 요도 마님의 순서, 쓰루마쓰와 조카 미요시 히데쓰구의 후계자에 관한 문제 등을 한꺼번에 해결하겠다는 꿈이 있었다.

'이 히데요시가 어찌 행운의 별에 버림받는 일이 있을쏘냐…….'

그런 의미에서 이에야스를 직접 시험해 보겠다는 생각이 그를 더욱 즐겁게 했다.

　첫째로는 자신의 행운을 확인하고, 둘째는 여행의 따분함을 위로할 수도 있다. 아마 이에야스에게 사사로운 마음이 없다면 히데요시를 재미있는 사람으로 더욱 존경할 것이다.

　그 19일이 찾아왔다.

　히데요시는 우쓰타니고개(宇津谷峠)를 넘어 아베강 못 미쳐 데고시까지 와서 진막을 치고 휴식을 명했다.

　히데요시는 놀이 삼아 즐기고 있었지만, 이에야스로서는 진지 순방 도중 갑자기 영접명령을 받고 보니 예삿일이 아니었다. 이미 안내역과 접대역을 임명해 실수 없이 슨푸로 인도하여 거기서 대면할 예정이었는데 갑자기 데고시까지 나오라는 것이다.

　'무슨 일이 있었나?'

　내심 의아해 하면서 지정한 장소로 나갔다.

　"먼 길 오시느라 수고 많았소. 이에야스, 마중 왔다고 말씀 여쭈어 주오."

　진막 주변이 뜻밖에도 한산한 것을 보고 이시다 미쓰나리에게 말하니 그가 대답했다.

　"진중이니, 다이나곤님 혼자 들어가시기 바랍니다. 전하께서도 혼자 계시니…… 그렇게 대면하기를 원하고 계십니다."

　이에야스는 고개를 갸웃거렸다.

　"그럼, 안내를……."

　뚱뚱한 몸을 흔들면서 미쓰나리 뒤를 따라 장막 안으로 들어갔다.

　장막 안에 들어선 이에야스는 다시 한번 고개를 갸우뚱했다. 장막은 한 겹으로 쳐져 있고 20평 남짓한 내부에 전혀 사람 그림자가 없었다.

　"저 안에 계십니다."

　미쓰나리가 정면을 가리키며 그곳을 향해 절했다. 과연 그곳에는 또 하나의 커다란 오동무늬 휘장이 좌우에 쳐져 입구를 만들고 있었다. 사람을 멀리하고 비밀을 지키려는 것이리라. 이에야스는 성큼성큼 미쓰나리 앞을 지나 휘장 안에 들어섰다.

"오, 다이나곤. 잘 왔소."

들어서자마자 히데요시의 목소리가 났다. 교토에서는 언제나 몸소 일어나 달려와 얼싸안듯이 맞이하던 히데요시가 오늘따라 큰 장목나무 아래 놓인 걸상에 떡 버티고 앉아 있었다.

이에야스는 선 채로 히데요시를 찬찬히 쳐다보았다. 풍문으로 듣긴 했으나 과연 기묘한 차림새였다. 당나라식 투구도 괴상한 데다 이빨을 물들이고 곰털로 만든 한 아름이나 될 것 같은 가짜 수염을 달고 있으니 얼른 알아볼 수 없었다. 게다가 금으로 만든 칼자루에 새빨간 장식을 한 두 자루의 칼. 뒤의 장목나무에는 새빨갛게 칠한 장난감 같은 십자모양 큰 창이 세워져 있다.

아무리 보아도 뭐가 뭔지 알 수 없는 우스꽝스러움이었다.

"다이나곤, 나요 나, 모르겠소?"

목소리를 듣고 이에야스는 정중하게 머리를 숙였다.

"목소리를 들으니 분명 전하시군요. 그런데 하필이면 이렇듯 외딴곳에 전하께서 홀로……."

수염이 움직였다.

"후지산을 보고 있었소. 저 후지도 내 것이라 생각하니, 남에게 보여주기 아까워. 그래서 혼자 실컷 보고 싶었지. 그런데 다이나곤."

"예."

"도중의 수고에 대한 인사는 뒤로 미루고, 슨푸성 숙영준비는 빈틈없이 다 되어 있겠지."

"예, 실은 내일 성으로 나가 인사를 여쭐 예정이었습니다만."

"말은 그렇게 하지만, 이 근처의 풍문을 못 들었는가?"

"풍문……이라니요?"

"스루가 다이나곤은 오다와라와 짜고 스루가성 안에서 나를 제거할 작정으로 있다는 것. 그게 사실인가?"

이에야스는 저도 모르게 표정을 풀고 웃었다.

"허, 그런 당치도 않은 말씀을. 터무니없는 소문이 났군요. 아마 전하께서 너무 기분 좋으시니 농으로 드린 말씀이 아닌지요."

"뭐, 이 히데요시에게 농담을?!"

"핫하하……그렇지 않고서야, 설마 그런……."

"좋아, 그렇게 말한다면 그것으로 됐소. 모든 의논은 슨푸에서 하기로 합시다. 수고했소, 돌아가도 좋소."

이에야스는 어이가 없었다. 여느 때의 히데요시와는 너무 달랐다. 얼굴은 잘 보이지 않지만 목소리는 분명 히데요시……라는 것을 알 뿐, 그 나머지는 다만 가짜 수염만 움직이며 소리 지르고 있다.

이에야스는 절하고 돌아섰다.

순간 히데요시는 다시 기합을 넣은 듯한 소리로 불러세웠다.

"잠깐! 다이나곤."

이에야스는 천천히 몸을 돌리다가, 가느다랗게 '아—' 소리를 냈다.

걸상에서 폴짝 뛰듯이 일어선 히데요시가 나무에 기대 세워두었던 십자창을 번쩍 들어 늠름하게 훑고 있었다…… 히데요시는 가슴 높이에서 새빨간 창을 훑자 그것을 이에야스에게 정통으로 겨누며 한 걸음 홱 앞으로 나왔다. 그 순간 장난이라고 판단하면서도 야릇한 살기가 느껴졌다.

이에야스는 살며시 큰 칼을 왼손에 옮겨 쥐었다.

"다이나곤!"

"예."

"여긴 그대와 나뿐이야."

"그렇습니다…… 장막 밖에서는 새들이 지저귀고 있습니다만."

"남에게 보여주고 싶지 않다. 새소리도 듣지 마라!"

"그렇지만 새가 우는 걸 어쩌겠습니까?"

"듣거라, 다이나곤."

"듣고 있습니다."

"내가 이런 옷차림을 하고 있는데, 그대는 어찌 점잔 빼고 진중을 누비며 다니는가?"

"예, 마침 그런 투구와 칼이 없어서 그랬습니다."

"좋다!"

히데요시는 손에 든 창을 이에야스의 발밑에 훌쩍 내던졌다.

"그 창을 주지. 그걸 갖고 걸어가오. 그러면 나와 어울릴 테니."

"참으로 감사합니다. 그럼, 갖겠습니다."

"다이나곤."

히데요시는 이에야스가 몸을 구부려 창을 주워들자, 왓하하하……하고 깨지는 듯한 소리로 웃고는 얼굴의 수염을 뜯어버렸다.

"알겠소. 내가 그 창을 주고 싶어서 일부러 불러낸 이유를?"

"후지산 구경이나 꽃놀이에는 여흥이 있어도 좋다……는 말씀인지요?"

"물론 그렇소…… 이건 나 혼자만의 꽃놀이가 아니오. 그대에게도 꽃놀이, 내가 모처럼 기분 내는데 그대가 너무 점잖으니 어울리지가 않는단 말이오. 그 창을 들고 웃으면서 다니도록 하오. 그러면 쓸데없는 소문이 날 일 없을 것이니."

"예, 제가 그것을 깨닫지 못했군요. 그럼, 이에야스, 오늘부터 그 당나라식 투구와 이 금붙이 창으로 일을 하지요."

"하하……알겠소? 나나 그대쯤 되는 자가 둘씩이나 같이 점잔 빼고 찌푸린 얼굴을 하고 다닐 필요가 뭐 있겠소?"

"옳은 말씀입니다."

"창만 아니고 수염도 하나 주고 싶지만 이건 하나밖에 없어서 안 되겠소."

"수염 대신, 그러면 저도 전하의 칼 같은 걸 두 자루 차지요."

"하하……그럴 것까지는 없소. 그러면 모두 마른침을 삼키며 기다리고 있을 테니 늠름한 모습으로 이 창을 들고 가시오."

"황송합니다. 그럼, 나중에 성에서……."

"잘 가시오."

이에야스가 절하고 휘장을 나서자 이시다 미쓰나리가 한쪽 무릎을 꿇고 그를 맞았다.

"미쓰나리 님."

"예."

"섣불리 안개를 피우지 마시오."

"예?"

"후지산이 잘 보이지 않으면 수염이 소리를 지르오. 당나라식 투구가 비뚤어지지 않도록 하고……."

그렇게 말하고 빠른 걸음으로 장막 밖으로 사라져 나갔다. 이 역시 자신의 처세법을 추호도 굽히지 않는 완강하고 질긴 근성의 탑을 세우고 있었다.

이리하여 히데요시는 20일에 슨푸성으로 입성했고 이에야스는 나가쿠보(長久保) 진막에서 다시 성으로 가 히데요시와 대면했다. 그날은 비가 왔고, 히데요시의 예정은 슨푸에서 20일, 21일, 22일, 사흘을 묵은 뒤 기요미사(淸見寺)로 출발하는 것이었다.

이미 후지강에 배를 띄우고 밧줄을 엮어 만든 다리가 걸렸다.

이에야스도 20일 저녁 성에 와서 히데요시에게 인사한 뒤, 21일은 앞으로의 작전회의로 보내고 22일까지 나가쿠보로 돌아가기로 되어 있었다.

이에야스가 달려왔을 때의 슨푸성은 히데요시의 성인지 이에야스의 성인지 알 수 없을 정도로 성채 안팎이 히데요시의 가신들로 가득했다. 이에야스는 히데요시가 흡족한 기분으로 먼저 와 있다는 소식을 듣고 정문을 통해 본성으로 들어갔다.

히데요시를 위해 특별히 새로 짓지는 않았으나 말끔하게 청소하고 다다미를 갈아놓은 넓은 방은 양쪽에 늘어앉은 히데요시 직속무장들의 화려한 군장과 어울려 성주인 이에야스가 이상하게 여겨질 정도로 밝고 화려해 보였다.

"어서 오십시오. 전하께서 몹시 기다리고 계십니다."

이시다 미쓰나리의 말에 가볍게 허리 굽힌 뒤 이에야스는 정면 상단에 앉아 있는 히데요시 앞으로 나아갔다.

히데요시는 몸소 상단의 오른쪽 옆자리를 비우고 기다렸다. 그러나 이에야스는 일부러 그 자리에 오르지 않고, 아사노 나가마사와 미요시 히데쓰구가 나란히 앉은 바로 앞자리로 가 앉았다.

히데요시는 사사건건 농으로 대한다. 그래서 이에야스도 농으로 대할 셈이었다. 문제는 이러한 장소에서의 사소한 행동이나 체면이 아니라 오다와라성 함락 뒤의 영지 이동에 대한 일이었다. 여기서 히데요시에게 조금이라도 경계심을 품게 한다면 이는 반드시 나중에 더 큰 일이 되어 돌아오게 마련이었다. 만일 이에야스를 간토로 옮기기만 하는 게 아니라 북쪽 오슈의 다테나, 가모 우지사토 등이 그를 견제하기 위해 이곳저곳에 배치된다면 귀찮기 짝이 없는 일이 될 것이다. 이러한 계산을 하고 있는 이에야스였으므로 그는 필요 이상으로 사람들 앞에서 히데요시의 위신을 높여줄 생각이었다.

만약 히데요시가 그것을 이상하게 여기면 이 또한 히데요시의 당나라식 투구처럼 이에야스의 익살이었다고 웃어줄 작정이었다.

"먼 길을 이렇듯 건장하신 모습으로 오셨으니, 이에야스 기쁘기 한량이 없습니다."

히데요시의 입이 멍하니 벌어졌다. 보고 있던 히데쓰구와 나가마사도 눈을 꿈벅거리고 있었다.

그때였다. 터무니없이 커다란 목소리가 꿇어엎드린 이에야스의 등 뒤에서 들려왔다.

"주군!"

이에야스는 그것이 누구 목소리인지 단번에 알았다. 여기에 와 있을 까닭이 없는, 제2진으로 도토우미에 가 있을 혼다 사쿠자에몬의 걸걸한 목소리였다.

"오, 사쿠자인가?"

이에야스가 얼굴을 들었을 때 사쿠자에몬은 갑옷자락을 철거덕거리면서 히데요시의 가신들 틈으로 이에야스를 향해 걸어오고 있었다. 그리고 히데요시 앞에 거만하게 버티고 서서 몸을 떨며 외쳤다.

"주군! 못난이 주군!"

너무도 당돌한 폭언에 히데요시의 직속무장들은 물론 히데요시까지 얼굴을 찡그리며 혀를 찼다.

'아뿔싸!'

이에야스는 미간을 모으며 고개를 저었다.

"사쿠자, 그대도 와 있었나?"

"와 있고 뭐고 간에, 이 꼴이 뭐요, 주군!"

"전하가 계시는 앞에서 무례하구나."

"무례는 무슨! 내 주군이 잘못을 저지르는 것을 묵과하면, 그게 바로 미카와 무사의 무례…… 이 사쿠자는 무사의 예법을 따르고 있을 뿐이오. 주군! 이 꼴이 대체 뭐요! 주군은 언제부터 이렇게 아첨꾼이 되었소."

히데요시가 꾸짖었다.

"무엄하다. 물러가라."

그러나 그 정도로 물러설 사쿠자가 아니었다. 사쿠자는 진작부터 이날 이 순간을 남몰래 기다리고 있었던 것 같았다.

이것은 어디까지나 자신의 생각대로 살아가려고 하는 인생 공양의 탑이요, 이에야스에 대한 마지막 선물이기도 했다. 아니, 어쩌면 그 이상으로 이시카와 가즈마사와의 근성의 겨룸이요, 무사도 겨룸이었는지도 모른다. 아무튼 그는 그의 버릇인 '흥!' 하는 코웃음을 칠 뿐 히데요시의 질타 따위는 아랑곳도 하지 않았다.

"주군은 자신의 그런 행동을 이상하고 우습다고 생각지 않으시오? 여기가 대체 누구 성이오? 적어도 이 땅을 다스리는 자가 자기 성을 남에게 내주고, 내 몸은 떠돌이 장사꾼처럼 어정거리고 돌아다녀도 된단 말씀이오?"

"그만해라. 알았으니 물러가라."

"아니, 못 물러가겠소. 그 한심스러운 작태를 깨달을 때까지는 못 물러가오. 우리 미카와 무사들은 주군을 그런 기개 없는 사람으로 만들기 위해 대대로 수많은 싸움터에서 목숨 걸고 싸워온 게 아니란 말이오."

"그만 알았다는데."

"주군의 몸은 주군의 것이면서도 미카와 무사의 간판이오. 그 간판이 이렇게 썩어빠져 가지고 알맹이가 무사할 줄 아시오?"

"알았으니 물러가라."

"끝까지 들으시오. 이따위 근성으로는 남이 빌리자면 주군은 성뿐 아니라 마님까지도 빌려줄 거요. 그래도 깨닫는 바가 없단 말씀이오?"

히데요시가 다시 노호했다.

"물러가!"

"예, 남이 이래라저래라 하지 않아도 할 말을 다 하면 물러가리다."

드디어 사쿠자는 히데요시에게까지 으르렁거렸다.

"알겠소, 주군! 마님까지 남에게 빌려줄 인간이 되어 망신당하지 않도록 하시오. 그런 자를 위해 누가 생명을 내던지고 싸우겠소, 제기랄!"

마지막 숨통을 눌러놓듯 말하자, 사쿠자는 다시 방자한 태도로 주위를 노려보며 모두의 사이를 빠져나갔다.

순간 좌중이 잠잠해졌다. 이 얼마나 무례하고 안하무인인 데다 무시무시한 악담이란 말인가! 순간 사람들은 비판하지도 화내지도 못한 채 망연자실하며 숨죽이고 있었다.

히데요시도 신음했다.

"으—음, 바로 저자가 혼다 사쿠자인가."

이에야스는 공손하게 절했다.

"제 주위에는 저런 촌놈들이 많아 여간 골치 아프지 않습니다."

"으—음."

히데요시는 다시 한번 신음했다. 그의 얼굴에서는 이미 노기가 가시고 묘한 감동의 빛이 떠오르고 있었다.

"속 시원하게 퍼붓더군…… 나까지 싸잡아서 말야."

"용서하십시오. 예의범절을 가리지 않는 고집불통 늙은이랍니다."

"용서하고 말고가 있겠소. 그대의 가신에 대해서는 참견하지 않겠소. 그러나 참으로 보기 드문 일이오. 나니까 노하지 않지, 다른 사람 같았으면 이 자리에서 목을 쳤을지도 모르오. 왓핫핫하……이제 됐소. 대단한 여흥이었소."

이렇게 사쿠자의 일은 그냥 넘어가고, 이에야스는 히데요시에게 곤도 쇼린(近藤松林)의 손으로 우려낸 차를 바친 뒤 작전회의로 옮겨갔는데 혼다 사쿠자에몬의 일은 거기서 끝나지 않았다.

그는 가슴을 젖히고 큰 방에서 물러나자 곧 문밖에 있는 자기 집으로 돌아갔다. 아직 전방의 진중에 있는 줄 알고 있던 사쿠자에몬이 느닷없이 혼자 나타나자 아내는 깜짝 놀랐다.

"어찌 된 일입니까!"

해 질 녘 현관에 두 손을 짚은 채 잠시 세숫물을 떠오는 것조차 잊었을 정도였다.

사쿠자는 대답도 하지 않고 거실로 들어가 칼을 칼걸이에 걸고 갑옷을 벗었다.

그 뒤 큰 방에서 히데요시와 이에야스 사이에 어떤 말들이 오갔을지 훤히 알 것 같았다. 어쨌든 그만큼 두 사람을 무시하며 생각하는 대로 실컷 퍼부었으니 이제 미련은 없었다. 다만 그 폭언 속에서 이에야스가 사쿠자의 선물을 눈치챘을까?

"벼루!"

사쿠자는 조심조심 따라오는 아내에게 소리쳤다.

"예, 그런데 어떻게 된 일입니까? 아이들과 함께 진중에 계신 줄만 알았는데."

사쿠자는 그 말에는 대꾸도 하지 않고, 닳아빠진 붓 끝을 깨물면서 먹을 갈았다. 그리고 두루마리를 펼쳐 지금부터 쓸 글귀를 입속으로 중얼거렸다.

"이제 지금까지 모셔온 늙은 가신들은 더 이상 일할 수 없는 한계에 이르렀습니다. 도쿠가와 가문이 너무 커진 것입니다…… 그리하여 간토로 영지가 옮겨지면 이를 주군의 재출발점으로 삼아, 옛사람은 물러가게 하고 새로이 천하를 바라보기 위하여 엄격히 고른 젊은 진용으로 새롭게 시작하시기 바랍니다."

은퇴해야 할 늙은이들에게 먼저 채찍질을 하기 위해, 이 고집쟁이는 그답게 마지막 기백을 남기고 사라져간다…… 이러한 말들을 한두 줄로 쓰고 싶었지만 생각처럼 좋은 글이 나오지 않았다.

"뭘 쓰십니까? 걱정스러워요. 얼굴빛이 좋지 않습니다."

"염려 마오. 나는 마음껏 내 고집만 부려온 사람이야. 이시카와 가즈마사 못지 않은 고집을……."

"이시카와 님에게 지지 않는 고집을……?"

"그렇소, 그놈은 주군의 가문을 버리고 배신자라는 이름을 택했지. 그 대신 오다와라 작전이 끝나면 일류 영주가 될 거요…… 그러나 이 사쿠자는 주군 앞에도 히데요시 앞에도 나가지 못하는 갈 곳 없는 사람이 되었소."

아내는 의아한 듯 머리를 갸웃거리며 다가앉았다.

사쿠자는 끝내 붓을 내던지고 말았다. 공연히 글 같은 것을 남기는 것보다 이대로 가는 게 좋겠다고 생각한 것이다. 아무것도 써남기지 않아도, 알 사람은 알게 될 것이고 모를 사람은 모르는 것이다. 다만 이에야스는 이러한 사쿠자의 처신으로 사쿠자와 마찬가지로 다루기 어려운 늙은이들을 제1선에서 물러가게 하는 구실을 잡을 수 있으리라.

"고집부리는 김에 감상하는 것도 신불에게 맡기자."

"무슨 일이 있었습니까?"

"아무것도 아니오. 그저 일하기 싫어져 그만두는 김에 주군을 실컷 꾸짖어주고 나왔을 뿐이오."

"어……어……어디서 그런!"

"간파쿠 앞에서지. 그러나 염려하지 마시오. 놀란 사람은 주군이 아니라 간파쿠일 테니. 주군은 간파쿠의 비위를 맞추고 덕을 볼 작정이오. 그게 나는 답답하단 말이야. 나는 간파쿠로 하여금 두려워하게 만들어 덕을 보라, 그렇게 말하고 싶어…… 상대에게 두려울 것 없는 놈……으로 보이는 날에는 도쿠가와 가문도 끝이라고 해대고 싶었어.”

“무슨 말인지, 도무지…….”

“모르는 게 좋아. 이것은 어디까지나 사쿠자의 외고집…… 하하하……마누라, 당신도 오랫동안 고생이 많았소그려!”

“그러시면 지금부터”

“할복을 하는 거요. 그것 말고는 할 일이 없어.”

“그, 그건 안 돼요!”

“그래, 당신에게는 내가 너무 도깨비 같은 남편이었어. 그러나 오센도 있고 하니 내가 죽어도 당신에게는 오센과 함께 하는 인생이 또 있지 않소.”

그렇게 말한 사쿠자는 흐흐흐흐……하고 웃었다. 웃으면서도 왠지 자꾸만 눈물이 복받쳤다.

인간이란 이 무슨 하찮은 벌레 같은 존재란 말인가. 사욕 때문에 이리저리 끌려다니지 않으려면, 우스꽝스러울 정도로 고집쟁이가 되어야 한다. 가즈마사도 그랬지만 사쿠자도 한술 더 뜨는 어릿광대였는지 모른다. 나무아미타불을 부르는 대신, 주군과 간파쿠를 꾸짖고 그것을 자랑 삼아 저승으로 가려 하다니…….

“하하하하…….”

“왜 그러십니까?”

“우스워 죽겠어. 하하하하…….”

“그만하세요, 섬뜩합니다. 그보다 왜 배를 갈라야 하는지, 자손들을 위해서라도 그 까닭을 말씀해 주셔요. 그래 주시면 저도 무사의 아내, 미련스레 말리지는 않겠습니다.”

“하하……그걸 말할 수가 없단 말이오. 그저 우스울 뿐이라서”

사쿠자는 웃으면서 눈물을 닦고, 이번에는 정색하면서 아내에게 돌아앉았다. 그리고 거기서 죽도록 일만 해온 늙고 추해진 한 노파를 발견하자 더욱 우습고 애처로운 느낌이 밀려왔다.

“여보, 인생이란 이런 것이오. 알겠소?”

“아니, 도대체 뭐가 뭔지…….”

"그것 봐, 그 뭐가 뭔지를 모르는 동안 주름투성이가 되어 죽어가는 게 인생이라는 것을 모르겠소? 이상한 것이지. 가련한 것이야. 핫하하……정말 기막히게 우습구나."

사쿠자는 연신 웃느라 그때 이에야스의 명으로 그의 집 뜰에 히코자에몬이 숨어들어와 동정을 살피고 있는 줄도 모르고 있었다.

"핫하하……저 간파쿠라는 자와, 주군도 머지않아 바싹 마른 매실장아찌처럼 될 거야. 모두들 그렇게 말라서 죽어간다, 핫하하……그게 우스워 죽겠단 말이야."

그늘 속의 볕

　세상에서 요도 마님이라고 부르게 된 뒤부터 자차히메는 갑자기 외모에서부터 거동에 이르기까지 날로 무게를 더해 갔다. 새로이 시녀격으로 곁에서 자차를 모시게 된 아사이 지카마사(淺井親政)의 딸 아에바(饗庭) 부인과, 오노 도켄(大野道犬)의 아내 오쿠라 부인이 가벼운 행동을 하지 않도록 줄곧 조심시킨 탓도 있었다.

　"아무튼 쓰루마쓰 도련님의 생모 되는 몸, 보는 눈들이 많으니……."

　처음 그런 소리를 들었을 때, 자차히메는 입을 삐쭉거리며 웃었다.

　"뭘 새삼스럽게. 간파쿠님의 살아 있는 장난감에 지나지 않는 내가."

　"무슨 말씀을. 마님께서 낳으신 도련님은 바로 간파쿠 전하의 후계자시니, 그러면 자연히 언젠가는 천하를 다스리는 자의 어머니가 되실 것 아닙니까?"

　오쿠라 부인뿐 아니라 아에바 부인까지 그렇게 말하는데도 자차는 자기 스스로 자신을 알 수 없는 심정이었다. 아에바 부인의 아버지 아사이 지카마사는 오다니성에 있을 때 아사이 가문 중신이었을 뿐 아니라, 성이 함락될 때 노부나가를 욕하다 참형당한 강골파의 중진이었다. 그 사람의 딸이 바로 그때의 오다니 공격 중심인물 히데요시의 자식을 낳은 아사이 나가마사의 딸에게 자중하도록 신신당부하는 것이다.

　'얼마나 기이한 인연의 끈인가?'

　그보다도 노부나가, 히데요시, 아사이 나가마사, 아사이 지카마사……이렇게 이어져 온 미움과 투쟁의 그늘 속에 자기가 낳은 쓰루마쓰마루가 태어났다는 사실에 아에바 부인은 아무 감정도 느끼지 못하는 것일까……? 그렇게 생각하기 시작하면 그 기이한 인연의 실은 자차를 끝없는 미궁으로 몰아넣었다…… 자차 또한 아사이 나가마사의 딸인 동시에, 히데요시의 주인이었던 노부나가의 조카딸이었다.

'남녀의 교합에서 자식이 태어난다.'

자식이란 옛날의 원한을 잊게 하기 위해 태어나는 것인가? 아니면 원한을 잊지 않으려고 태어나는 것인가? 자차히메는 쓰루마쓰마루가 깨물어주고 싶도록 사랑스러울 때와, 무서워 근접하기 어려운 전생의 인연 덩어리로 보여 몸이 떨릴 때가 있었다.

나가마사와 그 아버지 히사마사, 그리고 아사이 지카마사 등 히데요시로 말미암아 오다니성에서 무참한 최후를 마친 사람들의 악령이 히데요시에게 복수하기 위해 쓰루마쓰마루를 낳게 한 것처럼 생각되기도 했고, 그와 반대로 그런 것은 모두 과거의 일이고 히데요시가 아버지, 자차가 어머니라는 새로운 희망의 관계로 바꾸기 위한 쐐기라는 생각도 들었다.

그러므로 그토록 귀한 전하의 핏줄이라고 측근들이 말하는 것을 들었을 때 처음에는 조롱받고 있는 듯하여 견딜 수 없었다.

여자란 자식을 낳게 되면 어쩔 수 없이 적의를 버리고 남자의 무릎 아래 굴복하는 것…… 그런 해석이 세상에 있다는 것도 마음에 걸렸고, 미신이라고 생각하면서도 관상풀이 같은 그림이 눈에 들어오면 자식의 잠든 얼굴을 유심히 들여다보기도 했다.

'자식이란 저주의 결정체인가? 그렇지 않으면 행복의 징표인가……?'

그러나 지금은 그런 생각도 차츰 흐려지고, 한두 마디 서툰 말을 하는 쓰루마쓰마루에 대한 애정이 자차히메를 차츰 평범한 어머니로 만들어갔다.

평범한 어머니가 되면서 동시에 자못 요도성의 여주인다운 위엄도 더해갔다…… 그것을 아에바 부인과 오쿠라 부인은 무척 기뻐하는 것 같았다.

자차히메가 쓰루마쓰마루의 머리 위에서 바람개비를 신나게 돌려주고 있는데 아에바 부인이 들어왔다.

"아룁니다. 방금 오다와라의 진중에서 아카오 고사이 님이 편지를 가지고 오셨습니다."

자차히메는 쳐다보지도 않고 말했다.

"그래? 수고했군. 편지는 받아 둬."

때는 벌써 푸른 잎이 무성할 무렵, 이 모자의 거실에서 내다보이는 뜰에는 해당화가 흐드러지듯 만발해 있었다.

"호호……어떻게 그렇듯 한마디로 잘라 말씀하십니까? 편지뿐만이 아닙니다."

"그럼, 전하는 말이라도 있단 말인가?"

비로소 자차히메는 시선을 부인에게 보냈다.

"나는 만나도 할 말이 없소. 그대가 들어줘요."

"호호……그렇게는 안 됩니다. 고사이 님은 이 성에 대한 이런저런 일을 전하께 보고드려야 합니다. 잠깐이라도 만나보시지요."

자차히메는 대답하지 않았다. 만나기 싫었다. 만나봤자 변함없이 히데요시의 아들을 소중히……하는 말을 듣는 것이 귀찮게 여겨졌다.

"마님!"

"아니, 아직 거기 있었소?"

"이번에는 편지 외에 무슨 다른 중요한 용건이 있는 모양입니다."

"그걸 그대가 들었나?"

"예, 가까운 시일 안에 오사카성의 기타노만도코로님으로부터 마님에게 오다와라로 가서 전하를 뫼시도록 하라는 말씀이 계실 거라고…… 그때의 행차에 대해 의논하실 의향인 모양입니다. 한번 만나보시는 게……."

"뭐, 기타노만도코로가……?"

"예, 그런 말씀이 계실 거라고……."

"아에바!"

자차히메는 얼른 바람개비를 내던졌다.

"나는 전하 한 분의 노리개로 족해. 기타노만도코로의 말은 듣지 않겠어. 고사이에게 그렇게 일러."

부인은 능청 떨듯이 다시 웃었다.

"호호호……기타노만도코로의 말씀……이란 건 겉으로 하는 소리이고, 모두 전하께서 배려하신 것을 아시면서 그러시네. 아무튼 표면상으로 그렇다는 것이니 듣는 척하시기만 하세요. 결국은 마님께서 다 이기는 것이니까……."

"닥쳐!"

"예……?"

"내가 언제 기타노만도코로와 싸웠지? 난 전하의 노리개지만 다른 누구의 노리개는 아니야. 귀찮은 세상일들이 다 싫어. 날 도련님과 함께 단둘이 있도록 놔 둬요."

"하지만……."

"그만해. 고사이에게 그렇게 이르고 차나 대접해 보내도록 해."

바로 그때 오쿠라 부인이 밝은 목소리로 이야기하며 복도를 걸어오는 소리가 났다.

"자, 들어오세요. 고사이 님, 마님께서 진중에 계신 전하를 어찌나 염려하시는 지. 진중에서 불편하시지나 않나 하고 말예요. 그대가 오기를 몹시 기다리셨다우. 소상하게 저쪽 형편을 말씀드려요. 마님께서 얼마나 기뻐하실지……."

아카오 고사이는 아에바 부인의 먼 친척인 히데요시 측근의 이야기꾼이었다. 다도에서는 소에키의 제자로 글에 능하여 《태평기(太平記)》며 《헤이케 이야기》 속에 나오는 전쟁 이야기를 특히 잘했다. 게다가 묘하게도 사카이 사람들과 별다른 교제가 없는 것이 히데요시의 눈에 들었다. 그런 점에서, 이번에도 진중에 데리고 간 소에키는 고사이를 가리켜 자기를 감시하는 자라고 조소하고 있다는 등 말이 있었다.

그런 고사이를 그냥 돌려보내면 자차히메에게 불리해진다……고 판단한 오쿠라 부인이 대담하게 결정한 모양이었다.

"자, 어서 이쪽으로……."

오쿠라 부인의 안내로 들어선 고사이를 보고 자차히메는 얼굴빛이 달라지면서 외면했다.

"오, 도련님……무척 건강하신 모습을 뵈오니 고사이, 참으로 기쁜 마음입니다."

고사이 쪽에서도 자차히메의 기분을 다 짐작하고 있었다. 단정히 앉아 자차히메에게인지 쓰루마쓰마루에게인지 모르게 한 차례 절을 공손하게 올렸다.

자차히메는 아직 대답이 없다.

쓰루마쓰가 눈을 동그랗게 뜨고 고사이의 머리를 가리켰다.

"이거 누구야?"

"오, 영리하시기도…… 향나무는 떡잎부터 향기가 난다더니…… 뛰어난 명군의 소질입니다. 고사이, 드릴 말씀을 못 찾고 있는 차에 그 한 말씀이 저를 구하셨습니다."

옆에서 아에바 부인이 속삭이듯 자차히메를 재촉했다.

"마님, 말씀을."

고사이가 그 말을 가로채며 말했다.

"뭘 그렇게…… 간파쿠님의 공식적인 사자도 아니니 그저 편하게 대해 주십시오. 저는 단지 도련님의 웃으시는 얼굴만 뵙고 가서 전하께 보고드리면 되니까요. 그렇지요, 도련님?"

쓰루마쓰는 놀랐는지 두 손을 살며시 자차히메의 무릎으로 가져가며 뒤로 물러났다.

"저거 누구야?"

"예, 아버님께서 심부름 보내신 고사이 놈입니다."

"고사이야?"

"예예, 고사이 놈입니다."

"고사이 놈이야?"

"예, 영리하기도 하시지……."

마침내 자차히메는 웃음을 터뜨렸다. 뜻 없는 아이의 말이 뭐 그리 똑똑하고 영리하단 말인가. 오히려 여느 아이보다 발육이 늦은 것 같아 불안할 지경인 쓰루마쓰마루였다.

"호호호……그만해요, 고사이. 도련님이 어찌 그대 마음을 알겠소. 전하께서 하신 말씀이나 전하구려."

"황송합니다. 전하께서는 도쿠가와 님의 안내로 첫 싸움에서 당당히 야마나카 성을 함락하시고, 하코네 온천에 진을 치고 계십니다."

"시일이 걸렸구먼. 고전하셨는가?"

"당치도 않으신 말씀. 시간이 걸리다니요…… 상대는 마쓰다 야스나가(松田康長) 외에 호조 우지마사, 마미야 야스토시(間宮康俊), 아사쿠라 가게즈미, 우쓰키 효고(宇都木兵庫) 등 일기당천의 쟁쟁한 용사들을 두어 난공불락을 자랑하던 성이었습니다. 그것을 도쿠가와 님 정예부대가 숨 쉴 틈도 주지 않고 공격해……."

아에바 부인이 거들었다.

"전하께서는 힘으로만 싸우는 건 싫으셔서……온천요양 겸 그곳에 오래 진을 치기로……결심하셨다지요, 고사이 님."

"예, 그렇습니다. 전하께서 힘들여 치실 만한 적이 못됩니다."

그러자 사이를 두지 않고 자차히메가 말했다.

"진중에서 전하를 괴롭히는 것은 모기, 파리, 등에 같은 것이라고 했지요?"

고사이는 깜짝 놀랐다.

"잘 알고 계시는군요……."

"모기장과 파리잡이를 준비해 두었으니 가져다 드리도록 하오."

고사이가 이마를 두드리며 감탄했다.

"황송합니다. 요도에 계시면서 전하의 신변을 훤히 짐작하고 계시다니. 그러나 전하를 괴롭히는 것은 모기, 파리, 등에만 아니고 또 한 가지 아쉬운 게 있습니다."

아에바 부인이 옆에서 다시 끼어들었다.

"그걸 생각 못했군. 무엇인가요?"

고사이는 그들의 시선을 받으면서 심각하게 한숨을 몰아쉬었다.

"말씀드릴 것도 없이 바로 요도 마님이십니다. 전하께서는 조석으로 시동의 시중을 받는 불편한 생활이시라, 하루에도 대여섯 번씩 마님 이야기를 하시지 않는 날이 없습니다."

요도 마님은 손등을 입에 대고 웃으려다가 불현듯 멈췄다.

"나는 전하 곁에 갈 수 없어요. 그대가 그렇게 전해 주오."

"허, 그러시면 이 고사이는 큰일입니다. 실은 마님을 모셔오라는 분부를 받고 왔습니다만."

이번에는 요도 마님이 웃었다.

"호호호……그러면 그 모기, 파리, 등에가 들끓는 산속으로 도련님을 모시고 오라는 건가?"

"아닙니다. 그건 저……."

"그럼, 도련님을 남겨두고 오라고 하시던가?"

"글쎄입니다, 그것이……."

"고사이, 말을 돌려서 하지 말아요. 그게 다 기타노만도코로님이 내 손에서 도 련님을 빼앗아가려는 술책이라는 것을 모르오? 솔직히 말해 줄 테니 똑똑히 알아둬요. 나는 전하보다 이렇게 도련님 옆에 있는 게 소원이오. 알겠소? 알아들었 다면 다시는 그런 말 내 앞에서 꺼내지 마오. 돌아가서 전하께 그렇게 말씀드려 요. 가까이 시중드는 여자가 필요하다면 어린애 없는 여자들이 얼마든지 있을 거 라고."

고사이는 당찬 자차히메의 말을 듣고 핏기를 잃어 새파랗게 되었다.

아마도 히데요시로부터 상대를 기분 좋게 해주는 언제나의 그 낙천적인 말을 듣고 온 것이리라. 그러나 자차히메는 그런 수에 넘어갈 여자가 아니었다. 모기, 파리잡이나 가져가라니 이 얼마나 매몰찬 거절인가…….

"하오나 이렇게 되면……."

고사이는 아에바 부인을 돌아보며 말문이 막힌 얼굴로 또다시 한숨을 내쉬 었다.

"이렇게 되면 심부름꾼 체면이 서지 않습니다. 두 분 다 옳은 말씀이시라, 고사 이로서는 드릴 말씀도 없군요. 아에바 부인께서 어떻게 좀……."

그러나 아에바 부인도 역시 웃음기를 거두고 있었다. 처음에는 히데요시가 자 차히메를 기다리고 있는 줄 알았더니 그게 아닌 것 같았다. 쓰루마쓰마루와 자 차히메를 떼어놓기 위한 구실이라면 함부로 대답할 수 없다.

또다시 고사이가 재촉했다.

"보시오, 부인, 어떻게 한 말씀……."

고사이는 엄살떨면서 실은 자차히메가 어디까지 고집부리며 반항할 것인지 떠 보려는 속셈인 듯했다.

아에바 부인이 말이 없자 고사이가 다시 입을 열었다.

"이렇게 되면 모든 것을 말씀드려야겠군요. 실은 이 고사이는 그저 미리 귀띔이 나 하는 역할…… 제 뒤에 바로 신조 나오요리(新庄直賴) 님과 이나다 세이조(稻田 淸藏) 님이 이미 간파쿠님의 명을 받들고 이곳에 도착할 예정입니다."

"뭐, 명을 받들고?"

"예, 오시는 도중 역마를 이용하여 실수 없이 모시도록 오카자키에 계신 깃카와의 시종에게도 숙소며 음식에 이르기까지 지시가 계신 것으로 알고 있습니다. 그러니 그 명령을 받들지 못하겠다고 하시면 그야말로 큰일입니다. 이 고사이의 목이 몇 개가 있어도 모자랄 판국입니다."

아에바 부인은 자차히메와 오쿠라 부인을 번갈아 보았다. 자차히메는 뜻밖일 정도로 냉정했다. 어쩌면 벌써 히데요시의 가슴속을 꿰뚫어 보고 언제나의 통하지 않는 고집을 시도하고 있는 건지도 모른다.

"그렇다면 여행계획이 전하 명령으로 다 끝났다는 건가요?"

"예, 불 같은 전하의 성격이시라. 이것이 기타노만도코로님의 말씀……이라고 생각하시는 것은 당치도 않은 줄 압니다."

고사이는 이마의 땀을 닦으면서 흘끗 교활한 눈길로 쳐다보았다. 상대가 강하게 나올 때는 곤란하기 짝이 없는 척하다가 조금 누그러진 듯하면 끈덕진 공세를 취하는 게 이런 이야기꾼들의 근성이었다.

"생각 좀 해보십시오. 이번 전쟁은 천황께서 몸소 이와시미즈 하치만궁(巖淸水八幡宮)에 분부내려 신사에서 3월 27일부터 7일 동안 기원드렸을 정도로 중요한 싸움입니다."

"그건 잘 알고 있소만……."

"전하께서는 그런 성격이시라 꽃놀이 여행이니, 후지산 구경이니 하고 가볍게 말씀하십니다만 이번은 일본 땅 6분의 1을 평정하는, 말하자면 전하의 업적을 총결산하는 일입니다…… 예, 싸움터에 있어보면 그 고심을 잘 알 수 있습니다. 오슈의 다테 님도 출진에 늦었다가 심한 꾸중을 들었습니다. 지금 소에키와 기무라 요시키요(木村吉淸) 님을 통해 용서를 비느라 쩔쩔매고 있습니다. 게다가 진중에는 잘 아시는 혼아미 고에쓰, 고토 미쓰노리 님을 비롯해 바둑의 명인 쇼린(庄林) 님으로부터 장구와 북의 명인 히구치 이와미, 춤의 명인 고와카 타유(幸若太夫)까지 소집되었습니다. 이런 일이 무엇을 생각하셔서인지 깊이 통촉하시기 바랍니다."

고사이가 단숨에 읊어대자 자차히메는 깔깔거리며 웃었다.

"호호호……그러면 진중에 있는 것이 파리와 등에만이 아니었단 말이오?"

"무슨 그런 말씀을! 이것은 모두 장기전처럼 가장하여 적의 전의를 꺾어 하루라도 빨리 적은 희생으로 항복시키기 위한 깊으신 생각에서 나온 일입니다. 그런 것을 반대하신다면 뒷일이 매우……."

"호호……알았어. 나는 모두들 전하 앞에서 손발이나 부벼대는 파리인 줄 알았소."

고사이는 이마를 치며 목을 움츠렸다.

"허참, 요도 마님도 어찌 그런 말씀을……."

입으로는 항복한 듯이 말했지만 고사이는 가까스로 마음이 놓이는 모양이었다.

"너무도 정색하고 놀리시니, 하마터면 이 파리 한 마리, 간담이 녹아날 뻔했습니다."

자차히메는 또 한번 즐거운 듯이 웃었다.

"그러면 이즈에서는 니라야마라던가 하는 성을 남기고 모두 손에 넣었단 말인가?"

"예, 손에 넣자마자 선뜻 도쿠가와 님께 주셨습니다. 전하의 크나큰 배포에는 모두 혀를 내두르고 있습니다."

"이시가키산(石垣山)에는 오사카나 교토의 것보다 큰 성을 쌓는다고 들었는데, 그것도 곧 완성되는가?"

"예, 산꼭대기에 큰 공사를 하는지라 아직 완성하지는 못했지만 벌써 창고와 부엌 등은 다 되어 사람이 살기에 부족하지 않을 정도는 됩니다. 소에키 거사님도 지금은 유모토 산중에 암자를 짓고, 파리만 없다면 오다와라도 나쁘지 않다시면서 니라야마 대나무를 베어 꽃꽂이통 따위를 다듬으면서 심심파적을 하고 계십니다."

"그 말을 들으니 나도 안심되는군요."

"안심한 것은 오히려 제 쪽입니다."

"고사이 님."

"……예."

"그대, 전하에게 내가 펄쩍 뛰더라고 전해 주오."

"펄쩍 뛰시더라고…… 그게 진정이십니까?"

"왜 거짓말하겠소? 오만도코로에게로 도련님을 빼돌리려는 수단……으로 그러는 줄 알고 펄쩍 뛰었던 거요. 그러나 사정을 듣고 보니 그렇지는 않은 것 같군. 싸움이 끝나면 모자가 다시 함께 살 수 있도록 전하께서 주선해 주시겠지. 그걸 알고서야 어찌 내가 가느니 안 가느니 고집부릴 수 있겠소. 일본을 위해 일하시는 전하…… 가지 않으면 안 되지…… 그렇게 알겠다고 말씀드려 주시오."

고사이는 다시 한번 무릎 치며 혀를 찼다. 안도했다기보다 재치 있는 여인들에게 휘둘린 데 대해 화가 나서 그랬을까?

아무튼 요도 마님과 기타노만도코로 사이에 마침내 세상에 흔히 있는 '여인의 반목'이 싹트고 있었다. 이러한 반목 속에서 이래저래 잔재주 부리며 그것을 재미로 살아간다면 대체 어떤 재녀가 되어갈 것인가……?

히데요시의 생각은 고사이뿐 아니라 다른 이야기꾼들 중에서도 모르는 사람이 없다. 아마 히데요시에게 쓰루마쓰마루가 태어나지 않았더라면, 벌써 미요시 히데쓰구가 후계자로 결정되었을 것이다. 그런데 뜻밖에도 쓰루마쓰가 탄생함으로써 크게 흔들리기 시작하고 있었다.

"천하인의 후계자이니, 인물됨을 잘 확인한 다음 선택해야 돼……."

이 말은 쓰루마쓰가 어떤 인물로 자랄 것인가 하는 염려보다 반드시 훌륭한 인물이기를 바라는 한 가닥 기원으로 변하고 있었다. 그리고 기타노만도코로인 네네에게 이를 받아들이게 하기 위해 마침내 종1품 관위를 얻게 했다. 그러나 이러한 일들이 히데요시의 정략이나 작전처럼 쉽게 성공할 수 있을 것인지……?

문제의 주인공인 쓰루마쓰마루는 어느새 아에바 부인의 무릎에 기대어 꾸벅 꾸벅 졸고 있었다.

'태어나는 것에 무슨 의지가 있을 리 없다. 그렇건만 그 출생 자체가 바로 천하를 뒤흔드는 풍파가 될지 누가 알랴……?'

그렇게 생각하니 고사이에게는 무심하게 잠든 쓰루마쓰마루의 얼굴이 어쩐지 무섭게 보였다. 이 아이가 태어나지 않았다면 이 요도성도 없고 자차히메와 네네의 반목도 일어나지 않았을 것이다. 아니, 그보다 더욱 무서운 것은, 이것이 불씨가 되어 히데요시의 심복들이 두 패로 갈라설 것 같은 예감이었다.

'아무래도 이건 예삿일이 아니야……'

오다니성이 함락될 때의 나가마사와 히사마사의 원혼들이 자차히메에게 옮아붙어 쓰루마쓰를 낳게 한 것 같기만 했다.

'혹시 이러한 곳에 인간의 힘이 미치지 않는 심판이 감춰져 있다면……'

"이봐요, 무엇을 보고 있소. 고사이, 사명을 끝내니 마음이 놓여서 그러오?"

"예……예, 뜻하지 않게 온몸의 힘이 쭉 빠져버렸습니다…… 그럼, 저는 이만……."

"호호……괜찮소. 고사이에게 다과를 대접하도록. 그리고 도련님을 침소로."

자차히메는 환한 표정으로 명령하고 한 번 더 옷소매를 입가에 갖다 대고 웃었다. 쓰루마쓰마루를 낳을 때까지의 자차히메는, 고사이와 마찬가지로 온갖 생각으로 괴로움을 겪었다.

'나와 히데요시 사이에 아이가 태어난다……'

너무나 뜻밖의 일이어서 망상은 또 다른 망상을 낳으며 꼬리에 꼬리를 이었다. 그러나 그것도 쓰루마쓰가 자라남에 따라 얇은 종이가 벗겨져 나가듯 사라져갔다. 인간의 사고 안팎에 달라붙어 있는 불가사의함의 하나였다. 처음에는 '저주받은 출생'이라는 쪽으로 기울어져가던 상념이 어느새 그 반대일 수도 있다고 긍정하기 시작했다.

지금까지 자차히메의 가계는 너무도 불운했다. 그것이 드디어 쓰루마쓰의 출생으로 운이 바뀔지도 모른다. 그렇다면 히사마사나 나가마사의 영혼뿐 아니라, 오이치 부인과 노부나가까지 모두 쓰루마쓰마루를 지켜주는 수호신이 될 수 있다는 생각도 들었다.

이렇게 생각하게 된 것은 역시 자차히메가 히데요시를 용서하는 여인이 된 탓이리라. 더구나 이렇게 되니 언제부터인지 자차히메는 쓰루마쓰마루를 위해 좋은 어머니가 되어야 한다는 평범한 삶에 몰두하여, 그 일을 위해 계획을 세우는 여인이 되어 있었다.

자차히메는 무척 즐거웠다. 지금 일본에서 가장 큰 권력의 자리에 앉은 남자—그 남자를 마음대로 움직일 수 있는 힘을 가지고 있다. 그것만 생각하면 나이 차이며 용모의 미추 따위에는 눈을 감을 수 있는 기분이었다.

"봐요, 고사이, 마지막 말이 중요한 거니까 잊으면 안 돼요."

"예, 걱정 마십시오……"

"내게는 역시 도련님이 첫째고, 전하는 둘째야."

"황송합니다. 전하께서도 그렇게 말씀하실지 모르겠습니다."

"그렇다면 내가 도련님 덕으로 전하 곁에 있을 수 있는 것처럼 들리는군요."

"예, 말하다 보니 그렇게…… 그러나 뭐니 뭐니 해도 전하가 찾으시는 분은 요도 마님뿐이시니."

"호호호……그대도 제법 둘러대기는. 차를 마시고 나면 오늘은 푹 쉬었다 가도록 해요."

그렇게 말하자 자차히메는 실눈을 뜨고 조용히 생각에 잠긴 얼굴이 되었다.

고사이가 사라지자 쓰루마쓰마루를 눕힌 아에바 부인이 발소리를 죽이며 침소에서 돌아왔다. 이미 오쿠라 부인은 가버렸고, 고사이 앞에 놓았던 찻잔만 남아 있을 뿐 서쪽으로 기운 햇빛이 창문에 가득했다.

"마님, 마음 놓을 수 없는 일입니다."

자차히메는 흘끗 아에바 부인을 바라보았을 뿐 팔걸이에 기댄 몸을 꼼짝도 하지 않았다.

"기타노만도코로님은 보통 분이 아닙니다. 틀림없이 마님께, 오다와라로 가서 전하 시중을 들라고……시치미 떼고 그런 사자를 보낼 수 있는 분입니다."

"그게 어쨌다는 거냐?"

"질투 같은 건 하지 않는다, 그러나 나는 너보다 높다, 너는 어디까지나 측실이야……하고 말입니다."

자차히메는 흘끗 부인을 쳐다보며 미소 지었다.

"그러면 됐지, 뭘 그러느냐. 전하 곁에 있는 건 기타노만도코로가 아니고 나 아니냐……."

"그러다가 전하로부터 말씀이 계셨다며 도련님을 뺏어가면 어떻게 하시렵니까?"

"주고 가겠어. 마음을 정했어."

"하지만 그건……."

"그래도 좋아. 비록 일시적으로 보내더라도 낳은 어미는 나…… 그리고 나는 만도코로보다 훨씬 젊다."

"그건 그렇습니다만, 후계자이니 돌보는 사람을 정하여 유모와 함께 오사카성에서 기르는 게 후일을 위해……라는 식으로 나올지도 모르지 않습니까?"

아에바 부인은 노골적으로, 기타노만도코로를 원수로 여기는 듯한 말투로 열을 올렸다.

자차히메는 얼굴에서 미소를 지우지 않고 황홀한 듯 말했다.

"이 승부는 내가 이긴 거야. 아무도 예상하지 못했던 자식을 낳았어…… 그것만으로도 충분히 자신감을 가져도 돼. 이 인연의 줄은 아무도 끊지 못하는 거야."

"그야……물론 그렇지만, 행운의 별이 때로는 불운한 별이 될 수도."

자차히메는 신경질적으로 말을 가로막았다.

"그만해! 모처럼 내 별이 좋은 운을 띠기 시작했는데, 불길한 소리 좀 하지 말아요. 지금은 자신감을 가지고 싸우지 않는 게 좋아. 기타노만도코로의 말씀에도, 전하의 말씀에도 순순히 따르는 자차히메……때로는 그런 자차히메가 되어도 좋지 않겠어?"

"그러시면……전하께 충분히 자신감이 있어서 하시는 말씀……."

"오, 그렇게 생각해도 좋아. 전하 곁으로 가는 사람은 나라고 분명히 말했으니까."

아에바 부인은 입을 다물었다. 그 말을 듣고 보니 그게 가장 큰 힘이기도 했다. 오다와라의 진중이 어떤 곳인지 불안하기는 했지만 요도 마님이 잠자리에서 정담으로 사로잡는다면 전하는 꼼짝없이 이쪽의 볼모…….

자차는 다시 황홀하게 눈을 가늘게 뜨며 말했다.

"염려 마. 내 신변을 노리는 자가 있을 거라는 말을 하고 싶겠지. 그렇게 희미한 별은 이미 내 머리 위에서 떠나갔어. 나는 강해. 걱정하지 마."

아에바 부인은 그러한 자신감이 불안의 씨……라고 말하려다가 휴 하고 한숨을 크게 몰아쉬었다.

인생 추악

혼아미 고에쓰는 이번처럼 치열하고 노골적인 싸움과, 정치와 인간의 소용돌이 한복판에서 허우적댄 일이 한 번도 없었다.

처음에는 '이번에야말로 내 지혜를 시험해 볼 때!'라는 정열로 자신의 주위에서 전개되는 모든 모략에 그가 부르짖는 입정안국의 일념으로 맞설 작정이었다. 겉으로는 히데요시에게 불려간 이야기꾼 무리에 끼어 가업을 이루는 게 목적이었다. 히데요시가 차례차례 상으로 내리는 칼 만들기에서 감정에 이르기까지, 그것이 무장의 영혼이며 저마다 앞으로 가보가 되어 난세의 종식이라는 기원을 이루어야 하는 명검이고 보니 그것만으로도 그의 어깨에는 너무나 벅찬 일이었다.

그런데 히데요시가 고에쓰를 데리고 오다와라에 온 것은 그러한 가업 때문만은 아니었다.

"칼의 감정에서는 그대가 일본 으뜸!"

히데요시는 늘 그렇듯 우선 그렇게 잔뜩 치하한 다음 정색하며 목소리를 죽였다.

"그러나 이번 볼일은 감정뿐만이 아니다. 그대는 오다와라의 우지나오와 친하다. 그리고 우지나오의 장인 스루가 다이나곤 이에야스와도 각별한 사이야. 알겠나, 우선 우지나오에게 밀행하여 우지나오의 중신들 중에서 누구든 좋으니 배반하도록 손쓰고 오너라. 알겠나? 그리고 이에야스 쪽에 가서는 장인 사위 사이에 비밀 왕래가 없는지 살펴보고 오는 거다."

유모토의 임시 본진에서 이러한 말을 들었을 때도 고에쓰는 그리 놀라지 않았다. 전쟁에는 밀정이 있기 마련이고, 그것이 조금이라도 인명의 손실을 막아내는 효과를 거둔다면 그 또한 '입정안국'의 하나라고 할 수 있다.

그런데 그 얼마 뒤 이시가키산성의 공사장인 돌산에서 들은 이야기는 젊은 협객 고에쓰를 완전히 짓눌러버렸다. 그 사연인즉 전쟁이란 지구전이 될수록 점점 하사품이 더 많이 필요해진다. 그러나 일본 땅덩어리에는 한계가 있으니 땅을 대신하는 하사품을 생각해 내지 않으면 안 된다. 그 하나로서 이름 없는 '찻잔'을 이용해 왔으나, 그것만으로는 부족하니 그대가 일본 최고의 칼을 만들어내라는 히데요시의 은밀한 명령이었다.

"저더러 일본 최고의 칼을 벼르라는 말씀입니까……?"

"누가 벼르라고 말했나. 그대는 칼대장장이가 아닐 텐데. 오늘날 일본 최고의 칼……이라면 소슈(相州)의 마사무네(正宗)겠지. 그 마사무네의 칼을 일본 제일인 그대가 감정해서 만들라는 거야."

"마사무네를 만든다는……것은 무슨 뜻입니까?"

솔직히 말해서 고에쓰는 그때까지 히데요시가 무슨 생각을 하고 있는 건지 분명히 포착할 수 없었다. 히데요시는 좀 답답한 듯이, 그러나 웃음을 섞어 말을 이었다.

"진짜 마사무네는 몇 벌 없지 않나. 그러나 세상에는 이름 없는 칼 중에도 마사무네 못지않은 훌륭한 칼들이 얼마든지 있다. 그것들을 그대 이름으로 마사무네의 칼로 세상에 내보내란 말이다. 그것이 바로 일본국 평정에 큰 도움 될 뿐 아니라, 칼에도 좋고 그것을 받는 사람도 사기가 오르니 그대의 충성이 된다…… 이거야말로 무에서 유를 낳는 3가지 덕. 알겠나, 마사무네라는 명검을 그대 이름으로 만들어내는 거다."

고에쓰는 자신의 귀를 의심했다. 뭔가 잘못 들은 게 아닐까 하고 사방을 둘러보았다.

"무슨 말씀이신지……제가 미처 못알아들었습니다만……어딘가에 이름 없는 무사무네의 칼이 많이 있다……고 말씀하셨습니까?"

고에쓰는 되묻다가 다시 한번 히데요시의 딱하다는 듯이 혀 차는 소리를 들어야 했다.

"말귀를 못 알아듣는 사람이로군. 마사무네가 아니더라도 마사무네에 못지않은 칼을 마사무네의 칼로서 세상에 내놓으라는 거야. 그렇게 하면 칼도 기뻐할 게 아닌가 그 말이다."

"예? 그러면 가짜 감정을 하라는 것입니까?"

"못난 것! 누가 가짜라고 했느냐. 그대는 좀 알 만한 사람인 줄 알았더니 뜻밖에도 말귀를 못 알아듣는 사내로군. 그대는 일본 제일이야!"

"예……예, 그것은 저도 자신하고 있습니다만."

"그것 봐, 그 자신감이 교만하다는 거다. 그대의 일본 제일은, 칼에 있어서는 혼아미 고에쓰가 일본 제일이라고 이 히데요시가 이름 붙여 주었기 때문에 세상에 통하고 있는 거야."

"그렇다면 그 일본 제일의 고에쓰에게 이름 없는 칼을 모아 마사무네의 칼로 바꾸어 만들어내라시는……."

"이름 없는 칼이 아니야! 이름 없는 명검 말이다! 숨어 있는 호걸, 숨은 명장들을 세상에 내보내라고 하는 말뜻을 모르겠는가? 좋다, 오늘은 내가 바쁘니. 잘 생각해 보고 와서 대답해!"

히데요시 앞에서 물러나와 200미터도 채 가기 전에 고에쓰의 가슴속 분노가 폭발했다. 히데요시가 명령한 내용을 차츰 이해하게 되었던 것이다.

상으로 영지를 내릴 수는 없으니 차도구와 칼로 대신한다……거기까지는 이해되었다. 정녕 그 말대로 일본이라는 나라는 주기를 좋아하는 히데요시가 마음껏 나누어줄 수 있을 만큼 광대한 나라가 아니었다. 그러나 그것과 오늘의 이야기는 전혀 다르다. 도검은 흉기가 아니다. 신용제일의 기구도 아니다. 그것은 나의 정의를 지키고 한 가정 한 나라의 정의를 지키려는 질서유지의 염원이 깃든 무인 무장의 얼이며 보배여야 하는 것이다.

말하자면 정의의 상징이라고도 할 수 있는 그 도검을 벼른 사람의 이름을 가짜로 붙이라니……얼마나 방자한 권력자의 교만이란 말인가! 이름 없는 칼이란, 아무리 명검처럼 보여도 벼른 사람으로서는 어딘지 성에 차지 않는 데가 있어 이름을 새기지 않는 경우가 많다. 그것을 일본 제일의 명도라고 속이고 상으로 내리려 하다니……이처럼 철저하게 도검법과 칼과 자신과 남을 한꺼번에 모욕하는 일이 또 있을 것인가?

'니치렌이 부르짖어 마지않았던 입정안국을 둘도 없는 신념으로 받들고 있는 나에게 그 엉터리 수작에 가담하라는 것이다……'

본디 히데요시의 사치를 즐기는 성품에 반감을 가지고 있던 고에쓰는, 이 일로 완전히 히데요시를 경멸하게 되었다. 부하들에게 가짜 명검을 상으로 주고, 자기는 황금 솥에 차를 끓인다.

이렇게 되니 고에쓰는 이에야스가 한없이 그리워졌다. 이에야스는 지금도 분명 은밀하게 호조 부자를 구해낼 길이 없을까 하는 인간적인 걱정을 거듭하고 있을 것이다…… 그런 생각으로 갓 옮겨간 이에야스의 이마이(今井) 본진을 찾아갔다가 거기서 다시 한번 고에쓰의 젊음과 결백성을 보기에도 무참하게 짓밟히고 말았다.

이에야스는 이때 벌써 호조 부자가 멸망한 뒤 간토 8주에 펼칠 정책에 대한 냉정한 구상을 하고 있었다. 그러한 의미에서는 히데요시와 조금도 다를 바 없는 불결함으로 가득 차 보였다.

고에쓰가 이마이의 본진을 찾아갔을 때 이에야스는 혼다 마사노부를 상대로 무사 명단을 열심히 뒤적이며 무엇인가 적어넣고 있었다.

흘끗 시선을 준 뒤 이에야스는 말했다.

"고에쓰, 전하의 심기는 어떻던가?"

"드디어 이치야성(一夜城 : 의^{성가})도 완성된다. 호조 부자도 얼마 남지 않았군."

"그러면 호조 님이 강화문제를 받아들이기로 했습니까?"

"천만에, 성안에 벌써 내통자가 생기고 있는데도 반성조차 없어. 스스로가 초래한 멸망이지."

"옛! 그럼, 대감님께서는 그사이를 특별히 중재도 하시지 않고."

"상대가 나빠. 너무 어리석어."

그러는 이에야스 뒤에서 혼다 마사노부가 나무라듯 참견했다.

"고에쓰, 오늘은 주군이 바쁘시니 인사가 끝났으면 물러가는 게 좋겠네."

"예……예, 하오나."

"드릴 말씀이 있으면 다음 기회에 하도록. 주군께서 오늘은 간토 8주의 배당을 구상하고 계시니."

"예? 간토 8주의 배당……?"

"그대도 들었을 테지. 호조 씨의 영토를 그대로 우리 가문에 내리기로 하신 것을. 그렇게 결정된 이상 전하의 군사에만 의지할 수 없는 일. 요소요소마다 병력을 배치해 다스려야 하니까……."

고에쓰는 부들부들 떨면서 이에야스 앞을 물러나왔다.

'이건 아니야…….'

이에야스만은 사랑하는 사위를 위해 고심하고 있으려니 믿고 있었는데 사실은 그와 정반대였다.

'어쩌면 처음부터 히데요시와 이에야스는…….'

그런 생각을 하니 고에쓰는 도중에 만나는 사람마다 침을 뱉어주고 싶은 충동에 사로잡혔다. 모두들 입으로는 정의를 부르짖고 입정안국을 말하면서도 막상 부닥치면 자기 욕심만을 위해 움직인다. 그런 것을 몰랐던 호조 부자 쪽이 차라리 호인인지도 모른다.

이에야스의 본진에서 나오자, 온 거리가 송두리째 성곽 안에서 농성 태세를 취하고 있는 성의 북쪽 오솔길을 빠져 유모토 골짜기로 돌아오면서 고에쓰는 자기가 지금 어디로 가고 있는지 그것마저도 분명히 알 수 없었다.

'이것이 세상의 참모습…….'

그러기에 니치렌 대사는 그처럼 온갖 말로 권력자를 꾸짖었던 것이리라.

'나는 왜 좀더 히데요시와 이에야스를 욕하고 비웃어주지 못했던가……?'

유모토에 도착했을 때는 벌써 사방에 어둠이 깔리고 명물인 모기떼가 여기저기 날기 시작하고 있었다.

그사이를 고에쓰는 신들린 사람처럼 걸어갔다. 그리고 눈앞에 조그만 암자를 발견하고 깜짝 놀라 걸음을 멈췄다.

'아, 내가 소에키 님을 찾으려 했던가?'

아마 이곳만은 탁한 세상의 오욕이 없을 거라고 의식 밖에서 생각하며 찾아온 것이 틀림없었다.

"그래, 여기서 창자를 좀 씻어야지 못 견디겠다."

소리 내어 중얼거리며 고에쓰는 소에키의 작은 암자 사립문을 열고 들어갔다. 소에키는 사방이 어둑어둑한데도 가느다란 통나무를 깔아 만든 툇마루에 앉아 부지런히 대나무를 깎고 있었다. 무심……하다기보다 지는 해가 아쉬워서 쫓기는 듯 일에 열중하고 있는 모습으로 보였다.

가까이에서 시중드는 세 제자의 모습도 보이지 않는다. 저마다 암자에서 나가 저녁준비를 하고 있는 것인지. 소에키는 때때로 자신의 얼굴과 손등을 성가신 듯이 철썩 때렸다.

"아이구, 소에키 님, 늦게까지 열심이십니다."

소에키는 흘끗 눈길을 들었다.

"오, 고에쓰 님이시군."

그러고는 눈길을 도로 손으로 떨구었다가 뭔가 가슴이 철렁한 듯 작은 칼을 놓고 고에쓰를 다시 바라보았다.

"얼굴빛이 좋지 않군. 무슨 일이 있었소?"

"예……오다와라에 온 게 한심스럽게도 후회됩니다."

"허, 우선 올라오시오. 모깃불을 피워 방 안에는 모기가 별로 없으니."

"폐를 끼쳐도 괜찮겠습니까?"

"돌아가라……고 해도 돌아갈 표정이 아닌걸. 손장난은 내일 다시 하기로 하지."

"꽃통입니까?"

"퉁소와 찻숟가락이지…… 나라산에서 좋은 대나무를 베어다 주기에."

말하면서 소에키는 방으로 들어가 고에쓰와 마주앉았다.

"요즈음 소에키 님은 전하 앞에 그리 안 나가시는 모양이지요……."

"그렇다네. 내가 다테 님을 용서하시라고 권한 게 너무 지나치다고 호되게 꾸중 들었지…… 그러다 요도 마님께서 오셨기에……잘됐다 하고 피로를 핑계 삼아 손 장난하고 있는 중이오."

"소에키 님!"

"뭐요. 어디 들어봅시다. 무슨 일이 있었소?"

"오다와라의 처분에 대해서는 처음부터 다 정해져 있었던 것 같더군요. 저는 그런 줄도 모르고……."

"잠깐, 처음부터……라면 좀 지나친 말이지만, 천하의 일이란 그리 마음대로 안 되는 모양이야."

"저는 도쿠가와 님만은 진지하게 오다와라 가문이 살아남도록 힘을 기울이고 계신 줄 알았습니다……."

소에키는 손을 흔들며 쓸쓸하게 웃었다.

"천만에. 그렇게 하다간 도쿠가와 님 자신이 망해 버리지. 아직 젊군, 고에쓰 님은……"

"그렇다면 소에키 님은 처음부터 이 일을 알고 계셨습니까?"

"그럼, 알고 있었지…… 이렇게 말한다면 오해할지 모르나 실은 짐작하고 있었다네."

"그러면 이즈를 포함한 간토 8주 오다와라의 영토가 송두리째 도쿠가와 가문의 것이 된다는 사실도 말입니까?"

소에키는 머리를 가볍게 끄덕였다.

"그 대신 도쿠가와 님은 미카와, 도토우미, 스루가, 가이, 시나노 등, 애써 차지했던 나라들을 뺏기지. 그뿐 아니라 오슈에는 다테를 두고, 다테를 누른다는 명목으로 아이즈 근처에 전하의 심복인 가모 님이 감독격으로 배치될 거야. 그쯤 되면 도쿠가와 님도 숨이 막히지 않을 수 없게 되지."

그렇게 말하고 소에키는 돌아온 제자 한 사람을 소리 높여 불렀다. 불을 켜게 하려는 것이었다.

고에쓰는 금방 대답이 나오지 않았다. 이에야스는 호조 씨의 영지를 늘려받는 게 아닌 모양이다. 그렇다면 이것은 단순히 불결하다고만은 할 수 없는 일인지도 모른다.

"지난날의 아케치 미쓰히데 말인데."

"……예, 혼노사에서 노부나가 님을 습격한 아케치 님……"

"그때와 같은 모반이 다시 일어나지나 않을까 하고 염려했지. 내가……아니라 전하께서 말이야. 이번 일은 이에야스 님을 그때의 미쓰히데와 완전히 같은 입장으로 몰아넣었거든."

"……"

"그런데 이에야스 님은 미쓰히데처럼 경솔하지 않았어. 꾹 참고 영토 이전을 승낙하셨지. 그러나 그곳에 가고 난 뒤부터 난처해지게 될 거야."

"과연……"

"아무튼 백 몇십 년 동안 호조 씨의 세력 아래 있던 지방들이니 그 잔당들을 쉽사리 없앨 수도 없을 게고, 요리토모 때인 옛날부터 내려오는 기풍이 워낙 사나워 잡병, 들도적 떼들이 사라질 날이 과연 올 것인지…… 그런 생각을 하면 남의 일이지만 이에야스 님이 딱하단 말이야."

고에쓰는 몸을 내밀었다.

"그렇다면……어른께서는 호조 일족에 대한 처분에 대해 전부터 알고 계셨습니까?"

소에키는 전과 같은 말을 되풀이했다.

"알고 있었던 건 아니지만 짐작하고 있었지. 벌써 내통자가 나오기 시작했으니 오래 견디지 못할 거야."

"우지마사, 우지나오 부자를 구출하지는 않는다……는 말씀이십니까?"

"부자……라지만, 우지마사 님과 우지나오 님에 대해서는 취급이 다르겠지. 우지마사 님은 항복하더라도 목숨을 부지하지 못할 걸세. 그러나 우지나오는 이에야스 님 사위니 목숨은 건져 고야산쯤으로 쫓겨나지 않을까…… 이것은 내가 전하의 말에서 짐작한 일이지만."

듣고 있는 동안 고에쓰의 몸은 다시 부들부들 떨리기 시작했다. 모든 것을 다 알면서 이렇듯 여기서 대나무를 만지고 있을 수 있는 소에키가 미웠던 것이다.

'이 사람도 권력가 옆에서 아부나 하며 지내는 속물…….'

그런 생각이 자꾸만 들었다.

"그러면 소에키 님께서는 그러한 일들을 모두 아시면서 전하께 아무 말씀도 드리지 않았습니까?"

"아니, 묘한 소릴 하는군. 내가 무슨 충고 따위를…… 내가 말한다 해서 듣기나 하는 전하인 줄 아오?"

"호조 부자를 위해 구명운동이라도!"

"나는 무장도 정치가도 아니오. 다만 한결같이 소박한 취향의 길을 지향하는 일개 다인(茶人)에 지나지 않아."

그리고 소에키는 조소하듯 덧붙였다.

"전하는 여기저기에서 땅을 뺏기도 하고 주기도 하는 게 좋겠지. 그러나 나는 한낱 풍류객, 이렇듯 심심풀이로 만든 물건들을 동지들에게 선물하여 사례를 받는 것이 고작인 속세를 버린 사람이오. 그러한 나에게 너무 많은 것을 기대하다가는 머지않아 고에쓰 님, 소에키 놈은 살려둘 놈이 못 된다고 분개하게 될 거요.

아이구, 무서워라, 무서워……."

그때 제자가 밖에서 헌 가마솥에 물을 끓여왔다. 처마 밑에는 아직도 모기떼가 날고 있다.

고에쓰의 눈은 저절로 칼날처럼 광채를 띠기 시작했다. 이곳도 역시 그의 마음을 씻어줄 맑은 샘은 아닌 것 같았다. 무엇보다도 고에쓰가 싫은 것은 '속세를 버린 자'라는 사고방식이었다. 이것은 스스로를 자조하는 척하는 패배자의 말이 아니고 무엇이랴.

"소에키 님!"

"뭐요, 벌써 화났소?"

소에키 역시 무례하게 들릴 만큼 조용히 되물었다. 야유라고 하면 할 수도 있다.

'새파란 녀석이 무슨 소리……'

그러한 무관심과 관심이 뒤섞인 얼굴이었다.

"소에키 님께선 지금 심심풀이로 물건을 만들어 동지들에게 나눠주고 사례를 받는다고 하셨지요?"

"그랬소!"

소에키는 무릎 옆에 놓인 찻숟가락을 집어들었다.

"이런 것이라도 뜻밖에 소중히 알아주어 3냥이나 5냥 돈을 사례금으로 주는 분이 있소."

"한마디 여쭙겠습니다!"

"오, 그럴 줄 알았지."

"그런 경우에 소에키 님께서는 3냥을 주시는 분과 5냥을 주시는 분 가운데 어느 쪽에 그 물건을 주시겠습니까?"

"그야 5냥 쪽이지. 5냥이 3냥보다 2냥 더 많거든."

"그러면 돈의 많고 적음에 따라 파신다, 현세에서의 일은 그것으로 충분하다는 말씀입니까?"

"고에쓰, 삐딱하게 나가지 마시오. 나는 대나무 세공장이가 아니오. 소박한 취향의 길을 구하는 자요."

"그렇다면 어찌 그처럼 돈의 많고 적음을 따지십니까?"

"하하……따지지 않는 척하면서 실제로는 따지는 사람보다야 내가 좀더 깨끗하지. 그런 정도요."

"왜 2냥쯤 적더라도 상대의 마음에 따라 적은 쪽에 양보하지 않습니까?"

"고에쓰, 나는 반드시 사례가 많은 쪽에 준다고는 말하지 않았소. 그러나 청하는 이가 비슷비슷할 경우에는 5냥 쪽에 준다고 말했을 뿐. 같은 경우에 10냥을 주는 사람이 있다면 물론 그쪽으로…… 그대도 그렇게 하는 게 좋을 거요."

고에쓰는 머리를 크게 흔들었다.

"말씀은 알겠습니다! 그러나 제게까지 그런 마음을 가지라는 충고는 그만두십시오."

"그래, 그렇다면 그대 마음대로 하시오."

"오, 마음대로 하고말고요. 소에키 님!"

"또 무슨 용건이 남아 있소?"

"그렇다면 소에키 님께서는 다도를 통해 간파쿠를 인도하겠다는 옛날의 뜻은 버리셨군요."

"아니, 예나 지금이나 특별히 변한 건 없다고 생각하는데."

"그러시다면 전부터 그런 뜻은 없었다, 니치렌 대사가 가마쿠라 거리에서 설법하실 때처럼 격한 기질은 가지지 않으셨다는 말씀이군요."

고에쓰가 열을 올려 거기까지 말하자 소에키는 혀를 차며 웃음을 터뜨렸다.

"어, 무섭소, 무서워…… 지금 니치렌이 살아 있다면 무슨 말을 할지…… 자, 물이 끓었소. 마음을 가라앉히기 위해 한잔 듭시다. 우선 진정하고 주위를 다시 보시오. 안 그렇소?"

소에키는 고에쓰의 노여움을 무시하고 제자가 내온 풍로 앞에 앉았다. 등불을 끌어다놓고 차도구를 살피기 시작하니 차마 고에쓰도 말할 틈이 없었다. 정녕 '마음을 가라앉히는' 차. 명주 수건을 놀리는 손길에서 눈도 마음도 시공(時空) 속에 완전히 녹아들어, 있는 것은 다만 저물어가는 골짜기의 정적뿐이었다. 찻잔은 아마도 지금 싸움터에 나가 있는 후루타 오리베가 구운 '덴쇼구로(天正黑)'인 듯하다.

그것을 조용히 고에쓰에게 권한 다음 소에키는 말했다.

"어떻소? 혹시 내가 새 찻잔을 비싸게 팔아먹는 돈만 아는 영감이라는 욕이라도 듣지 않았는지?"

"듣기는 했습니다만 지금까지는……."

"믿지 않았다…… 그러나 오늘부터는 믿겠다는 말이오?"

고에쓰는 대답 대신 손바닥 안에 있는 차와 찻잔을 음미하려고 애썼다.

'아직 젊다!'

이 한 마디가 그의 신경을 몹시도 건드렸다.

과연 자기의 분노가 경솔한 것일까? 아니면 상대의 세속적인 땟물이 이쪽의 젊음을 속이려드는 것일까……? 그렇다 치더라도 이 좋은 차맛은 왜 이토록 심술 궂게 그의 미각을 뒤흔든단 말인가…… 문득 소에키를 바라보니 그는 짓궂은 눈길로 한 잔의 차가 고에쓰의 내부에 어떠한 변화를 가져오는지 지그시 지켜보고 있는 듯했다.

고에쓰가 찻잔을 내려놓자 소에키는 말했다.

"어떻소, 마음이 좀 씻겨 내려갔소?"

"글쎄요, 그건……."

"그대가 가진 지혜 따윈 어차피 나쁜 피에 속하는 거지. 무(無)가 되시오. 그게 그대가 말하는 니치렌 대사의 마음이 되기 전에 반드시 가야 할 황혼 녘의 길이 오."

"그렇다면 이 고에쓰의 생각 따윈 아무것도 아니란 말입니까?"

"글쎄……나는 말하지 않겠소. 그러나 차가 그대한테 그렇게 속삭이지 않던 가?"

"……."

"고에쓰 님"

"무……무슨 말씀이십니까?"

"그대가 아무리 발버둥 쳐본들 간파쿠는 뜻대로 안 될 거요. 비록 그렇게 된다 해도 거기서 일이 끝나지 않소. 한 사람의 간파쿠 다음에는 또 다른 간파쿠, 다 음에는 또 다른……이 세상에는 결코 끝이 없는 법이오."

"……."

"그러므로 니치렌 대사도 세 번 간해서 통하지 않으면 산에 들어가 남은 공부 나 더 할 것이라고 깨끗이 미노부산(身延山)에 파묻히셨다고 들었소. 내가 3냥보다 5냥을 주는 사람에게 심심풀이로 만든 물건을 보낸다고 한 것은, 그 남은 공부에 속하는 거요."

"무……무슨 말씀이신지!"

"아무리 심심풀이로 만든 것이라고는 하나 이 작은 물건에는 내가 오늘날까지 걸어온 정신이 새겨져 있소. 이것을 내 몸에서 내놓는 것이니 50냥, 100냥과도 바꾸기 어렵지…… 아니, 아깝다는 말은 그만두기로 하지. 이걸 받은 사람들이 그 가치를 발견하는 실마리는, 유감스럽지만 그 금액에 있소. 거금을 낸 물건이라면 반드시 이를 존중해 뒷날까지 그 미(美)의 가치를 봐주겠지…… 간파쿠의 대에도, 그다음 간파쿠의 대에도 말이지."

그렇게 말하자 어느새 소에키는 눈시울을 적시며 조용히 손수 만든 찻숟가락에 뺨을 갖다대고 있었다.

고에쓰는 아직도 상대의 주장을 그대로 받아들일 수 없었다. 사람에게는 저마다의 집착이 있고, 그것을 위해 자기 주장을 내세우려 하는 법이다. 비록 소에키가 자신의 집착을 옳은 것으로 믿고 살아왔다 해도, 그것이 다른 하나의 '세상 거울'에 어떻게 비치는가가 문제였다.

소에키는 잠시 뒤 찻숟가락을 내던졌다.

"아직도 납득이 안 되는 표정인 것 같군."

"그렇습니다."

"어디가 마음에 들지 않소. 사양할 것 없으니 말해 보오."

"그렇다면 소에키 님은 벌써 간파쿠를 단념하셨다는 겁니까?"

소에키는 웃었다.

"난처한 소리를 하는구려. 간파쿠 한 사람 일을 이러쿵저러쿵 해봐야 쓸데없는 일. 사람에게는 저마다 '업(業)'이 있듯 권력의 자리에도 그것이 있소. 그러므로 계산을 단단히 해서 맞서야지 분노를 폭발시켜서는 점점 더 비참한 패배만 있을 뿐이라는 말이오."

고에쓰는 오른쪽 어깨를 쓱 치켜올리며 말했다.

"그럼, 간파쿠가 권력의 업으로 나오므로 소에키 님은 돈이 갖는 업상(業相)을 이용해 맞겨루겠다는 말씀입니까?"

"그렇게밖에 풀이가 안 된다면 하는 수 없지."

"달리 해석할 수 있다면 말씀해 주십시오. 상대의 추함에 진 것이 아니라……이를 교화시키기 위해 살고 있다……는 것을 알게 된다면 고에쓰는 소에키 님 앞에 두 손을 짚고 사죄하겠습니다."

"사죄를 받고 싶어서 하는 말이 아니오. 간파쿠에게는 간파쿠의 좋은 점이 있소. 이 좋은 점은 어떠한 경우에도 완전한 형태가 아니라, 인간이 지니는 악과 더불어 있지. 이런 것을 모르고 있느냐는 거요. 그걸 알면 자연히 간파쿠의 좋은 점도 알게 되오. 그런데 고에쓰 님."

"예."

"그대, 조금도 흠이 없는 명검을 본 적이 있소?"

"글쎄, 그건……."

"있다고는 못할 거요. 칼이나 사람이나 마찬가지! 그렇다고 흠 있는 칼을 그대로 보아넘기라는 건 아니오. 그렇게 되면 진보가 없으니까. 그러나 완전한 것을 구하는 마음과 완전한 것이 있는가 없는가 하는 것은 별문제요. 지나치게 완전함을 추구한 나머지, 작은 구슬을 쳐서 칼 자체를 분지르지 말라는 거요. 그 성급함이 젊다는 거요."

"그러면 소에키 님은 간파쿠도 그런 대로 좋고 이에야스 님도 용서하라는 말입니까?"

"그렇지. 두 분 다 매우 훌륭한 분이지. 그대도 그걸 잘 알면서 불같이 화내고 있소. 그 원인이 무얼까 하고 나는 아까부터 궁금하게 생각하고 있을 뿐이오."

"좋습니다! 이쯤 됐으니 말씀드리지요. 간파쿠는 이 고에쓰에게 마사무네의 칼을 만들어라, 마사무네의 이름이 붙은 칼이 상으로 필요하니 당장 만들라고 명령했습니다."

"아하! 이제야 알겠군."

소에키는 처음으로 무릎을 탁 쳤다. 그와 동시에 고에쓰의 말이 마구 쏟아져 나왔다.

"자, 소에키 님 같으면 어떻게 하시겠습니까? 가짜 명검을 만드는 것도 그것이 권력이 가지는 업이라며 시키는 대로 하시겠습니까?"

고에쓰가 다그쳐 묻자 소에키는 또 한번 손을 흔들었다. 전보다 부드러운 미소가 입가에 떠오른 것은, 무엇이 고에쓰를 이처럼 격분시키고 있는지를 알았기 때문이리라.

"고에쓰 님, 그러면 내가 한 가지 묻겠는데, 그대는 간파쿠가 그 마사무네라든 가 하는 명검을 만들어내라는 억지소리를 하지 않을 분으로 알고 있었소?"

"예? 그건……."

"그렇지는 않을 거요. 간파쿠에게는, 어딘가 그대의 마음에 들지 않는 데가 있 었을 텐데…… 어때, 틀렸소?"

조용한 질문을 받자 고에쓰는 당황했다. 듣고 보니 확실히 그랬다. 처음부터 고에쓰는 히데요시를 좋아하지 않았다.

소에키는 소리 내어 웃었다.

"하하……처음부터 좋아하지 않았던 사람이므로 듣기 싫은 말을 들었을 때 피 가 거꾸로 치솟았다……는 것이 그대 분노의 원인인 것 같군."

"그렇다면……그렇다면 나쁘다는 겁니까?"

"나쁘다는 게 아니야. 그러나 좀더 깊게 생각해 보는 게 어떨까? 그렇지, 그대 가 싫어하는 것을 히데요시라는 적나라한 한 인간과 간파쿠라는 권력의 자리에 앉은 사람 두 가지로 생각해 보는 여유가 필요하오."

"뭐, 뭐라고요? 히데요시와 간파쿠가 별개의 사람이라는 말씀이십니까?"

"지금이야 하나지만 본디는 따로따로였소. 히데요시는 모든 역사 속에서 오직 한 사람, 간파쿠라는 직명을 가진 사람은 얼마든지 있겠지. 고에쓰 님, 그대가 싫 어하는 것은 히데요시가 아니고 간파쿠인 것 같아."

"어떻게……어떻게, 그렇게 판단하십니까!"

소에키는 손수 끓인 차를 맛있게 마셨다.

"만일……히데요시가 간파쿠가 아니고, 옛날의 하시바 지쿠젠이라는 한낱 영 주에 지나지 않았더라면 그도 마사무네를 만들라고 그대에게 말하지 않았을 테 고, 그대도 그런 소리를 들어 화나지 않았을 거요―하시바 님, 농담하지 마십시 오……이렇게 말해 주고 조용히 설복할 여유를 가질 수 있었을 것이오."

"흠, 묘한 말씀이군요……."

"묘한 것이 아니오. 인간이란 화났을 때 특히 상대를 잘못 보는 수가 있소. 그 대는 히데요시가 싫은 게 아니고 간파쿠라는 권력이 싫은 거요. 아니, 그저 싫다 는 것보다 두 개의 것을 엄격히 가릴 줄 아는 눈을 가지지 못했지…… 그게 바로 젊음이라는 거요. 권력을 싫어하여 히데요시에게 화났어. 그 바람에 소에키까지 멋모르고 야단을 맞았지만……."

소에키는 다시 상대의 반응을 살피는 눈이 되어 입을 다물었다. 고에쓰는 분명히 동요하기 시작하고 있었다. 적어도 소에키의 마지막 한 마디는 그의 가슴에 예리하게 꽂혔다.

"고에쓰 님, 간파쿠는 그 같은 무리한 소리를 예사로 하는 사람이오. 말해 놓고 그게 선인지 악인지 생각해 보지도 않는 순진한 일면을 가진 분이오. 알겠소? 이같이 순진한 분이 간파쿠 자리에 있다는 것을 우리는 잘 명심하고 곁에 있어야 하오. 섬긴다……고 말하면 그대는 화를 내겠지. 지도라고 해도 좋고, 자문에 응한다고 해도 좋으나 어디까지 그 고집을 봐주고 어디쯤에서 마음을 가다듬어 간할 것인가……니치렌 대사도 바로 그 문제에 관해 엄숙히 이른 말씀이 있었을 텐데……."

고에쓰는 입술을 꼭 깨문 채 온몸을 굳히고 자신의 무릎을 노려보았다. 아마소에키는 그가 생각하는 만큼 얕은 곳에서 망상하고 있는 인간은 아닌 것 같았다.

그러나 히데요시와 간파쿠를 별개의 것으로 생각하라는 것은 우스운 궤변같이 여겨진다.

"한 마디만 더, 쓸데없는 말을 해보기로 할까, 고에쓰 님?"

"……."

"그대나 이 소에키도 만약 무장이 되고자 했더라면 될 수 있었을 거요. 무장으로서 출세할 능력이 없어 그대는 서도나 칼 감정을 하고 나는 다도에 들어간 것은 아니오. 20만 석, 아니 30만 석짜리 무장이 되어 땅 한 조각, 또는 반 조각 얻어봤자 만족할 수 있는 인간이 못 되기에 그대는 무사의 넋을 맡아보는 길을, 나는 다도에 정진해 왔소. 알겠소? 정치나 모략에는 일종의 추함이 따르기 마련이오. 그 추한 것을 용납할 수 없는 천성……이것이 그대와 내가 갖고 태어난 업이야. 이 업은 간파쿠는 물론이고 일국의 왕이라 해도 반드시 충돌하겠지. 현재 이소에키도 간파쿠의 노여움을 사게 되어 이렇듯 병을 핑계 삼아 곁에서 떠나 있는 형편이오. 그러나 나는 간파쿠를 미워하지는 않소. 미워하기는커녕 이렇게 잠시 떨어져 있으니 말할 수 없이 재미있고 애착이 느껴지는 분이야. 말하자면 흠집투성이인, 그러나 좀처럼 구할 수 없는 이도의 찻잔이라고 할까……."

"소에키 님!"

"이제 좀 알 듯한가 보군. 눈빛이 되살아났어."

"그렇다면 소에키 님은 이 고에쓰에게 히데요시라는 찻잔에 부어진 차일지라도 그대로 마실 수 있는 크기를 가져라……는 말씀이십니까?"

"그렇지는 않아."

소에키는 천천히 고개를 가로저었다.

"그대는 그대대로 용납 못할 마지막 선이 있을 터…… 소에키에게도 그것은 있소. 그건 서로 굽히지 말도록…… 그러나 그걸 분별하지 못하고 화내는 어리석음은 피하도록 하자는 거지."

"음."

"알겠소? 우리의 생명은 진리를 향하고, 정치의 생명은 오늘의 평화를 지향하는 것이오. 어느 쪽 길이 더 험한지는 그대가 잘 알고 있을 터……."

고에쓰는 머리를 푹 숙였다. 이제야 비로소 소에키의 말이 오장 속으로 스며들었던 것이다. 고에쓰와 소에키의 생활관이 무장이나 정치가의 것과 충돌하지 않을 리 없었다. 당연히 있어야 하는 것에 부딪쳐 앞뒤를 잊고 화를 낸 자신을 소에키는 '젊다'고 평했을 뿐 세속에 무릎 꿇고 불결한 것에 물들라고 하는 건 아닌 것 같았다.

"그럼, 한 가지 더……."

"무슨 말이든 물어보오."

"이 고에쓰도, 이대로 병을 가장해야 할 때……라고 생각하십니까?"

"글쎄, 낯선 땅이라 물이 맞지 않아…… 교토로 돌아가 요양하겠노라고 여쭈어보시오. 그러면 간파쿠는 그대 이상으로 그대의 몸을 염려해줄지도 몰라. 간파쿠 히데요시라는 사람은 그처럼 묘한 분이오. 무장으로서도 정치가로서도 그릇이 크지."

그때 제자들이 밥상을 날라왔다. 벌써 밤이 깊어가고 있었다.

소에키도 고에쓰도 말없이 식사를 시작했다.

'더 이상 말하지 않아도 다 알았을 테지…….'

그렇게 생각하고 소에키는 입을 다물었으나, 고에쓰는 그렇지 않았다. 아직도 이런저런 소에키의 말을 되씹고 있었다.

두 사람은 나이가 차이 날 뿐 닮은 점이 많았다. 한결같이 결백하고 지기 싫어하는 외고집쟁이들이었다. 또 그런 만큼 둘 다 사물의 본질을 끝까지 추구하지 않고는 못 견디는 순수한 성격을 가지고 있었다. 고에쓰는 니치렌종을 믿고 소에키는 선(禪)에 들면서도 두 사람 다 세상의 사표가 되고자 하는 그런 야심 비슷한 패기를 가진 점까지 몹시 닮아 있었다.

그 소에키로부터 고에쓰는 가벼운 어조로 아직 젊다는 소리를 들은 것이다. 상대방의 말이 가벼우면 가벼울수록 더욱 매서운 비판이라고 할 수 있었다. 고에쓰는 지금 그것에 대한 분함과, 성격에서 오는 날카로운 반성을 함께 되씹고 있었다.

'히데요시가 아니더라도 소에키와 고에쓰 같은 삶을 지향하는 자들은 반드시 현시대의 권력자와 충돌하게 된다……'

소에키는 그렇게 단언하며 가르쳐 주었다.

'그럴지도 모른다……'

아니, 어쩌면 그것은 정치를 지향하는 자와, 진리를 탐구하는 자의 숙명적인 차이가 틀림없다…… 그렇게 생각하면서도 아무래도 납득되지 않는 것은 역시 '젊음'에서 오는 분노 때문일까?

소에키는 이런 경우에 화내면 히데요시 때문에 자멸하는 거라고 경고했다. 그보다는 병을 빙자하여 교토로 돌아가라……고, 그렇게 한다면 혹시 인간 히데요시의 또 하나의 측면을 발견하여 고에쓰가 마음을 여는 계기가 될 수도 있다……고 충고해 주고 있는 것이다.

'그럴지도 몰라……'

그렇다고 언제나 권력자 앞에서 패배해도 좋단 말인가? 니치렌 대사는 그 패배를 가장 경계해야 할 비겁함이라고 가르치지 않았던가……

소에키가 두 번째 밥공기에 젓가락을 대었을 때 머위나물을 집던 고에쓰가 갑자기 젓가락을 던지고 울음을 터뜨렸다. 소에키는 태연했으나 시중들던 제자는 흠칫 놀라며 뒤로 물러앉았다. 그토록 격렬한 고에쓰의 행동이고 울음이었다.

고에쓰는 경련하듯 어깨를 떨며 양쪽 귀밑머리를 쥐어뜯었다.

"으흐흐…… 난……나는……지금껏 살아오면서 아무것도 한 게 없는 인간이었습니다……."

"그렇지 않아!"

소에키의 목소리가 주위의 공기를 압도했다.

"뒷날, 똑같은 곤란을 당했을 때 그대는 도를 위해 과감히 죽을 수 있는 체험을 한 거요."

"뒷날에 과감하게……?"

"그렇지."

소에키는 나지막하게 웃었다.

"알겠소? 그 경험을 치러낸 것은 비단 그대 한 사람만이 아니오. 소에키 역시 같은 경험을 하고 있는 중이지. 즐거운 일이 아닌가? 도를 위해 진지하게 생각할 수 있다는 건 말이야…… 자, 기운 차려 밥을 먹고 곧 교토로 돌아갈 준비를 하게."

고에쓰는 또다시 고개를 떨구고 입술을 깨물며 울기 시작했다.

호조(北條) 붕괴

우지나오는 넋을 잃고 오다와라성 서남쪽 하야강 어귀 오른쪽에 우뚝 솟은 이시가키산에 세워진 적의 새 성채를 올려다보고 있었다. 히데요시 쪽에서는 이 것을 이치야성(一夜城)이라고 부른다던가. 골짜기 건너편 산에서 끊임없이 인부들이 동원되는 것도 알고 그 숲 너머에 무언가 큰 성채를 구축하고 있으리라는 것도 짐작은 했었다. 그러나 그것이 5대를 이어온 오다와라성을 조롱하는 듯한 웅대한 규모로 홀연히 산꼭대기 숲속에서 나타날 줄은 꿈에도 생각지 못했다.

'어떠냐, 이 히데요시의 위력을 알겠느냐?'

그 성은 두 겹으로 깔린 안개 위에 글자 그대로 오만하게 오다와라성과 그 거리를 내려다보고 있었다. 아마 이 산성에 쓰인 큰 암석을 운반하는 데만도 십 몇만 명의 인력이 소요되었을 것이다.

이미 바다 쪽에서는 무섭게 봉쇄의 원이 좁혀지고 우에노에서 들어온 적은 차츰 무사시, 시모우사, 사가미로 침입의 손길을 점점 뻗어오고 있었다.

'이토록 큰 공사를 대체 무엇 때문에 이런 곳에……'

그런 생각을 하니 온몸에 소름이 끼쳤다.

'버틸 수 있으면 얼마든지 버티어라. 이쪽도 이렇게 배짱을 정했으니까.'

원정군이라는 것을 알고 거취를 정하지 못하고 있는 호조 쪽 농성군의 사기에 이처럼 큰 위압감을 주는 것은 없었다. 지금 이 성을 올려다보는 오늘의 하야강 어귀, 가미가타 어귀, 미즈오(水尾) 어귀에 배치된 아군은 아무 소리 없이 잠잠

하다.

"사자는 아직 오지 않았느냐?"

우지나오는 정문 망루에서 견디다 못해 계단을 내려서자 일부러 성이 보이지 않는 활터로 나가 우에다 도모히로(上田朝廣)로부터의 연락을 기다렸다. 도모히로는 무사시의 마쓰야마 성주로 에도 입구를 지키며 도쿠가와 이에야스의 본진과 대치하고 있었다.

"아직 오지 않았습니다만, 괴이한 풍문을 들었습니다."

근위무사 사카구치 몬도노스케(坂口主水之助)가 나직하게 말하자 우지나오는 신경질적으로 돌아보았다.

"흉보냐, 길보냐."

몬도노스케는 주위를 꺼리듯이 살폈다.

"그게……은밀한 심부름을 해주던 그 즈이후라는 승려도, 혼아미 님도 이미 그곳을 떠나버렸다고 합니다."

"뭣이, 혼아미 고에쓰도 이곳에 없단 말이냐?"

"예, 우에다 님 쪽 중신들이 여러 가지로 탐지했는데 4월 하순인가 5월 초순께 병을 치료하기 위해 교토로 돌아갔다고 합니다."

"그럴 리 없다!"

우지나오의 목소리가 떨리고 있었다.

"도쿠가와 님과의 비밀 연락은 그가 자청했단 말이다."

"그러나 병으로 간파쿠에게 청을 드려 간파쿠가 여러 가지 상도 내리고, 돌아가는 길의 호위까지 딸려주어 틀림없이 돌아갔다고 하던데요……."

그러나 우지나오는 믿지 못하겠다는 듯이 벚나무 고목 밑에서 걸음을 멈췄다.

"아무튼 기다리자. 혼아미가 아니더라도 대신 연락이 있겠지. 걸상을 가져오너라."

6월도 벌써 중순, 히데요시가 이 땅에 발을 내디딘 지 80일이 되어가고 있었다.

우지나오는 걸상에 걸터앉자 말했다.

"하치만산의 경비를 엄중히 하도록 하라."

그러고는 푸른 나무 그늘에서 눈을 감았다.

실로 기묘한 싸움이었다. 처음에는 전군이 불덩어리처럼 되어 부딪칠 작정이었으나 어느덧 경제력까지 계산에 넣은 총력전이 되고, 다시 농성전이 되어 지금은 끈기 겨루기가 되어 있었다.

히데요시가 하코네의 야마나카성과 이즈의 니라야마성에 공격을 개시한 것은 3월 29일이었다. 그리하여 야마나카성은 떨어졌으나 니라야마성은 아직 포위된 채 버티고 있었고 요긴한 오다와라성은 아직 싸움 같은 싸움 한 번 하지 않았다.

총력전을 빙자하여 농병들을 뽑아들이고 인근 지방에서 수많은 양곡을 수집하여 마을을 송두리째 성곽 내에 끌어들인 덕분에 무사고 백성이고 식량에는 전혀 부족을 느끼지 않았다. 그러므로 이시가키성이 홀연히 나타날 때까지 오다와라성 안은 아무 불안도 부족도 없는 별천지처럼 보였다. 또한 그렇게 보이려고 우지나오는 노력했다.

장병들의 위로에는 특히 세심한 주의를 기울여 낮에는 장기며 주사위 놀이를 자유롭게 허락했고, 음주가무도 기습에 대비하는 자 외에는 그리 구애되는 일이 없도록 해주었다. 여기저기서 풍로를 놓고 차를 끓여 즐기는 자, 노래자랑을 벌이는 자, 피리를 불고 북을 치며 기분풀이를 하는 자……

아니, 그보다도 마쓰바라 신사의 경내에 날마다 시장이 서도록 해서 3년치 내지 5년치나 쓸데없는 식량을 비축하고 있는 자는 내년 봄부터 생활비를 줄 터이니 장에 내다 팔라는 명령을 내렸더니 쌀보리가 산더미처럼 쏟아져 나와 우지나오를 깜짝 놀라게 했다.

따라서 아직 오다와라성 안에서만은 전란의 냄새가 조금도 풍기지 않고 있었다. 그런데도 싸움은 완전히 패하고 있으니 기묘한 노릇이었다.

히데요시 쪽에서도 호조 쪽에 지지 않고 몇천 척의 배로 거의 날마다 물자를 실어날라 아타미에서 하야강 어귀와 유모토로 통하는 교토 쪽을 비롯해 수많은 성곽 주위를 지키며 진을 굳히고 있는 각 무장들의 본진은 물론 여기저기 시장을 개설하여 오다와라라는 도시를 에워싸는 큰 도시를 이룩하여, 지금은 해안 쪽의 상인으로부터 기생과 매춘부에 이르기까지 잇따라 떼 지어 모여들 정도라 장기전이니 야전이니 하는 관념과는 완전히 동떨어진 양상을 보이고 있었다.

그러나 그러는 동안에 주위의 간토 8주를 에워싼 강철 같은 적의 포진은 바다로 육지로 시시각각 오다와라를 향해 좁혀지고 있다. 이즈에는 이미 니라야마성 하나밖에 남지 않았고 4월 20일에 고즈케의 마쓰이다성(松井田城)을 공격점으로 행동을 개시한 우에스기, 도쿠가와, 도요토미의 총연합군은 서로 공을 다투어—

4월 22일 에도성

5월 22일 이와쓰키성

5월 30일 다테바야시성(館林城)

6월 5일 오시성

6월 14일 하치가타성(鉢形城)

순서로 어김없이 항복시키거나 함락시키면서 거꾸로 동쪽에서 육박해 오고 있는 것이다. 그런 참에 홀연히 서쪽에 모습을 나타낸 이시가키산성의 위용이라니.

'본대가 싸우기도 전에 지고 있다. 이렇듯 어이없는 일이……'

우지나오가 안절부절못하면서 도쿠가와 군으로부터의 연락을 기다리고 있는 것은 이 때문이었다. 오다와라성 안은 무풍상태이면서도 조상 대대로 이어온 영토가 시시각각 무너져가고 있었다. 말하자면 홍수 속에 남겨진 모래성 같은 것이었다. 차츰 이곳저곳과 연락이 끊기고 이제는 서 있는 발밑까지 황토 물에 씻겨나가기 시작하고 있다. 그쯤 되니 우지나오가 의지하는 것은 단 한 줄기 구원의 끈인 도쿠가와 가문뿐이었다.

'여기서 무슨 일이 있어도 호조 가문이 살아남을 수 있는 마지막 의지할 곳을 찾아내야 한다……'

어찌 이렇듯 어리석을 수 있나 하고 우지나오는 이제야 후회되었다. 무엇보다 실력 비교에서 너무 오산이 컸고, 그것이 아버지 우지마사로부터 일개 병졸에 이르기까지 철저하게 스며 있었던 것이 마침내 오늘까지 진퇴를 결정짓지 못하는 원인이 되고 있었다.

적 쪽에서 이를 '오다와라 회의'라 부르며 조롱하고 있다던가. 항복이 하루라도 늦으면 늦을수록 조건은 점점 불리해진다. 그것을 모르고 있는 어리석은 자라는 뜻인 모양이었다. 이 일은 이에야스로부터 몇 번이나 언질이 있었고, 즈이후며 혼아미도 입이 닳도록 주장한 바였다. 지금은 우지나오도 그렇게 생각하고 여러 번 아버지와 일족에게 상의했으나 받아들여지지 않았다.

"약점을 보이면 안 된다."

"그렇소. 어디선가 크게 이겼을 때 그것을 기회 삼아 화평 회담에 들어가는 게 좋소."

그러나 그것은 구렁에 한쪽 발이 빠진 자의 헛된 기대였다. 적은 좀체 그런 기회를 주지 않을 뿐 아니라, 싸우면 반드시 이겨 오다와라를 고립시키는 데 착착 성공하고 있었다. 이치야성이 완성되었으니 이제 남은 것은 총공격…… 이렇게 되고 난 뒤에야 도쿠가와 가문의 연락을 기다리고 있다니 이 얼마나 비참한 일인가?

"아직 아무도 오지 않았느냐? 시부토리(澁取)의 진지에서?"

"예, 시부토리에서도, 에도 어귀에서도……."

"그럼, 우에다에게 사자를 보내라."

차마 직접 가지는 못하고 우지나오는 에도 어귀에 있는 우에다 도모히로의 진지에 서둘러 측근시동을 보냈다.

기다리는 시간은 참으로 지루했다. 벌써 총공격 명령이 내려져 이에야스도 사위를 위해 도모할 여지가 없어졌을지도 모른다…….

'만약 그렇다면 어떻게 할 것인가……?'

이치야성이 완성되기 전 같으면 모두 마음을 합쳐 치고 나갈 방법도 있으련만, 이제 와서는 사기가 절반도 남아 있지 않으리라…….

얼마 뒤 우에다 도모히로의 진지에서 뜻하지 않은 인물이 도모히로와 함께 나타났다. 교토 쪽을 지키고 있어야 할 중신 마쓰다 노리히데였다.

두 사람은 황망히 일어나 맞이하는 우지나오의 모습을 보더니, 엄한 목소리로 측근시동들에게 주위를 감시할 것을 명했다.

"중요한 의논이 있다. 아무도 근접시키지 마라."

우에다 도모히로도 동쪽을 감시하기 위해 나가고 우지나오 앞에 무릎을 꿇은 것은 마쓰다 노리히데 한 사람뿐이었다. 노리히데의 희끗희끗한 머리와 이마에 밴 납빛 땀을 보았을 때 우지나오는 순간적으로 사태를 알아차렸다.

"노리히데! 배신했구나."

"옛."

노리히데는 부정하는 대신 한 손을 흙바닥에 짚은 채 세차게 어깨를 떨기 시작했다. 성안에서 기를 쓰며 분발하고 있는 젊은 무사들 가운데에서 이 마쓰다 노리히데는 가장 평판이 좋지 못했다. 의욕적으로 주전론을 펼치는 은퇴한 주군 우지마사 앞에서 언제나 회의를 지연시키고, 우물쭈물 결전을 연기시켜 온 장본인도 이 노신이라고 소문나 있었다.

"저놈이 수상해."

"오다와라 회의니, 하고 적으로부터 욕을 먹는 이유는 마쓰다에게 있다."

"설마 적과 내통하고 있는 건 아닐 테지."

우지나오는 이러한 뒷공론을 들은 적 있었지만 오히려 그것에 의지하고 있었다.

'혈기로만 해결될 일이 아니다……'

5만 석, 10만 석의 소규모 영주 같으면 모르되 5대나 이곳에서 간토 8주를 제압해 온 호조 가문이다. 경거망동은 피해야 한다. 그러나 그 노리히데의 입에서 배신을 부정하는 말이 나오지 않자, 우지나오는 피가 일시에 거꾸로 치솟았다.

"무엇 때문에……내 앞에 나타났는가? 그것부터 말하라."

"주군! 황송하오나 모든 것은 끝났습니다."

"끝났다고? 농성군은 아직 한 번도 싸우지 않았다. 더구나 결전을 이날까지 연기시킨 것은 네놈이 아니냐?"

노리히데는 얼굴을 똑바로 들고 우지나오를 쳐다보았다. 원망으로 흐려진 뭐라 말할 수 없는 소름 끼칠 듯한 눈빛이었다.

"그 눈초리는 뭔가! 할 말 있으면 어디 해봐."

"주군! 드디어 나라야마의 우지노리 님도 성문을 열어주기로 했습니다."

"누……누구에게 들었나! 그……그 이야기는……"

"시노 성채를 공격해 온 도쿠가와 문중 이이 나오마사의 부하들에게서 들었습니다."

"이놈! 너 이이 군과 내통하고 있었느냐?"

"무슨 상상을 하시든 변명은 하지 않겠습니다. 이이 군이 출격하기 시작한 건, 이제 도쿠가와 가문도 우리 가문을 버렸다는 증거. 우리의 결단이 너무 늦었습니다."

우지나오는 주먹을 부들부들 떨며 잠시 할 말을 찾지 못했다.

'결단을 늦춘 것은 네놈이 아니더냐!'

그렇게 말하고 싶었으나 그것도 입장에 따라 달리 생각할 수 있는 문제였다. 농성군이 결단 내리는 경우는 일제히 공격해 나아가 성과 더불어 운명을 같이하는 것이 된다. 그러나 이 노신은 그런 것은 무의미하다고 보고 빨리 항복하라……
그것을 위해 결단 내려야 한다고 생각한 게 틀림없다…….

잠시 동안 두 주종 사이에 기분 나쁜 침묵이 흘렀다. 이미 군소리를 주고받
거나 욕지거리를 할 단계는 아니다. 비극의 구름이 완전히 이 성을 에워싸고 말
았다.

"노리히데……."

잠시 뒤 그를 부르는 우지나오의 목소리는 울고 있는 듯 힘이 없었다.

"생각하는 대로 말해 봐. 도쿠가와 님은 벌써 손 뗐다는 건가?"

"예, 하치오지성도 함락되고……지금은 니라야마도 손쓰려야 쓸 방법이 없습니
다. 노신들이 버젓이 있으면서 어찌 이다지도 어리석은가 하고 잔뜩 노하신 모양
입니다."

우지나오는 다시 입을 다물었다. 그리고 조용히 눈을 감았다.

아마 이에야스 역시 중재하는 위치에서 항복을 권고하는 쪽으로 돌아서 버린
것 같다. 아니, 그보다도 우지나오에게 더 큰 타격을 준 것은 니라야마성을 지키
고 있던 숙부 우지노리가 마침내 성문을 열기로 했다는 정보였다. 우지노리는 아
버지 우지마사와 우지노리의 형 우지테루(氏照)와 더불어 강경파의 중진이었다.
그 숙부에게 히데요시가 보낸 아사히나 야스카쓰(朝比奈泰勝)가 성문을 열라고
독촉하러 갔다고 들은 게 이달 초순께였다.

"뭐라고, 성을 내놓다니 될 말인가? 우리도 더욱 수비를 강화하겠으니 오다와
라도 그리 알고 있으라."

우지노리 쪽에서 그런 전갈이 있은 지 겨우 20일 남짓……그런데 드디어 성문
을 열어 항복할 정도라면 모든 게 끝났다는 마쓰다 노리히데의 말은 그대로 우
지나오의 생각과 통하는 것이었다.

"도쿠가와 님에게 버림받고, 니라야마성은 항복했다……는 정도가 아닙니다."

노리히데는 흙빛으로 변한 입술을 떨면서 말을 이었다.

"어젯밤 이보소다(井細田)에서 우지후사 님 진지에도 다키가와 가쓰토시, 구로
다 간베에 두 사람이 간파쿠의 내명을 받고 항복을 권유하러 왔다고 합니다."

"무……무……무엇이!"

"그것을 우지후사 님은 아직 주군께 보고조차 하지 않았습니다. 이것을 어떻게

생각하시는지요?"

우지나오는 몸을 가누지 못하고 벚나무 등걸에 가까스로 몸을 의지했다.

오타 우지후사(太田氏房)는 무사시의 이와쓰키 성주로 우지나오의 아우이다. 그는 이 오다와라성으로 나와 이보소다 어귀와 히사노(久野) 어귀 사이를 방비하고 있었다. 그 아우에게 항복을 권하는 사자가 왔는데도 그것을 우지나오에게 보고조차 하지 않은 것이다……

"이 노리히데가 짐작하건대 간파쿠는 우지노리 님, 우지후사 님, 이렇게 주위의 일족부터 설득해 주군과 큰주군을 고립시키고 그런 뒤 항복을 강요하려는 책략……그것도 이미 성공할 것으로 내다보았는지, 머지않아 오다와라를 출발하여 간토를 순시하게 될 터이니 가마쿠라까지 가는 도로를 보수하라고 명령 내렸습니다. 이것 역시 믿을 수 있는 곳으로부터의 비밀 보고입니다."

우지나오는 눈앞이 캄캄해졌다.

'니라야마가 떨어졌고, 성안에서는 내 아우마저 마음의 동요를 일으키고 있다……'

그것은 손발이 잘린 것이나 마찬가지였다. 그동안 식량에도 부족함이 없고 적의 강력한 공세도 받지 않은 채 유유히 지낸 '시간'이 이제 와서 생각하니 바로 적의 함정이었던 것이다.

"노리히데……그래서 그대는 이 우지나오에게 어떻게 하라는 건가?"

"황송하오나 성안에 있는 사람은 약 6만…… 이제 와서 그들을 죽게 만들 수는 없는 일입니다."

"그러니 어떻게 하라는 거냐고 묻지 않나!"

"주군께서 친히 항복하셨다……고 하면 큰주군이나 우지테루 님께서는 승복하시지 않을 것입니다. 이 노리히데에게 아무쪼록 사태 수습을 맡겨주시기 바랍니다."

"그 복안이 급하다! 그대의 손으로 어떻게 할 생각인지 그걸 말하라."

"그럼, 말씀드리겠습니다……."

노리히데는 핏발 선 눈으로 두려운 듯 사방을 둘러보았다.

머리 위에서 매미가 시끄럽게 울기 시작했다. 엷은 햇살이 내리쬐기 시작하여 몇 겹으로 무장한 몸속으로 더위가 후끈후끈 스며들어왔다.

마쓰다 노리히데는 흐르는 땀을 손등으로 닦으면서, 다가오는 사람이 없음을 확인하고 더욱 목소리를 낮췄다.

"저는 지금부터 가미가타 어귀의 제 진지로 돌아가 거기서 하야강 어귀의 공격군인 이케다, 호소카와, 호리 진지에 내통 밀사를 보낼까 합니다."

"내통 밀사라고!"

"예……이제 이러한 고육지책이 아니고는 적의 총공격을 막을 수단이 없습니다."

"그렇다면 적이 총공격할 것으로 보았나?"

우지나오는 심한 기침을 하면서 고개를 저었다.

"무슨……무슨……필요가 있어서 새삼스레…… 나는 그렇게 생각하지 않는다."

"황송하오나 그것은 주군께서 잘못 생각하신 것입니다. 이쪽에서 항복할 계기를 만들지 않으면 저쪽도 마냥 기다리고만 있지 않습니다. 이는 참으로 비할 데 없이 무참한 패전입니다."

"다음을 말하라! 내통해서 어떻게 하겠다는 거냐?"

노리히데는 마른 입술을 혀끝으로 축였다.

"이케다, 호소카와 호리의 부대를 하야강 어귀로부터 성안에 끌어들이려고 합니다."

"뭐……뭐……뭐라고! 끌어들이면 싸우지 않을 수 없다. 그럼, 6만의 인명을 구하지 못한다."

"그것이……고육지책입니다."

"자세히 말하라, 아직 무슨 말인지 모르겠다."

"제가 배신을 가장하여 그렇게 말씀드릴 테니, 그런 말을 한 저를 주군께서 체포해 주십시오."

"그대를 체포한다…… 적의 공격이 시작되기 전에 말인가?"

"그렇습니다……."

그렇게 말하고 노리히데는 다시 몸을 부들부들 떨었다. 본디 겁이 많은 듯하다. 그 겁쟁이가 모처럼 비상한 결심을 했고, 그래서 필요 이상으로 긴장한 모양이었다.

"적이……적이 쳐들어오면 모든 것은 끝장입니다. 그러므로 밀사를 보내 협상이 끝났을 때쯤 저를 잡아가시고 하야강 어귀의 방비를 주군께서 직접 하도록 하십시오.”

“뭐……?”

“그리고 성 안팎에 마쓰다 노리히데가 배신했다……배신자다 하고 소문을 퍼
뜨린 다음 마지막 작전회의를 여시는 겁니다. 그 회의 때까지는 니라야마의 우지
노리 님도 성문을 열어주고 이 성에 도착할 것입니다.”

“그……그래서 무엇을 결정하라는 거냐?”

“그렇게 되면 그 회의에서는 우지노리와 우지후사 님 두 분의 화의파가 늘어나
게 됩니다. 게다가 이 노리히데까지 적과 내통하여 어쩔 수 없이 성문을 열 수밖
에 없다고 제안하시면, 큰주군과 우지테루 님도 성문을 열어야만 하는 불가피한
사태를 이해하실 것입니다. 이……이……이 노리히데는 6만 명의 목숨을 구하기
위해 제, 제, 제물이 되겠습니다.”

거기까지 말한 노리히데는 더 이상 못 버티겠는 듯 고개를 숙이고 울기 시작했
다. 우지나오는 그제야 겨우 그 말을 이해했는지 쏘는 듯한 눈빛으로 노리히데를
노려보았다…… ‘고육지책’이라고 노리히데는 말했지만 이것은 그 말 이상의 것이
었다.

항복할 기회를 잃은 호조 가문…… 싸우기 위해서가 아니라 항복하기 위해 고
심하지 않으면 안 되게 될 때까지 천지를 모르고 오다와라 회의를 계속해 왔던
호조 가문…… 우지나오는 세상에도 우스꽝스러운 그 호조 가문의 주군이 아니
었던가. 비록 아버지 우지마사와 숙부 우지테루가 아무리 세상을 내다볼 줄 모
르는 사대주의적 완고파였다 해도 이렇게까지 사태를 악화시킨 책임은 지금의
주군 우지나오에게 있다.

“그렇단 말이지!”

잠시 뒤 내뱉듯 한숨 쉬는 우지나오의 이마에도 납빛 땀이 흥건하게 배어 있
었다.

마쓰다 노리히데가 하야강 어귀를 굳히고 있는 앞쪽의 적진에 내통을 가장하
여 접근하기 시작하면 그런 노리히데를 배신자로 우지나오가 사로잡는다. 그런
다음 마지막 작전회의에 이미 성문을 열어버린 니라야마의 우지노리도 항복을
권하는 쪽의 한 사람으로 회의에 참석한다.

‘과연 그렇게 되면 아버지와 우지테루도 뜻을 굽힐지 모른다.’

주전파는 아버지 우지마사와 우지테루 두 사람. 항복파는 전에 주전파였던 우지노리와 이미 적의 밀사를 맞아들였다는 아우 우지후사, 거기에 우에다 도모히로도 나이토 도요카게(內藤豊景)도 동원했고 마쓰다 노리히데는 벌써 배신자가 되어 있다……고 하면 결국 5대 2가 된다…….

거기까지 생각하자, 우지나오는 가슴속의 상처를 도려내는 듯한 심정으로 생각했다.

'대체 너 자신은 어느 쪽이란 말이냐?'

우지나오는 이마와 겨드랑이의 땀이 한꺼번에 살갗을 타고 줄줄 흘러내리는 것을 느꼈다. 우지나오 자신은 처음부터 '항복파'였다. 그런데 아버지와 숙부의 강한 의지에 눌려 본심을 입 밖으로나 태도로 나타낼 수 없었던 것이다. 어쩌면 지금 자기 앞에서 울면서 떨고 있는 마쓰다 노리히데도 그와 똑같은 약한 마음을 가지고 떨면서 강한 척했던 한 사람인지도 모른다.

"그래, 그랬단 말이지?"

"요……요……용서해 주십시오, 주군."

"속죄의 의미로군. 6만의 목숨을 구하겠다는 건."

"……예, 노리히데는 너무나 약했습니다. 생각하는 대로 말하지 못하고, 사태를 이토록 악화시킨……그 속죄로 배신자라는 오명을 쓰겠습니다."

"알았다, 더 이상 말하지 마라."

"예……옛."

"이 우지나오도 그대와 같은 죄다. 좋아, 소신껏 해보라. 결코 그대 혼자 죽게 만들지는 않겠다. 그대를 잡아넣고 성문을 열기로 결정한 다음, 이 우지나오도 스스로 할복할 것을 청하겠다. 그렇게 하면 6만의 목숨 외에 아버님과 숙부님 구명도 할 수 있을지 모른다."

"주군!"

"노리히데……."

"그럼, 이것이 이승에서의 작별이군요."

"다음에 만날 때는, 고약한 놈이라고 꾸짖으며 그대에게 포승을 걸겠다. 약자의 괴로운 보상이다."

"그렇게 하지 않으면 무수한 사람이 죽어갑니다."

"좋다, 가거라."

"안녕히 계십시오."

노리히데는 다시 한번 사방을 살핀 뒤 도망치듯 서쪽으로 사라졌다. 우지나오는 노리히데의 모습이 망루 저편으로 사라질 때까지 물끄러미 바라보았다.

이 세상이, 아니, 인생 그 자체가 불가사의한 약속인 것처럼 생각되었다. 많은 녹을 주고 가신을 두는 것은, 일단 일이 일어났을 때 용맹하게 싸우다 죽게 하기 위해서라고 한다. 그러나 실제로는 완전히 반대가 되었다. 용감하게 싸우다 죽기를 원하는 극소수의 사람들에게 이끌려 호조 가문은 마침내 멸망의 길을 선택한 것이다.

'만약 모두가 더 심약하고 겁쟁이였더라면 어떻게 되었을까?'

히데요시가 상경을 재촉했을 때 겁먹고 올라갔더라면, 영지 하나쯤 깎이더라도 여전히 당당하게 간토의 패자로 남아 있을 수 있었을지도 모르는데…….

아니, 그 뒤에도 기회는 있었다. 이에야스는 마지막까지 계속 화의를 권해 왔고, 오다 노부카쓰도 싸우면 손해라고 자주 사자를 보내왔다. 그뿐만 아니라 혼아미 고에쓰와 즈이후 같은 사람들까지나 호조 가문을 돕기 위해 여러모로 충고를 아끼지 않았다. 그런데도 그만 기회를 놓쳐 이러한 파국에 이르기까지 강한 척해 버리고 말았다…….

"이치야성을 저렇게 노출시킨 이상, 2, 3일 안에 반드시 총공격이 있을 것입니다."

노리히데의 말을 듣고 보니 참으로 그대로였다. 이곳에서 저 이시가키산 꼭대기까지는 포격이 불가능했으나, 저쪽에서 포격한다면 그것만으로도 이 성곽의 반 이상이 날아가게 되어 있었다.

'대체 무엇 때문에 대포를 만들고 총동원을 계획했단 말인가…….'

인간이란 때로 생각하기보다 아무 생각 없이 시대가 흘러가는 방향만 바라보고 있는 편이 안전한지도 모른다.

노리히데의 모습이 보이지 않게 되자 우지나오는 그제야 큰 소리로 근위무사를 불렀다.

"우에다를 이리로 불러라."

"알겠습니다."

곧 우에다 도모히로가 굳은 얼굴로 들어와 한쪽 무릎을 꿇었다.

우지나오는 매섭게 질문을 던졌다.

"그대는 노리히데를 어떻게 생각하나?"

"어떻게 생각하다……니요?"

"그놈의 거동이 수상하다고 생각한 적 없나?"

"글쎄요……?"

"수상해. 확실히 수상한 눈치가 보였어. 좋아, 그대의 가신들 중에서 노리히데와 친분 있는 자를 두세 명 그의 진중에 넣어 감시하게 하라."

"저, 그건……."

"두말할 것 없다. 그놈은 적과 내통할지도 몰라. 겁이 나서 회담 중에도 내 얼굴을 똑바로 쳐다보지 못하더군. 알겠나, 만일 그의 진중에서 적 쪽에 사자가 가는 듯한 눈치가 보이거든 당장 내게 알려라. 체포하여 베지 않으면 이 마당에 전군의 사기에 관계된다. 알겠나? 만일 감시를 게을리하여 내통한 사실을 알리지 않는다면, 그때는 그대도 노리히데와 같은 죄인으로 취급하겠다."

"예."

"됐다, 곧 감시꾼을 보낼 준비를 하라! 물론 에도 쪽의 경비도 엄중히 하고……."

우지나오는 그렇게 말하고 있는 자기 자신에게 침을 뱉어주고 싶은 혐오를 느끼며, 상대의 대답도 듣기 전에 획 등을 돌려 본성 쪽으로 걸어가버렸다.

동으로 가는 별

히데요시와 이에야스는 아까부터 이시가키산의 이치야성 망루에 서서, 바닷가의 하야강 어귀에서 동쪽으로 뻗은 오다와라성 안을 내려다보고 있었다.

"여기서 한 방 펑 하고 대포를 쏘아대면 꽤나 놀라겠지, 다이나곤?"

"그렇겠지요."

"생각해 보면……인간은 똑똑한 것 같지만 사실은 어리석기 짝이 없는 존재야."

"그럴까요?"

"호조 부자가 좀더 순종했더라면, 그대에게 간토 8주를 고스란히 주겠다는 생각은 하지도 못했을 거야. 그러고 보니 그 어리석음도 때로는 쓸모가 있다……고도 할 수 있지만."

거기까지 말한 히데요시는 이에야스가 자기 말을 조금도 듣고 있지 않다는 것을 깨달았다. 히데요시는 히죽 웃고 자기도 입을 다물었다. 이에야스가 무슨 생각을 하고 있는지 잘 알기 때문이었다.

'배짱 좋은 듯 보이지만 역시 영지 이동이 걱정되는 것이다…….'

일찍이 노부나가는 이런 수법으로 미쓰히데의 반역을 유발시켰다. 옛 영지를 거두어들이는 대신 산인의 세 영지를 네 손으로 쟁취하라……고 노부나가가 말한 것은 주고쿠 정벌에 나서는 미쓰히데에 대한 큰 격려의 말이었다. 그러나 미쓰히데는 그것을 자신에 대한 노부나가의 증오로 받아들여 혼노사의 변을 일으켰다.

히데요시는 노부나가처럼 조심성 없지 않았다. 이에야스의 불만과 불안도 충분히 계산에 넣은 다음 줄을 당길 때는 당기고 늦출 때는 늦추었다.

"네 힘으로 쟁취하라."

그렇게 말하는 대신 이렇게 말했다.

"히데요시가 간토 8주를 쳐서 빼앗아 드리리다."

그런 뒤 사실 우에스기를 움직여 사토미(里見), 유키(結城), 사타케(佐竹), 다테의 항복을 받아내고 아사노 나가마사, 사나다 마사유키, 이시다 미쓰나리, 오타니 요시쓰구, 나쓰카 마사이에 등을 도쿠가와 군과 함께 최전선에 내보내 분전하게 했다. 그런 뜻에서는 '빼앗아 드리리다' 라고 한 히데요시의 말은 그대로 충분히 천하에 통하게 될 터였다.

'그런데도 이에야스는 여전히 불안한 것이다.'

히데요시는 그게 우습기도 하고 딱하기도 했다.

어떠한 경우에도 히데요시에게 대항할 수 있는 발판으로서 부지런히 굳혀온 미카와, 도토우미, 스루가 땅을 내주는 것은 히데요시가 생각해도 아까워 못 견딜 일이었다. 아니, 고슈도 신슈의 일부도 이에야스와 그 가신들로서는 심혈을 기울여 경영해 온 땅이었다. 간토 8주를 준다고 하면 듣기에는 좋지만, 뒤집어놓고 보면 옛 영지를 빼앗기는 게 되기도 한다. 그러니 중신들도 불만일 것이고, 혼다 사쿠자에몬이 히데요시 앞에서 이에야스에게 대들었던 뜻도 잘 알 수 있었다.

그러나 그것 때문에 히데요시가 이에야스를 동정해야 할 까닭은 없었다. 문제는 매우 간단했다. 이에야스는 마침내 히데요시에게 굴복한 것이다. 그 굴복의 이면에는 '대적할 수 없다'는 힘의 비교와 계산이 엄연히 존재한다.

'정말 오래 걸렸어. 이 사나이에게는……'

히데요시는 꼼짝하지 않고 눈 아래 경치를 내려다보고 있는 이에야스에게 다가가 그의 어깨를 툭 쳤다.

"어떻소, 다이나곤? 여기서 한 번 오줌이나 누지 않겠소? 그러면 기분이 무척 좋을 게야, 틀림없이."

즐비하게 늘어선 망루들은 바람도 없는데 윙윙 소리 내며 조용히 울고 있었다. 눈길을 발밑으로 떨어뜨리면 몇 단으로 쌓아올린 축대가 보인다. 그 밑은 깎아지른 듯한 깊은 골짜기이고 맨 밑바닥에 엷은 안개가 끼어 있다.

'이런 곳에 용케도 성을 쌓았구나.'

물론 여기서 영원히 살 수 있을 턱도 없고 히데요시에게 그럴 마음이 있는 것도 아니다. 그런데도 거침없이 여기 성을 쌓았다…… 거기에 히데요시의 얕볼 수 없는 위대함과, 겉치레를 위해서는 계산도 잊어버리는 성격의 위험성이 아울러 들어 있었다.

이에야스는 어깨를 맞고 정신 차린 듯 얼굴을 들었다.

히데요시가 되풀이 말했다.

"어떻소. 여기 나란히 서서 오줌을 한번 누어보지 않겠소?"

말만 아니고 금방이라도 행동으로 옮길 듯한 개구쟁이 같은 눈빛이었다.

"당치도 않은 말씀을!"

이에야스는 당황하여 손사래를 치면서 난간에서 한 발자국 물러났다.

"이에야스는 아직 간토 8주를 향해 오줌을 눌 만큼 대담하지 못합니다."

"핫하하……높은 데서 낮은 곳으로 누는데 간토 8주를 생각할 것까지는 없지."

"아닙니다, 간토 8주, 간토 8주……이것을 모처럼 얻는다 해도 잘 살릴 수 없다면 신불을 뵐 낯이 없습니다."

히데요시는 눈을 가늘게 떴다.

"다이나곤, 그대가 너무 열심이라 말할 필요도 없는 것을 묻는데, 이 오다와라 성을 어떻게 생각하오?"

"그건, 언제 항복하겠느냐는 뜻입니까?"

"아니지, 항복은 머지않아 할 테니 그런 말이 아니오. 간토 8주의 주인으로서 백년대계를 세울 그대의 거성이 되겠느냐고 묻는 거요."

이에야스는 조심스레 고개를 저었다.

"안 된다고 보는가?"

"이곳은 좀 구석집니다."

"과연 그래! 여기는 똑똑한 중신 하나만 두면 돼. 그러면 그대는 거성지를 가마쿠라 땅으로 정할 셈인가?"

이에야스는 흠칫 놀란 듯 히데요시를 돌아보며 곧바로 대답하지 않았다.

"놀라지 마오. 그대가 가마쿠라 막부 초창기 무렵부터의 일기……《아즈마카가미》라든가 하는 책을 열심히 읽고 있다는 것, 구로다 간베에한테서 들었소."

"참으로 놀랐습니다. 간토 8주를 주시면, 요리토모 공이 그 옛날의 반토(坂東 ; 간토 8주를 가리키는 말) 무사들을 어떻게 다루었는지 알아야 하니까요……."

"과연! 다이나곤은 다르오. 그 마음 자세가 놀랍소. 그러나 가마쿠라는 피하는 게 좋을 거요."

이에야스는 조심스럽게 그 말에도 바로 대답하지 않았다. 그것은 히데요시가 가마쿠라를 택하는 것을 꺼린다면 오다와라도 좋다고 이미 검토가 끝나 있었기 때문이다. 가마쿠라는 말하자면 간토의 옛 도읍이다. 그곳에 거성을 두면 당장 히데요시의 견제를 받는다. 옛 도읍은 그대로 막부의 도시로 남겨두자. 막부 도시의 주인이 되면 천하를 노린다는 오해를 받기 쉽다.

'그런 땅은 피해야 한다……'

게다가 가마쿠라는 전략적으로 보아 출입구가 차단되어 있어 해상으로부터 공격을 받으면 당장 질식할 수 있는 반도(半島)였다.

히데요시는 또 살피듯 말했다.

"어떻소, 역시 가마쿠라로 정하겠소?"

이에야스는 좀 심술궂은 기분이 들어 되물었다.

"요리토모 공은 옛날에 뭣 때문에 일부러 가마쿠라 땅을 골랐을까요?"

히데요시는 거침없이 웃었다.

"하하……큰일이 생겼을 때를 생각해서 골랐겠지."

이에야스 역시 진지하게 응했다.

"큰일이 그리 자주 생겨서는 못 당하지요."

"그럼, 가마쿠라는 그만두기로 하겠소?"

"예, 역시 가마쿠라도 너무 구석진 것 같아서."

"맞았소!"

히데요시가 아무 생각 없이 동의하자 이에야스는 마음 놓았다.

이번 영지 이동에 있어 이에야스는 나름대로 자신이 납득할 만한 꿈과 구상을 가지고 있었다. 중신들 사이에는 아직도 간토 8주 대신 미카와 이래의 옛 영토를 송두리째 몰수당한다는 사실을 모르고 있는 자들이 많다. 이에야스도 굳이 알리려고 하지 않았다. 오다와라가 함락되면 그것은 정식으로 발표되기 마련이었다.

그때를 대비해 이에야스는 가신들의 불평을 돌리기 위해 이야기를 하나 꾸미고 있는 중이었다. 그것은 그의 집안과, 즐겨 읽은 《아즈마카가미》라는 책에서 얻은 착상이었다. 그의 먼 조상은 고즈케의 닛타(新田) 씨에서 나온 미나모토 씨라는 것이었다. 그 미나모토 씨가 때를 만나 다시 간토 8주로 돌아간다는 것은, 사람의 지혜로선 헤아릴 수 없는 깊은 인연에 의한 일이므로 여기에 뿌리내려 부지런히 번영하자는 줄거리였다. 이 줄거리는 부지런히 애쓰면 머지않아 세이이타이쇼군이라는 미나모토 씨의 직계가 아니고는 잡을 수 없는 행운에 접근할 수 있다는 큰 암시로 확대된다.

히데요시도 세이이타이쇼군으로서 무사의 총대장이 되고 싶어했다. 그러나 그는 미나모토 씨임을 자칭할 수 있는 집안의 뒷받침이 없었다. 그래서 간파쿠라는 공경 가문의 계통에 연고처를 마련하여 도요토미 씨라 부른 데 지나지 않았다.

또 한 가지 이에야스의 착상에는 외부적인 큰 의미가 있었다. 뭐니 뭐니 해도 간토는 미나모토 씨의 바탕이 되는 땅이므로 아직 그 일족 가운데 그 은혜를 잊지 않고 있는 용맹한 무사들이 많았다. 그들을 제압하는 데 있어 그 대장이 될 인물이 때를 만나 연고 있는 옛 고향에 군림한다는 선전이 가지는 영향력은 결코 작지 않다…….

"도쿠가와 씨는 닛타 미나모토 씨다."

이러한 착상을 가진 이에야스인 만큼 이 자리에서는 특별히 가마쿠라라는 지명을 경계하여 히데요시가 자신의 구상을 눈치채지 않도록 하려는 것이었다.

"옳소! 가마쿠라는 이미 시대에 뒤떨어졌소. 수군이 이렇듯 발달했으니 말이오."

"그렇습니다…… 그러나 막상 고르려니 좀처럼 결정이 나지 않습니다."

"흐흐……그런가, 내 생각으로는 한 군데, 여기라면 하는 곳이 있는데."

"예, 저도 전혀 없지는 않습니다만."

"그곳이 어딘지. 우리 서로 털어놓아 보지 않겠소?"

"예, 교토에 대한 오사카처럼."

"교토에 대한 오사카처럼……?"

"가마쿠라에 대해서는, 스미다강(隅田川), 아라강(荒川)의 어귀인 에도(江戶) 근처라면……."

이에야스가 거기까지 말하자 히데요시가 다시 이에야스의 어깨를 툭 쳤다.

"마찬가지요. 나도 에도!"

이에야스는 다시 마음 놓았다.

히데요시에게 자기와 다른 생각이 있어 그것을 강요당하게 된다면 여기서는 반항할 재간이 없었다. 조상 대대로 내려온 도카이 지방 같으면 몰라도, 여태껏 아무 인연도 없는 간토 땅으로 들어간다면 우선은 호조 씨의 잔당을 비롯해 사방이 모두 적이라고 생각해야만 했다. 그러한 가운데 히데요시와 다투기라도 한다면 그야말로 영원히 질서를 바로세우지 못할 것이다.

이에야스가 간토 8주를 통치할 능력이 없다고 보면 히데요시는 곧바로 뒤에서 선동자로 변할 것이다. 현재 본보기로, 삿사 나리마사는 규슈의 새 영지에서 반란을 이유로 영지를 빼앗기고 자결했다.

이에야스가 안도의 숨을 내쉬자 히데요시는 더욱 기분이 좋아져 말을 늘어놓았다.

"과연 다이나곤! 에도라니 놀랍소. 그곳은 교토에 대한 오사카와 꼭 같소. 지도를 보면 잘 알 수 있지. 물은 수많은 수로로 보호되고, 바다를 향해 입을 크게 벌리고 있거든. 앞으로는 좋은 항구를 가지지 못하면 그 땅이 크게 발전할 수가 없어. 아니, 에도는 모든 면에서 동쪽의 오사카 같은 지형을 갖고 있소."

"저도 그렇게 생각했습니다만……."

"이것으로 결정됐소! 다이나곤. 그곳에 나의 오사카성을 본떠 큰 성을 하나 쌓도록 하시오."

히데요시는 멍한 표정으로 잔뜩 추켜올리면서 속으로는 감탄하고 회심의 미소를 짓기도 했다.

'에도에 눈독을 들이다니 보통내기가 아냐!'

이것이 감탄이었고, 회심의 미소를 지은 것은 그 땅을 버젓한 도시와 항구로 만드느라 고생할 일을 생각했기 때문이었다. 사카이를 비롯해 교토의 상인까지 마음대로 주무른 히데요시도, 오사카성에 어울리는 거리를 조성하느라 엄청나게 애먹었다.

'그걸 이에야스가 어떻게 완성시킬 것인지?'

그 일에 몰두하고 있는 동안 이에야스는 굵은 쇠사슬에 매여 있는 것이나 마찬가지…… 그리고 그것이 오사카에 비해 얼마나 뒤떨어지느냐로 자기와 히데요시의 역량 차이를 뚜렷이 자각하지 않고는 못 배길 것이다.

"하하하……간토 8주를 누르는 성이니 훌륭해야지."

히데요시가 눈꼬리를 가늘게 하고 말하자 이에야스는 또 진지하게 대답했다.

"성이야 도야마(遠山)성으로도 충분합니다."

"그렇게는 안 될걸. 지금의 성으로는 위신이 서지 않소."

"그렇지만 들어가자마자 혹독하게 세금을 거둬들이다 반란이라도 일어나면……그야말로 간파쿠의 위광을 해치게 됩니다."

"하하하……다이나곤은 아주 용의주도하군. 나리마사 일이 생각난 모양이지? 그러나 그와 그대는 그릇이 달라. 성도 그 인물에 맞도록 해야지. 아무튼 머지않아 나도 그대와 함께 에도성을 보러 가겠소."

그때 간베에가 다리를 절면서 올라왔다.

"아, 다이나곤도 함께 계셨군요. 전하! 드디어 왔습니다."

"허, 그래, 누구를 통해서 왔나?"

"오다의 부하 다키가와 가쓰토시…… 저보다는 다키가와 쪽이 말하기 좋았던 가 봅니다."

구로다 간베에와 다키가와 가쓰토시는 우지나오에게 열심히 항복을 권유하고 있었던 것이다.

"그래? 그럼, 다키가와를 만나자. 다이나곤, 그대도 오구려."

히데요시도 간베에도 호조 우지나오의 항복은 이미 기정사실로 생각하고 있었으므로 아무 놀라움도 나타내지 않았다.

그러나 이에야스는 달랐다. 사위 우지나오가 궁지에 몰린 나머지 어떠한 태도로 나올 것인가? 아니, 그보다도 간토 8주의 영지 이동이 결정된 지금 호조 씨의 뒤처리는 바로 이에야스의 장래 방침에 영향을 준다. 가능하면 많은 피를 흘리지 않고 끝내고 싶었다. 피를 흘린 곳에는 반드시 원한이 따랐고 그것은 곧 뒷날의 정치에 빛과 그림자를 드리우게 된다. 될 수 있으면 이에야스는 호조 씨의 가신들도 그대로 두어 녹을 주고 싶었다. 노부나가가 다케다 가문을 쳤을 때, 이에야스는 남몰래 다케다 가문의 유신들을 포섭했다. 그리고 그것은 모두 좋은 결과를 가져왔다.

이에야스는 히데요시와 간베에의 뒤를 따라 망루를 내려가면서 문득 오다와라성 안에 있는 딸 스케히메의 얼굴을 떠올렸다.

'스케히메가 드디어 과부가 되는구나……'

남자들도 아직 피 냄새에서 해방되지 못했지만 여인들 역시 전란의 파도에 계속 농락당하고 있다…….

간베에와 히데요시는 걸어가면서 큰 소리로 말을 주고받았다.

"어제 성안에 있는 마쓰다 노리히데의 진에서 이케다 데루마사에게 내통이 들어왔답니다."

"오, 하야강 어귀에서 아군을 끌어들이겠다는 그 이야기 말인가?"

"예, 그것이 바로 우지나오에게 탄로난 모양입니다."

"허, 마쓰다놈이 난처했겠구만."

"예, 곧바로 우지나오에게 체포되었답니다."

"헛허, 우는 상판대기에 벌이 쏜다더니 바로 그 짝이로군."

"그래서 성안에서 마지막 작전회의를 열었는데……대체로 우리가 생각했던 대로인 것 같습니다."

"좋아 좋아, 더 이상 듣지 않아도 대강 알겠다. 뒷얘기는 다키가와한테서 듣기로 하지. 내가 너무 잘 알고 있으면 다키가와가 난처할 테니까."

"예, 저는 잠자코 있을 테니 전하 뜻대로……."

이에야스는 두 사람의 대화를 통해 확실한 진행 상황을 알 수 있었다.

'마쓰다 노리히데의 연극일지도 모른다……'

그렇게 생각해 보았으나 이미 너무 늦었다. 그런 의미에서 본다면 이 '오다와라 회의'는 우유부단의 대명사로서 영원히 웃음거리가 되어 남을 것이다.

망루에서 내려가, 아직도 나무향이 새로운 큰 방에 들어서자, 다키가와 가쓰토시가 에이토쿠가 그린 한 칸짜리 미닫이의 모란꽃 그림을 등지고 긴장하여 앉아 있었다.

"오, 번번이 큰 수고를 하는군. 우지나오로부터 무슨 말이 있었다고?"

히데요시는 이에야스에게도 권하며 자리에 앉았다.

"우지나오라면 직접 다이나곤을 찾아갈 것 같은데 어찌해서 그대한테 왔는가, 우선 이야기나 듣자……."

"말씀드리겠습니다. 오늘 새벽, 우지나오 님이 그 아우 우지후사 님을 동반하여 제 진지에 들르셨습니다."

"허, 우지후사와 둘이서 왔다고. 그래서 뭐라고 하던가?"

"우지나오 님은 전하의 명령이 내리는 대로 언제든 할복하겠으니 성안 사람들에게 자비를 베풀어주십사고……."

가쓰토시는 문득 말끝을 흐리며 절을 올렸다.

다키가와 가쓰토시의 눈에는 항복을 제의해 온 우지나오의 모습이 유달리 애처롭게 비쳤을 것이리라……고 이에야스는 생각했다. 그렇다고 자신의 할복으로 일이 끝날 줄 알고 있는 것일까? 그런 때는 벌써 지나갔다. 역시 우지나오의 생각도 어리다고 할 수밖에 없다…… 그렇게 생각했을 때, 히데요시는 가쓰토시에게 다음 질문을 던지고 있었다.

"아우 우지후사는 뭐라던가."

"예, 형과 마음을 합쳐 성안 사람들을 승복시키고 결코 항거하지 않겠다고……."

"그것뿐인가."

"그것뿐……이라면?"

"형과 함께 배를 가르겠다고는 하지 않던가?"

"예, 거기까지는 저도 따지지 않았습니다만."

"생각이 모자라."

"그럴까요?"

"모자란다."

히데요시는 얼마쯤 엄격한 말투가 되었다.

"이 일은 아비 우지마사의 목숨과 관계되는 일이다. 형제가 함께 배를 가를 터이니 아비의 목숨만은……이렇게 나왔어야지."

"예……."

"그걸 말하지 않은 걸 보니 효자는 우지나오 한 사람뿐이로군."

"……."

"그래, 마쓰다 노리히데 말은 안 하던가?"

"했습니다. 노리히데는 이케다 님 진중으로 내통한 까닭에 체포했으나 회의의 결정이 항복으로 낙착되었으니 처분은 보류 중이라고 했습니다."

"허, 어찌하여 배신자를 처분하지 않을까. 그대는 그걸 어떻게 생각하나?"

"노리히데는 말하자면 전하에게 충성을 바치려 한 자이니, 이를 죽여서 전하의 노여움을 사서는 안 된다 싶어 이쪽에 대한 체면상 처분하지 못하고 있지 않나 하고……"

"다이나곤."

히데요시는 갑자기 이에야스를 돌아보며 싱긋 웃었다.

"그대도 마쓰다에게 내통하도록 그리 권유하지는 않았겠지?"

"예."

"간베에, 그대도 하지 않았고?"

"예, 마쓰다와 내통할 필요가 없었기 때문에 할 것도 없었습니다."

"그럴 테지. 물론 나도 그런 배신을 하라고 회유하지 않았다."

거기까지 말한 히데요시는 문득 미간을 찌푸렸다.

"아하, 마쓰다 놈, 궁여지책으로 연극을 했군. 아무래도 그런 것 같아, 다이나곤."

"맞습니다."

"그렇지, 그렇다면 불쌍한 점도 있긴 한데…… 좋아, 다키가와. 그대한테 온 거니 그대가 간베에와 함께 가서 대답해 줘라."

"예."

"우지나오가 한 말이 기특하여 히데요시가 이를 들어주는데……"

히데요시는 말을 끊고 다시 한번 흘끗 이에야스를 쳐다보았다. 이에야스는 겉으로는 태연자약하게 히데요시를 쳐다보았지만 속으로는 몹시 당황하고 있었다.

'여기서 히데요시가 어떻게 결단 내릴 것인가……'

결단이 내려지면 모든 게 끝나는데…… 그렇게 생각하면서도 입을 열 틈이 없었다.

'사위를 위해 뭔가 한마디 해주어야겠는데……'

히데요시는 이에야스의 마음을 날카롭게 꿰뚫어 보고 있는 눈초리였다. 얼굴에는 여전히 웃음이라고 할 수도 있는 짓궂은 그림자가 어른거리고 있었다.

"이보오, 다이나곤."

"예."

"중신들 가운데 우지나오 부자를 그르친 장본인……책임자가 누구일까?"

이에야스는 다시 뜨끔했다.

"글쎄요……."

신중히 머리를 갸웃거리면서 휴 하고 크게 한숨을 내쉴 뿐이었다.

"역시 지위나 나이로 보아 다이도지 마사시게(大道寺政繁)일 게야. 간베에는 어떻게 생각하나?"

이에야스는 대답하지 않았으나, 간베에는 불편한 다리를 털썩 내던지듯 하고 옆으로 앉은 채 곧 대꾸했다.

"다이도지이겠지요."

"그럼, 정했다. 항복이라고 할 것 없이 화의라고 말해라. 간베에, 그것이 그나마 호조 5대에 대한 예의다. 히데요시로부터 화의의 조건……은 알겠나. 우지마사, 우지테루는 할복할 것!"

다키가와 가쓰토시는 놀랐으나 구로다 간베에는 자못 당연하다는 듯 되뇌었다.

"우지마사, 우지테루는 할복할 것!"

"그리고 중신 다이도지 마사시게와 마쓰다 노리히데도 역시 할복!"

"예?"

다키가와가 몸을 내밀었다.

"저, 마쓰다 노리히데도?"

"그렇다. 주군 가문이 바람 앞의 등불인데 적과 내통하는 비인간을 용서한다면 히데요시의 인사 방침에 어긋난다."

"예!"

"그러나 그건 표면적인 이유다, 다키가와."

"표면적인 이유……?"

"실은 그렇게 할복하게 해주는 것이 히데요시의 정이다. 주군 가문을 위해 배신자의 오명을 기꺼이 뒤집어쓰겠다……고 일부러 결심한 자를 살려두는 것은 오히려 잔인한 일이다."

"알겠습니다."

"그리고 성주 우지나오 말인데……."

여기서 그는 다시 흘끗 이에야스를 쳐다보며 엄숙하게 잘라 말했다.

"항복을 제의해 온 것이 기특하니, 고야산으로 물러가 근신할 것."

이번에는 구로다 간베에가 빙그레 웃으며 이에야스를 쳐다보았다.

이에야스는 한숨을 밀어넣었다. 그는 끝내 한 마디도 하지 않았지만, 히데요시는 그의 마음을 다 알고 있는 눈치였다.

"여보게, 다이나곤. 이만하면 그대에게 다른 의견은 없겠지?"

"과연 전하다우신 처사, 추호도 무리하신 점이 없습니다."

"암, 그럴 테지. 그렇고말고."

히데요시는 그제야 웃음을 터뜨렸다.

"고야산에서 근신하라지만 니라산(非山)의 우지노리, 이와쓰키의 우지후사, 우지쿠니 등 모두 데려가도 좋다고 일러라. 그렇지, 할복한 중신들의 자식들도 무관하다. 다들 데려가도 좋아."

구로다 간베에가 흐흐흐 웃었다.

"그러면 다시 처분을 내리실 때까지는 버리는 셈 치고 녹이라도 줘야 하지 않겠습니까? 그렇게 식구들이 많아서야 어디 먹고살겠습니까?"

그 말은 히데요시보다 이에야스에게 들으라는 말 같았다.

이에야스는 속으로 구로다 간베에의 말을 다시 음미했다.

'과연 히데요시……'

주인 우지나오보다 일을 이 지경으로 몰고 온 강경파 우지마사, 우지테루를 할복시켜 일을 매듭짓는 조치는 그리 가혹하다고 할 수 없었다. 그리고 중신 다이도지 마사시게와 마쓰다 노리히데의 처분은 처벌 같지만 처벌이 아니었다. 그들은 우지마사가 할복하면 반드시 따라 죽을 자들이었다. 특히 우지나오에게 우지노리, 우지후사, 우지쿠니들을 데리고 가도 좋다고……한 것은 한동안 근신을 명해 놓고, 머지않아 호조 가문의 재기를 도모하게 하려는 뜻이 담긴 함축성 있는 말이었다.

구로다 간베에는 그 점에 대해 미리 의논한 것이 분명했다. 그러므로 이에야스에게 걱정하지 말고 이의를 제기하지 말라는 은근한 주의를 준 것 같았다.

어디 먹고살겠습니까? 하는 간베에의 말에 히데요시는 비로소 소리 내어 껄껄 웃었다.

"하하하……설마 고야산에 쫓아내고 말려 죽이기야 하겠나? 염려 마라, 먹을 만큼은 주겠다. 그렇지 않소, 다이나곤?"

이에야스는 보일 듯 말 듯 고개를 숙였을 뿐이었다. 히데요시와 우지마사의 그릇 차이가 이때처럼 가슴에 사무치게 느껴진 적은 없었다.

'천하를 손에 넣는 자와, 가문을 붕괴시키는 자……'

간베에가 말했다.

"도쿠가와 님은 전하께서 우지나오를 고야산으로 보내시는 뜻을 짐작하시겠지요?"

"예, 대충 그 심중은……"

"고야산은 여인 금지 구역입니다."

"그렇지."

"그래서 우지나오 님도 부인을 동반하지는 못할 것입니다."

"그건 알고 있소."

이에야스는 무거운 목소리로 대답했다. 히데요시가 직접 말하지 않고 간베에를 통해 스케히메의 이혼에 대해 암시하려는 모양이다.

"아시겠지요?"

"잘 알고 있소."

"그리고 전하, 성을 인수하러 맨 먼저 성안에 들여보낼 사람은 누구로 정하시렵니까? 이 일도 미리 통첩해 놓는 게 좋을 것 같습니다만."

"뻔한 건 묻지 마라, 간베에."

히데요시는 웃으면서 눈을 가늘게 떴다.

"간토 8주는 다이나곤의 것. 다이나곤 자신이 인수하는 게 정한 이치 아닌가? 그렇지 않소, 다이나곤?"

이에야스는 이번에도 금방 대답할 수가 없었다. 눈짓으로 가볍게 수긍하면서도 문득 저 우지나오와 스케히메의 가련한 모습이 마음속을 스치고 지나갔다.

"그 밖에 또 타협해야 할 일이 있나, 간베에."

"아니, 성 인수에 관한 일을 도쿠가와 님께 부탁드리면 그 밖의 일은 저와 다키가와가……"

"고야산에 가기 전까지 우지나오를 누구 손에 맡겨두느냐 하는 것인데."

"원칙을 말하면 도쿠가와 님에게 부탁드려야 하지만 부인 문제도 있고 하니, 노부나가 님 가문의 다키가와 님 진중이 알맞지 않을까 생각합니다만.”

“그게 좋겠다. 그럼, 다이나곤도 들었을 테니 곧 성 인수 준비를 시작해 주시오.”

이에야스는 정중히 절하고 자리에서 일어났다.

“그럼, 저는 이만…….”

이것으로 오다와라의 일도 끝났다고 생각하니 가슴이 불현듯 뜨거워지면서 시야가 뿌옇게 흐려지는 것 같았다…….

이에야스가 큰 방을 나서자 수행해 온 혼다 마사노부가 근심스러운 얼굴로 다가왔다.

“돌아가자. 마사노부, 말 준비를.”

“예.”

절하고 옆에 선 도리이 신타로에게 눈짓으로 이른 다음 목소리를 낮추어 물었다.

“간파쿠 전하의 심기는 어떻습니까?”

“오다와라의 처분이 결정되었어. 마사노부.”

그러나 마사노부는 그 말에 특별히 신경 쓰는 것 같지 않았다. 어쩌면 이에야스와 히데요시가 대면하고 있는 동안 그는 나름대로 첩보망을 활용해 히데요시의 근위무사로부터 무언가 들었는지도 모른다. 그런 점에서는 천재적인 마사노부이다.

마사노부는 더한층 소리를 낮추었다.

“간토 8주에 가이를 붙여달라는 교섭은 하셨습니까?”

이에야스는 가볍게 고개를 흔들었다.

“지금은 그럴 시기가 아닌 것 같아.”

“이런, 또 마음 약한 말씀을. 일이 다 결정되고 나면 전하 쪽이 훨씬 강해집니다.”

이에야스는 그 말에는 대답하지 않았다.

“우지나오는 목숨을 건져 고야산으로 가게 됐다. 관대한 조치였어.”

“예, 녹봉은 한 1만 석 정도…… 이건 도쿠가와 가문의 새 영지에서 마련하도록 되어 있다더군요.

“그대는 불만인가?”

“그것으로는 부족합니다.”

“무엇이?”

“새 영지의 일족과 가신들에게 줄 녹봉……말입니다.”

이에야스는 눈을 번뜩이며 마사노부를 돌아보았다.

“말조심해라. 이 땅을 빼앗기고 할복하는 사람도 있다.”

그리고 그냥 큰 현관까지 나가, 끌고 온 말에는 오르지 않고 성큼성큼 큰뜰 가장자리로 가서 하야강 어귀에서 교토 쪽으로 즐비하게 늘어선 양쪽의 진막을 내려다보았다.

따가운 뙤약볕 아래 바다에서 불어오는 바람에 나부끼는 깃발과 녹음의 아롱진 배합이 그림처럼 선명했다. 그 풍경 속에서 적과 아군의 감개에는 하늘과 땅의 차이가 있을 것이다. 한쪽은 상과 은급을 생각하며 가슴이 뛰고, 한쪽은 앞날의 신세를 염려하여 살아도 살아있는 심정이 아닐 것이다.

마사노부도 이에야스에게 바짝 붙어서서 잠시 동안 입을 열지 않았다.

“마사노부.”

“예.”

“이만한 천험(天險)의 땅에 성을 쌓아놓고 싸움 같은 싸움 한 번 못하고 망했으니 기묘한 일이지.”

“마음에 달린 일이지요. 진정 자기 마음보다 무서운 적은 없습니다.”

“우지나오는 3, 4일 동안 다키가와의 진막에 머물 것이다.”

“예, 그런 모양입니다.”

“내가 사위에게 주는 마지막 선물이다. 지금까지 여러 곳의 싸움에서 전공이 있었던 자들에게는 앞으로 누구에게 종사하든 상관없다는 증서를 주라고 다키가와를 통해 우지나오에게 일러주어라.”

“예, 그리고 그 증서를 가지고 온 자는 주군께서 포용을…….”

“그래. 주인에게 충성 바친 자를 포용해 주지 않으면 사람 도리가 아니지.”

이에야스는 다시 한번 이마를 손으로 가리고 적진을 굽어보았다. 진막과 진막 사이를 오가는 사람들 모습이 개미처럼 작고 덧없고 황망해 보이는 것이 안타까웠다.

말을 타고 성문을 벗어나 신록 내음이 짙은 산길을 서쪽에서 북쪽으로 돌아가면서 이에야스는 거의 말이 없었다.

동쪽에서 해변을 지나가면 길은 가까웠으나 이에야스는 신중을 기하여 먼 산길을 택한 것이다. 호소카와 다다오키의 진막을 왼쪽으로 바라보며, 미즈오 어귀에서 가모 우지사토, 오다 노부카쓰의 진막 앞을 돌아 이마이에 있는 자신의 본진으로 돌아가고 있었다.

오다의 진막에 거의 왔을 무렵 쓰르라미 소리가 소나기처럼 숲을 휩싸고 있었다.

"잠시 들르시렵니까?"

뒤따르던 혼다 마사노부가 노부카쓰의 본진 앞에서 말을 가까이 몰고 와 속삭였으나 이에야스는 고개를 옆으로 젓고 지나쳐버렸다.

"마사노부, 나는 또 하나 소중한 걸 배웠다."

진막 앞을 지나 다시 숲속 산길로 접어들면서 그는 혼잣말처럼 말을 걸었다.

"배우다……니요?"

"호조 부자는 이길 궁리만 하다가 끝내 자멸했다."

"이길 궁리만 하다가……?"

"그렇지, 지는 것을 몰랐다. 양보하는 것을 잊고 있었어……."

"그러면 주군은 이 이상 더 간파쿠 전하에게 양보하실 생각이십니까?"

"마사노부, 이다음에 호조 부자의 한탄을 체험할 자가 누구일까?"

"예?"

마사노부는 깜짝 놀란 듯 오다의 진막을 돌아보았다. 모과 다섯 개가 그려진 기치는 녹음 그늘로 사라져 이미 보이지 않았으나, 마사노부는 이에야스가 왜 노부카쓰의 진막에 들르지 않았는지 알 것 같았다.

"그렇다면 주군께선 다음 차례를 오다 노부카쓰……라고 생각하시는 것입니까?"

"쉿!"

이에야스는 마사노부를 가볍게 제지했다.

"간파쿠는 나의 옛 영지를 노부카쓰에게 주지 않을 거다."

"그럴지도 모르겠군요."

"그가 나처럼 지는 것이 바로 이기는 거라는 교훈을 잘 알고 있으면 좋으련만······."

"그러시면 영지 교체를 논의할 때 노부카쓰 님이 바로 받아들이지 않을 거라고 보십니까?"

"듣지 않을 줄 알고 간파쿠가 명령한다면, 보기 좋게 함정에 걸려드는 것이자······."

마사노부는 눈을 번뜩이며 이에야스를 날카롭게 쳐다보고 숨을 삼켰다. 더이상 물어볼 필요가 없었다. 히데요시는 오다 가문의 옛 영토 오와리를 노부카쓰한테서 회수하는 대신 이에야스의 옛 영토를 고스란히 주겠다는 게 틀림없다······ 그러나 노부카쓰로서 오와리 땅은 조상 대대의 유서깊은 땅······ 아마 노부카쓰는 히데요시에게 청할 것이 분명했다.

"오와리는 그냥 나에게."

그쯤 되면 히데요시는 이에야스의 옛 영토를 물론 주지 않을 것이고, 오와리에서 그를 추방할 것으로 이에야스는 보고 있다. 어쩌면 그것이 고마키, 나가쿠테 전투 때부터 히데요시의 가슴속에 들어 있던 계획인지도 모른다.

'사려 깊은 분이다! 답답하리만큼 사려 깊어······.'

마사노부가 그렇게 생각했을 때 이에야스가 말했다.

"마사노부, 나는 가신들에게 많이 주지 않겠다. 많이 주지 않으면 일하지 않는······그런 가신은 아무리 많아도 소용없다는 것을 깨달았다. 저마다 지나치게 풍족하면 결속력이 약해져 오히려 고집부린다······ 호조 멸망의 원인은 바로 거기에 있었던 거야."

마사노부는 깜짝 놀라 이에야스를 다시 쳐다보았다. 마사노부에게 이에야스의 이 천연덕스러운 혼잣말만큼 놀라운 것은 없었다.

조상 대대의 피가 배인 도쿠가와 가문의 옛 땅을 고스란히 빼앗기고 간토 8주를 받는다. 이 일로 중신들이 얼마나 큰 불만을 품을 것인가가 혼다 마사노부의 가장 큰 걱정거리였다.

'그것을 무마하기 위해 아무튼 저마다 영토를 늘려주는 수밖에 없다.'

그렇게 생각하고 이에야스의 물음에 응할 수 있도록 남몰래 이이에게는 얼마, 혼다에게는 얼마, 사카키바라에게는, 사카이에게는, 또한 오쿠보에게는 얼마 하고 저마다 성과 영지의 할당 계획을 생각하고 있던 마사노부였다.

그러한 마사노부에게 이에야스는 지금 분명하게 가신들에게 많은 녹봉을 주지 않겠다고 선언한 것이다…… 그 이유는 명확했다. 많은 녹봉을 바라고 일하는 가신만으로는 간토 8주의 통치가 어려울 것이다. 그러나 과연 그렇게 하여 가신들의 불평불만이 다스려질 수 있을 것인가……?

"마사노부."

"예."

"나는 사쿠자 놈이 왜 그렇게 간파쿠 앞에서 대들었는지, 그 간언의 뜻을 이제야 알았다."

"사쿠자에몬 님의……그 말을 간언으로 인정하십니까, 대감님은?"

"그렇지, 고마운 간언이었다! 그것은 말이야, 마사노부, 녹봉이 많으니 적으니 하지 않는 자들로 다시 한번 문중을 결속하여 간토 8주로 나아가라는 것이었다. 그렇지 않으면 간파쿠의 술책에 빠져들게 될 거라는 할아범식의 고육지책에서 나온 간언이었어."

"예……."

"그리고, 할아범 스스로 녹봉을 바라고 일하지 않는다는 모범을 보여준 것이다."

혼다 마사노부의 눈이 복잡하게 움직였다. 그에게 이보다 더 따끔한 매질은 없었다. 이에야스를 보좌하려던 자신의 정책이 정통으로 철퇴를 맞은 느낌이었다.

"마사노부."

"예!"

"그러니, 영토와 성은 어디까지나 실력을 위주로 할당해야 한다."

"예."

"불평하는 자가 있으면 내 앞으로 불러와. 이해되도록 이에야스가 설득하겠다."

"예, 알겠습니다. 그렇게 하지 않으면 새 영지의 통솔이 어렵겠지요."

"새 영지의 통솔……이라고 했느냐?"

"예, 거친 반토 무사들이라 여간해서는……."

"하하하……."

"왜 웃으십니까?"

"마사노부, 나는 새 영지의 통솔만 생각해서 이런 말을 하는 게 아니다. 어떤 분의 천하를 감시……하려면 여간한 결속, 여간한 인내로는 안 된다는 뜻이다."

마사노부는 뜨끔하여 다시 말문이 막혔다.

이에야스는 천천히 말을 몰면서 시선을 지그시 동쪽으로 돌리고 있었다. 지는 줄도 모르고 멸망해 간 호조 씨의 오다와라성을 발판 삼아 동쪽으로 향하는 이에야스의 구상은 이미 가슴속에서 조용히 자라가고 있는 듯했다. 쳐들어오려는 히데요시의 창끝을 교묘히 피하여 이쯤에서 가신들을 다시 통솔하려 하고 있다…….

어느덧 해는 산등성이로 넘어가고 왼쪽에 펼쳐진 바다 위에서는 저녁놀이 불타고 있었다.

마사노부는 왠지 모르게 가슴이 뜨거워졌다.

상승가도

　히데요시는 기분 좋게 구로다 간베에의 보고를 듣고 있었다. 옆에는 일부러 불러들인 요도 마님 자차히메가 두 뺨에 발그레 취기를 보이며 요염한 자태로 앉아 있고, 등불 너머에는 요도 마님의 상담역이자 참모장이기도 한 아에바 부인이 음전하게 앉아 있었다.

　"그래? 우지마사 놈이 그런 폭언을 퍼부었어?"

　히데요시는 오늘 7월 11일, 오다와라성 안의 안자이(安栖) 저택에서 아우 우지테루와 함께 할복한 우지마사의 마지막 말을 전혀 개의치 않는 듯이 웃으며 들어넘겼다.

　7월 5일에 히데요시의 제안대로 우지마사, 우지테루, 노리히데, 마사시게 네 사람의 할복을 조건으로 오다와라성의 명도가 결정되고 6일에 이에야스가 병력을 들여보내 성을 인수했다. 다음 7일에는 농성에 참여했던 여러 장수들이 이에야스의 진영으로 들어왔고, 이에야스가 직접 오다와라성을 순시한 것은 10일이었다. 이에야스가 순시할 때 우지나오 이하 구명될 일족은 벌써 가쓰토시의 진으로 옮긴 뒤였고, 성안에 있던 우지마사와 우지테루는 그대로 의원인 안자이의 저택으로 옮겨져 그곳에서 그달 11일에 할복한 것이다.

　할복할 때 우지마사는 후회의 빛은 털끝만큼도 보이지 않고 큰소리쳤다고 한다.

　"머지않아 히데요시도, 내가 걸은 길을 갈 것이다. 인생이란 일장춘몽에 지나지 않는다. 좋은 꿈도 있고 나쁜 꿈도 있다. 그러나 결국 꿈은 꿈…… 이윽고 그것을 버리고 가는 길은 모두 하나야."

이런 일들을 구로다 간베에는 심술궂을 정도로 자세하게 히데요시에게 보고하고, 그에게서 무언가 반응을 기대하는 눈치였다.

"끌려가는 놈의 노래일 뿐이야, 좋은 꿈을 꾸지 못한 자의! 그렇지, 요도?"

히데요시는 실컷 웃어넘기더니, 이제부터 가마쿠라로 나가 하치만 신사에서 무운을 빌고, 그 길로 오슈까지 발길을 뻗치겠다고 유쾌한 듯 말했다. 그러나 그의 심중은 겉의 쾌활한 모습과 반드시 같지는 않았다. 시바타 가쓰이에의 자폭을 알았을 때도, 오다 노부타카의 자결을 들었을 때도 느끼지 못했던 인생의 덧없음이 걷잡을 수 없이 마음속 깊이 밀려오는 것을 어찌할 수 없었다. 우지마사가 배를 가르고 죽어가는 모습이, 지금까지 한 번도 생각한 적 없는 기괴한 연상을 강요하는 것이다. 그것은 아름답게 꾸며 입은 한 젊은 무사가 뒤집어놓은 다다미 위에 앉아 조용히 자기 배에 찔러넣는 칼을 노려보고 있는 환상이었다. 그 얼굴은 때로 우쓰미의 노마 사당에서 히데요시를 원망하며 죽어간 노부타카 같기도 했고, 또 아직 어린 쓰루마쓰마루의 성장한 모습으로도 보였다.

'나 정도 되는 사람이 우지마사와 같은 최후를 맞이한다는 게 될 말인가.'

그런 자신감은 조금도 흔들리지 않았지만, 사랑하는 자식이 반드시 자기와 같은 기량을 가지고 태어났다고만 할 수는 없는 불안인 듯했다. 따라서 그 불안을 감추려 할 때마다 더욱더 겉으로 쾌활함을 꾸며 보이는 경향이 없지 않았다.

그것을 간베에는 알고 있는 것 같았다.

"그런데 전하……오다와라 일은 끝났습니다만 또 한 사람 전하께 무례하다고 할까, 뭐라 말할 수 없는 폭언을 퍼부은 이에야스 님의 가신 혼다 사쿠자는 어떻게 처분하시겠습니까?"

히데요시는 찔끔한 듯 간베에를 바라보았다.

'간베에 놈이 또 쓸데없는 소리를……'

이렇게 생각했으나 물어오는 말에 대답은 해야 했다.

"혼다 사쿠자에몬이……뭐 하는 녀석인가?"

간베에는 빙그레 웃으려다 황급히 웃음을 눌렀다.

"도쿠가와 님 중신으로, 오만도코로님을 불태워 죽이려고 처소 주위에 나뭇단을 쌓아올렸던 자입니다."

"아, 그놈, 그따위 놈의 일을 까맣게 잊고 있었군."

"그러시겠지요. 배포가 크신 전하이시니…… 그러나 온 일본의 영주들로부터 졸개 하인에 이르기까지, 모두 그 일을 잊지 못하고 있습니다."

"허, 그래?"

"예……이 일본에서, 전하의 위엄에 콧방귀 뀌는 자가 한 사람 있다, 오만도코로 님을 태워 죽인다고 협박했을 뿐 아니라, 슌푸성에서 전하와 도쿠가와 님을 안하무인으로 꾸짖은……그야말로 천하에 그 예를 찾아볼 수 없는 무뢰배라고."

"간베에."

"예?"

"그대는 나한테 불을 지르고 있는 건가, 아니면 놀리고 있는 건가?"

"원, 별말씀을 다 하십니다. 온 일본의 무사들이 한결같이 그 결과를 지켜보고 있는 까닭에 어떻게 하실 것인지 여쭤보았을 뿐입니다."

"이번 싸움에서 이에야스는 계속 그자를 부렸겠지?"

"예, 아무튼 무용도 작전도 뛰어난 자라 시모다 공격 때에도 해상에서 군사를 지휘하여 뛰어난 공을 세운 모양입니다."

"그래서 나더러 불러내어 칭찬해 주라는 건가?"

"글쎄요…… 그건 전하의 생각에 달려 있는 일…… 그러나 그런 일을 하신다면 간파쿠 전하도 사쿠자에몬에게는 못당하더라……고 아랫사람들이 입을 놀리겠지요."

히데요시는 혀를 찼다.

'이놈, 역시 나를 놀릴 작정이었구나…….'

분명 간베에의 말대로, 자신의 배포가 크다는 것을 보여주기 위해 일부러 사쿠자를 불러 상이라도 주게 된다면 분명 그런 소문이 날 것이다.

"그래? 나에게 계획 같은 건 없다. 잊어버리고 있었을 정도니. 그러나 말을 꺼낸 데는 무언가 있겠지, 그냥 둘 수 없다는 이유가…… 그걸 말하라, 간베에."

간베에는 웃었다.

"하하……전하께서는 너무 교활하십니다. 다만 저는 전하로부터 아무 말씀이 없으시면 도쿠가와 님께서 난처하실 거라고 생각되어 말씀드린 겁니다."

“이에야스가 왜 난처해지지?”

“간토의 새 영지는 무척 넓습니다. 그러므로 오카자키성을 맡겼을 정도인 사쿠자이니 새 영지에서는 상당한 영주로 발탁하지 않으면 안 될 겁니다.”

“듣고 보니 그렇군!”

“그렇게 되면, 사쿠자는 때때로 오사카성에도 인사차 올라가게 됩니다.”

“그러면 나쁜가?”

“여러 영주들 앞에서 또다시 실례를 범한다면 큰일이지요. 하하하……무슨 말을 지껄여댈지 모르는 위인……아니, 당대에 보기 드문 진기한 인물이라, 이 구로다 간베에도 좀 염려되어서요. 하하…….”

웃으면서 간베에의 눈은 또다시 히데요시를 향해 짓궂게 번뜩였다.

히데요시는 괘씸하다는 듯 혀를 찼다. 간베에는 어떻게 하겠느냐고 의견을 물은 것이 아니라, 히데요시가 사쿠자에몬을 어떻게 다룰지 그것을 구경하며 즐길 작정임을 안 것이다. 그러나 그것을 안 히데요시도 그리 쉽게 간베에가 즐거워하도록 해줄 인물은 아니었다.

히데요시는 정색하며 고개를 갸웃거렸다.

“과연 그렇겠어. 솔직히 말해서 나는 사쿠자에게 미카와 땅을 줄까 여기고 있었는데 그건 좀 생각해 볼 문제일까?”

“그렇다면 그 일은 그만두고 할복 명령이라도 내리시려고요?”

“영지를 주느냐? 할복이냐? 과연 사쿠자는 당대에 보기 드문 인물이야. 간베에, 그대 같으면 어떻게 하겠나? 그대는 뒤에서 다케나카 한베에가 죽은 뒤로 그대가 당대 제일가는 지자(智者)라고 자랑한다던데 그 지혜 좀 빌려주게.”

“당치도 않은 말씀을, 제 꾀 같은 거야 전하께 비하면 태양에 반딧불 같은 것이지요.”

“그렇지 않아. 간베에는 히데요시 이상으로 운만 좋으면 천하를 잡을 수 있는 그릇이라는 평이 있다. 사양하지 말고 생각을 말해 봐.”

간베에가 다시 웃었다.

“핫하하……시험하려다 되려 시험당하게 되어버렸군요. 역시 지혜로는 전하의 발치에도 못 따라가겠습니다.”

“그럼, 간베에 이렇게 하자. 그대가 내일 성안에 들어가 내 뜻을 그대로 이에야스에게 전하고 오너라."

"예, 뭐라고 할까요?"

"내가 무슨 생각을 하고 있는지쯤은, 그대가 훤히 들여다보고 있을 것 아닌가? 그대가 꿰뚫어본 대로 일러주고 와. 그러면 돼. 이것으로 결정된 거야."

"아—."

간베에는 괴성을 지르며 머리를 긁적거렸다. 어떻게 야유해 보려다가 간베에쪽이 도로 보기 좋게 당한 꼴이 되어버렸다. 이렇게 되고 보니 간베에는 어쨌든, 사쿠자의 일로 뒷공론이 없도록 깔끔하게 마무리 지어 놓지 않을 수 없다. 물론 생각이 전혀 없지는 않았으나, 말을 꺼냈다가 오히려 더 무거운 짐을 짊어진 것은 사실이었다.

히데요시는 신이 나서 요도 마님의 잔을 받으며 화제를 돌렸다.

"여보게, 간베에. 가마쿠라까지의 도로는 다 되어 있겠지?"

"예, 분부하신 대로."

"15일쯤 이 요도 마님을 서쪽으로 돌려보내고, 나는 이곳을 출발한다."

"그 준비도 모두 끝났습니다."

"아니, 아직 모자라는 게 있어."

"무슨 말씀이신지?"

"이에야스가 가마쿠라에 막부를 열었던 요리토모의 사적을 여러 가지로 조사하고 있는 모양이야. 《아즈마카가미》라는 막부의 일기를 가지고 말이야."

"잘 알고 계시는군요."

"이에야스는 그 책을 우지나오한테서 얻었다고도 하고 그대한테서 얻었다고도 하던데. 그대는 무슨 생각으로 그 책을 이에야스에게 바쳤나? 설마 이에야스를 요리토모로 만들려는 것은 아닐 테지?"

목소리는 부드럽고 가벼웠으나 이것도 매서운 보복이었다. 어지간한 간베에도 한순간 얼굴빛이 달라졌다.

간베에는 히데요시가 겉으로는 어떻든 아직도 이에야스를 어떻게 다룰까 하고 마음속으로 강한 대립 의식을 가지고 있는 것을 잘 알고 있었다. 그런 만큼 이에야스에게 호의를 갖는 듯 보이는 것은 더없이 불리한 일이라 생각하며 늘 주의하고 있었다.

간베에는 가까스로 다시 웃는 얼굴이 되었다.

"말씀드리겠습니다. 무슨 일이든 충성한다는 신념으로 《아즈마카가미》를 도쿠가와 님에게 드렸습니다. 도쿠가와 님을 요리토모로 만들려 한다는 것은 당치도 않은 일입니다."

"허, 《아즈마카가미》를 이에야스에게 주는 것이 나에 대한 충성이라고? 나는 모르겠다. 어떻게 그런 묘한 이치가 되는가?"

"무슨 말씀을! 도쿠가와 님은 전하와는 비교가 안 되지만, 영주들 가운데서는 군계일학입니다."

"그건 그래, 노부카쓰 따위와는 비교도 안 되지."

"그래서 저에게, 8주로 옮긴 뒤 아이즈는 누구에게 맡길 생각이냐고 계속 물어 왔습니다."

"허."

히데요시는 시치미 떼는 표정으로 간베에에게 술잔을 건네주면서 말했다.

"대군사(大軍師)의 이야기는 의표를 찌르는군. 그래, 내가 가모에게 맡길 거라고 말했나?"

"예, 말했습니다. 이것은 결코 도쿠가와 님이나 우에스기 님을 경계해서가 아니고 방심할 수 없는 다테를 견제하기 위한 것…… 그러므로 《아즈마카가미》를 잘 읽어보시고 찬찬히 간토의 사정을 조사하신 다음 가모 님과 더불어 북쪽을 대비해 주셔야겠다고 말했습니다."

"핫하하……간베에에게는 못 당하겠구나. 역시 그대는 군사다. 아니, 큰 책략가라고나 해둘까?"

"황송합니다. 이도 저도 다 전하의 천하를 태평하게 하려는 저의 조그만 뜻에 지나지 않습니다."

"간베에."

"예."

"아직 식은땀을 닦기에는 이르다. 다테 이야기가 나왔으니 말인데, 지금 일본에서 가장 방심할 수 없는 자가 그대 눈에는 누구로 보이나?"

"글쎄요……."

간베에는 히데요시의 뜻을 짐작하지 못해 신중히 고개를 갸웃거리며 등불을 바라보았다.

"글쎄요……역시 도쿠가와 님일지 모르겠군요."

"그다음은?"

"다테 마사무네겠지요. 그자는 소동을 좋아하는 성격입니다. 줄곧 뭔가 꾀하지 않고는 사는 보람을 느끼지 못하는 자들이 어느 세상에나 한둘은 있는 법이라."

"한둘은 있단 말이지…… 그럼, 다음 또 한 사람은 누굴까?"

"다음으로 방심할 수 없는 것은 규슈의 시마즈."

"나는 그렇게 생각하지 않는다. 거기서부터 나와 그대의 의견이 달라지는 것 같군."

"그럼, 주고쿠의 모리나 도도라는 말씀입니까?"

"그것이 아니야."

"……."

"다음은 구로다 간베에다."

"너무하신 농담을!"

"세상에는 줄곧 무언가 꾀하지 않으면 사는 보람을 느끼지 못하는 자가 있다. 그렇지, 간베에, 안 그런가?"

그때까지 잠자코 있던 자차히메가 별안간 웃음을 터뜨렸다.

"호호호……이것으로 승부가 났군요! 전하께서 이기셨습니다."

오다와라 거리는 오늘 밤 귀신의 곡성으로 가득 차 있으리라. 두 중신의 처분은 아직 끝나지 않았으나 우지마사와 우지테루는 할복했다.

두 사람만이 죽고 그것으로 끝날 시대는 아니었다. 누군가가 반드시 뒤따라 할복했을 게 틀림없다. 할복하지는 않더라도 의리 때문에 번민하고 거취 문제로 신음하며 괴로워하는 자는 헤아릴 수 없이 많을 것이다.

그러나 이곳에는 그러한 어둠이 전혀 없었다. 히데요시와 자차히메, 간베에, 시중들고 있는 시동들과 이야기꾼에 이르기까지 모두 한결같이 밝은 표정으로 히데요시를 우러러보고 있다.

히데요시는 자차히메의 말에 배를 움켜잡고 웃었다.

"농담이다, 간베에. 그대의 말이 너무 얄미워서 놀려준 거야."

"듣기 거북한 농담이십니다. 나가마사를 어릴 때부터 측근에 들여보내, 부자 2

대의 운명을 전하께 맡기고 있는 이 간베에를."

"하하……그만하면 됐어. 그대의 그 일을 꾸미기 좋아하는 천성을 그대는 모두 나를 위해 쓰고 있다. 그대를 위해 쓸 시간은 없을 게야."

"그것을 아시면서…… 그럼, 저는 이쯤에서 식은땀을 닦기로 하겠습니다."

히데요시는 아라키 무라시게(荒木村重)의 성에 갇혀 있는 동안 부스럼이 나서 군데군데 엽전 같은 반들거리는 흉터가 남아 있는 간베에의 머리를 보자 더욱 웃음이 치밀어올랐다. 노부나가는 자기에게 털 빠진 쥐라는 별명을 지어주었지만, 간베에의 머리는 얼룩쥐라고나 불러야 할 우스꽝스러운 모습이다.

"간베에, 또 한 가지 그대의 지혜를 빌릴 일이 있다."

"이제 듣기 거북한 농담은 아니겠지요?"

"이번에는 심각한 문제야, 쓰루마쓰에 대한 일인데."

"도련님 말씀이십니까?"

"그렇다. 그 애가 지금 오사카에서 기타노만도코로를 아주 잘 따른다는구나."

"예……."

"만도코로를 만엄마, 만엄마라고 부르면서 말이야."

"만엄마……라니 희한하게 부르시는군요."

"그런데 이 요도가 돌아가면 쓰루마쓰를 도로 데려오겠다고 떼쓰는군. 하지만 기타노만도코로가 아이에게 정들었다면 놓아주려 하지 않을 거란 말이야. 문제는 바로 그거야."

"그러면 요도성으로 모셔올 방법 말씀이십니까?"

"좋은 방법이 없을까, 간베에? 지혜를 빌리자는 것은 그 일이다."

간베에는 속으로 혀를 찼다. 안 그래도 혹시 그런 이야기가 나오지 않을까 경계하고 있었다. 그 이야기가 나오기 전에 말을 끝내고 이 문제에만은 더 깊이 관여하지 않으려 했는데 그만 일어설 기회를 놓쳐버렸다. 그러나 일단 말이 나온 이상 대책이 없다고 할 수는 없는 노릇이었다. 그런 면에서 보면 간베에는 확실히 모사꾼이고 재주꾼인지도 몰랐다.

"제게 맡겨주십시오."

간베에는 가슴을 툭 치며 말했다.

"전하께서는 가만히 계십시오. 요도 마님께서 성에 도착하실 때까지 이 간베에가 책임지고 도련님을 모셔오도록 하겠습니다."

계책은 아직 없었다. 그러나 그렇게 말하고 얼른 이 자리를 떠나고 싶었던 것이다.

자차히메는 일어나려는 간베를 향해 우아하게 웃어 보였다.

히데요시가 요도 마님 자차히메를 서쪽으로 돌려보내고, 동쪽을 향해 오다와라를 떠난 것은 7월 16일이었다. 그 전전날 자차히메도 이치야성을 떠나 15일에는 누마즈에 묵었다.

히데요시가 모리의 부하장수 고바야카와 다카카게와 깃카와 히로이에에게 명하여 준비하게 한 짐말 30필과 인부 600명, 거기에 호위하는 군사가 딸려 그 행렬도 사람들을 놀라게 하기에 충분했지만, 동쪽으로 나아가는 히데요시의 행차에 비하면 아무것도 아니었다.

아마 이 덴쇼 18년(1590) 7월부터 이듬해 8월······히데요시가 끝없는 사랑을 기울인 쓰루마쓰마루가 병사할 때까지 1년 동안이 연전연승하는 간파쿠 히데요시에게서 생애 최고의 행복한 시절이며 운명의 절정기가 아니었을까······ 그런 뜻에서 보면 인생이란 참으로 모든 사람에게 공평하게 길흉을 나누어준다고 하겠다.

물론 지금의 히데요시는, 1년 뒤에 사랑하는 아들의 죽음이 기다리고 있으리라는 것은 꿈에도 알 길이 없었다. 온 일본 땅을 평정하고, 젊은 측실과 어린 후계자를 얻은 최고의 행운아로서 가마쿠라를 향해 떠나는 히데요시의 가슴은 마치 방금 바람을 잔뜩 불어넣은 풍선과도 같았다.

도로는 이미 가마쿠라까지 이 간파쿠의 통행을 위해 깨끗이 청소되어 있었다. 가는 곳곳의 모든 영주들이 그의 앞에 꿇어엎드려 머리를 조아리니, 이제는 그에게 감히 맞설 자가 있으리라고 생각되지 않았다.

이에야스는 에도에, 가모 우지사토는 아이즈에 두고, 자신의 명에 불복하여 출병하지 않았던 리쿠젠(陸前)의 오사키 요시타카(大崎義隆), 가사이 하루노부(葛西晴信), 이와키(磐城)의 이시카와 아키미쓰(石川昭光), 시라카와(白河)의 유키 요시치카(結城義親) 등은 영지를 모두 뺏고 추방해 버릴 작정이었다.

난부 노부나오(南部信直)에게는 난부 일곱 고을을 주고, 사타케 요시시게와 요시노부(義宣)는 그대로 두며, 다테 마사무네는 요네자와(米澤)로 옮겨 저마다 힘의 균형을 이루게 하여 누구나 함부로 말을 못하도록 구상하면서 말을 몰아 가노라니, 오른쪽에 펼쳐진 망망대해와 왼쪽으로 뻗은 산맥도 모두 히데요시를 위해 있고, 히데요시를 위해 봉사하고 있는 듯이 보였다.

길 양쪽에서 엎드려 맞이하는 백성들은 물론이요, 하늘도 대지도 바람도 초목조차도……아니, 태양마저도 환성을 올리면서 그를 환영하고 있는 것 같은 느낌이었다.

후지사와에서 가타세(片瀬)로 나가, 미나모토 요시쓰네(源義經) 형제의 비극을 전하는 고시고에(腰越)로 접어들었을 무렵에는, 히데요시 자신이 이야기 속에 나오는 위대한 주인공이 되어버린 듯했다.

그는 옆에 있던 우키타 히데이에를 손짓으로 불렀다.

"요리토모도 대단한 인물은 아니었어."

너무 갑작스러운 말에 히데이에는 하늘을 쳐다보며 고개를 끄덕였다.

"예, 이렇게 화창한 날씨, 이것도 다 전하의 은덕인가 합니다."

"하하……무엇을 듣고 있었나, 히데이에? 내가 여행할 때 날씨가 좋은 것은 이미 널리 알려진 사실이야."

"예? 그럼……."

"나는 본디 태양의 아들이 아니냐? 자기 아들의 여행을 축복하지 않는 아버지는 없을 게다."

"그러면……무슨 다른 말씀을 하셨습니까?"

"그만 됐어. 나는 요리토모가 어찌해서 아우들을 자유자재로 부리지 못했던가하고 답답하게 생각했다. 내 동생들을 보라. 아니, 동생들뿐만 아니라 자형도 매제도 모두 내게 심복하고 있지 않나?"

자형이라 한 것은 히데쓰구의 아버지였고, 매제라 함은 말할 것도 없이 이에야스를 가리키는 것이다. 히데이에는 다시 고개를 끄덕인 뒤, 그 고개를 갸웃거리면서 말 옆에서 떠났다.

말 위에서 황홀하게 바다를 바라보고 산을 쳐다보던 히데요시는, 때때로 괴상한 소리를 지르면서 누군가를 불렀다. 그리고 그때마다 상대가 알아듣지도 못하는 비약적인 말을 던져 어리둥절하게 했다.

"하치만타로는 어떠했느냐?"

이런 말을 하는가 하면 또 이런 식으로 느닷없이 말을 걸어왔다.

"다이라노 기요모리(平淸盛)도 대단한 자가 아니야."

누구나 대답할 말이 없었으나, 자세히 보면 히데요시는 그리 답을 기대하고 있는 것 같지도 않았다.

상대에게 통하지 않는다는 걸 알면 대뜸 말했다.

"아니, 됐다."

그러고는 다시 혼자 황홀경에 빠져들었다.

불행하기 이를 데 없는 사람도 때로 이렇게 도취한 듯한 방심상태에 빠지는 일이 있지만, 사람이란 만족의 절정에 이른 경우에도 그같이 행동하게 되는 것이리라. 다만 불행한 경우의 방심상태에는 누군가의 위로가 필요하지만, 만족한 방심상태에는 그럴 필요가 없는 모양이다.

행렬이 하치만 신궁에 이르러 신관의 안내로 참배를 마치고, 시라하타(白旗) 신사에 들러 신위(神位)로 모셔놓은 요리토모의 목상 앞에 섰을 때 수행한 자들은 모두 온몸의 털이 곤두서는 기분을 느꼈다. 신관이 경건하게 유래를 설명하고 있는 동안, 히데요시가 성큼성큼 목상 앞으로 걸어가더니 마치 살아 있는 사람을 대하는 듯한 목소리와 동작으로 어깨를 툭 치고 목상에 기대는 게 아닌가!

"여보게, 요리토모."

사람들은 온몸을 굳히며 숨죽였다.

'저, 저런! 혹시 실성하신 게?'

신관은 당황하여 괴성이 절로 나왔고, 제물을 받쳐들고 있던 무녀는 하마터면 그것을 떨어뜨릴 뻔했다.

히데요시가 말했다.

"염려하지 말게. 너무 반가워서 한번 말을 붙여본 것뿐이야. 그렇지 않은가, 요리토모?"

히데요시는 다시 한번 목상의 어깨를 툭 쳤다.

"이 천하를 맨주먹 하나로 차지한 것은 나와 귀하밖에 없어. 하하……"

물론 목상이 대답할 리 없고, 히데요시의 유별난 웃음소리만이 오싹하게 모두의 고막을 울렸다.

"그러나 귀하는 왕가에 출생하여 조상 가운데 이요노카미 요리타카(伊予守賴隆)가 있고, 하치만타로 요시이에가 있었다. 그러나 나는 글자 그대로 일개 필부에서 몸을 일으켜 이렇게 됐어. 어떤가, 그런 점에서는 나를 따르지 못하리라. 뭐 그런 건 다 그만두고, 귀하와 나는 역시 같은 천하의 친구, 사이좋게 지내세. 왓 하하……."

히데요시가 말하는 동안 신하들은 또 허풍이 시작되었다는 걸 알았으나, 신관 과 무녀들은 부들부들 떨고 있었다.

"핫하하……그럼, 언젠가 다시 만나세. 몸 성히 있게나."

그러고는 다시 손뼉 치는 의식도 하지 않고 절도 하지 않은 채 목상에서 등을 휙 돌렸다. 그리 흥분한 기색도 없었으나 정상적인 정신이라고도 할 수 없었다. 그 야말로 도취경에 빠진 몽유병자의 행위 같기도 했다.

그러나 에도에 들어갈 무렵에는 이미 다시 날카로운 관찰자, 위풍당당한 지휘 관으로 돌아가 있었다.

에도에서는 히라강(平川) 어귀에 있는 니치렌종의 호온사(法恩寺)에 묵으면서 이 렇게 호언장담했다.

"이에야스가 함께 왔더라면 축성법을 가르쳐주었을 텐데……."

히데요시가 에도라고는 해도 그즈음은 빈촌이었던 히라강 어귀의 호온사에서 하룻밤 묵은 다음 날인 30일에 고야산으로 쫓겨가는 호조 우지나오 일행이 오 다와라에서 서쪽을 향해 출발했다. 우지쿠니, 우지후사, 우지노리 등의 일족 외 에 히다 나오노리(檜田直憲), 다이도지 나오시게 등 약 300명이 뒤따랐다. 일단 고 야산의 절에서 근신하고 있으면, 11월 말까지는 기슭으로 내려와 거처를 마련할 수 있도록 주선하겠다는 히데요시의 말을 구로다 간베에와 이에야스한테서 듣 고 있었다. 그래서 그들은 차츰 히데요시의 아량에 감사하고, 어떻게 될지 몰라 염려가 컸던 시민들도 안도하는 분위기가 감돌고 있었다.

"역시 간파쿠 전하야. 만약 노부나가 공 같은 대장이었더라면 어떻게 되었을 까?"

"정말 우러러볼 만한 도량이지. 주군께서도 고야산에서 녹을 얻을 수 있게 됐 다니."

"맞아. 그렇게 해주시지 않으면 300명이나 되는 사람을 어떻게 부양하겠어? 그 뿐인가? 얼마쯤 근신하고 있으면 다시 영주로 세워주실 계획이라는데"

"그럴지도 모르지. 아무튼 이젠 마음 놓게 됐어. 이곳에는 도쿠가와 님이 들어

오신다니 우리 마을이 망하거나 하지는 않겠지."

이러한 소문이 떠도는 가운데 사람들을 더욱 마음 놓게 한 것은, 이에야스가 우지나오와 주종관계가 끊어진 남은 신하들을 계속 포용하고 있다는 풍문이었다.

혼자 에도로 나온 히데요시는 물론 이러한 일들을 치밀하게 계산에 넣고 있었다. 뒷수습을 이에야스에게 맡기는 형식으로 당당하게 오슈로 들어가는 게 히데요시에게는 더욱 배후의 위광을 더하는 결과가 되는 것이다.

히데요시는 에도성과 그 주변을 대충 둘러보기만 하고 우쓰노미야(宇都宮)로 진군했다. 이곳에 문제의 다테 마사무네와 모가미 요시아키(最上義光) 등을 불러, 여기서 동일본을 새로이 엄격하게 재배치하지 않으면 안 되었다.

사타케 요시시게와 그 아들 요시노부가 오자 이들에게 옛 영지를 그대로 인정하는 증서를 주고, 다시 요시시게가 연로한 것을 이유로 요시노부를 히타치(常陸) 지방 우두머리로 임명했다.

오사키 요시타카, 가사이 하루노부, 시라카와 요시치카, 이시카와 아키미쓰 등의 영지를 모조리 몰수하도록 명한 것도 우쓰노미야에서였다.

"오다와라 출진에 불응한 것은 발칙하기 짝이 없는 처사다!"

그리고 완벽하게 준비를 갖춘 아이즈의 구로카와성(黑川城)으로 들어간 것이 8월 9일. 그때는 사실상 동쪽 정벌의 목적을 완전히 달성했다 해도 과언이 아니었다.

구로카와성으로 들어가자 곧 동행한 기무라 요시키요와 그 아들 하루히사에게 오사키 요시타카, 가사이 하루노부의 영지를 주고 아이즈, 이와세, 아사카를 가모 우지사토에게 주었다.

그리고 모가미 요시아키와 다테 마사무네에게는 곧 처자를 교토에 볼모로 올려보내도록 명하고 8월 12일에는 아이즈로부터 귀로에 올랐다.

자신이 몸소 여기까지 왔다고 말하며 아사노 나가마사, 오타니 요시쓰구 등에게 오슈의 토지조사를 명하고 말 머리를 돌렸을 때, 히데요시의 마음은 벌써 이 땅에서 멀리 떠나 있었다.

요도 마님과 쓰루마쓰마루 일도 있었으나, 쓰루마쓰마루를 얻어 젊음을 되찾은 자신의 사업으로서 드디어 조선에서 명나라로 경륜을 펼치려는 꿈을 품고 있었다. 그 꿈을 안고 히데요시는, 다시금 상승가도를 달리는 간파쿠로 돌아가 황홀경 속에서 서쪽으로 말을 달렸다.

에도(江戶)의 마음

이에야스가 나머지 반생의 운명을 결정하게 될 에도에 처음으로 발을 들여놓은 것은 텐쇼 18년(1590) 8월 1일이었다.

이에야스보다 이틀 먼저 사카키바라 고헤이타가 선발대로 에도성에 들어갔다. 8월 1일은 히데요시가 우쓰노미야에서 히타치의 사타케 요시시게와 요시노부에게 본디의 영지를 그대로 유지하게 한다는 증서를 주고 있던 날이었다.

간토 8주라고 흔히 말하는 데는 물론 히타치도 들어 있었다. 그러나 히데요시는 이곳을 사타케 씨에게 주고, 대신 이즈 땅을 이에야스의 영지에 넣어주었다. 따라서 도쿠가와 문중 가신들 중에는 이 일로 불만을 가진 자가 많았다. 이즈는 물론 가이와 히타치를 꼭 받았으면 하는 의견이었지만 이에야스는 그것을 제지했다.

"좀더 강하게 나가도 되지 않겠습니까?"

혼다 마사노부까지 그렇게 말했으나, 이에야스는 엄격한 표정으로 가로막았다.

"마사노부, 자네도 조심하도록 해."

"제 말씀이 지나쳤다는 말씀입니까?"

"간파쿠는 천하 으뜸가는 재주를 가진 사람이라고 자부하고 계시다."

"그것은 저도 충분히."

"재주와 재주가 맞부딪쳐 봐. 어떻게 되겠나? 저쪽에서는 재주로 우리들을 잘 몰아넣었다고 생각하고 있어. 이쪽은 재주가 아니라 오로지 성실만으로 나가야

충돌을 면하는 거야."

마사노부도 그 이상 아무 말 하지 않았다. 오직 히데요시와의 충돌을 피하려고 참고 계신다……고 생각하니 이에야스의 고충을 알 것 같아 입을 다무는 수밖에 없었다.

그러나 드디어 에도로 들어가게 되어 오다와라에 소집된 사카이 다다쓰구 등 노신들의 불평은 이만저만이 아니었다.

"듣자하니 간파쿠는 간토 8주의 땅도 내심으로는 호리 히데마사에게 주고, 우리 주군은 오슈로 쫓아버릴 셈이었다지 않던가? 호리가 죽었으니 망정이지, 고마키 전투에서 이긴 주군이 뭣 때문에 그가 하라는 대로 비위를 맞춰야 한단 말이오?"

그러나 이 같은 일에 대해 이에야스는 굳이 대답하려 하지 않았다. 그의 마음은 벌써 에도를 중심으로 간토 8주를 어떻게 경영해 나가느냐에 있었다. 그전의 일들은 모두 계산이 끝난 과거의 일이 된 것이다.

또 만약 지금 이에야스가 불만의 기색을 보인다면, 히데요시는 그의 주위에 더욱 고약한 포석을 늘려갈 뿐……이라고 보고 있었다. 히타치의 사타케 씨는 그렇다 하더라도, 고후에는 드디어 히데요시의 심복 아사노 나가마사를 배치할 기색이고, 하마마쓰에는 호리오 요시하루, 슨푸에는 나카무라 가즈우지, 아이즈에는 가모 우지사토, 에치고에는 호리, 이즈에는 교고쿠…… 이렇듯 이에야스 주위에 자기 수족으로 감시의 쇠사슬을 엮어놓으려는 눈치였다.

이에야스의 새 영지가 될 이즈를 합해 8주는 약 256만 석. 그러나 이것도 여기서 히데요시의 심복 가운데 어느 누구와도 시비를 벌이지 않고 원만히 협조해야만 얻어질 수 있는 수입이니, 만약 분쟁이 일어나면 곧바로 단절되고 교란될 우려가 있었다.

그러한 상황 아래에서 이루어지는 에도 입성이므로 7월 28일 밤 오다와라성 안에 중신들을 모아놓은 자리에서 이에야스의 얼굴에는 심상치 않은 결의가 엿보였다.

에도성은 본디 가마쿠라 시대에 오타 모치스케(太田持資)가 조로쿠(長祿) 원년(1457)에 쌓은 성이다. 그 뒤 분메이(文明) 18년(1486)에 주군 사다마사(定正)에 의해 모치스케는 죽고, 오랜 변천을 거쳐 최근에는 호조 씨의 성주대리로 도야마 가게 마사가 들어 있었다. 그러나 가게마사는 오다와라성에 농성하고 있었기 때문에 성을 지키던 가게마사의 동생 가와무라 시게마사(河村重政)와 우시고메 마사유키(牛込勝行) 두 사람을 사나다 마사유키의 아우 노부마사(信昌)로 하여금 설득케 하여 4월 21일에 도쿠가와 쪽 도다 다다쓰구(戶田忠次)의 손에 넘어간 상태였다.

그리고 이에야스의 간토 이전이 결정되자, 나이토 기요나리(內藤淸成)가 이에야스의 명으로 오타니 쇼베에(大谷庄兵衛), 무라타 효에몬(村田兵右衛門) 등을 이끌고 정식으로 성을 접수했다.

그 에도성에 드디어 이에야스가 들어가려 하고 있었다. 이에야스는 즐비하게 세워진 촛대 아래 에도성과 그 언저리 지도를 펼쳐놓고, 에도에서 온 도다 사부로에몬(戶田三朗右衛門)에게 성에 대해 설명하도록 했다.

"사부로에몬, 에도성이 어떤 성인지 그대가 본 대로 말하라. 말을 꾸밀 필요는 없다."

"알겠습니다."

도다 사부로에몬은 무장했던 자국이 남아 있는 옷소매를 걷어붙이고, 부채 끝으로 동쪽으로 난 성문을 가리키면서 그것과는 전혀 엉뚱한 말을 하기 시작했다.

"대체로 아무렇게나 쌓은 성으로 제멋대로 버려두어 심하게 황폐되었고, 동남쪽 기슭 가까이까지 파도에 씻기며 동쪽에서 북쪽 일대는 잡목숲이고, 서북쪽에는 물이 썩은 연못이 있어 이 상태로는 아무 쓸모도 없는 들짐승들 소굴입니다."

중신들은 모두들 도면을 들여다보며 으르렁댔으나 이에야스는 묵묵히 눈을 감은 채였다.

"오타 모치스케······즉 도칸(道灌)의 노래에 있는 후지산 높은 봉우리는 분명 처마 밑에서 볼 수 있습니다만, 이 처마라는 게 썩어빠진 갈대 이엉이라 후지산도 보이지만 억새풀이 거꾸로 자라는 듯한 풍경을 자아내며, 또 큰 현관은 배 밑바닥처럼 널빤지를 이어붙인 형편없는 것입니다."

사카이 다다쓰구가 소리 질렀다.

"뭐, 배 밑바닥 널빤지! 적어도 우리 주군은 다이나곤이야. 배 밑바닥 같은 성에서 어떻게 사신단 말인가."

사부로에몬은 그 정도의 놀라움은 예상하고 있었던 듯 말을 이었다.

"솔직히 말씀드려서 미카와 언저리의 낡아빠진 촌장집쯤으로 상상하시면 틀림 없을 것입니다. 그 대신 성문을 나서서 서남쪽으로 잠시 내려가면 고기잡이를 할 수 있고, 성안에서도 얼마든지 매사냥을 할 수 있을 정도이며, 서쪽에서 북쪽으로, 북쪽에서 동쪽으로 파내려간 해자에는 이맘때부터 오리와 물새들이 무리 지어 있습니다. 그 정도면 곧 기러기나 학들도 날아들 것입니다."

다다쓰구가 다시 숨 가쁘게 말했다.

"무슨 한가한 소리인가, 무슨! 간토 8주를 다스릴 도성으로 적합한지, 어떤지 묻고 있는 거야."

"알고 있습니다. 그러니 이대로는 말도 안 된다는 겁니다. 뒤쪽의 히라강(平川) 어귀……그 앞으로 고지(麴) 거리가 통하고 그 언저리에 드문드문 민가가 있을 뿐 그 밖에는 눈에 띄는 게 없어 간파쿠 전하께서도 하는 수 없이 절에서 주무셨습니다. 우선 이 산을 헐고 매립 공사라도 하지 않는 한 거리를 조성할 땅이 없습니다. 이것은 글자 그대로 영지를 새로 건설하는 작업입니다."

이에야스는 여전히 바위처럼 꼼짝도 하지 않는다. 사람들은 서로 마주 바라보면서 누구 할 것 없이 한숨을 내쉬었다. 이에야스의 각오는 너무나 잘 알고 있었다. 비록 에도가 사람이 살 만한 곳이 못 된다 하더라도, 여러 가신들 가족까지 이미 고향을 떠났거나 떠나고 있는 중이었다.

이에야스가 정식으로 간토 이전을 발표한 것은 7월 27일. 무장들을 차례로 오다와라에 불러들여 저마다 돌아가 이동준비를 하라고 명해 둔 것이다.

물론 아직 오다와라의 잔당들이 득실거리고 있기 때문에 모두들 가서 이동준비를 끝내고 지체 없이 곧장 돌아왔다. 그중에는 벌써 점령한 일선 지역의 성으로 간 자들도 있고, 오늘 이곳에 모인 이들은 8월 1일을 기해 이에야스와 함께 에도에 들어가도록 되어 있는 사람들이었다.

도다 사부로에몬이 입을 열었다.

"제가 입성하기 전에 들은 바로는……에도성은 본성에 바깥성과 아랫성이 갖춰진 난공불락의 명성이라고 했습니다. 그러나 그 소문은 100년 전 이야기며, 지금은 본성이니 어쩌니 할 것도 없습니다. 그것들 사이에는 아무 쓸모없는 빈 해자가 있고 잡목이 마구 우거져 다니기도 불편한 데다 봉당에 마루도 제대로 없는 낡은 집…… 비는 새고 그을음투성이에 부엌은 바닥이 모조리 썩었습니다. 워낙 그런 꼴이니 간파쿠 전하께서도 도망치듯 절을 숙소로 삼으셨습니다만……."

거기까지 말하자, 그때까지 침묵을 지키던 오쿠보 다다요가 모두의 질문을 대표하듯 입을 열었다.

"그렇다면 우선 성의 수리가 선결문제라는 것인가?"

"아니지요, 그것은 주군께서 하실 일이고 저는 다만 명령에 따라 현지의 형편을 말씀드렸을 뿐입니다."

혼다 헤이하치가 불쑥 말했다.

"오쿠다이라 님, 어떻게 생각하시오? 벌써 여러 가족들이 고향의 성을 떠나 절에 들었을지도 모르오. 주군의 온정으로 이전 비용을 흡족하게 받았으니 성급한 사람들은 출발해서 가고 있을 테지요. 그러나 갈 목적지인 에도가 그런 꼴이라면 아녀자들이 도착해도 잘 곳조차 막연하오. 그렇지 않겠소?"

"글쎄……형편이 될 때까지 이 오다와라에 머무는 것도……."

이에야스의 사위 오쿠다이라 노부마사가 말을 꺼내자 혼다 마사노부가 뒤를 받았다.

"그런 염려는 마시오. 화급한 일이므로 충분하지는 못할지라도 사카키바라 님이 앞서가셔서 숙소문제를 준비하고 계실 터이니."

"준비한다……고 말은 하지만 그런 갈대밭에서 어쩔 도리가 없지 않겠소?"

"아니, 성 바로 가까이는 아니지만 절도 몇 군데 있고 사방에 민가도 없지 않소. 이를 임시처소로 삼고 서둘러 거리를 조성하는 거요. 그리고 중신들 가족은 저마다 영지로 바로 가면 따로 성도 있고 집도 있을 테니 굳이 에도에서 사실 것 없소. 요컨대 황폐한 이 에도에 누구보다 먼저 주군께서 듭시게 되는데……그 각오를 어떻게 하느냐가 문제요."

거기까지 말하자 다시 사카이 다다쓰구가 흰머리를 흔들며 참견했다.

"마사노부 님, 누가 당신에게 물었소? 좀 조용히 하시오!"

아마 사카이 다다쓰구는 상석의 노신으로서 계속 침묵만 지키는 이에야스의 태도에 불만을 느끼고 있는 것이리라. 물론 거기에는 또 다른 이유도 있었다. 벌써 여러 무장들 가족까지 이전을 시작했는데, 이에야스는 아직 중신들의 영지와 목적지를 발표하지 않고 있었다. 따라서 사람들 사이에 여러 가지 소문이 나돌고 있었다.

"이번에는 뜻밖의 계획을 구상 중이래."

"뜻밖의?"

"그래. 여태껏 가문을 코에 걸고 있던 늙은 노신들도 실력을 본위로 쓸모없게 여겨지는 자는 모조리 끌어내리고, 실력 있는 자들을 등용할 방침이라는 거야."

"허, 그 상담역이 마사노부 님인가?"

"왜 마사노부 님이 하면 부정이라도 있을 것 같은가?"

"아니, 그렇지는 않지만 중신들이 호락호락 들을까?"

"듣든 안 듣든 낯선 땅으로 가는데 명령에 복종하지 않으면 어떻게 하겠나? 이번에는 집안 친척들인 마쓰다이라일지라도 일하지 않는 자는 누대의 가신들보다 땅도 성도 작다, 그렇듯 엄격하게 하지 않으면 간토 8주를 다스릴 수 없다는 결심이시라네."

이러한 풍문의 소용돌이 속에서 유일하게 결정된 일은 오다와라성에 오쿠보 다다요가 배치되리라는 것뿐이었다. 오다와라성을 맡으면 적어도 4만 석 이상은 될 것이다. 이로써 오쿠보 다다요의 실력평가는 결정되었으나 다른 중신들은 아직 암중모색하는 상태에 있고, 상석 중신인 사카이 다다쓰구 등은 그 일로 적지 않게 초조감을 느끼고 있었다.

다다쓰구는 마침내 이에야스를 향해 돌아앉았다.

"주군! 방금 도다의 말에 의하면, 앞으로의 어려움이 예사롭지 않은 모양인데 주군께서는 자신 있으시겠지요?"

이에야스는 눈을 감은 채 머리를 끄덕였다.

"나에게 100만 석만 확실히 거둘 수 있는 땅이 있으면 유사시에 언제든 교토로 쳐올라갈 자신이 있다. 염려하지 마라."

"모두들 들었는가, 참으로 믿음직스러운 말씀이시오! 그렇다면 주군, 주군의 힘을 마음껏 발휘하기 위해 가신들의 마음도 빨리 결정되도록 조처를 서두르시기 바랍니다."

"그렇다면……영지 배치를 결정하란 말인가."

"예, 그렇습니다……."

"이미 나라야마에는 나이토 산자를 남겨두었다. 오다와라에는 다다요, 그 뒷일은 에도에서 결정한다. 중도에 배치를 변경하는 것은 백성들에게나 영주에게나

다 소용없는 일이다."

"그러나 가족들의 정착지도 결정되지 않았는데 이전하는 건……."

이에야스는 그제야 눈을 번쩍 떴다.

"다다쓰구! 내가 배치 결정을 서두르지 않는 것은 상으로 얻은 천하가 얼마나 허물어지기 쉬운지 역사에서 배웠기 때문이다. 아시카가(足利)의 천하가 왜 그렇듯 일찍 혼란에 빠지고 왜 그렇게 심한 하극상을 불러일으켰는지, 그대는 알고 있나?"

"글쎄요, 그건……."

"모를 테지. 모르거든 잠자코 있어. 아시카가는 중신들까지 상으로 낚아서 처음부터 물욕으로 똘똘 뭉친 자들의 집단을 만들었다. 알겠나? 간파쿠도 그것을 깨닫지 못하고 마구 상을 내리고 계신다. 그러나 이에야스는 다르다. 나는 상을 내리지 않으면 움직이지 않는 가신은 한 사람도 필요 없다고 결심했다. 그것이 간토 8주에 들어가는 나의 각오다. 잘 기억해 둬라!"

이에야스는 결코 그것을 다다쓰구 한 사람에게만 말한 게 아니었다. 그러나 다다쓰구는 자기가 꾸지람 들은 줄 안 모양이었다.

쓴쓰름한 표정으로 헤이하치를 돌아보며 말했다.

"저런 기백, 저런 각오시라면 별일 없겠지."

그러고는 입을 다물었다.

"모두들 잘 들어라."

이에야스는 목소리를 한결 부드럽게 낮췄다.

"신념 없는 행동만큼 세상일을 그르치게 하는 것은 없다. 요리토모는 무서운 신념으로 살았다. 그러므로 혈육 사이에서 불행한 문제가 잇따라 일어났지만 그가 연 막부는 160년 동안이나 지속되었고, 어쨌든 가마쿠라 무사의 유풍과 치적을 남겼다. 그런데 그다음에 일어난 아시카가 씨에게는 그게 없었다. 오직 천하를 손아귀에 넣는 일에만 급급한 나머지 인간의 욕심에 의지했다. 이익을 미끼로 낚으려 했던 것이다. 그리고 그 뒤 그 욕심 때문에 하극상의 난세를 스스로 초래하여 자리를 빼앗겨 유명무실한 존재가 되어버렸다. 이에야스는 엄격한 사람이다. 상은 내리지 않겠다. 그러나 능력 있는 자에게는 능력을 뻗을 수 있는 무대를 마련해 줄 것이다. 에도에 들어가거든 저마다 능력을 발휘해 보아라. 할 일은 얼마든지 있다. 모두들 능력을 충분히 발휘하는 날 새 영지는 256만 석에 이를 것이다."

순간 좌중은 물을 끼얹은 듯 조용해졌다. 만일 이 자리에 혼다 사쿠자에몬이 있었더라면 아마 속으로 회심의 미소를 지었을 것이다. 그가 스스로를 내던지며 한 슨푸에서의 간언은 이에야스의 각오 속에 훌륭하게 되살아나 있었다.

그때까지 묵묵히 한 마디도 하지 않던 고리키 기요나가가 슬그머니 흰 부채를 앞에 내려놓았다.

"주군, 어서 이 회의를 계속해 주십시오. 아직 중요한 말씀을 듣지 못했습니다."

그렇게 말할 때까지 사람들은 이것으로 회의가 끝난 줄 착각하고 있었다.

"뭐라고요, 가장 중요한 일……!"

이에야스가 잠자코 있으므로 혼다 마사노부가 입을 열었다.

"가장 중요한 것은 무(無)에 가까운 에도 땅에 들어가는 데 대한 마음가짐……이라고 들었는데요."

"아니, 제가 알고 싶은 것은 그같이 고통스러운 땅으로 가는 이동을 어찌하여 주군이 승낙하셨는가하는 문제에 대해서요. 그걸 아직 듣지 못했습니다."

헤이하치가 무릎을 치며 맞장구쳤다.

"그렇소! 고리키 님 말씀이 맞습니다! 100만 석만 있으면 언제든 상경할 수 있다고 말씀하셨는데, 그만한 주군께서 어찌하여 이 무리한 이동을 받아들였는지 우리는 이러쿵저러쿵 상상만 했지 아직 주군의 입으로 그 본심을 듣지 못했소. 그러니 우리가 그것을 듣게 되면 없던 힘도 솟아날 겁니다. 그렇지 않소, 오쿠다이라 님."

"그렇소, 정말 중요한 것을 빠뜨리고 있었군요. 간파쿠를 두려워해 승복하실 주군은 아니오. 주군께는 주군의 생각이……그렇게 상상하는 것만으로는 힘이 솟지 않습니다. 주군! 이 자리에서 꼭 주군의 입으로 듣고 싶습니다."

이에야스는 난처한 듯 곁에 앉은 마사노부를 돌아보며 쓸쓸하게 웃었다. 어떻게 보면 이 자리에서 특별히 말할 게 없는 것처럼 해석할 수도 있는 표정이었지만 가신들로서는 100만 석만 있으면……하고 기세를 올리던 말 이상으로 따져서 들어보고 싶은 이야기였다. 그 한 마디면 아마 그들은 영지 배치에 대한 불만 따위 잊을 게 틀림없었다.

이에야스는 한숨을 내쉬었다.

"주군! 말씀해 주십시오. 여기 모인 자들은 모두 주군의 수족들입니다."

도리이 모토타다까지 거들자 이에야스는 다시 한번 마사노부를 돌아본 뒤 새삼스럽게 좌중을 둘러보았다.

'뭔가, 아주 중요한 말을 안 하신 게 분명하다……'

오가사와라 히데마사(小笠原秀政)도 이나 구마조(伊奈熊藏)도 나가이 덴파치로(永井傳八郎)도 서로 얼굴을 마주보며 고개를 끄덕였다.

그들은 나이 많은 중신들보다 훨씬 더 이에야스를 흠모하는 중진들로 이 자리에서는 삼가며 입을 열지 않았으나 속으로는 여기서 한 번 더 '백만 석만 있다면……'이라고 말한 것 이상의 발언을 기대하며 가슴을 두근거리고 있었다.

이에야스가 말했다.

"마사노부, 말해야 할까?"

"말씀하십시오. 이것이 앞으로의 결속에 밑바탕이 될 테니까요."

도리이 모토타다가 또 말했다.

"좋다. 그럼, 마사노부, 자네가 먼저 말하라."

이에야스는 문득 모두에게서 시선을 거두고 팔걸이를 끌어당겼다.

그러나 혼다 마사노부는 곧바로 입을 열지 않았다. 말을 꺼냈다가 오해를 받으면 큰일……이라고 생각하는 것 같기도 하고, 말머리를 찾지 못해 난처해 하는 것 같기도 했다.

"이것은 요컨대 신불의 계시라고 할 수 있습니다."

잠시 뒤 마사노부가 입을 열었을 때 좌중에서는 그만 한숨이 새어나왔다.

'뭐야, 겨우 그건가……'

그러한 실망이 역력히 보였다.

"아시다시피 사이고 부인께서 돌아가실 때 간파쿠와 다투지 마시라, 동쪽으로 피하시라……는 말씀을 남기시고 돌아가신 일……그 일부터 벌써 계시의 예고였습니다."

혼다 마사노부는 거기서 다시 머리를 갸웃거리며 생각했다.

"그 뒤……모든 정세를 검토해 보면 바로 그 말이 적중하고 있음을 알 수 있습니다."

사카이 다다쓰구가 혀를 찼다.

"바로 그 말이 적중하다니 무슨 뜻이오? 이런 경우 그대가 설명하는 것은 삼가야지. 아무리 주군께서 명령하셨다 해도 사양하는 것이 측근으로서의 예의가 아니겠소?"

"그러나……"

"아니면 더 확실하게 말해 주시오. 그 뒤의 모든 정세라니, 무슨 정세를 말하는 거요? 어물어물하는 말은 오히려 모두의 마음을 어지럽게 되니 딱 잘라 말하시오."

다다쓰구가 말하자 이에야스는 '그만!' 하고 크게 고개를 끄덕였다.

"마사노부에게 말하게 한 건 내 잘못이다. 내 입으로 분명히 말하지."

좌중은 다시 잠잠해졌다. 촛불 소리가 귀에 생생하게 살아서 들려왔다.

"이제부터 내가 하는 말은 결코 입 밖에 내선 안 된다."

"예엣!"

"이번 이동은 천하를 손에 넣기 위한 준비……가 될 것 같아서 간파쿠가 하라는 대로 옮기기로 한 것이다."

"옛?"

이번에는 모두들 한꺼번에 숨을 죽였다. 그들이 가장 듣고 싶었던 말을 이에야스가 뚜렷이 언급한 것이다…… 이에야스의 눈에도 빛이 번뜩였으나 좌중의 모든 사람들 눈에 분명 불이 켜졌다.

'언젠가 한 번은 천하를 ─'

그것은 모두의 가슴에 진작부터 싹터 있었으나 아직 이에야스의 입으로 직접 들은 적은 없었던 말이었다. 그것을 이에야스는 오랫동안 주저한 끝에 마침내 입에 담은 것이다. 그러나 이 경우의 주저는 사안의 중대성을 배가시키는 효과를 가져왔고, 추궁하듯 묻는 말에 마음에도 없는 소리를 내뱉는 경우와는 전혀 달랐다.

"모두들 알다시피 이것은 내가 자진해서 도모한 일이 아니다. 모두 간파쿠의 말에 따른 것뿐이다."

도리이 모토타다가 맞장구쳤다.

"그렇습니다. 이렇게 한 것은 분명히 간파쿠입니다."

"그러므로 마사노부는 이를 신불의 계시라고 했는데, 실은 그전부터 나 자신은 이렇게 되기를 마음속으로 원하고 있었다."

사카이 다다쓰구가 말했다.

"허……저를 비롯해 고헤이타, 나오마사, 헤이하치 모두 대단한 불만이었습니다만."

"그 뜻을 말해 주지. 이것은 간파쿠의 사람됨에서 오는 것이기도 하다……."

이에야스는 다시 좌중을 둘러본 다음 옆에 있는 도리이 신타로에게 눈짓했다. 신타로는 알아차린 듯 큰 방 복도로 나가 감시를 섰다.

"간파쿠는 천하를 통일하면 반드시 조선에 출병한다…… 그렇게 하지 않고는 못 견딜 사람으로 나는 보고 있다."

"역시……."

"그러나 조선에 출병할 경우 주군이 동쪽으로 옮기는 게 어째서 유익합니까?"

고리키 기요나가는 말수가 적은 편이지만 질문은 늘 정곡을 찌른다. 모두들 온몸을 긴장시키며 귀 기울였다.

"내가 조사한 바로 조선의 배후에는 명나라가 버티고 있다. 이 싸움, 간파쿠의 생각대로 이기지 못한다. 이 일에 대해서는 사카이 사람들도 모두 크게 염려하고 있다."

"……."

"그러나 그런 의견에 귀 기울일 분이 아니다. 아니, 섣불리 간언하다가는 오히려 고집부리실 양반이지. 이렇게 말하면 뭣하지만 출신이 미천하기 때문에 열등감이 많아. 머지않아 소에키와도 다툴 것이다……라는 정보까지 들어와 있을 정도다…… 알겠나, 우리가 만약 서쪽에 있다면 그 조선전쟁에 싫어도 맨 먼저 뛰쳐나가야 될 게 아니냐……."

이에야스는 조금 떨어져 앉아 있는 마쓰다이라 야스모토(松平康元)를 손짓으로 가까이 부르면서 목소리를 낮추었다.

"이 점이 중요하다. 간파쿠가 외국에서 크게 패하고 나 또한 선진으로 나가 바다 건너 타국 땅에서 죽는다면 누가 천하를 다스려 나가겠는가? 그야말로 나라 안은 다시 혼란에 빠질 뿐이다. 그래서 나는 기꺼이 동쪽으로 피한 것이다. 에도 땅이 황폐한 것을 나는 오히려 신의 뜻으로 여기며 감사하고 있다. 이곳에 도시를, 성을 건설해야 한다. 또 오다와라 잔당을 소탕하여 반란이 일어나지 않도록 해야 할 것이다. 우리는 바쁘다! 한시도 손을 놓을 수 없어…… 이 같은 곳으로 간파쿠가 나를 보내준 것이 얼마나 다행한 일이냐. 간파쿠 스스로 조선출병을 나에게 강요할 수 없는 입장을 만들었어…… 알겠나? 이러한 에도 입성이니 성 문제는 뒷일이다. 아직 준비가 안 됐다 안 됐다 하는 것이 나의 미완성 작전이다. 술책이 아니야! 간파쿠가 선택해 준 나의 운이다……."

넓은 천장에서 쥐들이 살금살금 다니고 있었다. 아마 이에야스는 이 말만은 가슴속 깊이 묻어두고 싶었을 것이다.

"천하를 감시한다."

그 말만으로 히데요시에 대한 가신들의 반감을 누를 수 있다면 결코 함부로 입 밖에 내지 않았을 말이었다. 만약 이것이 누군가의 입을 통해 히데요시의 귀에 들어가는 날에는, 히데요시와 이에야스 사이에 돌이킬 수 없는 금이 갈 것이다.

그러나 중신들의 재촉에 못 이겨 실토한 이상 충분히 활용해야 한다. 그는 조용해진 좌석을 노려보듯 한 바퀴 둘러보고 말을 이었다.

"알겠나? 도면에도 있듯 에도 땅은 황폐된 외딴 땅이지만 그 위치나 지형이 노력하는 데 따라 무한히 개간할 수 있는 기름진 들의 중심을 이루고 있다."

그 말을 듣고 모두의 눈은 다시 바다에 가까운 에도성과 그 주변으로 빨려들어갔다.

"무엇보다 바다로 들어가는 이 몇 줄기 강이 대단한 힘이 되어줄 거야. 시모스케, 고즈케, 무사시에서 시모우사, 가즈사 땅을 강으로 연결하여 부(富)를 자유자재로 이동시킬 수 있다. 이 구부러진 해변을 매립해 종횡으로 해자를 파면 오사카와 충분히 맞겨룰 만한 도시를 조성할 수도 있어. 더욱이 서쪽과는 이 험준한 하코네산으로 막혔고, 바다는 세계를 향해 열려 있다. 그러나……."

이에야스는 다시 눈을 들었다.

"문제는 이러한 희망이 그대들의 희망이 되어, 아래위가 하나로 통틀어 결속될 수 있는가 하는 것이다."

다다요가 맨 먼저 입을 열었다.

"그것은 새삼 물으실 것도 없는 일입니다."

"그렇겠지. 새삼스럽게 우스운 일이지."

"오카자키 이래 섬겨온 저희들이 아닙니까? 주군의 본심을 들은 이상 어느 누구가 물러나겠습니까?"

다다쓰구와 헤이하치가 동시에 말하며 가슴을 폈다.

"그렇다면 이 이에야스도 한 20년 젊어져 다시 한번 미카타가하라로 달려갔던 그 기백으로 천하의 길을 나아가, 간파쿠가 엮어놓은 쇠고랑 안으로 뛰어들어 가자."

"저희들 모두 그 마음으로 따르겠습니다!"

"입으로는 그렇게 말하지만 고생이 여간 아닐 텐데."

"그것은 물론 각오하고 있습니다. 그렇지 않소, 여러분!"

"그렇소, 천하를 향해 다가가는 동방행이라면!"

"좋아. 그 말을 듣고 안심했다. 이젠 알겠나, 이에야스의 배치에 누구든 불평하면 용서하지 않겠다."

"당연한 말씀!"

"사토미를 누르고 사타케, 하코네, 가이, 그리고 북쪽과 시나노를 제압한다······ 이 모두를 제압하기 위해 이에야스의 뜻대로 추진해 나갈 것이고, 불평은 허락지 않는다."

"천하를 지향하는 길로서 다시 한번 주군이 슨푸에 볼모로 계실 때의 고난을 되새겨 보기로 합시다."

도리이 모토타다가 사이를 두지 않고 시원스럽게 말했으므로 모두들 옳소 옳소 하고 마치 어린아이처럼 호응했다.

이에야스는 손뼉 쳐 신타로를 불렀다.

"이제 됐다. 내일은 출발이다. 술상을 준비하라."

명령하면서 이에야스는 불현듯 가슴이 뜨거워졌다.

'하지 않아도 될 말을 했지만 그리 쓸데없는 말은 아니었던 것 같다.'

그러한 안도감과 천진난만에 가까운 가신들 마음이 못 견디게 고마웠다.

'히데요시에게 이러한 가신이 얼마나 있을까?'

녹봉으로 낚을 수 없는 이 보배들······이라 생각하자 이에야스 또한 그들 이상으로 흥분되기 시작했다. 이에야스는 당황하여 얼굴을 돌리면서 소리 내어 웃음으로 얼버무렸다.

불길한 가을

교토에 고요한 가을이 찾아왔다.

이제 곧 히데요시도 오슈의 평정을 끝내고 돌아올 것이다.

오다와라에서 한 걸음 먼저 주라쿠 저택 안의 자기 집으로 돌아온 소에키는 지금 그가 많은 영주와 다인들을 맞았다가 떠나보내곤 했던, 세상 사람들이 일컫는 다다미 4장 반의 '소에키 사랑방'에 홀로 말없이 앉아 있었다. 좌선이라 할 만한 것도 못 되고 그렇다고 완전히 긴장을 푼 자세도 아니었다.

'드디어 오고 말았다…….'

그러한 불안과 맞서면서 과거와 미래를 깊이 생각하고 있었다. 이번의 오다와라 출전에서 소에키는 드디어 히데요시의 비위를 상하게 하고 말았다. 그 직접적인 원인은 다테 마사무네에 대한 두 사람의 견해 차이에서 일어났다.

히데요시는 마사무네를 만만한 무장으로 보지는 않았지만 그 이상으로도 생각하지 않았다. 언제나의 낙천적인 버릇으로 마사무네쯤이야 하고 얕잡아보고 있었다. 소에키는 그것을 잘못이라고 지적했다. 마사무네가 오다와라에 올까 말까 주저하는 것을 보고 히데요시는 쉽게 노기를 드러내어, 마사무네의 녹봉을 깎아 아이즈 40만 석을 가모 우지사토에게 주고 30만 석의 요네자와로 마사무네를 보내겠다고 한 것이다.

소에키는 여느 때처럼 말을 꾸미지 않았다. 아첨꾼이라는 말을 듣는 게 무엇보다 그의 자존심을 상하게 하기 때문이었다.

"전하는 다테 님이 그것으로 해결될 수 있는 인물이라고 생각하십니까?"

"뭐, 해결이 안 된다면 내 명령에 복종하지 않는단 말인가?"

"겉으로는 복종하겠지요. 그러나 이 소에키가 보는 바로는 다테 님과 가모 님은 인물의 크기가 다른 것 같습니다."

"허, 그렇다면 이 히데요시의 눈이 틀렸단 말인가?"

"황송하오나 전하께서도 때로는 잘못 보실 경우가 있지 않겠습니까."

그것은 이치야성을 건설할 때의 일로, 마사무네가 소에키에게 열심히 중재를 부탁하고 있던 무렵이었다.

"이건 예사로운 말이 아니로군. 대체 어떻게 다르다는 건가?"

"전하께서는 가모 님이 마음에 드시므로 가모 님의 역량으로 다테 님을 견제할 수 있다고 보시지만 저는 그렇게 생각지 않습니다."

"그럼, 그로서는 마사무네를 견제할 수 없단 말인가?"

"그렇습니다. 새 영지로 간 가모 님은 지방에 익숙지 못하고 민심도 모를 터이니, 아마 다테 님에게 뒤에서 놀림감이나 되지 않을까 염려됩니다."

그렇게 말하고 불현듯 놀란 것은 여느 때 같으면 그 정도 말은 웃음으로 들어넘길 히데요시의 얼굴이 소름 끼칠 만큼 험악하게 변해 있었기 때문이었다.

히데요시가 팔걸이를 두들겼다.

"소에키! 그대는 언제부터 정치에 관심을 가졌지? 아니, 언제부터 내가 그런 것을 허락했던가!"

"참으로 죄송합니다. 다테 마사무네가 무슨 말을 할 것인지 이야기하라고 하셨기에……."

"듣기 싫다. 그러고 보니 소문이 틀림없었군. 모두들 그대가 마사무네로부터 막대한 뇌물을 받고 그를 위해 일을 꾸미고 있다는 소문이던데."

그 소리를 듣고 가만히 있을 수 없는 불 같은 성격을 타고난 소에키였다. 소에키는 그때 자기 역시 히데요시 이상으로 화낸 것 같은 생각이 들었다. 마음에 꺼림칙한 일이 없어서……라기보다 그것은 때로 자신을 굽히면서까지 히데요시를 섬기고 있다……는 평소의 반성이 하나의 열등감이 되어 폭발한 것이라고도 할 수 있었다.

"전하, 듣기 거북한 말씀을 하십니다. 제가 언제 마사무네 님으로부터 뇌물을 받았습니까?"

"닥쳐라. 가만히 있을 수 없는 것은 나다. 기껏해야 다도를 하는 신분으로 가모와 다테는 인물이 다르다느니 내 눈이 틀렸다느니…… 간이 부어도 분수가 있지, 이 무슨 무엄한 소리냐!"

"말씀을 돌리지 마십시오. 다테 님을 잘 살펴보라고 하신 것은 전하가 아니십니까? 다테 님은 천성적으로 반항심을 가진 인물이니 가모 님으로서는 감당하기 어렵다…… 저는 다테 님을 칭찬하려는 게 아닙니다. 요네자와 30만 석으로 만족할 분이 아니니 조심하시라는 겁니다…… 전하께서는 가모 님을 아이즈에 두어서 도쿠가와 님과 다테 님을 모두 누를 생각이신 모양이지만, 가모 님으로서는 다테 님 한 분도 감당하지 못할 것이며, 그렇게 되면 잇따라 반란이 일어나 멀리 있는 땅이니만큼 전하께서 고심하실 것이라는……."

그날 히데요시는 사람이 완전히 달라진 것같이 노발대발했다.

"에잇 시끄럽다! 네 얄은꾀를 들어서 뭘 하겠나, 물러가라."

"예, 물러가라면 물러가겠습니다. 그러나 꼭 한마디 드릴 말씀은, 소에키는 뇌물을 먹고 추종하는 가련한 성품을 가진 사람이 아닙니다. 이것만은 기억해 두시기 바랍니다."

"에잇, 건방지다! 네놈의 그 건방진 점을 꾸짖고 있는 거다. 너는 내가 모르는 줄 알겠지만 지난해 내가 다이토쿠사의 고케이를 하카타에 유배시켰을 때, 너는 그를 네 방에 불러 송별다회를 열어준 기억이 있겠지?"

그 말을 듣자 소에키도 얼른 생각이 났다. 누가 그런 소리를 히데요시에게 고자질했을까.

'소큐일지 모른다.'

그 순간 히데요시는 더욱 죄어들어왔다.

"내게 죄를 범한 죄인을 주라쿠 안에 불러들이는 것도 무례한 짓이거늘, 너는 그때 벽에 무엇을 걸어놓고 차를 내놓았느냐?"

소에키는 더 이상 가만히 있을 수 없었다. 다이토쿠사의 고케이 화상은 그에게 선(禪)의 스승, 그것도 히데요시에게 죄를 지어서가 아니라 이시다 미쓰나리와 사이가 좋지 않아 그의 참소로 그렇게 된 거라고 소에키는 확신하고 있었다. 그래서 그는 그 처벌이 히데요시의 본심에서가 아니라는 뜻을 암시할 겸 송별다회에 히데요시가 맡겨둔 '천하제일 명물'이라는 이쿠시마 교도(生島盧堂)의 붓글씨를 벽에 내걸었던 것이다.

"그 일이라면 저도 기억합니다. 교도의 글씨를 벽에 걸고 차를 대접했지요."

"교도의 글씨가 네 것이더냐……?"

"아닙니다, 전하께서 맡기신 것입니다."

"뻔뻔스럽군. 내가 맡긴 것을 나에게 죄를 지은 자 앞에 걸어놓고도 나를 무시했다고 생각지 않느냐!"

히데요시가 분노하는 원인을 알고 보니 소에키도 당장 대답할 말이 궁했다. 고케이 스님은 이미 소에키의 주선으로 풀려나와 하카타에서 교토로 돌아와 있다. 여기서 섣불리 말했다가 다시 고케이에게 누를 끼쳐서는……하고 생각한 소에키는 그 이상 히데요시와 다투는 것을 그만두었다.

"그 일에 대해서는 언젠가 다시 변명의 말씀을 드리겠습니다. 저는 전하의 크신 도량…… 세상 여느 사람의 애증을 초월하여, 다도에 마음을 두시는 그 위대함을 스님에게 보이려고 했던 것입니다만, 확실히 그것은 주제넘은 짓이었는지도 모르겠습니다."

"오, 주제넘은 정도가 아니다. 나를 무시한 것이다. 물러가라!"

그리하여 소에키는 당분간 유모토의 자기 암자에 들어박혀 세공품이나 손질하며 소일하고 있었는데, 여느 때 같으면 씻은 듯 잊어버리고 시동을 시켜 불러들이는 히데요시가 이번만은 좀처럼 풀리는 기색이 없었다.

히데요시가 마음에 들어하는 가모 우지사토를 다테 마사무네보다 못한 인물이라고 평한 것이 참을 수 없이 분했던 모양이다. 그뿐만 아니라 그 뒤 어떤 자가 소에키를 비난했는지 들어박혀 있는 동안에 소에키가 돈벌이를 했다, 빈틈없는 놈이다 라고 히데요시가 못마땅하게 말했다는 것을 오다 우라쿠로부터 들었다.

"돈벌이라니 정말 놀랍군요."

그때도 소에키는 특별히 변명하지 않았다. 아마 심심파적으로 니라야마 대나무로 장난삼아 만든 꽃꽂이통 따위를 이곳저곳에 몇 개 나누어준 일을 가리키는 것이리라. 물론 히데요시에게도 그것을 바쳤다. 자신이 가장 좋아하는 샤쿠하치(尺八), 온조지(園城寺), 요나가(夜長) 등의 꽃꽂이통을…….

솔직히 말해 소에키는 그때까지 히데요시의 성격을 진정으로 이해하고 있지 못했다. 아니, 거의 알면서 단 한 가지 히데요시 성격의 가장 무서운 맹점을 빠뜨리고 보지 못한 것이다. 히데요시는 담백하기 이를 데 없는 것처럼 행동하면서도 그 이면에 보통 사람들은 상상도 할 수 없는 집요함을 감추고 있다. 바꾸어 말하면 그 집요함으로부터 벗어나고 싶은 욕망이 실은 그에게 표면적인 담백함을 위장하게 만들었다고도 할 수 있었다.

더구나 그 무서운 집요함은 히데요시의 '비할 데 없는 자부심'을 건드렸을 때 불문곡직하고 발동한다. 미쓰히데는 그를 '무식한 사람'이라고 평한 적 있기 때문에 그의 집요한 공격목표가 되어 결국 파멸했으며 시바타 가쓰이에는 우연히 흘린 한 마디로 보복을 당했다.

"아, 그 벼락출세한 놈이"

노부타카도 그를 '아버지 짚신이나 대령하던 자가……'라고 하다가 눈에 보이지 않는 증오의 대상이 되었고, 이번에는 노부카쓰가 매서운 처분을 받았다.

노부카쓰는 히데요시한테서 이에야스의 옛 영토로 이전하라는 말을 들었을 때 아무 생각 없이 말했다.

"간파쿠도 잘 아실 테지만 오와리, 이세는 우리 가문으로 볼 때 조상 대대의 영지이니……"

그리하여 곧 추방이 결정되었다. 물론 이것은 히데요시가 벼르고 있던 함정에 빠진 것이었으나, 이 역시 이따금 자기가 옛 주인이었다는 것을 비치며 불세출의 영웅 히데요시의 '자부심'에 시비를 거는 존재였으므로 그렇게 된 것이다.

그렇게 생각해 보면 소에키 역시 큰 과실을 3가지 이상 범하게 된다. 마사무네와 우지사토의 문제 외에 찻잔을 두고 붉은 거냐 검은 거냐 하며 다툰 것, 고케이 스님 사건, 예술의 도는 정치를 초월한다고 말한 것…… 그러고 보니 소에키는 이미 히데요시의 집요한 증오의 눈길을 피할 수 없게 되었는지도 모른다…….

소에키는 방 안에서 곰곰이 생각에 잠겼다. 히데요시도 기질이 강했으나 그 또한 가만히 앉아 화난 히데요시 앞에서 파멸을 기다릴 만큼 소심한 태생은 아니었다. 지금 생각해 보면 히데요시는 찻잔 빛깔 때문에 다툰 그날부터 기회를 노리고 있었는지도 모른다.

"소에키 놈, 어디 두고 보자!"

이것은 결코 히데요시가 지닌 그릇의 크고 작음과는 관계없는 일이다. 이를테면 사람 성격상의 맹점이었다. 그것을 모르고 소에키는 몇 번이나 그 맹점을 찔렀던 것이다.

더구나 거기에 또 한 가지 사카이 출신이기 때문에 히데요시와 싸우지 않으면 안 될 문제가 아직 기다리고 있었다. 바로 히데요시의 다음 사업인 대륙출병에 관한 문제였다.

이것을 위해 현재 그들과 같은 입장에 선 인물, 하카타의 시마이 소시쓰가 조선 땅에 파견되어 군비와 민심 또는 명나라와의 경제적 관련성 등을 자세히 조사하러 다니고 있다. 소시쓰는 부하 사이타 덴에몬(齋田傳右衛門)과 모토야마 스케에몬(本山助右衛門) 및 사카이와 연관 있는 인물들에게 쌀, 술, 구리, 쇠 따위를 싣고 가게 하여 벌써 경상, 강원, 경기, 황해, 전라 등 여러 도에서 장사하면서 조사한 보고가 은밀히 알려져 왔는데, 이에 의하면 이번 일만큼은 히데요시를 단념시켜야 한다는 결론에 도달하고 있었다.

명나라는 히데요시가 생각하는 것만큼 좁은 나라가 아니었다. 만일 전쟁을 벌여 오래 끌게 된다면 일본의 모든 인구를 투입해도 어디에 있는지 알 수 없을 정도로 넓다.

물론 소시쓰도 돌아와 그 사실을 보고할 것이 분명하나, 측근으로서 소에키도 이 출병에 반대하여 간언하지 않으면 안 되는 역할을 짊어지고 있었다. 아마도 그렇게 되었을 때 히데요시의 분노는 소에키의 꼭대기 위에서 폭발되어 두 사람의 관계는 완전히 파국을 맞게 될 것이다.

'나도 너무 소홀했다……'

히데요시의 성격상 중요한 비밀 하나를 들여다보지 못하고 그의 집요함을 폭발시킨 이상, 소에키는 이미 히데요시에게 아무 조력도 할 수 없는 필요 없는 인물이 되어버렸다……

'그런 의미에서 보면 도쿠가와 님은 대단하다……'

고마키 전투에서 그토록 맹렬하게 히데요시에게 달려들고도 오다와라에서는 완전히 태도를 바꾸어 오히려 옛 원한을 풀었다.

갑작스럽게 다실 문밖에서 양자 쇼안의 목소리가 들려왔다.

"아버님, 모즈야의 누님이 오셨습니다."

"오긴이 왔다고? 들라고 해라."

소에키는 혼자 끓고 있는 찻가마를 보고서야 비로소 갈증을 느꼈다.

"아버님, 차를 드시지 않았습니까?"

"오, 뭘 좀 생각하느라고. 어떠냐, 손주 놈들은 잘 크느냐?"

"예……."

쇼안은 물러가고 오긴만 방으로 들어왔다.

"아버님, 난처한 일이 생겼어요. 북선생 히구치 이와미 님한테서 들었습니다만……."

"난처한 일……이라니?"

"머지않아 간파쿠 전하로부터 저를 측실로 내보내라는 어려운 청이 있을 거랍니다."

오긴의 입술이 하얗게 질려 있다. 소에키는 황급히 딸에게서 시선을 거두었다. 아마 오긴은 어떻게 말을 꺼낼지 두고두고 고심했을 것이다. 그러다가 빙빙 돌리지 않고 단숨에 핵심을 언급했으리라. 소에키가 놀라 대답하지 못하고 있노라니 오긴도 말을 이을 실마리를 잃은 듯했다.

소에키는 놀라움을 감추고 조용히 말했다.

"히구치 이와미가 너를 찾아왔더냐?"

"……예, 그분은 간파쿠 전하보다 한발 앞서 돌아오셔서……전하는 9월 초하루에 돌아오신다더군요."

북의 명수인 히구치 이와미도 역시 히데요시의 이야기꾼으로서 오다와라에서 소에키와 함께 있었다. 이와미는 요도 마님의 마음에 들어 자주 술좌석에 불려가곤 해서 뭔가 특별한 정보가 있을 게 분명했다.

"9월 1일에 돌아오신다고?"

"아버님, 이와미 님은 이름은 대지 않으셨지만 누군가 아버님을 아주 나쁘게……."

소에키는 조용히 손을 내저었다.

"알고 있다. 지금도 그 생각을 하고 있었는데, 누가 뭐라고 하지 않더라도 나와 전하와의 사이는 이제 서서히 끝나고 있는 것 같아."

"끝이라니, 무, 무슨 원인으로."

"내가 좀 지나치게 고집부린 것 같구나. 그건 그렇고 이와미 님이 뭐라고 하시더냐. 전하께서 너를 측실로 원하신다는 말이냐?"

"아니요. 그런데 그보다 더욱 마음에 걸리는 일이 있어서."

오긴은 찻가마 너머에서 몸을 내밀었다.

"전하께서는 아버님이 매우 오만하다며 화내셨다고 합니다."

"흐흐흐……오만이라…… 그럴 게다."

"그래서 한자리에 있던 분들이 그럴 리 있겠습니까? 전하가 계시고야 소에키 님도 있을 수 있는 것…… 아마 소에키 님이 친근한 마음으로 대하다 그런 것이지 추호도 그럴 리 없다……고 중재하셨답니다."

"고맙지 않은 중재로군. 전하가 있고야 소에키가 있을 수 있다는 것은 히데요시가 있기에 다도가 있다는 말로 들리는구나. 나의 다도는 히데요시가 없으면 있을 수 없는 그런 하찮은 것일까?"

"그거야 그때의 분위기를 좀 부드럽게 무마하려고 하신 말씀이겠지요. 그런데 그 자리에서 엉뚱한 계책을 내놓은 사람이 있다더군요."

"허, 전하에게 계책을?"

"예, 그렇듯 소에키 님을 의심하신다면 전하께서 소에키에게 무언가 물건 한 가지를 청해 보시는게 어떻겠습니까 하고."

"무슨 물건 한 가지…… 그 물건이 바로 너란 말이냐?"

"예, 차도구라면 어떤 명품이라도 군말 없이 내놓을 게 분명하다. 그러니 살아 있는 물건, 오긴을 요구하시는 게 좋을 거라고."

오긴은 여기서 한숨을 돌렸다.

"그 말에 전하는 무릎을 탁 치며 그거참 재미있겠다고 머리를 끄덕이셨답니다. 그렇지, 소에키가 다른 마음을 품었다면 그 기질로 보아 매섭게 거절할 것이라고."

"허."

"그래서 교토에 돌아오는 길로 다회를 열어 그 자리에서 아버지께 말씀하신답니다. 제게 말한 것은 비밀로 해달라고 이와미 님이 당부하시더군요."

소에키는 다시 눈을 감고 끓는 찻가마에 가만히 귀를 기울이고 있었다.

소에키의 마음을 시험하기 위해 오긴을 자기 곁으로 보내라고 한다…… 여느 때 같으면 매우 당황할 일이었으나 소에키는 스스로도 이상하게 생각될 만큼 마음이 차분했다.

'있을 법한 일이지……'

그러한 예상이 있었기 때문만은 아니었다. 어떠한 형태로든 바퀴는 파국을 향해 굴러가고 있다……는 전망이 차츰 뚜렷해졌기 때문이었다.

그뿐만 아니라 오긴을 요구하는 그 이면에 또 다른 음모가 있을 것만 같았다. 요즈음의 기타노만도코로……아니, 교고쿠 부인과 요도 마님의 대항이 실마리를 당기고 있는 건지도 모른다. 교고쿠 부인은 미모로는 요도 마님을 능가했다. 따라서 히데요시의 총애는 요도 마님이 나타나기 전까지 당연히 교고쿠 부인의 것이었다.

요도 마님과 같은 오미 땅의 교고쿠 씨 출신인 교고쿠 부인, 가문으로도 요도 마님에 못지않은 유서 깊은 명문이니 무리도 아니었다. 그 교고쿠 부인이 겉으로는 자못 요도 마님의 편인 것처럼 꾸미면서도 실은 격렬한 질투로 대항하고 있었다.

이러한 대항 의식은 한번 기타노만도코로 손에 맡겨졌던 쓰루마쓰마루가 요도 마님 품으로 다시 돌아가게 되자 그 일로 더욱 불타올랐다. 요도 마님에게 쓰루마쓰마루가 있는 한 측실로서의 교고쿠 부인은 요도 마님보다 아랫자리에 서지 않으면 안 된다. 그래서 요즘 갑자기 기타노만도코로에게 접근하여 반(反) 요도 마님 세력을 모으려 하고 있는 모양이었다.

그런 뜻으로 본다면 오긴이 측실로 들어갈 경우 기타노만도코로와 교고쿠 부인 쪽에 또 하나의 유력한 편을 늘리게 된다는 계산도 성립된다. 오긴은 요도 마님과 친하지 않으나 기타노만도코로에게는 어릴 때부터 다도 상대역으로 자주 드나들었다. 게다가 오긴은 소에키의 딸이라고는 하나 친아버지는 천하에 이름 났던 마쓰나가 단조, 결코 다른 측실에게 기죽을 혈통이 아니다.

"아버님, 간파쿠 전하께서 돌아오실 날이 눈앞에 다가왔습니다. 그런 말이 나오면 어떻게 하는 게 좋겠습니까?"

"흠, 어찌하면 좋을까?"

"만약 아버님이 거절하시면 전하께서는 어떤 억지소리를 하실지 모르는 분위기……라고 이와미 님이 말씀하셨습니다."

"허……."

"아마 돌아오셔서 첫 번째 다회에 아버님을 불러내실 것입니다. 그 자리에서 말이 나온다면……."

소에키는 또다시 잠시 동안 차 끓는 소리를 듣고 있다가 가볍게 말했다.

"이건 네 문제다. 너는 가고 싶으냐?"

오긴은 창백한 표정으로 원망스러운 듯 아버지를 보았다. 오긴 자신의 문제라니 얼마나 아버지다운, 강한 척하는 말투인 것일까. 오긴은 그것이 아버지의 생사에 관한 큰일이므로 지난밤 뜬눈으로 지샜을 정도인데…….

"어떠냐, 네 마음에는 혹시……네가 가까이 가면 기타노만도코로님은 기뻐하실지 모르겠으나……."

"아버님……저는 아버님 마음을 알고 싶습니다. 아버님의 중대사라 싶어 뛰어왔는데 가고 싶으냐고 물으시는 건 너무 하시지 않습니까?"

소에키는 여전히 눈을 감은 채 대답했다.

"하긴…… 그렇다면 너는 아비가 전하한테 부당한 미움을 받기는 싫다, 이대로 무사히 넘어가고 싶다고 한다면 네 감정을 죽이고 가겠다는 거냐?"

소에키의 목소리는 여전히 담담했으나 거기에 대답하는 오긴의 언성은 높았다.

"예, 그렇습니다! 고희(古稀)를 넘기신 아버님에게 무슨 일이라도 생기면 어찌 보고만 있을 수 있겠어요?"

"흠, 이제 알았다."

"무엇을……무엇을 아셨다는 것입니까?"

"네 마음을 잘 알았어."

"저는 아버님의 마음은 어떠신지 아직……아직 듣지 않았습니다."

"오긴."

"말씀해 주세요! 그걸 듣고 오긴은 결심하려 합니다."

"그리 서두를 것 없다. 아까 네 말에 누가 말하기를 간파쿠 전하가 없으면 소에키도 없다는 말을 했다지?"

"예, 그건 그 자리에서의……."

"여러 말 필요 없다. 그 한 마디가 내 각오를 정하게 해줄 것 같다."

"아버님의 각오를……?"

"그래. 그건 몹시 마음에 걸리는 말이다…… 그러나 유감스럽게도 어느 정도까지는 사실이야."

"모르겠습니다. 저는 아버님이 무슨 말씀을 하시려는 것인지."

"그러기에 서두르지 말고 들으라는 거다. 알겠느냐, 이대로 내가 간파쿠의 다도를 맡아보다가 죽는다면 틀림없이 그 말대로 될 것이다. 히데요시라는 훌륭한 대장에게 다도 스승으로서 소에키라는 아첨꾼이 있었다고."

"……?"

"단지 그것뿐이다. 그러나 그렇게 되어서는 안 돼. 다도를 위해서."

"다도를 위해서……."

"그래. 다도는 히데요시가 있든 없든 앞으로도 계속 일본사람들 속에 살려야만 한다. 그걸 하지 않으면 간파쿠가 있기에 소에키도 있게 된다…… 그러나 다도 편에서 본다면 간파쿠는 손님에 불과하다. 간파쿠 히데요시 역시 다도를 배우는 한 사람이 되거든."

"아……?"

"다도를 중시하느냐, 세상의 권력을 중시하느냐."

"그럼, 아버님은……?"

"점점 각오가 정해지는 것 같구나. 여기서 다도를 위해 간파쿠 전하와 전쟁을 한번 크게 벌여볼까?"

소에키는 비로소 눈을 크게 뜨고 오긴을 보며 빙그레 웃었다.

"간파쿠 전하를 상대로 싸우셔도……."

"권력에는 지겠지. 그러나 나는 이긴다! 다도에서는 내가 스승이야."

"어머나……."

"오긴, 나는 너의 그 이야기를 간파쿠 전하에게 거절하겠다. 너를 측실로……비록 그 일을 네가 진심으로 원하고 있다 해도 그래서는 다도를 더럽히게 되는 것이다. 소에키란 놈, 딸을 첩으로 내놓고 출세를 꾀했다……사실이야 어떻든 그런 소문이 나기 마련이야. 그렇게 되면 나는 무사해도 다도는 죽는다. 다도를 떠나서 소에키는 없다. 그렇다면 소에키는 죽더라도 다도는 살리는 게 나의 살길이 아니겠느냐?"

어느덧 소에키의 눈에 젊은 정열의 불이 켜지고 그 불은 그대로 오긴의 가슴을 태울 것만 같았다…… 오긴은 아버지를 다시 보는 기분이었다. 이론이 어디까지나 정연하여 생각하는 과정에 쓸데없는 넋두리도 없고 늙은 티도 없었다. 히데요시가 천하를 노리고 살아온 이상으로 소에키는 다도를 깊고 날카롭게 응시하고 있었다.

'그러기에 고케이 스님도 아버님을 존경하시는 것이다.'

그렇다 해서 딸인 오긴이 이 자리에서 아버지에게 찬사를 보낼 수는 없었다.

상대는 세상만사를 모두 마음대로 할 수 있다고 믿는 히데요시다. 자기만이 진리고 선이고 정의라고 생각하는 인간만큼 곤란한 존재는 없다. 물론 히데요시는 때로 인간적으로 훌륭한 점도 보여주었다. 그러나 그것은 어디까지나 그의 자아에 뿌리내리고 있는 것이다.

그와 충돌하는 입장에 서는 자는 가차 없이 칼을 휘둘러 베어버렸다. 그가 베려다가 베지 못한 자는 도쿠가와 이에야스 단 한 사람뿐일지도 모른다.

그러니만큼 히데요시에게 대항하려는 아버지의 결심은 피 냄새로 가득 차 있다. 화날 때 상대는 단 한 마디하면 끝난다.

"저놈을 베어!"

그런 줄 알고 있는 오긴은 아버지에 대한 존경과 사랑을 별개의 것으로 생각하지 않으면 안 되었다.

오긴은 불붙은 화약을 만지는 듯한 신중한 태도로 말했다.

"아버님, 아버님 마음은 잘 알겠습니다만……그런 싸움을 피하면서도 자신을 굽히지 않고 끝낼 수 있다면……그것이 높은 지혜가 아니겠습니까?"

"싸움도 피하고 자신도 굽히지 않고……?"

"……예, 그런 방법이 어딘가 있을 것 같아서……."

그러나 소에키는 연민의 눈빛으로 미소 지었을 뿐이었다.

"오긴, 네가 잘못 생각한 것이다. 자신을 굽히지 않고 살아간다……이것이 최상의 생활방법이라면 싸울 때는 싸워야 돼."

"간파쿠 전하도 그 같은 생각으로 아버님을 베라고 명하시겠지요."

"그렇지! 마찬가지야. 그리고 어느 쪽도 양보할 수 없지. 그럴 경우에는 내가 이기는 거다."

소에키는 다시 허공으로 시선을 던졌다.

"상대는 권력을 갖고 있으나 나는 무력하다. 그 무력한 내가 싸움을 건다. 상대가 나의 도전에 응했을 때는 이미 지고 있는 것. 오긴, 오늘부터 나는 저 붓글씨의 경지를 떠나려 한다.”

그 말을 듣고 올려다본 벽에는 소에키가 즐겨 읊는 지친(慈鎭) 스님의 노래가 걸려 있었다.

> 더럽히지 않으려고 마음먹건만
> 자칫하면 불법은
> 세상을 건너는
> 징검다리가 되니
> 어찌 슬프지 않으리.

다도삼매경에 살기를 염원하면서도 그 다도로 세상을 살아가야 하는 인간의 슬픔이 차분히 노래되어 있다. 그 노래에서 소에키는 한 걸음 더 나가려는 것이다. 생계로 삼던 다도에서 유와 무의 대비(對比)를 떠난 모든 것을 스스로 터득하는 자성(自性)의 다도로 매진하려는 것이다.

‘한번 마음을 정하면 흔들리는 아버지가 아니다……’

오긴은 안절부절못했다. 당황할 때는 오긴도 역시 여인이었다.

“아버님, 그건 너무……”

비참하다고 말하려 했으나 그것조차 말이 되어 나오지 않았다.

‘오히려 피비린내를 끌어들이고 말았구나……’

오긴은 몸을 던져 소리 없이 오열했다.

증오

"다도에서 간소하고도 차분한 아취를 이르는 와비(侘)라는 글자는, 자신을 일깨우는 소중한 말이다. 그렇거늘 세상의 속된 무리들은 겉으로만 와비를 빙자할 뿐, 속으로는 조금도 이에 대한 뜻이 없다. 그리하여 와비의 형식을 내세워 다사(茶事)에 허다한 황금을 소비하고, 전답을 팔아 진귀한 도자기를 손에 넣어 손님에게 과시한다. 이것을 와비니, 풍류니 하며 떠드는 것은 대체 무슨 까닭인가."

이 《선다록(禪茶錄)》의 한 구절은 히데요시의 다사를 그대로 풍자한 것 같다. 아마 소에키도 그것을 아주 못마땅하게 여겼을 테지만, 그와 전혀 다른 입장에서 이에 대해 눈살을 찌푸린 사람은 이시다 미쓰나리였다.

미쓰나리는 히데요시의 성격을 '대지에 새로이 양기(陽氣)를 뿌리는 사나이―'로 완성시키고 싶었다. 이 불세출의 영웅은 아무리 사치해도 무방하다. 한없이 새롭고, 한없이 호화로워야만 난세를 구하는 태양의 아들로서 세상을 개척할 수 있는 것이다. 그러므로 그러한 그의 눈으로 보았을 때, 소에키와 그 배후의 사카이 사람들이 말할 수 없이 교활한 무리로 보인 것은 어쩔 수 없는 일이었다.

그들은 히데요시의 화려함에 '검소한 취향(와비)'이라는 연기에 그슬린 은을 뒤섞어 이와의 대립을 시도하고 있다. 무조건 히데요시의 화려함 속에 녹아드는 게 아니라 그 화려함을 배경으로 '그보다도 훨씬 가치 있는 내면생활'을 모든 사람들에게 과시하려는 속셈을 가지고 있다.

겉으로는 히데요시 앞에서 굽실거리면서도, 사실은 히데요시를 끊임없이 배반함으로써 자신의 존재를 확대시켜 그것을 그대로 자기네들 장사 수단으로 삼고 있었다. 히데요시의 화려함이 있기에 검소한 취향이 있고, 히데요시가 중하게 썼기에 소에키의 이름이 천하에 알려졌다. 그러므로 어디까지나 히데요시의 은혜에 머리 조아려야 마땅하거늘 다도 앞에서는 히데요시도 없다는 듯 방자한 언동을 서슴지 않았다. 그런 눈으로 볼 때 소에키야말로 '사자 몸속의 벼룩'으로 보이는 것은 지극히 자연스러운 귀결이었다.

9월 1일, 야마시나까지 마중 나온 공경들의 긴 행렬을 바라보면서 히데요시는 미쓰나리를 돌아다보았다.

"미쓰나리, 드디어 교토구나."

오늘도 떠날 때 못지않은 괴상한 행장이었으나 이제 그것을 우습게 여기거나 괴상하게 느끼는 자는 아무도 없다. 히데요시풍(風)은 벌써 새로운 시대의 주인공이 되어 있었다.

"그렇습니다. 도련님께서 무척 기다리고 계시겠지요."

"많이 컸겠지. 빨리 보고 싶지만 그렇다고 요도성으로 먼저 들어갈 수는 없는 일, 세상일이란 여간 거추장스럽지 않단 말야."

거기까지 중얼거린 히데요시는 무엇을 생각했는지 갑자기 혀를 찼다.

"가모란 놈이 잘 해주었으면 좋으련만."

미쓰나리는 잠자코 있었다.

"그자가 잘 해주지 않으면 나는 소에키한테 비웃음을 사게 될 거야."

"전하, 소에키에 대한 일은 그리 염두에 두지 않으시는 게 좋을 것 같습니다."

"그렇지만 그는 그 나름대로 상당한 인물이란 말이다. 아무래도 나는 오슈에 다테와 가모를 가까이 두어 싸움의 씨를 뿌리고 온 것 같은 생각이 들어."

미쓰나리는 맑게 갠 하늘을 흘끗 쳐다보며 천연덕스럽게 말했다.

"전하께서는……소에키 님을 지나치게 총애하고 계십니다. 그는 용납할 수 없는 무례한 짓을 저질렀습니다."

용납할 수 없는 무례한 짓이라는 말은 상서롭지 못하다. 그러나 히데요시는 아무 말 없이 계속 말을 몰았다. 행렬 뒤에는 길게 마중 나온 사람들 대열이 따르고 있었다. 그런 데서 복잡한 이야기는 할 수 없었고 하고 싶지도 않았다.

행렬이 산조 대교에 이르니 맑은 가을 하늘 아래 길 양쪽에 군중들이 가득 모여 있었다. 마치 기온 신사(祇園神社)의 제례 때와도 같은 혼잡을 이루며 모두들 히데요시 단 한 사람의 개선을 구경하려고 웅성거렸다.

히데요시는 이따금 손을 들어 군중들에게 화답하면서도 속으로는 미쓰나리의 말을 잊지 못했다. 주라쿠 저택에 도착해서도 한동안 공경들의 축하인사를 받느라 바빴고, 다시 미쓰나리를 불러들여 그 이야기를 시작한 것은 목욕탕에서 나와 등잔불 밑에 앉은 뒤였다.

"그런데 미쓰나리, 그대는 소에키가 용납할 수 없는 무례한 짓을 저질렀다고 말했지?"

"예……?"

미쓰나리는 그런 일은 벌써 잊어버렸다는 표정으로 고개를 갸우뚱했다.

"나는 오는 8일, 소에키에게 낮 다회를 열도록 이를까 한다. 이날 나는 소에키한테 한 가지 부탁이 있어. 그건 그렇고, 그대가 말한 무례한 짓이란 무엇을 말하는 건가?"

미쓰나리는 이제야 생각난 듯 고개를 끄덕였다.

"실은 마에다 겐이 님도 여러 번 말씀하셨습니다만 요즘 소에키 님은 전하의 총애를 믿고 좀 우쭐대는 것 같아서."

"하하……그들이 우쭐대봤자 나는 파리가 앉은 것만큼도 여기지 않아. 그러나 용납 못할 무례함이라면 그대로 흘려버릴 수 없지 않느냐?"

"죄송합니다. 어쩌면 제가 경솔했는지도 모르겠습니다. 제가 직접 확인한 것은 아닙니다만, 다이토쿠사 경내……그 노래 스승인 소초(宗長)가 기증한 금모각(金毛閣) 말씀입니다만."

"오, 참으로 웅장하게 지었다는 그것 말인가?"

"그 산문 누각 위에, 소에키 님은 나막신을 신은 자신의 목상을 안치해 놓았다고 하던데 혹시 들으셨는지요?"

"뭐, 소에키가 제 목상을……?"

"예, 나막신을 신고 지팡이를 짚은 목상이랍니다."

"허, 소에키는 다이토쿠사 스님들과 마음이 잘 맞는 모양이니까."

"마음이 잘 맞는 것은 좋은 일이니 조금도 상관없습니다만, 고케이 스님 송별 때 이쿠시마 교도의 붓글씨를 제 마음대로 걸어놓았던 짓도 있었으므로 좀 방자한 행위라고 생각합니다."

"음."

미쓰나리는 되도록 차분하게, 그러나 충분히 선동의 냄새를 풍기는 나직한 목소리로 말했다.

"다이토쿠사가 품격 낮은 보통 절이라면 웃어넘길 수도 있습니다만, 5대 명산 중의 하나로 때로 칙사도 들르고 간파쿠 전하도 찾아가십니다. 그 산문 위에 소에키 따위의, 더구나 신발을 신은 상을 정좌시켰다면 웃어넘길 수만은 없습니다."

히데요시는 다시 한번 신음했다.

"음."

어쩐지 마음이 편치 않았지만 그렇다고 격노해야 할 정도의 큰일이라고는 생각하지 않았다.

"악의가 있어서 한 일은 아닐 테지."

"악의, 선의의 문제가 아닙니다. 이런 일 때문에 황실로부터 전하의 마음을 의심받는 일이라도 있게 된다면 큰일이라고 염려하는 겁니다."

"뭐, 황실로부터 이 히데요시가 의심받는다고?"

히데요시는 아직도 알 수 없다는 표정이다.

"그렇게 될까?"

그렇게 말한 뒤 그는 얼른 시동과 시녀들을 서원에서 물러가게 했다.

"중요한 이야기가 있으니 너희는 나가 있거라."

미쓰나리는 단정한 자세 그대로 단둘만이 되기를 기다렸다.

"미쓰나리, 이제 우리 둘뿐이다. 말해 봐라, 그대 의견을."

"그럼, 말씀드리겠습니다."

이번에는 미쓰나리도 목소리와 표정에 노기를 띠면서 다가앉았다.

"이미 묵과할 수 없는 소문이 시중에 퍼지기 시작하고 있는 모양입니다."

"어떤 소문인가?"

"이뢰옵기 황송하오나 간파쿠 전하는 출신이 미천하여 황실을 공경하면서도 그 존귀함을 모른다, 만약 다이토쿠사에 천황께서 행차하시는 날이면 어떻게 하실 작정이신가, 천황 폐하를 소에키 따위의 흙발 아래로 지나가시게 해도 되는 거냐고……"

"뭐, 출신이 미천하여……"

히데요시의 얼굴에서 일시에 핏기가 싹 가셨다. 십중팔구 이 말 때문에 히데요시는 격노할 게 틀림없었다. 미쓰나리는 그런 계산으로 가만히 다음 말을 기다렸다.

미쓰나리로서는 이것은 결코 당치도 않은 시샘이나 잔재주가 아니었다. 소에키는 히데요시의 위광을 무색케 하는 용납할 수 없는 자―라는 확신을 가지고 정정당당하게 하는 공격이라고 생각했다. 사실 미쓰나리는 그 일을 이대로 내버려두면 히데요시의 근황심(勤皇心)을 의심받게 될 거라고 염려하고 있었다.

히데요시가 별안간 웃음을 터뜨렸다.

"왓핫핫핫……정말 우스운 일이군."

"무엇이 그렇게 우스우신가요? 가신들의 행동은 전하의 책임입니다. 소문이 너무 시끄러워지기 전에 조처하심이 현명하신 처사라고 생각합니다."

"미쓰나리……그렇듯 눈에 쌍심지를 켜고 말할 것 없다. 소에키도, 또 다이토쿠사의 슌오쿠, 고케이, 교쿠호 같은 스님들도 황실의 존귀성을 잘 알고 있다. 염려 마라. 다만 금모각을 꾸며보려고 다도를 좋아하는 자가 다도에 빠져서 그런 것 뿐이야. 그래그래, 내가 조용히 처리할 테니 일을 크게 벌이지 마라."

"전하!"

미쓰나리는 한번 말을 꺼내면 중간에 감정을 정리하지 못하는 일면을 가지고 있다.

"오늘 전하에 의해 있어서는 안 될 일이 이루어지고 있다는 것을 잊지 마시기 바랍니다."

"알고 있다. 염려 마라."

"전하께서 드디어 천하통일은 했지만, 하며……어디선가 흠집을 찾으려는 것이 세상 인심이니 각별히 세심한 처리를 하심이 중요한 줄 압니다."

"그야 물론이지. 그러므로 내가 조용하게 처리한다고 하지 않느냐?"

"조용하게 해서는 안 됩니다."

"허, 미쓰나리가 또 흥분했군."

"이 모든 것이 다 전하의 치적을 완벽한 것으로 만들기 위한 염원 때문이 아닙니까? 이번 일은 일단 세간의 입에 올랐던 일이므로, 그들을 납득시킬 만한 조치가 없어서는 안 될 것입니다."

"미쓰나리!"

"예."

"그대는 소에키의 처분을 그대에게 맡기라는 말이겠지? 그건 안 돼! 알았나, 다도에 대한 일은 히데요시가 허락한 히데요시 정치의 일부야. 그대의 지시는 안 받는다. 염려하지 말라는 뜻을 못 알아듣겠느냐?"

이번에는 미쓰나리의 얼굴빛이 달라졌다. 번들번들 눈을 빛내며 주춤주춤 팔걸이 가까이 다가앉았다.

히데요시는 다시 가로막았다.

"미쓰나리, 이제 그만해 둬라. 그대는 이제부터 나의 한 팔이 되어 많은 일을 해야 할 사람이다, 그런 그대 손으로 소에키를 처분해 봐, 세상 사람들이 뭐라고 할 건가. 소에키와 미쓰나리가 총애를 다투어 서로 헐뜯고 싸웠다고 말할 거다. 그렇게 되면 아무도 그대한테 바른말을 해주지 않게 된다. 그래서는 그대가 일을 할 수 없지. 만일……."

히데요시는 목소리를 낮췄다.

"그대 의견을 내가 받아들인다 치더라도, 그건 어디까지나 나의 재량이며 그대는 모르는 것으로 해 두는 게 뒷일을 위해 좋다고 생각하지 않나?"

거기까지 지적당하고 나니 미쓰나리는 더 이상 할 말이 없었다. 머리가 재빠르게 돌아가기로 측근에서 으뜸이라는 말을 듣는 미쓰나리다.

'이만하면 충분히 주입되었겠지…….'

오늘 밤은 이 정도로 끝내야겠다고 계산했다.

"죄송합니다."

"내 말 잘 알아듣겠지?"

"명심하겠습니다."

"소에키뿐만이 아니다. 그대는 누구와도 심하게 반목해서는 안 돼."

"그러나 소에키의 다도에 전하까지 훈계하려는 교만함이 있는 점은……."

"알고 있다. 그래서 8일 낮에 다회를 열어 떠보려는 거야. 하하……그런 일에서는 아직 실수를 할 히데요시가 아니지. 그대는 가만히 보고 배우기나 해라."

미쓰나리는 다시 한번 공손하게 머리 숙였다.

"황공합니다."

그러나 이번 일은 황공하다고 말한 미쓰나리가 이긴 것 같았다. 그 증거로 히데요시는 그 뒤 소에키의 존재가 더욱 마음에 걸려 요도성으로 나가도, 황실에 입궐해도 늘 그것이 마음 한구석에서 고약한 뒷맛을 풍기며 떠나지 않았다.

8일의 낮 다회는 서원에서 열렸다. 손님은 규슈자(球主座)와 소탄이었다. 상단 선반에 천신(天神)의 이름을 걸고, 청자 향로, 청동 꽃병, 그 옆에 탁자, 쇠풍로, 무쇠솥, 쇠주전자, 손잡이 달린 쇠국자, 그리고 도구들을 얹어놓는 대나무 받침이 놓였다. 청동 꽃병에 도깨비 부채를 한 가지 꽂아놓고, 처음에는 검은 찻잔만 놓여 있더니 히데요시가 검은색을 싫어한다고 해서 나중에 세토의 찻잔으로 바뀌었다.

처음 시작할 때부터 히데요시는 허심탄회한 표정으로 소에키에게 말을 걸었으나 사실은 좀체 무심해질 수 없었다. 미쓰나리한테서 그런 소리를 듣기 전에는 이 날의 다회에 대한 즐거운 공상으로 부풀어 있었다…… 아직 노여움이 풀리지 않은 것으로 생각하고 있을 소에키를 아무 내색 없이 불러내고, 게다가 기타노 대다회 때 딸 오긴에게 첫눈에 반했다고 말할 작정이었던 것이다.

'느닷없이 그런 소리를 하면 좀 거만한 소에키가 다석에서 얼마나 당황해할까……?'

그것은 장난을 좋아하는 히데요시에게 있어 못 견디게 재미있는 공상이고 계획이었다. 그러나 미쓰나리한테서 그런 말을 들었기 때문인지 감흥이 되살아날 것 같지 않았다.

"그런데 소에키."

다도 자리에서 술잔을 들고 말을 꺼낸 히데요시의 목소리는 스스로도 기분이 언짢을 만큼 여유 없는 딱딱하고 거북한 목소리였다.

소에키는 조용히 얼굴을 들었다. 히데요시를 정면으로 바라보는 눈은 과연 매우 잔잔한 여느 때의 눈……이라고 생각하니 히데요시는 더욱 어색하여 말을 더듬었다.

"나는 오늘 그대한테 특별히 부탁하여……한 가지 갖고 싶은 게 있다."

"참으로 귀한 말씀, 무슨 일이신지요?"

오늘의 소에키는 오랜만에 히데요시의 노여움이 풀렸으니 좀더 기분이 들떠 있어도 좋으련만 그런 기색은 전혀 없고 날마다 출사하던 때와 똑같이 차분한 모습이었다.

'역시 이자는 이 길의 달인이야.'

히데요시는 소탄을 돌아보며 면구스러운 듯 웃었다.

"모두들 들거라. 실은 이 히데요시, 나잇값도 하지 못하고……."

그러나 그것은 참으로 어색한 헛웃음이 되어, 그 때문에 오히려 얼굴이 붉어지는 것만 같았다.

소탄이 단정히 찻잔을 내려놓고 말했다.

"삼가 듣겠습니다. 전하께서 소에키 님에게 원하시는 물건이라면 이만저만한 명품이 아닐 테니까요."

히데요시는 더욱 당황하여 손을 내저었다.

"그게 차도구가 아니란 말이야. 그, 지난해 기타노의 대다회 때 말일세."

"예, 그때……?"

"내가 아무 생각 없이 소안의 자리 앞에 섰는데 말이야."

"예, 모즈야 님 자리, 이제 생각납니다. 격자문에 새끼 주렴을 늘어뜨린 취향이었지요. 그리고 슈코의 그 유명한 찻주머니를 장식하시고……."

"그러나 그런 것은 실은 아무것도 내 눈에 띄지 않았네……."

소탄의 재치 있는 대꾸에 이끌려 그제야 히데요시의 혓바닥도 매끄럽게 움직이기 시작했다.

"그거참, 소안 님이 안됐군요. 그 중국 찻주머니가 눈에 드셨다면 진상하고 싶다고 말하던데."

"아니야, 명기라면 나도 얼마든지 갖고 있어. 그런데 내가 가지지 못한 것이 그 자리에 하나 있었지."

"……그게……무엇일까요, 소에키 님?"

"글쎄, 난 도무지 짐작이."

소에키는 담담하게 말하면서 다시 젓가락을 들었다.

"소에키, 그게 실은 소안의 아우 소젠의 미망인일세."

"예? 아니, 그러면 저 오긴 님?"

소탄의 눈이 휘둥그레졌고, 마땅히 소에키도 깜짝 놀랐다. 그러나 소에키는 이 말에 대해 자세도 표정도 도무지 달라지지 않았다.

"이상한 일이야. 색이란 생각과는 전혀 다른 것이라고 하지만, 그때 오긴은 공손하게 두 손을 짚고 나를 흘끗 올려다보았을 뿐이었다. 그런데 그 뒤 그 자태가 아무래도 눈앞에서 사라지지 않는구나. 나도 요도며 교고쿠를 비롯해 여편네들이 많이 있다. 이들도 저마다 명기들이지. 그러나 오긴에게는 그들과 다른 매력이 있었어. 다다오키의 내실 오타마와도 또 다르게 나긋나긋하고 따뜻하고, 강하고 우아하고, 화사하면서도 소박하단 말야. 이만한 명품이 가까이 있는 것을 미처 몰랐어…… 그러나 오다와라 일도 있고 해서 지금까지 말을 꺼내지 못했는데 이제 천하도 평정되었으니 용기 내어 그대한테 청하는 거다. 오긴을 내 측실로 보내주게."

그렇게 말하면서 히데요시는 자기가 정말로 오긴을 탐내고 있는 것 같은 착각에 빠지기 시작했다. 만약 히데요시가 진심으로 오긴을 탐내고 있다면 무슨 수를 쓰더라도 손에 넣고 말겠지만……하고 생각하자 소에키의 마음을 떠보려고 생각했던 처음의 계획이 모호해졌다. 이런 말을 했다가 만약 소에키한테 쌀쌀하게 거절이라도 당한다면 자신의 체면은 어떻게 될 것인가? 이야기하는 동안 히데요시는 무슨 일이 있어도 소에키한테서 좋은 대답을 얻어야겠다는……생각이 들었다.

"농담이 아니다!"

그렇게 말했을 때 히데요시의 눈은 진지하게 빛나고 있었다.

"나는 이 나이가 되어서야 사모한다는 게 무엇인지 알았다. 그래서 소안에게도 잠깐 부딪쳐 보았지. 그런데 오긴은 이미 모즈야와 인연을 끊었다더군. 세상에서는 모즈야의 미망인이라고 부르고 있지만, 이혼하면 소에키의 딸…… 그러므로 그 이야기는 그대에게 해야 한다더군. 소에키, 이 히데요시의 소원이네. 오긴을 내게 다오."

소에키는 처음부터 각오하고 와 있었으므로 놀랄 까닭이 없었다.

"참으로 황송한 말씀이군요."

"황송해 할 것 없이 달라는 거다."

"예, 돌아가서 딸아이한테 그 뜻을 전하겠습니다."

"그렇다면 승낙한다는 말인가?"

"예, 저는 다른 생각이 없습니다."

"좋아. 그럼, 결정됐군! 이제 오늘 밤부터 나도 잠을 편히 잘 수 있겠어."

"전하."

"내일 당장 보내지 않아도 돼. 당사자의 희망도 있을 테고 거처도 마련해야 하니까."

"전하, 이것은 저만의 승낙일 뿐 아직 결정되었다고 단언할 수 없는 일이 아닌가 합니다만……."

"뭐? 그대의 승낙만으로는 결정된 게 아니다?"

"예, 아시다시피 그 애는 제 친자식이 아닙니다. 아내 소온과 마쓰나가 단조 사이에 태어난 자식입니다."

"전에는 어쨌든 지금은 그대가 아비 아닌가?"

"그런데 아비의 말을 순순히 듣지 않는 딸이라서."

"허, 그러면 딸과 의논해 분명히 결정짓겠다는 건가?"

"혈통이 혈통이라 좀 마음에 걸리는 일이……."

"그렇다면 오긴이 싫다고 할 것 같다……는 말인가, 그대는?"

"만일 그렇게 말씀드리더라도 이해해 주시기를."

"소에키! 기만하지 마라!"

"예?"

"그대가 다른 뜻이 없다고 한 말은 그러면 나를 농락하는 거짓말이었단 말이냐!"

"천만의 말씀. 단지 그 애에게 다도를 좀 지나치게 가르친 듯싶은 생각이 들어서…… 그렇지 않았더라면 아비 말을 순순히 따를 것이지만, 그 때문에 어쩌면 거절하지 않을까……하는 염려일 뿐입니다."

"소에키, 그대는 예사로 들어넘길 수 없는 말을 했다. 다도를 가르쳤기 때문에 내 청을 거절할 거라고?"

"예, 다도는 올바른 우주 본연의 자세를 마음으로 삼습니다. 올바른 우주는 곧 신불, 신불은 올바른 우주 본연의 자세 바로 그 자체입니다…… 그러므로 그 다도를 받드는 아비가 딸을 첩으로 보내 출세를 도모한다……고 세상 사람들에게 오해받게 되면 도를 욕되게 하는 것…… 그러니 거절해 주십시오, 한다면 저에게는 굳이 설복할 말이 없습니다. 제가 두려워하는 건 바로 그것입니다."

히데요시는 숨을 삼켰다. 소에키가 무엇을 말하고 있는지 그 특유의 민감한 감각으로 포착해내려는 긴장된 표정이었다.

'처음부터 침착한 척하더니……'

어쨌든 다도를 지나치게 가르쳤기 때문에 거절할지도 모른다니 이 얼마나 통렬한 야유인가. 그리고 딸을 첩으로 내세워 출세를 바란다고 오해받게 되면, 다도를 욕되게 한다……는 말에 한 치의 틈도 보이지 않았다.

소에키는 히데요시의 말이 끊어진 한순간을 놓치지 않고 말을 이었다.

"이것은 딸의 기질을 알기 때문에 하는 염려입니다만, 만약 그렇게 말할 경우 뭐라고 대답해 주어야 할지 좋은 생각이 계시다면 일러주시기 바랍니다."

히데요시는 이 자리가 다도 좌석이 아니었다면 분노를 폭발시켜 버렸을 것이다. 그 정도로 소에키의 침착한 태도는 얄밉게 보였다. 소에키가 처음부터 계산해 놓은 함정에 그를 시험해 보려던 히데요시가 오히려 빠져버리고 만 것이다.

어쨌든 다도는 올바른 우주 본연의 자세를 마음으로 삼는 것이므로 신불과 동격이라는 수작은 얼마나 오만한 사고방식이란 말인가! 이 사고방식으로 본다면 히데요시를 무시하는 것쯤 당연히 있을 수 있는 일이며, 다이토쿠사 산문에 자신의 목상도 태연히 장식할 수 있다.

그러나 히데요시는 필사적으로 이 자리에서의 폭발을 참았다. 분노하면 할수록 여기서는 자신이 손해 볼 뿐이라는 것을 직감할 수 있다. 그리고 또 한 가지, 소에키에 대한 신뢰감을 버릴 수 없는 일면이 있기 때문이기도 했다.

'설마 이자가 나에게 대항할 사람은……'

그것은 어쩌면 히데요시의 자존심으로 해석하는 게 적절할지도 모르지만, 어쨌든 아직 딸의 대답을 들은 것은 아니지 않은가. 여기서 벌컥 화냈다가 딸이 순순히 승낙했다……고 하게 되면 더욱 자신의 체면만 해치게 된다.

'그래. 딸의 대답을 들어본 뒤에도 늦지 않다……'

그런 결론에 도달하자 히데요시는 가까스로 웃을 수 있었다.

"소에키, 거 왜 항간에서 곧잘 말하지 않던가. 사모의 정이 사무치면 지혜도 역량도 나오지 않는다고 말이야. 좋아, 나도 생각해 보기로 하지. 그대도 딸을 잘 타일러 보게."

이날의 다회는 이렇듯 히데요시가 양보한 형식으로 겉으로는 아무 일 없이 끝났다.

그러나 이 일로 소에키에 대한 히데요시의 감정에 더욱 깊은 골이 생기기 시작한 것은 사실이었다. 그래서 다이토쿠사 산문에 관한 것도 탐지하게 했고, 오긴의 대답을 심술궂게 독촉하기도 했다.

소에키는 그때마다 노련하게 피했다.

"조금만 더 생각해 보게 해주십사고 합니다. 그 애도 두 아이의 어미인지라, 죄송하오나 조금만 더 기다려 주시기를······."

그러는 동안 오우 지방의 사정이 차츰 소에키가 예견한 대로 되어 갔다. 다테 마사무네가 뒤에서 백성들을 선동하여 가모 우지사토의 영내에 잇따라 폭동을 일으키게 하여 우지사토와 마사무네 사이는 날로 험악해져 갔다.

이렇게 해서 드디어 덴쇼 18년(1590) 겨울을 맞았다.

히데요시에게는 결코 유쾌한 겨울이 아니었다. 그날 이후 날마다 출사하는 소에키가 늘 자기를 비웃고 있는 것만 같아 못 견디게 불쾌한 나날이었다.

히데요시가 점점 깊어가는 소에키에 대한 증오를 문득 반성의 거울을 비춰볼 생각이 든 것은 해가 바뀌어 더 이상 오슈의 사태를 모른 척 내버려둘 수 없게 된 뒤부터였다.

소위 가사이 오사키(葛西大崎)의 난, 구노(九戶)의 폭동이 잇달아 일어나 오슈 지방의 토지조사를 위해 남겨놓고 온 아사노 나가마사, 호소카와 다다오키 등의 여러 군사는 그대로 니혼마쓰(二本松)에서 해를 넘기며 가모 우지사토와 함께 그 진압을 맡고 있었다. 그것은 니혼마쓰와 아이즈 사이의 통로가 끊기고 그들 폭도의 배후에 있는 게 다테 마사무네라는 것이 확실해진 뒤였다.

이해 교토의 겨울은 비교적 따뜻해 샘가의 초록색 복수초 꽃봉오리가 차츰 노랗게 변하기 시작했다. 한가로운 오후의 햇살이 문에 비쳐 있었다.

옆에 사람이 적은 때를 틈타 소에키가 말했다.

"소에키, 전하께 은밀히 드릴 말씀이 있습니다."

'이놈, 드디어 오긴 이야기를 꺼내려는구나.'

히데요시는 그렇게 생각하고 사람들을 물리쳤다.

"새삼스럽게 무슨 일인가, 소에키?"

"황송하오나 오슈의 일에 관해 조용히 드릴 말씀이 있습니다."

"뭐, 오슈에 관해서? 오슈에 관한 일과 그대의 소임인 다도와 무슨 상관이 있단 말인가."

"예, 오슈에는 저의 다도 제자인 호소카와 문중의 마쓰이 야스유키(松井康之)님, 후루타 오리베(古田織部) 같은 분을 비롯해 많은 사람들이 눈 속에 남아 충성을 다하고 있으므로 여러 가지 소식이 오고 있습니다."

이 말은 히데요시의 신경을 날카롭게 건드렸다. 다도 제자라면 후루타 오리베나 마쓰이 야스유키뿐만이 아니다. 니혼마쓰에 갇혀 있는 아사노 나가마사도, 가모도 다테도 다 그렇다고 말하는 것처럼 들린다.

"그것이 어쨌다는 건가! 적어도 내 지휘에 대해 참견하는 무례한 행동은 용서치 않겠다."

"어찌 그런 말씀을! 제가 평소에 적이든 동지든 구별하지 않고 다도를 통해 사귀는 것은 모두 이런 때 충성을 바치려는 마음에서입니다."

"흠, 그러니 다도에서는 적도 동지도 없으니 그대 말을 들으라는 것인가?"

"채택하시고 안 하시고는 관계없이 말씀드려야 될 일이라고⋯⋯."

"알았다. 말해 봐! 단, 이 마당에 이르러 마사무네의 변호는 용서치 않겠다⋯⋯."

"전하! 저는 전부터 다테 님 변호 같은 것은 한 적이 없습니다. 다도를 아는 자의 눈으로 볼 때 다테 마사무네 님은 가모 님으로서는 통제할 수 없는 성정이니 방심하지 마시라고 말씀드리는 것입니다."

"그, 그래서⋯⋯그 뒤를 말해 봐라!"

"이대로 가다가는 그 지역의 소요가 더욱 커질 것입니다. 그러므로 빨리 기요스의 히데쓰구 님, 에도의 이에야스 님께 출진을 명령하심이 어떠실지요. 단지 두 분만의 출진이 아니라, 눈 녹기를 기다려 3월에는 전하께서도 정벌길에 오르신다⋯⋯는 전제로 두 분이 출진하게 되면 제아무리 다테 마사무네 님이라도 겁나서 배후에서의 선동을 못하게 될 것으로 생각합니다만."

히데요시는 그 순간 오싹하게 오한을 느꼈다.

'소에키란 놈은 어느 틈에 내 심중을 들여다보고 있구나⋯⋯.'

그것이 히데요시에게 반성과 동시에 소에키에게 야릇한 승부를 도전하게 하는 원인이 되었다.

'증오란 대체 무엇일까?'

히데요시가 되지 못한 아니꼬운 놈이라고 소에키를 미워하기 시작했으니 소에키의 심중에도 그것이 뚜렷이 반사되어 있을 터였다. 그럼에도 소에키는 태연하게 자기에게 책략을 바친다. 더욱이 그가 바치는 책략은 히데요시 자신의 생각에 박자를 맞추듯 합치되고 있었다.

히데요시도 이미 이대로는 가라앉지 않을 것으로 판단하고 이에야스에게 누군가를 딸려 오슈에 파견할까 생각하고 있던 참이었다. 될 수만 있다면 아우 히데나가를 딸려 보내고 싶었다. 그렇다면 에도로 이전한 직후라 바쁘기 그지없을 이에야스도 불평할 수 없을 테고, 다테 마사무네도 인해전술 앞에서는 꼼짝 못할 것이다.

그런데 그 히데나가는 작년 가을부터 병석에 누워 지금은 회복하기 어려울 정도의 중태에 있었다.

'히데나가가 가지 못한다면 누가 적당할까?'

그래서 아직 말을 꺼내지 못하고 있는데 소에키가 서슴없이 히데쓰구의 이름을 들추었던 것이다. 미워하는 자와 미움 받는 자가 오슈의 일에 대해서는 의견이 척 들어맞고 있다. 그것도 소에키가 구로다 간베에나 이에야스처럼 노련한 무장이라면 모르되 고작해야 다인에 지나지 않는 몸이면서 그 견식과 통찰력으로는 히데요시를 앞지르려 한다. 무엇보다 거슬리는 것은, 그가 나름대로 다도를 통해 비상한 첩보망과 연락망을 가지고 있다는 점이었다.

밉다! 밉지만 천하에 대한 일은 잊지 않고 있다. 히데요시를 위해 끊임없이 잘되기를 바라며 노력하고 있다……고 말할 수 있다는 데 이 미움과 미움의 대립이 세상에 흔한 그런 것과 다른 특이한 점이 있는 듯했다.

'어쩌면 이것은 부부 사이의 말다툼 같은 것인지도 모른다……'

서로가 상대를 인정하고 있다. 마음속으로는 사랑하기조차 한다. 그러면서도 서로 용납하지 못하는 것은 상대에게 그 이상의 완벽을 갈구하여, 그것이 채워지지 않는 데서 서로 답답하게 생각하는 게 아닐까? 문득 그런 반성을 하기 시작한 순간부터 히데요시는 더욱 강하게 소에키를 의식하지 않을 수 없었다.

"옳은 말이야. 나도 그렇게 생각하고 있었다."

물론 그때도 이렇게 솔직하게 수긍하는 대신 비웃음조로 상대방을 조롱했다.

"그대는 놀라운 군사(軍師)가 되었구나. 구로다 간베에도 맨발로 도망치겠는걸.

그러나 쓸데없는 일은 생각하지 마라. 주름살만 는다."

그리고 물리쳤던 시동과 이야기꾼들을 지체 없이 불러들여 상대의 입을 봉해 버렸다.

그런데 그 뒤 다시 두 가지 불쾌한 사건이 히데요시에게 겹쳐 일어났다. 그 하나는 23일에 아우 히데나가가 끝내 죽어버린 일이고, 또 하나는 조선에서 돌아온 시마이 소시쓰가 히데요시 앞에 나와 여러 영주들이 늘어앉은 가운데 그 지역의 사정을 자세히 설명하며 당당하게 반대한 일이었다.

"대륙출병은 단념하시기를."

히데요시는 불같이 노했다.

"누가 그대에게 그런 주제넘은 참견을 하라더냐? 분수를 모르는 놈 같으니! 그 대는 그저 보고 온 그 나라 사정만 이야기하면 되는 거다. 물러가라! 물러가!"

그리고 그 소시쓰가 히데요시 앞에 나오기에 앞서 소에키와 후신 암자에서 잠 시 밀담했다고 들었을 때 몇 번이고 스스로에게 다짐했다.

'더 이상 소에키 놈을 용서할 수 없다.'

덴쇼 19년(1591)은 윤년이었다. 정월이 두 번 지난 뒤 2월이 되자 날씨는 벌써 완 연한 봄철이었다.

히데요시는 그 일 이후 눈코 뜰 새 없이 바빠 오슈에 대한 지시로부터 히데나 가의 장례, 다테와 가모의 처분, 그 밖에 인도 부왕(副王)의 서한을 가지고 온 예 수교 선교사와 유럽 파견 사절의 접견 등으로 한동안 다도를 즐길 틈이 없었다.

오슈에 대해서는 화나지만 소에키가 말한 대로 실행하는 수밖에 도리가 없었 다. 하시바 히데쓰구와 도쿠가와 이에야스를 파견하여 다테 마사무네에게 상경 하도록 엄명을 내린 것이다. 그리고 히데요시 자신도 교토를 떠나 기요스성까지 가서 마사무네를 마구 꾸짖고 달랜 다음 2월 3일에 교토로 돌아왔다.

그동안 히데요시는 결코 소에키의 일을 잊고 있었던 것은 아니다. 그것은 늘 마음 한구석에 딱딱한 응어리가 되어 남아 있었다. 다만 세월이 흐름에 따라 그 증오의 형태가 차츰 바뀌어가고 있었다.

'소에키 놈, 끝까지 나와 겨룰 작정인 거야……'

그것이 충성이라고, 선승(禪僧)의 갈파(喝破)와도 같은 사고방식으로 일일이 상대해 온다면 이쪽도 그 대비책으로 한번 꽉 눌러놓지 않으면 안 된다. 히데요시 만 한 인간이 소에키를 비슷한 입장에서 미워했다는 소리를 듣는 것은 견딜 수 없는 일이었다. 문제 삼지 않는다……는 가벼운 대응으로 특히 상대가 두말하지 못하도록 혼내줘야지…….

그것은 히데요시가 아무리 생각해 보아도 역시 '증오'임에 변함없었다. 다만 히 데요시는 소에키와 서로 사랑하고 존경하면서 어느덧 미워하기 시작하여, 그 증 오감을 다시 두 번 세 번 뒤집어 방향을 바꾸었다는 착각을 하고 있을 뿐이었다.

그 점에서 소에키는 좀더 냉정했다. 그는 이미 히데요시와 자기 사이에 싹튼 '증 오'는 어쩔 수 없는 것이라고 꿰뚫어 보고 있었다. 인간의 불완전성을 소에키는 잘 알고 있다. '절대'는 관념 속에서만 존재하며, 그것을 쫓는 데 인간의 인간적인 서글픔이 있음을 잘 알고 있었다.

그러나 히데요시는 행운의 인간이 갖기 쉬운 교만 때문에 자신을 '절대'라고 오 인하고 있었다. 신사와 절을 곧잘 세우지만 그 마음 밑바닥에 신앙은 없었다. 어 깨를 치며 웃고 이야기해도 그것은 정복의 수단일 뿐, 결코 진실한 동화는 아니 었다.

그러므로 다도에서 '절대'를 구하며 걸어가는 소에키와 자신이 바로 '절대'라고 자부하는 히데요시는 격렬하게 돌아가면서 서로 접근하는 두 개의 팽이와 같아 서 머지않아 반드시 부딪치지 않고는 끝나지 않을 것을 알고 있었다.

그 두 개의 팽이가 마침내 부딪칠 때가 왔다.

물론 히데요시 쪽에서는 소에키와 같은 생각은 하고 있지 않았다.

'여가가 생겼으니 한번 소에키를 골려주자.'

이런 심정이었으니 이 승부는 대결하는 두 사람 사이에 상당히 큰 준비의 차 이가 있었다고 할 수 있다.

소에키 쪽은 엄중하게 갑옷을 입고 칼을 갈고 있는데, 히데요시 쪽은 준비 없 이 대나무 칼 한 자루로 가볍게 도장에 나선 감이 있었다.

덴쇼 19년(1591) 2월 12일이었다.

오슈 사태로 죄과가 있었던 기무라 요시키요 부자의 영지 몰수를 명령한 뒤 히데요시는 소에키를 자기 거실로 불러들였다.

"소에키, 그대는 무례한 천치가 아닌가!"

함께 자리한 사람은 이시다 미쓰나리와 마에다 겐이었다. 어느 쪽도 소에키로서는 마음에 들지 않는 인물. 그 두 사람을 일부러 옆에 앉혀 놓고 히데요시는 그들 역시 히데요시와 똑같은 불만과 분노를 품고 있다는 것을 보여줌으로써 소에키를 위압할 작정이었다. 물론 진정으로 노하고 있었던 것은 아니다. 차츰 자기와 대결 태세를 취하기 시작하는 소에키를 놀려주고 굴복시키면 그만이라는 가벼운 기분이었다.

소에키는 진지한 표정으로 고개를 갸우뚱했다.

"무례하다……니요? 제가 또 무언가 마음에 거슬리는 행동이라도 했습니까……?"

히데요시는 다시 한번 위압적으로 일갈했다.

"시치미 떼지 마라! 그대는 지금까지도 오긴에 대해 모른 척하고 있지 않으냐? 오긴의 대답은 어떻게 된 건가?"

"오긴에 대한 말씀……그것은 농담이 아니셨습니까?"

"뭐라고, 농담……? 그대는 그때 뭐라고 대답했나? 오긴이 승낙하면 기꺼이 바치겠다고 하지 않았나?"

소에키도 기다리고 있었다는 듯이 나왔다.

"전하, 그 일이 만약 농담이 아니셨다면 저는 여기서 다시 말씀드릴 것이 있습니다. 올해는 노부나가 공이 혼노사에서 참변당하신 지 벌써 10년째가 됩니다."

히데요시는 순간 어리둥절한 표정이 되었다. 너무 갑작스러운 말이라 순간적으로 머리의 회전이 멈추었던 것이다.

"뭐, 뭐라구? 돌아가신 노부나가 공과 오긴이 무슨 관계가 있다는 건가? 엉뚱한 수작 하지 마라."

"무슨 말씀을. 아무리 운 좋으신 분이라도 10년에 2년씩 운이 쇠퇴하는 해가 있다는 것은 움직일 수 없는 우주의 법칙입니다."

"그, 그, 그것이……어쨌다는 거냐?"

말에 끌려들어 대꾸는 했으나 히데요시는 사실 소에키가 지금 무슨 말을 하려는 것인지 도무지 짐작되지 않았다. 미쓰나리도 겐이도 어리둥절하여 얼굴을 마주보았다. 말하자면 이것은 준비되어 있는 자와 없는 자의 첫 대결에서 피할 수 없는 기세의 차이였다. 너무 뜻밖의 반격을 당하여 어지간한 히데요시도 슬그머니 칼을 거두어들였다.

소에키는 그것을 충분히 계산에 넣고 있었는지 자못 침착한 목소리로 말을 이었다.

"우주의 이치는 어느 누구도 거스를 수 없습니다. 아침에 해가 떠서 저녁에 지는 것 같이……사람의 한평생에도 낮과 밤이 있기 마련입니다. 다만 어리석어서 이 이치를 미리 예견하지 못하는 자가 12년 동안 2년씩 돌아오는 캄캄한 밤을 맞이하여 발버둥 치다가 몸을 망치는 것입니다. 미쓰히데도, 가쓰이에도 멸망했을 때는 바로 그들의 밤의 운수, 즉 쇠퇴하는 운수의 때였습니다. 그와 반대로 전하는 주고쿠 공략의 구렁 속 같은 2년을 보내시고 드디어 날이 밝은 해……그때부터 10년 동안 전하의 낮이 계속되었습니다. 그동안에는 하시는 일, 손대시는 일들이 모두 성공하셨습니다…… 그러나 올해부터는 드디어 다시 밤으로 들어갑니다. 그 증거로 벌써 다이나곤 히데나가 공을 잃으셨습니다. 이 같은 해에 넘쳐나는 측실들에게 마음 쓰시다가 어쩌시려는 겁니까? 그보다 몸을 삼가시어 머지않아 돌아올 낮에 대비하시는 마음가짐이 필요하니……미쓰나리 님도 겐이 님도 그리 아시고 전하의 신변에 각별히 주의를 기울이십시오."

히데요시는 넋을 잃고 한동안 대꾸조차 하지 못했다.

인생승부

소에키에게 이만한 준비가 되어 있을 줄 히데요시는 꿈에도 생각지 못했다. 아무리 그렇기로서니 참으로 야릇한 방향에서 공격해 들어오는 말이 아닐 수 없었다. 히데요시만이 아니라 미쓰나리도, 겐이도 깨끗이 한차례 설교를 당한 셈이 되어버렸다. 히데요시가 소에키의 마음속에서 얕볼 수 없는 준비와 투지를 본 것은 그때부터였다.

"소에키, 그대는 언제부터 다도를 버리고 점쟁이가 되었나? 히데나가의 죽음을 들먹여 나의 불운을 비웃을 작정인가!"

그러자 소에키는 지체 없이 대답했다.

"더욱 놀라운 말씀을 하시는군요. 그러므로 다른 사람이라면 몰라도 저만은 전하께 말씀드리지 않을 수 없습니다. 소에키가 언제 미신 같은 것을 말씀드렸습니까? 이것은 구성(九星)의 역법에 뚜렷이 계산되어 있는 것입니다. 아직 모르고 계셨다면 전하의 큰 실수입니다. 당초에 그 사람의 한평생에 닥쳐올 영고성쇠에 관한 계산의 기초는 태어난 일시(日時)에 있습니다. 그리고 어떠한 행운의 별 아래 태어났더라도, 12년 가운데 2년은 이른바 인생의 밤이 찾아오는 시기입니다. 이 인생의 밤을 공망(空亡)이라고 부르며, 이때 자칫 잘못 움직이면 실패와 재앙이 몸에 미친다 하여 엄격히 경계하고 있습니다. 저 강태공은 이 공망을 알고 있었기에 3년 동안 묵묵히 낚시하면서 머지않아 돌아올 새 아침에 대비해 생각을 가다듬었습니다. 그 반대가 바로 노부나가 공입니다. 돌아가시기 11년 전 에치젠 가네가

사키성에서 무참한 패배를 맛보신 때가, 바로 그 전의 공망…… 그 뒤 10년 동안은 무럭무럭 일어나는 성운(盛運)의 별을 타고 활동하셨지만 혼노사에 행차하실 때 다시 공망의 해가 돌아왔다는 사실을 깜빡 잊으셨던 모양입니다. 그때 왜 노부나가 공께 그것을 일깨워 드리지 않았던가 하고 저는 후회했습니다. 그렇기 때문에 이번만큼은 외람되지만 감히 전하께 말씀드리는 것입니다. 전하께서는 앞으로 2년 동안은 심사숙고하여 생각을 가다듬어야 할 공망의 해에 들어서시게 되었으니 각별히 조심하시기 바랍니다."

　듣고 있는 동안 히데요시는 온몸이 근질거리기 시작했다. 태양의 아들이라 자처하는 히데요시에게 인생의 밤이 오다니 이 무슨 해괴한 협박이란 말인가. 더욱이 그 본보기로 강태공을 예로 들고 노부나가, 미쓰히데, 시바타를 차례로 끌어댈 뿐 아니라 히데요시로서는 애석하기 짝이 없는 히데나가의 죽음까지 들먹일 줄이야……

　이쯤 되니 히데요시도 팔짱 끼고 앉아 있을 수만 없었다. 상대가 무기를 가지고 덤벼든 이상, 이쪽에서도 그에 맞설 만한 전술을 보여주지 않으면 체면이 서지 않는다.

　"하하하……소에키, 잘 알았다."

　히데요시는 한 걸음 물러서며 자세를 가다듬었다.

　"그대는 내가 공망을 모를 거라고 생각하는 모양이군. 알고 있지. 알고 있고말고. 또 비록 그것을 모른다 하더라도 한 인간이 10년을 마음먹은 대로 밀고 나왔으면, 2년쯤은 고삐를 놓고 휴식이 필요하다는 것쯤 일부러 역법을 펴놓고 설명하지 않더라도 상식으로 알 수 있는 것 아닌가?"

　"그렇다면 전하께서도 이미 알고 계셨습니까?"

　"아무렴! 잘 알고 있으니 앞으로 2년쯤은 유유자적하게 눈과 달과 꽃의 변화를 바라보면서 생각을 가다듬으려네. 소에키, 나는 그 놀이 상대로 오긴을 골랐어. 어떤가, 오긴은 언제쯤 오게 될까? 오긴이 오면 날씨도 좋겠다, 꽃 아래에서 다도라도 즐겨보지 않겠나. 어떤가, 소에키……?"

　히데요시는 가까스로 이야기를 오긴 문제로 다시 돌려놓고 빙긋 엷은 웃음을 지었다. 이 정도면 소에키도 한 걸음 뒤로 물러설 것으로 히데요시는 생각했다.

　그러나 소에키는 끄떡도 하지 않았다. 누군가 이 두 사람을 냉정하게 관찰한 자가 있었다면 소에키 역시 눈에 띄지 않게 미소 지은 것을 눈치챘을지도 모른다. 소에키는 히데요시의 이 반격을 처음부터 예상하고 있었던 것 같다.

"전하……."

소에키는 목소리를 낮추며 한숨지었다.

"또다시 오긴 이야기를 하시는 겁니까?"

"아무렴. 오긴에 대해 물어보려고 일부러 그대를 부른 게 아닌가."

"그 말씀을 못 하시도록 일부러 공망까지 들추어 주의 드렸습니다만……도리가 없군요. 말씀드리지요. 오긴은 제가 짐작한 바대로 아비인 저를 호되게 질타했습니다."

"뭐, 오긴이 그대를 질타했다고?"

"예, 지금껏 모처럼 전하의 총애를 받으며 전하의 온정으로 다도에서 천하제일이라는 이름을 얻었으면서, 그 은공을 저버리는 정신 나간 말씀일랑 두 번 다시 입 밖에 내지 말라고 무섭게 꾸지람들었습니다."

"허, 정신 나간 말이라니! 정말 무섭게 꾸중했네그려."

"예, 듣고 보니 정녕 옳은 말이었습니다…… 오긴을 전하께 드리면, 전하께서 다도에 열중하시는 듯 보이신 것은 거짓이며 목적은 오긴에게 있었다는 오해를 받게 되고, 이 소에키는 의붓딸을 전하께 바쳐 출세를 꾀한 속물 중의 속물로 전락할 뿐 아니라 그러한 자들이 놀아난 길이니 다도 따위는 하잘것없는 것이라고 조롱받게 된다, 게다가 오긴 역시 마쓰나가 단조의 딸로 태어나 소에키의 손에 자랐으면서 그 은공도 도리도 모르는 계집이 되어 기타노만도코로님에게서 입은 은혜를 배반하고 요도 마님이며 도련님의 마음까지 어지럽히게 되는 것……이라는 딸의 말을 듣고 보니, 이것은 정녕 옴짝달싹할 수 없는 공망 중의 대공망이었던 것입니다."

히데요시의 눈에서 불꽃이 확 일었다가 사라졌다. 두 사람의 칼날이 불꽃을 튕기며 다음 태세로 넘어간 것이다.

"과연 그 말을 듣고 보니 함부로 오긴을 탐냈다가는 큰일나겠네그려."

"그렇게 이해해 주신다면 천만다행이겠습니다."

"그럼, 내가 오긴을 단념해야 된단 말인가?"

"그렇게 하시기를 바랍니다."

“하긴 이 한 가지 일이 다도를 더럽힌단 말이지…… 다도는 그대에게도 나에게도, 또 천하를 위해서도 더없이 소중한 것이다.”

히데요시는 여기서 숨을 깊숙이 들이마셨다.

“소에키.”

“예.”

“그, 천하에 무엇과도 바꿀 수 없는 다도를 더럽히는 자가 있다면 그대도 용서하지 않겠지?”

“지당하신 말씀, 이것을 관철하는 길만이 전하의 은혜에 대한 유일한 보답이라고 소에키는 명심하고 있습니다.”

“닥쳐라, 소에키!”

“예?”

“그대는 조지로와 세토의 찻잔 따위를 점잖은 척하며 비싼 값으로 팔아넘겨 다도를 타락시킨 용납할 수 없는 돌팔이 중놈이 있다는 것을 알고 있을 테지!”

소에키는 이번에는 분명 입술을 일그러뜨리면서 웃었다. 아마도 소에키는 이러한 히데요시의 공격을 예상하고 있었던 것 같았다. 아무래도 알아들을 수 없다는 듯 고개를 갸웃거리며 말했다.

“그러면 그 돌팔이 중놈이 조지로가 내버린 찻잔이며 세토의 사기그릇 나부랭이를 비싸게 팔아먹으며 돌아다녔다는 말씀입니까? 그렇다면 용서할 수 없지요. 대체 어떤 놈입니까?”

소에키가 되묻는 것과 히데요시의 고함소리가 터져나온 것은 거의 같은 순간이었다.

“그건 너! 소에키라는 떠돌이 중놈이다.”

“예? 무슨 말씀이십니까!”

“그 못된 중놈이란 바로 너란 말이다.”

“이것 참, 무슨 당치도 않은 말씀을! 조지로는 지금 전하로부터 일본 제일이라는 칭호를 받았으나 그 작품을 감정해 보면 최고의 품질이라고 할 수 없고, 세토의 장인들 역시 마찬가지입니다. 그러기에 나쁜 것은 남기지 마라, 잘못된 작품은 모두 깨뜨려 묻어버려야 한다, 그런 것을 남겨놓음으로써 그대들의 걸작품들마저 후세에 가서 놀림감이 되면 큰일이라고, 입이 닳도록 권하는 사람이 바로 이 소에키입니다. 그 소에키가 어찌 그들의 쓰레기 같은 것들을 팔아먹으며 돌아다니겠습니까? 만일 소에키에게서 산 물건 가운데 그런 게 하나라도 있다면 지금 당장 보여주십시오."

"소에키!"

"보여주시겠습니까? 그러면 소에키의 이름을 팔고 다닌 그 협잡꾼을 즉각 붙들어 전하께 올리겠습니다."

히데요시는 말문이 막혀버렸다. 그러나 궁하면 통하듯 그 역시 임기응변, 위기를 벗어나는 데는 보기 드문 달인이었다.

"나도 그렇게 믿어왔다. 그대가 내 뜻을 배반하면서까지 돈벌이를 꿈꾸는 속물이라고는 생각지 않는다. 그렇다면 그대는 지금까지의 당나라나 조선의 물건 같은 걸작품보다 조지로나 세토의 그릇 가운데에서 뛰어난 작품이 나타나기 시작하고 있다는 말이냐?"

"예, 그렇습니다. 아직은 뛰어나게 우수하다고 말씀드릴 수 없지만, 우리 나라의 특성을 살리고 그 솜씨에 조금도 손색없는 작품이 나타나기 시작하고 있습니다. 이것은 오로지 전하의 적극적인 장려에 힘입은 일이니 마음을 가다듬어 남길 것을 정하고, 잘못된 것은 결코 남기지 말라고……."

여기까지 말하고 소에키는 비로소 빙그레 웃었다.

"그리고 값에 있어서도 당나라 것, 조선의 물건이 두려워 지나치게 싸게 팔 것 없다. 그대들이 이것은 정말 아름답다! 일품이다! 믿을 수 있는 작품이라면 당당하게 비싼 값에 팔아라. 그렇지 않으면 세상의 장님들은 아름다운 가치에 의해 판단하지 않고, 값이 싸다고 보잘것없는 물건으로 여겨……가치판단과 비교를 그르치게 되고 만다. 그렇게 되면 전하께서 장려하시는 뜻에 어긋날 뿐 아니라……참다운 걸작, 예술품이 나오지 않는다, 돈을 많이 주더라도 작품을 알아보는 사람이 아니라면 물건을 주지 말라고 엄하게 이르고 있습니다. 그럼에도 불구하고 실패작을 비싸게 팔고, 한술 더 떠서 이 소에키의 이름까지 파는 놈이 있다면 그냥 내버려둬서는 안 될 일이지요."

히데요시는 다시금 터지려는 분통을 억지로 눌렀다.

'아차! 내가 너무 경솔했구나. 이놈은 벌써 모든 경우를 예상하고 나왔어!'

이렇게 되면 히데요시도 전술을 바꿀 수밖에 없었다.

"그래? 그렇겠지. 그래서 그대는 좋은 물건을 정당한 값에 판 게로군그래. 그 점에 대한 의혹은 이제 말끔히 가셨다. 그런데 소에키……."

히데요시는 갑자기 웃는 얼굴을 지으면서 목소리를 낮췄다. 일찍이 사람과 대결하여 져본 기억이 없는 히데요시였다. 강하면 부드럽게, 부드러우면 강하게, 노하면 웃고, 울면 위로해 반드시 상대를 마음대로 다룰 수 있다고 자부하는 히데요시였다.

그런데 이번에는 연거푸 소에키에게 당하기만 했다. 아니, 단지 공격당한 것뿐이라면 웃어넘겨 강인한 인상을 보여줌으로써 오히려 이기는 수법도 있지만, 오늘의 상대는 충분히 자신의 승리를 의식하고 이야기를 주고받는 사이에도 오만불손한 웃음을 짓고 있었다. 아마 소에키는 히데요시를 놀려주었다고 속으로 쾌재를 부르고 있는지도 모른다.

이쯤 되면 더 이상 용납해 줄 수 있는 히데요시가 아니었다. 히데요시는 드디어 토끼를 노리는 사자가 되어버렸다. 그러나 겉으로는 아주 순한 양을 가장하고 말했다.

"소에키, 그대도 이미 대충 짐작하고 있겠지만 실은 난처한 일이 하나 벌어졌어."

"전하께서 난처하신 일……그런 일이 있습니까?"

"그래서 항간에 떠도는 여러 가지 소문에 대해 그대한테 물어보았던 거다. 그리고 그 소문에 관한 한 이 히데요시는 이제 이해할 수 있게 됐어."

"황공합니다."

"아니야, 과연 훌륭해. 과연 소에키야. 그러나 이건 그대와 나 사이에서 양해가 된 것뿐이지, 세상 사람들 모두 양해하고 있다고는 볼 수 없어."

"그럴 수도 있겠군요."

"그래서 그대에게 한 가지 묻겠는데, 다이토쿠사의 금모각 누각 위에 그대의 목각화상이 안치되어 있다는 건 알고 있겠지?"

소에키는 금방 얼굴빛이 달라졌다.

'드디어 올 것이 왔구나.'

그런 심정으로 천천히 입을 열었다.

"예, 알고 있습니다만."

"그건 누가 안치한 건가."

"황송하오나 전에 고케이 스님이 규슈로 쫓겨 갔던 무렵에 제가 전하께 말씀드려 노여움을 푸시라고 용서를 빌었던 일이 있습니다."

"그래, 그런 일이 있었지."

"그 일을, 고케이 스님을 비롯하여 슌오쿠 스님, 교쿠호 스님 같은 원로분들이 고맙게 여기고 저의 목상을 만들게 해서 장식한 것입니다."

"그 일을 원로들이 그대에게 이야기해서 허락을 받았느냐 이 말이야, 내 말은."

"예……말은 있었습니다만."

"분명하게 허락을 한 건 아니란 말이지?"

"글쎄올시다……."

이렇게 말하고 이번에는 소에키가 말문이 막혀버렸다.

히데요시의 속셈은 이미 꿰뚫어 보고 있다. 무언가를 구실로 자기를 처벌하려는 것이다. 그러나 여기서 대답을 잘못하면 다이토쿠사의 장로들까지 걸려들게 될지도 모른다. 그 점에 대하여 히데요시는 어떤 생각을 하고 있는지? 그것을 갑자기 짐작할 수가 없었다.

"어떤가, 확실히 승낙하지 않았는데 만들었는가, 그렇지 않으면 승낙을 했나? 그 점이 중요하단 말이야."

"예……별 지장이 없을 것 같아 이 소에키가 분명 승낙했습니다."

"그래? 그럼, 그대가 승낙하여 만들게 한 것이란 말이지?"

히데요시의 목소리는 기분 나쁠 정도로 조용해졌다.

"미쓰나리도 들었을 테지? 다이토쿠사의 장로들이 소에키의 은공을 생각해 목각 화상을 만들었고, 그걸 산문 누각에 안치하는 것을 소에키도 승낙했다……는 사실이 분명히 밝혀졌다."

히데요시는 다시 소에키 쪽으로 얼굴을 돌렸다.

"실은 말이야, 그 일로 황실 공경들이 들고 있어났다는군."

소에키는 잠자코 히데요시를 쳐다보고 있었다. 그것을 불손하다든가 방자하다고 나무라면 단번에 반박해 줄 작정이었는데, 히데요시는 아직 그런 말은 언급하지 않고 있다. 사원의 목상이나 조각은 말하자면 일종의 장식품에 지나지 않는다. 그러므로 모든 사람이 그 밑을 지나다니는 난간에 짐승도 있고 벌레도 새겨져 있다. 다도를 수련하는 사람으로서 소에키의 모습이 그런 종류의 것으로서 장식되었다 하더라도 잘못이라 할 수 없고, 만약 이러쿵저러쿵 말썽이 있다면 곧 치워버리겠습니다 하면 그것으로 끝날 일이었다. 그러나 히데요시는 더 이상 소에키가 예상하는 쪽으로는 공격해 오지 않았다.

"이유는 새삼스레 말하지 않더라도 알겠지? 천황의 칙사를 그 아래로 지나가게 할 작정이냐는 말일세."

"거기에 대해서는……."

"아, 잠깐, 그대의 마음은 잘 알아. 나는 이해하고 있지. 그러나 세상에서는 이것을 그대의 죄라기보다 나의 죄라고 떠들어대고 있어. 간파쿠가 소에키를 지나치게 총애하는 게 원인이라고. 소에키 따위가 그런 방자한 짓을 하도록 내버려둘 정도이니, 이제 얼마 안 가 히데요시도 기요모리 대사나 호조 씨와 같은 오만불손한 하극상 같은 수작을 감행할지도 모른다, 그대로 내버려둘 수 없다고 떠들어댄단 말이야. 그렇지, 겐이?"

마에다 겐이가 대답했다.

"예, 그렇습니다."

"이쯤 이야기했으니 소에키는 이미 잘 알아들었을 거다. 그럼, 지금부터 히데요시가 모두에게 하는 말을 깊이 명심하도록 하라."

이번에는 미쓰나리가 대답했다.

"예."

히데요시는 갑자기 말투를 확 바꾸며 가슴을 뒤로 젖혔다.

"소에키!"

"예."

"다이토쿠사 산문 누각 위에 나막신을 신고 지팡이를 짚은 그대의 목상을 장식해 놓게 한 일은, 하찮은 신분으로서 불손하기 짝이 없는 소행이다. 따라서 히데요시가 맡긴 다실을 몰수하겠으니 내일 13일 안으로 교토를 떠나 사카이에 칩거하며 다음 명을 기다리도록 하라."

히데요시는 마침내 권력의 칼을 뽑아들었다.

순간 소에키는 빙긋 웃었다.

"알았나, 소에키?"

"예."

"다음엔 미쓰나리!"

"예."

"문제의 목상은 곧 금모각에서 끌어내려 주라쿠 저택 대문 앞 다리에 내걸어라."

"분부하신 대로 거행하겠습니다."

"다음, 겐이!"

"예!"

"그대는 다이토쿠사에 가서, 이번 일에 관련된 중놈들을 모조리 근신하게 한 다음 하명을 기다리라고 엄명하고 이 히데요시의 조처를 황실에 아뢰도록 해라. 그렇게 하지 않으면 히데요시의 충성심에 큰 오점을 남기게 될 것이다."

소에키는 말없이 히데요시를 노려보고 있었다. 예상한 대로 두 사람의 증오가 어쩔 수 없는 파국으로 치달려간 것이다. 불꽃 튀는 칼날과 칼날의 대결 속에서 어지간한 미쓰나리조차 겐이와 서로 얼굴을 마주 바라볼 뿐 말 한 마디 할 틈이 없었다.

"알았나, 소에키!"

엄숙한 표정으로 히데요시가 다짐했다.

"모든 건 그대가 들은 바와 같이 처리한다. 곧바로 사카이에 물러가 근신하라."

소에키는 뜻밖에 침착한 태도로 고개 숙였다.

"알겠습니다. 그럼, 이만 물러가겠습니다."

미쓰나리가 신음소리를 내었다.

"아……."

그만큼 소에키의 거동은 자연스럽고도 거만했다. 보기에 따라서는 '히데요시 네가 뭔데!' 하는 투지를 감추고 조금도 동요하지 않는 느낌이었다.

소에키의 모습이 사라지자 겐이가 먼저 입을 열었다.

"전하! 소에키 님은 한 마디의 변명도 사과도 하지 않고 물러갔습니다만……."

히데요시 역시 얼굴빛이 창백했다.

"하하……염려하지 마라. 저대로 근신하게 두면 풀어줄 방도가 나타나겠지."

"그러나 지금의 태도로 봐서는 온몸에 반항심이 가득한 것 같습니다."

"하하……소에키가 나와 싸운단 말인가? 그런 짓을 하면 어떻게 되는지 그걸 모를 만큼 우둔하지 않다. 그대들은 내가 명령한 대로 목상을 내다걸어 일을 매듭지으면 되는 거야."

미쓰나리가 말했다.

"그러나……소에키 님에게 마음 주고 있는 영주들도 많으니 만일 소동이라도 일어나면……."

"그건 그대가 조처하면 될 것 아닌가. 염려하지 말라니까."

히데요시는 거기서 목소리를 낮췄다.

"그대들 눈에는 내가 진심으로 화내고 있는 것처럼 보였나?"

"그야 물론 저희들 눈에는……."

"당치도 않은 일! 히데요시가 소에키 따위를 상대로 진정으로 분통을 터뜨릴 리 있나. 그놈의 센 콧대를 꺾어주었을 뿐이다. 앞으로도 히데요시가 계속 화를 풀지 않고 펄펄 뛰고 있는 것처럼 퍼뜨리도록 해라. 그리고 나서 상대가 할복이냐 처형이냐 하고 벌벌 떨고 있을 때 구원의 손길을 뻗으면 효과는 충분하지."

"저, 그러면 마지막에는……?"

"베어서 뭘 하겠느냐. 그렇게 되면 히데요시의 다도에 손해가 된다. 염려 마라. 방도가 있을 테니까."

미쓰나리는 그 말을 듣고 마음 놓이는 것 같았다. 그 역시 소에키를 내쫓아버릴 생각은 있었으나 그 이상의 것은 바라지 않았다. 자칫 화나는 대로 하다가 '베라'는 말이라도 나오게 된다면 상처 입는 사람은 반대로 히데요시 쪽이었다.

"그 말씀을 들으니 비로소 안심됩니다. 그럼, 목상을 곧 처형해 버리겠습니다."

"하하……목상을 내걸면 교토 사람들도 깜짝 놀랄 거야. 아니, 교토 사람들보다 다이토쿠사 원로들이 근신할 것이고 오만방자해진 사카이의 장사치들도 내 정책에 반대한다는 둥 큰소리를 내지 않게 되겠지. 그런 의미에서 소에키는 꽤 쓸모 있어."

그리고 히데요시는 그제야 생각난 듯 사타구니를 누르며 측간으로 갔다.

소에키는 침통한 얼굴로 아시야 거리의 집으로 돌아갔다. 그리고 미리 불러두었던 도안, 쇼안, 오긴 세 명의 자식을 자기 방으로 불렀다.

"먼저 객실을 정돈해 놓도록."

그렇게 이른 다음 곧 준비된 화로에 차를 끓여 그들에게 나눠주고 자신도 맛

있게 한 잔 마셨다.

차를 끝낼 때까지 아무도 입을 열지 않았다. 이미 소에키의 각오는 알고 있었고, 섣불리 말을 건넸다가 아버지의 마음을 상하게 해드려서는 안되겠다는 조심성도 있었던 것이다.

"오, 발소리가 들리는군. 오긴, 집 주위의 경비로 누가 명령받고 왔는지 공손히 물어보아라."

이 말을 듣고서야 그들은 수많은 인마가 이미 집 주위를 에워싸기 시작한 것을 알았다. 오긴은 고개를 끄덕이고 나갔다가 이내 돌아와 아버지에게 보고했다.

"우에스기 가게카쓰 님의 가신인 지사카(千坂) 님이라는 무장이었습니다."

"허, 지사카 님인가, 인원은 얼마나 되더냐?"

"700 내지 800명은 될 것 같더군요."

그 말을 듣자 소에키는 빙그레 웃었다.

"이겼다!"

"이기다……니요?"

"전하보다 내 근성이 뛰어났다는 말이다. 좋아, 객실로 가자."

쇼안이 저어하듯 물었다.

"누군가 오실 분이 계십니까?"

"쇼안, 너는 각오가 부족하구나. 그래서야 길바닥에 물 뿌리는 것을 잊은 거나 마찬가지지."

"예……?"

"하하……아직도 모르겠느냐. 곧 알게 될 거다. 머지않아 위에서 사자가 와서 정식으로 추방명령을 전하겠지."

"아, 그러면 그 사자를 기다리시는 거군요."

"그렇다. 다인에게는 다인으로서의 예절과 마음가짐이 있다. 저 방에서 이 사자를 기다렸다가 차를 한잔 대접해 드려라. 도착하거든 너희들은 문간까지 마중 나가도록 해."

이 또한 소에키의 계산대로였다. 지사카의 군사가 앞뒤 문을 장악하자 히데요시의 사자로서 도미타 사콘과 쓰게(柘植) 두 사람이 말을 타고 나타났다. 두 사람 다 소에키와 안면은 있으나 세상 사람들이 분명한 이시다 쪽 사람으로 보고 있을 정도로 소에키와는 특별한 교분이 없는 사이였다.

그러므로 세 사람의 마중을 받아 안내된 객실 안에 찻가마가 끓으며 아늑한 솔바람 소리 같은 김 소리가 넘치고 있음을 알았을 때 두 사람 다 얼마쯤 놀라는 것 같았다.

"수고 많으십니다. 소에키는 아시는 바와 같이 무사가 아닙니다. 다도의 한 사람이니 다도 법도에 따라 차 한잔 대접해 드린 뒤 전하의 뜻을 들어보기로 하겠습니다."

"아니, 사신의 말을 듣기 전에 차부터 대접하겠다는 거요?"

당치도 않다는 듯이 쓰게가 도미타 사콘을 돌아보자 도미타는 눈짓으로 그를 눌렀다.

"거참, 고마운 말씀이군요. 그럼, 차 한잔 마시고……."

쓰게를 재촉해 윗자리에 나란히 앉았다.

차를 다 마신 뒤 도미타는 찻잔을 내려놓았다.

"소에키 님, 히데나가 님이 돌아가셨으니 낙심이 크실 줄 압니다."

도미타는 소에키를 위로할 작정이었다. 히데나가가 살아 있었다면 이런 때 잘 중재해 주었을 것이고, 이시다 미쓰나리도 히데요시가 이렇게까지 가혹하게 다루도록 두지 않았으리라는 뜻이었다.

소에키는 촛불 아래에서 찻잔을 치우면서 조용히 미소를 보냈다.

"천명이라고는 하나 애석한 일입니다."

"소에키 님께서는 에도의 다이나곤께서 도착하신 것을 아십니까?"

"도쿠가와 님께서…… 아니, 몰랐습니다만."

"호소카와 님도 계시고 에도의 다이나곤님도 계시니……."

뒤에서 히데요시에게 잘 주선해 주겠지……라는 뜻인 것 같았다. 그러나 소에키는 못 들은 척하고 다른 말을 했다.

"전하께서는 더욱 나쁜 액운의 해에 들어가셨습니다. 앞으로 1, 2년은 좋은 일이 없을 겁니다."

조용하나 대담한 말이었다.

"여러분께서 각별히 조심하시도록 권해주기 바랍니다."

"이보시오! 아직 명령도 전하기 전인데 함부로 말씀하시는구려. 말씀을 삼가주시오!"

쓰게가 꾸짖으면서 일어섰다.

"죄인은 들으시오!"

"삼가 듣겠습니다."

"그대, 불측한 잘못을 범했으므로 교토에서 추방, 사카이에서 칩거할 것을 명한다."

쓰게가 명령서를 읽은 뒤를 이어 도미타가 말을 덧붙였다.

"가재도구 및 그 밖의 교토에 있는 것은 손대지 않도록."

"입은 채 그대로 사카이로 가면 되겠지요. 틀림없이 거행하겠습니다."

"소에키 님."

"예."

"인간세상에는 온갖 풍파가 있는 법. 그러나 간파쿠 전하께서는 매우 인정 많으신 분이시니……"

"사자님께 말씀드립니다."

그 말소리가 자못 엄숙하여 도미타는 깜짝 놀란 듯, 하던 말을 중단했다.

"무, 무슨 말이오. 희망을 버리지 말고 조용히 근신하면 좋은 일이 있을 거라고……"

"소에키는 할복 명령을 기다리고 있었는데 칩거라니 뜻밖이군요."

"그러니 인정 많으신 분이라고 하지 않았소."

"원망스럽게 생각한다고……말씀 전해 주시기를."

"뭐, 뭐―뭐라고 하셨소?!"

"소에키는 전하의 은혜에 보답하기 위해 반드시 해야 할 말을 아뢴 탓으로 죄를 받았소. 이는 다이나곤 히데나가 님의 서거에 뒤이은 전하의 두 번째 액운의 징조, 이 징조는 마음을 잘 다스리지 않으면 다시 세 번, 네 번 잇따라 나타날 것이오."

"소에키 님! 미쳤소? 도미타 님 말씀을 어떻게 듣고 하는 소리요?"

"미치기는커녕 보시는 바와 같이 나는 조금도 이상이 없소. 다만 소에키는 오늘날까지 전하 앞에서 아첨 떨며 섬겨온 기억은 없소. 언제나 목숨을 내거는 다도로써 섬겨왔을 따름. 그런 사람에게 칩거라니, 이런 부끄러운 꼴을 천하에 드러내 보이는 처분은 실로 뜻밖이오! 화나셨다면 왜 바로 할복을 명하시지 않는지…… 이제 다시 이승에서 전하를 뵐 기약이 없으니 이 뜻을 사자님께서 분명히 말씀드려 주시오……."

그것은 마치 두 사람을 조롱하는 듯 냉정하고 날카로운 말이었다.

"그럼, 소에키 님은 전하의 자비 같은 건 바라지도 않는다는 말이오?"

도미타의 말을 소에키는 또다시 무뚝뚝하게 반박해 버렸다.

"그런 걸 기뻐할 소에키로 보셨다면 참으로 뜻밖입니다."

"허……."

도미타는 나직하게 신음소리를 내며 쓰게를 쳐다보았다.

"그럼, 소에키 님이야말로 진실한 충신, 그런 분을 잃는 것은 천하의 손실로 생각하라는 말이군."

쓰게가 칼자루를 두들기면서 말했다.

"오만불손하기 짝이 없는 자로군! 좋소, 그토록 소원이라면 곧바로 돌아가 다시 분부를 받아 오겠소. 꼼짝 말고 기다리시오."

"하하……저렇게 집을 포위한 지금 움직이고 싶어도 꼼짝할 수 없소. 부디 그 분부를 받아오시오."

"에잇, 방자한 놈 같으니라구!"

"이것 보시오, 쓰게 님, 잠깐만."

"그렇다고 이런 무례한 짓을 그대로 내버려둘 수야."

"글쎄, 좀 기다리시오. 냉정해 보이지만 역시 소에키 님도 흥분하고 있소. 그렇지 않소, 소에키 님?"

소에키는 호젓이 앉은 채 여전히 얼굴에서 미소를 지우지 않았다.

"내가 흥분했는지 아닌지는 전하께서 알고 계실 것이오."

"전하께서 그대를 베라고는 하시지 않았소. 그걸 알고도 그런 헛소리를 하는 거요?"

"헛소리인지 바른 소리인지, 그만한 것은 아실 전하라고 아직도 이 소에키는 전하를 믿고 있소."

"그럼, 사신으로 온 우리의 기량이 모자라 소에키 님의 바른 소리를 못 알아듣고 있다는 거요?"

"도미타 님, 소에키는 처음이나 지금이나 생명보다도 소중한 도를 내걸고 전하를 섬겨왔을 뿐이오. 전하께서 노하셨다 해도 나의 충성은 티끌만큼도 틀림없소. 이미 죄과를 받은 자를 조롱하는 그런 장난은, 결코 전하의 정치를 빛나게 하는 일이 못 되니 지혜 놀음은 그만두시오. 목숨을 걸고 살아가는 인간의 슬픈 의지를 이해하고 눈을 뜨시도록……아니, 언젠가는 눈이 뜨일 분으로 믿어온 소에키의 충성이었음을 자세히 말씀드려 주시기를 바라는 것이오."

도미타는 숨을 삼켰다. 분명 소에키는 미친 것도 흥분한 것도 아니다. 냉정하게 히데요시에 대해 간언하고 있는 게 아니라면 목숨을 버리고 싸움을 걸고 있는 것이다. 그걸 알게 되자 도미타는 더 이상 여기에 머물러 있는 게 불리함을 깨달았다.

"알겠소!"

그는 고개를 크게 끄덕이며 쓰게를 돌아다보았다.

"소에키 님은 죽고 싶은 것이네. 죽고 싶은 사람을 죽도록 하는 건 그가 원하는 대로 해주는 것이 되니, 이대로 사카이에 칩거시키는 게 가장 가혹한 형벌이지. 자, 그만 가세."

"이대로 그 되지 못한 헛소리를 용서해 준단 말이오?"

"우리가 적의 함정에 빠져서야 되겠소?"

웃으며 말한 다음 소에키를 향해 다시 되풀이했다.

"알겠소? 가재도구는 한 가지도 가져가는 것을 엄금한다. 알몸으로 내일 새벽 사카이로 떠날 것. 분명 전했소."

그리고 그대로 방에서 나가버렸다.

소에키는 단정하게 앉은 채 그 모습을 바라보고 있었다.

사자의 말이 대문을 나서는 순간 세 자녀가 황급히 뛰어들어왔다.

"아버님, 하시는 말씀을 밖에서 들었습니다. 말씀이 너무 지나치신 것 아닐까요?"

오긴이 먼저 입을 열었으나 소에키는 대답하지 않았다. 선당(禪堂)에 있을 때와 같은 신비로운 고요와 엄숙함을 간직한 표정으로 눈을 가늘게 뜨고 장지문 아래쪽을 바라보고 있었다.

잠시 뒤 소에키는 도안에게 말했다.

"방 안이 어둡구나. 심지를 돋우어라."

"예."

다시 방 안이 밝아졌다.

"나는 진심으로 분노를 느꼈다."

소에키는 불쑥 말한 뒤 세 사람을 둘러보았다.

"전하의 처사에……대해서 말입니까?"

오긴이 묻자 소에키는 세차게 고개를 저었다.

"나 자신에게 말이다!"

"어째서요? 저는 이해할 수 없어요."

"나는 나 자신을 좀더 용기있는 사나이로 알고 있었다. 그런데 결국 사자 앞에서 말을 꾸며대는……비겁한 겁쟁이다! 이래서야 어떻게 사람들 앞에서 도를 이야기할 수 있겠느냐."

"어머나, 그토록 심한 말씀을 하시고도 아직 모자라세요?"

소에키는 저항하듯 몸을 떨었다.

"말을 다 하지 못했어! 나는 전하를 증오한다. 그러면서도 아직도 믿고 있다는 투로 말을 꾸몄어. 나의 충성에 조금도 틀림이 없다는 거짓말을 했어……."

소에키는 스스로의 말로 자신을 괴롭히고 있는 것 같았다. 이런 버릇은 소에키뿐 아니라 다카야마 우콘에게도, 혼아미 고에쓰에게도 있었다. 자신을 채찍질하기 위해 맹렬하게 상대에게 대들었다가 어느새 그 칼날을 자신에게 돌리는 것이다.

오긴은 몸을 오들오들 떨었다. 아버지가 당장이라도 이 자리에서 할복하겠다고 말할 것만 같았다.

소에키는 다시 눈을 가늘게 떴다. 그냥 가늘게 떴을 뿐 아주 감아버리지는 않았다.

'눈을 감고 생각하려 하지 않는 데 아버지의 무서움이 있다…….'

오긴은 이 모든 것이 자기의 경솔했던 말 때문인 듯하여 견딜 수 없었다.

'내가 간파쿠를 모시는 게 싫다고 하지 않았더라면…….'

그러나 이미 엎질러진 물이다. 아버지는 히데요시의 사자까지 마구 꾸짖어 돌려보내 버렸다.

'만약 여기서 아버지를 도울 방법이 있다면 어떤 것일까?'

그런 생각을 했을 때 소에키가 두 아들의 이름을 불렀다.

"쇼안, 도안."

도안은 소에키의 친아들, 쇼안은 오긴과 같은 마쓰나가 단조의 아들이다.

"너희들은 생명과 도의 매듭을 정확하게 판단하며 살아가야 한다."

"생명과 도의 매듭 말씀입니까?"

"그래, 그걸 판단하지 못하는 동안은 진정한 용기가 우러나지 않는 법이다. 무릇 우리의 생명은 우주 생명의 한 분신이다. 따라서 사람 그 자체의 생명도 우주의 섭리, 우주의 인연 밖으로 뛰쳐나갈 수 없는 거다."

그들은 쏘는 듯한 눈빛으로 아버지를 지켜보았다.

"3살에 죽는 것도 100살을 사는 것도 모두 다 이 우주와의 인연에 따른 것. 그러므로 먼저 나 자신의 생명을 잊어버려야 한다."

오긴도 숨죽이고 앞으로 다가앉았다.

"이 아비가 비겁했던 원인은, 이 점을 깊이 터득하지 못했기 때문이다."

소에키는 여전히 반쯤 뜬 시선을 여섯 자쯤 앞으로 보낸 채 중얼거리듯 말을 이었다.

"아비는 도를 성취하기 위해 오래 살아야 한다고 착각하고 있었다…… 알겠느냐. 그렇게 되면 도보다 생명을 윗자리에 둔, 전혀 다른 인생을 살게 된다."

쇼안이 대답했다.

"알 것……같은 생각이 듭니다."

"그런데 그래서는 100살 장수를 누린다 해도 도를 이루지 못한다. 도를 위에 놓고 생명은 잊어버린 채 그 도에만 온통 몰입해 한없이 침잠해야 비로소 도가 남게 되는 것이다."

"……."

"그것을 조금 전에야 겨우 깨달았다. 돌아가는 사자들의 서글픈 모습. 머지않아 우주의 생명 속으로 다시 돌아갈 자신의 영혼을 깨닫지 못하고, 전하의 눈치만 살피며 살아야 하는 사신들의 가련한 모습…… 그 가련한 사신들과 싸우는 이 소에키 또한 방황하는 속물이었다는 것을…… 알겠느냐, 이것을 깨닫지 못하고 도에 대해 이러니저러니 해서는 안 된다는 말이다."

"……예."

도의 두 계승자는 대답했으나 어느 쪽도 아직 확실하게 터득한 얼굴은 아니라고 오긴은 생각했다. 그 점에서는 여자의 날카로운 감수성으로 오긴 쪽이 오히려 아버지가 말하고자 하는 핵심을 더욱 잘 헤아릴 수 있었는지도 모른다.

'아버님은 이미 간파쿠님과의 시비를 초월하여 도를 위해 돌아가실 작정이시다……'

그것은 같은 일인 듯하면서도 근본적으로 큰 차이가 있었다.

히데요시와 싸우다 사사로운 원한 끝에 죽는다는 건 씁쓸한 일이다. 그러나 도 속에 생명을 묻고 죽어가는 죽음은 신앙인의 순교만큼이나 고귀하다.

오긴이 저도 모르게 마음 놓았을 때 아버지의 시선이 오긴을 향하고 있었다.

"오긴에게는 그리 남길 말도 없으니……그래, 그 찻숟가락을 한 벌 남기고 가마. 벼루를 가져오너라."

"예……저, 벼루를 말입니까?"

"거기다 한 줄 써줄 테니, 여자와 남자의 차이점을 잊어버리게 될 것 같은 때는 바라보면서 차를 마시도록 해라."

"……예."

오긴이 서둘러 벼루와 종이를 가지고 오자 소에키는 종이 위에 쓱쓱 붓을 달렸다.

풍자시였다.

소에키란 놈은 그런 대로 행운아였던가보다,

간쇼조(菅相丞 ; 뛰어난 학문으로 숭앙받는 10세기 고위 관직자 스가와라 미치자네(菅原道眞)의 다른 이름. 모함받아 유배지에서 죽음)가 될 것을 생각하니.

그리고 그 종이에 손수 만든 찻숟가락 하나를 둘둘 만 뒤 그 위에 썼다.

"오긴에게 주노라, 소에키."

그것을 오긴에게 건네주었다. 그때 벌써 아버지는 기분 좋을 때의 침착한 미소를 되찾아 여느 때의 자애로운 얼굴로 돌아가 있었다.

"여자의 역할은 사내와 다르니라."

"……예."

"세상이 아무리 혼탁하더라도 때 묻지 않은 아이를 낳고 기르는 게 여자의 본분이다. 낳아서 기르는……그 마음은 우주의 부드러움이 결정체를 이룬 모습…… 이것을 잊으면 여자라 할 수 없다. 여자답게 살아야 한다, 너는."

오긴은 갑자기 가슴이 뻐근해져 왔다.

자신을 사사로운 원한의 소용돌이 속에 빠뜨리지 않기 위해 그 자신의 행복을 읊어 보인 풍자시의 뜻이 가슴속에 뭉클하게 밀려와 봇물 터지듯 눈물이 쏟아지기 시작했다.

"저는……저는……끝까지 여자로 살아가겠어요……."

꽃의 두 얼굴

　소에키의 추방은 순식간에 온 교토 안에 알려졌다. 이시다 미쓰나리의 지휘로 요시야 거리의 저택을 우에스기 가게카쓰의 부하들이 삼엄하게 에워쌌으니 무리도 아니었다. 이것은 교토 사람들에게 있어 전혀 예기치 못했던 뜻밖의 사건이었다.

　소에키라면 히데요시가 더없이 총애하는 인물로 공식적인 일은 동생 히데나가, 사사로운 일은 소에키에게 부탁하면 반드시 통한다는 사람이었다. 그런데 히데요시의 비위를 건드려 하룻밤 새 주라쿠 저택의 후신 암자에서 쫓겨나, 집을 몰수당하고 추방까지 당하게 된다니 소문이 삽시간에 퍼질 수밖에 없었다.

　"대체 무슨 짓을 했기에 간파쿠 전하가 그토록 노했을까."

　"뻔하지 뭐야. 전하가 오긴 아씨를 탐냈는데 소에키 님이 보기 좋게 거절했으니 그럴 수밖에."

　"그럴 리 있나? 그런 조그만 일을 가지고 배포가 크기로 유명하신 전하가 화내시다니."

　"그럼, 자네는 뭐 정확한 사정을 알고 있단 말인가?"

　"이건 말야, 대놓고 떠들 일은 아니지만 측근들의 세력다툼이야."

　"허, 그러면 누군가가 헐뜯기라도 했단 말인가?"

　"지금까지는 오사카며 주라쿠 저택에 대한 일을 모두 소에키 님과 야마토의 히데나가 님 두 분이 마음대로 해왔거든. 그걸 이시다 미쓰나리 님과 쓰다 소큐

님이 질투해 왔지. 그런데 히데나가 님이 세상 떠나시는 바람에 외톨이가 된 소에키 님이 미쓰나리와 소큐에게 밀려나게 된 것 아닌가."

"내가 들은 바로는 그게 아냐. 소에키 님은 보기보다 돈에 치사한 양반이라더군. 그래서 요즘 찻잔을 천하 영주들에게 보물인 양 비싸게 팔아넘겼다는 거야. 그런 정도라면 괜찮은데, 그렇게 비싸게 사는 이들에게 이러니저러니 측근들의 비밀을 누설했다지 뭔가. 소에키 님으로서야 단골손님이니까. 그것이 탄로나 괘씸한 돌팔이 중놈이라고 전하께서 노발대발하셨다는 거야."

"아니, 그것도 아니야. 또 다른 직접적인 원인이 있었어."

"그것 말고 또 있단 말인가?!"

"그렇지 않다면 어찌 전하가 그토록 총애하시던 소에키 님을 추방하겠나? 실은 다이토쿠사 산문 위에 소에키 님이 흙발로 서 있는 자기 목상을 세웠어. 그런데 칙사가 모르고 그 아래를 지나가셨거든. 아, 글쎄, 소에키 님의 흙발 밑을 말야. 그래서 황실로부터 힐책을 들은 거지. 칙사가 지나는 문에 다도(茶道) 중놈의 흙발 목상을 세우는 게 말이 되느냐고…… 그래서 전하도 눈물을 머금고 이번 처분을 내리셨다는군."

소문이란 언제 어떤 경우에도 얼마쯤의 진실을 지니고 있지만 역시 소문은 소문이었다. 그도 그럴 것이 이번 경우에는 당자인 히데요시도 소에키의 심정을 알 수 없었고, 소에키 자신도 자기 고집의 소재를 잃어버린 듯한 사건이었으니 무리도 아니었다.

다음 날인 13일, 소에키는 날이 저물기를 기다려 집을 나왔다. 우에스기 문중의 이와이 노부요시(岩井信能)가 마련한 사인교에 올라 왼손에 작은 항아리, 오른손에 주머니에 반쯤 든 차를 들고 떠나는 소에키의 모습을 본 오긴은 그만 울음을 터뜨렸다. 경비하는 무사들 눈에는 소에키의 모습이 아마 무심한 어린아이처럼 보였을 것이다.

가재도구를 내지 못하도록 엄금당한 채 겨우 손바닥 안에 들어갈 만한 작은 항아리 한 개와 찻주머니를 들고 떠나는 소에키는, 다도 외에는 그 무엇에도 집착과 구애됨이 없이 완전히 초탈해 버린 느낌이었다.

그러나 오긴은 그 아버지가 아직도 자기 자신과 격렬하게 투쟁을 계속하고 있는 다도의 화신이라는 것을 너무나 잘 알고 있다. 겉으로 나타난 동심은 이를테면 하나의 연극이요 몸짓이었다. 아니, 더욱 강렬하게 싸우는 자의 모습이라고 해도 좋았다. 신불의 눈으로 본다면, 그것은 당나라식 투구에 비단갑옷 차림으로 가짜 수염을 달고 위엄을 가장하는 히데요시와 그리 다를 게 없는 아집의 모습으로 보였을지도 모른다.

'싸우지 않고는 못 견딜 정도로 외로우신 것이다……'

그런 생각을 하며 오긴은 자기만이라도 아버지를 배웅해 드리지 않으면 안 될 것 같았다.

쇼안이나 도안이라면 호위하는 자가 용납하지 않겠지만 오긴은 여자다. 딸이 불행한 아버지와의 이별을 남몰래 전송하는 것마저 안 된다고 제재하지는 않으리라.

"부탁입니다, 도중까지라도 저 가마를 배웅하게 해주세요."

마음을 단단히 먹고 지사카의 초소로 뛰어들어가자, 걸상에 앉아 떠나는 가마를 바라보고 있던 지사카는 미소 지으면서 말했다.

"허락한다고 말할 수는 없소. 그러나 여자 한 사람쯤 외출하는 것을 금지해야 될 이유는 없겠지요."

"감사합니다, 그럼……."

그대로 울타리로 엮은 문을 나서자 길 양쪽에 벌써 구경꾼들이 가득했다. 이 사람 저 사람한테서 전해 듣고 모여든 군중 가운데는 삿갓으로 얼굴을 가린 무사들도 몇 사람 보였다. 가마의 발은 드리워진 채였고 그 안에서 소에키는 줄곧 항아리와 차를 번갈아 들여다보고 있었다.

'불쌍한 아버지!'

부디 아버지의 마음을 편안하게 해주시옵기를……하고 보이지 않는 것을 향해 빌면서 오긴은 가마 뒤를 몰래 따라갔다.

가마 주위를 호위하는 인원은 30명쯤이었으나, 그리 멀지 않은 선창에 이르는 길 양쪽에 또 달리 삼엄한 경비망이 둘러쳐져 있었다.

소에키는 그런 것들을 모두 무시하며 멀리 미래로 마음을 돌리려 하는 것 같았다. 오긴은 걱정되어, 양쪽에 늘어선 군중들 얼굴에도 주의를 게을리하지 않았다. 아버지를 전송하러 나온 아는 사람이라도 있다면, 꾸지람들을 각오를 하고 가마 가까이 다가가 아버지에게 알려줄 작정이었다.

강가에 이르니 둑 위의 버드나무들은 벌써 푸른빛을 띠기 시작했다. 이 언저리 부터는 사람 그림자도 없고 석양이 동쪽 산을 엷게 비춰주고 있다. 산하의 모습도, 새싹이 움트는 것도 모두 봄이건만, 사카이의 생선도매상 아들로 태어나 당대 최고의 다인이라 불렸던 아버지의 생애는 덧없는 겨울의 황폐를 향해 가고 있다……

그때 오긴의 눈에, 칠을 한 갓에 여행용 바지 차림의 영주인 듯한 두 사람이 언덕 밑 버드나무 아래 서 있는 것이 보였다.

"아, 호소카와 님과 후루타 오리베 님!"

오긴은 정신없이 가마 옆으로 달려갔다.

"아버지, 저기, 저기 전송 나오신 분이 계셔요……."

이때 오긴의 눈에는 이미 아버지도, 그리고 오직 두 사람뿐인 전송객의 모습도 눈물 때문에 보이지 않았다.

소에키는 비로소 정신이 드는지 얼굴을 들고 크게 소리 질렀다.

"오!"

전송객이 누구인지 소에키도 잘 알 수 있었다. 그것은 한껏 긴장되었던 그의 마음을 한꺼번에 허물어뜨린 듯했다. 그는 손에 들었던 항아리와 찻주머니를 허겁지겁 품 안에 집어넣고, 상반신을 가마 밖으로 내밀다시피 하여 오른손을 흔들었다. 상대가 아는 체할 수 없는 처지임을 알자, 그렇게라도 하지 않고는 못 견딜 만큼 기뻤던 것이다.

"호소카와 다다오키 님과 후루타 오리베 님이로군."

사실 이곳까지 전송을 나와주었다는 것은 이만저만한 호의가 아니었다. 히데요시를 격노시켰을 뿐 아니라, 사신으로 왔던 도미타와 쓰게 두 사람에게도 한껏 비아냥거렸던 소에키였다. 그뿐만 아니라 또 한 사람, 아마 끈질기게 소에키를 감시하는 이시다 미쓰나리의 눈이 번뜩이고 있을 게 틀림없었다.

'과연 호소카와 님이다!'

이것은 단지 다도에 대한 이해만으로 할 수 있는 일이 아니었다. 미쓰나리, 네가 뭐냐! 하는 대담한 용기를 필요로 하는 일이었다.

가마는 강가에서 멈췄다.

두 그림자는 여전히 석양을 받으며 지그시 소에키를 바라보고 있었다.

소에키는 조용히 널빤지 다리를 밟고 지붕 있는 배 안에 들어가 앉을 때까지 두 사람 외에 딸 오긴이 와 있다는 것도 까맣게 잊어버리고 있었다.

"고맙소. 무엇보다도 귀한 송별을 받았습니다."

등을 돌린 채 사카이까지 호송해 가는 우에스기 문중의 이와이 노부요시가 말을 건넸다.

"만나보시겠소?"

"아니, 그건 사양하겠소. 저 두 분에게 폐를 끼치면 안 됩니다."

"또 한 분은?"

"아, 그렇군. 딸이 따라와 있었지요. 호의는 감사하오만, 그 애와는 이미 충분히 작별의 정을 나누었습니다."

노부요시가 부하에게 말했다.

"그럼, 배를 띄워라."

배는 얕은 강바닥을 더듬으며 천천히 움직이기 시작했다. 전송 나온 두 사람은 여전히 그 자리에 서 있고 배와의 거리는 점점 멀어져간다.

소에키의 눈에 눈물이 괸 것은 저녁해가 완전히 기울어진 무렵이었다.

오긴은 그 두 사람을 생각하고 선착장 둑 위에 움직이지 않고 서 있었다. 먼저 오긴이 사라지고 얼마 뒤 호소카와, 후루타 두 사람의 모습도 시야에서 사라졌다.

이리하여 소에키가 사카이로 내려가자, 이튿날 문제의 목상이 주라쿠 저택 문 앞 다리에 내걸렸다. 목상을 효수하는 것은 일찍이 없었던 일이어서 그 앞에 입추의 여지도 없을 만큼 구경꾼이 모여들었고, 그와 동시에 히데요시가 가토 기요마사를 보내 다이토쿠사를 헐어 없애라는 명령을 내릴 것이라는 소문이 퍼졌다.

도쿠가와 이에야스는 그 말을 듣고 깜짝 놀라 히데요시를 찾아갔다. 장로들에 대한 근신명령이라면 몰라도 절을 헐어버린다는 것은 온당한 일이 아니다. 아마 도미타, 쓰게 두 사람의 보고가 히데요시를 진정으로 화나게 한 것이 틀림없었다.

이에야스가 서둘러 히데요시의 거실로 들어갔을 때, 히데요시는 기요마사와 미쓰나리를 앞에 두고 팟대 세운 목소리로 무언가 고함지르고 있었다.

2월 15일의 일이었다.

그 히데요시 앞에 이에야스는 뚱뚱한 몸을 구부렸다.

"전하, 목상의 효수형이라니 정말 놀랐습니다."

감탄한 듯 말하며 고개 숙였다.

"저도 구경하고 오는 길입니다만, 이것이 참다운 정치임을 마음에 깊이 새겼습니다."

이에야스는 태평스러운 표정으로 말하고 나서 덧붙였다.

"어떻소? 두 분도 그렇게 생각했을 거요. 이것이야말로 죄는 미워하되 사람은 미워하지 말라는 교훈을 훌륭하게 보여주신 전하의 귀중한 가르침을 잊어서는 안 될 것이오."

기요마사와 미쓰나리 두 사람은 씁쓸한 표정으로 서로 얼굴을 쳐다보았고 히데요시 또한 눈썹을 꿈틀거렸다.

"다이나곤, 그건 교훈 같은 게 아닐세. 내 분노의 폭발이야."

"천만의 말씀입니다. 무한한 자비를 지니신 교훈이라고 구경하는 교토 사람들이 모두 감탄하고 있습니다."

"교토 사람들이 감탄하더라고?"

"예, 전하께서는 마음속으로 소에키를 사랑하고 계신 게 분명하다, 그렇다고 오만불손한 죄를 다스리지 않는다면 일본의 질서가 서지 않는다, 그래서 전하께서는 무엇 때문에 화나셨는지 일찍이 없었던 조치로서 똑똑히 천하에 보여주신 것이다, 일찍이 없었던 분이 일찍이 없었던 일을 하시는 거라고 모두들 이야기하고 있습니다."

히데요시는 쓴웃음을 지었다. 이에야스가 무엇 때문에 왔는지 벌써 어렴풋이 깨달은 히데요시였다.

"다이나곤."

"예."

"그대는 나한테, 소에키를 죽이지 말라고 말리려는 것인가?"

"아닙니다. 전하께서 소에키를 아끼시기 때문에 목상을 대신 처벌하신 것을 이미 알고 있습니다. 이에야스가 뵈러 온 것은 다른 일 때문입니다."

히데요시는 다시 한번 입술을 일그러뜨리며 씁쓸하게 웃었다. 구명운동을 하러 왔다고 하는 대신, 이미 그 일은 목상을 처벌함으로써 끝난 일로 해버린 것이다. 과연 이에야스는 재치 있는 간언을 한다고 생각했다.

"허! 그러면 내 짐작이 틀렸나? 그럼, 무슨 일로 오셨소?"

"오슈에 대한 보고도 이미 끝났고 다테와 가모의 일도 탈 없이 처리되었으니 이에야스는 빨리 에도로 돌아가 건설에 매진하고 싶습니다."

"그래서 출발인사차 왔단 말이오?"

"예, 2, 3일 안으로 떠날 작정인데, 목상의 효수형이라는 일찍이 없던 조치에 잇따른 또 하나의 조치에 대해 앞날을 위해 여쭈어보고 마음의 선물로 삼고자 합니다……."

히데요시는 얼른 얼굴을 돌리며 혀를 찼다.

"또 하나의 조치라면 다이토쿠사 일 말인가?"

"바로 맞히셨습니다. 다이토쿠사에도 또한 일찍이 없었던 현명하신 조치가 있으실 것으로 압니다. 앞날을 위해 그것을 들려주셨으면 합니다."

"다이나곤, 그 일로 나는 지금 화가 머리끝까지 나 있소. 그대가 말하는 대로 나는 소에키를 아끼고 있소. 소에키를 저런 오만불손한 위인으로 만든 것은 다이토쿠사의 중놈들이오. 그놈들이 알쏭달쏭한 선어(禪語)를 가지고 선동을 일삼아 그런 비뚤어진 위인이 되어버렸거든. 죄는 다이토쿠사에 있소. 그래서 기요마사에게 지금 당장 가서 때려부수고 오라고 명령 내리고 있던 참이오."

"이건 정말 놀라운 말씀입니다. 그렇다면 기요마사 님이나 미쓰나리 님이, 그런 전하의 깊은 뜻을 미처 깨닫지 못한 모양이군요……."

이에야스는 천천히 두 사람 쪽으로 돌아앉았다.

"잘 들어보시오. 소에키 님을 죽이는 대신 목상을 효수형에 처하신 전하이시오. 그런 전하가 다이토쿠사를 때려부수고 오라고 하셨소…… 그럼, 어떻게 하면 때려부순 것이 되겠소이까? 이는 뒷날까지 두고두고 전하의 체면에 관계되는 일……이 아니겠소, 두 분?"

히데요시가 갑작스레 큰 소리로 웃어젖힌 것은 이에야스가 거침없이 이야기를 돌려 자기가 생각하는 방향으로 펼쳐나가는데도 그것이 전혀 어색하게 들리지 않았기 때문이었다.

"왓핫핫……어떤가, 기요마사. 뭐라고 말 좀 해봐…… 왓핫핫핫……."

히데요시의 웃음에 기요마사가 정색을 했다.

"황송하오나. 에도의 다이나곤님은 잘못 알고 계시는 겁니다."

"뭐, 다이나곤이 잘못 알고 있다고? 재미있는 말이군. 그만 됐어, 기요마사. 다이나곤은 나한테 다이토쿠사를 부수지 말라고 간언하고 있는 거다."

히데요시는 그때부터 마음을 돌린 것 같았다.

"다이나곤, 들어보시오. 미쓰나리 놈은 내가 듣기 싫어하는 말만 골라서 보고 한단 말이야. 도미타와 쓰게를 사신으로 보냈을 때 소에키 놈이 이런 불손한 태도였다느니, 이런 불길하고 흉악한 소리를 했다느니 하고 말이오."

"그랬군요."

"그래서 나도 화냈지. 그렇다면 다이토쿠사의 잘못이니 당장 때려부수라고 말이오. 그랬더니 누구를 보내 부수게 하는 게 좋겠느냐고 묻지 않겠소! 이러니 이야기가 깨지기만 하지."

"지당한 말씀입니다."

"그래서 화난 김에 기요마사가 좋을 거라고 했더니, 기요마사란 놈은 또 곧이 곧대로 듣고 정말로 때려부술 작정이란 말이야. 핫핫핫핫……염려 마시오. 그대 덕분에 그만 화가 풀려버렸소."

"감사하신 말씀이십니다."

"그런데 다이나곤, 그대라면 다이토쿠사를 어떻게 처치하겠소? 목상은 끌어내려 효수형에 처했지만, 그 목상을 안하무인으로 장식했던 다이토쿠사를 그냥 내버려둘 수야 없지. 그대라면 어떻게 하겠소?"

오히려 히데요시로부터 질문받고 이에야스는 진지하게 고개를 갸웃거렸다. 목상의 효수형이란 히데요시가 즐겨하는 순간적인 착상에 지나지 않는다. 그런 만큼 이 일은 함부로 대답할 수 없었다.

"안 되겠습니다. 저는 아무래도 좋은 생각이 나지 않는군요. 역시 이것은 전하의 지혜를 빌리는 수밖에 도리가 없을 줄로 압니다."

"그래, 생각나지 않는단 말이오?"

"예, 아무튼 목상의 효수형이라는 조치가 워낙 범상치 않은 일이어서."

"핫핫하……그래. 좋아, 그러면 이렇게 하지. 기요마사."

"예."

"고케이 스님이라는 놈은 소에키한테서 받은 청자 찻잔을 소중하게 간직하고 있을 거야. 절을 부수러 왔다고 말하며 그 청자 찻잔을 내놓으라고 하게.”

“…….”

“알겠나? 스님이 그 찻잔을 가지고 나오거든, 그것을 마룻바닥에 동댕이쳐 깨뜨려버리게. 그리고 그것으로 소에키라는 위인을 오만불손하게 만든 고약한 절을 부숴버렸다……고 소리치며 돌아오란 말야.”

기요마사보다 먼저 이에야스가 감탄한 듯 뭉실하게 살찐 무릎을 탁 쳤다.

“과연! 참으로 명안입니다. 목상을 처벌하여 인명에 대신하고, 찻잔을 깨뜨려 절 하나를 구제하시니 이에야스, 참으로 좋은 선물을 얻었습니다. 이것이야말로 진정한 어진 정치라고 하겠습니다.”

그 소리를 듣자 어린애처럼 사심 없는 일면을 지닌 히데요시는 벌써 완전히 유쾌해진 얼굴이었다.

“그렇군, 그 찻잔도 산산조각내지는 말고 한 서너 조각만 나도록 해라. 그럼 그 스님이라는 놈, 필시 다시 조각을 맞춰서 소에키식 다도를 즐길 수 있을 거다.”

다이토쿠사는 파괴되지 않고 넘어갔다. 명령대로 기요마사가 가서, 고케이 스님이 소에키한테서 선사받은 비장의 청자 찻잔을 깨뜨려 일을 마무리 짓고 돌아왔다. 물론 그 찻잔은, 대사의 손으로 다시 이어 붙여져 그 뒤 계속하여 소중하게 보존되고 애용되었으니 과연 훌륭한 조치라 해도 과언이 아니었다.

그러나 소에키 쪽은 그리 간단하게 수습되지 않았다. 사카이에 돌아가서도 소에키의 심정은 두 번 세 번 곤두박질친 모양이었다. 다도의 권위를 세우려니 히데요시의 체면을 파괴하는 결과가 되고, 히데요시의 체면을 세워주자니 다도의 권위를 살릴 수 없다. 결국 히데요시는 천하를 마음대로 하지 않고는 못 견디는 독재자이고 소에키 또한 뜻은 다르나 다도를 배경으로 삼은 독재자였다.

이에야스는 이 문제는 이미 다이토쿠사 사건과 더불어 끝난 것으로 생각했다. 은연중에 한 이에야스의 사죄와 중재를 히데요시가 그대로 받아들인 것으로 알고 자야 시로지로를 사카이에 보내 전했다.

“머지않아 전하께서 다시 부르실 테니, 그때는 아무 생각 말고 상경하도록.”

그런데 소에키는 그것을 받아들이지 않았다.

“여러분의 온정은 뼈에 사무치게 감사하지만, 이번 일에서는 역시 이 소에키 놈의 뜻을 관철할 수 있도록 해주시기 바랍니다.”

그런 의미에서는 피해자인 소에키 쪽이, 당연한 일이긴 하나 히데요시보다 훨씬 더 고집부리고 있었다. 그는 사카이에 돌아가자 친척과 연고 있는 자들에게 유품으로 재산을 나눠주기 시작했다. 사카이에 있는 집의 재산은 히데요시로부터 받은 것도 아니고 그의 녹봉으로 사 모은 것도 아니었다. 그러므로 마음대로 처분해도, 누구한테 말을 들을 까닭이 없다는 생각에 거리낌 없이 실행에 옮겼다.

이쯤 되니 히데요시보다 이시다 미쓰나리며 마에다 겐이가 가만히 있을 수 없는 입장이 되었다.

"지나치게 안하무인 격인 행동."

그러나 히데요시는 화내지 않았다. 소에키 따위를 상대로 화낸다는 것이 이에야스며 호소카와 앞에서 부끄러웠던 것이다.

마침내 히데요시는 마지막 수단을 쓰기로 했다. 물론 히데요시로서는 이것이 소에키에 대한 구명의 길이며, 이것만은 소에키도 거절할 수 없으리라는 계산을 하고 한 일이었다.

히데요시는 오사카에 간 김에 일부러 내전으로 기타노만도코로를 찾아가 천연덕스럽게 이야기를 꺼냈다.

"네네, 당신이 소에키의 목숨을 구해 주지 않겠나? 그대만 좋다고 하면 되는 거야, 오만도코로도 알고 계시니까. 그대와 오만도코로 둘이서 소에키를 대신하여 나한테 사죄해 주었다, 다른 사람 아닌 어머니가 소에키의 구명운동을 하므로 나도 승낙했다, 그러니 사면 사자가 오거든 곧 주라쿠로 사례하러 오도록……그렇게 그대가 전갈을 보내주지 않겠소?"

네네는 무릎 위에 손을 얹고 조용히 듣고 있다가 말했다.

"전하께서 서투른 일을 하셨군요."

그러고는 한동안 대답하려 들지 않았다.

"잘못됐다는 건 알고 있소. 그러니 그 사람을 할복시킨다면 더욱 잘못하는 것이 되겠지."

히데요시는 갸륵할 정도로 솔직했다.

네네는 다시 잠시 동안 생각에 잠겼다가 조용히 말했다.

"만약에 소에키 님이 제 중재를 물리쳐버릴 때는 어떻게 하시겠습니까? 거기에 대한 결심을 들었으면 합니다."

그 소리를 듣자 히데요시는 다시 불쾌한 듯 눈살을 찌푸리고 혀를 차면서 내뱉듯 말했다.

"소에키란 놈이 그대와 오만도코로의 배려마저 거절해 버릴 거라고는 생각지 않지만, 만에 하나라도 그런 무례한 일이 있다면 이번에는 세상이 용서하지 않을 거야."

"좋아요. 그럼, 제가 한번 나서 보기로 하지요."

"나한테서 먼저 말이 있었다는 것은 모르게 해야 돼."

"당연하지요…… 하지만 전하께서도 이제부터는 조심하셔야 해요."

따끔하게 한마디 하고, 네네 역시 교토에서 자야 시로지로를 불러 이 심부름을 명했다.

"이 심부름에는 자야 님이 가장 적임이오. 가서 잘 설득해 주시오."

자야는 처음에 사양했다. 그는 이미 이에야스의 은밀한 명을 받고 갔다가 거절당하고 돌아왔기 때문이었다.

"그러나 이번 심부름은 마지막이니까…… 이대로 가면 소에키 님의 파멸이 불을 보듯 뻔하니 내가 차마 보고만 있을 수 없어 중간에 나선 거라고 말해 주오."

네네는 히데요시가 구해 주려고 나선 거라고 말할 수 없기 때문에, 어디까지나 네네와 오만도코로가 히데요시에게 청을 넣었으니 안심하라는 듯이 말했다.

그리하여 자야가 사카이의 시치도 해변으로 소에키를 찾아간 것은 2월 22일, 소에키는 왠지 씁쓸한 표정으로 자야를 맞이했다.

"또 왔습니다. 이번에는 오만도코로님, 기타노만도코로님 두 분의 말씀을 받들고 왔습니다."

방에 들어가 말하자 소에키는 그 말에는 대답하지 않고 선뜻 일어서더니 책상 위에서 한 장의 종이를 가져다 보여주었다.

"잠깐 보시오. 세상을 하직하는 시를 지었소."

인생칠십 역위희돌(人生七十力圍希咄)
오저보검 조불공살(吾這寶劍祖佛共殺)
허리에 찬 내 회심의 장검 한 자루
이제야 비로소 하늘에 던져보도다.

70년이라는 오랜 인생을 살면서 큰 법을 터득하는 것은 어려웠으나, 이제야 깨달음의 명검을 휘둘러 밝음과 어둠의 머리를 잘라버리고 무위의 참인간이 되었노라는 서슬퍼런 기개를 보여준 것이었다.

자야 시로지로는 한참 동안 말없이 종이와 소에키를 번갈아 쳐다보았다. 이미 무슨 말을 해도 소용없다는 것을 알았다. 소에키는 끝내 히데요시와의 대립에서 자신의 다도인 와비 세계를 뚜렷이 부각시켜 보려는 결심을 한 것이다.

"저는 다만 심부름온 것이므로 용건만 말씀드리겠습니다만……."

"듣는 것은 괴로운 일이나 말씀하시오."

"기타노만도코로와 오만도코로 두 분께서 반드시 전하께 사죄드리고 중재하겠으니 낙담하지 마시라고 하셨습니다."

"사죄요?……하하하……이 소에키, 이제 와서 새삼 사죄할 생각은 추호도 없습니다."

소에키는 가볍게 웃으며 다시 자리에서 일어섰다. 소에키는 손수 만든 대나무 한 마디짜리 꽃꽂이통을 가지고 오더니 자야 앞에 내밀었다.

"자야 님께도 유품을 드리고 싶소. 아무 말 마시고 받아주시오."

"글쎄요, 그건……."

"소에키는 인생의 진퇴만은 분명히 하고 싶소. 오만도코로님, 기타노만도코로님의 후의를 받아들일 것 같으면 애초에 에도 다이나곤님의 온정을 받아들였을 게 아니겠소? 그것마저 자야 님에게 한 마디로 거절한 위인이고 보니……."

"돌아가서 뭐라고 말씀드리면 좋겠습니까?"

"두 분께 고마우신 뜻은 두고두고 잊지 않겠으나, 소에키란 놈은 부녀자의 동정을 빌려서까지 다도를 팔지는 않는다고 전해주시오. 이 일만은 죄송스러우나 거절한다고 말씀드려 주시오."

"정말 너무 냉정하시군요!"

"인생의 고집이란 정말 무자비한 것인가 보오, 자야 님!"

자야 시로지로는 이것이 소에키의 장점이며 결점이기도 하다고 생각했다. 이 같은 고집이 자야와 친교를 맺고 있는 혼아미 고에쓰에게도 있었으나, 소에키는 고에쓰 이상의 완고함을 지녔다. 다도, 아니 다선삼매(茶禪三昧)의 경지가 이토록 답답한 것일 줄은 생각지 못했다.

히데요시는 벌써 마음속으로 소에키에게 사과하고 있었고, 기타노만도코로 또한 이를 충분히 알고 자기를 보낸 것이 아닌가? 따라서 거기에는 좀더 마음을 연 이심전심의 경지가 있어도 좋을 듯했지만, 이제는 더 이상 그것을 기대할 수 없을 것 같았다.

'결국은 히데요시도 소에키도 후회하게 되지 않을까……'

자야 시로지로는 소에키가 가져다놓은 꽃꽂이통을 정중하게 도로 밀어놓으며 고개 숙였다.

"말씀하신 뜻, 그대로 기타노만도코로님께 전해 올리겠습니다."

"이것을 가지고 가지 않으시겠소?"

"오늘은 기타노만도코로님의 심부름으로 온 것이니―인생이란 정말 무참한 것인가 봅니다."

"미안하게 되었소. 마음에도 없는 실수를 했군요."

"그럼, 이만 실례하겠습니다."

이리하여 끝내 소에키는 스스로의 손으로 '죽음'을 선택했다.

히데요시는 이번에야말로 불 같은 분노를 폭발시켰다. 아마 그의 후반생에서 이처럼 치욕적인 굴욕은 아마 없었을 것이다.

2월 26일―

소에키는 교토로 소환되었고, 28일에 요시야 거리 자택에서 할복을 명령 받았다.

만약의 사태가 일어날까 해서, 이날 그의 자택을 감시한 우에스기 가문의 병력이 3000명이나 되었고 무사대장 이와이 노부요시, 시키부(色部), 지사카 세 사람이 물샐틈없이 이를 지휘했다.

검시는 마키타(蒔田), 아마코(尼子), 아이(安威) 세 사람이 맡았다. 소에키가 할복한 뒤 마키타가 그 목을 쳤고, 소에키의 아내 소온이 흰 겉옷을 가져다 시체를 덮었다.

히데요시는 검시관이 가져온 목은 바라보지도 않고 내뱉듯 명령했다.

"이것도 모도리 다리에 효수하라. 그래, 기둥을 세우고 그 목상을 비끌어 매어 소에키의 목에 쇠사슬을 감아 그 목상이 밟도록 해서 사람들에게 보여주어라."

이리하여 또 한차례 교토 사람들은 사태의 진상을 모르는 채 이 처벌을 구경하며 그 일로 한동안 떠들썩했다.

지각(地殼)의 양심

나야 쇼안은 지난 4, 5일 지모리노미야의 별장에 들어박혀 있었다. 표면적인 이유는 감기를 앓고 난 뒤의 요양이었으나, 목적은 다른 곳에 있었다. 소에키의 죽음으로 이제 히데요시 주변에는 대륙 원정을 단념시키려는 사람이 없었다. 이에 대해 어떤 방법을 써야 할지 고심하면서 들어앉아 여러 방면에서 정보를 수집하고 있는 것이다.

같은 사카이 사람으로 역시 다인인 쓰다 소큐는 소에키가 처형되자 몹시 타격받아 몸져눕고 말았다. 쇼안은 알고 있었으나 세상에서는 소에키를 모함한 게 쓰다 소큐였다는 소문이 상당히 퍼져 있었다. 둘 다 히데요시의 다실을 맡고 있어 그들 사이에 세력다툼이 있었을 거라는 속된 추측에 지나지 않았지만, 소문의 당사자인 소큐로서는 견디기 힘든 일이었을 것이다.

그리고 보면 지금 사카이에는 심상치 않은 소문이 또 하나 퍼지고 있었다. 소에키의 처형만으로 그치지 않고 아내 소온과 딸 오긴에게까지 미칠 거라는 소문이었다.

그 소문도 소큐를 괴롭히는 듯했다. 쇼안은 넌지시 만나고 싶다는 뜻을 전하러 사람을 보냈다가 그가 정말로 병석에 누운 것을 알게 되었다.

지금 쇼안은 책상에 기대어 열심히 무언가 쓰고 있었다. 어쩌면 하카타의 시마이 소시쓰에게 보내는 편지인지도 모른다. 소시쓰는 머지않아 조선 시찰을 마치고 돌아올 예정이었다.

"아버님, 교토에서 자야 님이 병문안차 오셨어요."

고노미가 문앞에 와서 알리는 것을 돌아보지도 않고 쇼안은 말했다.

"기다리고 있었다. 들어오시라 해라."

자야 시로지로가 들어오자 쇼안은 안경을 벗으며 맞이했다.

"어떻게 되었소, 그 뒤?"

"감기라고 하시더니 건강해 보여 다행입니다."

"내 감기는 여전하오. 도쿠가와 님은 에도로 돌아가셨소?"

"예, 3월 3일에 교토를 떠나셨으니 아직 여행 중이실 겁니다만."

"재빨리 피하셨군그래."

"예, 조선 정벌 이야기가 나오면 반대하실 처지가 못 되니까요."

"그 반대에 대해 말인데, 소에키 님이 돌아가셔서 정말 난처하게 되었소. 무슨 좋은 방법이 없을까?"

"글쎄올시다. 시마이 소시쓰 님이 돌아오시면 그때라도……."

"글쎄, 도무지 순순히 들어주실 것 같지 않아서 말이오."

말한 다음 담배함을 자야에게 권하고 쇼안도 편한 자세가 되었다.

"나도 이번에 머리를 좀 짜냈지. 도쿠가와 님은 의심받을까 봐 반대하지 못하시고, 마에다 님도 간파쿠는 움직일 수 없을 거란 말이오. 그래서 아주 대담한 생각이지만, 이시다 미쓰나리로 하여금 반대하는 간언을 하게 할 수 없을까."

"미쓰나리로 하여금……."

"그렇지. 대륙출병이 결정되면 미쓰나리 님이 맨 먼저 출전명령을 받겠지. 그런 헛일을 해서 무슨 소용 있겠느냐고 설득해 보면……."

"미쓰나리에게 누가 이야기한단 말입니까?"

"그야 뻔하지. 설득할 수 있는 건 오직 한 사람뿐. 요도 마님이오."

쇼안은 살피듯 눈을 빛내며 웃었다.

자야 시로지로는 대답하지 않았다. 대답하지 않는 게 아니라 대답할 수가 없었던 것이다. 그는 요즈음 요도성 출입을 허락받고 있었지만 아직 그런 말을 꺼낼 만큼 친분 있는 사람이 없었다.

"지금 요도 마님이 가장 신임하는 여자는 누굴까?"

"측근에 있는 분으로는 역시 아에바 부인이 아닐까요?"

"다른 사람은 없을까?"

"글쎄요, 요즘 오쓰(通)라는 분이 종종 불려가는 모양이지만."

"아, 그 《조루리히메(淨瑠璃姬)》라는 글을 썼다는 재녀 말이오?"

쇼안은 여기서 갑자기 생각난 듯 말했다.

"아참, 그대한테 긴히 부탁할 말이 있어서 오라고 했던 것인데."

자야는 그제야 마음 놓였다. 긴밀하게 할 이야기가 따로 있다면 지금까지 한 이야기에는 자기에게 그리 큰 기대를 걸고 있지 않다고 짐작했기 때문이었다.

"저에게……긴히……무슨 말씀이신지?"

"교토에서 소에키에 대한 그 뒷소문을 들은 것 없소?"

"아, 그거라면 여러 가지 들었지요. 도쿠가와 님과 재상(맏예다 도사아에)님 주선으로 도안 님은 호소카와 문중에, 쇼안 님은 가모 문중에 저마다 가 있기로 결정된 것 같더군요."

"그 밖에는 들은 말이 없소?"

"또 있지요. 도안 님이며 쇼안 님은 언젠가 센(千) 집안의 상속자가 될 거라는 좋은 소문이라 마음 놓입니다만, 한쪽은 나쁜 소문이더군요."

"나쁜 소문이라니……?"

"소온 마님이 후환을 두려워하여 두 손자는 모즈야로 돌려보내고 오긴 님을 어디로 숨기셨다는군요. 그래서 전하가 또 펄펄 뛰셨다지 뭡니까?"

"음, 오긴 님이 몸을 숨겨버렸단 말인가."

"전하로부터 또 오라는 재촉이 있을까 봐 두려워한 나머지 그렇게 했겠습니다만, 이건 전하를 좀 야유하는 소문이 아니겠습니까. 이렇게 되면 소온 마님마저 붙들려 가서 간 곳을 대라고 곤욕당하는 게 아닐까 하는 소문도 자자하더군요."

쇼안은 미소 지으며 손뼉 쳐 사람을 불렀다.

"고노미, 일러놓은 것을 이리로."

"네, 알겠습니다."

쇼안이 또 싱글벙글 웃었다.

"자야 님, 놀라지 마오. 실은 우리 집에 진기한 선물이 하나 도착했는데."

"선물……? 그게 뭡니까?"

"곧 알게 될 거요. 아, 저기 오고 있는 모양이군."

그 말이 끝나기도 전에 장지문이 열리더니 두 여인이 들어섰다. 한 사람은 차를 받쳐든 고노미였고 또 한 사람은 과자를 들고 있었다. 그 과자를 든 여인의 얼굴을 보자 자야는 깜짝 놀라 숨을 삼켰다.

다른 사람 아닌 방금 두 사람의 화제에 올랐던 오긴이 아닌가?

"하하……어떻소? 꼭 닮았지요, 오긴 님을?"

"그렇다면 이분은 오긴 님이 아니라는……."

"아니지. 오긴 님일 리 있나. 실은 오긴 님은 소에키 님이 근신하고 계실 무렵 자결해 버렸소."

"예? 그, 그건……."

"근신 중의 불상사여서 교토에서 몰래 장례를 치러버렸을 거요. 조사가 있다면 소온 마님이 그 연유를 말씀드리겠지. 그러나 세상에는 닮은 사람도 있는 거니까, 핫핫핫하……."

자야는 한동안 오긴을 유심히 바라보았다. 닮은 사람이니 어쩌니 웃어넘기면서 쇼안은 어쩌면 이토록 대담한 짓을 한단 말인가? 상대는 간파쿠 히데요시다. 이런 잔재주가 만약 누설된다면 어떻게 할 작정이란 말인가? 소에키도 끝까지 히데요시를 두려워하지 않다가 몸을 망쳐버렸는데 쇼안도 그렇게 되는 게 아닐까 생각하니 온몸이 오싹해졌다.

"자야 님, 이 사람은 내 먼 친척으로 이름은 오킨(金)이라고 하며, 긴(銀)보다 한 단계 위인 여인이오."

"무슨 그런 엄청난 농담을!"

"농담이 아니오. 염려할 것 없소. 나도 여태까지 맥없이 살아온 것은 아니니까."

"예……그야 그러시겠지만."

"사람에게 천명이 있는 동안은, 누가 아무리 죽이려 해도 죽일 수 없고 죽지도 않는 법이오. 오긴은 천명이 다 되어 죽었지만 오킨은 앞으로 20년은 더 살 수명을 타고난 여자요."

"그, 그럴까요?"

"내 눈에는 그것이 잘 보이는걸. 간파쿠보다도, 그대나 나보다도 더 오래 살아남아 여러 사람의 내세를 빌어줄 여자이니 안심하시오."

"그래서 저한테 부탁할 것은?"

"실은 이 아가씨의 인척 되는 사람이 지금 가가에 살고 있소. 거기까지 좀 데려다주었으면 해서."

"저 오긴 님……아니, 오킨 님을?"

"그렇소. 그대는 혼아미 고에쓰와 막역한 사이이고 고에쓰는 또 가가의 재상으로부터 은혜를 입고 있을 것이오. 그 재상의 다실에 도하쿠(다카야마 우콘)라는 분이 계시다는 것을 아시지요."

"예, 잘 알고 있지요."

"고에쓰를 통해 그 도하쿠 님 댁으로 보내주어야겠소."

자야는 다시 한번 오긴과 고노미를 번갈아 보았다. 고노미는 생글생글 웃고 있었으나 오긴의 볼은 역시 굳어 있었다. 그럴 수밖에 없을 것이다. 예수교 영주라는 이유로 영지를 몰수당한 다카야마 우콘 역시 히데요시의 숙적이자 이시다 미쓰나리의 적이 아닌가.

그는 지금 마에다 문중에서 머리를 깎고 도하쿠라 불리며 다도로 얼마쯤의 녹을 얻고 있었다. 히데요시도 물론 그것을 어렴풋이 짐작하고 있지만 도시이에를 의식하여 모른 척하고 있는 게 틀림없었다. 거기에 또 한 사람, 히데요시의 미움을 사고 있는 오긴을 보내려는 것이니, 만일 그것이 히데요시한테 알려진다면 그야말로 마에다 가문을 비롯하여 우콘, 오긴, 그것을 감추어 준 쇼안, 피신시킨 자야, 고에쓰 모두 수난을 피할 수 없을 것이다.

자야가 주저하는 것을 보자 쇼안의 목소리가 무거워졌다.

"어떻소, 맡아주겠소? 서로 사람을 살리기 위해 마음 써온 우리들이잖소. 소에키 님도 그 때문에 자기 한 몸을 죽여 도를 지킨 것 아니겠소?"

"그야 뭐!"

"그렇다면 응낙해 주시겠지. 소에키 님이 살아 계신 동안에만 이용하고 죽은 뒤 본체만체해서야 어찌 무장들과 대결할 수 있겠소. 무장들보다는 우리가 좀더 나은 길을 걸어가 보여야 할 게 아니오."

그렇게까지 추궁당하고 보니 자야는 어쩔 도리가 없었다.

"틀림없이……틀림없이 맡겠습니다. 혼아미 님도 힘이 되어주시겠지요."

단숨에 말하고 빙긋이 미소 지었다.

"이것으로 이야기는 끝났소. 아가씨들도 알아들었겠지?"

실눈을 지으며 오긴을 바라보는 쇼안에게 오긴은 창백한 얼굴로 또렷하게 대답했다.

"분부하신 대로 끝까지 살겠습니다."

"잘 생각했소. 그럼, 이로써 당분간 이별이 되겠군. 고노미는 곧 주안상을 내오고, 오킨 님은 그대가 본 오긴의 죽음을 자야 님에게 이야기하도록 하오."

"네……."

고노미가 일어서 나가자 쇼안이 오긴을 재촉했다.

"그것은 소에키 님이 자결하신 지 7일째 되던 날이었지, 아마."

자야는 자세를 바로하고 경청했다. 오긴이 죽던 날—이라니, 그날 전후에 들어두지 않으면 안 될 중대한 사건이 있었던 게 틀림없다.

오긴은 고개를 숙여 보이고 조용히 자야 쪽으로 돌아앉았다.

"적막한 저녁나절이었어요. 사카이의 집으로 뜻밖에도 고니시 님과 미쓰나리 님이 오셨더군요."

"허, 저 이시다 님이……!"

"네, 그러고는 어머니한테 하시는 말씀이, 오긴은 전하께 차마 입으로 옮기지 못할 무엄한 말을 퍼뜨리고 있다는데 이 사실을 알고 있느냐는 뜻밖의 힐난이었습니다."

"오긴 님……이 못된 말을 퍼뜨렸다고."

"네, 오긴이 전하의 침실에 들어갈 바에는 혀를 깨물어 죽어버리겠다고 말했다구요……."

"과연 교토 사람들 사이에 그런 소문도 없지 않더군요."

"아마 미쓰나리 님도 그 소문 때문에 입장이 무척 곤란하셨던 모양 같았어요. 그 소문이 사실인지 헛소문인지……그럴 리 없을 테니까, 그런 헛소문을 없애기 위해서라도 오긴을 전하 곁으로 보내도록 하라고……말씀하셨어요."

"허, 있을 법한 이야기군요."

"그때 어머님은 난처해 오긴은 이미 이 집에 없다고 말씀드렸지요."

오긴은 흘끗 쇼안을 쳐다보고 나서 다시 이야기를 계속했다.

"그때는 미쓰나리 님도 고니시 님과 얼굴을 마주보며 참으로 야단났다고 하시더니 그대로 돌아가셨어요."

"야단났다고……."

"네, 그 말씀의 뜻을 나중에야 알았습니다. 사카이 사람들이 모두 소에키와 한 통속이 되어 전하의 대륙출병을 반대하고 있다, 모처럼 사카이 사람들이 개척해 놓은 명나라를 비롯한 남쪽 각지의 상권이 이 때문에 모두 수포로 돌아가버릴 게 아닌가…… 그런 소문이 아버님의 운명을 전후해 교토, 오사카 지방에 퍼지고 있다, 그렇게 되면 전하 성격으로 보아 끝내 고집을 굽히지 않고 대륙출병을 감 행하실 것이므로 이 소문을 없애기 위해서라도, 아버님의 죽음은 어디까지나 다 이토쿠사의 불측한 사건 때문이라고 해야 한다는 말씀이었어요. 그러기 위해 오 긴을 순순히 전하 곁에 내놓아야 하며, 그래야만 센 집안을 그대로 물려받도록 도모하겠다고…… 그런데 어머님은 그것을 승낙하지 않으셨어요. 그렇게 되면 아 버님을 뵐 낯이 없다고 말씀하셨지요. 그래서 다음에 미쓰나리 님이 오셨을 때 오긴은 자결해 버렸다고 서슴없이 말씀하신 겁니다."

말을 마치자 슬픔이 북받쳐 오르는지 오긴은 살며시 옷소매로 눈두덩을 눌 렀다.

고노미가 주안상을 날라온 것은 그로부터 얼마 뒤였다. 함께 자리한 사람은 쇼안 부녀와 오긴, 자야, 네 사람뿐이었다. 화려한 것을 좋아하는 쇼안도 역시 소 문나면 큰일이라 싶었던지 많은 사람의 동석을 허락지 않았다.

생각해 보면 이것은 큰 문제를 안고 있었다. 오긴만은 어떻게 해서든 가가로 데려다줄 수 있을 것이다. 또 데려다주기만 하면 다카야마 우콘인 도하쿠가 무 슨 일이 있어도 숨겨주리라. 그러나 뒤에 남은 어머니 소온은 대체 어떻게 될 것인 가? 소에키가 죽은 뒤의 헛소문 때문에 골치를 앓고 있는 미쓰나리가 과연 그대 로 내버려둘 것인가.

고노미가 따르는 잔을 받으면서 자야는 다시금 탄식했다.

"정말 큰일이 아닐 수 없군요!"

"그렇지."

쇼안은 의외로 담담하게 자야와는 전혀 다른 말을 했다.

"오늘날까지 어쨌든 일본의 융성을 이룩하는 데 힘쓴 간파쿠의 공적이 수포로 돌아갈지도 모를 판국이니 말이오. 하여간 자야 님도 아시다시피 이제 겨우 교역 에 지장 없을 만한 선박이 만들어지고 선원도 준비되었소. 이대로 20년 동안 부지런히 활동한다면 일본을 일약 부유한 나라로 발돋움하게 해줄 소중한 선박과 선원들이지요. 그것을 모두 전쟁에 써버리게 된다면…… 세상에서는 사카이 사람들이 자신들의 이해만 따진다고 할 테지만, 그렇지 않소. 모처럼 궤도에 오르기 시작한 교역을 제쳐 놓고 비용이 무한정 드는 전쟁에 모든 것을 징발한다면…… 그 손실은 헤아릴 수 없을 것이오."

쇼안은 말하고 나서 오긴을 바라보았다.

"지금까지 그때마다 옆에서 간파쿠에게 충고한 사람이 바로 소에키 님…… 그렇기 때문에 나는 그대를 모르는 척할 수 없단 말야……."

자야가 오긴을 저어하는 듯 조심스럽게 물었다.

"관계없는 말씀을 여쭈어봅니다만, 뒤에 남는 모친 소온 마님은 이대로 아무 일 없겠습니까?"

물어보고 나서 깜짝 놀란 것은 오긴이 얼굴을 획 돌리며 입술을 깨물었기 때문이었다.

"자야 님, 그 일에 대해서는 더 말씀하시지 않는 게 좋을 거요. 소온 마님도 그만한 각오가 있어서 하시는 일이니까."

"그렇다면 역시 이대로는……."

쇼안은 가만히 고개를 저었다.

"어디까지나 작고한 소에키 님의 뜻을 관철……하는 것이 아내로서의 임무라고 생각하신 듯하오."

"그렇다면 역시 자결이라도?"

"아니지. 더 매서운 각오인 듯하더군."

"더 매서운 각오……라니요?"

"소온 마님은 자기 한 몸이 붙들려 어떤 모진 곤욕을 당하시더라도 오긴만은 결코 간파쿠한테 내주지 않겠다는 결심인 듯하오."

"허, 그렇게까지!"

"그렇게 하지 않으면 소에키 님이 자결한 명분이 모호해지니까. 소에키 님은 다도에서 우러나온 정책으로 간파쿠와 다툰 거요. 아니, 다투었다고 하면 잘못일지도 모르지. 어디까지나 간언을 계속하다가 끝내 죽음으로 간하는 길을 택한 거요. 이 사실은 200년, 300년 뒤 후세 사람들이 알아줄 테지. 결판이 나는 것은 그 뒤부터요."

그때였다. 복도에서 발소리가 나더니 하인 하나가 얼굴을 내밀었다.

"아룁니다. 슈운 암자(集雲庵子)의 소케이(宗啓) 님이 은밀히 만나뵙겠다고 오셨습니다만."

"뭐, 소케이 님이 오셨다고?"

쇼안은 잠시 험악한 표정으로 생각에 잠겼다.

"소케이 님이라면 괜찮겠지. 이리 들어오시라고 해라."

오긴도 고노미도 불안한 듯 얼굴을 마주보았다.

소케이는 난소사(南宗寺)의 쇼레이(笑嶺) 스님 제자로 소에키와 친분 있는 선종 승려이며, 다도에서는 소에키를 스승으로 삼았던 인물이다. 다카야마 우콘에게 머리를 깎게 하여 몰래 홋코쿠로 은신시킨 것도, 난소사의 불탄 자리에 슈운 암자를 세운 소케이라는 소문이었다.

'그 소케이가 무슨 일로 쇼안을 찾아온 것일까…….'

소케이는 방에 들어서자 자야와 오긴의 목례는 못본 척하며 고노미가 내놓은 방석 위에 앉았다.

"쇼안 님, 조심하시오. 이 댁과 내 암자 주위를 수상한 자 2, 3명이 감시하고 있습니다."

"허, 참으로 눈치가 빠르시군. 인원은 2, 3명뿐인가요?"

"그렇소. 급히 드릴 말씀이 있어 암자를 나서는데 기슈 쪽에도, 오구리 큰길에도 띄엄띄엄 수상한 떠돌이무사가 눈에 띄더군요."

"그래, 하실 말씀이란?"

"행정관이 오늘 아침 다석에서 귀띔해 주었는데, 드디어 간파쿠 전하가 어제 20일에 조선정벌을 공표한 모양입니다."

"예? 끝내 그렇게 됐군요."

"이달 초순 교토를 출발한 도쿠가와 님이 에도에 도착하기 전을 노려 갑자기 결정지어버린 모양입니다."

"도쿠가와 님이 에도에 도착하기 전에……?"

"예, 도쿠가와 님도 교토 체류 중에 은근히 말리셨던 모양이라 여행 중에 결정함으로써 두 번 다시 딴소리 못하게 입을 봉해 버리려는 속셈 아니겠습니까? 애석하지만 일은 벌어지고 만 것 같습니다."

쇼안은 대답 대신 자야를 돌아보며 한숨을 내쉬었다.

소케이가 다시 말을 이었다.

"사카이 사람들은 내 출정 계획에 놀란 모양이나 얼마 안 가 고마워하게 될 거라고 말씀했답니다."

"음."

"군비 같은 것도 사카이 사람들에게만 부담시키지 않겠다면서 말입니다. 토지조사를 엄격하게 하면 거기서 조달되는 것이 이 일본을 지금의 10배 20배 크기로해 줄 것이다, 그렇게 되면 나는 황실의 명을 받들어 명나라로 진출할 작정이다, 지금의 일본 땅은 묘지가 될 거라며 술잔을 비웠다더군요."

"그 말은 장하지만……"

"아, 또 그것뿐이 아니오. 일단 히데요시가 결정한 일이니, 이 일에 군말하거나 반대하는 자는 엄벌에 처한다고 말씀하셨으니……충분히 주의하라고 행정관님이 은근하게 일러주더군요."

"그래? 기어코 포고가 내려졌단 말이지……"

"에도의 도쿠가와 님도 아마 놀라실 겁니다."

자야가 무심코 중얼거렸을 때 소케이는 깊은 눈길로 오긴을 바라보고 있었다.

"오긴 님, 역시 폭풍은 일어나고 말았소."

"아니……그럼, 어머님 신변에……"

"그대를 어디에 숨겼는지 취조하기 위해 오늘 아침 교토로 끌고 가신 것 같은데"

고노미가 오긴의 무릎에 가만히 손을 얹었다.

'각오는 되어 있을 것…….'

그러니 침착하라는 여자다운 차분한 위로였다.

'끝내 어머님도 끌려가셨구나…….'

오긴이 예상치 못했던 일은 아니었다. 언제부턴가 아내인 동시에 아버지의 제자가 되어버린 어머니 소온이었다. 아버님만 죽이고 혼자 뒤에 남아 있는 것 자체가 어머니로서는 견딜 수 없는 부담인 것 같았다…….

'그렇더라도, 교토로 끌려가 어떤 취조를 당하실지……?'

그런 생각을 하니 자신이 고문당하고 있는 것같이 괴로웠다.

쇼안이 입을 열었다.

"오긴······아니, 오킨이었지. 각오는 되어 있을 테니 경거망동해서는 안 되오."

"······네."

"어머님도 소에키 님 못지않은 성품이시니 무슨 일이 있어도 오긴은 죽었다고 버티실 거요······."

"그것을 알기에 더욱 괴롭습니다."

"지금 그대가 나서 봤자 별도리 없을 테니 그 점을 명심해야지."

"네······."

쇼안은 조언이라도 바라는 듯 소케이를 보며 말했다.

"소케이 님, 엄격하게 선을 수행하신 귀하의 눈에는 소온 마님이 어떻게 보이시는지, 세상에 다시 없는 행복한 아내가 아닐까요?"

"그렇습니다······."

소케이는 부드럽게 고개를 끄덕였다.

"남편을 알고, 남편을 받들고, 일심동체를 이룩한 소온 마님, 더 이상 행복한 여인은 없다······고 싶어 부럽습니다."

"역시 그렇게 보시는군요. 나도 소에키 님이 돌아가신 뒤 혼자 살아남을 여인이 아니니, 곧 49재가 지나면 뒤쫓을 거라고 생각했는데······."

"바로 그 말씀입니다만, 피를 나눈 딸 하나를 구해 놓고 홀가분하게 죽을 수 있다······는 심경으로 아마 아무 미련 없이 끌려가셨을 겁니다."

"미쓰나리 님이 아무리 힐문하고 고문하더라도, 이 여인의 크나큰 기쁨을 깨뜨리지 못할 거요."

"옳은 말씀, 소에키 님 곁으로 돌아가는 기쁨은 채찍질이 아프면 아플수록 더 커질 겁니다."

오긴은 눈물을 닦고 황급히 두 사람의 말을 가로막았다.

"알겠습니다. 저는 부모를 괴롭히기 위해 태어났다고 생각했던 미망(迷妄)에서 이제야 깨어났습니다."

"그렇지, 바로 그거야! 오긴이라는 딸이 있었던 게 동기가 되어 소에키 부부는 진정한 삶의 방식과 그 밑바닥에 흐르는 큰 기쁨을 터득할 수 있었던 것이오. 그것을 깨달았으면 남은 건 조용히 명복이나 빌어드리면 되는 거지."

고노미는 오긴이 흥분하는 일 없이 어려운 고비를 넘겼다고 생각하자 식사를 권했다.

"오긴 님, 어서 식사를……."

"길을 떠날 몸이니 차비를 단단히 하도록."

"네……."

자야는 숨죽인 채 좌중의 조용한 분위기를 대하고 있었다. 이 저택 주위까지 수상한 자들이 엿보고 있다는 데도 쇼안뿐 아니라 고노미며 오긴까지 이토록 침착할 수 있는 것은 놀라운 일이 아닐 수 없었다.

자야는 가만히 마당 쪽을 내다본 뒤 다시 젓가락을 놀리기 시작했다. 길을 떠날 몸……이라고 한 말은 그의 어깨에 지워진 무거운 짐이었다.

식사가 끝나고 아직 봄볕이 따사롭게 마루 끝을 비추고 있는 오후 2시가 지나서 쇼안이 말했다.

"소케이 님은 잠깐 더…… 우선 저 두 분을 떠나보내야 하니까요."

"이 댁에서 나가는 것이 좀 위험하지 않을까요?"

"소케이 님이 보셨다는 자들은 떠돌이무사 2, 3명이라고 하셨지요?"

"예, 모두 험상궂은 얼굴을 한……."

"그렇다면 염려할 것 없습니다. 내가 감시하게 한 사람들한테서 아무 보고가 없는 것으로 보아."

"그렇지만……."

자야는 아직 불안한 모양이다.

"나는 아무 준비도 없는데……."

"준비는 내가 다 해놓았소. 염려 마시오."

쇼안은 웃으며 고노미에게 눈짓했다.

"오킨의 준비를 서둘러라."

"네……그럼……."

두 사람이 나가자 쇼안은 마루 끝에 서서 손뼉을 쳤다.

소케이가 깜짝 놀라 일어나려고 했다.

"아니! 저자들은 아까 거리에서 만났던 떠돌이무사들인데."

"걱정 마시오. 저자들은 바로 이 쇼안이 보낸 사람들이니까."

쇼안은 혼잣말처럼 설명한 다음 마당 안에 들어서는 25, 6살쯤 된 떠돌이무사에게 말했다.

"여기 이분이 교토에서 오신 자야 님이시다."

"예."

"자야 님이 고노미의 동생 오킨을 교토까지 데리고 가신다. 오킨은 에도에 계신 도쿠가와 다이나곤님에게 가는 길인데…… 알겠느냐, 도중에 잘못되는 일이 생겨서는 안 돼. 야마토 다리 밑에서 요도야의 배가 기다리고 있을 테니, 너희들은 이 두 분을 다른 사람 눈에 띄지 않게 호위하여 교토까지 가거라. 교토에 가거든 자야 님 댁까지 모셔드려야 한다. 만일 도중에 수상한 자들을 만나거든 쇼안의 딸로 에도에 있는 도쿠가와 님 저택까지 가는 여인에게 무례를 범할 작정이냐고 호통쳐라."

"알겠습니다."

자야는 언제나 그렇듯 물샐틈없는 쇼안의 세심한 배려에 놀라지 않을 수 없었다.

"들으신 바와 같소, 자야 님. 잘 부탁하겠소."

"모든 일……잘 알아서 수행하겠습니다."

그때 고노미를 따라 길 떠날 차비를 갖춘 오킨이 나타났다. 그 오킨의 변장도 정말 빈틈없다. 이 모습에 삿갓과 지팡이를 들게 한다면 자야의 눈에도 오킨으로 보이지 않을 것 같았다. 원색의 화사한 장옷 차림이 사람 시선을 끌어, 오히려 보호색이 되어주는 아리따운 처녀의 모습이었다.

"그럼, 오킨, 부디 몸조심해서."

"네……."

"자야 님, 잘 부탁하겠소."

"그럼, 이만 실례하겠습니다."

그 뒤는 더 이상 말이 없었다. 흘끗 문간에서 돌아보고 마지막 목례를 던진 두 사람의 뒷모습이 저만치 멀어지자 마당에 있던 떠돌이무사의 모습도 사라졌다.

"자, 이제 겨우 한 가지를 매듭지었는데, 큰일은 이제부터요."

쇼안은 뒤에 남은 소케이를 돌아보고 긴장된 미소를 지으며 한숨을 내쉬었다.

"자, 어떻게 해야 저 간파쿠의 결심을 뒤엎을 수 있을까?"

천해일여(天海一如)

무사시 들판의 에도는 이에야스가 들어간 뒤 급속도로 그 면모가 달라지고 있었다.

옛날의 외진 시골 언덕에 황폐해진 채 내버려졌던 성곽도 차츰 그 형태를 되찾았고, 성안에 상인 수도 나날이 늘었다. 옛 에도성 본성, 아랫성, 별성을 저마다 둘러쌌던 빈 해자를 메워 다진 뒤 새로운 성의 본성으로 삼았다. 그리고 따로 서남쪽 언덕을 파헤쳐 또 하나의 성곽을 쌓았다. 이것이 뒷날의 서성이다.

성채의 동쪽 정면을 가로질러 해자를 파서 물을 끌어들이고 그 안쪽에 무사들 집을 지었다. 뒷날의 마루노우치(丸內)가 그곳이다. 그 마루노우치를 에워싸듯 동북쪽에 아사쿠사(淺草), 간다(神田) 두 마을에서 서쪽으로 민가를 지어 거리를 넓히고, 그 끝에 개축한 조조사(增上寺)가 우뚝 서 있다. 이에야스는 에도로 옮겨오자 센소사(淺草寺)를 기도소로 삼고 조조사를 시주절로 삼았다.

그리하여 지금 번화한 성 중앙의 무사 집과 그 안팎의 민가, 그리고 조조사와 센소사 문앞거리, 이렇듯 네 갈래로 나뉘어 차츰 그 날개를 크게 펼쳐가고 있다.

물론 아직 여기저기 넓은 공터가 많고, 민가들이 들어선 동쪽 강변에는 무성한 갈대밭이 펼쳐져 있었다. 그러나 그곳도 서남쪽의 언덕을 파낸 흙으로 곳곳에서 매립작업이 시작되어 거리에는 역시 신개척지다운 활기가 넘쳐흐르고 있었다.

"다이나곤께서는 이곳을 동쪽의 오사카로 만드실 작정이라네."

"아무렴. 그래서 온통 갈대밭뿐인 벌판으로, 번영을 내다보고 옮겨온 게 아닌가?"

"임자는 어디 태생인가?"

"난 미카와인데 당신은?"

"난 고슈에서 왔지. 그런데 당신은?"

"나는 오다와라보다 여기가 좋을 것 같아 전답을 몽땅 팔고 왔소."

국토건설이라고 할 수 있는 이 거리의 조성과 축성의 총감독은 사카키바라 고헤이타, 그 밑의 감독으로 아오야마 다다나리, 이나 다다쓰구, 이타쿠라 가쓰시게를 두고 이에야스가 부재중일 때의 지휘는 혼다 마사노부가 맡았다.

차츰 도시의 면모가 정돈되어 가자 맨 먼저 그들을 당황하게 한 것은 도둑 떼의 황행이었다. 도둑이라고는 하나 한때 호조 쪽에 가담했다가 출세의 기회를 잃어버린 부랑자들, 잡병, 무뢰배들이었기 때문에 그 힘과 지략에 만만히 볼 수 없는 데가 있었다. 어떤 때는 시모우사에서 스미다강으로 운송해 온 쌀을 배에 실린 채 송두리째 도둑맞고, 어떤 때는 해상으로 날라온 귀중한 재목이 하룻밤 새자취를 감춰버리는 일도 일어났다.

그러나 그 이상으로 민심을 동요시키는 것은 밤중에 들이닥치는 강도와 살인, 방화였다. 백성들 사이의 소문으로는 이런 못된 부랑자들이 몇천 명이나 인부를가장하여 잠입해 있다고 했다.

이타쿠라 가쓰시게는 그날 아사쿠사 언저리의 제방 공사를 돌아보고 도키와다리(常盤橋) 문 안에 있는 집으로 돌아가던 도중, 강가에서 무언가 열심히 베끼고 있는 나그네중 하나를 발견하고 말에서 내려섰다.

빛바랜 검은 장삼에 삿갓을 깊숙이 눌러쓰고 강가에서 저편의 시모우사를 건너다보면서 열심히 손을 놀리고 있었다.

"여보시오, 스님, 거기서 뭘 하고 계시오?"

"보는 바와 같이 이 강가에서 본 저쪽을 그리고 있지."

"호, 무슨 목적으로 그런 걸 그리는가?"

"흥."

중은 콧방귀만 뀌고 대답이 없다.

"여보시오, 왜 대답이 없소? 무슨 목적으로 그런 걸 그리느냐고 묻는 게 들리지 않소?"

젊은 가쓰시게가 다그쳐 묻자 상대는 고개도 돌리지 않고 말했다.

"당신은 도쿠가와 님 직속부하인가."

"그렇소, 도시건설 감독 이타쿠라 가쓰시게, 요즈음 부랑자 무리가 모여들어 돌아보고 있는 중이오."

"허, 건설감독이 그런 일까지 하는가?"

"스님 성함은?"

"이름? 그렇군, 당신은 벌써 이름을 밝혔고. 내 이름은……."

비로소 중은 붓을 통에 집어넣고 조그만 여행기록부 같은 수첩을 품 안에 넣은 뒤 오른손을 하늘로 높이 쳐들었다.

"그게 무슨 뜻이오?"

"공중에 퍼져 있는 것."

"구름 말이오?"

나그네중은 고개를 저었다.

"더 큰 것."

"그럼, 하늘 말이오?"

"그렇소, 다음은……."

이번에는 망망한 물굽이 너머의 해 질 녘 수평선을 가리켰다.

젊은 가쓰시게는 울화가 치밀었으나 참고 화내지 않은 것은, 그때 삿갓 밑으로 흘끗 본 나그네중의 모습에서 순간적으로 범상치 않은 기운을 느꼈기 때문이었다.

나이는 짐작할 수 없었다. 젊어 보이기도 하고 나이 든 것도 같기도 했다. 광대뼈가 두드러지고 입은 여느 사람의 곱절이나 될 성싶었다. 거기다 그 눈은 미소를 머금고 따뜻하게 가쓰시게의 가슴에 와닿는 그 무엇을 갖고 있었다.

"괴상한 스님이로군. 지금 가리킨 것은 바다를 말하는 거요?"

"맞았어, 그게 내 이름이야. 전에는 바람 따라 자주 여행했기 때문에 즈이후(隨風)라는 별명으로 불렸지만 여행이 인생의 목적은 아니라네."

"음."

"그래서 이름을 바꾼 것으로 생각하시오."

"그럼, 덴카이(天海)……라고 부른단 말씀이군요?"

"그렇지, 그러나 하늘과 바다는 본디 같은 것. 그러니 이름이 없다고 생각해도 좋아."

"덴카이라면, 없기는커녕 너무 지나칠 정도로 큰 이름이오. 그래, 어느 종파에 속한 스님이오?"

"하하……."

"무엇이 우습소? 종파 이름이 있을 텐데!"

"덴카이!"

"덴카이라는 종파는 없소. 정토종이오, 아니면 선종이오, 밀종이오?"

"젊은 양반, 어차피 들어도 모르는 것은 묻지 않는 게 좋아."

"뭐라고? 스님은 젊다고 나를 조롱할 작정이오?"

"그럼, 말하지. 교(敎) 없이 선(禪)이 없고, 선 없이 교가 없소. 현밀선(顯密禪)은 본디 같은 것이오. 바람 따라 일본 온 지역을 떠돌아다녔는데 이제부터는 덴카이야. 어떻소, 모르시겠지? 그런 것보다는 직접 당신과 관계있는 여러 지방의 색다른 여행담이나 듣는 게 나을 텐데."

가쓰시게는 신음소리를 냈다.

"음……."

이처럼 심한 모욕은 없다. 그런데 조금도 화나지 않는 것은 어떻게 된 일인가.

'괴상한 중이다…….'

다시 한번 그의 말을 되새겨 보니, 전에는 즈이후라고 했으나 지금은 덴카이라고 한단다. 그리고 모든 종문을 초월한 경지에 있으니 그대가 가지고 있는 지식으로는 알 수 없을 거라고 했다. 이토록 심한 말을 듣고도 어째서 화나지 않을까?

가쓰시게는 다시 한번 고개를 갸웃거리며 나그네중을 눈여겨보았다. 중은 빙글빙글 웃고 있었다. 아마 그 역시 이타쿠라 가쓰시게의, 필요 이상으로 강한 인내심이 이상하기도 하고 유쾌하기도 했을 것이다.

가쓰시게가 인솔한 다섯 하급무사들이 어느새 길옆에 한쪽 무릎을 꿇고 앉아 두 사람을 쳐다보고 있었다. 가쓰시게가 타고 있는 말이 생각난 듯 한 차례 울어댔다.

"흠."

가쓰시게는 그 말의 콧등을 쓰다듬어 주면서 말했다.

"스님은 전국을 돌아다녔다고 하셨소?"

"그렇지."

"그렇다면 장수들도 여러 사람 아시겠군. 어떤 분들을 만나보셨소?"

"내가 만나본 무장들 말인가? 당신이 잘 모르는 분들이 많을지도 몰라. 오다 노부나가, 다케다 신겐, 우에스기 겐신, 아사나 모리우지, 하시바 히데요시……."

"뭐, 하시바 히데요시! 간파쿠 전하의 예전 이름이 아니오?"

"그렇소. 내가 만났을 때는 아직 하시바였소. 그렇군, 또 아사쿠라 요시카게, 아케치 미쓰히데, 마쓰나가 단조, 호조 우지마사 같은 지금은 죽고 없는 사람들이 더 많군. 저마다 모두 내가 예상했던 바와 그리 다르지 않은 죽음을 맞이했지만……."

"그렇다면 스님은 우리 주군이신 이에야스 님과도 만나신 적 있소?"

덴카이는 천천히 고개를 저었다.

"만나기는 했으나 이야기를 나눌 겨를은 없었소. 그래서 이번에 일부러 가와고에(川越) 호시노산(星野山)의 무료주사(無量壽寺)에서 이렇게 나왔소만."

"아, 우리 주군을 만나기 위해……."

"하하……그렇지는 않소. 이에야스 님은 아직 교토에서 돌아오시지 않았잖소. 내가 형제처럼 사귀고 있는 조조사의 겐요 존오(源譽存應) 스님을 찾아뵈려고 온 거요."

가쓰시게는 새롭게 정신이 번쩍 드는 듯 덴카이를 다시 쳐다보았다.

조조사는 이미 도쿠가와 문중의 시주절로 정해져 이에야스는 불제자로서 존오 대사와 인연 맺고 있었다. 그 대사와 막역한 사이라면 필경 이름난 고승임이 틀림없었다. 그렇다면 저 남루한 옷차림은 어찌 된 것일까? 상좌 한 사람도 없이 아직 질서도 바로 서지 않은 이 에도에 홀연히 나타나다니…….

"그럼, 스님은 이제부터 조조사로 가시려는 거요?"

"아니, 이대로는 가지 않지. 앞으로 하루 이틀은 아직 보지 못한 곳을 더 구경하고 찾아갈 작정이야. 인간에게, 이렇듯 세상에서 살아 있는 문자를 읽는 것처럼 즐거운 일은 없거든."

"살아 있는 문자……."

"그렇지! 하늘과 땅 사이에서 웃고, 울고, 기뻐하고, 탄식하는 인간들의 모습……이보다 소중한 문장은 경서 속에도 그리 흔하지 않아. 더욱이 이 에도 땅은 지금 건설의 꿈에 부풀어 있지. 당신 눈에도 그게 보일 텐데."

"스님, 바쁘지 않으시면 이제부터 저희 집에 잠시 들러주시지 않겠습니까?"

가쓰시게가 정중하게 말하자 덴카이는 고개를 갸웃거리며 미소 지었다.

"마음이 통한 모양이군."

"스님의 풍부한 여행담을 앞으로의 내 충성에 보탬 되도록 했으면 해서요."

"좋아, 그렇게 하지. 만나기 어려운 세상에 이렇게 만나고, 통하기 힘든 마음이 서로 통했으니……따라가서 폐를 끼치기로 합시다."

승낙하자마자 벌써 가볍게 걸음을 옮기기 시작하는 덴카이.

"지상(地相)이 참 좋아, 이 에도 땅은."

덴카이는 걸어가면서 다시 간다 언덕을 돌아보고 그리고 강기슭과 성곽을 바라보면서 말했다.

"저 언덕을 헐어서 대담하게 강어귀를 메워버리고 다시 강 양쪽 기슭에 둑을 높게 쌓아 무사시와 시모우사 두 지역을 다리로 연결하면……오사카 이상의 옥토를 무진장으로 가진 훌륭한 도시가 될 거요."

"우리도 반드시 이 땅을 동쪽의 나니와(오사카)로 만들어볼 작정입니다."

"이타쿠라 님이라고 했소? 도쿠가와 님이 간토 8주로 이전했지만 보슈(房州)의 사토미 요시야스(里見義康), 야슈(野州)의 우쓰노미야 구니쓰나(宇都宮國綱), 미나가와(皆川), 아키모토(秋元) 등 예전부터 살던 토착영주들 영지도 있으니 그 실수입은 6주로 알고 있는데 그 가운데 10만 석 이상 되는 영주들은 몇 사람이나 있나?"

덴카이를 선두로 가쓰시게가 그와 어깨를 나란히 걷고, 시종들은 말을 끌며 조금 떨어져 뒤따르고 있었다. 이 언저리에는 연락관을 비롯하여 일을 끝낸 인부들이 북적거리며 여기저기 묵고 있는 판잣집 주막에서 창밖으로 불빛이 새어나오고 있었다.

"글쎄요, 10만 석 이상은, 특별히 간파쿠 전하의 분부 말씀이 있기도 했지만 이이, 혼다(해이하치로), 사카키바라 세 문중뿐입니다."

"호, 그렇다면 사카이, 도리이, 오쿠보, 히라이와 같은 명문들은 그 이하로 떨어졌단 말인가?"

"그렇습니다. 도리이, 오쿠보 두 문중이 4만 석, 그 밖에는 3만 석이 되었습니다."

"1만 석 이상은 몇 사람이나 되나?"

"1만 석 이상은 39명, 5000석이 35명쯤……그 이하는 수없이 많습니다마는."

덴카이는 문득 다시 미소 띤 얼굴로 돌아보았다.

"그렇다면 모자란다고 불평하는 사람이 많겠는걸……."

가쓰시게는 고개를 크게 저으면서 말했다.

"그러나……그런 사람은 이 도쿠가와 문중에 없습니다."

"하하하……."

덴카이는 한바탕 웃어젖히고 나서 화제를 바꿨다.

"물어봐서 안 될 것을 물어보았군. 용서하시오. 그렇게 하지 않으면 에도를 건설할 수 없을 거요. 그건 그렇고, 도쿠가와 가문에서는 이 땅을 지켜줄 수호신을 정했소?"

"글쎄요, 우리 주군께서는 불도에 깊이 귀의해 계시므로……."

"그 이야기는 존오 스님에게서 들었소만."

"스님께 여쭈어보면 알 수 있겠군요. 조조사 대사님은 우리 주군께서 귀의하실 만큼 덕이 높으신 분이신지?"

"그렇게 보이지 않던가?"

"이 고장으로 오는 도중 그때까지 고묘사(光明寺)로 불리던 지금의 조조사에 들르셨다가 곧 그 절을 시주절로 정해 버리셨는데 그 뜻을 우리는 아직 알 수가 없습니다."

덴카이는 유쾌하게 웃었다.

"하하하……그것이 바로 상서로운 징조라는 거지. 존오 스님은 실은 미카와의 도쿠가와 문중 시주절이었던 간오 대사의 제자요. 무심코 들렀던 절이 간오 대사와 깊은 인연 있는 절이라……이것이 바로 흔치 않은 불법의 인연이라 생각하시고 곧바로 결정해 버렸을 테지. 과연 도쿠가와 님이시라 주저 없이 상서로운 징조로 받아들이셨으니……그게 바로 훌륭한 결단이 아니겠소!"

어느 사이엔가 두 사람은 역참 거리를 지나 도산보리(道三堀)에서 히라강(平川)에 놓인 도키와 다리에 이르렀다.

주위는 벌써 어두워지고 있었다. 도산보리에 걸려 있는 큰 다리(도킨와 다리)를 건너면 그 언저리는 모두 새로 지은 집들이 띄엄띄엄 이어져 있다. 하나같이 대지가 넓은 데 비해 건물은 작아 보였다. 무엇보다 이에야스 자신이 배 판자로 된 성곽의 현관 개축을 보류하고 있을 정도로 검소하니 말할 것도 없는 일이다. 이것은 물론 쟁쟁한 역대 가신들의 에도 저택으로 저마다의 성은 영지에 따로 있다. 이쪽은 치안유지를 위해 저택 방위에 힘을 기울이고 있어 그 경비도 막대할 것이다.

"여기가 저의 집입니다."

가쓰시게가 걸음을 멈추고, 시종들이 큰 소리로 주인이 돌아왔음을 알리자 대문 밖으로 5, 6명의 하인들이 나와 공손히 말고삐를 받아들었다.

집의 규모로 보아, 가쓰시게의 녹봉은 아무래도 2000석이나 3000석쯤 되는 것 같다고 생각하면서 덴카이는 대문을 들어섰다. 최초의 에도성을 다스리는 자의 집이라면 구조가 좀더 엄중하게 이루어져 있을 줄 알았는데, 미카와 시골 어촌 같은 데서나 볼 수 있는 지체 낮은 관리의 살림집 같았다. 울타리는 말뚝에 그냥 판자를 둘러박아 멋이라고는 없는, 도둑을 방비하기보다 태평스럽게 개방된 분위기를 풍기고 있었다.

발을 씻고 방에 들어서니 창문 저쪽으로 도산보리를 사이에 두고 성안의 불빛이 만조의 밀물 위에 반사되어 아름다운 풍경을 이루고 있었다. 달이 떠오르면 아와(安房) 언저리의 어촌에라도 와 있는 것 같은 착각마저 일으킬 것 같은 한적한 느낌이다.

"허, 그래도 강 저쪽은 제법 거리 모습이 잡히기 시작했군그래……."

마루 기둥에 등을 기대고 앉아 짙은 바다 냄새를 맡으면서 덴카이는 그 옛날의 오사카를 추억하며 미소 지었다. 오사카도 전에는 이시야마 혼간사의 문앞 거리 말고는 이렇듯 한적한 마을이 아니었던가? 그런데 오다 노부나가에 의해 혼간사는 쫓겨나고 히데요시에 의해 그 뒷자리에 그 거대한 성이 세워지자 눈 깜짝할 새 일본에서 가장 많은 인구를 거느린 대도시로 성장했다.

'이 에도는 언제쯤 오사카에 비길 만한 대도시가 될까……?'

히데요시와 달리 필요 이상으로 조심성이 많아 치밀한 계산을 거듭하는 이에야스이니 아마 히데요시를 의식하여 그의 생전에는 대규모 도시건설은 사양하지 않을까?

그런 생각을 하다가 문득 건너편 불빛 속에서 요염한 여인들의 움직임을 느끼고 덴카이는 눈을 크게 떴다. 덴카이가 보기에 이 에도는 예사 명당이 아니었다. 이러한 좋은 땅은 성주의 의사와 상관없이 사람이 사람을 부르고 사람의 마음을 끌어당겨 번창해 가는지도 모른다.

"저것을 보셨군요. 저 건너편의 연기가 피어오르는 집을……."

언제 왔는지 옷을 갈아입은 가쓰시게가 뒤에 서서 강 건너쪽을 손짓해 보였다.

"저것은 이세의 요이치(與市)라는 자가 재빨리 들어와 공동목욕탕이라는 걸 지은 겁니다."

"공동목욕탕……."

"예, 동전 한 푼을 내고 공사일에 시달린 인부들이 목욕하는 곳이지요. 모두들 무척 좋아하여 제법 북적거린답니다."

말하면서 가쓰시게는 덴카이와 나란히 마루에 앉았다.

"흠, 벌써 그런 것까지 생겼단 말이오?"

덴카이가 감탄하자 젊은 가쓰시게는 자랑스러운 듯 말했다.

"그러자 그 공동목욕탕 옆에 금방 저렇게 술 파는 작부를 둔 주막집이 생기더군요. 동남쪽 모퉁이에서는 요시자와 가즈에(吉澤主計)라는 자가 인부 거간일을 시작했고, 마고메 가게유(馬込勘解由)라는 자는 도매상을 하겠다고 신청하고, 미야베 마타시로(宮部又四郎)와 사쿠마 헤이하치(佐久間平八)라는 자는 마굿간업을 시작해 파발마 거리를 만들었지요. 새로운 도시를 건설한다니까 생각지도 않던 협력자들이 나타나는 게 재미있군요."

"음, 이건 모두 도쿠가와 공이 타고나신 복일 거요."

"그건 그렇고, 차린 건 없지만 저녁식사를 내오겠는데 스님, 반야탕(般若湯)이라는 걸 드시는지요?"

"하하……그런 것은 물어보는 게 아니지요. 반야탕이 뭔지, 물고기인지 날고기인지 도무지 모르니 주는 것은 모두 고맙게 먹을 따름이오."

"아, 미처 생각지 못했습니다. 그럼……."

가쓰시게가 손뼉 치자 젊은 하녀가 저녁상을 날라왔다. 그 하녀의 몸차림 역시 자못 촌스러운 이 집에 어울리는 시골처녀 같은 느낌이었다.

"상을 다 날랐거든 너는 물러가 있거라."

가쓰시게는 하녀를 물러가게 하고 직접 덴카이에게 반주를 따르면서 말했다.

"스님, 아까 지금은 세상에 없는 무장들이 대개 스님이 예상한 대로 끝났다고 말씀하셨지요?"

"그렇게 말했지. 나는 천문, 지리, 그 밖에 관상도 좀 아니까."

"그렇다면 이곳에 또 한 사람 동석시켜 스님께서 봐주셨으면 하는 인물이 있는데 허락해 주시겠습니까?"

"아, 좋고말고. 좌석이 즐거워질 테니까. 그런데 이 문중 사람인가?"

"그것이 아니라……"

말하다 말고 가쓰시게는 눈으로 웃었다.

"그것도 스님이 알아맞혀 보시면 더욱 재미있겠군요."

"호, 그럽시다. 불러오시지."

덴카이는 선뜻 잔을 비웠다.

"이타쿠라 님, 귀하는 관상이 매우 좋구려. 아무쪼록 자신을 잘 갈고 닦아 도쿠가와 문중의 기둥이 되도록 하게."

가쓰시게는 그 말에는 대답하지 않고 웃으며 자리에서 일어났다.

"그럼, 이리로 데려오겠습니다."

가쓰시게는 덴카이에 대해 무척 흥미를 느낀 나머지 여러 가지 물어볼 것이 있어 서두르는 눈치였다.

덴카이는 혼자 술을 따랐다.

"자, 이리로 들어오시오. 오늘, 일본 전국을 돌아다니시는 특이한 스님을 성안에서 만나뵈었기에 여기 모셔왔소."

소리와 함께 가쓰시게가 자기보다 4, 5살 위로 보이는 눈썹이 굵고 눈빛이 날카로운 건장한 몸집의 무사 한 사람을 데리고 들어왔다.

"응?"

갑자기 덴카이가 고개를 갸웃거렸다.

"어디선가 뵌 분이 틀림없는데 얼른 생각이 안 나는군!"

상대도 역시 머리를 갸웃거리며 앉았다.

"듣고 보니 저도…… 혹시 즈이후 스님이 아니신지요?"

가쓰시게는 눈을 가늘게 뜨고 두 사람의 대화를 듣고 있었다.

"아, 역시 즈이후 스님이시군!"

가쓰시게가 데리고 들어온 무사는 같은 말을 되풀이하더니 얼른 고개를 숙여 버렸다. 두 사람이 초면이 아닌 것은 이로써 충분히 알 수 있었다. 그러나 덴카이는 입을 열지 않는다. 무섭게 노려보듯 반쯤 뜬 눈으로 지그시 그를 지켜보았다.

가쓰시게가 다시 입을 열었다.

"스님, 이분을 어디서 만나셨는지요?"

덴카이는 그 말에 대답하지 않고 무사에게 말을 던졌다.

"당신 생각이 몹시도 흔들리고 있는 모양이로군. 아직 도쿠가와 공께 종사하는 건 아니겠지?"

"물론입니다."

상대는 덴카이의 기세에 눌리지 않으려는 듯 어깨를 펴면서 고개를 들었다. 이타쿠라 가쓰시게는 그러한 두 사람을 숨죽이고 바라보았다.

"당신 이름은 잊었어. 생각나더라도 말할 필요 없겠지. 그러나 관상만은 전과 변치 않았군!"

"같은 사람인데 그렇듯 쉽사리 달라질 리 있겠소?"

덴카이는 상대의 말은 전혀 아랑곳하지 않고 말을 이었다.

"길흉 반반인 갈림길에 서 있군. 맞혀볼까. 당신은 도쿠가와 공이 후대해 준다면 섬겨도 좋지만 그렇지 않으면 한바탕 일을 벌일 작정으로 에도에 나온 모양이군!"

상대의 어깨가 꿈틀했다.

"스님, 농담도 때와 장소를 가려서 하시오."

"하하……그러나 오다와라의 일은 내가 예언한 대로 모두 들어맞지 않았나? 우지마사 공은 살지 못한다, 그러나 우지나오 공은 죽음만은 면할 거라고…… 그 뒷일은 거기에 응하는 마음가짐……."

"그런 일은 기억하고 있지 않소만."

"잊어버렸어도 상관없겠지. 나는 당신 관상에 나타난 자연의 글귀를 읽고 있을 뿐이지. 조금만 더 읽어볼 테니 들어보게."

상대의 얼굴에 낭패와 분노의 빛이 뚜렷이 나타났다.

가쓰시게는 여전히 숨죽이고 있었다.

"당신은 에도에서 한바탕 소동을 일으킬 마음을 버리지 않았군. 오다와라의 유신들과 무사시, 사가미의 잡병들에다 간토 일대의 들도적들을 충동질해 한바탕할 작정이겠지. 그러나 그런 일을 저지르는 날에는 당신의 마지막인 줄 알게."

"뭐, 뭐라고? 나는 결코 그런……."

"그런 못된 생각만 없다면 운수가 트일 걸세. 실은 당신이 지금 만나고 있는 사람은 당신이 잘되느냐 못되느냐는 운명의 열쇠를 쥔 분이지. 어떤가? 그 사람을 도와 이 새 도성 건설에 나서볼 생각은 없나? 그렇게만 한다면 당신의 운은 반드시 트일 거야."

덴카이가 여기까지 말했을 때 상대의 손이 재빠르게 등 뒤의 칼자루로 뻗고 있었다. 그러나 손을 뻗은 그곳에는 이미 칼이 없었다. 옆에서 가쓰시게가 슬그머니 칼자루를 잡아 치워버렸기 때문이다.

상대는 무서운 형상을 하고 뒤로 물러앉았다. 그 얼굴 앞에 가쓰시게가 성큼 술잔을 내밀었다.

"자, 귀공도 한잔하시오. 이시데 님, 귀공도 아시는 분인 것 같은데 이 스님, 아주 재미있는 말씀을 하지 않소?"

그것은 칼을 잡지 못한 상대 무사의 창피와 낭패를 감싸주고 무마해 주는 멋진 솜씨였다.

덴카이 스님이 큰 소리로 웃었다.

"하하하하, 인간이란 방황하고 있을 때는 신불의 어떤 구원의 손길도 보이지 않는 법이야. 그리하여 스스로 파멸의 구렁텅이로 찾아 들어가는 거지…… 그렇지만 당신은 구원받았어."

덴카이 스님은 자신도 잔을 들어 마시기 시작했다.

상대 무사는 가쓰시게가 권한 술잔을 손에 든 채 아직도 입으로 가져갈 마음의 여유가 생기지 않는 모양이다. 그러나 그것을 내던지고 다시 덤벼들 만한 살기는 이미 사라진 것 같았다.

"스님은 여전히 살벌한 농담을 잘하시는군요. 이시데 다테와키(石出帶刀), 온몸에 식은땀이 배었습니다."

"하하하하, 그거 안됐구려. 아참, 이시데 다테와키……우리가 만난 게 도카이도(東海道)의 오다와라 근방이었지, 아마."

"그랬지요……."

"아, 그 귀한 술이 엎질러지겠소. 어서 마시구려."

"그럼, 마시겠습니다."

"술맛을 천천히 음미해 보도록 하시오."

"음."

"당신은 한바탕 난동을 일으키면 벼슬하는 데 값이 더 올라갈 것으로 생각하는지 모르지만 그건 졸렬한 술책이오."

"그런 생각은……."

"뭐, 그런 일이 없다면 그만이고. 그보다는 오다와라의 잔당들이며 들도적, 잡병들을 잘 아는 당신이 아닌가. 당신 힘으로 그들을 설득하여 에도 치안의 기둥이 될 결심을 해보는 게 어떤가? 활시위를 울리고 칼을 휘두르는 시대는 이미 지났네. 그리고 또 당신들이 아무리 날뛴다 한들 돌아갈 곳 없는 미카와 무사들이 이 땅을 버리고 갈 리도 없을 테니, 결국은 많은 동지들을 잃은 끝에 자신도 망쳐 버리는 게 고작일 테니까."

"……."

"그보다는 이 길상(吉相)을 갖춘 땅이 교토, 오사카를 능가하는 번영을 이루었을 때 이시데 다테와키도 못된 부랑자들을 진압하여 이 에도 건설에 공을 세운 은인이라는 말을 듣는 게 신불의 뜻에도 합치되는 인간의 도리겠지. 그렇지 않나, 이타쿠라 님?"

이타쿠라 가쓰시게는 고개를 끄덕였다.

"다테와키. 자, 한 잔 더 드시구려."

이시데 다테와키는 다시 한번 살며시 자신의 칼의 위치를 본 다음 잔을 내밀었다. 어느새 그의 칼은 먼저 있던 곳에서 3자쯤이나 문 쪽으로 옮겨져 있었다.

"스님의 말씀, 농담이라도 정말 재미있어 저도 깊이 깨닫는 바가 많습니다. 그렇지 않소, 이시데 님?"

가쓰시게의 말을 듣고 다테와키는 한숨을 내쉬었다. 굳었던 어깨선이 차츰 부드러워지고 미간의 살기가 사라져갔다.

덴카이는 눈을 가늘게 뜨고 말했다.

"그러나 이타쿠라 님과 다테와키 님이 이곳에서 만날 줄은 몰랐는걸. 이것도 말하자면 도쿠가와 공의 운이 강하기 때문이오…… 이 덴카이가 보증해도 좋소. 에도의 앞날은 창창하게 펼쳐질 것이오."

"그럴까요?"

"조금도 염려하지 마오. 이 덴카이는 즈이후라는 이름으로 일본 전국의 인물과 땅, 땅과 성들을 돌아보고 다녔소. 어떻소, 가쓰시게 님, 이시데 다테와키를 당신이 추천하는 게 어떨까? 이 인물은 일단 객기가 가시면 당신 못지않게 의리가 굳은 인물로 태어났소."

어느새 다테와키는 고개를 깊이 숙이고 생각에 잠겨 있는 듯했다.

덴카이는 말을 이었다.

"내가 이시데 다테와키라면……몇몇 동지들의 험담 같은 건 개의치 않겠어……."

"험담이라니요?"

다테와키가 얼굴을 들고 고개를 갸웃거렸다.

"무사시, 사가미 등에서부터 당신과 막역하게 지낸 떠돌이무사들 말일세."

"아."

"그들은 다테와키 놈은 욕심에 눈멀어 우리를 도쿠가와에게 팔아먹은 배신자라고 하겠지. 개중에는 당신 목숨을 노리고 이 성안으로 숨어드는 자도 있을 게야. 그러나 그런 건 두려워할 일이 못 돼."

다테와키는 눈을 크게 뜨고 숨을 죽였다. 아마 그는 그런 패들을 이미 성안에 몰래 끌어들였는지도 모른다.

"하하하……어떤가, 내 눈이 잘못 봤나?"

"그건……그런 일은……."

"괜찮아, 그런 자들이 들어오면 가쓰시게 님과 의논해 미리 체포하게."

"흠."

이번에는 가쓰시게가 입을 열었다.

"그렇게만 된다면 에도의 치안은 순식간에 안정되겠군요."

"그러나 체포한 사람들을 모두 죽여서는 안 돼. 이유가 무엇이든 살인은 신불의 뜻을 어기는 일이야."

가쓰시게가 물었다.

"그럼, 체포한 다음에 어떻게 합니까?"

"체포된 자들은 가두어놓고 조사하는데, 그 감옥을 다테와키에게 맡기면 어떨까……."

"감옥을 다테와키 님에게……?"

"그렇지, 그게 바로 정치라는 거야. 사람을 죽이지 않고 살리는…… 다테와키는 붙들려 온 자들을 잘 설득해 마음을 고쳐먹게 하는 거지. 이젠 떼도둑들이 설치는 시절은 지나갔다, 모두들 도쿠가와 님과 힘을 합쳐 훌륭한 에도성을 만들어갈 때라고."

가쓰시게는 무릎을 탁 치면서 다테와키를 돌아보았다. 다테와키는 또다시 고개 숙이고 생각에 잠겼다.

"그래서 마음을 고쳐먹은 자들은 다테와키 님 부하로 써주는 것이겠지요."

"그렇지, 그렇게 되면 그들은 동지 가운데 의심스러운 자들을 감시하면서 그 잘못된 생각을 깨우쳐주고 다테와키의 인품을 설명하여 쓸 만한 위인은 쓰고, 도저히 안 될 것 같은 자는 체포해 다테와키에게 인도할 거야. 그렇게 되면 다테와키가 직접 설득하는 순서지. 어떤가, 다테와키, 한때의 원한은 조금도 두려워할 것 없어. 나 같으면 그렇게 하겠네. 다행히 당신은 행정관인 가쓰시게 님을 이렇게 직접 만나지 않았는가? 이것은 정말 조상님의 인도라는 생각이 들지 않나? 조상들 영혼이 지금 필사적으로 당신을 행복한 길로 인도해 주려고 하는 걸세."

다테와키는 슬며시 얼굴을 들어 다시 한번 두려운 듯 덴카이를 보고 또 가쓰시게를 보았다.

"어떤가, 내 생각이 틀렸나?"

다테와키는 허리에서 작은 칼을 조용히 뽑아들더니 그것을 덴카이 앞에 내밀고 뒤로 물러앉았다.

"무서운 통찰력에 그저 두려울 뿐입니다."

떨리는 듯한 목소리로 말한 뒤 두 손을 짚고 엎드렸다.

다테와키가 방바닥에 두 손을 짚자 덴카이는 고개를 뒤로 젖히면서 크게 웃었다.

"하하하……이건 통찰력이 아니라, 당신 얼굴에 씌어 있는 글을 읽어본 것뿐이야."

"예!"

"이제 됐어. 자, 이것으로 몇백 몇천 명의 생명이 살아났으니 이번에는 이 덴카이가 술을 따라드릴까?"

덴카이는 다테와키의 잔에 술을 가득 따르고 나서 이타쿠라 가쓰시게 쪽으로 돌아앉았다.

"이번에는 가쓰시게 님 얼굴에 있는 글을 읽어봐야겠군. 가쓰시게 님……"

가쓰시게는 깜짝 놀란 듯 표정이 굳어지며 덴카이를 마주 쳐다보았다.

"읽어주시겠습니까?"

"당신은 방금 이 덴카이에 대해 잠시 의심을 품었군."

"그럴까요?"

"이시데 다테와키 같은 자가 너무 쉽게 굴복하니 오히려 의심이 생긴 모양이야, 어떻소?"

"정말 놀라운 통찰력입니다."

"혹시 이 덴카이란 중놈도 다테와키와 한통속이 아닐까…… 아니, 그렇게 당황할 것 없어. 이 새 도성의 치안을 다스리는 입장에 있는 자로서 당연한 의심이지. 그러나 걱정 말게."

"죄송합니다."

"이 덴카이는 이제 떠돌이중이 아니야. 가와고에 무료주사의 호쿠인(北院) 27대 주지지. 다테와키와는 전에 분명 만난 적 있지만 도둑 떼에 가담한 적은 없네."

"부끄럽습니다. 정말 그런 의심이 일었지만 이제 깨끗이 씻겼습니다."

"알았네. 그럼, 다테와키의 입으로 그의 내력을 들어보세. 어때, 다테와키?"

어느새 다테와키라고 마구 불리고 있었지만 그에게 이미 아무 불쾌감도 주지 않았다.

"말씀드리지요. 가쓰시게 님에게 오다 문중 무사라고 말씀드렸으나 그것은 거짓말이고 이 이시데 다테와키, 실은 호조 문중 사람이었습니다."

"허—"

"그래서 고야산으로 가시는 우지나오 님을 도토우미까지 전송해 드리고 그 길로 이 에도에 되돌아왔습니다."

"역시 덴카이 스님이 말씀하신 것과 같은 목적으로."

"그렇습니다. 간토 지방에는 녹봉을 잃은 무사들이 도적 떼를 이루어 득실거린

다기에 이들을 규합해 한번 소란을 일으켜볼 작정이었습니다. 그러나 지금은 그것이 무모한 짓임을 깊이 깨달았습니다."

"정말 위험했군. 자칫 잘못했으면 이 가쓰시게, 잠든 채 목이 달아날 뻔했어."

"아니, 귀공을 만나 그 따뜻한 인품을 대하자 얼마쯤 마음이 흔들리고 있었습니다…… 자, 이렇듯 깨끗이 실토했으니 일자리는 고사하고 뜻대로 처분해 주십시오."

가쓰시게는 또다시 무릎을 쳤다.

"정말 잘 하셨소. 그렇다면 일단 죄인으로 간주하여 주군께서 돌아오시면 자세한 연유를 말씀드린 다음 그 뒤에 조치하기로 합시다."

"하하하……그럼, 됐소. 그럼, 됐어."

덴카이는 목덜미에서 얼굴까지 온통 벌개져서 고개를 끄덕였다. 덴카이에게는 그리 대단한 사건이 아니었다. 이를테면 나그네길에 흔히 부딪치는 사소한 일에 지나지 않았다.

그러나 가쓰시게와 다테와키에게는 그렇지 않았다. 더욱이 다테와키의 감동은 말할 수 없이 커서 한참 동안 온몸의 떨림이 멈추지 않을 정도였다. 덴카이가 말한 대로 여기서 도둑 떼들과 한패가 되어 에도를 떠들썩하게 해보았자, 감정의 만족은 있을지언정 희망으로 연결될 리 없었다. 쫓겨다니다가 어쩔 수 없이 뿔뿔이 흩어져 죽어갈 것이 고작이다.

그것을 덴카이 스님은 힘들이지 않고 일축해 버리고 그의 앞날에 밝은 빛을 안겨준 것이다…… 도둑 떼의 두목이 될 작정으로 숨어든 자에게 감옥을 맡으라고 하다니! 그 사고방식의 비약은 참으로 자유분방하지 않은가? 아니, 분방한 것같으면서도 범상치 않은 데 사고의 폭이 감추어져 있었다. '악인'과 '선인'이라는 세속적인 구별이 덴카이에게는 없는 모양이었다. 있는 것은 오직 사람들 생명을 어떻게 살리느냐……이 한 점에 집약되어 있는 것 같았다.

"이제야 마음이 확 트이는 것 같습니다."

술잔을 거듭하면서 가쓰시게는 등 뒤에 있던 칼을 다테와키에게 돌려주었다.

"이젠 이것도 맡을 필요 없겠지. 구름이 깨끗이 걷혔으니까."

"정말 부끄럽기 그지없습니다."

"이것도 모두 덴카이 스님 덕분입니다. 그런데 덴카이 스님."

"무슨 말씀인지?"

"스님의 그 놀라운 통찰력으로 보신다면 우리 주군의 얼굴에는 어떤 글이 씌어 있는지 듣고 싶군요."

"하하⋯⋯나도 기회가 허락되면 한번 뵈려는 생각으로 이렇게 나온 것이네만."

"그럼, 돌아오실 때까지 조조사에 묵으시면 어떨까요?"

"그렇게 오래 기다리지 않더라도 하루 이틀 안에 돌아오실 걸세. 나도 실은 도쿠가와 님께 여쭈어볼 말이 있네."

"우리 주군께 스님이⋯⋯."

"그렇지. 그 뜻을 조조사에 전해 놓고 나오긴 했지만⋯⋯."

"어떤 말씀을 여쭈어보실 건지⋯⋯ 흥미로운 일이군요."

"뭐, 별것 아니네. 그저 한마디면 그만이지. 도쿠가와 님께서는 저승에 가셔서 신이 되시렵니까, 부처님이 되시렵니까? 이 한마디⋯⋯."

덴카이는 녹을 듯이 실눈을 지으며 웃었다.

"그 대답이 어떻게 나올지 궁금해⋯⋯ 하하."

가쓰시게와 다테와키는 서로 얼굴을 마주 쳐다보았다.

"신이 되겠느냐, 부처가 되겠느냐고 물어보신다고요⋯⋯."

"그렇네."

"마음만 먹으면 사람이 신도 되고 부처도 될 수 있는 것입니까?"

덴카이는 즐거운 듯 또 웃었다.

"하하하하⋯⋯하늘과 땅은 하나야. 그러나 신과 부처님은 수도하는 데 있어 좀 다른 점이 있을지 모르지⋯⋯ 여하튼 기대되네. 도쿠가와 님을 만날 날이."

가쓰시게와 다테와키는 다시 서로 마주보며 고개를 갸웃거렸다.

구름과 용을 부르다

이튿날 아침 덴카이는 가쓰시게의 집을 훌쩍 나섰다.

그가 떠날 때 가쓰시게는 덴카이 모르게 부하를 뒤따르게 할까 생각했으나 그 뒷모습을 바라보는 동안 생각이 달라져 그만두었다. 혼자 다니는 나그네길에 익숙해서일까, 덴카이의 외로운 뒷모습에는 티끌만큼도 어두운 그림자가 없었다. 어떤 흉악한 놈과 맞닥뜨리더라도 그에게는 틀림없이 길가의 나무나 돌로밖에 보이지 않을 것이다. 사람이면서 대자연 속에 녹아드는 신묘한 경지를 터득하고 있으며 한 치의 빈틈도 보이지 않았다.

'무서운 사람이다……'

부하를 뒤따르게 했다면 덴카이는 가쓰시게를 비웃었을 것이다.

"저자도 아직 나를 모르는군"

가쓰시게의 집을 나서자 덴카이는 오른쪽으로 성을 쳐다보면서 류노구치(龍口)로 나와 천천히 시바(芝)로 발길을 돌렸다. 거기서 곧장 조조사로 들어가는가 했더니 그대로 지나쳐 다카나와(高輪)로 나가 다시 야쓰야마(八山)에서 발밑을 씻어주는 파도를 왼쪽으로 하고 시나가와를 향해 걸음을 옮겼다.

그날 밤은 시나가와의 주막에서 하룻밤 묵었다. 옷차림이 그렇기 때문에 이상하게 여기는 사람이 아무도 없어 한방에서 함께 뒹구는 날품팔이꾼들과 마부들의 종잡을 수 없는 이야기를 재미있게 들었다.

품팔이꾼 이야기로는 이 앞 스즈가모리(鈴森) 해변 가까이에 벌써 유곽이 생겼다고 했다. 여자가 귀하여 모자랄 게 뻔한 에도성을 눈앞에 두고 있는 터라 그곳 계집들은 품팔이 인부나 마부들 따위는 거들떠보지도 않는다고 했다. 어엿한 무사가 계집들 비위를 맞추며 놀고 가니 무리도 아니었다. 하루바삐 그들을 상대해 줄 계집들이 나타나 주지 않으면 마음이 거칠어져 입씨름과 싸움이 늘어날 것이므로 큰일이라는 공론이었다.

이에야스의 행렬이 시나가와에 이른 것은 그 이튿날이었다. 아마 격식을 갖춘 화려한 행렬은 오다와라쯤에서 해산해 버린 모양이었다. 20기쯤 되는 기마대 무사에 30명 남짓한 보병만 거느린 이에야스는 좁은 가마 안에 뚱뚱한 몸을 웅크리고 있었다. 양쪽 문을 활짝 열어놓고 9월 그믐인데도 이마에 땀이 배었다. 다이나곤임을 모르는 사람에게는 많아야 3만 석 내지 5만 석짜리 영주의 행차로밖에 안 되어 보이는 간소한 행렬이었다.

다카나와로 들어서니 많은 사람이 마중 나와 있었지만 그 무렵 이미 덴카이의 모습은 인파에 묻혀 사라지고 없었다.

이에야스가 성안으로 들어간 지 한 시각쯤 지난 무렵 덴카이는 조조사 산문을 들어서고 있었다. 나무 향내가 나는 새로운 법당의 큰 지붕을 쳐다보면서 젊은 수도승에게 불쑥 한마디 건넸다.

"강 건너 호쿠인(北院)이 찾아왔다고 전해주게."

기다리고 있었던 모양인지 발 씻을 물과 함께 존오 스님이 달려나왔다.

"오, 호쿠인 님 아니오? 오늘 아침 이타쿠라 님이 찾아오셨기에 깜짝 놀라고 있던 참이오. 어디를 돌아다니셨소?"

"슬그머니 도쿠가와 님 마중을 나가보았는데 아무래도 무슨 큰일이 일어난 모양이오. 얼굴빛이 아주 안 좋아 보이던걸!"

"큰일이라니…… 나도 마중 나갔지만 그런 생각은 못 했는데."

"얼굴빛이 심상치 않았소. 혹시 간파쿠의 대륙출병이 결정된 게 아닐까요?"

"어쨌든 올라오시오…… 여기서는 이야기가 안되니까."

"그럽시다. 하여튼 이만저만 큰일이 아닌 것 같던데……."

존오와 덴카이가 서로 알게 된 지 벌써 20년도 더 되었다. 아마 미카타가하라 싸움 전의 일로 두 사람이 똑같이 괴나리봇짐을 걸머지고 나그네길을 떠돌며 수행을 계속하던 무렵이었다.

즈이후라고 불리던 덴카이가 부슈(武州) 가와고에 있는 렌코사에서 짚신을 벗고 들어가 보니 존오가 선객으로 렌코사 존테이(存貞)의 제자가 되어 있었다.

그들은 거기서 치열하게 종파간의 논쟁을 벌였다. 지금 생각하면 무엇을 가지고 그토록 다투었는지 기억도 나지 않지만 서로 멱살을 움켜잡을 정도로 싸웠던 것만은 지금도 생생하게 기억되었다. 그러나 헤어질 때는 서로 상대를 충분히 인정하고 있었다.

그 존오가 이에야스의 시주절 주지가 되어, 강 건너 호쿠인에 들어앉게 된 덴카이에게 이에야스와 꼭 한 번 만나게 해주고 싶으니 오라고 한 것이 이번에 덴카이가 에도를 찾게 된 동기였다.

덴카이도 이에야스에 대해 오래전부터 깊은 흥미를 느끼고 있었다. 노부나가와도 다르고, 신겐에게도 겐신한테도 없는 것을 지니고 있는 사람이었다. 물론 히데요시와는 아주 대조적인 무게와 성실성을 느끼게 하는 그 무엇이 있었고, 지금의 일본에서는 이 이에야스야말로 무시할 수 없는 유일한 인물이었다.

그 이에야스가 몹시 침통한 고뇌의 빛을 띤 얼굴로 돌아온 것이다.

법당에 안내되어 차가 나올 때까지 기다리지 못하고 덴카이는 다시 입을 열었다.

"존오 님이 그것을 눈치채지 못했다니 이상하군. 그 안색은 그냥 여행에 지친 고달픔만이 아니오. 여행 중에 무언가 걱정스러운 일이 있었던 게 틀림없소"

"그럴까? 그렇다면……역시 간파쿠 전하의 대륙출병 때문인지도 모르겠군"

"대륙출병이 결정된다면 도쿠가와 님은 어떻게 하실 것 같소?"

"어려운 문제구려. 아직도 나라 안이 완전히 통일되지 않았거든"

"하하……완전히 통일되지 않았기 때문에 간파쿠 전하는 국내의 불평을 밖으로 돌려놓고 압도적으로 통일시켜보자……는 속셈인지도 모르지. 문제는 바로 거기에 있단 말씀이야"

"음……"

"그러나 도쿠가와 님으로서는 찬성할 수 있는 일이 아니지. 마음을 합쳐 헤쳐나가면 반드시 이길 수 있다는 확실한 대답도 나올 수 없고, 또 출병의 명분도 서지 않으니까. 명분이 서지 않는다면 그건 미친 출병…… 미친 출병을 묵인한다면 우리들 승려의 존재는 무가치하게 되는 것. 만약의 경우에 대한 결의는 귀하도

되어 있겠지?"

존오는 기가 막혀 덴카이를 다시 쳐다보았다.

"여전히 단도직입, 단칼 같은 말씀만 하시는구려!"

"그것을 말하지 못할 만큼 지도력을 잃어버린 승려라면 아무짝에도 쓸모없는 물건이지 뭐겠소?"

"그렇다마다."

"시주절을 맡은 이상 도쿠가와 님에 대한 교화력만은 충분히 발휘해야 할 것 아니겠소?"

덴카이는 거기까지 말하고 또 한번 웃었다.

"아무래도 내 말이 너무 거칠었던 모양이오."

"아니, 그렇지 않소. 오래간만에 그 단칼 같은 말이 듣고 싶어 일부러 이렇게 부른 거요. 좋소. 나에게도 생각은 있지만, 아무튼 빨리 도쿠가와 님을 한 번 만나보지 않겠소?"

"만나서 이렇듯 거친 말을 해도 괜찮겠소?"

"하하……마음 좁은 분이 아니오. 그럼, 내일 곧 성안의 형편을 알아보도록 하겠소."

어쩐지 존오는 이에야스한테 완전히 반해버린 듯한 말투였다.

이에야스로부터 덴카이에게 성안으로 들어오라는 기별이 온 것은 그 다음 날인 10월 1일이었다.

존오가 혼다 마사노부를 통해 덴카이에 대해 자세히 전해 놓았던 것이다. 그런 만큼 여기저기 수리한 자국이 보이는 횡뎅그렁한 본성 서원으로 안내되었을 때, 찾아간 덴카이도 그를 맞이하는 이에야스도 싸움터에서 만난 병법자와도 같은 긴장의 빛을 띠고 있었다.

이에야스도 무쓰(陸奧)라는 시골구석에서 태어난 보잘것없는 한 중이 노부나가를 알고, 히데요시를 알고, 신겐과 겐신과 마사무네를 알고, 또한 아시나(芦名)와 사타케와 호조도 알며, 게다가 존오의 막역한 친구라는 점만으로도 흥미와 관심을 가지기에 충분했다.

게다가 그 학력이 한층 더 재미있었다. 11살에 다카다의 류코사(龍興寺)에 들어간 것을 시작으로 슌코(舜幸) 스님 밑에서 머리를 깎은 뒤 14살 때 우쓰노미야 안라쿠산(安樂山)의 고카와사(粉河寺)로 옮겨 고슌콘(皇舜權) 승정의 제자로 들어갔고, 17살에 히에이산에 올라 신조사(神藏寺) 지쓰젠(實全)에게 배운 뒤 다시 온조사(園城寺)에서 지쇼류(智証流)의 법문은 배우지 않고 간가쿠인(觀學院)의 손지쓰(尊實)에게 사사하여 구사종(俱舍宗)의 성상학(性相學)을 배웠다는 것이다.

그 뒤에도 한군데 오래 머무르는 일이 거의 없이 나라(奈良)의 고후쿠사(興福寺)에서는 구지쓰(空實)에게 사사하여 법상삼륜(法相三輪)을 터득하고, 다시 멀리 시모쓰케의 아시카가 학교에서 유학(儒學)을 배우는가 하면 조슈의 젠쇼사에 들어가 기거하다가 다시 부슈의 렌코사에서 가이를 거쳐 에치고로 건너가 아이즈에 들른 다음 또다시 조슈로 되돌아와 요라다(世良田)의 조라쿠사(長樂寺)에서 엽상선(葉上禪)을 배웠다.

강 건너 호쿠인으로 오기 전에 아이즈의 덴네이사(天寧寺)에서 사타케 요시노부의 초대를 받아 시모요의 가와치군에 있는 후도인(不動院)에도 있었다니 예사 중이 아닌 것은 틀림없었다.

이에야스는 스승의 예는 갖추지 않았으나 대등한 손님으로서 자기 자리 옆으로 덴카이를 맞이했다. 얼굴에는 결코 나타내지 않았지만 그 눈은 두툼한 눈두덩 안에서 번쩍번쩍 빛나고 있었다.

덴카이는 이에야스를 완전히 무시한 채 존오로부터 빌려 입은 듯싶은 자줏빛 법의를 걸치고 혼다 마사노부가 권하는 둥근 방석 위에 앉았다.

시각은 오전 9시.

장지문에 비스듬히 햇살이 비치고 있다.

"스님은 아시나 모리쓰네(芦名盛常)의 일족이라고 들었소만."

"그렇습니다. 무쓰의 오누마군(大沼郡) 다카다(高田)에서 태어났습니다."

"출가 동기는 무엇이었소?"

"가난이었지요. 가난한 데다 10살에 아버지를 여의고 조금이라도 집안살림을 도울까 하는 생각에서 출가했습니다. 세상에 가난처럼 큰 죄가 없더군요."

"존오 스님 말씀에 의하면, 스님은 어떤 큰 절의 주지도 될 수 있는데 즐겨 여행만 하고 있다고 들었소만……."

"참으로 황송합니다. 입신한 동기야 어떻든 일단 승려가 된 바에는 도를 굽힐 수 없는 일이라, 말하자면 이것은 나의 숙명이요 천성이겠지요."

"굽힐 수 없는 도라시면······?"

이에야스의 목소리는 자못 부드러웠지만 한 마디도 소홀하게 흘려듣지 않았다.

덴카이의 시선이 이때 비로소 이에야스에게 고정되었다.

"굽혀서는 안 될 도라는 말은 무식한 산촌의 늙은이든 천하의 권력자든 구별 없이 구제하는 것, 오직 그 뜻 하나임을 깨달았다는 겁니다."

이에야스는 희미하게 입술을 일그러뜨리며 웃었다.

"그럼, 나도 구제받아야 되겠군요, 덴카이 님한테."

나도 구제받아야겠다는 이에야스의 말은, 덴카이가 지금까지 만나본 어떤 무장보다 은근하면서도 무례하게 시험해 보는 물음이었다. 겉으로는 불교 앞에 경건한 것같이 들리면서도 그 이면에는 경멸과 자신감이 감추어져 있었다.

"나를 구제할 수 있다면 어디 해봐라."

말하자면 그것은 목검을 겨누어 들고 '덤벼보라'고 기다리는 병법자의 자세와 흡사했다.

덴카이는 슬며시 웃었다.

"말씀하시지 않더라도 그럴 작정으로 찾아왔습니다. 그러나 도쿠가와 님은 드물게 보는 곧은 마음을 가진 분이시군요."

"곧은 마음······이라면 호인이라는 의미인가요?"

"그런 게 아닙니다. 마찰의 슬픔과 허용의 기쁨을 아시는 천성으로 보았지요. 제가 묻는 말에 틀림없이 솔직하게 대답해 주실 분이라는 뜻입니다."

"그럴까요?"

이에야스는 쓴웃음을 짓는 대신 고개를 갸우뚱해 보였다.

"예, 먼저 여쭈어보겠는데 도쿠가와 님은 신과 부처님 중 어느 쪽을 좋아하십니까?"

이에야스는 입안에서 중얼거렸다.

"신과 부처······? 나는 존오 대사가 신봉하는 정토종 신앙을 믿고 있소. 보시는 바와 같이······."

이에야스는 책상을 가리켰다.

"날마다 나무아미타불을 외며 저렇게 쓰고 있소만."

"죽은 뒤 아미타불의 정토로 가고 싶다는 말씀이신가요?"

"그렇소. 정토로 갈 수 있는 마음가짐……그것을 잊지 않는 무장이 되고 싶소."

"안되겠는데요."

덴카이는 어린아이를 대하듯 고개를 저었다.

"도쿠가와 님이 정토로 가버리시면 정토로 갈 수 없는 백성들은 모두 도쿠가와 님과 헤어져 지옥에 떨어져버릴 게 아닙니까? 그래서는 너무 몰인정하지 않을까요?"

"허, 참으로 묘한 말씀이시군. 그럼, 나더러 어떻게 하라는 거요?"

"신이 되십시오."

그 말투가 너무도 솔직하고 거침없었으므로 이에야스는 울컥 화가 치밀었다.

"그럼, 이번에는 내가 묻겠는데, 신과 부처는 어떻게 다르오?"

"신은 무한하게 백지로 창조를 되풀이할 것입니다. 결코 나 혼자 정토로 가서 구원받을 생각은 하지 않습니다. 끈질기게, 아침에 나와 저녁에 저무는 태양같이 나날이 새롭게 나날이 번성하도록 끊임없이 생성의 위업을 되풀이하지요. 어떤 사태, 어떤 비극이 일어나더라도 다음에 올 밝은 그날을 위해 지상의 만물, 생성의 과업과 영위를 버리지 않습니다."

여기까지 말한 뒤 덴카이는 이에야스의 얼굴에 나타나는 반응을 살피며 말을 이었다.

"도쿠가와 님이 3만 석, 5만 석짜리 작은 영주라면 모르되 지금의 신분으로 내일신만의 극락행을 도모하는 것은 잘못된 생각입니다! 그래 가지고는 정토에도 갈 수 없을걸요. 어떻습니까?"

이렇게 추궁당하자 이에야스는 말문이 막혀버렸다.

'과연! 뭔가 다른 중이구나.'

불제자의 몸으로서……존오 스님과 막역한 친구의 입장이면서 이에야스의 신앙에 대해 정면으로 일격을 가해올 줄이야…….

"어떻습니까, 잘못된 생각이라는 것을 아셨습니까?"

거듭 추궁해 오는 덴카이의 말에 이에야스는 초조해지기 시작했다. '신불'이라고 언제나 둘을 하나로 묶어 말하면서도, 이에야스는 아직 '신'에 대해 깊이 생각해 본 적이 없고 가르침을 받아본 일도 없었다. 어머니의 신앙, 왕고모의 신앙, 조모와 셋사이 선사의 신앙, 다이주사 간오(感應) 스님의 교훈 등 모두 부처님의 그 것이었지 신에 대한 것은 아니었다.

그 허점을 덴카이는 정확하게 지적해 온 것이다. 짓궂다면 이보다 더 짓궂을 수 없고, 사물을 꿰뚫어 보는 놀라운 통찰력이라면 그렇게도 말할 수 있었다.

이에야스는 미소를 지어보였다.

"과연……나는 신과 부처를 같은 것으로 가볍게 생각하고 있었는데 그렇듯 차이가 있는 것이오?"

덴카이는 고개를 흔들었다.

"아닙니다. 하나라는 생각이 틀렸다는 것은 아닙니다. 그러나 다이나곤쯤 되시는 분이 정토행을 지향하실 시대가 아니니 그것은 잘못이라고 말씀드린 겁니다."

"과연 그렇군."

"불교에는 여덟 종파가 있습니다. 신사(神社) 수도 무척 많지요. 그러나 그 일종 (一宗) 일신(一神)에 구애되어 내 한 몸의 구원을 그런 곳에서 찾으려는 심정으로 는, 커다란 포부를 펴볼 도리가 없을 거라는 말씀입니다. 이를테면 수많은 가신들 중에는 선을 신봉하는 사람, 정토종 신자, 니치렌 신자, 예수교 신자도 있을 것입니다. 그들 가운데 어떤 자와도 충돌하지 않고 저마다의 생성을 따뜻하게 돌봐줄 수 있는 풍요롭고 너그러운 마음을 간직하셔야 한다……는 뜻입니다."

"음, 그것을 어렴풋이 느끼고는 있었지만……."

"어렴풋이 느끼는 정도로는 안 됩니다."

덴카이의 말투는 드디어 힐책하는 빛을 띠기 시작했다.

"신은 있는 그대로의 대자연, 불도는 그 자연의 불가사의한 작용, 자연의 조화를 지혜의 열매로 나타내 보인 것입니다. 뿌리는 하나라도 꽃에서 천 가지 차이가 생기는 이치를 단단히 터득하시어 각자에게 저마다의 꽃을 훌륭하게 피워주려 하시는……그런 마음가짐이 없으면 천하를 다스릴 수 없습니다. 죽어서 정토가 눈앞에 나타날 때까지 꾸준히 쉬지 않고 생성의 길을 걸어야만 다이나곤도 신이 될 수 있겠지요……."

여기까지 말하고 덴카이는 갑자기 말투를 바꾸었다. 이에야스의 눈빛이 차츰 큰 반응을 나타내기 시작했기 때문이었다.

"아시겠습니까? 지금 세상이 이 진리에 얼마나 역행하고 있는지를. 지혜 있는 자는 지혜 없는 어리석은 자를 속이고, 부자는 가난한 사람을 학대하고, 강자는 약자를 짓밟고…… 그래서, 남는 것은 모두 원한뿐이 아닙니까? 원한의 뿌리에서 무엇이 생기고 어떤 난세가 초래되는지, 그것은 다이나곤 스스로 싫증 나도록 체험하셨을 것입니다…… 그래도 도쿠가와 님은 혼자서 정토로 가시겠다는 겁니까?"

이에야스는 눈을 크게 뜬 채 묵묵히 덴카이를 지켜보았다. 모든 사람들의 신앙을 인정하라고 하면서 이에야스의 신앙은 무너뜨리려 든다. 생각해 보면 무례하고 꾸짖는 말투도 괘씸했다. 그런데도 이상하게 화나지 않고, 상대가 그대로 고스란히 자기 내부로 들어오는 것 같은 느낌이었다.

이에야스도 '사람'을 보는 눈은 착실하게 닦아왔다. 고지식하나 거친 사람, 지혜와 계략은 있으나 경계의 끈을 늦출 수 없는 자, 성실한 자, 강직한 자, 경박한 자, 잔인한 자……등등. 그러나 이 덴카이라는 중은 그 어느 형에도 맞지 않았다. 때로는 고지식하고, 때로는 거만하며, 때에 따라서는 성실하고, 또 때로는 거친 느낌이 든다. 그 천만 가지로 변하는 인상을 비꼬아 말한다면 그대로 여덟 종파가 합쳐진 것인지도 모른다.

아무튼 사람과 사람의 관계는 처음에 어디선가 서로 부딪치는 게 없으면 한평생을 두고 지속될 수 없는 것. 그런 점에서 덴카이는 처음부터 서로 통하는 게 있을 거라고 혼자 정해 놓고 육박해 왔다. 그것이 그리 불쾌감을 주지 않으니 묘한 일이었다.

이에야스도 차츰 마음이 열리는 것을 느꼈다.

"과연 그렇군…… 그렇다면 신의 마음은 우주 바로 그 자체, 부처의 마음은 그 우주와 인간을 도를 통하여 이어주는 것……이라고 말할 수 있는 건가?"

덴카이는 웃었다.

"하하하……역시 성실한 분이시군요. 우선은 그렇게 생각하셔도 될 것 같습니다."

"우선……이라면 그 속이 더 있는 모양이군."

"병법에도 초보 전수(傳授)가 있고 비결 전수법이 있는 것과 마찬가지입니다."

"그럴 테지. 아니, 분명히 그렇겠군."

이에야스는 어느덧 스승을 대하고 있는 것 같은 착각에 빠져들면서 줄곧 머리를 끄덕였다.

"나도 옛날에 셋사이 선사께 엄격한 교훈을 받은 일이 있소. 곤란한 문제에 부딪칠 때는 백지가 되라, 무로 돌아가면 반드시 길이 열리는 법이라고 말이오. 그렇게 되면 그 무가 다시 신의 마음과도 통하게 되는 이치지요."

"그렇지 않은데요."

덴카이는 아이들을 다루는 듯한 목소리로 웃었다.

"도쿠가와 님은 이미 그 무를 초월하고 계십니다. 이제부터는 그 앞을 걸어가십시오."

"그 앞이라니?"

"앞이란 또 있는 것과 있는 것의 상대(相對)입니다. 물론 이것은 최초의 무라는 고개를 넘었으므로 이전의 상대가 아니지요. 이전의 상대는 주로 적대관계이고 경쟁입니다. 겨우 사악한 생각을 깨뜨리고 정의를 드러내 보여줄 뿐, 뒤에 남는 것은 언제나 원한 아니면 증오. 엄격하게 실천하면 할수록 원한과 불행은 깊어갈 뿐…… 그러나 다음의 상대는 근본적으로 달라집니다."

"그 차이를 뚜렷이 가르쳐주지 않겠소?"

"이를테면 여기에 붓이 있습니다."

"음, 붓이 있다……."

"그 붓이 붓으로서의 사명을 다하기 위해서는 종이가 필요합니다. 붓이 종이와 반발하는 것이 무 이전의 대립. 붓이 종이를 인정하여 이 둘의 힘이 책을 만드는 이치를 깨닫고 걸어가는 것이 제2의 상대입니다. 아니, 이 과정 또한 도쿠가와 님으로서는 어떤 면에서 충분히 실천해 오셨습니다. 예를 들면 주인이 있어야 신하가 있다는 걸 깨닫고 가신을 아낍니다…… 그러나 상대가 간파쿠가 되고 보면, 아직 실행은 할 수 없을 겁니다."

이에야스는 쓸쓸한 얼굴로 고개를 돌렸다. 이런 데서 갑자기 간파쿠가 나올 줄은 몰랐다. 이에야스는 지금 그 일로 계속 마음이 괴로웠던 것이다. 이에야스가 교토에 있는 동안 내내 은연중에 간언해 왔음에도 불구하고, 히데요시는 그가 임지로 돌아가는 동안 대륙출병을 결정하는, 말할 수 없는 수단을 취해 버린 것이다.

그러한 심려를 덴카이가 알 리 없으니 무심코 한 말이라고 생각할 수밖에 없었다. 그러나 두 사람의 사이가 원만하지 않다는 점을 지적당한 것은 불쾌했다.

덴카이가 또 웃었다.

"하하하……간파쿠에 대한 이야기가 불쾌하신 것 같군요. 그게 이상하다는 겁니다. 붓과 종이가 만나야 책이 만들어집니다. 간파쿠라는 분과 도쿠가와 님이라는 분이 서로 만났는데 두 분이 서로 상대를 훼방한다면 말이 안 되지요. 나 같으면 두 분이 서로 만난 귀한 인연을 살려 이 세상에서 가장 소중한 것을 만들어보겠습니다."

이에야스는 한숨 쉰 뒤 덴카이의 얼굴로 억지로 시선을 옮겼다. 덴카이가 하는 말의 이치가 그렇게 하지 않고는 못 견디게 만든 것이다…….

"이 세상에서 가장 소중한 것이란……?"

"말할 것도 없이 이 나라의 평화입니다."

"그것이 소중하다고 생각하기에 염려도 하는데……."

덴카이는 다시 말을 이었다.

"붓과 종이, 붓과 종이…… 방해물로 생각하거나 악을 부수고 정의를 세운다고 생각하시면 안 됩니다. 그러면 싸움이 2중, 3중으로 확대될 뿐입니다. 간파쿠가 외부로 병력을 파견하면 도쿠가와 님은 더욱 안을 다져 만일 간파쿠가 밖에서 패하는 일이 있더라도 집안에 영향이 없도록 태세를 갖추십시오. 그 태세를 취하기 위해서는 도쿠가와 님과 간파쿠의 사이가 나빠지면 안 됩니다. 간파쿠는 도쿠가와 님을 살리고 도쿠가와 님은 간파쿠를 활용하는 겁니다…… 그 길이 반드시 있다는 것을 생각하십시오. 이 이치를 살리기만 한다면 거기서 태어나는 것은 원한도 미움도 아니고……반드시 천하에 필요한 싹일 것입니다."

이에야스의 눈이 다시 빛을 내기 시작했다. 덴카이가 지적한 대로, 두 사람이 국내에서 서로 반발할 생각은 없었다. 그러나 마음과 반대되는 말을 함으로써 '무' 이전의 대립이 그대로 두 사람 사이에 남아 있는 것은 숨길 수 없는 사실이었다.

"씨앗은 씨앗 그대로 있으면 싹트지 않습니다. 땅이 있어야 싹이 돋아나지요. 간파쿠를 땅으로 생각하십시오. 땅에는 비옥한 흙도 있으나 메마른 흙도 있습니다. 그런 의미로 볼 때 간파쿠는 결코 좋은 토양이 아닐지도 모릅니다. 그렇다 해서 그 땅을 마다하고 씨를 썩혀버리는 건 어리석은 일. 이것이 제2의 상대를 깨달은 자의 걸음……."

"잠깐, 그렇다면 스님은 이 이에야스를 어떤 씨앗으로 판단하시는 거요?"

"그야 뻔하지요. 가장 소중한 평화의 씨앗으로 생각하므로 이렇게……."

"흠—"

"말이 좀 지나쳤습니까? 그런 건 이미 알고 계실지도 모르겠습니다. 거슬리게 들리셨다면 용서해 주십시오."

거기까지 말한 덴카이는 갑자기 생각난 듯 교묘하게 화제를 바꿨다.

"아참, 그러고 보니 이 성에는 아직 수호신이 없다고 들었습니다. 존오 스님도 걱정하시더군요……."

그러나 이에야스는 덴카이의 말솜씨에 걸려들지 않았다. 지금까지의 대화가 이에야스를 깊이 사로잡은 것 같았다. 그는 천천히 팔걸이를 앞으로 끌어당겨 편안한 표정으로 몸을 앞으로 내밀었다.

"스님은 이따금 사카이에도 가시는 모양이던데, 소에키라는 분을 만나보셨는지요."

"만났습니다. 그분은 아주 능숙하게 간파쿠를 활용하고 계시더군요."

"그런 것을 활용이라고 하오?"

"예. 다도는 간파쿠의 화려한 경향을 토양으로 와비라는 소박한 정취를 꽃피웠습니다. 이제 다도는 당분간 쇠퇴하지 않을 겁니다."

"음, 그럴지도 모르겠는걸. 그래, 사카이에서는 소에키 님 외에 어떤 사람들과……."

"나야 쇼안, 소로리 신자에몬, 나야 스케자에몬 등 저마다 재미있는 일가견을 갖고 있는 것 같더군요. 상인으로는 그 밖에 혼아미 고에쓰, 요도야 조안, 자야 시로지로, 스미쿠라 요이치 등이 무사였다면 모두 한 나라 한 성의 주인이 될 수 있을 그릇들로 보였습니다."

이에야스는 가볍게 고개를 끄덕였다.

"간파쿠 전하도 소에키 님 사건으로 곤란했던 모양이었소. 생명을 걸고 달려들었으니."

"아닙니다, 그런 게 아니었습니다."

"그렇지 않다니?"

"도쿠가와 님, 사람에게는 저마다 운과 수명의 조화라는 게 있습니다. 수명은 태어나면서 얻는 것, 운은 그 흥망성쇠입니다. 따라서 어떤 사람도 자신의 천명에 춘하추동이 찾아드는 것을 막을 수는 없습니다."

"옳지!"

"간파쿠 전하는 이를테면 그 겨울로 접어든 일을 깨닫지 못하시는 것 같습니다. 참다운 불제자는 예언하는 게 아닙니다만, 말씀드린다면 아우 히데나가 공의 죽음이 첫 번째 겨울의 알림, 소에키 님을 잃은 것이 두 번째 알림. 머지않아 커다란 세 번째 알림이 있을 겁니다."

"세 번째 알림……이라면 나쁜 일들이 계속된다는 말이오?"

"인간은 운이 겨울을 향하면 늘 마음이 시끄러운 법입니다. 그것을 깨닫고 겸손하게 평정을 유지하면 좋지만, 그렇지 않으면 커다란 불행을 맞게 되지요. 간파쿠의 기질로는 그 흉사를 당하면 아주 크게 움직일 기미가 보입니다."

"아주 크게 움직이다니……."

"대륙출병을 억지로 단행하겠다고 나오지 않을까요?"

"그렇다면 스님은 대륙출병이 간파쿠 전하의 운을 깨뜨릴 거란 말이오?"

덴카이는 천천히 고개를 끄덕였다.

"때에 따라서는……목숨을 잃게 되지 않을까 염려됩니다."

이에야스의 어깨가 크게 꿈틀거렸다.

'함부로 말해선 안 된다.'

만일 덴카이가 히데요시의 첩자라면 큰일이라고 스스로 경계했다.

덴카이가 웃었다.

"하하하……걱정하지 마십시오. 이 덴카이, 이제부터 가와고에로 돌아가면 당분간 밖에 나오지 않을 겁니다. 다만 간파쿠 전하의 운이 겨울로 접어들었는 데 비해 도쿠가와 님은 차츰 봄을 맞이하는 것으로 보이지만……아직 화창한 봄날은 아닙니다. 얼마 동안은 충분히 생각하고 또 생각해서 일본을 위해 후회 없는 활동의 기틀을 다져놓으시기 바랍니다."

"그 충고, 고맙게 받아들이겠소. 스님은 아까 수호신 이야기를 꺼냈는데."

이번에는 이에야스 쪽에서 화제를 돌렸다.

"아, 그랬지요. 비록 간파쿠 전하의 운이 어떤 흥망성쇠를 걸으시든, 도쿠가와 님은 더욱 넓은 견지에서 자신의 천명을 살려나가셔야 할 것입니다. 그것을 위해 우선 성안에 수호신을 모시는 게 좋겠습니다."

덴카이의 말에 이에야스도 비로소 웃었다.

"무서운 교훈이군. 혼자만 극락으로 가려는 마음은 깨끗이 버리라는 말씀이겠지요."

"하하……또 앞지르시는군요."

"좋소, 스님 말씀에 따르리다. 실은 이 성안에 오타 도칸(太田道灌)이 세운 두 분신의 사당이 있소."

"허, 어떤 신인가요?"

"하나는 덴진(天神) 신사, 또 하나는 북쪽 성채의 매화나무숲 속에 황폐한 채 방치된 산노(山王) 신사요."

"과연……기이한 인연이군요."

"호, 덴진과 산노가 기이한 인연이라니?"

"허……짐작되지 않습니까? 덴진은 스가와라 미치자네(菅原道眞) 공, 그것은 어떻든 산노 님의 주신(主神)은 야마시로에서 단바 지방을 개척한 치수(治水)의 신 오야마쿠이노카미(大山咋神)인 바 그 심부름꾼은 원숭이라는 속설이 있습니다."

"그렇소."

"그 원숭이에서 생각나는 게 없습니까?"

"생각나지 않는데."

이에야스는 진지하게 말한 다음 피식 웃었다. 아마 히데요시의 별명인 '원숭이'를 생각한 것이리라.

"이제 에도를 개척하여 간토 8주의 백성을 구하는 것이 염원인 도쿠가와 님이 산노 신사를 수호신으로 삼아 그 뜻을 가신들에게 분명히 보여주는 겁니다. 게다가 같은 심부름꾼이므로 원숭이와 사이좋게 국가를 건설한다……고 생각하면 마음의 목표도 정해질 것으로 생각합니다만, 어떠신지?"

이에야스는 잠시 고개를 끄덕이며 생각한 뒤 말했다.

"음, 산노 신사를……."

"그리고 나날이 새롭게 나날이 번창하도록 에도성 건설에서 국가건설로 정진하십시오."

"흠, 과연 그렇겠군."

이에야스는 일부러 표정을 바꾸지 않았으나 덴카이의 말뜻만은 깊이 새겼다.

덴카이도 히데요시의 대륙출병을 무모한 짓으로 보는 점에서 이에야스와 마찬가지인 모양이다. 더욱이 그 히데요시가 실패하더라도 나라 안을 싸움판으로 몰아넣지 않도록 지금부터 충분히 대비하라고 말했다. 그 대비하는 방법을 분방하기 짝이 없는 수호신 결정을 권하는 말에 빗대어 설득하고 있는 것이다. 원숭이와 사이좋게 산노 님을 섬기며 국가건설에 매진하라니 얼마나 대담무쌍하고 독선적인 의견인가.

그러고 보면 산노 신사를 사람들은 히요시(日吉) 님이라고 부르기도 한다. 히요시마루(日吉丸)는 히데요시의 어릴 적 아명이니 그것을 섬기기로 했다는 말을 들으면 히데요시도 좋아할 거라는 생각도 든다.

이에야스는 차분한 목소리로 말했다.

"스님을 만나 나는 눈을 크게 뜨게 됐소. 스님을 10년만 일찍 만났더라면."

"정말 황송한 말씀, 소승도 여태껏 뵙지 못한 것을 유감으로 생각하고 있는 터입니다."

"자, 그러면 이야기는 끝났소. 마사노부, 스님께 식사를 대접하고 작별하기로 하자. 준비한 걸 이리로…… 존오 스님을 통해 언제고 다시 한번 청하겠으니 그때는 틀림없이 와주시오."

"감사합니다."

마사노부는 고개를 갸웃거리면서 자리에서 일어섰다. 그로서는 아직 덴카이의 정체를 알 수 없었던 것이다.

덴카이는 황금 10닢을 시주로 받고 물러갔다. 올 때나 갈 때나 당당하게 한 치의 빈틈도 없어, 바람처럼 거리를 걷고 있을 때의 그와는 전혀 다른 중후함이 넘쳐 보였다. 권위에 대한 두려움이 없기 때문이리라. 혼다 마사노부에게 상대가 예사롭지 않은 '괴짜'로 보이는 것도 무리가 아니었다.

"주군, 놀라운 인물이군요."

"그대도 그걸 알았나?"

"우리를 마치 어린애처럼 다루며 현관에서도 호통치고 나갔습니다."

"꾸지람 들었다고, 그대도?"

"예, 주군이 운의 갈림길에 서 있는 지금 중신들은 뭘 하고 있느냐고."

"허, 매서운 꾸중이로군."

"저도 울컥 화가 치밀어, 어디에 잘못이 있는지 가르쳐달라고 말했습니다."

"그랬더니 뭐라던가?"

"여행 중에 대륙출병 소식을 듣고 곧바로 되돌아왔습니다, 하고 어째서 말씀드리게 하지 못 했느냐고."

"허, 그러면 곧바로 되돌아가 중지시켜야 했다는 뜻인가?"

"아닙니다, 어째서 축하말씀을 드리러 상경하시게 하지 않았느냐고……."

거기까지 말하고 마사노부가 슬며시 고개를 드니 이에야스는 빙그레 웃고 있었다. 무언가 짚이는 게 있는 것 같았다.

그러나 이에야스는 그 문제에 대해 더 이상 언급하지 않았다.

"마사노부, 고헤이타를 불러주겠나? 그리고 고헤이타가 오면 그대는 옆에서 참견하지 말고 있게."

"알겠습니다."

아직도 본성의 내전 건축을 지휘하고 있는 고헤이타가 정원을 통해 나타나자, 이에야스는 마루로 가서 생각난 듯 말을 건넸다.

"어떤가, 고헤이타. 이 성안에 수호신을 모신 곳이 있는가?"

전에 한 번 그 일에 대해 이에야스에게 말한 기억이 있으므로 사카키바라 고헤이타는 고개를 갸웃거리며 말했다.

"예, 두 곳 있습니다."

"좋다. 그럼, 그것을 보러 갈 테니 앞장서라."

마사노부와 함께 정원 밖으로 나갔다.

고헤이타는 이따금 날아드는 꿩과 메추라기들 사이로 덤불을 지나 성 서북쪽에 있는 모미지산(紅葉山)으로 갔다.

그리고 덴진을 모신 작은 사당으로 먼저 안내했다.

"흠, 도칸이 노래를 좋아하더니 덴진사까지 세웠구나."

그렇게 말하고 다음의 작은 사당 앞에 섰다.

"고헤이타, 참 이상한 일도 다 있구나."

"이상하다니 무슨 말씀이신지……?"

"이것은 산노 님 아니냐? 정말 기이한 인연이로다!"

마사노부는 하마터면 웃음을 터뜨릴 뻔하다가 얼른 입술을 깨물었다.

"사실은 이 성안에 수호사당이 없으면 히에이산의 사카모토에서 산노 님을 모셔오려고 했는데, 이것은 틀림없는 산노 신! 이야말로 무운장구, 가문번영의 상서로운 징조가 아니고 무엇이겠느냐. 이것을 우리 가문의 토지신으로 삼으리라. 곧 신사 건립 준비를 서두르도록."

이 말을 듣고 고헤이타는 다시 한번 고개를 갸웃거리면서 대답했다.

"알겠습니다."

이에야스의 말투가 너무나 열성적이어서 고헤이타도 거기에 점점 끌려들어 갔다.

"정말 이상한 인연이군요."

"그렇고말고. 그뿐만 아니라 옛 속담과도 맞아떨어진다. 12지(支)의 일곱 번째를 소중히 모시라는 속담 말이다. 내 생년이 임인년(壬寅年), 거기서 일곱 번째는 신(申) 곧 원숭이다. 원숭이는 산노 님의 심부름꾼이다. 그 산노 님이 이미 모셔져 있었으니 얼마나 상서로운 징조인가. 이로써 에도의 번영은 만만세가 아니겠느냐?"

"그럼, 곧 길일을 택해 제사부터 드리도록 하겠습니다."

"그렇게 해라. 그것을 결정한 뒤 나는 서둘러 상경해야겠어."

그 산노사가 지금의 호시가오카(星岡)에 있는 히에 신사(日枝神社)의 전신인데, 두 사람의 대화를 듣고 있는 동안 혼다 마사노부는 점점 불안해졌다. 덴카이라는 괴상한 중의 말을 그대로 받아들여 이에야스는 수호신 사당의 건립을 명령한 뒤 상경할 작정인 듯했다.

고헤이타와 헤어지고 나서 거실로 들어오자 마사노부는 말하지 않을 수 없었다.

"주군께서는 역시 상경하실 생각이십니까."

"하지 않을 수 없겠지. 내가 출병에 반대한다는 걸 간파쿠가 이미 알고 있으니까."

"그럼, 저 덴카이 말대로 하시려는 겁니까?"

"마사노부."

"예."

"자네는 묘하게 덴카이에게 신경 쓰고 있군. 덴카이의 말이건, 거리 아이들 말이건 그것이 옳으면 따르는 거야. 마다할 이유가 어디 있겠느냐?"

"그건 그렇습니다만, 지금 상경하시면 도리어 불리하지 않을까 해서……."

"하하……간파쿠의 성격은 그 정반대야."

이에야스는 거기서 목소리를 낮췄다.

"반대하는 것으로 보이면 설 자리도 없을 만큼 짓궂게 대응해 나온다…… 하지만 찬성하면 반대로 굳게 믿으시지. 지금은 신임을 얻어 뒤를 튼튼히 해야 된단 말이야. 간파쿠의 직속영주들과 사이좋게 한 덩어리가 되지 않으면, 만일 출정군이 패해 명나라군의 침공이라도 받게 될 경우 어떻게 되겠나. 방책이 없다. 나무아미타불로는 해결되지 않는단 말이야."

"덴카이가 마음에 썩 드신 모양입니다."

"그래. 그 사람은 신불이 나를 위해 보내주신 사자라고 생각했다."

"주군께서는 정말 어린아이처럼 순진하시군요."

"마사노부!"

"예."

"순진한 게 어째서 나쁘냐! 붓과 종이……붓과 종이…… 좋은 교훈을 아무리 들어도 깨닫지 못하는 비뚤어진 마음을 가진 인간들이야말로 어리석기 짝이 없지. 내일 성 밖을 돌아보고 무코지마(向島) 언저리에 매를 놓아 모두의 사기를 점검한 뒤 나는 곧 다시 교토로 출발하겠다. 도중에 출병 결정 소식을 듣고 부랴부랴 상경했다, 모처럼의 결정이시니 만반의 준비를 하시도록…… 이렇게 나가야만 저쪽도 이에야스를 믿게 되는 거다. 간파쿠와 사소한 마찰이라도 빚어지면 일본의 큰 손실이다. 내 일신의 극락행은 당분간 보류하지 않으면 안 되겠어……."

마사노부는 더 이상 아무 말도 하지 않았다. 이에야스의 마음에 거대한 용이 도사리고 있는지, 그 눈이 허공을 향해 힘차게 빛을 내고 두 뺨이 앵두빛으로 빛났다…….

덧없는 가을

　그날 히데요시는 인도의 부왕(副王)에게 보낼 회신의 초안을 읽게 하여 들은 다음, 행정관에게 전국의 토지조사를 시작하도록 명하고 요도성으로 향했다.

　교토의 더위는 히데요시에게 예년보다 더욱 혹독하여 기분이 그리 좋지 않았다.

　올봄 이에야스가 에도로 돌아가자마자, 오슈의 난부 노부나오 일족인 구노헤 마사자네(九戸政實)가 누카베성(糠部城)에 웅거하며 반기를 들었다. 생각해 보면 그때부터 불쾌한 일들만 잇달아 일어나고 있었다.

　히데요시는 다시 상경하겠다는 이에야스를 오슈에 대비하도록 했다. 물론 이에야스만으로는 불안해서 조카 하시바 히데쓰구, 가모 우지사토, 다테 마사무네, 우에스기 가게카쓰 등 5명에게 구노헤 마사자네를 치도록 명령 내렸다.

　다행히 6월에 들어서 다테 마사무네가 미야자키성을 함락했으나, 이것조차 마음 놓이지 않았다. 마사무네와 우지사토 사이에는 여전히 심상치 않은 공기가 남아 있었다.

　그때 소 요시토모가 직접 조선에 건너가 조선 왕과 담판을 벌였으나 조선 왕은 명나라로의 길잡이 노릇은 할 수 없다고 대답했다는 기별이 왔다.

　국내도 대륙출병에 대해 찬성하는 분위기는 아니었다. 소에키가 대표하던 사카이 사람들을 비롯하여 측근인 이시다 미쓰나리까지 단념하라는 기색을 비치곤 했다. 그러므로 히데요시는 소 요시토모의 교섭에 대해서도 의심을 품지 않을 수 없었다.

'그놈이 적당히 둘러대며 조선의 눈치만 살피고 있는 게 아닐까……?'

그러고 보니 소 문중은 본디 조선과의 밀무역으로 꾸려나가고 있었다. 요시토모로서는 소중한 거래처이니 히데요시의 말이 과연 그대로 전해졌을지 어떨지? 이런 생각을 하노라니 의심은 깊어가기만 했다.

게다가 요시토모의 장인은 고니시 유키나가이다. 유키나가도 역시 히데요시 앞에 있을 때와 사카이 사람을 대할 때 말의 표리가 있는 것 같았다. 어쩌면 교역의 이해문제 외에 예수교도 단속에 대한 또 다른 반감이 숨겨져 있는지도 모른다…….

오늘도 히데요시의 뇌리에서 그 생각이 떠나지 않고 있었다. 조선을 끌어들여 그들의 도움으로 명나라에 들어가는 것과, 조선을 적으로 삼아 진군하는 것은 일을 추진하는 데 큰 차이가 있었다.

후시미에서 요도까지 배를 타고 내려가 성으로 들어섰을 무렵 해가 기울고 있었다. 강에서는 바람이 불었으나, 뭍에 올라오니 다시 바람 한 점 없는 찌는 듯한 무더위가 계속되었다.

'빨리 훌훌 벗고 우리 도련님이라도 안아줘야지.'

처음엔 스테(棄 ; 버릴 기)라고 부르게 했던 히데요시가 어느새 쓰루마쓰를 '우리 도련님'이라 부르는 것을 조금도 어색하게 느끼지 않고 있었다. 늘그막에 얻은 자식이라 그런지 애틋하리만큼 귀여웠다. 성에 이르러 내전으로 들어서는 히데요시의 발걸음은 절로 빨라지고 있었다.

쓰루마쓰는 이번 7월에 만 2년2개월이 되었다. 그리 튼튼한 편은 아니라 지난 윤정월에 한 차례 앓았으나 곧 회복되어 요즘은 한두 마디 말을 배우느라 한창이었다.

히데요시는 일부러 쓰루마쓰를 놀라게 해주려고 마중 나온 시녀들에게 발소리를 죽이게 하고 드리워진 발 앞까지 갔다가 놀래주려던 생각을 까맣게 잊고 저도 모르게 방 안으로 들어섰다.

"아—"

환성을 지르며 달려올 줄 알았던 쓰루마쓰가 누워 있었다. 그 잠든 얼굴을 기웃거리는 요도 마님의 표정도 창백하게 질려 있었다.

"이게 대체 어떻게 된 일이냐?!"

그러고 보니 기색이 이상한 건 요도 마님만이 아니었다. 마중 나온 시녀들의 얼굴도 심상치 않았다. 쓰루마쓰가 병이 난 것이다. 아니, 그보다도 이마에 흥건히 땀이 배어 잠들어 있는 아이의 얼굴에서 뭔가 날카롭게 찔러오는 것이 있었다.

"대체 무슨 일이야?"

히데요시는 다시 다그쳐 물었다.

"의원들은 어디 있느냐? 어디가 아픈 거냐. 감기냐, 체증이냐, 아니면 배탈이냐? 내가 그토록 주의시켰는데."

그 방에 남자는 히데요시 외에 당사자인 쓰루마쓰와 쓰루마쓰의 사부(師傅)를 명령받은 이시카와 미쓰시게(石川光重)뿐이었다.

이마에 손을 대어 보니 열이 있는 것 같아 소리를 질렀다.

"미쓰시게! 언제부터냐, 열이 나기 시작한 것이?"

그러나 미쓰시게는 금방 대답하지 못했다.

"오늘 점심 전까지만 해도 아무 이상 없었습니다."

"그래, 언제부터 앓아누운 거냐?"

"점심식사 때 아무것도 드시지 않았습니다. 그래서 곧 의원을 불렀습니다만 열도 없고 기침도 하시지 않고 배에도 아무 이상이 없었습니다."

"그래, 치료는 어떻게 했느냐?"

"병환이 아니고 피로한 것 같으니 조용히 주무시게 하는 게 좋다고 전의들이 말하여 이렇게 어머님과 함께."

"왜 내게 알리지 않았느냐?"

"알렸습니다만 길이 엇갈린 것으로 생각됩니다."

"요도."

히데요시의 추궁은 자차히메에게로 돌아갔다.

"지금 미쓰시게의 말을 들어보니 아무 데도 나쁜 곳이 없고 다만 자고 있을 뿐이라……는 이야기인데, 그대는 어떻게 생각하는가?"

"네, 저도 모르겠습니다. 어찌해야 할지……?"

"원인도 없이 병이 난단 말인가. 뭔가 짚이는 게 있겠지."

"그게 전혀…… 점심 전까지는 장난감 배를 타며 잘 놀고 있었어요."

"그럼, 배탈이 난 건 아니라는 말이지?"

"네."

"그럼, 누군가에게 저주받고 있다는 말인가? 저주도 아니면 귀신이 붙은 걸까? 어리석은 것들! 당장 전의를 불러라. 때를 놓치면 큰일이다."

"알겠습니다."

마쓰시게가 나가자 히데요시는 다시 아기 이마에 손을 얹어보았다.

"열은 없는 모양이군."

그때 아에바 부인이 무릎걸음으로 나왔다.

"전하께 드릴 말씀이."

"뭐냐, 짚이는 것이라도 있느냐?"

"전의의 진찰도 진찰이오나 곧 신사와 불전에 기도를 올리도록 명하시는 게 중요하다고 생각……."

히데요시는 혀를 차며 말했다.

"그럼, 그대도 귀신 도깨비의 짓이라고 생각하는 쪽인가."

"예, 저에게 좀 짚이는 것이 있어……."

자차히메가 깜짝 놀라 부인을 다시 쳐다보았다.

그즈음 여성으로서는 무리 없는 의견이었다. 병이라면 우선 불공이나 기도부터 드리는 풍속이 아직 뿌리 깊게 남아 있다. 의학도 이 무렵 꽤 발달해 외과 부문에서는 남만풍의 서양의학이 들어와 있었고, 한방도 중국식과 조선식에 일본풍이 가미된 마나세 의학(曲直瀨醫學)의 기초가 세워져 있었다. 그 의학으로도 원인을 모른다면 곧 귀신이나 영혼 따위를 떠올리는 수밖에 없었다.

히데요시는 쓴웃음을 지으며 아에바 부인을 돌아보았다.

"뭐냐, 그대가 짐작한다는 건?"

"죽은 혼령은 아닌 것 같습니다. 원한 있는 생령이 아닌가……."

"원한 있는 생령……이라면 우리 도련님을 저주하는 자가 이 세상에 있다는 말인가?"

"예, 전하께서는 짐작되시는 게 전혀 없으신지요?"

"내가 그대에게 묻고 있는 게 아니냐? 나에게 생각나는 일이 있다면 왜 그대한테 묻겠나?"

"이를테면 도련님의 탄생으로 가장 손해를 보신 분……."

"뭐, 도련님의 탄생으로……?"

말하려다 말고 히데요시는 얼굴을 찡그리며 혀를 찼다.

"그대는 기타노만도코로가 아기를 저주하고 있다는 말이냐?"

"원, 당치도 않은 말씀이십니다! 만도코로 마님께서 어찌 그런…… 오사카에 계실 때도 그토록 귀여워하셨는데."

"그렇다면 그 밖에 누가 있단 말이냐?"

"글쎄, 그것은……."

"아, 그러면 히데쓰구를 말하는 거냐?"

"아닙니다, 그건……."

"아기가 태어나지 않았다면 히데쓰구가 내 뒤를 잇게 되었을 것이다. 그래서 저주하고 있을 거라는 말인가?"

"아이구, 그런 무서운 일을……."

"그럼, 누구란 말이냐?"

꾸짖듯 소리치고 나서 히데요시는 그대로 입을 다물었다. 아에바 부인이 쓰루마쓰를 저주하고 있을지도 모른다고 염려하는 상대가 비로소 생각났던 것이다. 바로 교고쿠 부인이었다. 자차히메가 이 성에서 쓰루마쓰의 생모로 히데요시의 총애를 한 몸에 독차지하기 전까지는 지금 서성(西城) 마님이라고 불리는 교고쿠 다쓰코(京極龍子 ; 후사
히메)가 가장 총애받고 있었다. 그녀의 자태는 자차히메를 능가하고 교양이며 재치도 결코 자차히메에게 뒤지지 않았다.

'설마 그럴 리가…….'

히데요시는 그렇게 생각했으나 더 이상 아에바 부인을 나무라지는 않았다. 비록 그런 일이 없다 하더라도 일이 이렇듯 다급해지면 여러 신사와 절에 기도를 올리지 않고는 못 견딜 것 같은 심정이었다.

이때 이시카와 미쓰시게가 그즈음 소아과에서는 일본 으뜸이라는 곤도 게이안(近藤桂安)을 데리고 들어왔다.

지난봄부터 쓰루마쓰를 맡아보고 있는 게이안이 잠든 쓰루마쓰의 가냘픈 손목을 짚어보았다.

"아, 열이 오르고 계십니다."

"뭐, 열이 난다고?"

히데요시는 당황하여 자기도 다시 사랑하는 아들의 이마에 손을 대었다. 그리고 떨리는 목소리로 게이안에게 물었다.

"오, 아까보다 더 뜨겁군. 이건 좋은 건가, 나쁜 건가?"

게이안은 신중하게 고개를 갸웃거리며 맥박을 짚었다.

"어떤가 게이안, 아직 모르겠나?"

히데요시는 다시 재촉했다.

자차히메는 숨죽이고 게이안을 지켜보았고 미쓰시게와 아에바 부인도 긴장하여 움직이지 않았다.

시녀 둘이 촛불을 날라왔다. 사방은 벌써 어두워졌고, 방 안에 가느다랗게 모기향이 피어오르고 있다.

"죄송하오나 모기향을 치워주셨으면."

게이안이 말하자 비로소 그것을 깨달았는지 히데요시의 성난 목소리가 찌렁찌렁 울렸다.

"목에 나쁘단 말이다. 누가 모기향을 피우라고 했나?"

꾸지람을 듣고 시녀가 얼른 모기향을 들고 나갔다. 게이안은 히데요시를 향해 돌아앉아 공손히 머리를 조아렸다.

"홍역인지도 모르겠습니다."

"뭐, 홍역이라고?"

"예, 이 맥 짚는 방법은 시수문(視手紋)이라 하는데 계집아이는 오른손, 사내아이는 왼손 손가락 세 마디의 맥을 짚어보고 병의 경중을 아는 것입니다."

"그래서?"

"첫 마디를 풍관(風關)이라 하여 맥이 없으면 무병, 맥이 있으면 병이 가벼운 것입니다. 둘째 마디를 기관(氣關)이라 하며 맥이 있으면 병이 중하고, 셋째 마디를 명관(命關)이라 하는데 맥이 있으면 몹시 무거운 병으로 구사일생의 아주 나쁜 징후입니다."

"그래, 아기는 어떤가? 그걸 말하게."

"황송하오나 워낙 약한 체질로 태어나신 탓에 홍역의 열이 발산되지 못하고 속으로 들어간 것 같습니다."

"약이 있겠지. 열을 내리게 하면 될 게 아닌가."

게이만은 더욱 신중해졌다.

"다름 아닌 간파쿠 전하의 도련님, 만에 하나 진단이 잘못되기라도 하면 돌이킬 길이 없습니다. 저 외에도 이타사카 조칸(板坂釣閑), 오카 시게이에(岡重家), 그리고 마나세 겐사쿠(曲直瀬玄朔), 나카라이 즈이케이(半井瑞桂) 선생 등을 불러주시면 좋겠습니다만."

"좋다. 미쓰시게, 곧 교토로 사자를 보내라. 그리고 마시타 나가모리, 마에다 겐이에게도 곧 달려오라고 일러라. 일본의 모든 사찰에 곧 기도를 명해야겠다. 서둘러라."

이렇게 명령한 뒤 게이안에게 다짐했다.

"이들이 오기 전에 무슨 일이 있는 건 아니겠지?"

히데요시 얼굴은 납빛 땀으로 가득했다. 그것을 보자 자차히메는 정신이 아득해지는 것만 같았다. 히데요시가 옆에 있어서 오히려 마음이 약해진 건지도 모른다. 히데요시에게는 차마 말할 수 없었지만, 자차히메는 자식의 병이 심상치 않은 것을 잘 알고 있었다.

'이대로 탈 없이 자랄 수 있을까……?'

그렇게 생각한 적이 한두 번이 아니었다. 더구나 그때마다 몸서리쳐지는 기억이 자차히메의 가슴을 도려냈다. 히데요시와 노부나가를 미워하고 증오하다가 죽어간 조부의 혼백과 아버지의 혼백이, 두 사람 사이에서 태어난 아이를 어디선가 늘 저주하고 있는 것 같은 느낌이 들었다. 그런 자차히메의 두려움을 알고 있는 아에바 부인이므로 죽은 혼령이라고 하지 않고 일부러 '생령'이라고 한 것인지도 모른다. 생령 같은 것은 무섭지 않았다. 그러나 죽은 혼령이라면 모든 사찰의 기도로 과연 물리칠 수 있는지…….

'인간에게는 불가사의한 숙명의 끈이 있어서…….'

그런 생각을 하고 있는데, 갑자기 쓰루마쓰가 그 조그만 주먹을 불끈 쥐더니 경련하기 시작했다.

경련은 잠시 뒤에 멎었다. 여전히 미열이 있었다. 그러나 호흡은 이따금 고통스러운 듯 길게 꼬리를 끌어, 들여다보고 있는 히데요시와 자차히메의 가슴을 쥐어뜯었다.

쓰루마쓰는 잠들어 있는데 부모 눈에는 그렇게 보이지 않았다. 눈을 감은 채 조그만 생명이 무언가와 치열하게 싸우고 있는 것만 같았다. 그래도 경련은 한 차례로 멎고, 잠이 깨지 않은 채 하룻밤이 지났다.

새벽이 가까워지자 교토에서 잇따라 의원들이 와닿았다. 모두 소아 의원으로서는 명의로 소문난 사람들이었다. 의원들이 다 모이자 손을 씻고 쓰루마쓰에게 다가갔다.

진찰한 결과 조칸의 제안으로 관장을 해서 창자에 들어 있는 것을 모두 빨아내기로 결정하고 조칸이 그것을 담당했다. 입으로 빨아낸 오물은 곧 겐사쿠, 즈이케이, 시게이에, 게이안의 순서로 입을 통해 검토되었다. 잔뜩 긴장된 표정으로 혀로 핥아 오물을 검토하는 광경은 보는 사람마저 몸이 죄어드는 듯한 엄숙함이 있었다. 그러나 그 결과도 역시 무슨 원인으로 갑자기 이런 무기력한 상태에서 잠자는지 알 수 없다는 것이었다.

"식중독은 아닌 것 같군요."

"그렇습니다."

"그러면 역시 피로가 심하신 거라고 볼 수밖에 없을 것 같은데."

"이대로 피로가 더 심해지지 않도록 인삼 달인 약을 억지로라도 드시게 해야겠습니다."

그렇게 되자 히데요시도 차츰 여인들과 같은 혼란에 빠졌다. 처음에는 여인들의 걱정을 달래주기 위해 신불에게 빌어볼 작정이었는데 이제 정말로 마시타 나가모리와 마에다 겐이를 꾸짖기 시작한 것이다.

"올봄에 기도를 부탁했던 곳은 어디 어디인가?"

"예, 교토 안팎의 신사와 절은 물론 나라(奈良)의 가스가 신사(春日神社)를 비롯하여 고후쿠사(興福寺)와 고야산에도 저마다 쾌유를 비는 기도를 부탁했습니다."

"그래! 그럼, 그때 약속했던 시주는 쾌유를 기다릴 것 없이 모두 전하도록 해라. 그리고 회복되었을 때는 더 시주하겠다고."

"분부대로 거행하겠습니다."

"아, 그렇군. 그 오미의 기노모토에 있는 지장보살의 절이 무엇이라고?"

"오미의 기노모토라면, 이카군(伊香郡)의 조신사(淨信寺) 말씀입니까."

"그래, 그 절에는 어린애의 목숨을 지켜주는 지장보살이 모셔져 있다고 들었다. 아에바, 그랬지?"

"예, 전에 아사쿠라 문중과도 인연 있었던 절입니다. 그 절에도 꼭 분부를 내려주셨으면 합니다."

"알았다. 전에도 여인들이 부탁했던 적 있을 것이다. 이번에는 그때의 시주에 50석을 더 바치겠으니, 곧 그대 손으로 시주 수첩을 적어서 보내도록 하라."

"알겠습니다."

마시타 나가모리는 별실로 물러가 곧 그곳에도 50석을 더 시주할 테니 정성 들여 기도드리라는 편지를 써서 사람을 보냈다. 그 편지에는 나가모리와 겐이 외에 함께 자리한 고이데, 이토, 데라사와, 이시카와도 도장을 찍었다.

'조금이라도 더 정중하게…….'

그러면 어린 목숨에 기적이 일어날까 하는 애처로운 기대에서였다.

쓰루마쓰는 이튿날 오후가 되자 한 번 눈을 반짝 떴다. 명의들이 조제하여 억지로 먹인 탕약이 분명 효험을 나타낸 것 같았다.

쓰루마쓰는 눈을 뜨자 벌떡 일어나 사방을 둘러보면서 무언가 찾는 눈치였다. 숨죽이고 들여다보던 히데요시에게도, 생모 자차히메에게도 시선을 멈추지 않고 한 계단 낮게 되어 있는 아무도 없는 다다미에 시선을 보냈다.

그리고 입술이 조그맣게 움직이는가 싶자 가을 뜰의 이슬처럼 맑은 외마디 소리가 흘러나왔다.

"만 엄마."

쓰루마쓰에게는 어머니가 둘 있었다. 하나는 오사카에 있는 기타노만도코로인 만 엄마이고, 또 하나는 이 성의 엄마였다.

자차히메는 기타노만도코로의 이름을 듣자 겁에 질린 듯 아에바 부인을 돌아보았다. 그녀들에게는 쓰루마쓰가 허공에서 본 기타노만도코로의 환상이 더할 나위 없이 기분 나쁜 연상을 떠올리게 했다.

도요토미 문중의 후계자이므로, 오사카성의 자기 옆에 두고 키우겠다는 게 기타노만도코로의 뜻이었던 것은 잘 알고 있다. 그런데 억지로 이곳으로 데려온 것이다.

그 기타노만도코로의 환상을 본다는 것은 만도코로가 쓰루마쓰를 저주하고 있는 게 아닌가 하는 의심과 두려움을 불러일으켰다. 그녀들은 온몸에 소름이 끼치는 듯한 느낌으로 쓰루마쓰의 동작을 지켜보았다.

쓰루마쓰는 조그만 손을 살며시 눈에 대는 시늉을 했다.

"만 엄마가 우메마쓰(梅松)를 데려왔어. 춤추자, 우메마쓰. 자, 이리와."

그렇게 말하더니 그 조그만 볼에 엷은 미소가 피어나는 게 아닌가……

자차히메는 다시 한번 살며시 부인을 돌아보며 미소 지었다. 그녀들의 두려움은 과녁을 빗나간 것 같았다. 우메마쓰란 쓰루마쓰의 놀이동무로 두어 번쯤 이성에 불러들였던 어릿광대였다. 그토록 좋아하는 어릿광대를 기타노만도코로가 데려왔던 환상을 보고 있는 것이다…… 그렇다면 쓰루마쓰가 기타노만도코로에게 얼마나 사랑받았는가 하는 증거는 될지언정 저주 따위는 당치도 않았다.

아마 히데요시도 그러한 여인들 마음의 움직임을 짐작한 것이리라. 별안간 눈물을 뚝뚝 흘리면서 울기 시작했다.

"잘못했다. 이 전하가 잘못했다, 아가야. 그렇지, 모든 걸 제쳐놓고 먼저 만 엄마에게 네 병을 알려주어야 했는데. 알겠다! 알겠어! 교훈을 얻었구나. 너의 그 맑은 마음씨에서."

히데요시의 눈물은 삽시간에 좌중에 번져갔다. 자차히메는 얼굴을 돌리고 울었고, 아에바 부인과 의원들은 입술을 깨물며 오열을 삼켰다.

쓰루마쓰가 이윽고 다시 잠들자, 히데요시는 이튿날 아침 눈에 띄게 수척해진 얼굴로 일단 교토로 돌아갔다. 아무튼 약효가 나타나기 시작했으니 염려할 것 없다는 의원들의 의견인 데다, 교토로 돌아가 정무를 돌보지 않을 수 없는 입장의 히데요시였다. 조선 문제, 인도 부왕에게 보낼 답신, 토지조사, 오슈 문제……

"부디 정성을 다해 손써주기 바란다. 히데요시에게는 목숨과도 바꿀 수 없는 외아들이니 무슨 일이 있으면 지체 없이 알리도록 하고……"

쓰루마쓰가 병에 걸렸다는 소식이 전해지자 일본 전국의 사찰에서 기도가 시작되는 동시에 수많은 영주들이 병문안하러 끊임없이 교토에서 요도로 몰려들었다.

히데요시가 그토록 사랑해 마지않는 외아들. 만약의 일이 일어난다면 히데요시의 성격에 어떤 변화를 일으킬지 몰랐다.

이시카와 미쓰시게와 마에다 겐이는 그 위문객들에게 쓰루마쓰의 병세를 전하느라 바빠서 식사할 겨를조차 없을 정도였다.

큰 접견실에는 위문품이 순식간에 산더미처럼 쌓였으나 쓰루마쓰의 병세는 일진일퇴였다. 혼곤하게 계속 잠자는가 하면 이따금 반짝 눈을 뜬다. 그리고 무척 마음에 들었던 듯 어릿광대의 이름을 부르는가 하면, 여류 가인 오쓰의 이름을 종알거리기도 했다. 그러다가 잠시 뒤 다시 잠에 빠지는 것이었다. 반짝 눈을 뜨고 있을 때도 제정신인지 꿈을 꾸고 있는지 잘 분간할 수 없었다.

"대체 어떻게 된 병일까?"

"알 수 없어. 홍역인가 했더니 그렇지도 않고……."

요즘의 뇌염 같은 것으로 생각되지만 당시 명의들의 지식으로는 아무래도 규명할 수 없는 증세였다.

열도 나날이 오르락내리락하고 있었다. 심맥(審脈), 청성(聽聲), 시수문(視手紋), 심외증(審外證) 등 그즈음 소아과 진단법으로 온갖 방면에서 의견들을 모아봤으나 모두 고개를 갸우뚱할 따름이었다.

그러자 성안의 여자들 사이에 다시 그럴듯한 미신 같은 소문이 나돌기 시작했다. 아이들 병은 대개 모체의 선천성에서 오는 것이므로 쓰루마쓰를 임신한 동안 자차히메가 누군가로부터 심하게 미움 받은 그 앙화가 미친 게 아닐까? 이를테면 자차히메에게 백년해로를 언약한 남자라도 있었던 게 아닌가 하는 따위였다. 그것을 자차히메가 배신하고 간파쿠의 씨를 배고 말았다. 그래서 그 남자의 집념이 저런 병을 불러들인 게 아닐까. 그렇다면 일본 모든 사찰의 기도 역시 과녁을 빗나간 것이 된다.

"자차 님에게 물어서 누군가 밝혀줄 수 있는 사람이 없을까?"

"이 사람아, 비탄에 젖어 계시는 때 그런 주책없는 소리를 어떻게 물어본단 말이야?"

"정말 저렇게 주무시기만 하다가는 곧 쇠약해져서 몸을 지탱하지 못할 텐데."

이러한 소문 속에 8월 3일 밤부터 쓰루마쓰의 맥박과 호흡이 혼란해지기 시작했다. 이제 감미를 달여넣은 탕약도 어린아이의 입은 거부하고 있었다.

히데요시는 그 뒤에도 두 차례 왔으나 3일 밤에는 다시 교토로 돌아가고 없었다.

4일에 이르자 증세가 급변했다. 히데요시에게 급사가 보내진 것은 오후였으며, 밤이 되자 더욱 악화되어 어린 심장의 고동이 불길하게 변하다가 히데요시를 기다리지 못하고 5일의 썰물 때 조용히 멈추었다.

"임종하셨습니다."

겐사쿠가 의원들을 대표하여 말하자 자차히메보다 먼저 아에바 부인과 오쿠라 부인이 엎드려 목놓아 울기 시작했다.

자차히메가 울음을 터뜨리며 무너진 것은 그로부터 10분쯤 지난 뒤였다. 병간호에서 오는 피로 탓으로 자차히메는 그 슬픔을 금방 받아들이지 못했던 것이다…….

히데요시는 자차히메보다 더욱 두려워하고 있었다. 그는 이미 3일 무렵부터 쓰루마쓰의 죽음을 예감하고 있었다. 태어났을 때의 기쁨이 무엇과도 바꿀 수 없이 컸던 추억이 있었기 때문에 만약 죽는다면 그 실망이 어떠할지 상상만 해도 미칠 것 같은 기분이었다.

그는 4일 저녁 때 요도로부터 '급변'이라는 통지를 받자, 주라쿠 저택을 허둥지둥 나와 병석으로 달려가는 대신 도후쿠사로 들어가버렸다. 도저히 그 안타까운 쓰루마쓰의 임종을 볼 엄두가 나지 않았다.

'옆에 있어주고 싶지만…….'

만약 옆에 있다가 히데요시 자신이 미쳐버리기라도 한다면 그야말로 천하의 웃음거리가 될 거라는 두려움이었다.

전쟁터에서 무수한 죽음을 보았고, 스스로도 사람을 죽여온 히데요시였다. 영주들의 죄과를 다스릴 때는 아무 주저 없이 냉혹하게 처형하거나 할복시킨 히데요시인 것이다.

우선 소에키에, 그 아내마저 옭아넣어 죽여버린 히데요시였다. 그 히데요시가 자식의 죽음을 당하여 미쳐버린다면 어떻게 될 것인가……? 히데요시를 좋지 않게 생각하는 사람들은 비웃을 것이다.

"그것 봐라. 뜨끔하냐?"

그것이 지금 히데요시가 가질 수 있는 이성의 모두였다.

'나는 지금 당황하고 있는 게 아니다. 이미 죽을 것을 예상했기 때문에 이렇게 절에서 명복을 빌어주려는 것이다. 히데요시는 그렇듯 미련이 많은 사내가 아니란 말이다…….'

스스로 자신을 꾸짖으면서 도후쿠사로 들어가 그 절에서 요도까지 전령으로 줄을 잇게 했다. 시시각각 전해지는 병실로부터의 소식을 차례차례 듣기 위해 전령이 한 사람씩 왔다갔다하는 것으로는 답답해 견딜 수 없었다. 도후쿠사 산문에서 히데요시의 거실까지만도 세 사람의 근시가 지키고 있었다. 산문에서 받은 기별을 큰 현관까지 가져오고 큰 현관에서 객실 입구, 객실 입구에서 다시 히데요시의 귀에 전한 것이다. 요도 성문을 출발한 기별은 한 시간 남짓이면 히데요시한테 전해졌다.

히데요시 옆에는 에도에서 급히 달려온 도쿠가와 이에야스, 주고쿠에서 달려온 모리 데루모토, 그리고 호소카와 다다오키, 구로다 나가마사, 하치스카 이에마사 등이 수행하고 있었다. 이곳에서의 마지막 전령은 이시다 미쓰나리였다.

본당에서는 또 한 차례 기도가 계속되었고 경내는 호위무사들로 가득했다. 가토 기요마사와 가타기리 가쓰모토의 부하였다.

병세는 5일 새벽에 이렇게 전해졌다.

"호흡이 조금 괴로운 듯 보임."

그런 뒤 소식이 잠시 끊어졌다. 그 무렵은 이미 쓰루마쓰가 숨을 거둔 뒤였으나, 아직 히데요시가 자고 있을 시간이라고 생각하여 자차히메는 기별을 잠시 미루었다.

히데요시는 자리에서 일어나 좋지 않은 얼굴빛으로 시동이 바치는 차를 마셨다. 차를 마시면서 문득 소에키를 생각한 순간 미쓰나리가 들어왔다.

"방금 요도에서 도련님이 임종하셨다는 기별이 도착했습니다."

"그래, 왔느냐······."

히데요시는 찻잔을 내려놓고 멍하니 허공을 응시했다.

"그래! 기어이 살리지 못했단 말인가······."

다시 한번 같은 말을 입안에서 중얼거렸으나 아직 슬픔이 실감되지는 않았다. 각오하고 있기는 했으나 정말로 '죽을 리가―' 하는 기대와 자신감이 끈질기게 따라다니고 있었다. 그것은 언제나 이면에서 히데요시를 버티어주던 '나는 비할 데 없는 행운의 별 아래 태어났다······'는 그 자신감과 연결되는 마음인 듯했다.

자신에게 자식은 없는 것으로 믿어왔던 히데요시였다. 그 히데요시에게 뜻하지 않은 자식이 주어졌다. 그런데 이렇듯 도로 빼앗아갈 바에는 뭣 하러 일부러 주었단 말인가······ 그런 묘한 논리가 히데요시의 가슴속에 도사리고 있었다.

본당에도 기별이 전해졌는지 염불 소리가 뚝 그쳤다.

정신이 들고 보니 이시다 미쓰나리가 굳은 표정으로 아직 앉아 있었다. 히데요시의 허탈한 시선이 자신에게 옮겨오기를 기다리고 있었던 것이다.

"조금도 괴로워하시는 기색 없이 잠드신 채 조용히 숨을 거두셨답니다."

"그래?"

"자세한 것은, 고이데 님이 주군께 아뢰기 위해 요도를 떠났다고 하니 곧 와닿을 것으로 생각됩니다."

"그래?"

히데요시는 고개를 끄덕이더니 이번에는 정원 쪽으로 눈길을 옮겼다. 싸리꽃이 흐드러지게 핀 정원에는 아직 아침이슬이 반짝반짝 햇살을 반사하고 있다. 축축한 흙과 그 흙을 덮은 폭신하고 두꺼운 이끼의 푸르름이 선명했다.

소식을 듣고 모리 데루모토가 맨 먼저 나타났다. 이어서 호소카와, 도쿠가와, 하치스카, 가토, 구로다, 마에다가 들어섰다. 저마다 뭐라고 조문의 말을 했으나 히데요시는 거의 듣고 있지 않았다.

'무엇 때문에 나는 이 절에 왔단 말인가.'

히데요시가 문득 반성하기 시작한 것은 고이데가 요도에서 와닿아 임종 순간을 자세히 설명한 뒤였다. 그에 의하면 쓰루마쓰는 히데요시가 한평생 지녀온 자신감을 무너뜨리기 위해 태어난 것만 같았다. 마지막 숨을 거둘 때, 쓰루마쓰는 조그만 손을 허공에 뻗어 무엇인가 움켜잡으려 하고 있었다. 생명을 찾고 있는 게 아닐까 하고 아에바 부인이 말했다고 한다…….

"생명을……"

이렇게 말했을 때 비로소 히데요시의 눈이 젖기 시작하며 입술이 일그러졌다. 그 뒤 부채를 얼굴에 대고 보기에도 딱한 비탄에 빠져들었다.

"그래, 그토록 원하는 것을 아비가 주지 못했으니…… 용서해 다오! 용서해 다오, 쓰루마쓰야……"

모두들 소리 없이 숙연했다.

이윽고 히데요시는 부채를 놓더니 단도를 빼들고 자신의 손으로 상투를 잘라버렸다. 이렇게 어린 것의 상을 입으려고 도후쿠사에 와 있었다는 걸 깨달은 것이다.

"그래, 네가 가장 원하던 걸 말이지……"

잘라낸 백발 섞인 상투는 푸른 다다미 위에서 사람들 가슴을 단번에 덧없는 바람으로 휩쓸었다.

이에야스가, 다다오키가 소리를 삼키며 울기 시작했다.

사람들이 잇달아 도후쿠사에 몰려들었다. 객실 안은 말할 것도 없고 마루며 뜰 아래까지 삽시간에 사람으로 가득 찼으나, 상투를 잘라버린 뒤 히데요시는 이들의 문상을 받으려 하지 않았다.

히데요시는 마침내 머리를 쥐어뜯으며 목놓아 울기 시작했다. 이성을 잃은 정도가 아니었다. 이대로 미쳐버리지나 않을까 하는 생각이 들 만큼 모든 것을 잊은 비탄이었다.

"쓰루마쓰야, 나를 남겨두고 가면 어떻게 하느냐…… 나 혼자 남겨두고 갈 거라면 왜……왜……태어났느냐……."

"……."

"왜 너는, 왜 그토록 귀엽게 내 무릎에서 놀았더란 말이냐…… 너의 그 말랑말랑한 뺨을, 그 달콤한 입술을 이대로 나더러 잊어버리라는 거냐…… 왜 너는 이 불쌍한 아비를 혼자 남겨놓고……."

체면이고 뭐고 생각지 않고 넋두리하기 시작한 히데요시 앞에서 호소카와 다다오키가 맨 먼저 상투를 잘랐다.

히데요시를 따라 하여 그 슬픔을 나누겠다는 뜻이리라. 다다미 위의 상투 꼭지가 2개가 되자, 구로다 나가마사가 뒤늦었음을 부끄러워하듯 역시 상투를 내던졌다. 그렇게 되자 모리 데루모토도, 도쿠가와 이에야스도 그대로 앉아 있을 수 없었다.

"쓰루마쓰 도련님을 위하여……."

"도련님을 위해……."

"저도 조의를 표하겠습니다……."

"저도 마음을……."

그때의 모습이 고노에 노부타다의 《산먀쿠인키(三藐院記)》에 기록되어 있다.

"(전략) 전하께서 이 일을 너무 슬퍼하신 나머지 마음이 절로 움직여 상투를 잘라 명복을 비시려 하니, 상하노소가 이 뜻을 위로해 올리고자 남에게 뒤질세라 상투를 자르는 형편이라 쌓인 상투가 무덤을 이루니 기이한 광경이었다……."

검은 머리카락도 있고 거의 백발인 것도 있었다. 잿빛, 희끗희끗한 머리카락…… 이런 상투꼭지 더미를 앞에 두고 히데요시의 광란에 가까운 비탄이 계속되었다.

"무리도 아닌 일이지만, 이대로 아주 실성해 버리시는 건 아닐까."

"그럴 리 없어. 전하는 보통 사람이 아니야. 탄식할 만큼 하시고 나면 씻은 듯이 털고 일어나실 거야."

"그랬으면 하네만, 그렇다 해도 걱정은 걱정일세."

히데요시의 비탄은 그날만으로 그치지 않았다. 주라쿠 저택으로 일단 돌아가서도 폭발하듯 울다가 그치기를 되풀이했다.

그리고 8일이 되자 그대로 있을 수 없는 듯 기요미즈(淸水) 신궁에 참배하고 명복을 빌었다. 그 자리에서 보다 못한 이에야스가 입을 열었다.

"비통하신 심정은 망극하시겠으나 이곳은 우리가 지키겠으니, 잠시 아리마 온천에 납시어 몸을 돌보시는 게 어떠할지요."

이때도 히데요시는 이에야스의 손을 붙잡고 울었다.

"고맙구려, 도쿠가와 공. 그대가 옆에 있어주니 천 사람의 힘이 되오. 하지만…… 하지만 이 슬픔은 어찌 이다지도 끈질기단 말이오."

이에야스는 쓰루마쓰의 죽음이 동기가 되어 히데요시의 대륙출병이 더욱 앞당겨질 것 같은 느낌이 들었다.

쓰루마쓰의 장례는 묘신사에서 거행되었다. 사부 이시카와 미쓰시게가 묘신사의 난케 겐코(南化玄興) 스님에게 깊이 귀의하고 있던 관계로 도린(東林) 암자에서 극락으로 보내는 분향을 마친 다음 그대로 묘신사 안에 묻었다.

그 출생으로 히데요시를 미치도록 기쁘게 했고 그 죽음으로 또한 히데요시를 비탄의 구렁텅이로 몰아넣은 이 어린 아기의 법호는 '쇼운인덴 교큐간린 공(祥雲院殿玉巖麟公)'이라는 어마어마한 것이었으나 생각하면 기이한 인연의 소생이었다. 어쩌면 히데요시를 놀리기 위해 태어난 것 같은 짧은 일생이었다.

역상(逆喪)이라 하여 히데요시는 장례에 참석하지 않고, 사랑했던 자식을 위해 히가시야마 대불전 옆에 쇼운사(祥雲寺)를 건립할 뜻이 있음을 비치고 그곳에 쓰루마쓰의 유품을 모두 시주할 거라고 이른 다음 그 길로 아리마 온천에 가버렸다.

온천으로 떠날 때도 히데요시는 여전히 허탈상태 그대로였다. 사람들이 이야기해도 반은 들리고 반은 들리지 않는 듯 언제나 엉뚱한 곳을 바라보며 훌쩍훌쩍 울고 있었다. 눈이 부옇게 흐려지고 얼굴은 더욱 수척해져 갑자기 서너 살이나 늙어 보였다.

"이대로 가면 전하의 몸이 버티지 못하시겠는걸."

"그렇지만 돌아간 아기님 때문이니 어쩔 도리가 없지 않나?"

"어쨌든 이로써 대륙출병 계획은 무산될 것 같군."

"저 기력으로야 안 되겠지. 그보다도 이렇게 되면 후계자 문제를 따로 생각해 두시도록 말씀드려야 하지 않겠는가?"

"그렇군…… 온천 휴양에서 돌아오시면 무슨 지시가 계실 테지. 지금은 우리가 입을 놀릴 때가 아닐세."

가토, 후쿠시마, 구로다 등 히데요시가 키운 사람들은 혹시 히데요시가 폐인처럼 되지 않을까 은근히 걱정했다.

하지만 마에다 도시이에며 모리 테루모토는 그렇게 보지 않았다. 히데요시의 성격으로 보아 비통해 하는 것도 천하를 꺼리지 않았으니 기운을 돌이킬 때도 역시 사람들 의표를 찔러올 것만 같은 느낌이 들었다.

다다오키도 이에야스에게 말했다.

"이 슬픔이 전하의 인간을 더욱 완성시키는 계기가 되겠지요."

"아무렴, 이런 일로 주저앉을 분이 아니오. 아니, 이대로 주저앉는 일이 있어선 안 되지. 안 계시는 동안에라도 토지조사 같은 것은 예정대로 추진해야 할 텐데."

그러나 교토, 오사카, 사카이 등지에서는 이번에도 역시 엉뚱한 소문이 자자했다.

"이건 역시 소에키 님의 앙갚음일 거야. 그토록 괴롭히고 목상까지 처형한 데다 부인도 끌어내어 죽여버렸으니."

"아니, 그런 것이 아니야. 이번에는 더 깊은 신의 뜻이 있어서라네."

"신의 깊은 뜻이라면 소에키 님의 앙갚음 이상인가?"

"그렇지. 한낱 농부 출신이 천하를 잡고, 그것도 모자라 대륙까지 쳐들어가려 는……분수를 모르는 분이니 경계하신 거지."

물론 이러한 소문들이 히데요시의 귀에 들어갈 리는 없었다. 히데요시는 아리 마에 도착한 뒤에도 여전히 울다가 허탈상태에 빠지고, 허탈상태에 빠졌다가 다시 울곤 했다.

세상의 관점이야 어떻든 쓰루마쓰의 요절이 히데요시에게 깊은 타격을 준 것은 부정할 수 없는 사실이었다.

그다음에 부는 바람

쓰루마쓰의 죽음으로 사람들 마음속에 맨 먼저 떠오른 것은 도요토미 가문 후계자 문제였다.

히데요시가 양자로 삼았던 노부나가의 아들 히데카쓰는 정3품 곤노주나곤(權中納言)까지 올라, 단바 가메야마 성주로 있다가 가슴병으로 이미 죽었다. 그 히데카쓰에게 출가했던 자차히메의 동생 다쓰히메는 지금 공경에게 재가한 상태였다. 따라서 지금까지 자주 화제에 올랐던, 히데요시 누나의 아들 하시바 히데쓰구가 후계자가 되어야 할 형편이었다.

그러나 솔직히 말해 히데요시는 히데쓰구가 그리 탐탁지 않았다. 누나의 배우자 미요시 가즈미치의 아들로 태어난 히데쓰구는 때로 모든 일을 속단하고 거칠게 행동하는 결점을 지니고 있다.

히데요시의 마음에 들 만한 인물이 흔하지는 않겠으나, 신겐의 아들 가쓰요리가 아버지에 미치지 못했다는 평판을 들은 이상으로 히데요시와 히데쓰구의 사이에는 거리감이 있었다.

히데쓰구는 지금까지 몇 번이나 히데요시에게 꾸지람을 듣고 있었다. 고마키, 나가쿠테 싸움에서 보필하던 스케자에몬, 가게유 두 사람을 무참하게 전사시켰다 하여 힐책했다.

"어이없는 멍청이!"

히데요시의 조카면 조카다운 분별심을 가지고 행동하라고 한동안 면회조차 허락하지 않았었다.

그런데 기슈 정벌 때의 전공과 조소카베 지카카즈의 아키성(安藝城) 공격 때의 공로로 화가 풀려 하시바라는 성을 허락하는 한편, 간파쿠의 후계자로서 넌지시 교육을 시작하고 있었다.

그럴 즈음 쓰루마쓰가 태어났다. 히데쓰구를 후계자로 발표하기 직전이었다. 친자식이 생기고 보니, 히데요시의 지금까지의 구상은 당연히 크게 수정될 수밖에 없었다. 후계자는 쓰루마쓰로 하고, 그 어린 쓰루마쓰를 자신에 대한 히데나가……의 위치에서 외사촌형 히데쓰구가 돕도록 한 것이다.

그리하여 우선 히데요시는 곤노주나곤이 된 히데쓰구를 중요한 일에 참여시켰다. 다테 마사무네와의 교섭을 시키고, 이에야스와 함께 싸우게 하며 중요한 회담에 입회시키기도 했다.

그러자 운명은 짓궂게도 또 바뀌어, 쓰루마쓰의 죽음으로 히데쓰구는 다시금 사람들 가슴속에 크게 떠오르기 시작했다. 더욱이 히데요시에게 노쇠의 징후가 나타난다면 서둘러 결정해야 되었다.

주라쿠 저택의 한 방에서 마에다 도시이에가 말을 꺼냈다.

"도쿠가와 님, 전하가 온천에서 돌아오시면 아무래도 후계자 문제를 말씀드리지 않을 수 없겠는데요."

"물론이오."

"도쿠가와 님도 생각하시는 바가 계시겠지요. 말씀을 들어두면 우리가 말을 꺼내는 데 도움 될 것 같습니다만."

이에야스는 신중히 고개를 기울이며 곧 입을 열지 않았다. 그도 그럴 것이, 여기서 섣불리 히데쓰구의 인물평 같은 걸 늘어놓았다가 나중에 그로 결정된다면 껄끄러움이 남을 게 틀림없었다.

이에야스도 히데쓰구를 그리 높이 평가하고 있지 않았다.

'히데요시에 비교할 때 너무 뒤떨어져……'

그 편이 이에야스에게는 더 좋지 않은가……하고 생각했던 일을, 지금의 이에야스는 신불 앞에 깊이 부끄러워하고 있다…….

이에야스가 오사카성으로 기타노만도코로를 찾아간 것은, 히데요시가 온천으로 떠난 지 사흘 뒤의 일이었다. 쓰루마쓰의 죽음으로 큰 충격을 받은 것은 히데요시 한 사람만이 아니고 기타노만도코로 또한 낙담 끝에 몸져누웠다는 소식을 들었기 때문이다. 이 낙심은 히데요시의 그것보다 아름다운 거라고 이에야스는 생각했다. 자기 배 아파 낳은 자식도 아니다. 투기심 강한 여인이라면 겉으로야 어떻든 속으로는 오히려 좋아할 수도 있는 일이었다.

"그것 봐라."

한때는 슬하에서 기르다 도로 빼앗겨버리고 만, 요절한 쓰루마쓰를 위해 몸져 누울 정도로 슬퍼한다는 것은 그녀의 애정이 얼마나 사사로움 없고 아름다운지 증명하고도 남았다.

이에야스는 나가이 나오카쓰와 도리이 신타로를 거느리고, 도중까지는 자야 시로지로도 함께 데리고 갔다.

만일 병이 위중하다면 문병 인사말만 전하고 돌아올 작정이어서 오타니 요시 쓰구에게 그 뜻을 전했다.

"기꺼이 만나뵙지요."

기타노만도코로는 일부러 현관까지 고조스(孝藏主)를 내보내주었다.

이에야스는 긴 복도를 지나 내전으로 향하면서 문득 후회하는 마음이 들었다.

'만나지 않는 게 좋을지도 모르겠다.'

인물 됨됨이가 어떻든 지금 후계자를 결정하게 된다면 히데쓰구밖에 없으리라. 그 일이 만일 두 사람 사이에서 화제가 되고, 나중에 그 말이 밖으로 새나간다면 여러 장수들이 뭐라고 쑥덕거릴 것인가?

히데쓰구는 지금 히데요시의 대리로 오슈에 출전해 있었다. 이에야스 또한 그 후속부대를 명령받은 상태에서 이렇게 교토에 와 있는 것이다. 세상에서는 이에 야스가 히데쓰구를 위해 내전에까지 손길을 뻗치고 있는 것으로 볼지도 모른다.

그러나 여기까지 와서 그냥 되돌아갈 수는 없었다.

'그렇지, 그 일에 대해서는 되도록 언급하지 않도록 하자.'

기타노만도코로는 늙은 여승 고조스가 이에야스의 도착을 알리자 굳이 일어 나 나와서 이에야스를 맞이했다.

"이번에 도련님의 불행을 당하시어 낙담하신 나머지 몸져누우셨다고 듣고 위 로의 말씀을 올리려고 왔습니다."

기타노만도코로는 이에야스를 물끄러미 바라본 뒤 큰 한숨을 몰아쉬었다.

"저도 아리마에 따라갈까 하다가 그만두었어요."

"전하께서는 20일쯤에 돌아오신다는 말씀이셨습니다…… 그런 성격이시니 한동안 쉬시면 잊어버리게 되겠지요."

"다이나곤님, 세상일은 마음대로 안 되는 것인가 보지요."

"사람의 목숨이란 참으로……."

"아직도 쓰루마쓰의 웃음 지은 앳된 얼굴이 눈앞에 아른거려 견딜 수 없어요. 이런 제가 함께 따라가 있으면 오히려 전하께 방해될 것 같아 사양했습니다."

기타노만도코로는 이에야스의 말은 조금도 듣고 있지 않았다. 자기가 골똘히 생각하는 것만 오로지 쫓고 있다.

"아기만 살아 있다면, 천하의 풍파도 가라앉으리라……이것을 신불의 은혜로 알았는데……."

"그 심정 헤아리고도 남습니다."

"그것을 갑자기 빼앗겼어요…… 이것도 신의 뜻일까……생각하니 눈앞이 캄캄해지더군요. 다이나곤님, 천하의 일들은 어떻게 될까요? 어떻게 될 테니, 어떻게 하라는 신의 가르침, 그것을 이야기해 주시겠어요."

이에야스의 어깨가 꿈틀 움직였다. 기타노만도코로는 쓰루마쓰의 죽음만 슬퍼하고 있는 게 아니었다.

'어떻게 하라는 신의 뜻이냐……?'

이 질문은 이에야스를 뜨끔하게 만들기에 충분했다. 기타노만도코로 또한 쓰루마쓰의 죽음이 가져올 히데요시의 변화를 염려하는 게 분명했다…….

기타노만도코로는 말을 이었다.

"14살 때부터 모셔왔으니 전하 성품은 제가 가장 잘 알아요. 전하는 앞만 보고 달리는 성난 말이에요. 쓰러질 때까지 달리는……그 걸음을 어디서 멈추게 하여 그 이름을 바르게 남기는가, 그것이 제 고민이었지요."

"알 것 같습니다."

"그런 때 쓰루마쓰가 태어났어요. 아이의 장래를 생각해 달라는 말로 고삐를 삼을 작정이었지요…… 그런데 그 고삐마저 툭 끊어져버렸군요."

이에야스는 대답할 말이 없어 상대를 망연히 바라보았다.

'정말 그렇다…….'

여인이면서도 기타노만도코로가 보는 눈은 조각을 꿰어맞춘 듯 이에야스와 같았다.

"다이나곤님, 전하를 멈추게 하는 고삐가 되어주세요. 쉬지 않고 달려가다가 돌부리에 채어 쓰러지면……그게 오히려 새 출발이 될지 모르지요."

"옳으신 말씀이나 그런 일이라면 걱정하실 것 없다고 생각합니다."

"왜 그렇게 생각하시나요? 전하께서 조용히 늙어갈 것으로 보시는지요."

"그렇지는 않습니다만……."

"그렇다면 역시 달리겠지요. 달릴 거예요. 목숨이 있는 한……."

이에야스는 다시 입을 다물었다.

'과연 맞는 말이다……'

마음속으로 충분히 동의하면서도 그 반대말을 하지 않으면 안 되는 자신의 입장이 서글펐다.

"만일 여기서 전하께서 용기를 되찾아 대륙출병을 하신다면 어떻게 되겠어요? 천하가 태평하기를 바라시던 돌아가신 노부나가 님 때부터의 비원이 물거품처럼 사라져버릴 위험이 있지 않을까요. 이것저것 모두 내 대에서 해치워야 한다는 조급한 생각……그 조급함은 까딱 잘못하면 모든 것을 잃어버릴 위험을 초래하는 거라고 느끼시지 않는지요?"

이에야스는 가까스로 대답할 말을 찾아내고 땀을 닦았다.

"그 일이라면……측근에 지혜로운 장수들이 많습니다. 모두들 있는 힘을 다해, 큰 공을 헛되이 하는 어리석음은 저지르지 않을 겁니다. 물론 이 이에야스도 힘닿는 대로."

"제 말 유념해 주시겠어요?"

"여부 있겠습니까? 그건 모두 상상일 뿐입니다. 지나친 염려지요. 이 일로 이러쿵저러쿵 말씀드리면 오히려 울컥하기 쉬운 성품이십니다…… 소에키 님이 그 좋은 본보기이니, 먼저 말씀이 나올 때까지 기다리는 것이."

"알았어요. 그럼, 그 일에 대해서는 더 거론하지 않겠어요."

"그게 좋을 것 같습니다."

"그러나 그 싸움 중에 전하께 만일의 일이라도 생기는 날에는……."

"만일의 일이라시면……?"

"무장들은 모두 일본에 없고 전하께서 병이라도 얻으시면 그런 경우 누가 일본을 다스려 나갈지, 그 힘은 누구에게 있는지……."

'아뿔싸!'

이에야스는 후회했다. 역시 후계자에 대한 이야기가 나오고 만 것이다. 그렇지만 이 얼마나 생각 깊은 기타노만도코로인가 하고, 이에야스는 속으로 혀를 내둘렀다. 기타노만도코로는 지금 이에야스에게 히데쓰구의 뒤를 밀어주도록 그 장래를 부탁하고 싶은 게 틀림없었다.

그러나 이에야스는 대답이 주저되었다. 생각하기에 따라 그것은 크게 외람된 일이요, 히데요시의 측근 가운데 적을 만들게 될 우려가 있었다. 지금은 특히 파벌의 소용돌이에 휘말려드는 일을 경계하지 않으면 안 되었다. 측근 중에는 이미 이시다 미쓰나리를 중심으로 한 문치(文治)파와 근위무사 출신 직속무장들 사이에 차츰 반목이 생기고 있는 중이다. 그 어느 쪽에 가담하더라도 그 일은 이에야스의 존재를 지극히 작게 만들 뿐이었다.

이에야스는 정중하게 자세를 바로잡고 대답했다.

"외람되지만……만도코로님 말씀대로 일본의 풍파를 가라앉히는 것은, 돌아가신 노부나가 님 이래의 이상이었습니다. 전하께서 목숨 걸고 그 일을 계승해 오셨음을 오늘날 영주들은 모두 뼈에 사무치도록 잘 알고 있습니다. 그러므로 비록 어떤 일이 있더라도, 그 뜻을 어겨 국내를 소란으로 몰아넣는 일은 생각할 수도 없습니다."

"그럼, 옛날처럼 반란을 꾸밀 자가 아무도 없다는 말씀인가요?"

이에야스는 더욱 힘주어 말했다.

"어림도 없는 일입니다! 만일 그런 음모를 꾸미는 자가 있다면 우선 영주들이 일본의 적으로 알고 용서치 않을 겁니다. 평화를 향해 나아가는 것이 시대의 바람입니다. 시대의 바람을 거스르는 자는 멸망한다……는 것이 이 세상을 말없이 감시하시는 신불의 큰 뜻입니다."

"그렇다면 누가 도요토미 가문을 계승한다 해도……."

이에야스는 교묘하게 말머리를 돌렸다.

"말씀할 것도 없는 일이지요. 저는 지금 히데쓰구 님 후속부대로 오슈에 출진해 있습니다. 아무 일도 없으리라 여기지만, 도시이에 님에게 뒷일을 부탁하고 전하께서 돌아오시기 전에 교토를 떠날까 합니다."

"그렇다면 히데쓰구 님 후속으로 몸소 오슈까지 가신단 말씀입니까?"

"예, 아마 지금쯤 우리 부대는 니혼마쓰(二本松)를 향해 진군할 터이므로 서둘러 그 뒤를 쫓겠습니다. 일본 국내에서만은 더 이상 소란이 일어나지 않도록 해야합니다."

이야기 속에 문제의 히데쓰구 이름을 끌어내놓고 이에야스는 정중하게 고개숙였다.

"그럼, 아무쪼록 몸 성히, 이만 물러가겠습니다."

기타노만도코로는 다시 가볍게 일어나 복도까지 배웅했다.

그리고 이에야스의 모습이 사라지자, 고조스를 보고 곰곰이 생각하는 투로말했다.

"도쿠가와 님이 무서운 말씀을 했어."

"뭐라고 말씀하셨는데요? 그렇듯 무서운 말씀 같은 것은 전혀……."

"그대는 못 알아들었나. 천하를 소란케 하는 자가 있다면 그자야말로 적이라고 한 것을……."

"그 말이라면 들었습니다만……그것이 왜 무섭단 말씀입니까?"

"만일 전하의 후계자가 그 그릇이 못 된다면 신하들이 승복하지 않을 거라는 말이지. 승복하지 않고 들고 일어나면 모든 사람의 적…… 너무나 바른말을 하시므로 무섭다는 거야."

그리고 다시 자리에 돌아가 조용히 어깨를 떨구고 혼자 생각에 잠겼다…… 기타노만도코로가 염려하는 것은 온천에서 돌아온 뒤 히데요시의 태도였다. 그래서 이에야스로부터 이런 대답을 들을 수 있었으면 하고 생각했던 것이다.

"대륙출병에 대해서는 목숨을 걸고라도 간하겠습니다."

이에야스가 히데요시에게 촉각을 세우고 있듯 히데요시도 속으로 이에야스를 경계하며 두려워하고 있었다. 지금 히데요시의 대륙출병을 단념시킬 사람이 있다면 온 일본에서 오직 이에야스 한 사람……이라고 기타노만도코로는 보고 있었다. 그리하여 히데쓰구는 미덥지 않으니 당신의 힘을 빌리고 싶다고 말하려 했는데, 이에야스는 끝내 그 말을 할 기회를 주지 않았다. 그뿐인가, 구노헤 마사자네를 친다는 핑계로 히데요시가 돌아오는 것도 기다리지 않고 에도로 돌아간다고 했다.

기타노만도코로는 그 이에야스의 언동에서 두 개의 대답을 끄집어낼 수 있었다. 하나는 히데요시가 한 번 말하면 결코 주장을 굽히지 않는다고 이에야스 역시 보고 있다는 것…… 또 하나는 이에야스의 마음 어딘가 히데요시의 실패를 기다리는 방심할 수 없는 타산이 숨겨져 있지 않나 하는 것…….

아무튼 이에야스는 그 말대로 교토로 돌아가 마에다 도시이에와 모리 데루모토에게 뒷일을 부탁하고 총총히 오슈로 향했다고 한다.

그리고―

히데요시가 아리마 온천요양을 7일 만에 끝내고 오사카성으로 돌아온 것은 8월 18일이었다. 기타노만도코로는 오만도코로와 히데요시와 셋이서 모자의 단란한 하룻밤을 맞으려고, 시녀들을 지휘해 저녁상 준비를 서두르면서 오랜만에 가슴이 설레는 느낌이었다.

'어떤 모습으로 돌아올 것인가……'

부부관계는 이미 없어진 지 오래다. 그러므로 남자와 여자로서의 감정이며 기대와는 다른 것이었다. 오랜만에 찾아오는 자식의 변화를 염려하는 어머니의 그것과 같았다. 어쩔 수 없는 개구쟁이.

'지나치게 달리지만 않으면 좋으련만……'

그렇다 해서 갈 때처럼 울어서 눈이 퉁퉁 붓고 어깨를 축 늘어뜨린 차마 볼 수 없는 허탈한 모습이라면 더욱 못 견딜 것이다. 알맞게 기운을 되찾고, 알맞게 생각하고, 혼자서 치달리는 힘을 알맞게 억눌러 준다면 얼마나 고맙겠는가…….

"나 좀 봐, 나에게 유리한 생각만 하고 있었어……"

6시쯤 내전에 밖에서 기별이 오자, 기타노만도코로는 고조스를 돌아보며 쓴웃음을 지었다.

"전하께서 어떻게 변해 돌아오실 것 같나, 그대는?"

"글쎄요, 예상보다 빨리 오시는 걸 보면 온천 요양이 효험있었던 게 아닐까요……?"

"아니, 그런 말이 아니야. 역시 평소처럼 큰 소리로 웃으며 들어서실까, 아니면 조용히 들어오실까 하는 거야."

"조용히 오시겠지요. 아직 슬픔이 가슴 깊이 스며 있으실 테니까."

그러자 두 사람 뒤에서 소리가 났다.

"무슨 소리, 나는 크게 웃는 쪽에 걸 테다. 세 살 때 버릇이 여든까지 간다지 않니? 그 애가 어찌……"

역시 기다리다 못해 거실에서 나온 오만도코로였다. 오만도코로는 쓰루마쓰의 죽음에 그리 큰 충격을 받은 것 같지 않았다. 지난 정월, 히데나가가 죽었을 때는 그대로 몸져누워 다시 일어나지 못하는 게 아닐까 할 정도였는데, 이번에는 눈물은 흘렸으나 그뿐 상심하는 기색은 보이지 않았다.

"3년밖에 못사는 수명이라니 불쌍하기도 하지……"

오만도코로에게는 쓰루마쓰도, 히데쓰구도 같은 손자. 어릴 적부터 할머니라고 부르면서 따르던 히데쓰구 쪽에 정이 기울어져 있는지도 모른다.

"어머, 오만도코로님이 기쁘셔서……"

고조스의 말에 이어 오만도코로는 다시 높은 목소리로 덧붙였다.

"전하는 옛날부터 단념이 빠른 아이였어. 슬플 때는 큰 소리로 통곡하지…… 그러나 언제까지나 징징대는 성격은 아니었어. 내가 잘 알고 있지."

기타노만도코로는 순순히 맞장구칠 수가 없었다. 그녀 역시 생각은 그렇게 하고 있었다. 그런 점에서는 같지만, 일부러 주라쿠 저택에서 오사카로 와 있는 오만도코로와 기타노만도코로의 소망은 전혀 달랐다.

"고조스는 어느 쪽에 걸겠느냐? 힘차게 웃으면서 돌아올까, 그렇지 않으면 갈때처럼 순례자라도 된 것 같이 힘없는 모습으로 돌아올까?"

"글쎄요……?"

고조스가 대답을 사양하는 것을 보고 오만도코로는 며느리에게 향했다.

"네네 마님은 어느 쪽인가? 똑같으면 내기가 안 되지만."

"원기는 회복되셨겠지만 저는 여느 때처럼 웃으실 것 같지 않습니다."

"오, 그래. 그렇다면 내기는 반반이군그래. 웃으면 내가 이기는 거지?"

이런 이야기를 하고 있는데 밖에서 소리가 났다.

"전하께서 드십니다……"

어두워지기 시작한 복도 끝에서 낭랑한 금방울소리가 들려오자, 세 사람은 약속한 듯 그쪽으로 향했다.

"오, 이런!……"

등롱 불빛 속에 히데요시의 모습이 어렴풋이 떠오르더니 커다란 목소리가 들려왔다.

"오만도코로도 여기 와 계셨군요. 하하하……이것 참……."

"오, 전하, 돌아오셨구려. 그대의 상심이 너무 길어 교토에 실없는 소문이 떠돌고 있다오."

"교토의 소문……이라면 어떤 겁니까?"

"간파쿠 전하는 아리마에서 그대로 중이 되어 사이교 법사(西行法師)처럼 전국을 순례하려는 작정이 아니신가 하는 소문."

"허허, 이 히데요시가 순례자가 된다고요?!"

"그럼! 그래서 나도 걱정되어 여기까지 마중 나왔지."

"하하하……."

히데요시는 크게 웃었다. 예전의 웃음과는 또 다르다. 무심하고 방약무인한 웃음이 아니라 아직 가시지 않은 슬픔을 털어버리기 위해 기를 쓰고 있는 웃음이었다.

"걱정 마십시오, 어머님. 저는 그토록 미련 많은 사나이가 아닙니다. 자, 방으로 가서 이야기하십시다. 이야기하고 싶은 게 잔뜩 있소. 네네, 그대도 걱정했소? 그러나 걱정 마시오. 벌써 체념했소. 깨끗이 체념했어, 보다시피 이렇게. 핫핫하……."

기타노만도코로는 가슴을 칼로 도려내는 듯한 느낌이었다.

'내가 가장 염려하던 모습으로 돌아오셨다…….'

아직 가시지 않는 슬픔, 그것을 억지로 누르고 또 달래려 하고 있는 사나운 말……슬픈 사람, 가련한 사람…….

방으로 들어가자 히데요시는 시녀에게 말했다.

"불을 더 밝혀라. 이제 끝났다, 탈상이야. 촛불을 늘리고 술을 마시자."

그러나 마음속으로 그는 아직 울고 있었다. 그것을 아는 아내의 안타까운 입장…… 그러나 오만도코로는 알아차린 것 같지 않았다.

"여보게, 전하, 나는 네네 마님하고 내기했어."

"내기라니, 무슨?!"

"그대가 웃으며 돌아올까, 어떨까 하고 말이지. 내가 이겼어, 이건……."

"그럼, 네네는 내가 또 울 거라고 생각했나?"

기타노만도코로는 그 말에는 대답하지 않고 두 손을 짚고 엎드렸다.

"잘 다녀오셨습니까? 저는 눈물은 거두셨겠지만 아마 웃으시지는 않을 거라고……."

"하하……그럼, 그대가 진 거야. 히데요시는……그대가 잘 알고 있지 않나? 군소리나 미련 따위 아주 질색하는 성격이라는 걸."

"역시 자식은 어미가 더 잘 안다니까."

오만도코로는 또 네네가 하려는 이야기의 허리를 잘라버렸다. 그녀는 마냥 기쁜 것이다. 그저 기쁘기만 해서 하는 말들이 오히려 히데요시의 감추어진 슬픔을 부채질하고 있음을 깨닫지 못했다.

"네네 마님, 그대는 나한테 뭘 줄 거지? 그대가 졌지, 졌어……."

"네네."

히데요시는 아내 역시 어머니처럼 기뻐할 거라고 생각하는 모양이다.

"나는 아리마에서 사흘 동안 울었소. 실컷 울었지. 내가 가진 눈물을 사흘 동안 온천물에 몽땅 흘려보냈어. 그리고 나흘째부터는 거뜬하게 마음을 추스렸어."

"하지만 그렇게 쉽사리……."

"그렇게 할 수 있는 것이 히데요시지. 나흘째부터는 히데요시, 너는 이제 무엇을 해야 하느냐……하는 생각으로 바뀌었어."

기타노만도코로는 저도 모르게 몸이 죄어드는 걸 느꼈다. 이런 말이 나오지 않을까 염려했던 바로 그 말을 남편이 꺼내놓은 것이다.

"네네, 어머니, 혼자서 곰곰이 지난 과거를 생각해 보니 지금까지 히데요시가 해온 것은 모두 돌아가신 노부나가 님의 이상이었소. 간파쿠니, 전하니 하는 호칭으로 불리고 있지만, 그건 모두 오다 노부나가 님이 남긴 뜻을 계승한 데 지나지 않았던 거야."

"……."

"그런 반성을 하노라니 울고 있을 때가 아니다, 슬퍼하고 있을 때도 아니다, 이제부터다, 히데요시 자신의 일을 하는 것은…… 그렇지 않소?"

오만도코로가 맞장구쳤다.

"그렇지, 그렇구말구. 이제부터지. 그런 기백도 없으면 전하가 아니지."

"그래서 나는 생각했소. 알겠소? 나는 올해 안으로 일본의 간파쿠 자리는 히데쓰구에게 물려주기로 결정했소."

"오, 그것도 좋지. 그럼, 전하는 무엇을 할 건가?"

"명나라로 천황님을 모시고 가서 그 나라의 간파쿠가 되는 거지요."

기타노만도코로는 그만 눈을 꼭 감아버렸다. 쓰루마쓰의 죽음이, 이처럼 묘한 반성과 자학 속으로 히데요시를 몰아넣을 줄은 미처 생각지 못했다.

히데요시는 다시 말을 이었다.

"지금까지의 히데요시는 노부나가의 유지에 따라 움직이는 꼭두각시였어……천하통일은 물론 오사카성 축조도, 무역도, 금광 은광의 발굴도 모두 노부나가가 생각하고 꿈꾸던 것이었어. 나는 그것을 충실하게 실천한 데 지나지 않아……그러니 이대로 죽는다면 히데요시란 노부나가 덕분에 천하를 주운 행운의 사나이쯤밖에 안 되는 위인이라는 평을 듣겠지. 그래서는 안 돼, 그래서는 히데요시가 무엇 때문에 태어났는지 아무 의미가 없어. 쓰루마쓰, 그 애는……아비인 나한테 그것을 깨우쳐주려 태어났던 거야. 빨리 죽음으로써……아비에게 사는 법을 알려주기 위해 태어났던 거야."

오만도코로는 눈이 불그레하여 계속 맞장구쳤다.

"그렇지, 그렇고말고. 그걸 깨달았다면 그 애도 틀림없이 기뻐할 거야."

네네도 그렇게 하고 싶었다. 그러나 히데요시가 자신이 사는 법을 보여주려고 달려나가는 이번 행로는 너무 위험하고 너무 긴 여정이었다. 쓰루마쓰의 죽음이 이렇듯 대륙출병의 결의를 굳히는 계기가 되다니……얼마나 슬프고 얄궂은 일인가.

"그렇다면 우리 문중 후계자는 히데쓰구로 결정할 작정이신가?"

오만도코로는 이야기에 끌려 눈시울을 붉히며 큰딸이 낳은 손자 히데쓰구가 후계자가 되는 사실이 자못 기쁜 모양이었다.

"그럼요, 그에게 간파쿠를 물려주도록 교토에 가면 곧 여러 가지 조치를 할 작정입니다."

"잘 생각했어. 누가 뭐라 해도 그 애의 어미와 전하는 아버지와 어미가 같은 남매지간. 전하에게 자식이 없으니 전하에게는 가장 가까운 핏줄이지. 그렇지 않소, 네네 마님?"

"네."

대답하면서도 네네는 아직 할 말을 찾지 못하고 있었다.

'준마는 이미 달리기 시작했다……'

아마 네네가 무슨 말을 해도 말은 멈추지 않으리라. 그렇다 해서 그대로 달리게 내버려두는 게 아내 도리에 맞는 일일까?

"히데쓰구를 일본의 간파쿠로 두고 나는 대륙에 출정한다. 아직은 늙었다고 주저앉을 때가 아니야. 선두에 서서 진군하는 거지. 그리고 명나라 도성에 들어가 천황님을 그곳으로 모신다. 그 밑에서 명나라의 800여 주를 방방곡곡에 이르기까지 이 손으로 완전히 제압하는 거지. 그렇게 되면 히데요시는 노부나가의 유지라는 울타리 속에서 뛰어나와, 세계를 향해 크게 도약하는 거야. 그때는 노부나가와 나를 비교해 보려는 자가 아무도 없으리라. 히데요시에게 이런 결심을 하게 한 것은 쓰루마쓰……쓰루마쓰는 나를 채찍질하기 위해 태어나……그 목적을 위해 죽은 거야…… 나는 그 애를 위해 절을 세워주기로 했어. 그 애는 일본의 큰 번영을 도모하는 신불의 마음을 보여주었거든."

참다못해 네네는 한무릎 다가앉았다. 원정에 대해서는 직접 건드리지 않고 조용한 말투로 서두를 꺼냈다.

"전하……아기를 위해 절을 세우시는 건 좋지만, 히데쓰구 님에게 간파쿠를 물려주는 일은 좀더 생각해 보신 뒤 결정하시는 게 어떻습니까?"

히데요시는 아직 네네가 무슨 말이 하고 싶어 입을 열었는지 눈치채지 못했다.

"뭐, 간파쿠를 물려주는 것은 기다리라고? 히데쓰구는 그릇이 부족하다는 말이겠지? 그렇다면 방법이 있지. 히데쓰구를 간파쿠 자리에 앉히고, 실질적 권력은 이에야스에게 맡길 작정이야. 그래서 다테며 오슈에 대한 일 등으로 슬며시 둘을 접근시키고 있지. 그래 봬도 이에야스는 대단한 인물이야."

네네는 일부러 미소 지으면서 손을 저었다.

"제가 걱정하는 건 그 일이 아닙니다."

"그게 아니라고……?"

"예, 웃지 마십시오. 저는 전하를 먼 타국으로 보내고 싶지 않아요."

히데요시는 웃기 시작했다.

"하하……걱정 마시오. 명나라 도성에, 이 성의 10배나 되는 큰 성을 지어놓고 그대를 데려갈 작정이니까."

"아닙니다, 저는 먼 타국으로 가서 사는 게 싫어요. 그러니 전하께서도 그런 곳에……."

"가지 말라는 말인가?"

"네, 이제 나이도 있으시니 전하는 나라 안에 계시면서 황실에 충성하시고 원정군은 히데쓰구 님에게 맡기는 게 좋겠어요."

"음. 그러나 히데쓰구로는 길 안내를 부탁한 조선 왕에 대해 권위도 서지 않고, 명나라 군사들도 두려워하지 않을걸. 역시 여기에는 히데요시의 호리병박 기치가 맨 먼저 펄럭이지 않으면 안 돼."

"아, 그 조선 왕 이야기가 나오니 생각나는군요."

기타노만도코로는 교묘하게 말머리를 잡았다.

"그 조선 왕과 소 요시토모 님의 교섭에 관해 마음에 걸리는 말을 들었습니다."

"마음에 걸리는 말이라니?"

"소 집안 선대도 지금 영주도 전하의 분부대로 조선 왕에게 전하지 않고 있다, 그러므로 비록 안내를 승낙한다 해도 바다를 건너간 뒤 배반할지 모른다고……."

"하하……그 이야기라면 나도 잘 알고 있소. 배반당해도 괜찮다는 각오로 건너가는 거니까."

"전하!"

"왜 그러오, 정색한 얼굴로."

"머지않아 전하 명으로 조사하러 간 시마이 소시쓰 님이 돌아오겠지요?"

"그렇지, 이제 돌아올 때가 되었어."

"제 소원입니다. 소시쓰 님이 돌아올 때까지 결정을 미루셨으면."

"뭐, 소시쓰가 돌아올 때까지 결정을 미루라고?"

"예, 낯선 타국에의 원정……더구나 항해라는 어려운 일이 기다리고 있습니다. 만약 해상에서 공격당하게 되면 큰일입니다. 물론 전하께서 맨 먼저 건너가시는 건 아니겠지만…… 무장이 아닌 소시쓰 님이 어떤 방책을 가지고 돌아올지 모르나 충분히 참작하신 다음 결정하셔도 늦지 않을 것입니다. 그러나……."

기타노만도코로는 사려 깊게 말의 매듭을 찾고 있었다.

"그러니……간파쿠 자리를 물려주고 은퇴하시는 일은 서두르지 않는 게 좋다는 겁니다. 그렇게 되면 첫째로 히데쓰구 님도 일하시기 거북하겠지요. 전하는 가만히 앉아 계실 분이 결코 아니시니까, 호호호……"

히데요시는 얼마쯤 씁쓸한 얼굴이 되었다. 기타노만도코로가 무슨 말을 하려는지 알았기 때문이다.

'대륙출병을 단념하라는 이야기군……'

그런 생각이 들자 히데요시는 서글퍼졌다. 쓰루마쓰의 죽음을 진정으로 슬퍼하는 사람은 자기뿐, 네네는 그것을 몰라준다. 안다면 지금 히데요시를 거역하는 일은 생각도 할 수 없으리라.

'쓰루마쓰를 잊을 수만 있다면 내가 무슨 짓을 해도 용서해 줄 텐데……'

오만도코로가 먼저 히데요시의 눈물을 발견했다.

"아니, 왜 그러오, 전하? 밝게 웃던 얼굴이 일그러졌네. 무슨 생각을?"

"하하……"

히데요시는 당황했다. 이런 자리에서 못나게 울 생각은 추호도 없었는데 그만 눈물이 솟아나 누를 길이 없었다. 기타노만도코로는 깜짝 놀라 숨죽였다. 아마 히데요시의 진짜 상처를 건드렸다고 느낀 모양이었다.

'아무리 강한 척해도 아직 슬픔에서 헤어나지 못했다……'

가슴이 더욱 아파왔다. 그러나 히데요시가 조금 전에 한 말은 쓰루마쓰의 죽음을 잊기 위한 방편으로는 문제가 너무 컸다. 도요토미 집안의 운명뿐 아니라 일본의 운명이 송두리째 거기에 달려 있는 느낌이 들었다.

히데요시는 또 괴상한 소리로 웃었다.

"하하하……그래? 네네의 마음은 알았소……잘 알았어…… 그대는 쓰루마쓰의 죽음을 잊으려다가 더 큰 불행을 짊어지지 마라……고 말하고 싶은 거지, 그렇지?"

"네, 그렇습니다. 지금은 좀더 휴식을 취하시는 것이……"

"알았소, 알았어…… 더 말하지 마오. 그대와 쓰루마쓰는 생각하는 방식이 달라."

"어머나, 그 어린아기에게 생각이라니, 무슨 말씀입니까?"

"그것이 있었단 말이야. 물론 쓰루마쓰 자신이 말한 건 아니지. 쓰루마쓰의 생사를 통해 신불이 말을 시키신 거니까…… 그 소리를 히데요시는 이 마음의 귀로 똑똑히 들었소. 그렇기 때문에 히데요시 자신의 일을 남기려는 거요. 그걸 남기지 않고는 죽을 수 없다는 생각이 들었소."

기타노만도코로는 더 가까이 다가가 직접 술병을 들었다.

"용서하십시오. 제가 전하의 슬픔을 지나치게 건드렸습니다."

"그렇다면 그대도 안단 말이오?"

"알다마다요…… 14살 때부터 함께 살아온 아내가 아닙니까?"

"그러면 됐소. 더 말하지 마오. 내가 잘못했다, 눈물 따위를 보이다니."

히데요시는 네네가 따라주는 잔을 받아 단번에 마셔버리고 웃었다.

"하하하……신불도 장난을 좋아한다니까. 전혀 생각지도 않던 아들을 주고, 고맙게 여기니 깨끗이 되찾아가고…… 그러나 나는 지지 않아. 저쪽이 그런 마음이라면, 이쪽은 그 이상의 깊은 뜻으로 그것을 받아들여 어떤 재앙도 복으로 바꾸고 말 테야. 자, 당신도 마시구려. 전하가 따라줄 테니까. 그까짓 신불 따위……."

역시 히데요시는 한번 결심한 일은 결코 굽히려 들지 않았다. 네네는 쓸쓸한 심정으로 잔을 들었다.

기타노만도코로는 그날 밤 히데요시를 젊은 가가 부인 방에 들여보내고 이불 위에 털썩 주저앉아 한동안 넋 나간 듯 움직이지 않았다. 이제 어떤 바람이 도요토미 가문에 불어닥칠지 똑똑히 알 수 있었다. 히데요시는 이미 아리마에서 다음 깃발을 내걸고 오사카를 향해 진격해 온 것이다. 이제 아무도 그의 앞길을 막지 못할 것이다.

그렇기로서니 모두들 이 일에 한결같이 찬성하지 않는다는 걸 어찌 깨닫지 못하는 것일까? 그 밑에서 자라난 무장들은 싸우고 또 싸우다 이제 겨우 한숨 돌린 게 아닌가? 아니, 아사노 나가마사는 아직도 오슈에서 싸우느라 기슈의 자기 영지를 거의 밟아보지도 못하는 형편이었다. 측근인 이시다 미쓰나리며 마시타 나가모리도 지금은 백성을 돌봐야 할 때라며 반대하고, 굳이 반대하지 않는 자는 조금이라도 경기가 좋아져 녹봉이라도 늘려주었으면 하는 공경들이나 사찰과 신사에 관련된 사람들 정도일 것이다.

그런데도 무턱대고 원정으로 나아간다. 더욱이 간파쿠를 히데쓰구에게 물려주고 히데요시가 직접 선봉에 나서게 되면, 국내의 불만을 가진 무리들이 히데쓰구를 부추겨 그가 없는 동안 무언가 일을 꾸밀 듯한 생각이 들었다.

본디 맨몸 하나로 쌓아올린 도요토미 가문이다. 다시 맨몸으로 돌아가 죽는 것도 좋다……고 마음속으로 생각해 보지만, 너무도 애석한 일이었다.

네네는 서너 시간 가까이 망연히 앉아 생각했다.

'이대로 조용히 있으면 불세출의 간파쿠로 남을 것을…… 만일 여기서 단념시킬 방법이 있다면……?'

똑같은 생각을 되풀이하다가 깜짝 놀라 주위를 돌아보았다.

'있다면 나밖에 없다…….'

맞대놓고 말로 해서는 들을 상대가 아니므로 칼로 찌르거나 독살하는 두 가지 가운데 하나라고 생각한 것이다. 네네는 스스로도 놀라 머리를 흔들었다. 만일 자기 배를 아프게 한 자식이 있었다면, 어쩌면 해치울 용기가 솟아났을지도 모른다. 그러면 세상도 그녀를 용납할 것이다.

"도요토미 가문을 위해, 사랑하는 자식을 위해 한 일."

그러나 네네에게는 자식이 없다. 지금 만약 네네가 독살이라도 해버린다면 어떻게 될 것인가? 가문의 계승을 탐낸 부정한 아내로 지목될지, 많은 측실들을 질투한 나머지 미쳐버린 여자라는 말을 듣게 될지…….

네네는 피로에 지쳐 무릎 위 팔걸이에 이마를 얹었다. 청해도 잠은 오지 않고, 그대로 앉아 뜬눈으로 새자니 그럴 수도 없는 노곤한 피로였다.

문득 정신이 들고 보니 어느새 큰 용마루 위로 가을바람이 쓸쓸하게 불고 있었다. 머지않아 이 바람은 삭풍으로 바뀌어 나뭇잎이 땅바닥에 흩어지게 될 것이다…….

쓰루마쓰의 죽음은 이 도요토미 가문의 가을을 예고하는 징조 같았다.

'나 좀 봐. 본디 짚자리 위에서 인연 맺고 거기서 두 사람이 쌓아올린 인생인데…….'

어느덧 팔걸이에 이마를 댄 채 네네는 꾸벅꾸벅 졸고 있었다.

성안을 돌아보는 야경꾼의 딱따기 소리가 바람에 섞여 들려왔다…….

기만(欺瞞)

　　하카타 상인 시마이 소시쓰가 조선 각지를 돌아보고, 히데요시에게 그 결과를 보고하기 위해 사카이 땅을 밟은 것은 9월 2일이었다.

　　그때 히데요시는 주라쿠 저택과 오사카 사이를 오가면서 이미 출병을 구상 중이었고, 구키 요시타카(九鬼嘉隆)는 이세(伊勢) 포구에서 밤낮으로 선박 건조를 서둘렀으며, 나쓰카 마사이에(長束正家)는 군자금 담당으로 금화와 은화 주조 준비를 하고 있었다.

　　어떤 계산에서였는지 히데요시는 48만 명이 먹을 군량미를 준비하라고 밀명을 내려 오사카의 요도야 조안을 비롯해 사카이의 대상인들도 이해 가을의 수확을 예상하고 쌀, 보리, 조까지 사들이기 시작했다.

　　말할 것도 없이 히데요시의 목적은 '명나라 원정'이지 '조선 원정'은 아니었다. 조선 왕 이연(李昖 ; 제14대선 조(宣祖))이 히데요시 군의 안내역으로 함께 명나라에 쳐들어갈 것으로 보고 그쪽에 대해서는 그리 염려하지 않았다.

　　그러한 분위기 속에 시마이 소시쓰가 쓰디쓴 표정으로 돌아온 것이다.

　　그는 일단 자기 배를 사카이에 정박시켜 놓고 나야 쇼안을 찾아갔다. 오사카 강 어귀로 들어가면 히데요시의 시동이 마중 나올 것을 알고, 뱃멀미를 가라앉혀 가겠다는 구실이었다.

　　쇼안은 지모리노미야의 별장에서 현관까지 직접 나가 소시쓰를 방으로 안내하자 고노미 말고는 모두 물리치고 바로 이야기를 시작했다.

"어떻게 되었소? 조선 왕이 승낙했소?"

소시쓰는 혀를 차며 고개를 저었다.

"그게 터무니없는 거짓말입니다, 나야 님."

"터무니없는 거짓말이라니…… 그 나라 국왕이 말이오?"

"아니, 그게 아니라 정말 놀랐습니다. 사자 몸속의 벌레라는 것을 처음으로 직접 보았다니까요. 일본 사람들이 온통 전하를 속이고 있습니다."

"일본 사람들……그럼, 소 요시토모 말이오?"

고노미가 소시쓰 앞에 차를 내왔다.

소시쓰는 그것을 한 모금 마시고 말을 이었다.

"참 맛있군요. 소 요시토모 님뿐만이 아닙니다. 그 배후에 아주 고약한 모사꾼이 붙어 있었습니다."

"허, 그게 누굴까?"

"고니시 유키나가 님입니다. 조선에서는 아직 전하의 군대가 건너올 거라는 건 생각도 하지 않고 있습니다. 모두 중간에서 소 요시토모와 고니시가 벌인 농간이었습니다."

쇼안은 나직이 신음하며 천장을 노려보았다. 짐작되지 않는 바도 아니었다. 쓰시마의 소 요시토모의 아내는 고니시 유키나가의 딸이고, 소 집안은 본디 조선과의 밀무역이 수입원이었다. 말하자면 조선은 소 집안의 소중한 고객인 셈인데, 그런 소 요시토모를 통해 조선 왕과 교섭을 벌인 것이 히데요시 쪽의 실수였다고 할 수 있다.

"그렇다면 소 집안에서는, 저쪽에 그냥 얼렁뚱땅 얼버무려 놓았단 말이군."

소시쓰는 그 말에는 대답하지 않았다.

"이 일은 사카이 사람에게도 큰 책임이 있지요. 그래서 전하 앞에 나가기 전에, 나야 님께 말씀드려야 되겠다고 생각했습니다."

"사카이 출신인 고니시 님이 우리의 출정 반대를 예상하고, 전하의 원정은 한낱 꿈이라고……실현될 수 없다고 해서 농간부린 거로군."

"그렇습니다. 그러니 멋모르고 건너가 보십시오. 그야말로 엄청난 싸움이 되어 버립니다. 큰일 났습니다, 정말……."

소시쓰는 바닷바람에 그을린 미간에 깊은 주름을 새기며 담뱃대에 불을 붙였다.

"소 집안에서 처음 보낸 사신은 유타니 야스히로(柚谷康廣)였지요?"

쇼안의 물음에 소시쓰는 요란하게 담뱃대로 재떨이를 두들기면서 말했다.

"그는 저쪽에서 평이 매우 좋지 않습니다. 얼굴이 무섭게 생긴 거만한 사나이지요. 소 집안의 가신이면서 주인인 요시토모보다 더 거드름부린다……는 소문이었으므로, 나는 유타니를 감싸주었지요. 이번에 유타니가 온 것은 소 집안의 신하로서가 아니라, 일본국 사신으로 한양에 온 것이니 양해하십시오……라고 말입니다. 그러자 저쪽에서는 미심쩍은 얼굴로 그런 일은 없다는 겁니다."

"유타니는 조선 왕에게 공물을 바치라고 하는 사자로 갔을 텐데."

"그런데 전혀 그런 말을 한 기색이 없습니다. 다만 전하에 의해 일본이 평정되었다는 것을 알리러 왔다고 했답니다."

"그럼, 완전히 거꾸로 된 것 아니오?"

"그렇지요, 그리고 그다음에는 소 요시토모가 직접 부산에 갔습니다. 전하로부터 조선 왕이 왜 인사하러 오지 않느냐는 독촉을 받고 갔던 모양입니다."

"흠, 그랬군."

"그런데 이때도 요시토모는 조선 왕에게 오라는 말을 하지 않았습니다. 히데요시가 사이좋게 지내고 싶어하니 일본 평정을 축하하는 사신을 보내달라고 했다는군요."

쇼안이 무릎을 쳤다.

"알았소. 이제 모든 걸 알겠소. 지난해 조선에서 누구라더라, 정사 황윤길(黃允吉), 부사 김성일(金誠一)이었던가…… 통역인 겐소(玄蘇) 스님을 따라 사카이에 왔을 때 자기네끼리 줄곧 다투었던 모양이더군. 우리는 단지 일본 통일에 대한 축하차 온 것이라고 말하면서."

"바로 그겁니다. 겐소 스님이 뭐라고 속여서 돌려보냈는지. 아무튼 그 무렵 전하께서 명나라로 출병할 것이니 안내를 부탁한다는, 조선 왕에게 보내는 편지를 주었을 겁니다. 그런데 그것도 전혀 전해지지 않았어요. 모두 유키나가 님의 농간이었습니다. 그리고 저쪽에서 또 사신이 한 번 왔다고 합니다. 따라서 전하 쪽에서는 왕이 직접 오지 않은 일은 불쾌하지만 자신이 말한 군사 안내문제를 승낙한 줄로 생각하고, 조선 쪽에서는 전하가 자기네 환심을 사서 교역을 바라는 줄로 판단하고 있습니다. 그런데 이번에 하카타에 들러보니, 거기까지 벌써 항해용 선박징발명이 내려져 있지 않겠소? 이런 때 대군을 보내 대체 어쩌려는 건지.”

쇼안은 그만 눈을 감고 팔짱을 꼈다. 참으로 어이없는 착오가 아닐 수 없었다. 사카이 사람들은 물론이고 측근의 많은 이들까지 반대하고 있다……는 걸 알고 고니시 유키나가가 이건 실현가능한 일이 아니라고 판단한 것까지는 잘 알 수 있었다. 어쩌면 ‘쓰루마쓰의 죽음’이라는 뜻하지 않았던 돌발사가 일어나지 않았다면, 유키나가와 소 요시토모의 생각이 들어맞았을지도 모른다.

그런데 쓰루마쓰의 죽음으로 사정이 급변하고 말았다. 어쨌든 일본의 운명이 걸린 이러한 대규모 출병이 처음부터 전혀 의사가 통하지 않은 상태에서 동원된다면 얼마나 어처구니없는 일인가. 더욱이 그 책임이 사카이 사람들과도 관련 있는 고니시 유키나가에게 있다고 하니…….

쇼안은 눈을 감은 채 무겁게 입을 열었다.

“출병한다면 조선에서는 어떻게 나올 것 같습니까, 소시쓰 님?”

환영해 주리라 믿고 상륙한 히데요시의 선봉부대를 상대가 만일 별안간 공격해 온다면 어떻게 될 것인가? 그것을 근심한 쇼안의 질문이었는데, 소시쓰는 고개를 크게 흔들었다.

“물론 조선은 명나라 편이지요. 일본 쪽에 가담하기 위한 조치가 전혀 이루어져 있지 않으니까요.”

쇼안은 다시 입을 다물었다.

‘상상했던 것보다 훨씬 위험하다…….’

소시쓰가 일부러 찾아온 것은 히데요시를 만나기 전에 히데요시의 의향을 알아두려고 들른 줄 생각했었는데, 듣고 보니 그런 호락호락한 사태가 아니었다.

소시쓰도 미간을 잔뜩 찌푸린 채 입을 다물어버렸다. 쇼안에게 무슨 대책을 강구해 보라는 침묵일 것이다.

연거푸 탄식하며 소시쓰는 잠시 뒤 나직이 말했다.

“어떻게 해야겠소, 나야 님? 이제 전하를 단념시킬 방법은 없을 거요.”

쇼안은 여전히 눈을 감은 채 생각에 잠겨 있다. 바로 이때 복도에서 조심스러운 발소리가 들렸다.

쇼안이 불쾌한 듯 물었다.

"누구냐!"

"예, 다메키치(爲吉)입니다."

"다메키치, 왜 들어와서 말하지 않나."

다메키치가 조심스럽게 미닫이를 조금 열었다.

"실은……시마이 님이 이곳에 오신 것을 알고 찾아오신 분이 계십니다만."

이번에는 소시쓰가 돌아보았다.

"뭐, 내가 와 있다는 걸…… 이곳에 온 일을 비밀로 하도록 부탁해 두었는데……
누구라더냐, 찾아온 사람이."

"예, 소 요시토모……라고 말씀드리면 아실 거라고 하십니다."

"뭐, 소 요시토모 님이 오셨다고."

"예, 젊은 수행원 하나만 데리고 오셨는데, 이분도 여기 찾아온 것을 아무한테
도 말하지 말아달라고……."

"나한테 볼일이 있다는 거냐, 나야 님께 볼일이 있다는 거냐?"

"두 분을 함께 뵙겠다고 하십니다."

쇼안과 소시쓰는 얼굴을 마주보았다. 이곳에 그 문제의 쓰시마 영주 소 요시
토모가 찾아오리라고는 생각조차 하지 못했다. 아마 소 요시토모는 시마이 소시
쓰의 입을 통해 자기들의 외교 흑막이 히데요시에게 탄로될 것을 두려워한 나머
지, 소시쓰의 배가 도착하기 전에 미리 몰래 와서 기다리고 있었던 게 분명했다.

쇼안이 말했다.

"좋다, 드시게 해라. 따라온 사람은 현관에서 기다리게 하고."

"예, 알겠습니다."

시동이 밖으로 나가자 소시쓰와 쇼안은 다시 한번 마주 쳐다보았다.

"소 요시토모의 꾀는 아닐 테고. 이건 분명 고니시의 꾀요."

"그렇다면 무언가 타개책을 가지고 왔는지도 모르겠군요."

"좋소. 나는 가만히 있을 테니까 소시쓰 님이 가차 없이 추궁해 보시오."

소시쓰는 말없이 고개를 끄덕였다. 소시쓰는 긴 뱃길 여행으로 바닷바람에 그
을린 광대뼈 튀어나온 모습보다 그 눈이 더 무서운 빛을 내고 있었다.

소시쓰도 쇼안도 소 요시토모가 들어올 때까지 무언가 열심히 생각하고 있
었다.

쇼안은 요시토모를 잘 알지 못했다. 그러나 소시쓰는 선대 시절부터 잘 알고 있었다. 아니, 그보다 내면적으로 소 집안의 무역자금이 늘 소시쓰 집안 수중에서 나가고 있었으므로 지금으로 말하면 금융자본가와 사업가의 관계라 해도 좋을 것이다. 또 그 이상으로 소시쓰는 이것저것 소 집안 재정 내부에까지 관여해 도와주고 있는 사이였다.

소 요시토모는 시종의 안내로 방에 들어오자 어디 앉을지 몰라 잠시 머뭇거렸다. 장사치는 아니다. 적어도 하시바 쓰시마노카미(羽柴對馬守)라고, 히데요시로부터 성까지 받은 영주였다. 그런데 방 안의 두 노인은 콧김도 사납게 그에게 앉을 자리도 권하지 않고, 먼저 인사도 하지 않았다. 두 사람 다 기색이 좋지 않은 것을 한눈에 알 수 있었다.

그는 긴 칼을 한 손에 쥐고 잠시 망설이다가 삼각형 출입문을 등 뒤에 두고 겨우 자리에 앉았다.

"시마이 님과는 가까운 사이입니다만, 나야 님은 처음 뵙습니다. 소 요시토모입니다."

쇼안은 그를 한 번 흘끗 쳐다본 뒤 말했다.

"고니시 님 사위시군요. 쇼안입니다."

사이를 두지 않고 소시쓰가 그를 향해 앉았다.

"요시토모, 설마 이 서약서 내용을 잊어버린 것은 아니겠지요?"

목소리는 잔잔했으나 소시쓰는 품 안에서 불쑥 한 장의 서약서를 꺼내 방바닥 위에 펼쳐놓았다.

1. 요시토모는 앞으로 소시쓰에 대해 딴마음을 품지 않을 것.

1. 요시토모의 신상 및 영지에 뜻밖의 일이 있을 경우, 사소한 일에 이르기까지 지도받기로 하고 이에 대하여 추호도 숨김없이 상의할 것.

1. 소시쓰에게 모든 것을 이야기할 것. 다른 사람에게 발설하지 말 것.

1. 소시쓰가 하는 일에 아무 이의도 제기하지 말 것.

1. 요시토모 집안에서 소시쓰에 대하여 불만을 말하는 자가 있으면 모름지기 소시쓰에게 사과할 것이며, 추후로는 그런 일이 없도록 할 것.

위의 조항에 틀림없으며 만일 어길 경우 제석천(帝釋天), 일본의 모든 크고 작은 신사, 또한 이 섬의 모든 신, 하치만 대보살, 덴만텐진(天滿天神)의 신벌을 받아 마땅하며 이에 서약서를 씀.

덴쇼 18년(1590) 5월 30일

소 쓰시마노카미 요시토모 인(印)

시마이 소시쓰 귀하

소시쓰는 그것을 냉정하게 소 요시토모의 무릎 앞까지 밀어놓으면서 천천히 입을 열었다.

"잊어버리지 않았을 테지요, 이 서약서가 있다는 걸."

요시토모는 가냘픈 여인처럼 얼굴을 발갛게 물들이고 꼿꼿이 대답했다.

"잊어버릴 리 있겠습니까."

"잊어버리지 않았다면, 한 성의 성주인 소 요시토모도 오늘은 이 소시쓰의 가르침을 받으셔야겠소. 왜 이 서약을 어기고 이번 교섭 결과를 이 소시쓰에게 숨겼소? 자, 그것부터 들어봅시다. 경우에 따라서는 용서하지 않을 것이오."

요시토모는 부들부들 떨기 시작했다. 쇼안은 모르는 척하며 서약문을 보지 않았지만, 아마 요시토모는 이렇듯 밀약과도 같은 문서를 남의 면전에서 공개해 버린 데 대해 격심한 모욕을 느꼈을 것이다.

그런 기분을 알아차렸는지 소시쓰가 말했다.

"걱정할 것 없소. 나한테 서약문을 써준 것은 당신뿐이 아니오. 구로다 나가마사, 쓰쿠시 히로카도(筑紫廣門)도 썼소. 그렇다고 당신이 체면을 세워야 할 때 이런 것을 끄집어낼 만큼 이 소시쓰는 경우 없는 사람이 아니오. 지금은 기탄없이 당신의 생각을 듣고 나서 나야 님의 지혜를 빌리지 않으면 안 되므로 나야 님에게 우리 두 사람 사이를 이해해 주십사 이 서약서를 꺼낸 것이오."

요시토모는 그제야 한숨 쉬면서 입을 열었다.

"이번 일은 노인께 의논드리지 않아도, 만에 하나 잘못되는 일은 없을 것으로 생각했기 때문에……."

"그래서 간파쿠 전하를 속였단 말인가? 전하의 성미를 고니시 님이 몰랐단 말이오?"

"아니, 그건……."

요시토모는 그래도 장인을 감쌌다.

"고니시 공을 비롯하여 이시다 님도 마사타 님도, 그리고 마에다, 도쿠가와, 모리 등 여러 영주님께서도 모두 반대하시니 고니시 님과 이시다 님께서 반드시 이 계획을 만류시켜 보겠다고 하셔서……."

"이시다 미쓰나리 님도 말이오?"

"물론입니다. 모두들 반대하는 것을 아시면, 아무리 전하이실지라도 실행하시지 못할 것이다. 말하자면 술좌석에서 나온 농담 섞인 호언장담이었다고……."

"그것이 그렇지 않았단 말이오. 전국에 벌써 군사동원령이 내렸다니……이제 대체 어떻게 할 작정이오?"

"그렇기 때문에……그래서……무슨 명안이 없을까 하고 이렇게……."

"이렇게 찾아온 것은 당신 의견이오, 아니면 고니시 유키나가 님 생각이오?"

추궁당하자 요시토모는 또 우물쭈물했다. 고니시 유키나가와 상의한 뒤에 찾아온 것임을 알 수 있었다. 그러나 두 사람 다 지금에 이르러서는 그럴듯한 지혜가 나오지 않았던 게 틀림없었다.

"요시토모 님, 이것은 쓰시마만의 문제가 아니게 되어버렸소. 일본 전국의 문제일뿐더러 자칫 잘못하면 조선에서부터 명나라 백성들까지 괴롭히게 되오. 이 같은 큰일을 두고 어찌하여 거짓말을 했단 말이오? 조선 왕은 안내 같은 것을 할 리 없다, 간다면 해상에서 바로 싸움이 벌어질 것이다, 라고 왜 분명히 말씀드리지 않았소? 그렇게 말했다면 간파쿠 전하도 그처럼 희생이 많은 일은 단념하셨을지도 모르오."

"저, 저희의 불찰이었습니다!"

쇼안은 새삼스럽게 떨고 있는 요시토모를 다시 쳐다보고 나서 말했다.

"그렇다고 이제 와서 당신을 공박해봤자 잔소리만 될 뿐, 어떻습니까? 나야 님, 무슨 명안이 없을까요?"

"글쎄요……요시토모 님 한 사람으로는 무리겠지만 고니시 님도 동의한다면 생각이 없는 것도 아니오."

"그걸 좀 들려주시겠소?"

소시쓰 뒤에서 요시토모는 체면도 자존심도 잊어버린 듯 쇼안을 향해 두 손을 짚었다.

"이대로 소시쓰 님께서 보고하시게 되면 우리도 고니시 님도 파멸은 정해진 일…… 아무쪼록 그 생각을 들려주시기를……이렇게 간청합니다."

쇼안은 요시토모의 태도에 입맛이 쓸쓸한 느낌이었다. 그러나 미워할 수도 없었다.

누가 보아도 히데요시의 말과 행동에는 이따금 술김에 마구 하는 말이라고 할 수 있는 즉흥적인 데가 있었다. 인물의 크기가 다르다고 생각할 수도 있지만, 지나치게 큰소리치는 버릇이라고도 할 수 있을 것이다.

그런 히데요시에 비하면 소 요시토모는 소심하고 선량하며 적당히 교활한 여느 인간이었다. 따라서 이 정도의 인물을 단지 조선을 잘 안다는 이유만으로 사신으로 내세운 히데요시도 실수했다는 느낌이 있었다.

쇼안은 절반쯤 소시쓰에게 들으라는 말투로 말했다.

"요시모토 님, 만일 소시쓰 님에게 당신들 체면이 서도록 보고해 주기 바란다면……당신들 쪽에서 한 걸음 먼저 간파쿠를 만나시오. 아무래도 그 뒤 그곳 형편이 달라진 모양이라고."

"한 걸음 먼저…… 형편이 달라졌다고 말씀입니까……?"

"그렇지. 그러므로 우선 대군을 보내기 전에 우리들과 고니시 유키나가 님을 선발대로 보내시는 게 좋겠다고. 그리고 우리가 무사히 상륙할 수 있을지 아니면 저항받게 될지 그 점을 확실히 판단한 다음 결단을 내리시는 것이 좋겠다, 만일 우리 보고와 다른 결과가 나타나서는 안 되니 이 말씀을 꼭 들어주십사고."

소 요시토모는 쇼안을 똑바로 쳐다본 채 눈도 깜박이지 않았다. 고니시 군과 소의 병력으로 우선 상륙을 시험해 보라는 것이었다.

과연 그렇게 하면 히데요시에 대한 체면은 서게 될 것이다. 그러나 선발대로 떠나는 자신들은 어떻게 될 것인가……? 그가 생각해도 상륙하면 곧바로 싸움이 벌어질 것은 틀림없는 일이었다. 싸움이 벌어진다면, 고니시나 소만으로는 후속부대가 오기 전에 전멸해 버릴 게 틀림없다…… 전멸해 버릴 바에는 일부러 그곳까지 갈 필요가 없지 않은가……라는 답이 나온다.

쇼안은 말을 계속했다.

"알아들으시겠소, 요시토모 님? 당신들은 지금까지 간파쿠의 말을 그대로 저쪽에 전하지 않았잖소?"

"그렇습니다……."

"그렇기 때문에 고니시와 소가 이렇게 왔다…… 비록 군사를 이끌고 왔다는 것을 알더라도, 격퇴하려고 만반의 준비를 갖추어 기다리고 있는 것과는 사정이 다르지."

"정말 그럴까요?"

"당신들은 조선에 대해 아무 적의가 없다고 하면 탈 없이 상륙할 수 있을 것 아니겠소? 다른 사람들보다 쉽사리 상륙할 수 있을 거요."

"……."

"그렇지 않소, 소시쓰 님?"

"물론 나야 님 말씀대로입니다."

"일단 상륙한 뒤 실은 여차여차하다고 간파쿠의 생각과 일본의 사정을 자세하게 조선 왕에게 전달하며 설득해 보는 거요. 그 뒤에야 싸움이 될지 안 될지 결판나는 것 아니겠소?"

그러나 요시토모는 곧바로 대답하지 않았다. 저쪽에서 히데요시 편이 되어 명나라로 진격하는 길을 안내하겠다고 나설 리는 만에 하나도 없다……는 것을 너무나 잘 알고 있기 때문이었다.

쇼안은 조용히 재촉했다.

"어떻소, 이렇게 하지 않으면 이야기가 되지 않는데, 그 결심을 할 수 있을지……? 그렇게 되면 고니시 님도 당신도 꼼짝없이 파멸해 버릴 거라고 당신은 생각하는 모양이로군."

쇼안의 말을 듣자 소 요시토모는 체면도 고집도 사라져버린 듯 고개를 떨구었다.

"그렇게 생각될 거요. 그러나 세상에는 죽음 가운데 삶이 있는 경우도 있소."

"죽음 가운데 삶……?"

"지금까지 당신들의 외교는 연약한 아첨으로 일관되어 왔소. 그래서 상대는 더욱 강해질 뿐이었지만, 이번에는 다르오. 이번에는 당신들이 결사적으로 나가야지."

"결사적으로 나가지 않으면 안 되겠습니까?"

마침내 쇼안은 웃기 시작했다.

"요시토모 님······결사적이라고 판단하면, 상대도 냉정하게 생각할 것 아니겠소? 모든 일은 거기서 시작되는 거요."

"······."

"그런 뒤 상대가 명나라 편을 들 것인지 히데요시 편을 들 것인지. 만약 명나라에 편들 것으로 보이면, 바로 어디선가 농성을 시작하시오. 당신들도 무장들 아니오? 농성하면서 급사를 보내 후진이 도착할 때까지 버틸 각오를 해야지, 지거나 목숨을 잃는 일만 늘 생각하기 때문에 오늘처럼 양쪽에 끼여버린 거요."

"······."

"알겠소? 간파쿠의 이번 구상이 옳다는 것은 아니오. 그러나 양쪽의 의사를 적당히 조율하지 못한 죄는 당신들에게 있소. 간파쿠는 조선 왕 같은 건 문제가 아니라고 생각하고, 조선 왕 쪽에서도 역시 히데요시 따위는 아무것도 아니라는 생각으로 콧대 높게 나오고 있소. 양쪽을 이렇듯 강경하게 만들어놓은 것은 당신들의 책임. 그러니 간파쿠의 군사가 얼마나 강한지 조선 왕에게 보여주고, 당신들은 어디까지나 두 나라를 위해 도모하고 있음을 호소하는 거요. 그러면 사정이 달라질지도 모르지."

그러자 그때까지 가만히 듣고만 있던 소시쓰가 크게 고개를 끄덕이며 입을 열었다.

"그것밖에는 방법이 없을 것 같군."

"나에게도 이 이상의 지혜는 없소. 이렇게 하지 않으면 한꺼번에 건너가는 일본군은 상륙하자마자 조선군과 대충돌······양쪽 모두 큰 희생을 당하게 되어 말로 해결할 여지는 영영 없어지고 말 것이오. 이거야말로 양쪽이 똑같이 당하게 될 돌이킬 수 없는 큰 손실이오. 양쪽이 망할 때까지 싸우게 되는 가장 어리석고 비참한 싸움이 되어버릴 테니까."

소시쓰는 요시토모를 향해 자세를 바로잡았다.

"요시토모 님, 결심하시오. 죽음 가운데에서 삶을 구하시도록. 그러면 이 소시쓰도 저쪽 나라에서 얻은 견문을 보고할 때 당신이며 고니시 님 이름은 넣지 않을 테니까. 이름을 내지 않고 은근히 의견만 여쭈어보고 물러나오겠소."

소 요시토모는 그래도 금방 대답하지 않았다.

그로서는 부산에 상륙한 자신들이, 조선 왕한테 당도하기도 전에 전멸해 버리는 최악의 사태만이 머릿속에서 사라지지 않았다.

이쯤 되자 소시쓰 쪽이 쇼안보다 강경했다.

"이것으로 이야기는 끝났소. 나는 내일 오후 오사카성으로 가서 전하께 보고
드리겠다고 행정관 사무소에 연락하겠소. 그런 줄 알고 계시오."

"내일 오후······입니까?"

"더 이상 기다리게 할 수 있는 분이 아니잖소!"

딱 잘라 말하고 다시 담뱃대를 집어들었다.

"그럼, 전하께 그렇게 말씀드리겠습니다."

두 사람에게 설복당한 소 요시토모는 아직 생각을 정하지 못한 듯한 모습으
로 돌아갔다. 물론 이제부터 장인 유키나가와 의논할 생각일 것이다.

두 노인은 고노미에게 요시모토를 배웅하게 하고 일어서지도 않았다. 그 무렵
의 대상인에게는 누구에게나 그런 거만한 면이 있었다. 크고 작은 영주들의 돈줄
로 자처하며 겉으로는 어떻든 속으로는 그들을 대수롭게 여기지 않았다.

"어떻소, 소시쓰 님. 저 요시토모 님이 선수칠 수 있을까요?"

"물론 고니시 유카나가의 동의 없이는 못하겠지요. 그러나 고니시는 앞을 내다
볼 줄 아니 이 의견에 따를 것입니다."

"조금 지나쳤다는 생각도 들지만 이밖에 도리가 없지."

"물론이오. 자칫 잘못하면 소와 고니시뿐 아니라, 간파쿠 전하의 목숨도 앗아
갈 일이잖소."

"그러면 소시쓰 님은 어떻게 하시겠소? 당신이 여기 들른 게 아무래도 여기저기
알려진 모양인데."

소시쓰는 흥! 하고 웃었다. 그의 생각으로는 자신이 여기 있는 것을 알면 고니
시도 찾아올 듯한 예감이 들었지만 그런 일은 무시해 버리기로 했다. 만일 찾아
오면 요시토모에게 한 것과 같은 말밖에 할 수 없다. 고니시와 소가 선발대로 간
다고 해서 조선과의 사이에 회담이 타결되리라고는 생각지 않지만, 그것조차 하
지 않고 무턱대고 밀고 나가면 그야말로 일본군은 전멸의 화를 입게 된다.

"오늘 밤 여기서 재워주시오. 어쩌면 이것이 나야 님과의 마지막 상면이 될지도
모르잖소."

"흠, 그러면 소시쓰 님은 소와 고니시의 이야기는 덮어두고 간파쿠와 맞설 생각

이시오?"

"시마이 소시쓰도 사나이가 아니겠소?"

소시쓰가 말하자 쇼안은 손뼉 쳐 사람을 불렀다.

"말리지는 않겠소. 말린다고 들을 분도 아니고. 그럼, 한잔하면서 오늘 밤은 천천히 이야기나 하며 지내볼까요."

이리하여 고노미를 시켜 주안상을 내오게 한 뒤 다시 입을 열었다.

"어떻소, 소시쓰 님은 요즘 유행하는 민요를 들어보셨소?"

"아직 한 번도 들어본 적 없소만."

"류큐에서 건너온 류타쓰(隆達)라는 풍류객이 샤미센이라는 악기를 켜면서 멋들어지게 노래부르지요. 우리 한 번 류타쓰를 불러보는 게 어떻겠소?"

"좋습니다…… 들어보고 싶군요."

쇼안은 고노미에게 류타쓰를 불러오도록 이르면서 새삼 소시쓰의 바닷바람에 그을린 얼굴을 다시 눈여겨보았다. 내일 히데요시에게 죽음으로 간하여 보겠다고 결심한 사나이. 그 사나이의 어느 곳에도 이렇다 할 긴장된 기색은 없었다. 상인이지만 이런 사나이를 정식 사신으로 조선 왕에게 파견했더라면 하고 못내 아쉽게 여겨졌다.

"자, 한 잔 더 드시오."

"아, 참 좋은 술이군요."

"간파쿠는 분발하고 계신 모양입니다. 벌써 축성을 위해 가토 기요마사를 규슈로 파견하실 예정이라 들었소."

그러나 소시쓰는 그런 말은 전혀 귀에 들어오지 않는 듯 소리 내어 입맛을 다셨다.

"술맛이 그만이군!"

이미 완전히 각오를 정한 한 사나이의 면모요 기백이었다.

호랑이와 호랑이

이 언저리에서는 요도야 조안을 상인 간파쿠라 부르고 있었다. 상인이면서도 히데요시 못지않은 큰 그릇이라고 보는 칭찬이었다.

그러나 담력으로는 하카타의 시마이 소시쓰가 조안을 능가할지도 모른다. 이전부터 유타니 일족과 손잡고 교역뿐 아니라 광산 발굴에서 제련, 선박, 금융 등……모든 사업에 손 뻗어 거금을 쌓았으면서도 사생활은 매우 검소했다. 처음부터 큰 그릇으로 태어난 게 아니라 무섭게 단련에 단련을 거듭하여 연마된 사나이로, 조안을 히데요시와 견준다면 이쪽은 모름지기 이에야스에 비유할 만한 인물이라고 쇼안은 보고 있었다.

"남이 거짓말한 뒤치다꺼리, 소 집안과 선조 때부터 교분 있는 사이고 보니 이것도 어쩔 도리 없는 일이지요."

소시쓰는 허심탄회한 표정으로 한마디 하고 쇼안의 별장을 나서자, 겨우 점원 셋만 데리고 야마토 다리 선창으로 갔다.

자신의 배는 사카이 해변에 매어놓고, 여기서부터 조안의 배로 오사카까지 가려는 것이다. 양쪽 강가에 이삭이 활짝 핀 갈대가 무성하고, 여기저기 물오리 떼가 내려앉아 있었다.

조안의 30석짜리 배가 그를 태우기 위해 붉은 융단을 깔고 뱃전에 장막을 드리워 기다리고 있었다. 배에 오른 소시쓰는 장막을 걷어올리게 한 뒤 실눈을 뜨고 주위에 펼쳐지는 가을풍경을 바라보았다. 동그라미 안에 요도(淀) 자를 물들인 윗옷을 걸친 배 끄는 인부가 오늘은 40명이나 딸려 있었다.

생각해 보면⋯⋯장사꾼이라는 존재가 묘하다 싶어 소시쓰는 저도 모르게 입술을 일그러뜨리며 웃었다. 싸움은 무장들이 하고 돈벌이는 장사치가 한다. 한쪽은 많은 군사를 길러야 하지만 한쪽은 그럴 필요가 없으니 돈을 모을 수밖에 없다. 그 불합리성에 눈을 돌리지 못하게 하려고 히데요시에게 교역 이득과 광산을 권했던 일이 말하자면 이번 일의 원인인 것만 같은 생각이 들었다. 히데요시에게 발굴을 권한 각지의 금광에서 너무 많은 금이 쏟아져나왔던 것이다.

'좀더 아쉬운 생각이 들도록 조절해 두는 게 좋았을걸⋯⋯.'

무장을 너무 부유하게 만들면 안 된다. 그렇다고 주리게 하면 이리처럼 잡아먹으려 덤벼든다⋯⋯ 그런 점에 어려움이 있는 거라고 소시쓰는 생각했다. 말하자면 보상하는 셈 치고 히데요시에게 광산을 파게 한 결과가 돌고 돌아 오늘 소시쓰들을 이런 궁지에 몰아넣은 것이다. 요도야 조안만 해도 대군단을 조선에 파견할 것이니 그 군량미를 준비하라⋯⋯는 명을 받게 된다면 이번에는 벌이보다 쓸 돈이 더 많아 난처할 것이다. 어쨌든 무장은 계산에 둔했다. 자신의 녹봉은 계산할 줄 알아도 거상(巨商)들의 재산은 얼마나 되는지 짐작조차 못하는 듯했다.

그런 생각을 하면서 강어귀의 선박감찰소에 도착하니, 생각지도 않던 인물이 기다리고 있었다.

"오, 이시다 님께서."

소시쓰가 자리에서 일어서려 하자 하카타의 도시계획 이래 깊은 교분을 갖게 된 이시다 미쓰나리가 급히 판자를 건너왔다.

"소시쓰 님, 이번에 수고 많으셨습니다."

"원, 별말씀을. 이것도 다 제가 해야 할 일 아닙니까?"

"실은 전하와 만나기 전에 노인께 청할 일이 있어서."

그 말을 듣는 순간 소시쓰는 시치미를 뗐다.

"허, 무슨 일입니까. 나는 새도 떨어뜨리는 세도가인 전하의 행정관 나리께서 나 같은 사람에게⋯⋯."

미쓰나리는 배 한구석에 앉아 있는 점원들에게 가볍게 일렀다.

"너희는 잠시 내려 흙이라도 밟고 오게. 나는 노인께 할 이야기가 있다."

점원들은 공손히 머리 숙이며 소시쓰의 눈치를 살폈다. 소시쓰는 눈짓으로 나가도 좋다고 허락했다.

"가을 강가 풍경이 참으로 마음에 스며드는 것 같군요."

"그렇습니다."

미쓰나리는 지난번 하카타에서 보았던 때보다 더욱 성장한 듯 느껴졌다. 세상에서 말하는 관록이 쌓인 것이리라. 살이 오른 몸으로 천천히 칼을 들고 소시쓰 옆에 앉으며 눈으로 웃었다.

"이제 의지할 데라고는 노인뿐이오."

"이 늙은이에게 의지하신다……?"

"전하께서 눈에 넣어도 아프지 않을 도련님을 잃으셨소."

"저도 들었습니다."

"그 때문에 한동안 세상을 버리실 것처럼 비통해 하셨는데……그 슬픔이 엉뚱한 곳으로 방향을 틀었지 뭡니까."

"허! 엉뚱한 곳이라니……?"

"명나라 정벌이랍니다. 처음에는 농담으로 생각했는데, 농담은커녕 그게 바로 일생 과업의 마무리라고 정색하고 나서시니……."

"그래서요……."

소시쓰는 미쓰나리가 무슨 말을 하려는 것인지 잘 알면서도 짐짓 딴청부렸다.

"이번 일은 단념하시게 해야 합니다. 가까스로 천하가 평정되었으나 백성들은 아직 뿌리 깊은 고난에 시달리고 있지요. 이런 터에 그런 싸움을 일으킨다면 나라의 파멸이 올지도 모르오."

"허! 정말 큰일이군요. 그래서……행정관께서는 반대하셨소?"

"그런데 노인께서도 아시다시피 전하는 워낙 그런 성미라 우리가 간해서는 듣지 않으시오. 노인께서 이번에 조선땅을 구석구석 돌아보고 오셨으니 이 출병을 단념하시도록, 앞길에 난관이 산더미처럼 쌓여 있다고 말씀드려 달라는 부탁이오."

소시쓰는 흥 하고 웃었다. 그리고 크게 손사래 치면서 말했다.

"죄송한 말씀이오나 사양하겠습니다. 행정관님의 간언도 듣지 않으시는데 어찌 이 늙은이가…… 아무쪼록 그런 일은 행정관님께서 하셔야."

"소시쓰 님!"

"그 말씀만은 제발……."

"내 청을 들어주지 않겠다는 말씀이오?"

소시쓰는 조용히 그의 이마에 시선을 보내며 목소리를 낮추었다.

"이시다 님, 그것은 이시다 님 혼자의 생각이십니까, 아니면 이 소시쓰에게 그렇게 일러달라는 고니시 님의 의도가 깔린 것입니까?"

"괴이한 말씀을 하시는군요. 고니시 님도 내 생각에 동의했다면 어떻게 할 작정이시오?"

"허허……그런 지시는 받아들일 수 없습니다."

"뭐라고?"

"고니시 님께는 이 소시쓰가 선후책을 이미 말씀드려 놓았습니다. 그런데 뭡니까, 지시내리는 것처럼. 시마이 소시쓰는 전하의 어명으로 저쪽 땅을 자세히 보고 온 것이니, 그 보고를 드리는 데 있어 누구의 지시도 받지 않겠소."

단호하게 잘라 말하고 나서 소시쓰는 다시 웃었다.

미쓰나리의 눈에 격렬한 분노가 드러나기 시작했다.

'고작해야 장사꾼 따위가!'

그런 감정이 노골적으로 드러나 보였다.

"그래요? 그럼, 이 미쓰나리의 부탁을 들어줄 수 없다는 거군. 나는 지시라고는 말하지 않았소. 허리 굽히며 간청한다고 말한 것이오."

"그 부탁이, 바로 지시라고 말씀드린다면 어떻게 하시겠습니까."

소시쓰도 지지 않았다. 오히려 젊은 미쓰나리를 조롱하는 듯한 기색마저 느껴지는 말투였다. 으스스한 강바람이 두 사람 사이를 삭막하게 스쳐갔다.

미쓰나리도 창백하게 웃었다.

"흐흐……들어줄 수 없다면 이쪽에도 생각이 있다……고 말하면 무뢰배의 폭언에 대한 폭언이 될 테고, 그렇다면 이 미쓰나리 아무 말 말고 물러가야겠군요."

소시쓰는 다시 한번 조롱기 어린 웃음을 띠며 말했다.

"이시다 님, 이시다 님도 고니시 님이라는 양반도 정말 제멋대로시군요."

"그렇게 생각하시오?"

"의견을 직접 말씀드리면 전하의 노여움을 사서 할복 아니면 참수…… 그러니 간언은 소시쓰에게 시키자…… 그러나 이 소시쓰인들 전하를 화나시게 했다가는 목숨이 왔다 갔다 하는 일. 측근이 그런 식으로 충성하다니 무사란 정말 편하군요."

미쓰나리의 얼굴빛이 더욱 창백해졌다. 상대가 이처럼 면구스러울 정도로 거리낌 없이 말할 줄 미처 몰랐으리라. 그렇더라도 고니시 유카나가의 부탁을 받고 온 것까지 소시쓰가 알고 있다는 것은 도무지 영문을 모를 일이었다.

"그럼, 부탁을 거두고 물러가야만 되겠소."

"그렇소. 고니시 님이 목숨 걸고라도 선발대 구실을 하겠다……는 결심을 하지 못하고 꽁무니 빼면서, 저에게 간언해 보라는 야비한 청은 들어줄 수 없소."

"뭐, 고니시 님이 선발대로……?"

"이시다 님, 그 방법밖에 다른 도리가 없을 겁니다. 전하는 고니시 님이나 소 님 의견을 곧이곧대로 받아들여 조선 왕이 일본군을 기꺼이 안내해 주리라 믿고 대병력을 출동시키려 하고 계시지만……내가 보기에는 다르오. 그 결과가 어떻게 될지 정말 잘 생각하셔야 할 겁니다."

미쓰나리는 깜짝 놀란 듯 몸을 바짝 앞으로 내밀면서 목소리를 낮췄다.

"그렇다면 노인께서 그 말을 고니시 님에게 하셨다는 건가요?"

"그렇소. 잘 알고 계실 텐데요."

"그럼, 고니시 님에게 선봉이 될 각오가 서 있다면 노인께서도 우리 부탁을 들어주시겠다는 말씀이오?"

소시쓰는 고개를 끄덕이고 나서 다시 웃었다.

"이시다 님이 만약의 경우에 고니시 님을 선발대로 보내 먼저 저쪽의 여러 가지 형편을 탐지하겠다……고 하신다면 이 소시쓰도 사나이입니다. 일부러 이렇게 부탁까지 안 하시더라도 진작부터 목숨을 던질 각오로 간언할 작정이었소."

이시다는 비로소 소시쓰의 진심을 눈치채고 무릎에서 얼른 손을 내렸다.

"시마이 님! 이렇게 간절히 부탁합니다. 고니시 님 쪽은 이 이시다가 맹세코 책임지겠습니다……."

"하하하……고개를 드십시오. 사람의 이목이 있는데 행정관 나리께서 그런……."

소시쓰는 또다시 소리 내어 한 차례 웃어젖혔다.

미쓰나리는 아무쪼록 잘 부탁한다고 거듭거듭 당부하고 배에서 내렸다.

그 뒷모습을 바라보며 소시쓰는 생각했다.

'무사란 참으로 희한한 존재로군……!'

의리라는 이상한 먹이로 사육되면서도 주인에게 조금이라도 빈틈이 있으면 곧장 장사치 이상의 교활한 수법으로 사사로운 욕심을 품고 덤벼든다. 돈벌이에 악착스럽지도 못하고, 그렇다고 의리만으로 살아갈 수도 없으면서 무기 없는 백성들을 멸시하면서 살고 있다…….

배는 이 언저리부터 수면을 미끄러지듯 나아갔다.

요도야 다리 옆에 배가 닿은 것은 오후 2시가 가까워서였다. 이곳에서도 벌써 장사꾼들이 마련해 놓은 행차 가마가 인부들과 함께 기다리고 있었다. 소시쓰는 마중 나온 조안에게 가볍게 머리만 끄덕였다.

"볼일이 끝날 때까지는……."

그리고는 가마에 들어앉아 그대로 오사카성으로 향했다.

히데요시 또한 새로 지은 후시미성에서 일부러 오사카로 나와 소시쓰를 기다리고 있었다.

양쪽에는 조금 전 강어귀에서 만났던 이시다 미쓰나리를 비롯해 마시타 나가모리, 마에다 겐이, 오다 우라쿠, 나쓰카 마사이에, 오타니 요시쓰구 등이 죽 늘어앉고 정면의 히데요시는 팔걸이 밑에 무릎을 넣고 자줏빛 두건 아래 정이 뚝뚝 떨어지는 듯한 눈으로 바라보고 있었다.

소시쓰가 인사드리려고 조아리는 머리 위에, 변함없는 그의 꾸밈없는 말이 쏟아졌다.

"오, 소시쓰인가, 수고했네. 고생이 많았겠군. 오랜 뱃길 여행에 얼굴이 탄 것 같군그래."

"소식 들으니 전하께서 소중한 도련님을 잃으셨다고……."

"그 이야기는 하지 말게, 됐어. 소시쓰, 겨우 잊어가는 참이야. 이리 가까이, 가까이."

"황송합니다."

"그래 어떻던가, 저쪽 형편은? 구석구석 인심을 두루 살펴보고 왔겠지?"

"예, 전하께서 친히 내리신 분부였으므로 먼저 부산에 상륙하여 변장하고 경상도에서 강원도로, 다시 경기도로 들어가 황해, 전라의 순서로 돌아보고 왔습니다."

"큰 수고했다. 그래, 산하의 형세와 도로, 역참 등의 모습도 기록해 왔나."

"예, 이것이 그 그림지도입니다. 이 지도에 군비의 잘잘못, 사람들의 강약, 강우량의 다소, 산물의 수량, 품목 등⋯⋯될 수 있는 대로 자세히 기록해 넣었습니다. 펼쳐보십시오."

"음, 나가모리, 그것을 이리로 가져오라."

"예."

마시타 나가모리가 그림지도를 받아 히데요시 앞에 펼치자, 히데요시는 싱글벙글 웃으며 들여다보았다.

"역시 병력을 부산에 상륙시켜 경기로 진군하게 하는 게 좋을까?"

"병력⋯⋯이라시면⋯⋯."

"오, 그대는 아직 모르겠군. 실은 가토 기요마사를 벌써 규슈로 출발시켰어."

"규슈로 가토 님을⋯⋯?"

"그래, 히젠의 나고야에 성을 축조하는 게 좋겠다고 해서 말이야. 곧바로 그 준비를 명령했지. 그곳을 근거지로 해서 부산에 건너가는 거야. 진군이 시작되면 단숨에 명나라 도성까지 쳐올라간다. 내년 8월 중순에 나는 벌써 그 땅에 살면서 400여 주를 호령하고 있을 거야. 오, 큰 수고했다. 지금 당장 술을 내리마."

총을 쏘아대는 듯한 히데요시의 말에 소시쓰의 카랑카랑한 목소리가 찌렁하게 울려퍼졌다.

"황송하오나 그 일은 그렇게 안 될 줄⋯⋯압니다."

자기 귀를 의심하듯 히데요시가 되물었다.

"뭐, 그렇게 안 된다고? 대체 무엇이 안 된다는 것이냐? 내년 8월 중순까지⋯⋯."

소시쓰는 목소리를 높여 말을 가로막았다.

"바로 그 일입니다. 비록 조선 왕이 두 손 들어 환영한다 해도 그처럼 성급한 진군은 생각도 할 수 없는 일입니다."

"소시쓰, 대체 그게 무슨 괴이한 소리인고?"

"아닙니다. 자세히 살펴보고 온 정보를 말씀드리는 겁니다."

"비록 조선 왕이 두 손 들어 환영해 준다 해도⋯⋯라고 말했나?"

"그, 그렇습니다. 그건 어디까지나 가정입니다. 조선 왕은 길 안내에 나서지 않을 겁니다."

"뭐라고……무슨 증거로 그런 소리를 하는가? 지난가을 사절단이 왔을 때, 그 일을 분명하게 일러두었는데."

"황송하오나……."

소시쓰는 아랫배에 힘을 주면서 히데요시를 올려다보았다. 그 눈은 이상한 기백으로 빛나고 있었다.

"제가 조사한 바로는, 조선 왕은 명나라와 오랫동안 친교를 맺어왔기 때문에 아무래도 명나라를 배반하고 전하 편이 되어 줄 수는 없는 것이 아닌가…… 소시쓰의 눈에는 그렇게 보였습니다."

히데요시는 가볍게 웃었다.

"알았네, 알았어. 그대는 장사꾼이야. 싸움에 관한 건 내게 맡겨둬. 조선 왕은 반드시 내 명령에 따를 거다."

소시쓰는 고개를 저었다.

"그렇듯 간단한 일이 아닙니다! 전하의 군사가 건너간다면, 조선 왕은 곧바로 명나라 군사를 불러들일 것입니다. 그렇게 하지 않을 수 없는 의리가 그 나라와 명나라 사이에 있다고 보았습니다. 그러니 싸움이 벌어진다면 명나라에 들어갈 때까지 비용이 엄청날 것으로 생각됩니다."

"소시쓰."

"예."

"그럼, 그대는 내 계획이 잘못되었다고 말하는 건가?"

"말씀드린 바와 같습니다. 아마 일본 전국의 물자, 황금, 병력의 8할 이상을 투입해도 무리가 아닐까……하는 생각을 하면서 돌아왔습니다."

"그럼, 그대는 출정을 단념하는 게 좋겠다는 거로군?"

"지금으로서는 단념하시는 게 상책이 아닐까 합니다."

히데요시가 다시 웃었다.

"하하하……누군가로부터 반대해 달라는 부탁을 받았군그래?"

"그런 일은 결코 없습니다. 본 대로, 생각한 대로 보고하지 않으면 안 된다고 생각하여 말씀드리는 것뿐입니다."

"히데요시의 계획에 트집 잡아도 좋다고 생각한단 말인가?"

"그 말씀은 총명하신 전하의 말씀답지 않으십니다. 전하야말로 오히려 도중에 결심을 바꾸셨습니다…… 제가 올리는 보고를 충분히 검토하신 뒤에 출정이냐 아니냐를 정하실 것으로 이 소시쓰는 생각하고 있었습니다. 그런데 아직 보고도 드리기 전에 일사천리로 계획을 진행시키시고, 게다가 트집 잡는다는 생각지도 못한 말씀까지 하시는군요."

드디어 히데요시는 팔걸이를 두드리면서 분노를 폭발시켰다.

"닥쳐라, 소시쓰! 이 히데요시가 일일이 그대의 지시에 복종해야 한다는 말이냐? 출정은 이미 내가 결정한 일이야."

히데요시의 목소리는 찌렁찌렁 천장에 메아리치며 그 자리에 있는 사람들의 귓전을 때렸다.

소시쓰는 한무릎 앞으로 나아갔다.

"더욱더 알 수 없는 말씀을 하시는군요. 비록 어떤 분이 결정하신 일이라 할지라도 이 소시쓰의 보고가 그 때문에 변경되어야 할 이유는 없습니다. 또 비록 결정 내리셨다 하더라도 마음에 없는 거짓말씀을 드리는 일이 있다면 이 소시쓰, 죽은 뒤 부처님 앞에 나아갈 수 없을 것입니다. 그러므로 결정하시는 것은 전하이시고, 보고드리는 것은 소시쓰. 소시쓰는 이 싸움은 비용이 너무 많이 들어 십중칠팔은 실패할 것이라 보고 왔습니다. 이것이 제 보고입니다."

"나……나……나가모리!"

히데요시는 온몸을 떨면서 뒤에 있는 시동의 긴 칼을 가리켰다.

"이 괘씸한 놈의 목을 쳐라. 출전의 본보기다."

소시쓰는 꼼짝도 하지 않았다. 전보다 더 침착한 눈길로 격노한 히데요시를 쳐다보고 있었다.

'해야 할 말은 다 했다…… 이만큼 말했으니 히데요시는 고니시와 소의 선발대 지원을 들어주겠지. 그렇게 되면 손실을 줄일 수 있다……'

"나가모리! 뭘 머뭇거리나. 빨리 베라!"

미쓰나리가 황망히 앞으로 나아갔다.

"항공하오나! 노하시는 게 마땅하지만 소시쓰 님 말을 조금 더 검토하시고 나서……."

"닥쳐라. 내가 탐지해 오라고 명한 것은 각처의 지리와 인심에 대해서였다. 그런데 출정이 좋으니 나쁘니, 마치 제가 간파쿠라도 되는 것처럼 말하는 수작, 무엄하고 오만하기 짝이 없다. 어서 베어라!"

미쓰나리는 책임을 느낀 나머지 다시 만류했다.

"아니, 잠깐! 만일 전하께서 직접 조사하지 않으시겠다면 이 미쓰나리가 차근차근 물어보겠습니다. 소시쓰 님이 어찌하여 그런 결론을 내렸는지, 이것은 큰일 앞에 놓인 사소한 일입니다. 부디 진정하시기를."

그러자 뒤이어 마시타 나가모리도 한마디 거들었다.

"이시다 님 말씀대로, 만일 조선 왕 쪽에서 배반할 기색이 있다면 충분히 그 대책을 생각해 두지 않으면 안 됩니다. 부디 노여움을 가라앉히시고……."

"네……네놈들도 다 한통속이구나."

"당치도 않은 말씀이십니다."

"좋다. 그럼, 다시 한번 내가 소시쓰에게 직접 묻겠다. 모두들 잘 듣거라."

"고마우신 분부입니다."

"소시쓰!"

"예."

"그대는 조선 왕이 나를 배반할 것이라고 했겠다."

"명나라군과 한편이 되어 전하의 군사에게 대항해 올 거라고 말씀드렸습니다."

"그렇기 때문에 내 군사는 상륙하더라도 진격을 저지당한다는 말인가?"

"아무도 없는 들판을 달리듯 진격하는 건 불가능하다는 말씀입니다. 생소한 땅에서 농성이라도 하게 되면 주위 백성들은 모두 적인 데다 보급 때문에도 생각 밖의 고생과 어려움이 있으리라 예상됩니다. 거기다 명나라 수군이 나타나 바다 위에서 후속부대와의 사이가 끊어지게 되면……."

히데요시가 다시 큰 소리로 가로막았다.

"다……다……닥쳐라!"

그러면서 그는 속으로 후회하고 있었다. 자기의 격분에도 전혀 당황하는 빛 없는 소시쓰의 태도를 보고, 그가 어떤 각오로 이곳에 나와 있는지……그것조차 짐작할 수 없을 정도로 이성을 잃을 히데요시가 아니었다. 히데요시로서는 이번 원정계획에 모두들 냉담한 것이 참을 수 없이 분했다.

'무리도 아니다…….'

히데요시도 마음속으로는 그렇게 생각하고 있었다. 게는 자기 껍질을 생각하며 구멍을 판다. 그러므로 히데요시쯤 되는 인물의 구상을 그들이 이해할 리 없었고, 이해하지 못하니 더더욱 자기밖에는 이 일을 할 사람이 없다는 확신을 더욱 굳히고 있는 것이다.

그런데 소시쓰가 마침내 분명하게 반대의사를 나타냈다. 이렇게 되면 자상하게 설복해 이해시키기보다 크게 꾸짖어 입을 막아두고 나서 설복할 수밖에 없다고 생각했다. 그런데 소시쓰는 입을 다물기는커녕 언젠가의 소에키처럼 더욱 외고집으로 버티었다. 이것을 마냥 꾸짖기만 하면 소에키의 경우와 마찬가지로 빼지도 박지도 못하는 곳까지 몰려가, 또 한번 개운치 않은 처벌을 하게 되는 것은 아닐지…… 소에키에 대한 처분을 깊이 뉘우치고 있는 터에 도무지 견딜 수 없는 일이었다.

"소시쓰! 다시 한번 그대에게 일러둔다. 그대는 장사꾼, 나는 아직 패배를 모르는 무장이다."

"잘 알고 있습니다. 그렇기 때문에 더욱 신중하게 뒷날의 일을……."

"그런 나에게 싸움에 대한 지시는 하지 말라. 그대가 보고 와서 조선 왕이 배반할 위험성이 있다고 보고했으면 그것으로 충분하다. 대책은 이 히데요시가 생각하겠다는 것을 모르겠나……?"

소시쓰는 휴 하고 어깨의 힘을 뺐다.

'이것으로 간신히 내 목적은 이루어졌다……'

그렇지만 참으로 무서운 히데요시의 고집이었다. 인간이 이런 큰 움직임을 할 때는 반드시 크고 무거운 짐을 걸머지게 마련인데, 그에 대한 반성을 히데요시만한 달인이 잊어버리고 있다니…….

소시쓰는 쐐기를 박을 셈으로 또 한마디 했다.

"황송하오나……그곳도 남쪽과 북쪽은 기후며 기풍이 전혀 다릅니다. 왕성에 도착할 때까지의 싸움은 고사하고라도, 그곳에서 겨울을 맞게 될지도 모릅니다. 겨울을 맞게 되면 국경의 큰 강이 얼어붙어 명나라로부터의 보급은 자유로워지고, 우리 편 군사는 추위에 고생하게 됩니다."

히데요시는 비웃듯 반박했다.

"그런 계산은 모두 끝났다! 히데요시는 일단 적으로 맞섰던 자도 반드시 내 편으로 만들어버리는 재주가 있다. 그래, 고니시 유키나가와 소 요시토모를 불러라.

그들의 견해와 소시쓰의 견해 어느 쪽이 옳은지 알아보면 결정되는 거야.”

'아뿔싸!'

소시쓰는 후회했다. 어찌하여 이쯤에서 미쓰나리가 소시쓰를 조사한다는 핑계로 자리를 뜨도록 해주지 않는단 말인가? 지금 소 요시토모가 애매한 대답을 해버린다면 소시쓰의 고심은 수포로 돌아가버린다.

마에다 겐이가 고니시와 소를 부르러 나갔다.

“모두들 잘 들어라. 양쪽의 주장에 차이가 있다. 어느 쪽이 옳은지는 대결시켜 보면 알 수 있을 거다. 그때까지 소시쓰도 기다리고 있거라!”

소시쓰가 가볍게 머리 숙이고 미쓰나리를 쳐다보니, 유키나가와 연락이 닿은 듯 미쓰나리는 창백한 표정으로 자세를 바로하고 있었다.

“내 작전에 잘못된 데가 있대서야 될 말이냐. 상륙만 하면 그대로 명나라 도성까지 한달음에 밀어붙이는 거야.”

히데요시는 아직도 부풀어진 호기로움을 거두지 않고 있었다.

고니시 유키나가와 소 요시토모가 불려 들어왔을 때, 소시쓰는 살며시 눈을 감듯 하고 앉아 있었다.

이 큰 방 입구의 한 칸짜리 장지문에 그려 있는 두 마리 호랑이가 갑자기 벌떡 일어나 서로 으르렁대기 시작하는 것만 같았다. 고니시는 이름난 능변가지만 소 요시토모는 히데요시가 묻기에 따라 금방 꼬리를 내보이기 쉽다. 첫째 히데요시의 그 무서운 고함소리가 머리 위에 떨어지면 도무지 말도 제대로 못하는 것이다.

“고니시 유키나가 님과 소 요시토모 님이 대령했습니다.”

마에다 겐이의 말이 미처 끝나기도 전에 히데요시의 목소리가 들려왔다.

“유키나가, 그대는 조선 왕이 기꺼이 안내할 거라고 했다. 그런데 소시쓰는 그렇지 않다고 하는데 어떻게 된 일이냐.”

소시쓰는 저도 모르게 마음속으로 염불을 외웠다. 처음부터 요시토모에게 묻지 않은 것이 그나마 천만다행이었다.

“황송하오나 기꺼이라고는 말씀드리지 않았습니다. 황송해 하며 명령을 받들어 안내할 것……이라고 말씀드린 줄 압니다.”

“뭐, 기꺼이라고는 말하지 않았다고……!”

“예, 전하의 위업은 당나라 천축에까지 전해져 있습니다. 그러므로 전하의 명령이시라면 다소곳이 안내에 나서리라……는 것이 지금도 변함없는 유키나가의 견해입니다."

히데요시는 혀를 찼다. 기꺼이와 다소곳이……는 뜻이 크게 달라지지만, 거기까지는 그도 확실하게 기억하고 있지 않았다.

"그렇다면 안내에 나서지 않을 거라는 소시쓰의 견해는 잘못된 것이라는 말이냐?"

"예, 다른 사람의 의견을 틀렸다고 할 수 없으나 저와는 다릅니다."

"에잇, 무슨 소리를 하는 거냐. 다르다면 어느 한쪽은 옳고, 어느 한쪽은 잘못 생각하고 있는 게 아니냐. 요시토모."

"예."

"그대는 어떻게 보는가?"

소시쓰는 오싹하는 기분으로 눈을 살짝 떴다.

"고니시 님과 마찬가지로……그러나."

"그러나 어떻다는 거냐?! 그대들은 어째서 이 일에 대해 그렇듯 분명하지 못한가. 그대도 조선 왕이 안내에 앞장서겠다고 분명 승낙했다고 하지 않았느냐?"

"그러나……소시쓰 님께서 뭐라고 하셨는지……."

"그런 일은 전혀 없다, 조선 왕은 명나라와 두터운 친교를 맺고 있는 관계로 우리에게 대적해 올 거다, 라고 말했다."

"그렇다면……."

"그렇다면 어쨌단 말이냐. 똑똑히 말하라!"

"황송하오나……."

그때 고니시 유키나가가 그 뒤를 맡고 나섰다.

"소시쓰 님이 그런 말씀을 하셨다면 여기서 다투기도 우스운 일이니 시급히 그 진위를 다시 확인해 주셨으면 합니다."

"뭐, 그대들은 자신의 주장에 그토록 자신 없는가."

"자신이 있고 없고는 문제가 아닙니다. 이 일은 전군의 사기에 관한 큰 문제이니, 그런 의견이 나왔다면 이대로 내버려둘 수 없는 일로 생각됩니다."

"그럼, 소시쓰를 베어버리라는 거냐?"

"천부당만부당하신 말씀…… 소시쓰 님도 목숨을 걸고 저쪽 땅에 다녀오셨으니 제가 요시토모와 함께 선발대로 저쪽에 건너가 적의가 있는지 없는지 실제로 조사해 보는 게 급선무가 아닐까 합니다.”

과연 유키나가는 능변가, 마치 그것이 자기의 주장인 것처럼 매끄럽게 대답했다. 상대가 히데요시만 아니었다면, 아마 고니시 유키나가의 변설은 교묘하게 이 자리를 얼버무릴 수 있었을 것이다.

그러나 히데요시는 유키나가의 대답 속에서 문득 한 가닥 의심을 느꼈다. 히데요시의 명령으로 소 문중에서는 이미 네 번이나 조선에 사신을 보내고 있었다. 그 처음은 선대 요시시게 때로 가신 유타니 야스히로가 사신으로 갔었다.

그때 요시시게는 히데요시에게 말했다.

“조선과 구태여 싸울 것까지는 없습니다. 싸우지 않고도 평화롭게 명나라로 안내하도록 제가 설복하겠습니다.”

히데요시는 그 말을 곧이듣고 한동안 출병을 보류했다.

“좋도록 하라.”

그리고 요시시게에게 허리에 차고 있던 칼을 내리기까지 했다. 그런데 그 뒤 그 쪽에서는 아무 소식도 없었다. 그래서 이번에는 조선 왕에게 일본 황실로 인사하러 올 것을 재촉했으나 그것도 실현되지 않은 채 세 번째 사신을 보내게 되었다.

그때 그들이 동반해 온 것은 왕이 아니라 황윤길을 정사, 김성일을 부사로 한 사절단 일행이었다. 지금 생각해 보니 그 사신이 가지고 왔던 국서(國書)에는 일본의 통일을 축하한다는 말뿐 명나라로 길을 안내하겠다는 내용은 없었다. 그러나 그때 역시 요시토모와 유키나가는 교묘한 말로 이를 꾸며댔다.

“왕은 충분히 그 일을 생각하고 있을 것입니다. 그것을 국서에 밝히지 않은 것은 틀림없이 명나라에 흘러들어가는 게 두려워서일 겁니다.”

그 말을 듣고 히데요시는 엄명을 내렸다.

“그럼, 요시토모가 직접 가서 명나라 정벌군의 선봉이 되라고 일러라.”

그리하여 요시토모 자신이 분명 부산으로 건너간 것으로 알고 있었다. 요시토모와 동행한 사람은 야나가와 시게노부(柳川調信)와 스님 겐소였다.

“유키나가.”

“예.”

“그대들은 내게 숨기는 게 있지?”

"당치도 않은 말씀입니다……"

유키나가는 또 거침없이 부정했다.

"저쪽은 분명 승낙한다는 뜻으로 대답했었다던데, 안 그런가, 요시토모?"

"예……예"

요시토모가 부들부들 떨면서 대답하자, 히데요시는 쾅 하고 팔걸이를 내리쳤다.

"요시토모!"

"예"

"나는 조선 왕이 뭐라고 대답했는지 듣고 오라고 명령하지 않았다. 안내하도록 엄명을 내리고 오라 했어!"

"……예"

"그 명령을 받아들이는 것으로 보았는가, 그렇지 않은 것으로 보았는가? 심부름한 그대가 그걸 모른단 말인가?"

"그건……"

"그게 어쨌다는 거냐?!"

"받아들이는 것같이도 보였고……그렇지 않은 듯 보이는 점도……"

"닥쳐라! 말도 제대로 못하는 병신이로군. 유키나가, 이건 그대의 꼬드김인 것 같은데"

"무슨 뜻밖의 말씀을……"

"뜻밖이 아니다. 네 얼굴에 그렇게 씌어 있어. 괘씸한 놈"

일단 미심쩍게 생각하면 히데요시의 두뇌회전은 놀라울 만큼 빠르다.

"너는 이 히데요시를 속여넘길 수 있다고 생각했나……유키나가!"

"당치도 않은 말씀입니다. 그런 무엄한 생각을 어찌 할 수 있겠습니까?"

"듣기 싫다!"

히데요시는 다시 한번 팔걸이를 치며 몸을 내밀었다.

"그대들은 네 번째에야 비로소 히데요시가 출병한다, 출병하면 귀국도 재앙을 면할 길 없을 것이다, 그러니 안내하라고 청했겠지"

"아닙니다. 그런 일은……"

그러나 유키나가는 그 이상 변명할 수 없었다. 그가 요시토모에게 일러준 꾀가 바로 그대로였던 것이다. 쓰루마쓰의 죽음이라는 뜻밖의 사건이 없었다면, 그것으로 충분히 상대의 기분도 상하게 하지 않고 소 문중의 무역 이익도 잃지 않고 끝날 수 있다는 유키나가의 계산이었다.

그러나 더 이상 변명하면 그 책모의 과정마저 낱낱이 자백해 버리는 결과가 된다. 요시토모는 어쩌고 있나 보니 그는 비참한 모습으로 안절부절못하고 있을 따름이었다.

"괘씸한 놈들!"

히데요시는 이미 화내기보다 자신의 추측이 들어맞아 터져나오려는 웃음을 참으며 즐기고 있는 것 같았다.

"내가 그다음을 말해 볼까? 그대들은 네 번째에 가서야 비로소 당황하여 조선 왕한테 사실을 이야기했을 것이다. 그렇지, 요시토모?"

"……"

"그러나 처음 세 차례의 거짓말 때문에 이번에는 조선 왕이 곧이듣지 않았어. 명나라와의 사이를 알선하게 하려고 엄포 놓으며 위협하는 거라고 생각하며 상대도 해주지 않았던 게 아니냐?"

이번에는 소시쓰가 깜짝 놀랐다. 그가 탐지했던 정보와 히데요시의 말이 그대로 딱 들어맞았던 것이다.

'한번 빛을 발하기 시작하면 더할 수 없이 무서운 눈이다!'

속으로 감탄하면서도 아직은 말할 수가 없었다. 지금은 아무튼 되어가는 대로 잠자코 지켜볼 수밖에 도리가 없었다.

"어떤가, 내 말이 정확하게 맞았지, 요시토모?"

유키나가가 끈덕지게 사이에 끼어들었다.

"황공하오나 저도 요시토모로부터 조선 왕의 흉중은 도무지 알 수 없다는 말을 듣고, 그렇다면 부산에서 일단 쓰시마섬 사람들과 그 가족들을 모두 철수시키는 게 좋겠다는 말을 했습니다."

"뭐, 부산에서 그 사람들을 철수시키라고?"

"예, 그렇게 되면 그들도 사태의 심각성을 눈치채고 당황할 것입니다. 그런 다음 우리 두 사람이 선봉을 맡게 된다면 전하의 권위와 위엄으로 사태는 반드시 호전될 거라고 생각합니다."

유키나가가 청산유수로 거기까지 말했을 때 소시쓰가 다시 입을 열었다.

"잠깐 기다려주시기 바랍니다."

이대로 두면 히데요시의 분노를 더욱 부채질하게 될 것 같아서였다. 히데요시를 노하게 만들면, 할복을 명령받게 될 사람은 소 요시토모…… 그렇게 되면 요시토모의 앞날을 신신당부받은 소시쓰의 체면이 서지 않게 된다.

"황송하오나 요시토모 님에게 그런 계교를 가르쳐준 것은 바로 이 소시쓰입니다."

"뭐, 그대가 그런 계교를 말해 주었다고?!"

히데요시는 깜짝 놀라 소시쓰에게 눈길을 돌렸다. 히데요시가 갑자기 웃음을 터뜨렸다.

"하하……소시쓰, 거짓말하지 마라. 히데요시는 더 이상 속지 않는다."

"황송하오나 거짓말이 아닙니다. 이 소시쓰, 선대인 요시시게 님과 대대로 맺어온 교분을 생각하여 이것저것 계교와 방책을 일러준 것입니다."

"정말인가?"

"……예."

요시토모는 구원을 청하듯 소시쓰와 유키나가를 번갈아 쳐다보았다.

"좋다, 일단 들어두마. 거짓인지 아닌지는 히데요시가 판단하겠다. 그럼, 그대는 요시토모에게 명나라로 길 안내하라는 말을 조선 왕에게 하지 말라고 했단 말인가."

"말씀하신 바와 같습니다."

"어째서 그랬는지 말해 보라."

"전하께서 무리한 싸움을 하시지 않게 하려고……단지 그것뿐입니다."

"나에게 무리한 싸움…… 그대는 또 싸움에 대한 말을 입에 올리는구나."

"말씀대로……무리한 싸움임을 전하께서도 언젠가 아시게 되어 중지하실 테니 처음에는 그런 말을 하지 않는 게 좋을 거라고 귀띔했습니다."

"소시쓰!"

"예."

"그게 사실이라면 누가 뭐라 해도 그대의 목숨은 살려둘 수 없다. 그걸 각오하고 하는 말일 테지……?"

"물론입니다. 소시쓰는 이미 인생 오십 고개를 오래전에 넘어섰으므로 이 한 목숨 전하께 바쳐 무언가 보람이 되고 싶습니다."

"음, 너도 소에키란 놈과 똑같은 수작을 늘어놓는구나."

"저는 전하의 귀에 들어가지 않은 사실을 여러 가지 알고 있습니다. 그것을 종합하여 판단하건대 이번 정벌계획은 실패까지는 모르더라도 결코 이득이라고 할 수 없습니다."

"잘도 지껄이는군, 이놈이!"

"전하는 이번 원정을 진정으로 찬성하는 자가 한 사람이라도 있으리라고 생각하시는지요? 모두 전하의 위엄이 두려워 말하지 못하지만 속으로는 한결같이 근심하고 있습니다."

히데요시는 별안간 소시쓰의 눈을 응시한 채 숨죽였다. 더 이상 소시쓰로 하여금 입을 놀리게 해야 되는가, 어떤가를 결정짓지 않으면 돌이킬 수 없는 일이 될 것만 같았다.

동원령은 이미 내렸다……기보다 규슈의 나고야까지 축성을 위해 가토 기요마사를 파견했다. 지금 그것을 중지한다면 그야말로 천하의 웃음거리가 될 뿐 아니라, 그런 일은 결코 할 수 없다.

'화살은 활시위를 떠나버렸는데…….'

소시쓰는 이제 담담한 표정으로 말을 계속했다.

"이 같은 거창한 정벌계획에 무엇보다 중요한 것은 모든 사람의 마음이 하나 되어 있는가 어떤가 하는 것입니다. 그 옛날 몽골족이 침략해 들어왔을 때도 쳐들어오는 적을 방어하기 위해 모두 죽기 살기로 힘을 합쳤기에 가미카제(神風)도 불어주었다고 들었습니다. 그때와 달리 이번에는 이쪽에서 나가 싸우는 것…… 여러 사람의 마음이 하나 되지 않으면 반드시 차질이 빚어질 것입니다. 지금은 싸움을 피하시고 교역으로 천천히 진출하시기 바랍니다……."

히데요시는 뜻밖에도 온화한 목소리로 말했다.

"그것뿐인가? 미쓰나리, 이놈을 끌어내라. 이제 헛소리가 끝난 것 같다."

미쓰나리가 뭐라고 말하려 했다. 그러나 그보다 먼저 히데요시가 다시 웃으면서 퍼붓듯 말을 덧붙였다.

"시마이 소시쓰는 사나이 중의 사나이군. 목숨을 선뜻 내던지고 히데요시를 적으로 돌리다니 우러러보아야겠어. 부랑자 감옥에 처넣어라!"

소시쓰는 흘끗 미쓰나리와 요시토모를 쳐다본 뒤 자리에서 일어났다. 마치 소시쓰 쪽에서 미쓰나리를 조용히 재촉하여 데리고 나가는 형국이었다.

좌중은 물을 끼얹은 듯 조용했다. 히데요시가 커다란 소리로 웃기 시작할 때까지 이상한 살기가 방 안을 메우고 있었다.

"하하……유키나가, 어떤가. 너는 소시쓰를 벨 수 있겠느냐?"

이 질문은 고니시 유키나가를 적잖이 당황하게 만든 것 같았다. 유키나가와 요시토모를 곤경에서 구하기 위해 소시쓰가 거짓말에 거짓말을 거듭한 끝에 이 위기가 초래된 것이다.

유키나가는 잠시 주저한 끝에 대답했다.

"벨 수 없습니다."

"좋아, 그 한마디를 듣고 싶었다. 내 신하들이 소시쓰의 동정을 받는 건 참을 수 없단 말이야."

"……."

"요시토모! 정신 차렸느냐!"

"……예."

"좋다, 그대들 둘이 여기서 소시쓰의 구명을 해보아라. 그 변호 여하에 따라서는 용서하지 않을 수도 있다."

유키나가는 때를 놓치지 않고 두 손을 짚으면서 말했다.

"황송합니다. 시마이 소시쓰의 무엄한 죄를 속죄할 수 있도록 아무쪼록 저희 두 사람에게 선봉을 명하여 주시기를…… 그 은혜에 대한 보답은 저쪽에 건너가 싸움터에서 하겠습니다."

"그럼, 너는 소시쓰처럼 원정을 중지하라는 말은 하지 않겠다는 거냐?"

"그렇습니다…… 이미 칼을 뽑으셨으니……."

"조선 왕이 명나라에 가담해도 짓밟고 나갈 자신이 있는가……?"

"그렇게 하지 않으면 전하와 소시쓰 님에게 어찌 체면이 서겠습니까?"

"하하……좋다. 그럼, 이제 미쓰나리가 돌아와 뭐라고 말할지 들어본 뒤 소시쓰를 용서해 주기로 하자."

"황공합니다."

히데요시도 한숨 돌리는 것 같았다. 아마 그도 소시쓰를 죽이고 싶지 않은 게 분명했다. 화는 났지만 소시쓰의 태도는 훌륭하고 우러러볼 만했다.

미쓰나리가 총총히 들어왔다.

"황송하오나 전하께 청이 있습니다……."

"한 구멍 속의 너구리 같은 놈아, 소시쓰를 살려달라는 말일 테지."

"그렇습니다…… 소 요시토모에게 계교를 일러준 죄는 괘씸하기 짝이 없지만 오직 전하를 염려한 일편단심에서 한 일이오니……."

"네게 애걸하더냐?"

"천만에! 아닙니다, 그런 것은……."

"알고 있다. 그런 소리를 할 사람이 아니지. 미쓰나리!"

"예."

"그대도 소시쓰에게 무언가 부탁했겠지……?"

"그것은……아니……."

"하하……그 호랑이 같은 놈, 아주 멋있는 호랑이야. 오늘 안으로 풀어주어라. 다시는 사기를 떨어뜨리는 말을 결코 입 밖에 내지 말라고 일러서 말이다."

그렇게 말하고 히데요시는 훌쩍 자리에서 일어나 내전으로 통하는 복도 쪽 계단을 내려갔다. 날뛰는 감정을 히데요시가 얼마나 억눌렀는지 뒤에 남은 사람들은 잘 알 수 있었다.

한때는 일이 어떻게 돌아갈지 나가모리도, 겐이도, 요시쓰구도 숨죽이고 있었다. 그들도 유키나가와 요시토모를 감싸주려는 소시쓰의 심정을 훤히 들여다보고 있었던 모양이다.

겐이가 중얼거렸다.

"어쨌든 용케 처형을 모면했군. 전하 앞에 나와서 그토록 대담한 말을 한 사람은 시마이 소시쓰 한 사람뿐일 거야."

미쓰나리가 맞장구쳤다.

"아무렴. 분명 소시쓰는 장사꾼으로는 아까운 인물이오. 고니시 님도 간담이 서늘했을 거요."

고니시 유키나가는 미쓰나리를 흘끗 쳐다본 채 말이 없었다. 미쓰나리의 말이 자기들의 거짓말을 꿰뚫어 보고 내뱉은 날카로운 비웃음으로 들렸기 때문이리라.

"이것으로 결국 대륙출병은 기정사실이 되어버렸다! 결국 전하로 하여금 최후의 결심을 하도록 소시쓰가 쐐기를 박은 꼴이 되고 말았어."

그것은 스스로를 비웃는 투로 미쓰나리가 한 혼잣말이었으나, 고니시 유키나가와 소 요시토모에게는 거꾸로 들렸다.

'너희들의 허위보고가 오히려 이런 결과를 불러온 것 아니냐?'

이렇게 추궁당한 듯 느껴진 것이다.

유키나가는 이마에 밴 땀을 옷소매로 닦으며 말했다.

"미쓰나리 님! 이 유키나가의 결심, 다시 한번 전하께 말씀드려 주시오."

"두 분이 선봉으로 떠나겠다는 것 말이오……?"

"그렇소. 요시토모의 교섭에 분명 실수가 있었던 모양이니 그 책임을 나도 함께 져야겠소."

미쓰나리는 이번에야말로 정말 비꼬아주고 싶은 심정이었다. 변설이 능한 사람은 능변을 믿고, 병법에 능한 사람은 병법에 의지한다. 그 좋은 본보기를 이 점잖빼는 유키나가의 변명 속에서 본 것이다.

"유키나가 님, 아직 방책이 없는 것은 아니지 않소?"

"그럼?"

"선봉을 설 각오라면, 차라리 명령이 내리기 전에 저쪽으로 건너가 왕의 목을 베어 오는 게 어떻겠소? 그렇게 하면 저쪽의 반응도 알게 되고 귀하의 체면도 설 게 아니오?"

유키나가는 씁쓸한 표정으로 고개 저었다.

"그건 미쓰나리 님께서 저쪽의 왕성 형편을 모르는 소리요."

"허! 그렇소?"

"저쪽의 도성은, 도성 자체가 커다란 성곽이오. 어떻게 그 안으로 숨어들어갈 수 있단 말이오. 이 오사카성에 들어와 전하의 목을 노리는 것과 마찬가지로 무리한 일이오."

"하하하……그렇다면 더욱 좋은 방책이 있지 않소? 전하께서 명나라 정벌을 단념하셨다고 말하면, 그쪽에서는 좋아라고 두 분을 성안에 모셔들일 것 아니겠소?"

말하고 나서 미쓰나리는 더 이상 유키나가를 놀리는 게 뜻 없는 짓임을 깨달았다.

"아니, 이건 농담이오. 귀하가 말한 내용, 전하께 말씀드리겠으니 마음 놓으시오."

오타니 요시쓰구가 맨 먼저 그 자리에서 일어났다. 이어서 마시타 나가모리도……

오늘의 사건은 이리하여 안도의 숨을 돌리게 된 동시에 뭔가 석연치 않은 한 가닥 어둠을 그들 가슴속에 남겼다.

이리하여 대륙출병은 이제 아무도 반대할 수 없는 '확정'의 길을 달리기 시작했다.

아미타불의 빛

　이에야스가 오슈 일로 이와테자와(岩手澤)까지 출정했다가 고가(古河)를 거쳐 에도에 돌아온 것은 10월 29일이었다.

　그는 교토에서 돌아온 지 얼마 안 되어 용의주도하게 자기 대신 히데타다를 상경시켰다. 그 히데타다를 히데요시가 참의중장(參議中將)으로 천거했다는 소식을 들은 순간 히데요시의 명나라 정벌계획은 이제 움직일 수 없는 사실이 되었음을 확실히 깨달았다. 히데타다를 천거한 것은 드디어 조카 히데쓰구를 후계자로 정하고 내대신에 앉히려는 사전준비라고 보았기 때문이다.

　오슈에서 에도로 돌아온 지 얼마 안 되어 교토의 자야 시로지로한테서 세 차례에 걸쳐 은밀한 기별이 있었다. 오슈에서 돌아온 히데쓰구가 드디어 내대신이 되었다는 것. 그리고 12월 중순에 교토의 히데타다에게 에도로 귀환명령이 내리고, 대신 이에야스가 교토로 부름을 받을 거라는 것. 또 한 가지, 드디어 조선 왕으로부터 명나라로 사신이 파견되고 명나라에서도 히데요시의 야심을 뚜렷이 알게 된 모양이라는 세 가지였다. 공경, 대상인, 오사카성 안, 요도성 안 같은 곳에서 흘러나온 정보였으니 틀림없을 터였다.

　그리고 보니 히젠의 히가시마쓰우라(東松浦) 고을에 있는 나고야에서는 가토 기요마사에 의해 9월부터 축성이 시작되어 아마 내년 2월에 준공될 것이라는 이가 무리들로부터의 기별도 있었다.

　그렇게 되면 2월까지는 히데요시가 내대신이 된 히데쓰구에게 간파쿠 직책을 물려주고, 자신은 나고야성으로 가서 원정군을 지휘할 속셈이 틀림없다.

"이달 중순에는 히데타다 님이 돌아오시겠군요."

아직 여기저기 산을 깎아내고 해자 둑을 다듬고 있는 에도 거리는 서리가 녹아서 질퍽거렸다. 눈은 한 번도 오지 않았으나 섣달그믐께의 삭풍이 새 재목과 낡은 재목이 뒤섞인 에도에도 본성에도 신개척지의 거친 냄새를 몰고 다녔다.

촛대 하나, 화로 하나, 책상 하나뿐인 이에야스의 거실에는 오늘 가와고에에서 문안차 나온 덴카이와 혼다 마사노부 세 사람이 하얀 입김을 내뿜으며 마주앉아 있었다.

"그렇소, 중순에 내려온다고 했으니 정초부터 군사이동이 시작되겠지."

"주군께서는 이 일을 대체 어떻게 생각하십니까?"

이에야스는 덴카이와 얼굴을 흘끗 마주보며 쓴웃음을 지었다.

"어떻게 생각하다니? 마사노부답지 않은 말을 하는군. 그렇지 않소, 덴카이 스님?"

덴카이는 흐흐 웃을 뿐 대답하지 않았다.

"그렇지만 주군께서는 이번 일에 처음부터 반대하시지 않았습니까?"

"그래서 어떻다는 건가? 간파쿠께서 결정하신 일이라면 어쩔 수 없지."

"그럼, 간파쿠께서 패하실 때까지 마냥 머리 숙이고 때를 기다린다……는 말씀이십니까?"

마사노부가 거기까지 말하자 이에야스의 눈썹이 곤두섰다.

"마사노부, 덴카이 님도 듣고 계신다. 부끄럽지 않느냐?"

따끔하게 꾸지람들은 마사노부는 당황하여 이에야스에게서 덴카이에게로 시선을 돌렸다. 덴카이는 모른 척하며 천장을 쳐다보고 있었다.

"부끄러운 줄 알라……는 꾸지람이십니까."

혼다 마사노부는 이에야스가 덴카이를 꺼릴 리 없는데……하는 표정으로 고개를 갸웃거렸다.

그때 이래로 이따금 초대받거나 스스로 나타나기도 하는 덴카이와 이에야스 사이에서는 끊임없이 '천하의 일'이 논의되고 있다. 불법의 오묘함을 터득하고 신도(神道)에도 깊은 조예를 가진 듯한 덴카이는 늘 이에야스에게 '천하인'으로서의 마음가짐을 설파하고 있다. 이에야스 역시 그러한 입장에서 여러 가지 질문을 했으므로 덴카이 앞에서는 무슨 말을 해도 괜찮은 것으로 생각하고 있었다.

그런데 덴카이도 듣고 있는 자리이니 부끄러운 줄 알라고 꾸지람 들은 건 뜻밖의 일이었고 납득되지 않았다.

이에야스는 다시 거칠게 말을 이었다.

"그래, 부끄러운 줄 알아야지. 그대는 언제나 나와 함께 있었으면서 덴카이 스님의 말씀을 대체 어디로 들었나?"

"그럼, 이 자리에서 군사에 관한 이야기는 하지 말라시는 겁니까?"

"못난 사람, 덴카이 스님이 조금 전에 뭐라고 말씀하셨나? 부처님 심정으로 백성들을 대하라……고 말씀하시지 않았느냐? 거기에 바로 천하를 위한 염불이 있고 불교의 진수가 있다고……."

"그것은 분명……들었습니다만."

"그렇다면 왜 간파쿠가 패할 때를 기다린다는 따위의 말을 지껄이느냐 말이야."

"예……?"

"남이 망하기를 바라는 마음……그러한 마음을 신불께서 받아들이실 줄 아느냐?"

"그럼……그럼……반대하시면서도 진심으로 간파쿠 전하를 섬긴다……는 말씀이신지……."

"말하는 게 또 틀렸어! 그래서야 어찌 이에야스의 중신 노릇을 하겠나?"

"또 틀렸다고요……?"

"단단히 마음에 새겨둬라. 이에야스가 섬기는 것은 간파쿠도 히데요시도 아니다. 그 너머에 빛나고 계시는 부처님이시다. 그러므로 부처님을 섬기는 심정이지 간파쿠를 섬기는 심정이 아니란 말이다."

혼다 마사노부는 다시 한번 고개를 갸웃거리며 구원을 청하듯 덴카이를 쳐다보았다. 덴카이는 흐흐 하고 웃었다. 이 웃음소리를 마사노부는 종종 참을 수 없었다. 그 웃음 속에서는 그가 설법하는 드높은 이상과 교리는 사라지고 사사건건 도전하는 강하고 거만한 인간의 냄새가 풍기는 것 같았다.

덴카이는 여전히 짓궂은 미소를 지은 채 마사노부에게 말했다.

"혼다 님, 혼다 님은 지금 이 덴카이에게 화내고 계시는군요."

"아니, 그런 건……."

"화내지 않는다면 혼다 님은 나무토막이나 돌이겠지요. 덴카이가 내 화를 돋우려 비웃고 있다, 주군에게는 그러지 않고 나에게만 그런다, 덴카이는 아첨꾼이다, 라고 생각했을 텐데, 틀렸소?"

"그게 지금의 주군 말씀과 무슨 상관이 있다는 말씀입니까?"

"하하……역시 목석은 아니었군, 화내는 걸 보니. 그렇다면 혼다 님은 간파쿠를 섬길 셈이냐고 말할 게 아니라 간파쿠를 진심으로 도와드릴 셈이냐고 물어보았어야 옳았소. 그랬더라면 꾸중 듣지 않았을 텐데. 틀렸다고 생각하신다면 여쭈어보시오."

덴카이는 여전히 마사노부를 어린아이로 다루고 있었다. 혼다 마사노부는 입술을 깨물려다가 가까스로 참았다. 지금 반감을 드러낸다면 덴카이는 또 비웃을 것이다. 아니, 그보다도 마사노부는 역시 이에야스의 눈이 두려웠다. 충분히 자기 역량을 알고서 하는 꾸지람이니, 여기서 반항해 봤자 자신만 더욱 보잘것없는 존재가 될 뿐이다.

"죄송합니다. 말씀하신 대로 다시 여쭈어보겠습니다."

마사노부는 퉁명스럽게 덴카이에게 대답하고 이에야스를 향해 돌아앉았다.

"그러면 주군께서는 간파쿠를 진심으로 도와주실 작정이십니까?"

이에야스는 웃지 않았다. 여전히 엄격한 표정 그대로 대답했다.

"부처님은 어떤 경우에도 중생을 도와주시려는 크나큰 마음을 지니고 계신다. 마음에 깊이 새겨둬라."

"어떤 경우에도……?"

"그렇다. 악인마저도 구원하시려 하신다. 그대가 말하는 그런 마음으로 내가 간파쿠에게 접근한다면 부처님의 빛은 나에게 비춰지지 않을 것이다."

"황송합니다."

"이 일은 대륙출병에 찬성이냐 불찬성이냐 하는 것과는 아무 상관이 없다. 출병하기로 결정된 이상 허심탄회하게 성공을 기원할 뿐…… 앞으로도 있을 수 있는 일이니 말을 삼가도록 하라."

"알겠습니다."

마사노부는 공손하게 머리를 조아렸으나 마음속으로는 아직도 이에야스와는 거리가 먼 생각을 하고 있었다.

'역시 내 생각이 짧았구나…….'

이에야스는 어디까지나 신중히 히데요시를 도우면서 히데요시의 후계자가 되려 하고 있다. 과연 그것이 득책일지도 모르겠군……하고.

덴카이는 어느덧 그러한 마사노부를 무시하고 이에야스에게 다시 말을 건넸다.

"사람 마음이란 참으로 불가사의합니다. 도쿠가와 님께서 간파쿠 전하에게 호의를 가지고 접근하시는지 아니면 다른 생각이 있어서 접근하시는지를 단번에 알아보는 힘을 지니고 있으니까요."

"그럴 거요. 누구의 마음속에나 신불이 계실 테니."

"지당한 말씀, 그 저마다의 가슴속에 깃들어 있는 신불이 그 일을 알아보는 것이지요. 그러므로 도쿠가와 님께서 신불 앞에 부끄럽지 않은 심정으로 다가가신다면, 도쿠가와 님은 믿을 수 있는 진실한 사람인 것을 알고 간파쿠 주변 사람들도 도쿠가와 님을 반드시 따르게 될 겁니다. 또 그렇게 따르도록 해야만 천하가 저절로 손에 들어오게 되는 것입니다. 아케치 님처럼 되어서는 안됩니다. 그런 무리한 방법으로는 신불의 도움을 얻을 수 없습니다."

"명심하겠소, 늘 염불하는 마음으로."

이에야스는 어린아이처럼 순순히 고개를 끄덕였다. 그리고 이번에는 부드러운 목소리로 말했다.

"마사노부, 알겠느냐. 결정된 일이다. 내가 반대했었다는 것을 가신들에게는 알리지 마라."

"그럼, 간파쿠의 명령에 따라서는 주군께서도 역시 저쪽 땅으로 건너가실 셈이시군요."

"말할 것도 없지. 아우님이셨던 히데나가 님도 돌아가시고 없는 지금이 아닌가. 명령이라면 선봉도 좋다. 그러니 사기에 관계되는 일은 모두 그대 가슴에 묻어두고 말하지 말라는 거다."

"예, 명심하겠습니다."

마사노부와 이에야스의 심경에는 여전히 커다란 거리가 있었으나, 어쨌든 이에야스는 히데타다가 교토에서 돌아오기를 기다려 군사를 이끌고 상경하기로 결정했다.

히데타다가 교토에서 돌아온 것은 12월 17일이었다. 이로써 그 뒤의 교토 사정과 이에야스에 대한 히데요시의 의향을 확실히 알게 되었다.

히데요시는 나고야성으로 출발하는 날을 이번에도 내년 3월 1일로 결정했다고 한다. 이 3월 1일의 출진은 히데요시에게 운 좋은 상서로운 전례가 있다. 규슈 정벌이 덴쇼 15년(1587) 3월 1일, 오다와라 정벌이 덴쇼 18년(1590) 3월 1일. 이번에도 역시 전에 있었던 두 번에 걸친 큰 승리를 떠올리고 결정 내린 게 틀림없었다.

더욱이 그 출병 규모는 이에야스의 생각보다 훨씬 큰 것 같았다.

총군세를 제1군에서 제16군까지 나누고 수군, 제1예비대, 제2예비대 외에 히데요시의 직할부대를 더하면 내년 봄 일찍 출발할 총병력은 28만1800여 명이라고 한다. 여기에 무사 이외의 하인과 인부까지 더하면 무려 100만에 가까운 인원이 이동하게 될 모양이다.

그리고 이에야스는 제16군의 지휘자로서 직접 5000명의 군사를 이끌고 출진하라고 하니, 이는 뜻밖의 적은 인원이라 할 수 있었다.

제16군은 이를테면 간토군으로 도쿠가와 문중의 5000명 외에, 사타케 요시노부의 2000명, 우에스기 가게카쓰의 3000명, 우쓰노미야 구니쓰나의 300명, 나스(那須) 무리 50명, 모가미 요시미쓰(最上義光)의 300명, 다테 마사무네의 500명, 사나다 마사유키의 500명, 난부 도시나오(南部利直), 사노 료하쿠(佐野了伯), 사토미 요시야스가 저마다 100명씩인 편성으로 총병력 1만2050명. 결국 제16군은 열여섯 번째로 바다를 건너간다는 뜻으로, 히데요시의 전위부대가 될 것 같았다.

"제1군도 3월 중에 바다를 건널 예정이겠군."

그렇게 묻자 도이 도시카쓰, 혼다 마사즈미를 제쳐놓고 히데타다가 분명하게 대답했다.

"제1군은 고니시 유키나가, 소 요시토모를 비롯하여 마쓰우라, 아리마, 오무라, 고지마 등의 지휘 아래 그 인원이 1만7000명쯤 된다고 들었습니다."

"그들이 한꺼번에 바다를 건너간단 말인가?"

"아닙니다. 유키나가 님과 요시토모 님이 정월 초에 먼저 건너가 저쪽 왕의 거취를 확인하기로 했으며, 그때 제2군 가토 기요마사 님은 이키로 건너가 출항을 기다릴 예정이라고 합니다."

"그럼, 가토 기요마사는 축성공사를 끝내면 이번에도 바로 출전이란 말인가?"

"예, 고니시 유키나가에게 선봉을 뺏기는 것은 분한 일이라고 기타노만도코로 님을 통해 선봉을 지원했다니 참으로 용감한 일입니다."

"흠, 가토는 무용이 뛰어난 사람이니까. 그러나 선봉은 고니시로 결정되었다는 말이지?"

"예, 고니시는 일찍이 약종상으로 두 번이나 그 땅에 건너간 일이 있어 지리에 밝고, 소 요시토모의 장인이어서 요시토모와 함께 선봉 허락을 얻은 것으로 들었습니다."

그러자 도이 도시카쓰가 덧붙였다.

"고니시 유키나가 님은 가토 님과 겨루기 위해 요도 마님을 움직였다는 소문이 자자합니다. 본디 가토 님과 그리 사이가 좋지 않은 모양이라……."

도이 도시카쓰는 아직 고니시가 선봉에 나선 진상을 모르고 있었다.

이에야스는 웃으며 고개를 끄덕였다. 병력 5000명으로 제16군이라면 도쿠가와 문중으로서는 아무 불만도 없었다. 16번째로 바다를 건너간다면 그 안에 조선에서의 승부는 판가름 날 것이다.

고전이 될 것인가, 대승리를 거둘 것인가? 대승리로 끝난다면 히데요시 직속군의 앞장을 서는 일이고, 고전이 된다면 히데요시에게 간하여 회군시켜야 한다. 그것을 할 수 있는 사람은 마에다 도시이에도 모리 데루모토도 아니고……이에야스가 아니면 안 된다고 굳게 믿고 있다. 그런 만큼 그 같은 각오가 있다는 것은 전황의 추세를 보기 전에는 스스로 엄중히 경계해 결코 밖으로 드러내서는 안 된다.

교토의 사정을 대충 보고받은 뒤 이에야스는 히데타다에게 자신이 없는 동안 유의해야 할 점을 들려줄 생각으로 몸을 내밀었다.

"히데타다, 너도 이제 중장이란 말이냐?"

"예, 11월 8일에 서임되었습니다. 그리고 그날부터 간파쿠 전하께서 영주 여러분 앞에서 중장님, 중장님이라고 부르셔서 명예롭기 이를 데 없었습니다."

"주라쿠에서 히데쓰구 님도 만났느냐?"

"예, 주나곤님은 내대신이 되셨지요. 소문으로는 간파쿠 자리를 계승하게 되면 이번에 좌대신으로 오르신답니다."

"간파쿠 좌대신, 도요토미 히데쓰구 공이 되는 거로구나."

"예."

"너는 이 아비가 바다 건너 출전한 뒤, 그동안 간파쿠님과 사이좋게 지낼 수 있을 것 같으냐?"

"예, 그야 물론……히데쓰구 공께서 일부러 저를 초대해 동생처럼 생각하겠다고……말씀하셨습니다……."

"동생처럼 말이지. 그래서 너는, 새 중장님은 뭐라고 말했느냐?"

"고마우신 분부로 생각하며 앞으로 잘 지도해 주십시오……라고 말씀드렸습니다."

이에야스는 씁쓸한 얼굴로 고개를 옆으로 돌렸다. 히데타다는 아사히히메가 세상 떠날 무렵 상경한 뒤부터 옷차림도 태도도 완전히 교토의 귀공자처럼 바뀌었다. 이에야스가 두려워하는 일은 그 외모와 함께 마음까지 공경풍으로 형식과 체면에 구애되지 않을까 하는 것이었다. 이에야스가 볼 때 관직은 인간의 허황한 장식품에 지나지 않았다. 요컨대 어디까지나 대지에 뿌리내린 근성에 달렸다.

"중장."

"옛, 아버님까지 그렇게……."

"네가 좋아하는 것 같아서 불러본 거다. 아니야, 문중에서도 다들 그렇게 부르게 해야겠다. 그러나 중장이 장식물이 되어서는 아무 의미 없지. 쇼군, 대신도 마찬가지야. 이름만으로는 아무 의미도 없는데, 너는 히데쓰구 공이 간파쿠가 되어도 전혀 손색없는 분이라고 생각하느냐, 아니면 부족한 분이라고 생각하느냐."

"글쎄요, 그것은……."

"다른 자들은 잠자코 있거라. 지금의 간파쿠 전하와 비교해 볼 때 어떠냐? 어느 편이 더 훌륭하다고 생각하느냐?"

"그야 뭐, 지금의 전하 쪽이……."

"그렇다면 지금의 전하보다 못한 간파쿠가 될 거라고 생각했단 말이로구나. 중장은 그 못한 간파쿠의 지휘를 받아도 좋다고 생각하는 거로군?"

히데타다는 깜짝 놀란 듯 도이 도시카쓰를 돌아보았다. 도움을 청하는 눈빛이었다.

이에야스는 날카로운 목소리로 히데타다를 나무랐다.

"도시카쓰에게 물은 게 아니라, 중장에게 물었다. 지금의 간파쿠는 그 자리를 히데쓰구 공에게 물려주고 나면 다이코(太閤) 전하라고 불리게 될 것이다. 그 다이코 전하를 모시고 이 아비가 바다를 건너가게 된다. 그렇게 되면 우리가 없는 동안 일부의 지휘는 새 간파쿠인 히데쓰구 공이 한다. 그렇지⋯⋯?"

"예, 그럴 것으로⋯⋯생각됩니다."

"알겠느냐. 이번 싸움은 외국과의 싸움이다. 만약에⋯⋯."

이렇게 말하고 이에야스는 히데타다의 양쪽에 앉은 도시카쓰와 마사즈미에게도 잘 들어두라는 듯이 눈짓했다.

"저쪽 땅에서 아비가 전사했다는 기별이 오고, 새 간파쿠가 너에게 도쿠가와 문중의 전군사를 이끌고 곧 바다 건너 아버지의 원수를 갚으라는 명을 내린다면 어떻게 하겠느냐?"

"그때는 지체 없이 바다 건너 아버님의⋯⋯."

거기까지 말하다가 히데타다는 입을 다물었다. 이 대답은 아버지가 원하고 있는 게 아니라고 느낀 것이다.

"아버님의⋯⋯그다음은?"

"원수를 갚아야 한다는 생각은 태산 같으나 전군사를 이끌고 갈 수는 없습니다."

"허, 왜 못가지?"

"전군사를 이끌고 가게 되면 간토 8주의 수비가 위태로워집니다."

"좋다. 그럼, 간파쿠에게 뭐라고 대답하지?"

"전군을 이끌고 갈 수는 없다⋯⋯고 사실대로 대답하겠습니다."

"그것은 안 된다고 하면?"

"안 된다고 하면⋯⋯."

"중장이 없는 동안 간파쿠가 지켜주겠으니 곧 출발하라고 명한다면?"

히데타다의 얼굴이 빨갛게 물들었다. 아버지가 이토록 난처한 질문을 할 줄 미처 생각지 못했던 것이리라.

히데타다뿐 아니라 도시카쓰도 마사즈미도 흠칫한 것 같았다. 다만 마사즈미의 아버지 혼다 마사노부만은 재미있는 듯 눈을 치뜨며 웃고 있었다.

"대답할 수 없나, 중장은?"

"아버님! 가르쳐주십시오. 그때는 어떻게 해야 좋겠습니까?"

히데타다는 솔직했다. 하지만 좀 의지하려는 마음이 있다는 생각이 들었다.

"모르겠느냐?"

"생각이 나지 않습니다."

"그런 때는 아미타불 앞에 앉아 보아라. 합장을 하고 큰 소리로 염불을 외면서."

"아미타불께서 가르쳐주실까요?"

"가르쳐주시지 않으면 가르쳐주실 때까지 염불을 계속해야지."

그 대답은 혼다 마사노부까지도 어리둥절하게 했다. 그 또한 도시카쓰나 마사즈미와 똑같은 얼굴이 되어 눈만 껌벅일 뿐이었다.

히데타다는 진지한 눈으로 아버지를 쳐다보더니 잠시 뒤 똑똑하게 대답했다.

"말씀대로 하겠습니다."

"알겠느냐?"

"알겠습니다. 아미타불의 마음은 중생의 구원에 있습니다."

"그래서 중장은 어떻게 하겠나……?"

"아버님에 대한 일은 뒤로 미뤄놓고 영지 안을 튼튼히 하기 위해 전군의 출진은 할 수 없다고 몇 번이라도 되풀이해 대답하겠습니다."

이에야스는 아직도 심각한 기색이었다.

"중장."

이때 이에야스의 목소리에는 히데타다의 마음을 압도하는 무게가 있었다.

"……예."

"세상에는 너 못지않은 고집쟁이들이 얼마든지 있다. 그걸 생각해 본 적 있느냐……?"

"분명……있을 것입니다."

"너는 전군의 출진은 불가능하다고 몇 번이라도 되풀이하겠다고 했다."

"예, 몇 번이라도……."

"저쪽도 역시 네게 지지 않고 계속 요구해 온다면 어떻게 할 테냐. 네가 다섯 번 거절하면 여섯 번 강요하고, 여섯 번 거절하면 일곱 번 무섭게 명령을 내린다. 자, 그런 때는 어떻게 하겠느냐?"

"그렇다면……."

"어느 쪽도 상대의 의견을 받아들이지 않고 어느 쪽도 한 발자국도 물러나려

하지 않을 때, 바로 그런 때 이 세상에 싸움이 일어나는 것이다."

"아……그건 확실히."

"그렇다 하더라도 밖에서는 명나라를 상대로 싸움이 한창인데……더욱이 그 싸움에서 아비를 잃고 또다시 국내에서까지 싸움을 시작해야 하는가. 어떠냐, 이 아비가 묻는 건 바로 그것이다."

이번에는 히데타다보다 마사노부, 도시카쓰, 마사즈미가 숨죽이고 몸을 긴장시켰다.

'있을 수 없는 일은 아니다. 그렇다면 그런 때, 우리는 히데타다에게 대체 무슨 말을 진언해야 마땅한가?'

지금까지 그런 경우를 생각해 보지 않았던 것은 확실히 모두의 부족한 점이 아닐 수 없었다. 이에야스는 그것을 알고, 히데타다를 일깨워주려는 듯 보이면서 모두를 시험해 보고 있는 게 틀림없었다.

아니나 다를까, 히데타다의 대답이 막혀버리자 이에야스의 시선은 먼저 혼다 마사즈미에게 옮겨갔다.

"마사즈미, 그대라면 어떻게 할 테냐?"

마사즈미는 아버지 마사노부를 흘끗 쳐다보았다. 마사노부는 당황해 얼른 눈길을 돌렸다. 아들을 가르치기는커녕 그 자신도 아직 대답을 찾지 못하여 허둥대고 있는 형편이었다.

"마사즈미, 그대도 대답을 못하겠느냐?"

"황송합니다. 그런 때는 어떻게 해야 할지 가르쳐주십시오."

이에야스는 그대로 조용히 도시카쓰에게로 시선을 돌렸다.

"도시카쓰는?"

도시카쓰는 앞으로 조금 나서며 대답했다.

"안과 밖에서 동시에 싸우면 파국을 초래하게 됩니다. 그러므로……단신으로 쫓아가 무리한 명령을 내리는 상대를 이 도시카쓰가 당장 처치해 버리겠습니다."

이에야스는 천천히 고개를 저었다.

"처치해 버리면 도리어 큰 싸움이 벌어지리라. 그렇게 해서는 안 된다. 또 그렇게 하려 해도 할 수가 없다."

"아닙니다. 그때는 물론 그만한……."

"그만 됐다. 그런 생각은 작은 영주끼리라면 또 몰라도 일본 전체를 맡을 만한 사람이 해서는 안 될 일이다. 만약 실패라도 한다면 그야말로 나라 안에 벌집을 쑤신 것 같은 소동이 일어나지 않겠느냐? 이제 됐다."

도시카쓰를 가볍게 눌러놓고 이에야스의 눈은 혼다 마사노부에게 옮아갔다.

"그렇다면 마사노부, 그대가 젊은이들에게 들려주도록 하게. 그런 경우에 어떻게 해야 되는지. 어떻게 하면 아무 탈 없이 수습되겠나?"

"그런 경우에는……."

마사노부는 마침내 눈을 감아버렸다. 여기서 자기마저 대책이 없다고 대답한다면 그의 지위가 흔들릴 것만 같았다. 아무튼 이 얼마나 어렵고 짓궂은 질문이란 말인가……?

"자, 자네 생각대로 이 젊은 사람들을 일깨워주게. 틀렸다면 내가 다시 설명해줄 테니까."

이에야스에게 다시 한번 재촉받고 마사노부는 정신이 번쩍 들었다.

'이것은 처음부터 나를 시험해 보려는 말이었구나…….'

그런 생각이 들자 겨드랑이 밑으로 주르르 식은땀이 흘러내렸다. 집정(執政)의 자리에 있는 사람은 경우에 따라서는 이에야스를 대신하여 일을 처리하지 않으면 안 된다. 그런 자기한테 추궁하고 있다.

"각오가 어떠냐?"

그건 당연히 생각해 두었어야 하는 문제였다.

"그러면……."

마사노부는 더욱 궁지에 빠져들었다. 더 이상 머뭇거리는 건 용서되지 않는다. 벼랑 끝에 몰렸을 때 비로소 마사노부는 마음의 문이 활짝 열렸다. 얄팍한 잔재주를 짜내어 이 궁지를 모면하려 해서는 안 된다는 걸 깨달은 것이다. 말주변이나 한때의 요령으로 이 궁지를 얼버무린다면, 이에야스는 그 길로 마사노부를 저버릴 것이다.

'여기서는 겸허해져야 한다…….'

"세상에는 사람 힘만으로는 어쩔 도리 없는 일이 있습니다……."

이에야스는 조용히 말했다.

"그래서……."

"평소부터 내 힘이 미치지 않을 때는 염불을 욉니다. 아마타불의 무한한 힘에 의지할 수밖에 도리 없다고 생각합니다."

"대답이 되는 것 같기도 하고 안 되는 것 같기도 하군그래. 마음가짐은 바로 그래야겠지. 타력본원(他力本願)의 염불이라는 점에서는 나와 같지만 그것만으로는 젊은 사람들 눈이 트이지 않아."

여기까지 유도되자 마사노부는 드디어 힘차게 이야기를 시작했다.

"문제는 그처럼 궁지에 몰리지 않도록 하는 평소의 마음가짐이 중요하다고 생각합니다. 조금 전에 주군이 말씀하신 바와 같이 상대가 다섯 번 여섯 번 자기주장을 굽히지 않으며 덤벼들고, 이쪽도 한 발자국도 물러설 수 없는 아주 절박한 지경으로 사태를 몰고 갔다면 이미 어쩔 도리가 없는 것 아니겠습니까. 거기까지 몰고 가지 않도록 하는 것⋯⋯이것이 평소의 가장 중요한 마음가짐이 아닌가 합니다."

"그러면 이야기는 훨씬 앞으로 되돌아가버리는군그래."

"되돌아가지 않을 수 없습니다. 평소부터 상대가 그런 무리한 명령을 남발하지 않도록 해두는 게 외교의 참뜻⋯⋯바꿔 말한다면 그런 무리한 요구를 거리낌 없이 내놓을 틈을 주지 않는 것이 긴요하다고 생각합니다."

이에야스는 가볍게 웃었다. 역시 목적은 젊은 사람들에게만 있었던 게 아니고 마사노부 자신에게 궁리해 보도록 하려 했던 모양이다.

"좋다, 마사노부는 이제 알게 된 모양이군. 그럼, 마사노부, 그대가 중장에게 히데쓰구 공에 대한 대응에 있어 주의할 점을 이야기해 주게."

"예."

혼다 마사노부는 그제야 비로소 이에야스의 마음이 번갯불처럼 이해되었다.

'그래. 그랬구나! 바로 그것 때문이었어⋯⋯.'

"도련님, 이미 이해하셨을 줄 생각됩니다만 상대에게 내 동생같이 생각하겠다⋯⋯는 말을 하게 해서는 안 된다는 말씀입니다. 에도의 중장은 섣부른 명령을 내리면 결코 받아들이지 않는 사나이다⋯⋯라는 생각을 하게끔 하셔야 합니다. 그렇게 되면 상대도 조심하여 함부로 명령 내리지 않습니다. 명령하기 전에 먼저 의논하게 만들어두면, 조금 전의 이야기처럼 이럴 수도 저럴 수도 없는 입장에 빠질 이유가 없다는 결론이 나옵니다."

이에야스는 눈을 가늘게 뜨고 지그시 마사노부와 히데타다를 번갈아 쳐다보고 있다.

'마사노부 놈, 이제야 겨우 내 마음을 알아차린 모양이군!⋯⋯.'

그런 생각을 하는 동시에 마사노부의 말을 히데타다가 제대로 이해했는지 확인해 보려는 것이었다.

마사노부에게는 참된 신앙을 알게 해주고 싶었다. 인간의 재주나 지략에는 한계가 있다. 그러나 그 지혜가 신앙과 한 덩어리가 되면 이상한 힘을 발휘한다. 신념이란 거기서 태어나 거기서 자란 마음 형태의 표현일지도 모른다. 마사노부가 그것을 포착하여 히데타다에게 가르쳐주기를 이에야스는 바라고 있었다.

"아시겠습니까, 중장님? 아버님께서 말씀하시는 것은 히데쓰구 공에게 너무 쉽게 다가가시지 말라⋯⋯ 그렇지 않으면 큰일을 당했을 때 무리한 명을 내릴 것이다⋯⋯라고 말씀하신 것으로 짐작합니다."

"음, 쉽게 가까이하지 않으면 명령이 아닌 의논이라는 형태를 취하게 될 것이라는 말이로군."

"그렇습니다. 의논해 오면 이쪽의 의견을 관철시킬 만한 여지가 있습니다. 모름지기 모든 일을 서로가 서로에게 의논하게 되면 무의미한 파국을 피할 수 있습니다. 그런데 소인배들은 자칫하면 서로 설득하고 설득당하는 절차를 번거롭게 생각하여, 명령이니 무조건이니 하며 사태를 공연히 파국으로 몰아넣는 것입니다. 아버님이 보실 때 히데쓰구 님은 친숙해지면 이런 무리를 서슴지 않고 요구하실 분이므로 충분한 거리를 두고 교분을 가지시도록⋯⋯하라는 말씀으로 들었습니다."

그러자 히데타다는 순순히 고개를 끄덕였다.

"가르쳐주신 말씀 혼다의 말과 같습니까?"

"틀린 데가 있다고 생각하느냐?"

이에야스가 되묻자 히데타다는 고개를 저었다.

"혹시 그 이상의 뜻이 있는데 지레짐작을 해버렸을까 해서 여쭈어본 것입니다."

"중장."

"⋯⋯예."

"너의 가치는 그 겸허한 솔직성에 있다. 오늘 한 이야기는 지금 마사노부가 말한 것, 또 네가 받아들인 것 그대로다. 난처한 명령을 받게 되지 않도록 늘 조심하거라."

"예, 명심하겠습니다."

"그리고 마사노부……."

이에야스는 마사노부와 그의 아들 마사즈미, 그리고 도이 도시카쓰를 번갈아 바라보았다.

"그대에게 또 한 가지 물어볼 것이 있네."

"예……."

"다름 아니라 그대는 아미타불의 빛을 보았는가?"

"아미타불의 빛……?"

"그래. 이것은 어쩌면 말해서 안 되는 것인지도 모른다…… 신앙의 경지란 말로 표현하기 어려운 것이니까. 그러나 그대가 아직 그 빛을 보지 못했다면 이야기해 줄 수밖에 없어."

"가르침……주시기 바랍니다."

"아미타불은 나를 제16군에 편입시켜 주셨다."

"그건……간파쿠 전하께서……."

"아니야, 아미타불의 빛이 간파쿠의 마음에 비쳤던 거야. 내가 제16군에 편성되면 일이 잘못된다 하더라도 우선 나라 안은 무사할 테니까. 물론 아미타불께서도 그렇게 생각하고 계실 게다. 나무아미타불……."

젊은 마사즈미와 도시카쓰는 어리둥절해 얼굴을 마주 쳐다보았다.

"마사즈미나 도시카쓰는 아직 이해가 안 될 게다. 억지로 생각해 보려 하지 마라. 이에야스만 한 대장부가 왜 날마다 염불을 해왔는지……언젠가 알지 말라고 해도 알 때가 오겠지. 그때까지는 적당히 알고 있으면 된다."

"예."

젊은 두 사람은 다시 한번 꿇어엎드리면서 얼굴을 마주보았다.

"그러나 마사노부는 이제 알아야 할 나이다."

"예."

"아미타불의 빛을 우러러보지 않고……신의 모습을 깨닫지 못하고……인간세상의 일을 처리하려는 것은 기초 없는 모래땅에 기둥을 세우려는 것과 같은 일이야. 책략은 될지언정 튼튼한 주춧돌은 되지 못한다."

"옳은 말씀입니다."

"알아들었나. 아미타불의 빛은, 내가 진심으로 간파쿠를 돕지 않으면 안 된다고 결심을 굳혔을 때부터 비치기 시작했어."

"허허……."

"우리가 간파쿠와 다투고만 있으면 이 나라가 위태로워진다…… 지금은 사사로운 감정을 일절 생각하지 않고 우선 간파쿠를 도와 무슨 일이 있더라도 이번 계획을 파멸로 몰아넣지 않도록 궁리하지 않으면 안 된다. 그렇게 생각하고 이에야스도 되도록 힘을 다해 싸우겠다고 기별했다. 그랬더니 그 마음이 그대로 간파쿠에게 통했어…… 그렇게 통하게 해주신 것은 아미타불의 빛이란 말이네. 알겠나, 그러므로 간파쿠는 나를 제16군에 배치한 거야. 이에야스의 문중이나 군사가 다치면 일본이 위태로워진다는 것을 저절로 깨달으신 거지…… 제16군이라면 만일의 경우 이에야스의 손으로도 충분히 파국을 구해낼 수 있다."

"옛……!"

마사노부는 갑자기 괴상한 소리를 지르면서 엎드렸다. 두뇌회전이 이에야스 못지않게 빠른 혼다 마사노부였다. 그래서 이에야스가 지금 하고 있는 말이 말 자체 그대로도 받아들여지고 아미타불의 빛으로도 받아들여진 것이다.

"이제야 알았습니다. 눈앞이 한꺼번에 밝아졌습니다."

"보았느냐! 아미타불의 빛을……."

"예! 똑똑히……."

"그래, 이건 간파쿠를 대할 때만 해당하는 게 아니다. 무엇 때문에 곳간에 곡식을 거둬들이고, 무엇 때문에 금은을 저축하는가? 무엇 때문에 꾸짖고, 무엇 때문에 칭찬하는가…… 모든 일을 지휘하는 뒤에서 늘 합장하고 바라보아야 하는 빛이다."

혼다 마사노부는 엎드리고 있는 몸이 죄어드는 것 같았다. 지혜로는 자기가 이에야스보다 한 수 위라고 생각하면서도, 그 앞에서 언제나 위압되어 손발을 꼼짝할 수 없는 자신의 영혼 속에 무엇이 부족한지 비로소 깨닫게 된 두려움이었다.

'그래, 바로 이것이었다!……'

상대는 아미타불의 빛을 등에 지고 있다는 신념으로 움직이고 있었다. 그러고 보니 이에야스의 일상생활 또한 그러한 자신감을 무너뜨리는 한 치의 빈틈도 없었다.

이에야스가 말했다.

"그래, 정말 깨달은 모양이군. 그렇다면 나도 안심하고 출진할 수 있다. 내가 없는 동안 너희들이 충분히 지킬 수 있겠지. 자, 이렇게 되면 나도 좀더 몸을 단련해야겠어."

"그 위에 무얼 또 단련하신단 말씀입니까?"

"모처럼 아미타불의 빛을 받고 살아가는 몸이니 더욱 소중하게 간직해 싸움터에서 탈 나지 않도록 해야지. 마사노부, 내일은 에바라(荏原)에서 매사냥을 하자. 물론 말을 타고. 말을 몰아 땀을 흠뻑 흘려서 쓸데없는 살을 빼야겠어……."

인간이 완성되어 가는 과정에는 반드시 커다란 몇 가지 계기가 있다. 이에야스가 만일 49살 때 에도로 옮기지 않았더라면, 그리고 그곳에서 덴카이를 만나지 못했더라면 그의 한평생은 이미 더 이상 뻗을 수 없는 한계에 이르렀을 것이다.

그런데 에도로 영지를 옮기게 되자 그에게 안일함이 허락되지 않았다. 신천지의 개척과 북일본 제압이라는 커다란 책임이 그의 두 어깨에 걸렸기 때문이다.

더욱이 50살에 이르러 그는 덴카이 스님을 만났다. 덴카이는 그에게 자신이 한평생을 걸고 배워온 모든 정수(精髓)를 전해 주겠다는 생각으로 그를 대하고 있다. 만일 히데요시의 출병이 단행된 뒤 덴카이를 만났더라면 뒷날의 이에야스 생애는 크게 달라졌을지도 모른다.

그러나 인생의 묘한 인연은 위험한 고비에서 덴카이와 이에야스를 먼저 만나게 했다. 덴카이의 의견에 의하면 이 출병이야말로 신불이 이에야스의 그릇을 시험해 보는 '세 번째 기회—'라는 것이었다.

"간파쿠와 나고야성에서 군사회의를 여는……그 깊은 뜻을 생각해 보셨는지요?"

덴카이에게서 이 말을 들었을 때 이에야스는 미처 그 뜻을 깨닫지 못하고 있었다.

"간파쿠는 고마키 싸움에서 주군의 군사가 강하다는 걸 절실히 느꼈습니다. 이것이 주군으로서는 첫 번째 기회였습니다. 다음에는 아사히히메 님과의 혼인과 오다와라 싸움을 전후하여 도쿠가와 님의 생각이 범상치 않다는 것을 깨달았지요. 이것이 두 번째 기회……그리고 이번에는 드디어 그 두 번의 수확을 살리느냐 죽이느냐 하는 세 번째 기회가 온 것입니다."

진지한 표정으로 말했을 때 이에야스는 그답지 않게 당황했던 것을 기억하고 있다.

"세 번째 기회라고 하셨소?"

뚜렷이 이해되지 않아 되묻자 덴카이는 꾸짖는 투로 말했다.

"싸움에 강하고 생각이 깊다……는 것만으로는, 경계의 대상은 될지언정 진정한 열매는 맺히지 않습니다. 이번에 간파쿠의 진중에 계시면서 간파쿠 못지않은 인품을 간파쿠의 중신들에게 똑똑히 인식시켜야만 간파쿠의 뒤를 이을 자로 인정받게 될 것입니다. 신불이 구하고 있는 후계자는 반드시 간파쿠의 아들이나 양자가 아닙니다. 신불은 언제나 더 나은 후계자를 넓은 안목과 시야에서 찾고 계시다는 것을 생각하십시오."

이에야스는 무릎을 치고 한동안 덴카이의 얼굴을 지그시 응시했다.

'덴카이야말로 아미타불의 화신이 아닐까?……'

그런 생각이 들며 별안간 가슴의 고동이 빨라졌다.

그러고 보니 이번 출진은 이에야스가 전국의 대영주들과 직접 접촉할 수 있는 둘도 없는 기회라 해도 좋았다. 더욱이 히데요시의 원로로서 군사, 정치 양면을 통하여 지휘자 입장에서 대면할 수 있는 것이다.

싸움 과정에서는 여러 가지 불평이며 미흡한 점과 불만이 나타나기 쉽다. 이런 때 히데요시를 성심껏 보좌한다면 여러 영주들도 당연히 이에야스에게 심복할 것이었다.

'그래……그것을 신불의 시험이라고 하는구나.'

그것을 깨달았으니, 어떤 일이 있어도 이 시험에 합격하지 않으면 안 되었다.

이에야스는 겨울에서 이른 봄에 걸쳐 근신들이 눈이 휘둥그레져 놀랄 정도로 열심히 몸을 단련했다.

그리고 2월 16일에 간토 이북의 군사를 거느리고 교토로 들어갔다.

출진

이에야스의 얼굴을 보자 히데요시는 얼굴에 주름을 가득 지으며 반겼다. 결막염 때문에 오른쪽 눈을 가리고 있던 흰 헝겊을 잡아뜯듯 떼고는 곧 거실 한가득 이번 출진 관계서류를 펼쳐놓게 했다.

"나고야성은 이렇듯 훌륭하게 준공되어 우리의 도착을 기다리고 있소. 바다에서 바라보면 아마 오사카성 이상으로 훌륭하게 돋보일 거요."

맨 먼저 성의 겉모습 그림을 펼쳐보이고 이어서 히데타다 이야기로 옮아갔다.

"그렇지, 중장도 새해에 접어들면 벌써 17살이군."

"예, 교토에 있을 때 여러 가지로……."

"아니야, 훌륭한 젊은이가 되었어. 그런데 중장에 대해 마음에 좀 걸리는 일이 있어서 말야."

"히데타다에 대해?"

"그렇소. 그대도 잊어버리지 않았겠지? 그 왜 노부카쓰의 딸과 혼인하기로 해놓고 아직까지 아무 진전이 없잖나……."

"아, 그 일이라면 뭐……."

"아니야, 나는 아사히로부터 신신당부를 받았어. 그래서 늘 마음에 걸린단 말이야. 그러나 지금의 노부카쓰로는 격이 맞지 않아 말이 안 돼. 그래서 말이지, 내가 훌륭한 신부를 골라줄 테니 이번 일이 끝날 때까지는 적당한 측실이나……."

이에야스는 웃었다.

"그놈은 이 아비를 닮지 않은 고지식한 녀석이라 아직 여자에게 관심이 없는 모양입니다."

"아니야, 그게 바로 눈치 없는 소리지. 우리도 다 지나간 경험이 있는걸. 누구든 얌전한 사람을 하나 주선해 주도록 뒤에 남는 자에게 말해 두어야지. 수상한 내력의 계집에게 눈독 들이게 되면 오히려 난처해지니까."

그러고 나서 이번에는 선봉이 조선에 상륙하여 내릴 포고령 초안을 펼쳐 보였다.

"어떤가, 포고령은 이만하면 되겠지?"

그 초안에는 '조선에서 지켜야 할 규정'이라고 크게 씌어 있었다.

1. 이 법령을 여러 장 만들어 곳곳에 보내 토착민들에게 주지시킬 것.

1. 피난했다 돌아와 사는 농민, 상인들에게서 미곡, 금전 같은 것을 빼앗는 일이 없도록 할 것. 단, 내버려두어도 돌아오지 않는 자에 대해서는 그 신분을 엄중히 조사해둘 것.

1. 굶주리는 백성이 있을 때는, 잘 살펴 굶지 않도록 응분의 조처를 취할 것.

1. 장소를 막론하고 방화는 엄중히 다스릴 것. 이번 진격에서 사람을 체포했을 때는 남녀를 불문하고 저마다 살던 곳으로 돌려보낼 것.

1. 법령을 어기는 자가 있으면 히데요시에게 신고하겠다는 서약서를 쓰도록 여러 사람에게 엄히 일러둘 것.

이에야스는 그것을 다 읽고 나서 진심으로 말했다.

"나무랄 데 없는 군율이라고 생각합니다."

첫째는 주민을 위한 위무책(慰撫策), 둘째는 과세징수의 금지, 셋째는 민생 구제, 넷째는 방화와 포로의 금지를 명하고, 그것을 어기는 자가 있으면 히데요시한테까지 신고하라는 것이었다.

이보다 더 엄격한 군율은 아마 없을 것이다. 히데요시는 이미 승자의 입장에서 상대를 관용으로 대하려 결정하고 있었다.

"다음은 우리가 교토를 떠나 행군하는 도중의 낭비를 금하는 숙식 규정이오."

이에야스는 히데요시의 세심함에 새삼 놀라는 심정으로 그것을 손에 들고 읽어내려갔다.

숙식 규정

1. 간파쿠의 식사는 큰 상에 반찬 5가지, 두 번째 상에는 3가지, 국물은 3가지, 이 가운데 채식요리 1가지. 이를 수북이 담거나, 금은 식기의 사용을 엄금함.

1. 이야기꾼은 30명, 차는 5종류, 식사는 국물 2가지, 이 가운데 하나는 채소국이어야 함.

1. 여인들 인원은 30명, 전항과 같음. 위의 규정보다 사치한 접대를 할 때는 그 남편을 처벌할 것임. 또 인원수 이상으로 접대하는 자도 위법 처리할 것임.

덴쇼 20년(1592) 정월 5일

다이코 인

이미 이때 히데요시는 히데쓰구에게 간파쿠를 물려주고 다이코라 부르고 있었다.

"어떤가 다이나곤? 이만큼 절약을 명령해 놓으면 충분하겠지. 난 그대와 달라서 사람들에게 사치한 사람으로 알려져 있소. 내 비위를 맞춘답시고 소중한 앞날의 군비를 낭비해서는 안 되지. 모두들 잘 대접하려고 경쟁을 벌이는 건 무의미한 일이오."

말하면서 히데요시는 눈을 가늘게 뜨고 웃었다.

"세상에서는 다이코가 이번 일을 지나치게 서두르고 있다고 말하는 자가 있다던데 못 들었나?"

"글쎄요, 그런 말은……."

"좋아, 들었어도 상관없어."

히데요시는 제1군부터의 편성표를 이에야스 앞에 펼쳐놓았다.

"나도 아주 멍청이는 아니오. 이번 일이 얼마나 어려운지 마음에 깊이 새기고 있소. 그렇기 때문에 사카이의 장사꾼들은 말할 것도 없고 천주교 선교사들 의견도 몇백 명에게서 들었소. 지금 명나라를 우리 손에 넣어두지 않으면 유럽의 여러 나라가 그것을 나눠먹게 되어 명나라도, 조선도, 일본도 남만 인종들에게 채찍 맞으며 노예선에 실려 끌려갈 때가 반드시 오게 돼. 이게 다 먼 앞날까지 내다보고 하는 일이야.”

“……”

“다이나곤은 알 거요. 인간에게는 운명의 흥망이 있고 천지에도 밤낮이 있소. 그와 마찬가지로 민족에게도 봄과 겨울이 있을 거요. 말하자면 지금은 일본의 봄. 이 봄에 앞날을 생각해 좋은 씨앗을 뿌리고 좋은 뿌리를 뻗게 해놓아야 된단 말이거든. 언젠가는 알게 될 테지, 이 히데요시의 생각을.”

이에야스는 눈길을 편성표 위에 고정한 채 불현듯 웃고 싶어지는 자신을 꾸짖었다.

‘과연 이건 히데요시가 아니면 생각도 할 수 없는 엄청난 시도일지도 모른다……’

어딘지 성급한 느낌이 없지 않으나, 그 속에는 평범한 사람은 엄두도 못 낼 웅대하고 치밀한 설계가 숨어 있었다. 남만인의 동방침략은 이에야스 또한 방심할 수 없는 일로 여기며 내심 경계의 촉각을 세우고 있었다. 그런데 히데요시는 선교사들의 움직임이며 규슈에서 비밀리에 나가는 동포들의 노예선 등을 직접 보고 있었기 때문에 이에야스보다 훨씬 중대한 일로 받아들이고 있었다.

이에야스는 말했다.

“정말 놀랍습니다. 저희들은 시야가 너무 좁았습니다.”

“그렇다면 그대는 곤란한 일을 벌였다고 생각했나?”

“예……그러나 지금은 다릅니다.”

“허, 어떻게 다르단 말인가?”

히데요시의 눈이 번뜩였다. 역시 히데요시는 이 계획에 대해 이에야스가 진심으로 찬성하는지, 아니면 어쩔 수 없이 따라오고 있는지 쉴 새 없이 염려하고 있었던 모양이다.

이에야스는 허심탄회한 심정이 되려고 다시 한번 마음속에 아미타불의 모습을 그리면서 대답했다.

“지금은 전하와 이에야스를 같은 세상에 태어나 서로 만나게 해주신 인연에 감사하고 있습니다.”

“그, 그게 정말인가, 다이나곤?”

"어찌 거짓말을 하겠습니까? 두 사람을 태어나 만나게 한 것은, 저에게 전하를 배우고 전하가 하시는 일을 도와드리라는 신불의 뜻이라는 걸 똑똑히 깨달았습니다."

"그래……그렇다면 물어보겠는데 그대는 처음부터 찬성했단 말인가?"

이에야스는 담담하게 고개를 저었다.

"아닙니다. 처음에는 이에야스도 소에키처럼 큰일 났구나……하고 생각했습니다."

"저런, 그런데 어째서 중간에 바뀌었는가?"

"하하……전하의 인품을 알게 되었기 때문입니다."

"내 인품을……?"

"그리고 제가 이 시대에 태어나게 된 일에 대해 다시 음미해 보고 비로소 납득된 것입니다."

"다시 음미해 보고 나서……음, 재미있는 말을 하셨어. 되씹어 보았단 말이지……."

"예, 두 사람을 태어나게 하고 만나게 한 것은 싸움을 시키기 위해서가 아니라 힘을 합쳐서 일본을 위해 무언가 이루어보라는 신불의 뜻이 분명합니다."

"음, 그렇게 깨닫고 도울 생각이 들었다……는 거요?"

"오히려 10년 전에 이런 생각을 했어야 하는 것을…… 사람의 걸음걸이란 참으로 느려서……."

"하하하하……그런 소리를 들으니 이 히데요시도 할 말이 없소. 처음부터 위압하려고만 했지, 마음으로 융합하려 하지 않고……."

"부끄러운 것은 제 쪽입니다."

"아니, 나도 마찬가지요, 거참! 핫핫핫핫……."

히데요시도 역시 두드리면 소리 내는 종을 가지고 있었다. 그 웃는 얼굴이 어린아이처럼 천진난만했다.

"그걸 알았으니 나도 묻기가 훨씬 수월하군. 어떻소, 다이나곤. 올해 안으로 명나라 도성에 들어갈 수 있을까……?"

"글쎄요, 그건……."

"불가능하다고 생각하나?"

"들어갈 수 있으면 좋지만 그렇지 못할 경우의 대책도 충분히."

"그야 물론이지. 사기를 생각하여 8월 추석은 명나라 도성에서……라고 큰소리 치지만, 그렇듯 쉽지 않을 때의 대책도 충분히 고려하고 있소. 그렇기 때문에, 정월에 서둘러 건너가라고 명령한 고니시 유키나가가 아직 히고에서 꾸물대는데도 굳이 나무라지 않고 내버려두는 거요."

그러고 나서 히데요시는 목소리를 낮췄다.

"어떻소, 다이나곤. 이건 의논인데 귀하는 국내에 남아 나라 안을 튼튼하게 지켜주지 않겠소."

"무슨 말씀을. 그럼, 전하께서는 어떻게 하시려고?"

"나는 간파쿠 자리도 물려주었소……모든 것을 이번 일에 걸어볼 작정으로. 그래서 마지막 힘을 기울여 최선두에 서서 채찍질해 볼까……."

히데요시는 진심으로 그렇게 생각하는 듯 얼굴에 날카로운 긴장을 나타내면서 속삭였다.

이에야스 역시 눈을 똑바로 뜨고 더욱 다가앉았다. 그는 엄숙한 표정으로 가로막았다.

"그건 안 됩니다. 전하께서 몸소 선두에 서시는……그런 싸움이라면 해서 안 됩니다."

히데요시는 말허리가 잘려 놀라는 표정이었다. 말하는 이에야스나 듣는 히데요시나 이 자리에서만은 지금까지의 흥정이며 외교적인 냄새가 전혀 풍기지 않는 진지한 태도였다. 양쪽 다 우스꽝스러울 만큼 소박하고 숨김없는 솔직한 표정으로 상대하고 있었다.

"해서는 안 될 싸움이 될까?"

"말할 것도 없는 일입니다. 만일 전하께서……그런 싸움을 하시다가 만일의 사태라도 일어나면 어떻게 되겠습니까? 나라 안이 또다시 산산조각 나버릴 텐데."

"그대가 국내에 남아 있어도 말인가."

"저나 새 간파쿠로는 아직 역부족입니다. 그러므로 이번 싸움에도 엄격히 지켜야 할 선이 있습니다."

"흠."

"그 선을 말씀드리지요. 만일 고전하게 된다면 이 이에야스가 선두에 나서겠습니다. 이것이 마지막 선입니다. 만일 이에야스가 출동해도 싸움에 진전이 없고……
전사라도 하게 된다면 전하께서는 국내에서 속히 철군을 명하시어 뒷날에 대비
하셔야 할 것입니다."

히데요시는 눈을 크게 뜨고 지그시 이에야스를 바라보았다. 아마 그의 생에서
이처럼 뜻밖의 의견을 들은 것은 처음이었으리라. 히데요시의 마음속에는 아직도
얼마쯤 이에야스의 심중을 살피려는 속셈이 남아 있었다. 그런데 이에야스의 이
한 마디로 뭐라고 표현할 수 없는 부끄러움으로 바뀌어버렸다.

"알겠소. 다이나곤……히데요시가 경솔했소. 과연 그렇듯 무리하게 벌일 싸움
은 아니야."

"아시겠습니까? 이건 어디까지나 전하의 여력으로 수행한다는 여유만만한 싸
움이 아니면 안 됩니다. 그렇기 때문에 전하께서는 나고야에만 머물러 계실 게 아
니라 교토와 나고야를 자유롭게 왔다 갔다 할 수 있는 그런 마음으로 출진하셔
야……."

"알았소!"

히데요시는 별안간 이에야스의 손을 덥석 잡았다.

"우리는 지금 최악 경우에 대한 각오를 말하고 있는 거요……핫핫핫하."

"그렇습니다. 이건 말할 성질의 것이 아니고 속에 감춰두어야만 할 일입니다."

"암, 그렇고말고. 나는 흐뭇하네, 다이나곤. 이젠 무슨 일이 일어나더라도 나라
안에서 꿈쩍도 하지 않겠소. 간파쿠에게도 민심의 기미를 포착하는 요령을 가르
쳐주고 서약서를 받아놓았지."

"그 말씀을 들으니 이에야스도 마음 놓고 나고야로 갈 수 있겠습니다."

"그래. 나는 나고야에 가서 소에키 놈의 차라도 즐겨야겠어. 소에키도 좋은 사
내였어."

감개 어린 목소리로 말한 히데요시는 손뼉 쳐 다인들을 불렀다.

"이제부터 후시미성에 대한 이야기를 듣고 싶으니 나가모리를 불러라. 그런 다
음 나와 다이나곤에게 차를 한잔. 여기서 좋다. 여기서 마시겠다."

그리고 다시 이에야스를 향해 돌아앉아 어린애처럼 말했다.

"그대가 말한 대로야. 언제든 교토로 돌아갈 수 있도록 후시미성을 서둘러 지
어야겠군."

마시타 나가모리가 오자 히데요시는 후시미의 모모야마(桃山)에 성을 쌓을 예정이라며 설계도면을 펼쳤다.

주라쿠 저택은 간파쿠가 지낼 저택으로 세운 것이므로 이번 출정을 기회로 그곳은 히데쓰구에게 내주고, 자기는 후시미성을 교토의 거성으로 삼을 작정인 듯했다.

"간파쿠는 아직 젊어. 25살 아닌가. 이것저것 마음에 걸리는 점이 있지만 그래봬도 학문에는 제법 열심이거든. 지난해에도 오슈에서 구노혜를 토벌하고 돌아오는 길에 아시카가(足利) 학교라든가 하는 곳에 들러 겐키쓰 산요(元佶三要)라는 자에게 학교를 교토로 옮기도록 하라고 이야기하고 돌아왔다군……."

거기까지 말하고 일부러 몸을 일으켜 히데쓰구로부터 받았다는 서약서를 찾아내 이에야스에게 보여주었다.

"그놈의 결점은 성격이 거칠고 여자를 좋아하는 거야. 더욱 고약하게도 여자를 좋아하는 건 나를 흉내 내느라 그런다더군. 허허 참! 지금도 측실 수가 나보다 훨씬 더 많을걸. 그건 곤란하지. 내 경우는 40살 무렵까지 눈코 뜰 새 없이 진중에서 진중으로 돌아다녔거든. 계집은 그 뒤의 일인데, 그 녀석은 젊었을 때부터 그렇단 말야. 신하들 처자에게까지 손 뻗는 일이 일어나 원성을 들으면 웃음거리가 아니겠소?"

정색하고 이런 말을 하면서 펼쳐놓은 서약서에 다음과 같이 씌어 있고 혈판(血判)이 찍혀 있었다.

　1. 오로지 무신의 본분인 무비(武備)에 대한 마음가짐을 가질 것.

　1. 정치는 공평하게 하며 사사로운 정에 치우치지 말 것.

　1. 조정을 잘 받들고, 신하를 사랑하며 아껴 그 후계자를 세워주고 10살 이하 어린 자식을 남긴 경우에도 뒤를 잇게 하며, 자식 없는 자에게는 형제로 집안을 잇게 하고, 여자뿐인 경우에는 살아갈 영지를 주도록 할 것.

　1. 다도, 매사냥, 여색 등 히데요시의 도락은 일절 본받지 말 것. 단 손님을 초대하여 다회를 여는 것은 무방하며, 매사냥에서는 매와 독수리 사냥에 한하여 허락하고, 여인을 5명이든 10명이든 저택 안에 두는 것은 상관없으나 공개적인 호화로운 도락은 엄금할 것…….

읽어내려가는 동안 이에야스는 우습기도 하고 민망하기도 했다. 히데요시의 의견이 너무나 노골적으로 나타나 서약서인지 훈계인지 분간할 수 없는 부분이 곳곳에 있었다. 이토록 일일이 간섭해야 하는 상대에게 간파쿠 직책을 물려주어야 하는 일이 벌써 하나의 비극인 것만 같았다.

'외로운 것이다……히데요시는……'

"안 그런가. 다섯에서 열 정도의 계집을 저택 안에 두는 것은 무방하겠지만 밖에서까지 공개적으로 놀아난대서야 말이 안 되지. 나는 앞으로 명나라 닌포(寧波)에 집을 마련하고 세계를 노려보며 살아갈 작정이니 충분히 자신을 닦아두라고 일러놓았지만 군사, 상벌, 재정 권한은 당분간 물려주지 않을 작정이오. 그쯤 해두면 되겠지, 다이나곤?"

"그야 뭐, 전하의 뜻에 달린 일이지요."

대답하면서 이에야스는 문득 고지식한 히데타다의 얼굴을 떠올리며 아직은 자기 쪽이 행복하다고 생각했다.

차가 나왔다. 히데요시는 찻잔을 들어 한 모금 마시고 나서 다시 감개무량한 듯 입을 열었다.

"그대들 말대로 소에키 놈을 내버려뒀어야 했는데…… 지금의 나라면 죽이지 않았을걸……"

그것은 일찍이 한 번도 다른 사람에게 보여준 적 없는 약하고 고독한 히데요시의 모습이었다.

이에야스는 처음으로 히데요시를 내면에서 바라보는 입장에 서게 되었다. 거기서 보니 히데요시는 미워할 것도 두려워할 것도 전혀 없는 분방한 벌거숭이 응석꾸러기였다. 그러나 일단 밖으로 향하면, 역시 뛰어난 지략과 허풍으로 일본 전국을 호령하는 영웅이었다.

교토 도성 안팎은 3월 1일의 출진에 대비하여 모여든 인마로 가득했다.

그러나 히데요시가 특별히 예정한 3월 1일의 출진은 연기되었다. 히데요시의 안질이 그 일을 허락하지 않을 정도로 악화되었기 때문이다.

"뭐, 3월 1일이 아니라도 좋아. 이만한 일에 신경 쓸 히데요시가 아니지. 10일이야. 10일에 떠나기로 하자!"

두 눈을 흰 헝겊으로 싸매고 주라쿠 저택에서 하나하나 명령 내리는 히데요시는 보는 사람의 눈에 비장한 모습으로 비쳤다. 아녀자들 가운데 안질 때문에 출진이 늦어진 것을 앞날의 상서롭지 않은 나쁜 징조로 여기는 미신에 기울어지는 경향이 있어, 그것이 히데요시로 하여금 더욱 허세 부리게 하는 결과가 되었다.

3월 4일에는 가토 기요마사가 히젠의 나고야에서 이키를 향해 배를 타고 떠났다는 기별이 있고, 고니시 유키나가도 드디어 이키에서 쓰시마로 떠날 것이라고 했다.

그러나 10일이 되어도 히데요시의 안질이 낫지 않아 또 연기되었다.

"날짜는 정하지 않겠다. 눈이 낫는 대로 출발한다."

그리고 3월 15일에는 주고쿠 부대가 해상으로, 3월 17일에는 이에야스와 가게카쓰 등의 간토 부대가 히데요시의 본대보다 먼저 출발하기로 했다. 질질 끌고 있으면 사기가 떨어지리라고 우려한 것이다.

이에야스의 간토 부대와 함께 출발한 것은 우에스기 가게카쓰, 사타케 요시노부, 다테 마사무네, 모가미 요시미쓰, 하세가와 히사카즈, 아사노 요시나가, 가토 미쓰야스(加藤光壽) 등으로 먼저 주라쿠 저택 앞에 정렬하여 도개교에서 오미야 거리로 대대적인 행진을 펼쳤다. 모두들 교토를 떠날 때의 군장과 그 뒤의 군장을 두 벌씩 준비하여 각 부대가 화려한 단장으로 그 호화로움을 겨루었다.

그날은 화창하게 갠 하늘에서 봄바람에 휘날리는 벚꽃잎이 눈 내리듯 큰길을 마치 꿈처럼 장식했고, 그 속을 행진하는 부대의 현란한 깃발과 쇠붙이 장식들은 환호성과 함께 동화 속 나라처럼 화려했다.

이 가운데서도 사람들 눈에 가장 돋보인 것은 다테 마사무네의 행렬로, 깃발이 30장이나 펄럭대고 활 500, 총 500정을 들고 행진하는 무사는 모두 감색에 금빛 무늬 갑옷을 입고 은빛 줄을 늘어뜨린 긴 칼을 차고 뾰족한 금빛 삿갓을 쓰고 있었다. 그 뒤에는 기마무사 120기. 이들도 똑같은 갑옷 위에 화살막이 덮개를 두르고, 반달 모양 금빛 깃발을 등 뒤에 세워 표범 가죽이며 공작새 깃털 등으로 장식했다. 게다가 말에도 호랑이와 곰 등의 가죽 말갑옷을 입히고 금빛 줄을 늘어뜨린 긴 칼을 차고 있었으니 머리 위로 떨어지는 꽃잎과 더불어 구경꾼들의 호기심을 끌기에 충분했다. 더욱이 그 기마대 가운데 엔도 분시치로(遠藤文七郎), 하라다 사마노스케(原田左馬介) 두 사람이 허리에 찬 긴 칼 외에 길이 1칸 반이나 되는 목검에 은박을 입히고 쇠장식을 붙여 위엄있게 등에 짊어진 모습은 더욱 사람들 감탄을 자아냈다. 이것이 뒷날 화려한 모습을 가리켜 '다테 무리'라든가 '다테식'이라고 부르게 된 까닭인데, 이런 일들에도 사람을 놀라게 하지 않고는 못 배기는 마사무네의 만만찮은 기질이 잘 나타나 있다.

간토 부대의 출발에 이어 교토로부터 오사카, 사카이 같은 곳에서 또 여러 가지 소문이 퍼지고 있었다. 고니시 유키나가와 가토 기요마사가 치열한 선봉다툼을 벌이느라 히데요시의 내실들을 선동하고 있다는 소문이었다. 가토 기요마사의 후원자는 말할 것도 없이 기타노만도코로, 요도 마님 자차히메는 고니시 유키나가를 천거해 마지않았다고 했다.

이런 소문이 떠돌 정도였으니 겉으로는 사기가 그야말로 하늘을 찌를 듯했다.

그러나 그 이면에서는 그것과 정반대되는 뜬소문도 은밀하게 퍼지고 있었다. 무엇보다 이번 출진에서 병력 할당이 불공평하다는 것이었다. 그 한 예를 들면 히타치 미토(水戶)의 사타케 요시노부는 21만 석에 2000명인 데 비해, 250만 석의 도쿠가와 이에야스는 겨우 5000명에 불과하다. 21만 석에 대한 2000명은 1만 석에 대략 100명의 할당이니 250만 석의 이에야스는 당연히 2만5000명이 되어야 한다. 그런데 겨우 5000명이란 5분의 1에 지나지 않는 숫자이니 이만저만 불공평한 게 아니라는 이야기였다. 이러한 불평은 배의 징발에도, 수부(水夫), 뱃사공, 식량 따위에서 잡부, 심부름꾼, 인부 등의 할당에 이르기까지 당연히 따라다녔지만 히데요시가 두려워 입 밖에 내놓지 못하고 있을 뿐이었다.

히데요시의 많은 측실 가운데 요도 마님과 교고쿠 마님(京極) 두 사람만 나고야까지 따라가게 되고 기타노만도코로는 오사카성에서 주라쿠로 옮겨 교토 저택 안살림을 맡기로 했다.

따라서 겉으로는 꽃보라 속에 드높은 환호성을 받으며 떠난 출정이지만 그 이면에 여러 가지 동요와 불안이 감춰져 있었다.

공경들과 무장 가운데도 그런 불안과 의문이 컸던 모양인지 기록한 자가 있다.

"(전략) 대체 무엇이 어떻게 되어갈 것인지 보기 드문 기묘한 구경거리로다."《다몬인 일기(多聞院日記)》

또 이런 넋두리를 늘어놓고 출정한 모가미 요시야키 같은 무장도 있었다.

"목숨이 붙어 있는 동안 다시 내 영토를 밟을 수 있어야 할 텐데……."

히데요시의 출진은 26일이었다. 이날 히데요시는 이른 아침에 의관을 갖추고 입궐하여 고요제이 천황에게 출정인사를 올리고 물러나오자, 바로 무장을 가다듬어 휘하 군사 3만을 이끌고 주라쿠 저택을 출발했다.

오전 10시였다. 이날 조정에서는 출정하는 장병을 전송하기 위해 요쓰아시문(四足門)과 가라문(唐門) 사이에 임시관람석을 마련하여 천황과 상황(上皇)도 기다리고 있었다.

앞장선 300명이 지나가자 그 뒤가 바로 히데요시의 본대로 맨 먼저 오동나무 꽃 문장(紋章)에 금박 기드림을 단 깃발 60개가 먼저 관람석에 늘어앉은 백관들의 눈을 휘둥그레지게 했다. 그다음 부대는 모두 수행승 차림으로 소라고둥을 불었고 그 뒤에 기마부대가 따랐다. 모두 무예복 위에 갑옷을 입고 황금칼 30자루, 황금방패 50개, 예비용 말 70필…… 말도 모두 금빛 말갑옷을 입히고 수놓은 비단으로 온몸을 장식하고 있었다.

그 뒤에 드디어 히데요시가 말을 타고 나타났다. 비단예복에 황금으로 만든 두툼한 칼을 차고, 왼쪽 겨드랑이에 등줄기로 감은 활을 끼고 있었으며, 금으로 꾸민 준마에 저 유명한 호리병박을 그린 금마표……로 꾸몄으니 눈부시게 화려한 행장이었다.

그는 천황의 옥좌 밑에 이르자 말에서 뛰어내려 공손하게 계단을 올라갔다. 옥좌 앞에 이른 히데요시는 힘찬 목소리로 출진 경과를 보고했다.

안질 때문에 두 번이나 출진을 연기하지 않을 수 없었던 히데요시였다. 그 무렵부터 마음의 동요가 있었을 터. 사실 동생 히데나가가 죽은 이래 히데요시에게는 불길한 일들이 거듭 일어나고 있었다. 그런 동요를 털어버리듯 히데요시의 목소리는 필요 이상으로 높았다. 옥좌를 옹위하고 있던 백관들은 물론 그곳에서 멀리 떨어진 사람들 귀에도 낭랑하게 아뢰는 목소리가 메아리치듯 들렸다.

보고가 끝나기를 기다려 고요제이 천황은 주찬(酒饌)을 내렸는데, 보기에 따라서는 천황 쪽이 오히려 더 겸손하고 위축되어 있는 것 같기도 했다.

세 번 잔을 드는 예를 마치고 히데요시는 계단을 내려와 이번에는 상황의 옥좌 앞으로 올라갔다. 모든 것이 의식이었다.

여기서도 세 번 거듭 축배를 받고 물러난 히데요시는 다시 말 위에 올라, 자세를 가다듬고 고메이 신사(向明神社) 앞으로 나아갔다.

이 언저리는 벌써 입추의 여지 없이 구경꾼들이 모여들어 호화로운 행렬에 다만 탄복할 따름이었다.

"다이코 전하는 대체 황금을 얼마나 가지고 있는 것일까?"

"알 수가 있나, 그런 걸."

"욕하는 사람들은 일본 안의 토지를 조사하는 것도 모두 세금을 거두어들이기 위한 기초 조사라고들 하던데, 저것이 모두 그렇게 거두어들인 황금일까?"

"바보 같은 소리. 황금은 모두 광산에서 캐낸 거야. 그리고 더 이상 파들어가면 남아돌아 곤란하므로 지금은 광산입구를 막아버렸대."

"그럴 정도라면 우리에게도 조금씩 나눠주지……."

"그러니 바보라는 거지. 황금이란 그대로는 먹을 수도 입을 수도 없어. 황금으로 살 수 있는 물건도 함께 만들지 않으면 안 돼."

이러한 군중들 사이를 행진하는 히데요시의 표정은 결코 밝지 않았다. 눈병을 앓은 뒤였기 때문이기도 하지만 뭔가 화난 것처럼 시무룩한 얼굴로 고메이 신사 앞까지 오자 다시 말에서 내렸다.

그리고 자리를 물려준 간파쿠 히데쓰구를 신사 앞에 불러내 세우더니 근엄한 표정으로 호리병박 마표를 히데쓰구에게 넘겨주었다. 이것으로 천하의 권력을 일단 히데쓰구에게 넘겨주었다는 뜻이리라. 그러나 그것에 반드시 실권이 따르는 것은 아니었다. 군사, 상벌, 재정의 세 권리는 아직 히데요시의 수중에 있다고 엄중하게 일러놓았으니 이를테면 이름뿐이라고 할 수 있었다.

히데쓰구는 긴장한 표정으로 그것을 받았다.

"일러놓은 여러 가지 조항을 결코 어기는 일이 없도록."

"예."

"그럼, 머지않아 조선이나 명나라 도성에서 만나기로 하자."

"알겠습니다."

신사 앞을 나온 행렬은 야마자키 가도를 삼엄하게 행진하여 그날 밤 셋쓰의 이바라키성에서 하루 묵었다. 위엄을 보여주기 위해 차려입었던 무장을 여기서 풀고 주고쿠길로 접어들었다.

이리하여 '대륙진출'이라는 히데요시의 꿈은 실행에 옮겨지고 있었다.

네 번째 흉조

벚꽃이 지면 계절은 갑자기 걸음을 서둘러 여름으로 다가선다.

히데요시의 출정으로 오랜만에 며느리 기타노만도코로와 함께 지내게 된 오만도코로는 요즘 틈만 나면 네네에게 와서 히데요시의 몸을 염려하며 세상이야기에 열중했다.

이미 60살 가까운 나이가 되어서도 히데요시는 왜 그토록 싸움을 좋아하는 것일까? 이젠 교토에서 조용히 살아도 되련만 저러다가 끝내 싸움터에서 목숨을 잃게 될 것이라는 둥, 조선이라는 곳은 얼마나 먼 곳에 있으며 명나라는 어떤 나라인가……등등 눈에 보이게 기력이 쇠약한 모습으로 넋두리 섞어 질문을 해댔다.

히데요시가 교토를 출발한 3월 26일부터 17일째인 4월 13일에는 벌써 부산에서 싸움이 시작되고 있었다.

맨 먼저 상륙한 고니시 유키나가와 소 요시토모가 부산진(釜山鎭) 첨사 정발(鄭撥)에게 일단 히데요시에 대한 변명을 위해 교섭했다.

"우리 군사의 부산 상륙을 허락하고 명나라로 행군하는 길을 빌려달라."

그리하여 상대가 거부하자 바로 함락해 버린 것이다.

부산이 함락되자 그들은 더 이상 주저하지 않았다. 조선 왕이 '길 안내'에 응하지 않을 것임을 잘 알고 있었던 그들은 그 길로 다대포(多大浦)에서 서생포(西生浦), 동래(東萊), 수군영(水軍營), 양산(梁山)을 무인지경처럼 지나 한양(漢陽)을 향해 진격했다.

그리고 4월 17일 고니시 유키나가가 밀양(密陽)을 점령한 날에는 가토 기요마사, 나베시마 나오시게(鍋島直茂) 등의 제2군이 부산에 도착했고 18일에는 구로다 나가마사, 오토모 요시미치(大友義統) 등이 안골포(安骨浦)에 상륙하여 김해성(金海城)으로 진격함에 따라 싸움이 드디어 본격화되었다.

그동안 히데요시는 유유히 여행을 계속하여 4월 25일 히젠의 나고야성에 도착했다.

이러한 기별이 손자 히데쓰구에게서 알려질 때마다 오만도코로의 수심은 깊어만 갔다. 올해 벌써 80살이 된 이 소박한 어머니는 자신의 아들 히데요시와는 정반대로 몇 번이나 피해자로서 전쟁 경험을 겪으며 살아온 과거를 갖고 있었다.

"이기는 싸움이라고 해서 죽지 않는다는 법은 없어. 웬만큼 하고 끝낼 수 없는 것일까……."

5월 2일에 일본군이 한양을 점령하여 조선 왕은 신의주로, 임해군(臨海君)과 순화군(順和君) 두 왕자는 함경도로 피신했다. 이러한 정세를 바탕으로 조선과는 이로써 화친이 이루어질 듯하다는 기별이 온 것은 5월 끝 무렵이었다.

그 이야기를 히데쓰구의 중신으로부터 들은 그날도 오만도코로는 벌써 네네의 방에 와 있었다.

"잘되었군. 싸움에 이겼으니 이제 끝나겠지……."

"저도 그 소식을 듣고 한숨 돌린 참이었습니다."

"그렇긴 하나 저쪽의 임금님이라는 분은 가엾기도 하지. 인정을 베풀어 살려주었으면 좋겠구나."

네네는 해맑은 미소를 지으며 시어머니에게 다과를 권했다.

"걱정하지 마세요. 다이코 전하는 마음씨 착하신 분입니다."

그러나 오만도코로는 웃지 않았다.

"그 애는 싸움을 좋아해. 어릴 때부터 그랬어."

"아니에요, 좋아하는 게 아니라 하지 않으면 안 되는 일이라고 여겨……."

"그렇지 않아. 좋아한다니까!"

소리치듯 반박하자 비로소 네네는 가슴이 철렁했다. 여느 때의 오만도코로와는 태도가 달랐다…….

"난 말야, 그대보다 내 아들을 잘 알아. 그건 병이야! 죽을 때까지 싸움을 그만 두지 않을지도 몰라."

오만도코로에게서 이렇듯 심한 말을 듣게 되자 네네는 왜 그런지 오싹한 기분이 들었다.

네네 역시 오만도코로와 같은 불안을 히데요시의 성격에서 느끼기 시작하고 있었다. 그런 만큼 선뜻 부정의 말을 할 수 없었다.

"네네, 나도 이제 얼마 오래 살지 못할 거야. 늙은이의 부탁이니 나고야라든가 하는 데 편지를 좀 써보내주지 않겠니?"

"전하께 편지를요……?"

"그래. 나는 요 며칠 연거푸 같은 꿈을 꾸었어…… 그 애가 많은 사람을 죽인 벌로 염라대왕에게 꾸지람 듣고 있는 꿈이었지."

말하면서 오만도코로는 엉뚱한 곳으로 눈길을 돌리고 몸서리쳤다.

"무서워라, 무서워…… 수많은 배가 지옥의 피연못 속에서 불타고 있는데, 사람들이 못으로 후두둑 떨어지기에 자세히 보니 그 속에 내 아들이 있지 않겠어…… 제발 어미의 부탁이니 그 나라 왕에게 자비를 베풀어 싸움은 이 정도로 끝내고 돌아와 달라고 해. 그것이 어미의 평생소원이라고 편지를 써보내다오."

"참, 어머님께서 이상한 말씀도……."

말하다가 네네는 흠칫하여 말꼬리를 삼켰다. 얼굴빛이 예사롭지 않았다. 지나치게 마음 쓰다가 병환이……하는 불안감이 가슴을 서늘하게 스쳐갔다.

"물론 편지를 써보내겠습니다만……맞는 꿈이 아닐 거예요."

"아니야, 그냥 내버려두면 맞는 꿈이 될 거야."

오만도코로는 여느 때 볼 수 없는 옹고집을 부렸다.

"생각 좀 해봐. 히데나가가 죽고부터 나쁜 일이 잇달아 일어나고 있어."

"설마 그럴 리가……."

"아냐, 틀림없어. 그 애가 죽은 것이 지난해 정월이었고, 그 뒤 곧 소에키 일이 있었지. 그리고 다음에는 쓰루마쓰가 죽지 않았느냐."

"쓰루마쓰는 명이 짧아서 그렇게 된 것 아니겠어요?"

"그렇지 않다. 이것은 무언가 큰 재앙이야. 재앙이 아니라면 신불의 꾸지람이겠지. 이번에도 눈병을 앓아 출발이 자꾸 늦춰지더니 기어이 떠나갔거든. 지금 정신

차리지 않으면 다음에 엄청난 화가 미칠 게다."

네네는 또다시 등골이 오싹해지는 것을 느꼈다. 사실 네네도 그런 생각이 들어 며칠 밤 골똘히 생각에 잠겼던 적이 있었다. 그 같은 불안이 80살 난 노모를 사로잡고 있는 모양이었다.

'대체 무슨 말로 달래서 안심시켜 드린단 말인가.'

네네는 웃었다.

"호호……어머님께서 지나치게 걱정하고 계신 것 같군요…… 나쁜 일도 있었지만 좋은 일도 많았으니 좋은 일을 한 번 꼽아보세요."

"아니다, 좋은 일은 그저 그런 일뿐이고, 나쁜 일은 더할 수 없이 나쁜 일이었다. 히데나가나 쓰루마쓰가 어떻게 다시 살아 돌아올 수 있단 말이냐? 이제 또 그 애의 신상에 무슨 일이 일어난다면, 이 늙은이는 더 이상 살지 않겠다."

그때 황급하게 마루를 뛰어오는 시녀의 발소리가 들려왔다.

"지금 이리로 간파쿠님께서 드십니다."

"뭐, 히데쓰구 님이……?"

오만도코로는 한층 더 겁먹은 표정이 되어 네네를 쳐다보았다.

간파쿠 히데쓰구는 시동 한 사람만 데리고 빠른 걸음으로 들어왔다.

"할머니, 어머니, 큰일났습니다."

사람들이 있는 앞에서는 오만도코로, 기타노만도코로라고 부르는 히데쓰구도 가족끼리 있을 때는 오만도코로를 할머니, 기타노만도코로를 어머니라고 불렀다.

"간파쿠, 무슨 일로 그러느냐?"

네네가 꾸짖듯 말했지만 25살의 히데쓰구는 어지러운 숨결과 말투를 진정하려 하지 않았다.

"방금 사사베 아와지(雀部淡路)로부터 기별이 왔는데, 우리 수군이 조선 거제도(巨濟島) 동쪽 바다에서 크게 패했다는 소식입니다."

"뭐? 우리 수군이!"

네네가 말하는 뒤를 이어 오만도코로가 거 보라는 듯이 말했다.

"그것 봐라, 벌써 나쁜 기별이 오기 시작하지 않느냐. 그래, 설마 그 배에 전하가 타고 계시지는 않았겠지?"

"전하께서야 물론 아직 나고야에 계신걸요…… 그러나……."

"그러나 어떻게 되었다는 거냐, 히데쓰구. 답답해 죽겠구나. 어서 이야기를 좀 들려다오."

이런 재촉을 받고 나서야 히데쓰구는 비로소 자리에 털썩 주저앉았다.

"이 기별은 확실한 게 틀림없습니다. 5월 4일의 일이랍니다. 적의 수군 총대장은 이순신(李舜臣)이라는 아주 뛰어난 해전의 명장인 모양이더군요. 그래서 우리 쪽 배가 거의 격침되었으니 곧 다음 배를 준비하라고. 나고야에 계신 전하께서도 당황하고 계신답니다."

네네는 살며시 시어머니를 쳐다보았다. 오만도코로는 몸을 앞으로 바싹 내밀어 손자의 이야기에 고개를 끄덕였고, 히데쓰구의 심상치 않은 흥분은 아직 가라앉지 않고 있었다.

"아시겠습니까, 지금이 중요한 고비입니다."

히데쓰구는 네네의 시선을 피하듯 부채를 흔들었다.

"아버님께서는……다이코님은 이대로 두면 사기가 떨어진다, 지금 한양에 공격해 들어간 우리 군사가 돌아올 배도 없어지고 군량미를 나를 배도 없을 거라고 생각해선 큰일이니 일본 안에 있는 모든 배는 물론, 밤낮을 가리지 않고 새 배를 만들고 지휘선까지 마련해 몸소 조선으로 건너가시겠다고 분부 내리셨습니다……."

"그……그……그건 안 된다. 저쪽의 바다에는 이겨서 의기양양해진 수군이 기다리고 있을 텐데……."

"그래서 말입니다, 할머니!"

히데쓰구는 다시 한번 조급하게 무릎을 쳤다.

"무슨 일이 있어도 바다를 건너가시는 일만은 말려야겠습니다."

"암, 그렇고말고…… 반드시 말려야지."

"그래서 저희들이 나고야로 가서 아버님 대신……바다를 건너겠다고 말씀드리라는 겁니다."

"뭐? 대신 히데쓰구를…… 대체 누가 그런 말을 했단 말인가?"

"사사베를 비롯한 노신들입니다."

"그건 안 된다. 너 말고도 대장이 얼마든지 있을 텐데. 너나 전하가 건너간다는 게 될 말인가, 원……."

"그렇긴 합니다만 아버님은 한번 말을 내놓으시면 다른 사람들 말은 듣지 않으시는 분 아닙니까?"

오만도코로는 몸을 와들와들 떨면서 네네를 돌아보았다.

"얘, 며느리야, 무슨 생각이 있을 테지. 그대는 총명한 사람이니까. 결코 안 된다. 전하나 히데쓰구가 바다를 건너가게 하는 건…… 꿈이 맞았어…… 그 바다가 바로 이 할미가 꿈에 본 지옥의 바다라니까…… 그게 틀림없어. 안 된다, 안 되고말고."

그건 네네가 처음 보는 광태에 가까운 오만도코로의 모습이었다.

"그렇지, 며느리야. 왜 잠자코 있느냐? 당장 사람을 보내지 않으면 그 애는 배를 타고 떠나버린다니까……"

네네는 그만 눈을 감아버렸다. 히데쓰구가 왜 이처럼 당황하고, 오만도코로가 왜 이토록 광태를 보이는지 네네는 똑똑히 이해되었다. 80살 노파의 미신에 가까운 모성애와 히데요시 대신 바다를 건너가라 한다고 당황하는 새 간파쿠……어느 쪽이나 안타깝기만 한 일이었으나 무슨 말이든 해야 하는 네네의 입장이었다.

히데요시는 진심으로 바다를 건너갈 생각으로 그렇게 말하고 있는 건 아닐 것이다. 그렇게 하면 도쿠가와 이에야스나 마에다 도시이에쯤이 대신 건너가리라 판단하고 궁리한 책략이 틀림없었다. 그래서 누군가가 그것을 모면하기 위해 히데쓰구의 이름을 들먹였는지도 모를 일이었다.

'히데쓰구의 이름을 꺼낼 사람이 있다면 대체 누구일까……?'

그런 생각이 들자 네네는 곧 이시다 미쓰나리의 얼굴을 떠올렸다. 미쓰나리는 여자로서 정치에까지 참견하는 네네를 싫어한다. 아니, 두려워하고 있다. 그런데 미쓰나리를 싫어하는 히데쓰구가 도요토미 문중의 후계자가 된 것이다. 네네와 오만도코로와 히데쓰구, 이렇게 세 사람이 손잡으면 미쓰나리의 권세는 빛을 잃을 수밖에 없다.

"네네. 왜 꿀 먹은 벙어리처럼 앉아 있기만 하지? 그대에게도 소중한 남편과 아들의 일이 아니냐?"

네네는 겨우 마음을 정하고 입을 열었다.

"너무 걱정하실 것 없습니다."

이 경우 히데쓰구의 도항을 말릴 방법은 하나밖에 없다. 그렇게 하더라도 히데요시가 화내지 않으리라는 자신감이 네네에게는 얼마쯤 있었다.

"일단 결심하면 누구의 말도 듣지 않는 전하이시지만, 전하께서 함부로 물리칠 수 없는 분이 이 세상에 꼭 두 사람 있어요."

"그……그게, 누구누구냐?"

"한 사람은 전하를 낳으신 어머님이지요!"

"내 말을 그 애가 들을까……?"

"또 한 분은 궁에 계신 천황폐하, 그분이십니다."

"뭐, 천황폐하께 그런 부탁을 드린다고?"

"네, 그러면 아무리 전하라도 듣지 않을 수 없지 않겠어요, 간파쿠님."

"예."

"간파쿠께서는 곧 천황께 상주하시도록 이마데가와(今出川) 집안으로 사자를 보내세요."

"이마데가와에게요?"

"생각할 것도 없어요. 기쿠테이 하루스에(菊亭晴季) 님은 간파쿠님의 장인어른 이시니 이런 때 틀림없이 도움 되어 주실 거요. 폐하의 어명으로 다이코의 도항은 단념하도록 하라, 또 이곳 교토의 일이 염려스러우니 간파쿠의 출진도 중지하도록 하라고……."

히데쓰구는 비로소 생각이 미친 듯 무릎을 쳤다.

"아! 그런 수가 있었군요."

네네는 그 말에는 대꾸하지 않고 말했다.

"만약에 하문받게 된다면, 간파쿠는 다이코를 대신하여 바다를 건너가고 싶지만 그렇게 되면 나라 안의 분쟁이 염려스럽다고 말씀하세요."

"과연 그런 수가 있었군……."

히데쓰구가 다시 한번 자신에게 일러주듯 중얼거렸을 때, 지금까지 잔뜩 긴장하고 있던 오만도코로가 소리 없이 엎어졌다.

"아, 할머님께서……."

네네는 깜짝 놀라 시어머니 옆으로 다가갔다.

"어머님! 거기 누가 없느냐. 오만도코로님이 병환이 나신 것 같다…… 빨리 이리로 오너라……."

황급히 안아일으킨 오만도코로의 얼굴빛은 새하야니 핏기가 하나도 없었다. 손을 대어보니 숨결도 멎어 있다.

'이미 돌아가신 게 아닐까……?'

그런 생각이 들자 나이가 나이인 만큼 네네는 온몸의 피가 얼어붙는 듯한 공포를 느꼈다.

"간파쿠, 의원을. 빨리 의원을!"

히데쓰구도 새파랗게 질려 큰 소리로 의원을 부르며 그래도 침착하게 할머니 품 안에 손을 넣었다.

"걱정 마세요. 기절하신 모양이니, 빨리 침전으로."

달려온 시녀들 넷이 고목처럼 축 늘어진 오만도코로를 안아올렸다. 네네도 그 옆에서 부축하며 마루로 나갔다.

"가만히, 가만히……."

걸음걸이의 진동을 염려하며 와락 눈물이 솟아 앞을 가렸다. 오만도코로는 네네가 생각했던 것보다 훨씬 깊은 불안으로 아들을 염려하고 있었던 것 같았다…… 80살이 되어도 변함없는 모성애……보상을 바라지 않는 어머니의 마음이 네네에게는 더할 수 없이 가련한 여인의 숙명으로 여겨졌다.

아마 네네의 말에 오만도코로는 안도한 것이 틀림없었다. 히데요시의 도항을 단념시킬 방법이 있다…… 기쿠테이 하루스에를 통해 고요제이 천황을 움직이면 가능하다……고 생각한 순간, 이 가련한 육체는 의지의 지배를 받아들이지 못할 만큼 지쳐버린 것인지도 모른다.

의원 방에서 숙직하고 있던 마나세 겐사쿠가 허둥지둥 달려왔다. 그가 새하얀 침구 위에 눕혀진 오만도코로의 맥을 짚고 눈꺼풀을 뒤집으며 진찰을 마칠 때까지 네네와 히데쓰구는 숨죽이고 있었다.

진단을 마친 겐사쿠가 미소 지으며 말했다.

"걱정하실 것 없습니다. 피로 때문에 빈혈이 생기신 것 같습니다."

"아, 다행이군요! 어떻게 되시는가 싶어 걱정했는데."

"그러나……."

시녀가 내온 손 씻을 물에 손을 담글 생각도 하지 않고 그는 말을 이었다.

"연세가 연세이니만큼 오늘 일을 다이코 전하께 알려드려야 할 것으로 생각됩니다만."

"그럼……회복이 어렵다는 말이오?"

히데쓰구는 이마에 비지땀이 번진 채 저도 모르게 겐사쿠에게 다가앉았다.

"아닙니다, 이제 곧 정신 차리실 겁니다. 그러나 원체 노령이어서 피로가 쉽사리 가시지는 않을 것 같습니다."

"그럼, 역시 알려드리는 게 좋겠다는 말이군."

"예, 만일 병환이 갑자기 나빠진다면 나고야와 이 도성은 너무 떨어져 있으니까요."

겐사쿠가 공손하게 고개 숙이자 히데쓰구는 다시 시무룩하니 입을 다물어버렸다. 히데요시의 주위에서 가장 강력한 히데쓰구 편은 이 할머니였다. 그 할머니가 이미 시들어가고 있다. 그런 생각이 들자 히데쓰구는 이것이 불길한 조짐으로 여겨져 견딜 수 없었다.

해 질 무렵이 되었다. 오만도코로의 침소에 촛불이 켜지고 모기장이 쳐졌다.

히데쓰구는 이미 자기 처소로 돌아갔고 오만도코로의 베갯머리에 호젓이 앉아 있는 것은 네네와 고조스 두 사람뿐이었다. 옆방에 대기한 시녀들이 귓속말까지 삼가고 있어 오만도코로의 숨소리만 방 안 가득 느껴졌다. 더위가 심해 열어젖혀둔 사방의 문으로 이따금 바람이 소리 내며 흘러들어오는 것을 알 수 있었다.

"고조스, 오만도코로님 걱정이 부질없는 기우였으면 좋겠는데……."

"그렇게 말씀하시면, 이제부터 싸움이 불리해진다는 말씀이세요?"

"글쎄 말야, 아들을 염려하시는 어머니의 날카로운 예감은 예사로운 게 아니었어. 오만도코로가 두려워하시던 꿈이야기가 왠지 나도 자꾸만 마음에 걸리는군."

고조스는 대답하지 않았다. 그녀 또한 똑같은 불안을 느끼고 있는 게 분명했다.

"전하 성격은 나쁜 일이 한 번 있으면 그다음에는 반드시 먼저보다 더 기를 쓰시니 말이야."

"하지만 좋은 기질 아니십니까……?"

"좋은 때도 있지만 나쁜 경우도 없다고 할 수 없지."

네네가 말했을 때, 희미하던 촛불이 별안간 꺼졌다. 불어들어온 바람을 미처 몰랐기 때문이리라.

네네는 가슴이 철렁 내려앉아 모기장 안을 살펴보았다. 그리고 숨소리가 계속되고 있는 것을 확인하자 옆방의 시녀에게 일렀다.

"불을 바꿔라. 이쪽 것은 꺼졌다."

침착하게 지시하면서 네네는 오만도코로의 병환을 남편에게 알려야 할지 말아야 할지에 대해 생각하기 시작했다. 처음부터 바다를 건널 배가 부족하다는 말은 듣고 있었다. 그 부족한 배가 수없이 가라앉아 버렸다니, 남에게 지기 싫어하는 히데요시가 안간힘 쓰는 모습이 눈에 선히 보였다.

네네에게는 아직 바다에서의 첫 패전밖에 기별 오지 않았지만, 이 무렵에는 이미 두 번째 패전 소식이 또 히데요시한테 다가가고 있었다. 6월 5일, 일본 수군은 이순신에게 다시 당항포(唐項浦)에서 크게 패하여 많은 전함과 함께 장수 구루시마 미치유키(來島通之)를 잃은 것이다.

더구나 히데요시는 그러한 상황을 눈치채지 못하게 하려고 나고야에서 부지런히 천황께 올리는 편지를 쓰고 있을 때였다.

"내후년에는 명나라로 폐하를 모실 작정이오니 조정에서도 그리 알고 준비하시기 바랍니다."

그리고 그 뒤 해상에서의 패전을 숨기기 위해 육상으로의 공격을 더욱 재촉하고 있었다.

그러고 보면 네네와 오만도코로는 히데요시의 조바심과 고뇌를 참으로 정확하게 알고 있었다 할 수 있다.

"이봐, 고조스. 그대라면 이런 때 어떻게 하겠어."

"네……?"

고조스는 잠들어 있는 오만도코로에게 부채질하면서 겁먹은 목소리로 되물었다.

"뭐라고 하셨습니까……?"

"그대라면 남편에게 이런 시어머님의 환후를 알려주겠느냐고 물었어."

고조스는 지체하지 않고 대답했다.

"저 같으면……알려드리겠습니다. 알려드리지 않으면 그토록 효심이 지극하신 전하께서 뭐라고 말씀하시며 노하실지 모릅니다."

네네는 말없이 고조스를 지켜보았다. 고조스의 말 속에는 히데요시에게 꾸지람 듣지 않으려는 공포는 있어도 그 이상의 배려나 동정은 있는 것 같지 않았다.

'물어보지 말 걸 그랬어……'

그러면서도 고조스가 저렇듯 두려움을 나타낼 정도이니 다시 한번 생각해 볼 필요가 있을 것도 같았다. 그토록 남에게 지기를 싫어하는 히데요시…… 어떤 경우에도 약점을 보이지 않으려 한 번 실패하면 다섯 걸음이고 열 걸음이고 더 나아가려 드는 히데요시…… 그 히데요시가 해상에서의 패전으로 분노하고 있을 때 노모의 병을 알려준다면 어떤 반응을 나타낼까……?

"만일 마님께서 그럴 생각이 있으시다면 제가 나고야까지 심부름해도 좋습니다만……."

네네는 말했다.

"좀더 두고 보자. 군무가 번거러우실 텐데 성급하게 알려드리면 오히려 괴로움만 끼치게 될지도 몰라."

"그렇지만 오만도코로님께 만약의 일이 생기시면……."

"그때는 이 네네가 꾸지람 듣겠다. 그래, 어떤 꾸지람을 듣더라도 내 양심에 가책 없도록 간호해 드리는 것이 중요해. 오늘 밤부터 그대와 교대로 오만도코로님 시중을 들도록 하자."

"물론……간호라면 얼마든지."

고조스는 손목의 염주를 헤아리며 이마에 대었다.

네네는 사이토 기로쿠로(齋藤喜六郎)를 옆방에 불러, 히데쓰구에게도 그 같은 결정을 알리도록 했다. 히데쓰구가 만약 히데요시의 도항을 중지시키는 천황의 친서와 함께 오만도코로의 병환을 알린다면 모든 게 무의미해진다.

"생각했던 것보다 가벼우신 것 같고, 겐사쿠와 즈이케이(瑞柱)도 그렇게 말했으니 병환이 나셨다는 소식은 알리지 말라고 전해다오."

기로쿠로가 나가자 다시 모기장을 들치고 오만도코로 머리맡에 앉았다. 며느리의 도리……에서만은 아니었다. 고른 숨소리를 내며 조용히 잠든 시어머니를 들여다보고 있으니 한 '여인의 일생'이 새삼 가슴을 파고들었다.

히데요시는 자신을 '일본 으뜸가는 효자'로 믿고 있다. 이 어머니를 위해 원하시는 것, 해드릴 수 있는 것은 모두 해드렸다고 생각하면서 지금 전세의 호전을 위해 전념하고 있을 것이다.

그러나 과연 이 어머니는 원하는 것을 모두 가진 행복한 여인이었을까……? 아사히히메의 일, 히데나가의 죽음, 히데쓰구 모자…… 마음을 죄어온 일들이 초라한 움막에 사는 어머니와 얼마만 한 차이가 있었을까……?

사람에게는 물질이나 권력으로는 아무리 해도 채울 수 없는 일면이 윤회(輪廻)의 끈으로 꽁꽁 묶여 있다…… 그런 뜻에서 보면 히데요시도 마찬가지였다. 다만 히데요시는 그 서글픈 반면(半面)을 자신의 내면에 가두어두지 않고 외면적인 정복으로 바꾸어 자신을 속이고 있을 뿐이다.

'가엾은 전하……슬픈 일은 앞으로도 계속될 것입니다. 그때는 놀라지 마시기를…….'

그때 다시 침실 문 밖에서 인기척이 났다. 환자에게 신경 쓰면서 네네는 물었다.

"누구냐?"

고조스가 대답했다.

"예, 사이쇼(宰相)이십니다."

사이쇼는 네네의 서기라고 할 수 있는 내전의 노녀였다.

"들어오라고 해요."

네네는 사이쇼가 손에 들고 있는 문갑을 보자 가만히 모기장 밖으로 나왔다.

"전하께서 보내신 기별인가?"

"예, 날짜는 5월 6일. 만도코로님께서 5월 단오 때 보내신 선물에 대한 답서인 것 같습니다."

"친히 쓰신 건가? 겉봉의 이름이 누구더냐……."

"예, 꼼꼼하신 친필로 수취인도 만도코로님으로 되어 있습니다."

"그래? 손 씻을 물을."

남편이 친필로 써보낸 편지라면 손을 씻고 받아야 한다.

그러나 네네는 그 편지의 내용을 읽기가 무서웠다. 5월 6일이면 아직 수군의 패전을 알기 전에 부친 게 틀림없고, 그 뒤에 싸움상황이 달라진 것이다.

네네는 초롱불을 끌어당겨 손을 씻은 뒤 천천히 문갑을 열었다. 언문으로 그리듯 서투르게 씌어진 눈에 익은 히데요시의 필적이 눈에 들어오자 저도 모르게 눈시울이 뜨거워졌다. 히데요시가 무식한 것은 천하가 다 아는 사실이다. 웬만한 사람이면 부끄러워 직접 쓰려고 하지 않을 것이다. 그러나 히데요시는 그런 일에 아무 스스럼이 없었다. 그 때문에 그가 쓰는 한자와 언문 글씨는 차츰 나름대로 독특한 맛을 나타내기 시작하고 있었다. 잘 썼다고는 할 수 없었지만 결코 보기 흉하지는 않았다.

네네는 공손히 절 올린 다음 읽기 시작했다.

"이렇듯 여러 가지 것을 보내주니 기쁘기 그지없소. 소매 없는 겉옷은 아직 필요 없소. 소매 없는 겉옷은 갑옷 입을 때만 필요한 것이니까. 오사카의 불조심을 거듭 당부하오. 무슨 일이 있어도 반드시 조선의 도성을 빼앗게 될 테니, 그때는 다이코님도 정말 굉장한 인물이라고 생각하게 될 거요……."

네네의 눈에서 눈물이 주르르 흘렀다. 역시 조선의 도성이라든가, 자신의 장한 활약에 우쭐해 있다. 어린애 같은 남편이었다.

편지는 또 계속되었다. 5월 단오에 보내준 홑옷을 차려입고 즐겁게 잔치를 열었으니 안심하라고 했고, 이어서 또 조선과 명나라에 대한 꿈이 계속되고 있었다. 가을 추석은 명나라 도성에서 맞이할 작정이니 그때는 네네도 부르겠다고 씌어 있었다.

'가을까지는 명나라 도성에……'

히데요시가 고독하구나 하고 네네는 새삼 생각했다. 그 외로움이 이런 편지로 네네에게 어리광 피우게 하는 것이다. 누구의 앞이든 자신을 불세출의 영웅으로 내세우지 않고는 못 배기는 히데요시의 참으로 애처롭게 짝이 없는 한 면이었다.

"요도 부인……전하를 잘 부탁해……."

네네는 가냘픈 소리로 중얼거리면서 편지를 말았다. 그리고 아직 그녀 앞에 엎드려 있는 사이쇼를 보았다.

"참 그렇지. 나도 직접 회답을 드려야지……."

그리고 벼루를 준비하도록 일렀다.

참외 골라잡기

아버지 나야 쇼안의 밀명을 받은 고노미가 비밀리에 히젠의 나고야로 건너간 것은 6월 중순 무렵이었다.

그 무렵 이미 사카이 항구에는 배다운 배가 거의 남아 있지 않았다. 배뿐만이 아니었다. 뱃사람들은 포구마다 처음에는 5분의 1이 징용되고, 이어 5분의 2 할당이 포고되었으며, 뱃사공은 처음 전국의 각 항구에서 만 명, 이어서 5000명…… 이것을 본 쇼안은 일본 수군이 어디선가 뜻하지 않은 패배를 당하고 있음을 짐작하지 않을 수 없었다.

"예삿일이 아니다……."

눈살을 찌푸리며 근심하고 있는데, 바닷가에 살다가 징용되었던 뱃사람 둘이 구사일생으로 쪽배를 타고 도망쳐 돌아왔다. 쇼안은 그 두 사람을 불러 한참 무 엇인가 묻고는 고노미에게 아무 말도 하지 않았다.

싸움에서 이탈한 자는 엄벌에 처한다고, 이 두 사람의 뒤를 쫓듯 포도청의 지시가 내려졌다. 쇼안은 도망온 두 사람에게 여비를 주어 몸을 숨기도록 이르고, 딸 고노미에게 편지를 주어 사카이에서 출항하는 징용선에 태웠다.

편지를 받을 사람은 가미야 소탄과 시마이 소시쓰 두 사람이었다. 내용에 대해 쇼안은 아무 말이 없었다. 그러나 고노미는 대충 짐작되는 바가 있었다. 소 요시토모와 고니시 유키나가를 통해, 조선과 하루라도 빨리 화친을 맺도록 온갖 수단을 다 써보라는 내용이 틀림없었다. 소탄과 소시쓰는 나고야로 불려가 겉으로는 다도 상대였지만 실은 이것저것 히데요시의 의논상대 노릇을 하고 있다.

고노미가 탄 배는 10폭 돛의 기슈호로, 직접 배를 움직이는 사람 외에 새로이 소집된 뱃사람과 뱃사공이 80명쯤 타고 있었다. 80명은 기슈호 같은 10폭짜리 돛 배로 운반할 수 있는 최대 인원이었다. 더구나 그 10폭 돛배마저 이제는 어느 항 구에도 그리 많이 남아 있지 않았다. 국내 수송에는 겨우 30명쯤밖에 탈 수 없는 6폭짜리 돛배가 많았다.

"들었나? 이곳저곳 항구에서 유행하기 시작한 풍자시를……?"

"몰라, 뭐라고 하던데?"

"다이코가 쌀 한 섬을 사지 못해, 오늘도 닷 말 사기(五斗買 : ^{바다를 건넌다는 뜻의 '고도카이'}_{이(御渡海)와 발음이 비슷함}), 내 일도 닷 말 사기……."

"관가 양반들이 들으면 어쩌려고 그러나. 목소리 낮춰."

배는 사카이를 출발해 시모노세키를 거쳐 하카타를 돈 뒤 나고야에 도착했다.

고노미에게는 난생처음인 긴 뱃길여행이었다. 배 위에서 엿들은 뱃사람들의 수 군대는 이야기 속에는 제법 날카로운 비판의 소리가 들어 있었다. 히데요시는 대 체 수송능력을 진지하게 생각한 적 있을까 하는 소리가 압도적으로 많았다. 길 이 19칸, 너비 6칸 남짓한 아타카호 같은 큰 배는 일본에 손가락으로 꼽을 만큼 밖에 없고, 대부분 10폭 돛 이하의 작은 배뿐이었다. 따라서 고니시 부대가 바다 를 건넜을 때 1만9000명쯤 되는 병력과 말과 탄약을 수송하는 데만도 750여 척 의 배가 필요했다. 나고야에 집결한 대군을 모두 수송하려면 몇 해가 걸릴 거라 는 뱃사람들의 의견이었다.

그래도 나고야 가까이 가자 바다는 아직 배로 가득한 느낌이었다. 기슈호가 항구에 들어서자 작은 깃발을 꽂은 예인선이 다가왔다.

바닷물은 무섭도록 푸르고, 기슭에 무성한 나무들의 초록빛도 사카이와 달리 유리그림처럼 짙푸르렀다. 눈부신 햇살 속에 우뚝 솟은 돌층계 언덕 여기저기에 몇 단계로 주둔해 있는 부대의 기치들. 그것을 압도하듯 푸른 하늘에 우뚝 솟은 성곽은 역시 다이코가 좋아하는 호화로운 취향으로, 바다에 익숙한 고노미에게 도 먼 길을 왔다는 실감을 주기에 충분했다.

그러한 풍경이 갑자기 커지며 기슭에 댄 발판을 건너 배에서 내려서자 한동안 밟고 있는 땅이 배처럼 흔들리는 듯한 착각이 사라지지 않았다.

배가 닿은 곳에는 반벌거숭이 사람들도 가득했다. 그 속에 한 노인이 마중 나와 부채로 햇살을 가리고 서 있었다.

"오, 어서 와…… 많이 더웠지. 우리 임시숙소에서 더위를 좀 식히구려."

지난해 하마터면 히데요시에게 목이 날아갈 뻔했던 시마이 소시쓰의 웃는 얼굴이었다.

"쇼안 님은 별고 없으시겠지."

"예, 아저씨께서도 안녕하셨어요?"

"짐은 점원들이 날라올 게야. 자, 내가 안내하지."

"폐 끼치게 되었습니다."

"뭘, 여자 몸으로 온다는 기별을 받고 깜짝 놀랐어."

앞장서 선창을 따라 왼쪽으로 펼쳐진 해변을 걸어갔다.

"오늘은 진중에서 재미있는 놀이가 있지."

"재미있는 놀이……라시면? 어떤 분이 노시는데요?"

"다이코 전하지. 전하를 비롯해 도쿠가와 님, 니와 님, 마에다 님, 가모 님, 오다 우라쿠 님, 마에다 겐이 님, 고키치 히데카쓰(小吉秀勝) 님(히데쓰구의 동생) 등이 모두 참외밭에서 놀이를 하지."

"참외밭……에서요?"

"그래."

뭔가 생각나는 게 있는 듯 시마이 소시쓰는 흐흐 웃었다. 어디에도 그늘이 없는 밝은 웃음이라 고노미는 앞뒤가 맞지 않는 어리둥절함을 느꼈다. 쇼안의 말투에서, 소시쓰며 소탄이 해상에서의 패전 소식으로 아마 시름에 잠긴 표정으로 걱정하고 있으리라 생각하고 왔기 때문이었다.

"아저씨."

"왜 그러나?"

"일본 수군이 패한 게 아닌가요?"

"졌어. 싸움이니 어쩔 수 없는 일이긴 하지만 3번이나 연거푸 적의 수군통제사 이순신에게 보기 좋게 두들겨 맞았어."

"그런데……다이코 전하는 태평스레 놀이를 하시나요?"

"그……그렇다니까."

소시쓰는 애매하게 대답하면서 웃었다.

"한두 번의 실패로 기가 꺾여서야 싸움을 할 수 없지. 허나 놀고 계신 전하의 심정도 괴로우실 거야."

고노미는 고개를 끄덕이고 다시 한동안 말없이 걸었다. 발밑의 대지가 피부에까지 뜨겁게 느껴져왔다. 앞이 차츰 넓어지면서 파란 참외밭이 펼쳐지고 그 밭머리 종려나무숲 둘레에 장막이 넓게 둘러쳐져 있었다.

소시쓰는 참외밭 가운데의 벽오동무늬가 그려진 장막을 가리켰다.

"저거야. 고노미를 내 집안사람이라고 하며 잠깐 구경시켜 줄까? 그래, 그렇게 하지."

고노미는 마다하지 않았다. 계속 맹위를 떨치는 극심한 더위에 지치기도 했지만 바다 싸움에서 세 번이나 패한 히데요시가 참외밭에서 놀이를 하고 있다는 이야기를 듣자 어떻게든 보고 싶은 생각이 들었다. 사기를 북돋운다는 핑계야 있겠지만 당대의 기이한 영웅이 어떤 표정으로 그 감정을 숨기며 놀고 있는지 충분히 흥미가 끌렸다.

"구경시켜 주세요, 아저씨 자리에서."

소시쓰가 아버지가 딸에게 일러주는 듯한 투로 말했다.

"다이코 전하는 정말 이상한 분이야. 때로 다실에서 눈물을 뚝뚝 흘리며 우시거든……."

"그런……그런 약하신 면도 보이신단 말이에요?"

"그런데……왜 그런지 속마음은 도무지 이야기하지 않으시지."

"어머……."

"어째서 슬퍼하시느냐고 내가 여쭈어보면 소에키 놈이 살아 있다면 이 다도가 좀더 즐거울 텐데……라고 말씀하시는구나."

"그것이 그분의 정말로 숨김없는 심정이 아닐까요?"

소시쓰는 웃었다.

"천만에……그다음에 곧 히데요시는 직접 조선으로 건너갈 것이다, 당장 타고 갈 배를 건조하라는 등 고함치신단 말이야. 뻔히 타고 가실 배가 없다는 것을 알고 계시면서."

"그……그것도 본심이라고 한다면?"

"쇼안 님도 걱정하고 계실 게다. 그러나 조선으로 건너가는 일은 이제 단념하셨다."

"네! 그게 정말입니까."

"황실에서도 오만도코로 마님한테서도, 그건 안 된다는 말씀이 계셨거든."

"그거……잘되었군요."

"그렇지만 사실은 그 때문에 중지하시게 된 것은 아냐."

"그렇다면 다른 사정이……?"

"그래. 소 님이며 고니시 님이 지금 건너오셔도 명나라를 정벌하시겠다는 계획은 생각도 할 수 없는 일이라고 은밀하게 알려왔기 때문이지."

"그럼, 뭍에서의 싸움도 모두가 생각하는 것처럼……."

"글쎄, 싸움에는 진퇴라는 게 있으니까. 그래서 전하 대신 이시다 미쓰나리 님, 마시타 나가모리 님, 오타니 요시쓰구 님 세 분을 파견하셨지, 지난 6월 3일에. 그리고 이 세 사람에게 모든 행정 및 군령 집행과 감찰을 맡기셨는데, 이번에는 저쪽에서 현지의 무장들과 의견충돌 같은 게 없었으면 하고 걱정하고 있는 중이지."

고노미는 굳은 표정으로 고개를 끄덕였다. 히데요시를 대신해 건너간 사람이 세 행정관이라면 권위가 제대로 서지 않을 것이다. 그래서 현지에서 여러 사람이 서로 싸움질을 되풀이하게 된다면 어떻게 될 것인지……?

"아저씨, 아버님 편지를 가지고 왔습니다만."

"숙소에 돌아가 받기로 하지. 여기서부터 오늘의 참외시장 입구다."

수비하는 졸개 7, 8명이 뾰족한 삿갓을 쓰고 한가로운 표정으로 붉은 흙바닥 위에 세워진 울타리문 앞의 나무 등걸에 앉아 있었다.

"시마이 소시쓰와 그 가족이오."

"예, 들어가십시오. 지금 전하께서 싸구려 장사를 하고 계시는 중입니다."

그러고 보니 안에서 쩌렁쩌렁 울리는 고함소리가 고노미의 귀에도 들려왔다.

"자, 맛좋은 참외 사시오. 꿀처럼 달콤한 참외……."

장막 안으로 들어서자 고노미의 눈이 휘둥그레졌다. 저자거리 모퉁이 같은 데 흔히 벌여놓은 노천시장 같았다. 한가운데 통로를 터놓고 양쪽에 손잡이 양산이 즐비하게 늘어서 있었다. 나무 아래의 그늘은 말할 것도 없고, 갈대발로 나눈 칸막이마다 각양각색의 돗자리며 거적을 깔고 평복한 무장들과 장사꾼들이 한가롭게 앉아 있다. 여인들 모습도 많고, 개중에는 아이들까지 동반하여 자못 한가롭게 술잔을 기울이며 도시락을 펼쳐놓은 사람도 적지 않았다. 입구에 문중의 명단을 적은 종이가 저마다 붙어 있어 완전히 들놀이며 꽃구경 나온 분위기였다.

그 길 한복판에 지금 연둣빛 옷에 잠방이가 자못 잘 어울리는 궁상스러운 모습의 한 노인이 광주리에 참외를 가득 담아 멜대에 메고 나타났다.

"자, 맛 좋은 참외 사시오……꿀맛 같은 참외……."

오른쪽 양산 밑에서 목소리가 들렸다.

"그 참외 세 개만 주시오."

"아이구, 고맙습니다. 자, 세 개 여기 있소."

"값이 얼마요?"

"예, 한 개에 2푼이니 6푼만 주시오."

"5푼에 주시구려."

"어휴, 지독하시군…… 그러나 말씨가 무척 단정하신 손님이시구려. 좋소, 깎아드리리다."

모두들 와 환성을 올리며 손뼉 치고 떠들어댔다. 그 모습은 정말 어느 거리에서나 흔히 볼 수 있는 싸구려 장사행색이요 몸짓이었다.

소시쓰와 고노미가 그 옆을 지나가자 참외 장수가 불러세웠다.

"여보시오, 나리. 그리고 아가씨. 맛 좋은 참외, 아이들에게 줄 선물로 어떻습니까?"

"글쎄, 5개만 살까……?"

소시쓰는 정색하며 지갑을 꺼내 10푼을 내주었다. 상대는 그것을 공손하게 받아 허름한 무명지갑에 집어넣었다.

"아가씨가 참으로 미인이시군. 옛소, 덤으로 1개 더 드리리다."

광주리에서 참외 1개를 꺼내 고노미의 코앞에 불쑥 내밀었다. 순간적이었으나 참외 장수의 눈이 날카로운 칼날처럼 번쩍이더니, 곧 일종의 음탕함이 어린 노인의 웃음이 되어 사라졌다.

고노미는 오싹 소름이 끼쳤다. 상대가 히데요시라는 것을 몰랐다면, 그녀는 참외를 받지 않고 그대로 지나쳐버렸을 것이다. 그러나 히데요시인 줄 아는 이상 참외를 받지 않을 수 없었다. 엉뚱한 장난—이라고 해버리면 그만이지만, 해전에서

3번이나 크게 패한 직후의 패색을 감추고 사기를 북돋워주려 애쓴다고 생각하니 왠지 모르게 서글퍼지고 가슴이 아파왔다.

"오, 받아주시는군, 고맙습니다."

히데요시는 시치미 뗀 표정으로 허리를 굽신거리고는 멜대를 능숙하게 어깨에 메고 일어섰다.

"자, 맛 좋은 참외, 참외 사려."

갈대발로 햇볕을 막은 소시쓰의 자리에 들어갔을 때 고노미의 몸은 땀에 흠뻑 젖어 있었다.

히데요시 다음에 등장한 것은 차를 파는 오다 오라쿠였다. 우라쿠의 얼굴은 고노미도 잘 알고 있다. 사카이 행정관 마쓰이 유칸의 집에서 차도 함께 마신 적 있었다. 그는 수건으로 머리를 동이고 행전을 친, 그림에서 보는 차장수 영감과 똑같은 차림을 하고 있었다. 그러나 거리의 장사꾼은 될 수 없는 도인의 기품이 깃들어 제법 그윽한 멋을 풍기는 느낌이었다.

우라쿠는 소시쓰의 좌석에서 고노미를 발견하고 좀 놀라는 것 같았다. 사카이에서 멀리 찾아온 사람이 쇼안의 딸이라는 걸 눈치챈 까닭일까? 아니면 고노미와 너무 닮았다고 생각해서 놀란 것일까…….

우라쿠 다음에 온 것은 간파쿠 히데쓰구의 동생 고키치 히데카쓰였다. 그를 보자 사람들이 폭소를 터뜨렸다. 이 무렵부터 히데카쓰는 이미 병을 앓고 있었는지도 모른다. 얼마 뒤 그는 조선에 건너가 진중에서 병사하고 말았는데, 그는 이런 짓들이 몹시 불쾌해 못 견디겠는 표정이었다. 아마 숙부 다이코의 권고를 거부할 수 없어 마지못해 나왔으리라. 앞뒤 광주리에 호박만 한 동과(冬瓜)가 3개씩 담겼는데 걸을 때마다 그것이 크게 흔들리며 다리에 감겼다. 허리는 꼬부라지고 얼굴빛이 창백했으며 외치는 소리마저 카랑카랑 모난 데다 땀이 흘러내려 구경하는 사람이 보기에 민망할 정도였다.

옆좌석에서 큰 소리로 웃는 목소리가 고노미의 귀에 들려왔다.

"하하하……히데카쓰 님은 젊어서 그런가. 아직 이 놀이를 즐길 줄 모르는군그래. 저것 좀 봐, 저 찌푸린 얼굴……핫하하……."

소시쓰가 낮은 목소리로 고노미한테 그 웃음소리의 주인을 일러주었다.

"오슈의 다테 마사무네 님이야."

그 다테 마사무네는 자기 앞에 히데카쓰가 나타나자 굵은 목소리로 말했다.

"동과 장수, 내가 그걸 사겠네."

"좋습니다. 이제 좀 가벼워지겠군."

"얼마인가?"

"한 개 8푼이오."

"거만한 동과 장수로군. 그렇다면 5개만 사겠네…… 5개면 얼마지?"

"오팔…… 40푼이오."

여기까지는 좋았으나, 마사무네는 작은 것으로만 다섯 개 고르고 두어 관이나 됨직한 가장 큰 것을 한 개 남겼다. 아직 마사무네의 장난을 눈치채지 못한 히데카쓰는 땀을 씻고 다시 멜대를 메었다. 그걸 메고 일어서니 비어 있는 광주리가 위로 휙 치솟으며 막대기 끝이 히데카쓰의 턱을 탁 때렸다.

"와하하……."

모두들 놀려댄다.

히데카쓰는 얼굴이 시뻘게져서 다시 멜대를 메고 일어서려 했다. 그러나 한쪽으로 짐이 몰린 멜대는 이 세상 모르는 젊은이의 마음대로 되지 않았다. 아마 다음번 행상의 목소리가 들려오지 않았다면 사람들 웃음소리는 균형이 맞지 않는 짐을 주체하지 못하는 히데카쓰를 당분간 놓아주지 않았을 것이다.

이번에는 참외 장수의 목소리가 울려오기 시작했다.

"잘 익은 청참외 사려, 청참외요……."

소시쓰가 고노미의 귀에 속삭였다.

"오, 이번에는 도쿠가와 님……."

히데카쓰에게 집중되었던 웃음소리가 뚝 그친 것은, 구경꾼들 가운데 이에야스와 히데요시의 분장이며 취향을 비교해 보려는 생각들이 있었기 때문일 것이다.

"도쿠가와 님이다."

"에도의 다이나곤이야."

고노미는 왠지 마음 놓이는 걸 느꼈다. 이에야스가 의식적으로 히데카쓰를 곤경에서 구해 주기 위해서였는지는 모르나 아무튼 이에야스의 출현으로 그는 한 개 남은 짐을 등에 지듯 하여 사람들 눈길에서 벗어났다.

"참외 사려……청참외."

그 목소리는 히데요시처럼 크게 울리지는 않았으나, 자못 뚱뚱하게 살찐 농부다운 걸쭉한 목소리였다. 옷차림 또한 빛바랜 감색 잠방이를 입고 맨발에 짚신을 걸친, 농사꾼치고도 지지리 궁상맞은 차림새였다.

"음, 이건 진짜야."

"그래. 다이코님은 어딘지 멋 부린 데가 있었는데, 이건 정말 흙냄새가 풍기는군."

"왓핫핫하……."

이웃인 다테 마사무네의 좌석에서 또 방약무인한 마사무네의 목소리가 들렸다.

"저건 사지 않겠어. 틀림없이 비쌀 테니까."

"왜 그렇게 생각하십니까."

"저 사람은 사람도 싸게 사기로 유명한 땅부자란 말이야."

"저런 행색인데도 부자입니까?"

"그래. 부자이면서도 저런 행색…… 절약을 으뜸으로 여기는 양반이니 참외값도 비쌀걸."

"그럼, 사주고 좀 놀려먹는 것도 재미있지 않을까요."

"아니야, 먼젓번의 싸구려 장사치들과는 달라. 섣불리 샀다간 참외가 나중에 나뭇잎으로 변할지도 모른단 말이야."

소시쓰가 웃으며 고노미를 쳐다보았다.

"흐흐……."

고노미도 그만 옷소매로 입을 가렸다. 이에야스가 때마침 소시쓰 앞을 지나가다가 흘끗 이쪽을 보았기 때문이었다.

"청참외 사려, 청참외요……."

"그 참외 내가 사리다."

"이거 참, 고맙습니다. 오늘 마수걸이 손님이십니다그려."

"10푼어치만 주고 가시오."

"예, 10푼어치라……."

이에야스는 짐을 내려놓고, 앞뒤 광주리에서 2개씩 꺼내놓고 돈을 받았다.

이웃에서 마사무네가 한마디 했다.

"역시 비싸군."

고노미는 웃음이 터져나올 것만 같아 얼른 옆으로 얼굴을 돌렸다. 이에야스는 정말 마사무네의 말처럼 인색한 노랭이 부자 같았다. 입고 있는 잠방이도 이 언 저리 농사꾼한테서 빌려 입은 것이리라. 흙냄새 땀냄새가 정말로 물씬 풍겨올 것 만 같았다.

"청참외 사시오. 청참외요……."

이에야스가 지나가고 엇갈리듯 두건을 쓴 절름발이 사내가 그들 앞에 지팡이 를 짚고 걸음을 멈췄다.

"흠, 역시 쇼안 님 따님이시군. 눈에 띄고 말았으니……자, 전하께 오시오."

그는 지난날 히데요시의 군사(軍師)였다가 은퇴한 구로다 간베에였다.

"아니, 간베에 님 아니십니까? 우선 이리로 들어오십시오. 참외를 안주 삼아 한 잔 대접하겠습니다."

소시쓰가 말하자 간베에는 손사래부터 쳤다.

"어허, 바빠요, 바빠."

그러면서도 간베에는 걸상 끝에 가볍게 걸터앉아 잔을 받았다.

"소시쓰네 자리에서 어쩐지 도성 냄새가 풍긴다, 도성의 참외는 특별한 데가 있 을 것이니 불러오라는 전하의 급한 분부일세."

"놀랐습니다. 눈치가 빠르기도 하신 장사꾼이었군요."

"그건 그렇고 나야의 따님이 와 있을 줄은 정말 몰랐네……."

"예, 뭐 볼일이 있어서 일부러 온 것은 아니고 마침 배편이 있어 구경이나 좀 하 라고 내가 청했습니다."

소시쓰의 말을 듣고 있는지 어떤지 간베에는 다시 한번 흘끗 고노미 쪽을 쳐 다보며 갑자기 목소리를 낮췄다.

"소시쓰—"

"예, 왜 그러십니까?"

"이게 좀 골치 아픈 일이 될지도 모르겠는걸."

"골치 아픈 일……이라고 하시면, 고노미가……."

"그렇지. 전하에게는 여자사냥이랄까, 고약한 버릇이 있거든."

듣고 있던 고노미는 흠칫하여 온몸을 긴장시켰다. 히데요시의 여자사냥은 사카이에서도 농담으로 곧잘 화제에 오른 일이 있었다. 호소카와 다다오키의 아내 기쿄 부인을 점찍고 있다는 둥, 소에키의 딸 오긴에게 열 올리고 있다는 둥…….

그러나 그건 어디까지나 히데요시의 복잡한 측실들에 대한 뜬소문에 지나지 않는다……고 생각하고 있었는데, 지금 그 말을 꺼내는 간베에의 얼굴에 농담으로만 볼 수 없는 곤혹스러운 기색이 여실히 드러나 있었다.

소시쓰는 그냥 웃어넘겼다.

"농담하시는 겁니까, 간베에 님? 오늘은 요도 마님과 교고쿠 부인이 모시고 계시는데, 그런 농담을 하시면 두 분이 용서하지 않으실 겁니다."

"그런데 그렇지 않단 말이야."

간베에는 반은 웃고 반은 위협하듯 다시 한번 목소리를 낮췄다.

"어쩐지 눈빛이 심상치 않았거든. 욕망의 눈빛이라고나 할까? 왜 발정기의 말이며 개처럼."

"무슨 당치도 않은 말씀을! 간베에 님, 말과 개에 비유하다니……지나치지 않습니까?"

"하하……저기까지는 들리지 않소. 알겠소, 고노미 님, 나는 분부대로 데리고 가야겠소. 허나 뒷일은 그대 자신의 판단에 달려 있는 거요."

"어머, 그런……."

"재치로 나가도록 하오. 아, 그 왜 지금은 눈 밖에 났지만 그전의 소로리처럼. 그렇게 하면 웃고 용서해 주실 테지. 전하에게도 그런 빈틈은 있으니까. 재치를 발휘해요. 알겠소, 이 간베에의 훈수라는 눈치는 아예 채지 못하게 말이오. 자, 안내해 드리지. 흥을 깨뜨리지 않게."

말하며 간베에는 벌써 일어나 고노미를 기다리고 있었다.

고노미는 당황하여 소시쓰를 한쪽으로 불러냈다.

'지금 거절하면 너무 매정한 짓이 된다.'

이렇게 판단하자 우선 아버지 편지를 소시쓰에게 건네주어야 한다고 생각했다.

"자, 서두르시오. 전하께서 지금 잔을 씻어놓고 기다리고 계실 테니."

고노미가 품 안에서 꺼내는 게 무엇인지 소시쓰는 곧 눈치챘다. 그걸 깨달은 것과 동시에 밝은 목소리로 말했다.

"잠깐만 기다리십시오. 참외도 화장과 옷매무새를 고쳐야 하니까."

"자, 서둘러 주시오. 참외 장수 성미가 워낙 급하니까."

"간베에 님."

"뭐요, 소시쓰."

"이 참외는 소중한 참외……라는 것을 아시지요?"

"이 간베에에게 맡기기 어렵다는 건가?"

"아니오, 간베에 님이니 믿고 맡긴다……고 다짐하는 것입니다."

"알았소, 알았어. 간베에는 참외벌레가 되지 못하는 사내니 염려 마시오."

"그럼……됐습니다. 데리고 가십시오."

고노미는 갑자기 불안해졌다. 이미 낯을 가릴 나이도 아니었고, 사카이에 오는 영주들이라면 어느 정도 되는 인물인지 저울질해 볼 수 있는 고노미였으나 아무튼 상대는 영주들이 그 앞에서 납작 엎드리는 다이코 본인…… 어떤 희롱을 당할 것인지 생각만 해도 가슴이 울렁거렸다.

"그럼, 모시고 가겠어요."

"오, 긴장할 필요 없다. 오늘은 처음부터 격식이나 예절은 따지지 않기로 했으니. 다이코라고 생각하지 말고 참외 원두막 주인영감쯤으로 대해 주면 돼."

"어머……어떻게 그런……."

"할 수 없다……는 건 아닐 테지. 한번 앗 하고 놀라게 해줘."

간베에는 고노미가 자라온 내력을 충분히 알고 있었다. 그러므로 고노미도 어느 정도 마음의 여유가 생겼다.

히데요시의 자리는 정면의 종려나무숲에 넓게 자리 잡아 평상 위에 붉은 융단이 깔려 있었다. 그곳에는 산해진미가 산처럼 쌓여 있었다. 아무리 참외밭 놀이지만 영주들이 저마다 가져온 물품을 진상했기 때문이리라.

좌우에 커다랗게 오동무늬를 그려넣은 정면의 장막은 묵직한 중량감이 있는 흰 비단이었다. 그 중앙 왼쪽에 요도 마님, 오른쪽에 교고쿠 부인을 거느린 히데요시가 참외 장수 분장 그대로 큰 호랑이가죽 위에 달랑 올라앉아 있었다.

간베에는 그 앞으로 절룩거리는 다리를 끌 듯이 나아갔다.

"늦은 걸 용서하십시오. 마음에 드신 참외를 대령했습니다. 잘 봐주십시오."

고노미는 히데요시의 양쪽에서 요도 마님과 교고쿠 부인의 따가운 시선을 뚜렷이 느꼈다. 그녀들 역시 히데요시 앞에 불려온 동성 여인에게 필요 이상의 관심을 쏟고 있는 듯했다.

히데요시가 말했다.

"오, 왔는가? 이 밭에서 구경한 참외 가운데 네가 가장 상품이었다. 자, 잔을 내리마. 이리 오너라."

고노미도 지고만 있을 수 없었다.

"마음에 드셨다니, 참으로 영광입니다. 주시는 잔을 받은 뒤 류타쓰한테서 배운 참외 노래를 한 가락 부르겠습니다."

"뭐, 참외 노래를? 핫핫하하, 유쾌한 일이군. 정말 재미있겠어."

빈틈을 보이지 않는 고노미의 대답에 간베에는 빙그레 웃었다. 역시 사카이 으뜸가는 재원, 히데요시에 대한 첫인사가 이미 상대를 압도하고 있었다.

히데요시는 이러한 반응에 부딪히면 무척 좋아하며, 오히려 자신을 꾸며대는 버릇이 있다. 경쟁심이 강한 탓이었다. 고노미는 그동안 호흡을 억누르며 말했다.

"한창 싸움이 벌어지고 있는 이때 호연지기를 기르시려는 전하의 높으신 취향을 진작 알았더라면 쟈비센이라도 갖고 와 서투른 가락과 함께 들려 드릴 것을."

"오, 그 류큐의 쟈비센이라는 것 말인가?"

"예, 미처 알지 못하여 악기를 가져오지 못했습니다. 그래서 노래만 한 가락……"

"잠깐!"

히데요시가 막았다.

"말하는 게 정말 하나하나 마음에 드는구나. 그래, 진중의 파적(破寂)이라고 그대는 한눈에 사나이의 흉중을 꿰뚫었단 말인가?"

"예, 쟈비센을 가져오지 못한 것은 이 모임을 마련하신 깊은 심정을 미처 깨닫지 못한 증거, 부끄럽게 생각합니다."

"잠깐, 우선 잠깐 기다려라…… 정성껏 불러주겠다는 노래를 이 히데요시 혼자 듣기는 아깝다. 또 한 사람, 그대 노래를 들어줄 사람을 부르겠다."

"……예."

"간베에, 에도 사람을 부르시오. 이에야스를 여기에."

간베에가 문득 눈살을 찌푸렸다. 격식을 차리지 않는 이런 좌석에서는 어떤 경우에도 뒤끝 없는 개운한 맛이 중요하다. 그런 의미에서 이에야스가 이 자리에 나타나는 것은 아무리 생각해도 어울릴 듯하지 않았다. 이에야스 같은 사람은 그 자리에 앉아 있기만 해도 좌중의 분위기가 무거워진다. 고노미와 히데요시의 응대는 이에야스라는 이질적인 인물이 끼어듦으로써 분위기가 대번에 달라질 게 틀림없었다.

"뭘 꾸물대고 있나? 나는 처음부터 이 처녀를 이에야스에게 소개할 생각이었어."

"도쿠가와 님에게 이 아가씨를 말입니까?"

"그래. 앗하하하……자네만 한 지략가도 그건 몰랐던 모양이로군."

히데요시는 재미있는 듯 눈을 가늘게 뜨며 고노미를 돌아보았다.

"너는 반역자의 딸들과 오래전부터 친한 사이였다면서……?"

"반역자……라고 하셨습니까?"

"그래. 소에키의 딸은 말할 것도 없이 마쓰나가 단조의 딸, 호소카와의 아내는 아케치 미쓰히데의 딸 아니냐?"

"호호……그런 말씀이라면 틀림없이."

"그래, 오긴은 지금 어디 숨어 있느냐? 소식은 들었느냐?"

"전혀……."

"그럴 테지. 알고 있을 여자가 아니야. 알고 있으면 괴로울 테니까."

고노미는 오싹 냉랭한 바람을 느꼈다. 저도 모르게 얼굴 근육이 굳어지는 것을 가까스로 미소로 얼버무렸다.

"호호……전하께서는 질문하는 솜씨도 좋으십니다. 알고 있었다면 저도 모르게 튀어나올 뻔했습니다……."

간베에가 당황하여 그 장면을 수습해 주었다.

"불러오겠습니다. 참외 장수는 류타쓰의 노래 같은 건 들어본 적 없을 겁니다. 이건 한 단계 높은 취향이니까요. 그럼, 아가씨 노래는 잠시 기다려 주오. 에도의 다이나곤을 불러올 테니."

그때 오다 우라쿠도 슬며시 끼어들었다. 간베에와 우라쿠도 오늘의 놀이가 어떤 계산 아래 이루어진 것인지 잘 알고 있었다.

히데요시의 심경은 이전의 기타노 대다회 때의 기분과는 비교도 안 될 만큼 복잡했다. 해전에서 거푸 세 번이나 패배당했을 뿐 아니라, 이즈음 조선에서 들어오는 소식은 거의 상륙한 각 부대의 심각한 의견 차이를 암시하고 있었다. 가토 기요마사와 구로다 나가마사는 맹장의 관록을 유감없이 발휘하여 한사코 명나라로 쳐들어가려 하는데, 유키나가는 두려워하고 있었다. 처음부터 히데요시에게 진실을 전하지 않았던 그로서는 당연한 일이었다.

하는 수 없이 이시다, 마시타, 오타니 세 행정관을 조선에 보냈는데 그것만으로 안심할 상황이 못 되었다. 새로이 바다를 건너간 세 행정관은 말할 것도 없이 유키나가의 자중론에 가까운 사람들로, 그 때문에 오히려 현지의 분위기가 더 험악해질지도 몰랐다.

게다가 도쿠가와 이에야스, 마에다 도시이에를 비롯하여, 히데요시를 대신하여 도항을 희망하고 있는 사람들은 사실상 바다를 건너갈 만한 여력이 거의 없는 게 숨김없는 사정이었다.

그러한 자꾸만 늘어나는 약점을 히데요시의 독특한 강한 기질로 덮어서 숨기려는 대내적인 정략이 이 참외밭 놀이에 내포되어 있었다. 그런데 그것을 고노미가 넘치는 재치로 파헤치고 말았다. 어쩌면 히데요시는 말과 달리 불쾌한 기분을 느끼고 있는 게 아닐까……? 간베에가 문득 그것을 느꼈을 때 히데요시가 이에야스를 부르라고 명령 내린 것이다.

간베에가 일어서 나가자 우라쿠가 중재하듯 입을 열었다.

"전하, 전하께서는 역시 온갖 일을 다 겪은 분이라 오늘 놀이에서는 전하의 분장이 최고라고 다들 의견이 일치되었습니다."

"뭐……?"

히데요시는 짐짓 놀란 듯 눈을 크게 뜨고 우라쿠에게 잔을 내주며 말했다.

"내 분장이 최고라고……? 그런 아첨하는 말을 그대는 믿는단 말인가?"

"무슨 말씀을, 우라쿠의 생각도 역시 그렇기에 말씀드렸을 뿐입니다."

"하하하……들었나, 고노미? 내 앞에는 이런 뻔뻔스러운 거짓말을 하는 자들뿐이지."

"어머……거짓말이라니요……?"

"거짓말이지. 분장에서 1등은 히데요시가 아니다."

"그러시다면 전하 눈에 드신 분은?"

"다이나곤이지. 이에야스야. 내 분장에는 꾸밈이 있었다. 그러나 이에야스에게는 그게 없었거든. 아주 진짜였어. 완전한 참외 장수였단 말이야."

"그 말씀을 듣고 보니 도쿠가와 님도……."

다시 우라쿠가 말참견했다. 주흥의 좌석이긴 하나 히데요시의 말에서 차츰 날카로움이 느껴져 왔기 때문이었다.

"그대는 가만있게. 나는 이 아가씨에게 이야기한 거야. 그렇지 않나, 고노미 아가씨?"

"……네."

"2등은 누구라고 생각하는가?"

"그러면 2등은 전하라는 말씀이신지요."

"틀렸어!"

히데요시는 고개를 강하게 저으면서 불쑥 고노미의 코끝을 가리켰다.

"2등은 그대야. 그대는 히데요시 도항작전의 실패를 확인하러 왔으면서 교묘하게 시치미 떼고 히데요시의 비위를 맞추고 있다. 2등은 그대 사카이의 재원, 고노미란 말이다."

그때 간베에가 이에야스를 데리고 돌아왔다. 이에야스는 벌써 청참외 장수 모습이 아니었다. 둥글둥글하게 살찐 몸이 훤히 들여다보이는 듯한 홑옷에, 그래도 체면만은 차려야 했던지 겉옷을 얼마쯤 거북스럽게 입고 있었다.

히데요시는 그것을 보더니 다시 깜짝 놀랄 만큼 큰 소리로 웃었다.

"다이나곤, 자, 잔을 받게."

"고맙습니다."

"지금 모든 사람들의 평이 결정되겠네. 오늘 분장에서는 다이나곤이 1등이었다고…… 그렇지 않나, 요도?"

히데요시는 이미 상당히 취해 있었다. 갑자기 질문받은 자차히메는 당황해 주위를 둘러보았다.

"어디를 보는 거야…… 쓰루마쓰가 죽은 뒤 그대는 얼빠진 사람 같군…… 안 그런가, 교고쿠?"

이번에는 교고쿠 부인이 깜짝 놀란 듯 술병을 두 손으로 받쳐들었다.

"가슴 아픈 말씀은 하지 마세요. 오늘 같은 자리에서 도련님 이야기를."

"그런가? 그래, 맞아. 참! 다이나곤에게 1등상을 내려줄 생각이었지. 안 그런가, 간베에?"

간베에는 쓸쓸하게 웃으며 이에야스를 돌아보았다.

"전하께서 아주 기분 좋으신 것 같군요."

많은 사람 속에서 고노미는 문득 숨을 가다듬었다.

'어쩐지 이상해. 히데요시의 술주정이 시작된 것일까?'

그런 생각을 하고 있을 때 히데요시의 눈길이 똑바로 고노미의 얼굴에 고정되었다.

"고노미라고 했지?"

"……네."

"실은 나는 이렇듯 젊은 마누라들을 몇 사람 진중에 데리고 와 있다."

"네."

"나는 이미 옛날에 한창때가 지나가버린 사내다. 그래서 이 젊은 아내들에 대한 봉사가 큰 고역이지. 이런 내 고충을 알고, 기요마사며 나가마사 같은 자들이 싸우는 틈틈이 조선에서 호랑이 사냥을 하여 귀한 강정제를 보내 주고 있다."

고노미는 그만 얼굴이 붉어졌다. 히데요시가 이런 자리에서 느닷없이 규방 이야기를 꺼낼 줄은 몰랐던 것이다.

"하하……얼굴이 붉어졌군. 붉어졌어, 다이나곤."

히데요시는 재미있는 듯 이번에는 깔고 앉은 호랑이가죽의 한쪽 끝을 쳐들어 고노미에게 보여주었다.

"이 호랑이도 내 여편네들에 대한 나의 봉사를 거뜬히 수행할 수 있도록 이렇게 가죽이 되었다. 생각해 보면 측은한 일이지. 백수의 왕……죽림(竹林)의 왕으로 태어났으면서 히데요시의 규방에서 먹는 환약이 될 줄이야! 확실히 효험이 있어…… 안 그래, 마님들……."

"어머, 어떻게 그런 말씀을."

교고쿠 부인이 지나칠 정도로 단정한 얼굴을 찌푸리면서 무릎을 쳤다.

"핫핫핫하……히데요시는 아무것도 감추지 않는 사내다. 한 일은 했다고 말하지. 하지 않은 일은 안 했다고 하고 말이야. 그렇지 않은가, 고노미?"

"……."

"이봐, 그렇게 얼굴을 붉힐 것 없어. 나는 늙은 몸에 채찍질하면서 열심히 밤일을 해왔는데, 생각해 보니 다이나곤은 나보다 훨씬 젊고 훨씬 건강하면서도 이 진중에 홀로 있다. 이건 안 될 말이지! 그래서 오늘의 분장 1등상은 다이나곤에게, 분장 2등상은 고노미에게⋯⋯각각 이 자리에서 내려주겠다. 알겠나, 다이나곤? 그대에게 주는 상은 여기 이 고노미, 또 고노미에게 주는 상은 바로 여기 앉아 있는 다이나곤. 내 말을 어기면 용서하지 않겠다. 두 사람 모두 알았는가?"

이에야스도 깜짝 놀란 듯했지만 간베에와 우라쿠도 기가 막히는 듯 서로 얼굴을 마주 바라보았다.

고노미는 아직 무슨 뜻인지 이해되지 않는 듯 어리둥절해 하고 있었다. 그렇기는 하나 고노미를 진중의 심심파적감으로 이에야스에게 내려준다니 얼마나 대담한 억지소리인 것일까?

"내 말을 어기면 용서치 않는다."

더욱이 이 같은 단서까지 붙인 히데요시의 표정에는 희롱이라고 볼 수 없는 기묘한 옹고집이 느껴졌다.

히데요시가 다시 다짐을 두었다.

"알았는가, 다이나곤? 오늘의 분장 1등상으로 이 미녀를 그대에게 준다."

"예, 참으로 고마운 분부이십니다."

이에야스는 고노미를 쳐다보며 정중하게 머리 숙였다.

"고노미, 그대도 알았나? 그대의 분장 2등상으로 다이나곤을 준다."

고노미는 그제야 무엇이 히데요시를 노하게 했는지 깨닫기 시작했다. 히데요시는 그녀가 이번 싸움에 반대했던 사카이 사람들의 첩자로 해전에서 패배한 진상을 알아보기 위해 온 줄 해석한 모양이었다. 그렇게 해석한다면, 고노미의 재치는 아니꼽고 되지 못한 짓으로 느껴졌으리라.

그러나 장난도 아니고 진심인 것 같지도 않은 이 심술에 대체 어떻게 대처해야 할 것인가? 고노미는 저도 모르게 이에야스를 쳐다보았다.

"왜 대답이 없나? 다이나곤은 고맙다고 했다. 그대도 대답해, 고노미⋯⋯."

"⋯⋯네."

"네⋯⋯라고만 하면 어떡하나? 고맙다고 해야, 아니면 사카이 장사꾼의 딸은 다이나곤의 수청을 들게 된 일을 고맙게 생각하지 않단 말인가?"

"……네."

"뭐, 고맙게 생각하지 않는다고?"

히데요시의 얼굴빛이 싹 달라졌다. 고노미는 비로소 소리 내어 웃으며 말했다.

"모처럼 상을 주시겠다면 제가 가질 수 있는 것을 받고 싶습니다."

"가질 수 있는 것…… 그럼, 그대는 사내를 가질 수 없는 계집이냐?"

"다이나곤님은 보아하니 너무 무거우실 것 같습니다. 제가 받아도 가지고 다닐 수 없겠지요?"

"뭐.……뭐라고?"

"저는 여행하는 중입니다. 그러니 사카이의 제 집으로 가지고 돌아가 문갑 속에 넣을 수 있는 것을 받고 싶습니다."

구로다 간베에가 싱긋 웃었다.

'이 계집애가……다이코를 놀려줄 셈이로구나…….'

이런 태도를 취하는 건 물론 목숨을 내던질 각오를 했다는 뜻이다. 그런데도 언뜻 보기에 그러한 공포며 긴장은 표정에 나타나 있지 않았다.

'과연! 쇼안의 딸…….'

"다이나곤, 들었소? 이 계집은 오노(小野)의 오쓰(通 ; ^{17세기 전후}_{의 여류작가})보다 뛰어난 여자군. 다이나곤이 히데카쓰를 위기에서 구해 주어 그 사례로 수청들게 해주려 했더니 무거워 못쓰겠다고 지껄이니, 어떻게 하지?"

역시 마찬가지로 장난인지 고집인지 분간하기 힘든 히데요시의 말에 이에야스는 다시 한번 진지하게 대답했다.

"고맙게 생각합니다."

히데요시의 두 측실은 굳은 표정으로 침을 삼켰다. 자신이 이런 일을 당했다면 어떻게 대답할 것인지 생각하고 있는지도 모른다.

다만 오다 우라쿠만이 이미 승부는 났다고 말하고 싶은 듯한 표정으로 얼굴을 돌린 채 잔을 들었다.

"고맙다면……다이나곤은 이 여자를 얻어가겠다는 말인가?"

이에야스는 시치미 떼며 고개를 끄덕였다.

"예. 전하께서 모처럼 주시는 것이니 감사히 받겠습니다."

"그러나……고노미는 무거워서 가질 수 없다는데?"

"그럼, 가벼운 쪽을 주지요."

"뭐, 다이나곤은 몸이 두 개란 말인가?"

"몸은 하나뿐입니다만, 여인에게 주는 정은 무거운 것도 있고 가벼운 것도 있습니다."

"사카이에 끌려가 문갑 속에 들어갈 텐가?"

"품 안에도 사향주머니 속에도 들어가지요."

갑자기 히데요시가 소리 내어 웃기 시작했다.

"핫핫하……들었나, 고노미? 다이나곤은 무슨 일이 있어도 그대를 받겠다고 한다. 다이나곤은 받겠다 하고 다이코는 주겠다고 했다. 이래도 거절할 텐가."

고노미의 눈썹이 꿈틀 움직였다. 마침내 거센 성미가 폭발하려는 것 같았다.

간베에가 옆에서 커다랗게 헛기침했다.

"에헴! 황송하오나 전하께서 지셨습니다."

"자네는 가만히 있게. 나는 고노미에게 묻고 있다. 고노미, 대답해."

고노미는 얼마쯤 굳은 목소리로 대답했다.

"이미 대답했습니다. 정을 주고받는 데 호랑이고기 환약은 필요치 않습니다."

"뭐라고?"

"이미 다이나곤의 정을 받았고 제 것도 드렸습니다. 전하께서 눈으로 보시지 못하신 것뿐입니다."

"음. 다이나곤, 분명히 그런가?"

간베에는 안도했다.

'이것으로 끝났다…… 이에야스가 그렇다고 대답하면 농담으로 끝난다.'

이렇게 생각한 찰나 이에야스가 또 엉뚱한 소리를 했다.

"저로서는 무슨 소리인지 도무지 알 수 없군요."

"뭐, 모르겠다고?"

"예, 저는 아직 저기 있는 저 여인에게 정을 준 기억이 없으니, 여자가 받았다고 한다면 누군가 다른 사람의 정일 겁니다."

이번에는 히데요시가 어리둥절해졌다. 그도 또한 간베에와 마찬가지로 이쯤에서 이에야스가 재치 있게 구원의 손길을 뻗어줄 것으로 생각했던 모양이다.

그런데 이에야스는 어찌하여 이렇듯 이상한 말을 꺼내놓는단 말인가? 그 생각을 하다가 히데요시는 푸 하고 입에 넣은 술을 내뿜고 말았다.

'그렇구나, 이에야스는 이 계집이 정말로 탐난 거야. 고노미가 마음에 든 모양이군······.'

"무엇 때문에 웃으시는지······ 웃을 일이 아닙니다."

"그렇지. 웃을 일이 아니지. 아니고말고! 이 여인이 일부러 진중에 잠입해 들어온 것은 수상하기 짝이 없는 일이다. 그러니 다이나곤, 그대에게 이 여인을 맡길 테니, 데려가 단단히 조사하도록 하라."

거목과 미녀

고노미가 이에야스를 따라 히데요시 앞을 물러난 것은 햇살이 서쪽으로 기울어갈 때였다.

상하 구별 없이 즐기는 참외밭 놀이의 주연은 한창 분위기가 무르익어 여기저기서 노랫소리와 술잔 부딪치는 소리가 들린다. 구로다 간베에가 알려주었는지, 시마이 소시쓰가 걱정하며 천막 앞에 나와 있었다.

"묻고 싶은 말이 있으니 잠깐 빌리겠소."

이에야스도 진중의 다회에서 이미 소시쓰와 친숙해진 사이였다. 그러나 그 목소리와 표정은 결코 흉허물 없이 친한 것 같아 보이지 않았다.

고노미가 불안을 느끼기 시작한 것은 그때부터였다. 자기 앞을 걸어가는 거대한 살덩어리가 여성의 육체에 굶주린 진중의 사내라는 생각이 들자 고노미는 무릎이 덜덜 떨리는 듯했다. 이미 풋내기 계집아이는 아니다. 그러나 사내를 모르는 여인의 공포에 나이 같은 건 있을 수 없었다. 아니, 철부지 계집애가 아니므로 한층 더 대처하기 어렵게 여겨졌다.

상대가 히데요시라면 고노미도 좀더 분방하게 재치껏 대응할 수 있을 듯했으나, 그런 의미에서 이에야스는 히데요시보다 몇 배나 다루기 힘든 인물이었다. 첫째, 감정이라는 게 있는지 없는지 좀처럼 알 수 없었다. 화내고 있는지 기분 좋은지, 진지한 건지 놀리는 건지 도무지 알 수 없을 때는 섣불리 입을 열 수가 없다. 아무 예비지식 없는 맹수를 상대하는 듯한 불안한 심정이었다.

더욱이 이 불안한 상대는 자신의 천막으로 들어가지 않았다.

"신타로, 돌아가자."

말하더니 그 길로 참외밭을 벗어나 바닷가 숲속을 말없이 걷기 시작했다. 그리고 성 뒤쪽의 불탄 절터를 지나 산문을 들어설 때 흘끗 고노미를 돌아보았을 뿐이었다. 이에야스는 숱한 병사들 사이를 지나 본당 위쪽의 긴 마루를 건너 자기 방으로 들어갔다.

이에야스가 머무는 동안 거처하려고 증축한 것 같은 그 거실은 일부러 바닥을 낮게 꾸몄고 본디 있던 울타리 외에 새 통나무 울타리가 몇 겹으로 둘러져 있었다.

이곳에도 호랑이가죽이 깔려 있었다. 조선에 건너간 여러 장수들이 싸움의 여가를 이용해 호랑이 사냥을 하고 있다던 히데요시의 말은 거짓이 아닌 모양이다.

방 안은 바깥의 햇볕에 익숙해진 눈에 어슴푸레했다. 절 안에 들끓는 병사들의 목소리도 이곳에서는 들리지 않고 서늘한 공기와 고요한 정적이 고노미를 한층 불안하게 했다.

이에야스는 말없이 호랑이가죽 위에 책상다리를 하고 앉더니 그제야 조그맣게 앉아 있는 고노미에게 말을 걸었다.

"고노미……라고 했나?"

시동은 옆방으로 물러가고 방 안에는 두 사람뿐이었다.

"그대를 어디선가 본 적 있는 것 같은데……."

"오래전 일입니다. 제가 아직 어렸을 때……."

"그럼, 역시 본 적이 있었군. 그대는 자야 시로지로를 알고 있나?"

"자야 아저씨라면 그냥 아는 정도가 아닙니다."

"그래, 친한가?"

여전히 감정을 드러내지 않는 무거운 목소리였다.

"그대는 엄청난 짓을 저질렀어."

고노미는 조심스럽게 되물었다.

"엄청난 짓이라면, 다이코 전하에게 무례한 언동을 했다는 말씀이신가요?"

"역시 스스로도 느끼고 있었던 모양이군."

이에야스는 여전히 말을 붙여볼 여지도 없는 표정으로 쓴웃음을 지었다.

"그대는 아무나 동무처럼 여기며 행동하는 버릇이 있는 것 같군."

"네, 그것이 사카이에서 자라난 개방적인 기풍입니다. 나쁜 것일까요?"

"때에 따라서는……."

이에야스의 목소리에 별안간 무게가 더해졌다.

"그대는 사카이 사람들을 비롯한 우리 모두가 염려하고 있는 일에 큰 훼방을 놓아버렸어."

고노미는 천천히 고개를 갸웃했다.

"어떤 훼방을 했는지……저는 잘 모르겠습니다만……."

"그럴 테지. 알고 있다면 그러지 않았을 테니까. 아마 그대의 부친과 우리의 염려도 같을 것이야……."

여기까지 말하고 이에야스는 왠지 휴 하고 한숨을 내쉬었다.

"고노미……."

"……네."

"그대는 당분간 내 진중에 있지 않으면 안 되게 되었다."

"다이코 전하의 명……이라 그렇게 하시는 겁니까?"

"재주가 지나치다, 그대는."

"네……?"

"그렇게 앞지르지 말라는 뜻이다. 이제부터 그대의 잘못을 이야기해 주지. 듣고 나면 얼마 동안 여기 있어야 할 이유가 이해될 거야……."

고노미는 다시 한번 크게 고개를 갸웃하며 이에야스를 쏘아보았다.

'역시 여자에게 굶주린 사내의 터무니없는 공작이 아닐까?'

고노미의 눈은 그런 의혹으로 반짝이고 있었다.

"그대는 소시쓰와 내가 어떻게 하면 다이코를 교토로 돌려보낼 수 있을까 궁리해 놓았던 계획에 찬물을 끼얹어버렸어."

"네! 어째서 그렇습니까?"

"다이코께서 이곳에 버티고 계시면 싸움이 더욱 확대되기만 한다. 그래서 우선 교토로 돌아가시도록 모두들 궁리를 짜고 있는데……."

"……?"

"거기에 그대가 나타나 이러쿵저러쿵 다이코의 비위를 건드려 오기 부리게 하는 말을 했어. 그대를 당분간 여기 잡아둘 것이니 말하겠다. 실은 오늘의 참외밭 놀이도 다이코를 교토로 돌려보내려는 계획의 하나였어."

"아……."

"모두들 마음을 하나로 모으고 있으면 다이코께서 여기 계시지 않아도 염려하실 일이 없을 것이다…… 그리고 또 한 가지 돌아가시게 할 이유가 생겼지. 그걸 언제 말씀드릴까 의논 중이었어…… 알아듣겠나? 이 정도로 말하면…… 그 이유는 다름 아니라, 교토에 계신 오만도코로께서 병환이 나신 거야. 그 병환이 위중하신 것을 이유로 일단 교토로 돌아가시게 하고 나서 조선의 전선을 정비하는 거지. 그렇게 하지 않으면, 일본은 현재 배 기근이야. 사카이며 하카타며 이곳 백성들이 곤란할 뿐 아니라, 국내에서 꼭 필요한 일도 할 수 없게 돼. 어떻게 생각하나? 그대는 그런 다이코에게 고집을 부추기는 말을 했을 테지……."

이에야스의 설명을 듣고 비로소 고노미는 흠칫했다.

"그럼……제가 드린 노고에 대한 위로 말씀이 잘못되었다는 건가요?"

고노미가 되묻자 이에야스는 흰 부채를 작게 흔들며 고개를 끄덕였다.

"같은 위로라도 상대의 성격을 헤아려 사려 깊게 해야 하는 법."

"그럼, 저는 그런 생각이 모자라는 여자……라고 말씀하시는 겁니까?"

"부족하다기보다 얕은 여자지…… 그대는 처음부터 다이코에게 지지 않으려고 재치를 부렸어. 위로하려는 심정보다 그쪽이 강했던 거야. 상대가 위로하는 걸 알면 끝까지 고집부려 싸우려 하는 다이코의 성미를 몰랐던 거지. 일부러 그런 건 아니겠지만 다음부터는 조심해야지."

고노미는 이에야스를 빤히 쳐다보았다. 그러고 보니 확실히 고노미는 진정으로 히데요시를 위로하려 했던 것은 아니었다. 하지만……사카이의 장사꾼 딸이 지금 천하를 호령하는 다이코 전하를 위로하다니 이 사람은 왜 그런 이상한 말을 하는 것일까……?

"그럼, 저는 그 잘못을 만회하기 위하여 무엇을……어떻게 해야 할까요?"

"한동안 여기, 내 진중에 머물러 있어줘야겠어."

"그리고 다이나곤님을 모셔야 하는 겁니까?"

"바로 그 앞지르는 재주가 못쓴다니까. 다이코는 지금 누구한테도 동정받고 싶지 않은 심정이다. 알겠나, 사내란 모두 고집쟁이야. 패전을 거듭하고 있을 때 동정받는 것처럼 괴로운 일은 없어."

"그건 저도 알 것 같습니다."

"그럴 테지. 나는 히데카쓰를 동정했고 그대는 다이코를 위로해 주려고 했어. 그래서 다이코는 화가 나 우리 두 사람에게 아주 고약한 문제를 상으로 내리셨다…… 그렇지 않은가?"

"그렇게 말씀하시니 확실히 그런 것 같은……."

"그러니 지금은 그대를 고맙게 받아두는 거다. 고맙게 받은 것으로 해놓고 고맙다는 말씀을 드리러 가서 오만도코로의 병환 이야기를 꺼낸다. 그래서라도 교토로 돌아가시도록 하는 길밖에 방법이 없어."

이에야스는 말하고 나서 다시 희미하게 웃었다.

"자, 이제 우리가 어떻게 하면 다이코를 교토로 돌아가시게 할 수 있을지 고심하고 있는 이야기를 그대에게 다 털어놓았다. 만일 이 이야기가 새어나간다면 그때는 정말로 돌아가는 걸 승낙하실 리 없어. 이를테면 그대는 볼모가 된 거다. 다이코가 이 땅을 떠나 돌아가시게 될 때까지…… 이건 그대 스스로가 초래한 일이니 하는 수 없어. 날이 저물면 내가 이런 경위를 소시쓰에게 알려두겠다."

고노미는 선뜻 대답하지 못했다. 벌레가 살갗 위를 기어다니는 듯 오싹한 기분이었다. 하지만 이에야스의 말에 잘못된 점은 없다. 지금 고노미가 히데요시의 명령에 따르지 않고 있음을 안다면 히데요시가 또 무슨 희롱의 말을 해올지 모른다는 느낌이 들었다.

할 말을 다 하고 나자 이에야스는 벌써 그렇게 결정되고 그렇게 실행될 것으로 생각하는 태도로 손뼉을 쳤다.

"여봐라, 찬 보리차를 내오너라. 신타로, 이 아름다운 아가씨는 오늘 다이코 전하께서 청참외 장수에 대한 상으로 주신 여자다. 이제부터 진중에 머물 테니 잘 보살펴 주어라."

도리이 신타로는 깜짝 놀란 듯 고노미를 보더니 곧 보리차를 가지러 물러갔다.

식힌 보리차 두 잔이 날라져 왔다. 하나는 이에야스 앞에 또 하나는 고노미 앞에 놓였다.

"들겠습니다."

고노미는 냉정함을 꾸미려고 애쓰면서 그것을 마셨다. 결코 맛있다고 하기 어려웠다. 보리를 덜 볶았는지 묘하게 비린 맛이 났다. 역시 남자들만의 진중인 탓이리라.

그러나 이에야스는 맛있게 마시면서 곰곰이 생각에 잠겼다. 어떻게 하면 히데요시를 교토로 돌려보낼 수 있을지 궁리하고 있는 모양이다.

이에야스는 히데요시가 이곳에 그대로 머물러 있으면 온 일본이 '배 기근'이 된다고 말했다. 무슨 정보가 있을 때마다 군사를 내기 때문일 것이다. 물론 지금 일본 전국에서 배 목수들이 총동원되어 밤낮없이 배를 만들고 있으리라. 그래도 부족하다면 그 빈틈없는 다이코도 해상 수송력에 있어서는 처음부터 계산을 잘못했다는 이야기란 말인가?

'거기에 또 해전에서 잃어버린 선박도 보충해야 할 것이고…….'

고노미는 무의식중에 자기가 놓인 처지의 불안함을 주위 사정을 이해하는 것으로 잊어보려 애썼다. 이에야스는 쇼안의 생각도 자기와 같을 거라고 했다. 그러고 보니 쇼안도 쓰디쓴 표정으로 말한 적 있었다.

"군사만 보낸다고 싸움이 되는 게 아니다. 만일 싸움이 불리할 경우……충분한 선박의 준비가 없다면 그곳에서 죽게 내버려둬야 한다."

이에야스도 그 점을 생각해서 히데요시를 교토로 돌려보내려 하는 거라면, 분명 아버지와 같은 이유로 고심하고 있는 것이다……

그런 생각을 하고 있을 때, 이에야스가 또 무언가 말을 꺼냈다. 미처 듣지 못한 고노미가 당황해 되물었다.

"뭐라고 하셨습니까?"

"그 찻잔을 보라고 했어……보리차 찻잔을."

"네……? 이것 말입니까?"

"그래, 그 찻잔을 어떻게 생각하나?"

"이건 조선의 도자기가 아닙니까?"

고노미는 의아한 듯 손에 든 찻잔과 이에야스를 번갈아 보았다.

"하하……그대도 그렇게 보았나? 그건 조선의 제품이 아니다. 이곳 가라쓰(唐津)에서 새로 구워낸 거야."

"네? 이것이 일본에서……."

"그래. 조선에 간 무장이 벌써 도공을 붙잡아 일본으로 보냈거든. 그 사람이

흙을 고르고 지휘하여 만든 거지. 싸움이란 또 이렇듯 괴상한 거야."

이에야스는 자신도 찻잔을 뒤집어 보면서 감탄한 듯 말을 이었다.

"만일 이 싸움이 불리해져 유종의 미를 거두지 못한다 하더라도 이러한 기술은 싸움의 유물로서 오래오래 남겠지."

고노미는 다시 한번 고동색 흙에 흰 유약(釉藥)을 바르고 군데군데 풀잎 같은 그림을 그려넣은 찻잔을 이리저리 살펴보았다. 어느 모로 보나 훌륭한 조선 도자기로 보였다.

"이렇게 아름다운 것이 일본에서 만들어지다니⋯⋯!"

"그뿐인가, 싸움은 이같이 그대와 나를 이런 곳에서 만나게 해주기도 한다. 묘한 일이라고 생각하지 않나?"

"묘한 일⋯⋯입니다."

말하며 고노미는 또 등골이 오싹해졌다.

고노미는 이에야스의 눈웃음이 두려웠다. 말 한 마디 건네기 어려운 무표정한 얼굴로 있을 때는 괜찮았다. 그러나 이에야스의 눈에 고노미가 여인으로 비칠 때는 웃을 것이다. 웃음을 보내거나 덤벼들면 지금의 고노미는 거의 무방비 상태나 마찬가지였다. 그렇게 생각하니 이제는 도자기 이야기도 무서웠다. 이런 이야기를 실마리 삼아 서서히 동물의 본성을 드러내는 것이 사내의 수법⋯⋯그런 경계본능이 바짝바짝 온몸을 죄어왔다.

이에야스는 달그락 소리 내어 찻잔을 앞에 내려놓았다.

"신타로, 잠깐 들어오너라."

"예, 부르셨습니까?"

"생각해 보니 내가 가는 것보다 소시쓰에게 와달라고 하는 편이 나을 것 같다. 지금쯤 연회도 끝났을 테니 사람을 보내 시마이 소시쓰에게 이곳에 들러 달라고 전해."

"알겠습니다."

신타로가 단정한 태도로 나가자 이에야스는 다시 중얼거리듯 말했다.

"어색해서 안 되겠다. 소시쓰를 오게 하자. 그 편이 그대에게도 편하겠지?"

고노미는 이 말에도 대답할 수 없었다.

'소시쓰를 불러 어떻게 하려는 걸까?'

이에야스의 말에는 그런 추측을 허락하지 않는 애매함이 있었다. 어쩌면 소시쓰에게도 조금 전과 같은 이유를 들어 고노미를 꼼짝 못하게 하려는 속셈이 아닌지……? 아니, 그보다도 이에야스는 처음부터 고노미에게 밤의 수청을 들게 할 마음이었고, 고노미도 거부하지 않을 거라고 믿고 있는 것은 아닐까……?

'만일 그렇다면 나는 어떻게 해야 한단 말인가……?'

얼마 뒤 이에야스는 생각난 듯 다시 말했다.

"자야 시로지로는 나와 만날 때마다 쇼안 이야기를 하지."

"네……"

"쇼안은 당대에 보기 드문 인물이라면서 매우 존경하고 있는 것 같더군."

"아버님도……아버님도……자주 다이나곤님 말씀을 하십니다."

"나는 그대를 만나고 쇼안의 인품을 상상해 보았어."

"부족한 자식입니다. 아버님에게 욕이 될 뿐이지요."

"그렇지는 않겠지. 그대가 사내였다면 부탁하고 싶은 일이 있을 정도야. 그대라면 고니시 유키나가한테 심부름 가서 조속히 조선과 화친 맺게 하는……그만한 일을 해낼 수 있을 것 같아서 말이야. 그런데 그대는 여자로 태어났어."

"……"

"그대는 인간이 왜 여자와 남자로 나뉘어 태어나는지 생각해 본 일 있나?"

"아니요…… 어째서일까요?"

무심코 고노미가 되묻자 이에야스는 낮은 소리로 훗흐흐흐 웃었다.

'아차!'

생각한 순간 고노미는 저도 모르게 움찔하며 뒤로 물러났다.

"흐흐흐 그 이유는 남자만으로는 살풍경하여 이 세상에 부드러움이 부족하기 때문이지. 따스함이 부족하기 때문이야."

고노미는 눈을 감았다. 이런 경우 어떻게 부드러운 여인일 수 있단 말인가…… 그러한 반발과 피할 수 없으리라는 체념이 한 덩어리가 되어 갑자기 천지가 빙빙 돌기 시작하는 것 같았다…….

이때 도리이 신타로의 목소리가 들렸다.

"아룁니다. 시마이 소시쓰 님께서 뵙겠다고 오셨습니다."

"뭐, 소시쓰 편에서 나를 만나러 왔다고? 마침 잘됐군. 이리 안내해라."

고노미는 마음이 놓였다. 온몸에 식은땀이 끈끈하게 배어 있었다.

이에야스는 무슨 생각을 했는지 고노미에게 넌지시 말했다.

"소시쓰 쪽에서 먼저 왔다는군. 그대도 이제 마음 든든하겠지. 자, 그 얼굴의 땀이나 좀 닦지."

"……네."

"오, 소시쓰 님이군. 잘 오셨소. 내가 마침 불러오라고 하던 참이었소. 고노미가 두려워하고 있는 것 같아서."

소시쓰는 그 말에는 대답하지 않고 이에야스 앞으로 와서 정중하게 인사했다.

"취흥이라고는 하나 다이코님은 역시 여느 때와 다른 것 같더군요."

"나도 그 이야기를 하려던 참이었소. 성급한 분이라 무리도 아니지. 모두들 조심해서 대하는 수밖에."

소시쓰는 품 안에서 한 통의 편지를 꺼냈다.

"실은……사카이의 유지들로부터 저와 소탄에게 편지가 왔습니다. 솔직히 말하면 배가 모자란다……이러다가는 머지않아 나고야까지의 식량 수송에도 차질이 생길 것이다. 배가 없으면 어떻게 해외에 국위를 떨칠 것인가. 이쯤에서 우선 배가 준비될 때까지 원군 파병은 중지하시도록 진언하라는 내용이었습니다."

"그래? 그렇겠지."

"파병 숫자가 많아질수록 수송 선박이 많이 필요해진다. 배가 없으면 그곳에서 식량을 징발할 수밖에 없고, 징발하면 원주민의 반감을 사서 싸움이 더욱 어렵고 길어진다……이렇게 되면 악순환을 면치 못한다. 그러니 일단 진격을 단념하고 저마다 주둔한 곳에서 농성할 것을 명령하시어 그사이에 배를 계속 만들도록…… 그리고 어떤 일이 있어도 다이나곤님의 도항은 만류하라고 적혀 있습니다."

"나에게 바다를 건너지 말라고……."

"예, 배가 부족하면 아무리 용맹한 일본군이라 해도 실력을 제대로 발휘할 수 없다는 게 사카이 사람들의 전망인 것 같습니다."

"소시쓰 님."

"예……."

"그 편지에 대해서는 그냥 덮어주지 않겠소?"

"그러면 다이나곤님에게 무슨 생각이라도?"

"명안이 있는 건 아니오. 그러나 그걸 이야기하면 다이코는 더욱 고집부리실 게요. 아무래도 쓰루마쓰 님이 돌아간 뒤부터 예전의 다이코가 아닌 것 같단 말이야."

"그럴지도 모르겠군요."

"그래서 나는 이 아가씨를 주신 사례인사를 드린다는 구실로 찾아가 한번 청을 드려볼까 생각하고 있소."

"청을……?"

"그렇소. 나에게 온 사카이 사람들 편지에 의하면 어머님이신 오만도코로님의 병환이 심상치 않다고 하니, 일단 귀경하셔서 병문안하시는 게 어떻겠느냐고 청해 보는 거지."

소시쓰는 무릎을 탁 치면서 고개를 끄덕였다.

"그러고 보니 그 이야기도 편지에 있었습니다."

고노미는 그 대화를 듣는 동안 자신이 부끄러워졌다. 이에야스……속의 사내를 지나치게 의식하느라 그들이 무엇에 마음 쓰며, 무엇을 괴로워하고 있는지 생각해 보지 않았다.

그러고 보니 쇼안도 곧잘 그런 이야기를 입에 담았었다.

"싸움이란 계속 이기고 있을 때보다 무언가에 막혔을 때 대장의 성품이 잘 나타나는 법이야. 진격이나 후퇴도 똑같은 이성으로……그게 이상적이지만 좀처럼 그렇게 잘 되지 않는 법이지."

그리고 그런 의미에서 히데요시와 이에야스는 더 이상 바랄 수 없는 짝이라고 말했다.

"그 편지에 오만도코로의 병환에 대해서도 적혀 있었단 말이지."

"……예, 있었다……고 제가 말씀드렸지요."

고노미는 푸 하고 웃음이 터져나올 뻔했다. 소시쓰는 거짓말하고 있었다. 그렇게 적혀 있다고 해두어 이에야스로 하여금 히데요시의 귀경을 권하도록 해보려는 속셈인 것 같았다.

"그래? 그렇다면 감사드리러 찾아가기가 더 쉽지. 어떻소, 다이코께서 정말 취하셨던가?"

"취해 보려고 했지만 취할 수 없어 조금 전과 같은 농담을 하신 것이겠지요. 돌아가실 때는 말짱하셨습니다."

"그렇다면 다행한 일이군. 그럼, 당장 성에 다녀와야겠어. 그리고……."

이에야스는 고노미를 돌아보면서 말했다.

"어떨까? 이 미인 아가씨는 한동안 여기 두는 게 좋을 것 같은데."

고노미는 다시 긴장해 소시쓰를 쳐다보았다. 어째서 이토록 이에야스가 마음에 걸리는 것일까? 남자의 정체를 속속들이 아는 노처녀의 천박한 망상일지도 모른다……고 생각하자 겉으로는 냉정한 척하면서도 얼굴이 화끈 달아올랐다.

소시쓰도 고노미를 돌아보았다.

"……만일 귀경을 승낙하신다면 다이코님께서 이곳을 떠나실 때까지 맡아두시는 게 좋을지도 모르겠군요."

"하하……그러나 고노미는 겁내고 있어. 내가 아직은 늠름한 사내라서 그런가?"

소시쓰는 대답 대신 얼굴을 옆으로 홱 돌려버렸다. 농담하고 있을 때가 아니라는 무언의 항의인 것 같았다.

이에야스는 다시 한번 웃고 자리에서 일어났다.

"아무튼 소시쓰 님은 잠시 여기서 이야기라도 나누며 기다려주시오. 나는 감사 인사도 인사지만 당신한테서 오만도코로님 병세를 듣고 서둘러 방문한 것으로 하리다."

"그게 좋겠습니다."

이에야스가 중얼거렸다.

"배라…… 선박 부족이 여러 가지 문제를 일으키는군."

그리고 큰 소리로 신타로를 부른 다음 그 길로 둘이서 나가버렸다.

여름 해는 길다. 이미 마당의 나무 그림자는 상당히 길어졌지만 날이 저물려면 아직 시간이 있었다.

이에야스가 나가자 소시쓰는 잠시 침묵하며 마루에서 흘러드는 저녁 바람에 몸을 맡기고 있다가 문득 생각난 듯 중얼거렸다.

"어떤가, 고노미? 차라리 결심하고 다이나곤을 모시는 것이?"

"네?"

고노미는 그 말뜻을 깨닫고 저도 모르게 옷깃을 여몄다.

소시쓰는 다시 고노미의 두려움과는 아무 관계도 없는 혼잣말을 했다.

"이만하면 걱정 없겠어. 이야기를 매듭지을 자신이 없으면 움직이지 않는 분."

"무슨 말씀이세요, 아저씨?"

"도쿠가와 님 말이야. 다이나곤은 다이코 전하를 귀경시킬 자신감을 가지고 나가셨어…… 십중팔구 매듭지을 거야."

"오만도코로님 병문안을 명분으로 귀경하신다…… 그동안 배를 마련한다…… 그런 말씀이신가요?"

"그렇지. 그리고 안 계신 동안의 모든 일을 우선 도쿠가와, 마에다 두 분이 맡으면 다이코 전하의 체면도 서고 마음도 편하지. 아니야, 다이코 전하 자신 이미 누군가가 그 말을 해주기를 기다리고 있는 것으로 보고 저렇게 만나보러 나가셨을 것이야."

"그러면 얼른 승낙하실 것으로 아시고?"

"그렇게만 되어주면 얼마나 좋겠나. 아니, 우리들 편지에 오만도코로님 병환이 아주 심상치 않으셔서 염려하고 있었다……고 한다면 다이코 전하께서도 필경 병문안을 하시겠다고 할 것이 분명해."

소시쓰는 거기까지 말하고 다시 목소리를 낮추었다.

"쇼안 님도 이런 위기에 진정 도움 될 분은 도쿠가와 님이시니 두 분의 사이가 벌어지지 않도록, 또 도쿠가와 님이나 마에다 님 두 분이 바다를 건너게 하지 않도록 신신당부한다고 쓰셨어. 어떤가, 진중에서 도쿠가와 님을 한번 모셔볼 생각이 없나? 인간이란 살풍경한 긴 진중생활이 계속되면 자칫 마음이 거칠어져 냉정한 판단을 그르치는 수가 많지."

"아저씨, 진심으로 하시는 말씀이셔요?"

"그래, 저쪽에서 먼저 그렇게 해달라는 말이 나오기 전에 말이야."

"그러면 아저씨는 그런 말이 나올 거라고 생각하세요……?"

소시쓰는 고개를 갸웃거리며 말했다.

"그보다도 그런 소리가 나오면 거절할 수 있을지 어떨지…… 그러니 무슨 일이 있어도 싫다면 도쿠가와 님이 돌아오시기 전에 거절할 구실을 생각해 두어야 할 거야."

"아이, 망측해라!"

고노미는 몸을 비꼬면서 소시쓰에게 어리광 부렸다. 그러나 그 어리광이 이 경우에는 아무 소용 없었다. 그것을 잘 알므로 고노미는 곧 진지한 얼굴이 되었다.

"아저씨, 거절할 구실을 생각해 주세요. 고노미는 싫어요."

"그래? 그럼, 한참 궁리해야겠군."

"다이나곤님이 정말 그런 말씀을 꺼내실까요?"

"말하지 않더라도 다이코 말씀대로 둘이서 이리로 왔으니 어찌할 도리가 없지 않겠느냐?"

"아저씨, 제가 예수교 신자라고 말한다면 어떨까요? 다이코 전하는 예수교를 아주 싫어하시니, 그따위 계집을 다이나곤 곁에 둘 수 없다고 말씀하신다면……."

"흠……하지만 그렇게 되면 쇼안 님이 조사받게 될지도 모르는데"

"왜 그렇게 되나요? 아버님은 그런……."

"사카이 사람들이 이 싸움에 반대하고 있잖나. 그 배후에 예수교의 손길이 뻗치고 있을지도 모른다……는 의심을 다이코는 처음부터 가지고 있단 말이야"

고노미는 강하게 쏘아붙였다.

"그럼……그럼……어떻게 하면 좋아요? 아무리 다이코의 분부라지만 고노미는 창녀가 아닙니다."

소시쓰는 여느 때와 달리 어두운 표정으로 말을 막았다.

"그렇게 무턱대고 화만 낼 일이 아니야. 그대도 이제 어린애가 아니잖나? 영향이 미칠 일은 냉정히 생각해 봐야지."

"그럼, 거절하면 아버님한테 나쁜 영향이 있을 테니 자신을 희생시켜 다이나곤을 모시라는 말씀인가요……?"

"그렇게 간단히 생각할 일이 아니야. 그보다는 다이코 전하가 그대에게 트집 잡게 된 그 원인부터 생각해 봐야지."

"다이코 전하의 트집……?"

"그래, 그대는 히데요시의 실패를 확인하러 온 거냐고 말씀하셨어. 물론 그건 다이코님의 자격지심이지. 그러나 그 자격지심 뒤에는 이번 싸움을 반대했던 사카이 사람들에 대한 증오가 숨겨져 있어"

"그렇지만 그 때문에 고노미가 희생해야 할 이유는 없지 않습니까?"

"희생하고 않고는 좀더 앞날의 이야기야. 알겠나. 사카이 사람들이며 우리에게 다이코가 자격지심을 갖고 있다……는 건 알겠지?"

"압니다. 생각보다 속 좁으신 분이군요, 다이코님은."

"그다음 말은 필요 없어. 알았다면 됐다. 그걸 알았다면 그 자격지심이나 증오
감을 건드리지 않고 어떻게 지혜롭게 거절하느냐가 문제야. 지혜롭게 거절하면
양쪽 모두 상하지 않는다. 그렇게 화낼 정도로 싫다면 더욱 침착하게 거절할 방
법을 생각해야 된다고 말하는 것이야. 납득되느냐?"

차근차근 타이르는 소시쓰의 말에 고노미는 할 말이 없었다. 과연 소시쓰가
말하듯 감정만 돋우어 끝날 일이 아니었다. 말을 꺼낸 것은 히데요시이고 그녀가
와 있는 곳은 이에야스의 진중이다. 이에야스한테서 무슨 말이 나와버리면 양쪽
의 대화가 껄끄러워진다.

"저, 아저씨……"

"좋은 생각이 있나?"

"저는 태어날 때부터 남자를 싫어하는 계집이라고 하면 다이나곤은 웃으며 용
서해 주지 않을까요."

"글쎄, 여자에 관해 사내들은 싸우는 것 이상으로 끈질긴 데가 있어서."

"그럼, 정해진 혼처가 있다고 한다면……"

"정해진 혼처……로 용서해 주실 정도면 사내를 싫어한다는 핑계로도 통할 텐
데."

"그럼, 아예 아저씨 아드님한테 시집왔다고 말하면……"

"그건 안되지. 내 아들은 그대처럼 외동딸에게 데릴사위로 갔어. 데릴사위가 또
다시 다른 데 장가드는 일은 있을 수 없지."

화내서 될 일이 아니라는 말을 듣고 고노미는 울고 싶은 심정으로 웃으면서
말했다.

"그럼, 차라리 사내를 싫어하는 병신으로 밀고 나가겠어요. 사내가 무슨 말을
걸어오면, 간질을 일으키는 증세가 있다. 사내 간질……그래요, 사내 간질병 때문
에 여태껏 홀로 있다고."

소시쓰는 고노미를 흘끔 다시 쳐다보고 입을 다물었다. 웃을 수도 울 수도 없
는 묘한 판국이 되어버렸다.

그러나……그토록 싫다면 도리 없다. 본인 생각대로 하게 내버려 둘 수밖에.

"그럼, 나는 쇼안 님의 귀한 외동딸을 다이나곤님을 믿고 맡겨두고 갑니다……
이렇게 다짐하고 돌아가기로 할까?"

"네, 그럴 수밖에 달리 도리가 없는 것 같습니다……."

고노미도 뭔가 결심한 것 같았다.

이에야스는 좀처럼 돌아오지 않았다.

7시쯤 두 사람을 위한 저녁상이 나왔다. 술은 물론 없고 이즙삼채(二汁三菜)의
매우 간소한 것이었다.

그 저녁상을 물리고도 한 시간이나 지났을 무렵에야 이에야스는 겨우 돌아왔
다. 아마 히데요시가 또 술을 내왔던 모양이다. 살찐 짧은 목 언저리에 자못 거나
한 취기가 느껴졌다.

이에야스는 큰 몸을 호랑이가죽 위에 내려놓더니 활짝 웃었다.

"오, 기다리게 해서 미안하오. 잘되었어. 내일모레 오만도코로님 병문안을 위해
출발하시게 되었소. 부재중의 일은 우리가 모두 맡게 되었고."

"잘되었습니다. 그럼, 서둘러 배 목수들을 독려하도록 하겠습니다."

"그렇게 해주게. 중요한 때니까."

"그리고 고노미에 대한 이야기입니다만."

"아, 이 아가씨 말인가?"

"다이코님이 출발하실 때까지 아무래도 여기 있는 게 좋겠습니까?"

"그대는 어떻게 생각하는가?"

"실은 쇼안 님의 소중한 무남독녀라……."

"나에게 맡기는 게 염려된다는 건가?"

"아닙니다, 다만 잘못되는 일이 없었으면 하고."

"알았네. 염려 말게. 그 상품은 어떻더냐고 물으시기에 고맙게 진중에 두겠다고
대답하고 왔네. 지금은 거역하지 않는 게 좋을 것 같아서."

소시쓰는 살며시 고노미를 보고 나서 말했다.

"그럼, 맡겨두고 저는 이만 물러가겠습니다."

"가겠나? 기다리게 해서 미안하군. 신타로, 배웅해 드리도록 해라."

"예."

두 사람이 일어서 나가자 이에야스는 고노미를 흘끗 보고 곧 서원의 책상으

로 갔다. 히데요시와 이야기하고 온 일을 직접 기록해 두려는 것이리라.

"고노미, 불을 이리 좀 가져오너라."

"……네."

고노미는 깜짝 놀라 얼굴을 들고 당황하여 촛대를 책상으로 가져갔다.

"그대가 오니 심부름꾼도 서기도 누구 하나 얼씬거리지 않는군. 모두들 눈치를 봐서 사양하는 모양이야."

"……네."

"여자가 있으니 역시 공기 냄새도 달라지는가 보군. 부드럽고 얇은 비단 속옷 같은 느낌이야."

"저, 말씀드릴 게 있습니다."

"뭔데."

"저에게는 아주 고약한 병이 있습니다."

"허, 지병이 있단 말이냐……?"

이에야스는 이야기하면서 고노미 쪽은 쳐다보려고도 하지 않고 붓만 움직이고 있었다.

"어떤 병인가?"

"남자만 보면 간질을 일으키는 병입니다."

"뭐, 그렇다면 사내가 싫어서 생기는 병이 아니냐?"

"……네."

"그렇다면 나에게 아주 좋은 약이 있다. 고쳐줄 테니 걱정 마라."

"하지만……증세가 심하여 사내가 가까이 오면, 곧……."

거기까지 말했을 때 고노미의 무릎 앞에 조그만 약상자가 휙 날아왔다.

"사내가 좋아지는 환약이다, 한 알 먹어두어라."

이에야스의 모습이 너무나 태연하여 고노미는 오히려 초조해졌다. 장난인 척하면서 의사표시를 명백히 해온 것이다. 그리고 그 생각은 충분히 상대에게 전달되었다……고 민감하게 느낀 고노미의 말투도 이에야스 못지않게 가벼워졌다.

"고맙지만 사양하겠습니다. 먹어도 효험 없을 테니까요."

"밑져야 본전이지. 해롭지 않을 테니 한 알 먹어라."

이에야스는 다시 태연하게 말하고는 소리 내어 붓을 놓고 돌아보았다.

"호육환(虎肉丸)이라는 것으로, 수컷을 찾는 발정기에 있는 암호랑이 간에서 얻은 미약(媚藥)이야. 가토 기요마사가 일부러 다이코를 위해 목숨 걸고 호랑이 사냥을 해서 보내준 귀한 물건. 다이코의 내실에서는 여자들이 모두 먹고 효과가 굉장하다고 놀라고들 있다는군. 그대에게는 더없는 약이라고 생각하는데, 어떤가?"

"아닙니다, 저에게는 효과 없을 거라고 생각됩니다. 그 까닭은 저 혼자만 압니다. 저는 여자 모습을 하고 있는 남자……불구자니까요……."

"허, 참으로 안됐군. 내 눈에는 그렇게 보이지 않는데…… 굳세면서도 부드러운 마음씨에 드물게 어여쁜 여자로 보이는걸."

"겉모습만 그렇습니다. 그렇지 않았으면 벌써 시집갔을 텐데…… 그 병으로 오늘날까지……."

어느덧 고노미는 두려움을 잊고 있었다. 이에야스는 여전히 무뚝뚝한 표정이었으나, 그 말의 이면에 제법 만만치 않은 멋이 있음이 느껴지자 고노미 또한 사카이에서 풍류객들과 부담 없는 대화를 나눌 때처럼 가벼운 마음이 될 수 있었다.

이에야스가 말했다.

"그래? 잘 알았다. 그 말을 듣고 보니 그대가 다이코 앞에서 보였던 강한 기질의 수수께끼도 알 것 같군."

"이해해 주셔서 감사합니다."

"뭐, 감사할 것까지는 없지. 말하자면 그대는 병신임을 사람들이 눈치채지 못하도록 더욱 아리땁고 부드럽게 행동했다는 거지."

"그렇게 보일까요? 그만 남자처럼 굴어서……정말 부끄럽습니다."

"그렇지 않다. 여자 중의 여자, 미녀 중의 미녀……오노노 고마치(小野小町)를 미인이라고들 하는데 그대 같은 여인이 아니었을까?"

"그런 농담을…… 되려다 못된 여자와 사내의 중간쯤에 있는 몸입니다."

"좋아. 그럼, 나는 그대가 여자라는 것을 잊어버리기로 하지."

"감사합니다."

"실은 여기는 진중이라 여자를 가까이 두기 꺼림칙하다. 그러나 사내라면 마음이 편해. 어떤가, 내일부터 남장하지 않겠나?"

"모습도 사내로……!"

"그래. 내 옆에 있는 시동으로. 그래, 그렇게 하면 아무리 내 옆에서 시중들어도 아무도 쓸데없는 망상은 하지 않을 거다. 그래, 그게 좋겠다."

혼자 말하고 혼자 끄덕이더니 손뼉 쳐 신타로를 불렀다.

"신타로, 이 고노미는 여자인 줄 알았더니 그렇지 않구나. 사내란 말이다. 훌륭한 사내이니 염려할 건 없다. 오늘 밤부터 그 사내인 고노미가 내 옆에서 시중든다. 침구며 세숫물이며 모두 이 고노미가 해줄 테니, 너는 물러가 편히 쉬도록 해라. 다른 사람들에게도 그렇게 일러라."

고노미는 그만 아차! 하고 숨을 삼키며 입술을 깨물었다.

'역시 장난이 너무 지나쳤어……'

사내인 편이 시중들게 하기 쉽다니 이 얼마나 사람을 바보 취급하는 역습이란 말인가?

"예. 그럼, 저는 물러가겠습니다. 고노미 님, 침구는 그 안 반침 속에 들어 있으니……잘 부탁드립니다."

도리이 신타로가 고지식한 표정으로 물러가자 이에야스도 능청스럽게 한마디 보탰다.

"그럼, 이불을 깔아라, 고노미. 네 것도 있을 테니, 고질병이 덧나지 않도록 좀 떨어진 자리에 깔고 자도록 해라. 아, 몹시 졸리는구나."

"……네."

"이 약은 내가 간수하겠다."

"네……"

"왜 그러고 있느냐? 너도 고단할 텐데……"

"네, 지금 일어나겠습니다."

"그래, 그렇게 해라. 내 앞에서는 억지로 여자 시늉 할 것 없다."

"……네."

"나도 남자로 알고 신경 쓰지 않을 테니까. 뭐니 뭐니 해도 거짓으로 꾸며대는 인생만큼 답답한 것이 없다. 이제부터 우리끼리 있을 때는 아무 거리낌 없이 행동해도 좋다."

"고맙습니다."

고노미는 완전히 지고 말았다. 더구나 상대가 너무나 진지한 태도여서, 혹시 고노미의 말을 곧이듣고 진짜 남자로 믿어버린 것이 아닌가 하는 의문마저 들었다.

고노미는 반침문을 열고 이부자리를 꺼냈다. 그것을 펴는 동안 등 뒤에서 이에야스의 시선이 자신의 몸을 샅샅이 쓰다듬고 있는 것을 알고 자칫하면 무릎이 꺾여 주저앉을 것만 같았다.

두 사람뿐인 진중의 침실…… 빠져나갈 방법은 전혀 없었다. 그렇다면 고노미는 대체 어떤 마음가짐으로 이 밤을 지내야 한단 말인가? 태연히 이부자리를 나란히 깔고 자느냐, 아니면 이에야스만 자게 하고 자기는 한구석에 몸을 도사리고 앉아 있어야 하나……? 태연히 베개를 나란히 할 용기는 없었고 꼿꼿이 굳어진 채 앉아 있기에는 자신이 너무 비참하고 분했다.

이부자리를 다 깔자 이에야스는 유유히 옷을 벗기 시작했다. 어깨도 배도 거대한 살덩어리라는 느낌이었다. 이에야스는 일부러 벌거숭이가 되어 땀을 닦고 나서 고노미가 내주는 엷은 비단 속옷을 받았다.

"허리띠!"

"……네."

"허리띠…… 난 요즘 살이 너무 쪄서 혼자서는 맬 수 없다."

허리띠를 매어주자 그냥 어린아이처럼 이불 속에 들어가 누워버렸다.

"물…… 옆방에 신타로가 떠놓았을 거다…… 머리맡에."

"알겠습니다."

"고노미."

"네."

"내 목덜미를 좀 주물러 주지 않겠느냐? 피곤하구나, 오늘은."

"목덜미를……?"

"그렇지, 시동이 늘 하는 일이니 이상하게 생각할 것 없다."

고노미는 혀를 세게 찼다. 이러다가 곧 팔을 벌리고 덤벼들 것만 같았다.

'처음부터 아무 소리 못 하게 해버릴 작정이 아니었을까……?'

고노미는 이미 꼼짝할 수 없는 포로였다. 마술의 주문에 걸려들었다고 하는 것이 옳았다. 섣불리 소리치면 호위무사가 들이닥칠 테고 도망친다는 것은 생각조차 할 수 없다. 그렇다면 이에야스의 팔이 고노미의 어깨에 닿을 때가 마지막인 것이다.

"자, 이 오른쪽 목덜미부터."

이에야스는 굵은 손가락으로 목을 두드리며 고노미에게 등을 돌렸다.

고노미는 자신의 의지를 잃어버린 것처럼 무릎걸음으로 이에야스 옆에 다가갔다. 그리고 시키는 대로 손을 내밀어 기름을 바른 듯 땀이 밴 목덜미에 손가락을 세웠다. 의외로 차가운 감촉이었으나, 왠지 모르게 고노미는 뜨끔했다. 목덜미에 올려놓은 손가락 끝에 거대한 살덩어리 깊은 속에서 숨 쉬는 섬세한 맥박이 느껴졌다.

'살아 있는⋯⋯남자다⋯⋯.'

이에야스는 대체 무엇을 생각하고 기대하며 이런 일을 시키는 것일까.

"제법 급소를 잘 짚어내는군. 솜씨가 대단해."

"아니, 그렇게까지는⋯⋯."

"조금 더 힘을 주어도 좋겠어. 힘도 세군, 그대는⋯⋯."

그리고 목을 조금 돌려 고노미를 보았다.

"그대도 알고 있나?"

이에야스는 작은 목소리로 말했다.

"그대의 손이 점점 따뜻해져 온다. 그게 살아 있는 여자라는 증거지."

"네⋯⋯?"

처음에 고노미는 그 말뜻을 몰랐다. 그러나 그것을 알았을 때의 당혹감은 엄청났다. 저도 모르게 살며시 그 손을 뺨에 대어보니 얼굴도 손도 불같이 뜨거웠다.

'이게 대체 어떻게 된 일일까?'

살아 있는 여자의 증거⋯⋯라고 말한 이에야스는 그 무렵부터 가볍게 코를 골기 시작했다. 그러나 그 숨소리도 고노미에게는 잠든 숨소리로 여겨지지 않았다. 고노미의 손바닥은 더욱 뜨거워졌지만 그건 내 알 바 아니라는 식의 거짓잠인지도 모른다⋯⋯.

이상하게도 손바닥의 열이 온몸으로 점점 퍼져갔다. 여자는⋯⋯아니, 여자의 몸은 이성(異性)에게 스치기만 해도 의지와 상관없이 불타오르는 미묘한 것일까. 고노미는 싫다고 하는데도 육체는 언제까지나 혼자 내버려져 있었던 불만의 불을 높이 치켜들고 당당하게 반역해 온단 말인가? 그러고 보면 이에야스는 그것을 알면서 굳이 말로서 거역하지 않았는지도 모른다.

'감나무의 감은 언젠가 익는다. 익으면 저절로 떨어지는 것…….'

고노미는 어느새 아무 부자연스러움 없이 히데요시의 측실이 되어 있는 자차히메의 모습을 생각하고 있었다. 지금은 그 자차히메가 교고쿠 부인과 히데요시의 총애를 다투고 있다…….

여자란 그런 숙명을 짊어지고 태어난 슬픈 동물이란 말인가……?

'지금 이에야스가 갑자기 나를 끌어안는다면……?'

그러나 그러한 고노미의 망상 아래, 이에야스의 숨소리는 넉살 좋게 코 고는 소리로 바뀌어 있었다.

'달아나지는 못할 것이다…….'

그 코 고는 소리는 그렇게 믿고 한밤중이 되기를 기다리는 것 같았다.

흔들리는 별

히데요시가 조선에서의 정황에 마음 쓰며 귀경길에 오른 것은 7월 22일이었다.

"오만도코로의 병세 위독……."

효심이 지극한 히데요시는 그 소식을 듣고 허둥지둥 나고야를 출발하여 29일 오사카에 닿아서야 어머니의 죽음을 안 것으로 되어 있다. 그러나 진상은, 싸움에 매달려 노모를 병문안할 기회를 잃었던 것이다.

조선과의 싸움은 네 시기로 나누어 생각할 수 있다.

첫째는 상륙에서 한양까지 진격한 시기.

둘째는 장수들이 조선 8도를 순무(巡撫)한 시기.

셋째는 일본과 명나라의 교전 시기.

넷째는 철병과 강화교섭의 시기…….

히데요시의 처음 생각으로는 조선 왕을 길 안내 삼아 한달음에 명나라로 쳐들어갈 작정이었으니 그 계획이 얼마나 크게 빗나갔고, 얼마나 크게 히데요시를 괴롭혔을지 상상하고도 남는다.

히데요시는 6월 첫 무렵에 이시다, 마시타, 오타니 세 행정관을 한양으로 파견할 때부터 이미 그 실패를 확실하게 눈치채고 있었다. 한편이 될 줄 알았던 조선 왕이 적이 되어 저항했을 뿐 아니라 세 차례나 일본 수군을 격파하며 명나라 군사의 출병을 촉구했다. 따라서 파견군 각 장수들이 8도를 돌며 백성들을 위로하고 달래는 동안 외교 교섭과 무력의 양면작전으로 먼저 조선을 항복시키지 않으면 안 되었다……

그러는 동안 조정으로부터 히데요시에게 도항을 단념하라는 분부가 있었고, 오만도코로는 병환이 났으니……히데요시로서는 그야말로 흉사(凶事)의 연속이었다.

겨우 마음을 정하고 나고야를 떠나 오사카에 이르니, 오만도코로는 그가 나고야를 출발한 7월 22일 해 질 무렵에 세상을 떠나고 말았다…… 운명의 별은 한 번 등을 돌리기 시작하면 끝까지 인간을 희롱한다. 히데요시 같은 영웅도 예외일 수 없었다. 일찍부터 '태양의 아들'로 자부해 왔던 히데요시도 오사카성에 닿아 마에다 겐이로부터 오만도코로의 죽음을 전해 들었을 때는 한동안 넋을 잃은 채 내놓은 차에 손도 대지 않았다.

"22일 아침이었습니다. 기타노만도코로님과 미요시 부인을 일부러 부르시어 이번 출진이 역시 이승에서의 이별이 되고 말았다고 말씀하셨답니다."

"……"

"눈병 때문에 출진이 두 번이나 연기되었었는데, 그때부터 오만도코로님께서는 그것을 이별의 징조로 생각하셨던 듯합니다."

"……"

"전하께서 돌아오시면 나는 아무 한도 남기지 않고 부처님 품에 안겼다, 그러니 전하도 이제 싸움을 거두시고 여생을 도모하라는 말씀을 남기시고 기타노만도코로님께 모든 일을 신신당부하신 다음 잠드셨다고 합니다."

"……"

"그 편안한 숨소리가 오후 4시쯤까지 계속되었는데 문득 호흡이 이상하다 싶더니 그만 그대로 운명을…… 참으로 보기 드문 극락왕생이셨습니다."

그래도 히데요시는 여전히 넋 나간 사람처럼 허공을 응시하고 있을 따름이었다. 혈육이 슬픈 일을 당하면 히데요시는 이성을 잃는 버릇이 있었다. 쓰루마쓰가 죽었을 때도 그랬다. 그 자리에 있는 사람들이 눈 둘 곳을 모를 정도로 체면 불구하고 통곡하며 슬퍼했다. 누가 있든 누가 보든, 울고 싶으면 우는 것이다. 아무도 아랑곳하지 않고 떼쓰는 어린아이 같은 모습을 그대로 드러냈다. 거기에는 아무 스스럼도, 염치도, 사려분별도 없었다. 그런 의미에서는 실로 일본 으뜸가는 방약무인한 자연아(自然兒)였다고 할 수 있다. 그러므로 이번에 어머니의 죽음을 알았을 때도 그 이상의 광태를 보일 거라고 측근들은 생각하고 있었다.

'목놓아 울면서 미친 듯 넓은 방을 뛰어다닐지도 모른다.'

물론 그렇게 우는 이면에는, 자기는 '선택받은 천하인'이라는 오만한 자부심이 있었다.

그런데 이번에는 마에다 겐이가 무슨 말을 해도 이상하리만큼 반응을 보이지 않았다. 그만큼 슬픔이 깊었다고도, 자신의 '행운'에 대한 자신감을 잃어버린 것이라고도 해석할 수 있었다.

상대가 아무 반응도 보이지 않으므로 겐이는 좀 초조해졌다.

"기타노만도코로님께 이런 말씀도 하셨다 합니다…… 전하는 죽을 때까지 싸움을 그만두지 않을지도 모른다…… 그렇게 되거든 에도의 다이나곤과 잘 의논해 그대 손으로 모든 사람들의 명복을 빌어주라……고."

"……."

"오만도코로님께서는 따님의 남편으로서 도쿠가와 님을 진심으로 믿고 계셨던 모양입니다……."

거기까지 말했을 때 히데요시는 처음으로 입을 열었다.

"그래? 이에야스에게 뒷일을 부탁하라고 말씀하셨단 말이지?"

"예……형제가 의좋게 평화스러운 노후를 맞이하라고……."

"겐이."

"……옛."

"간파쿠는 오만도코로의 임종을 지켜보았을 테지?"

"예……그것이……."

"없었단 말인가, 그 자리에?"

"예, 그때는 아직 돌아가실 줄 생각지 못했습니다. 그래서 그날도 사냥을 나가셨다가 그만."

히데요시의 목소리가 단번에 날카로워졌다.

"뭐, 사냥을? 정신 나간 놈이군. 사냥하느라 할머니의 임종을 지키지 못하다니. 그래, 유해는 어떻게 했나?"

"우선 렌다이 들판(蓮台野)에서 화장하라는 간파쿠의 분부가 계셨습니다만, 기타노만도코로님께서 반대하시어 전하의 귀경을 기다렸습니다."

"그것도 히데쓰구의 지시가 아니고 기타노만도코로의 지시냐?"

"……옛."

"가엾은 오만도코로…… 손자는 사냥 나가고, 아들은 싫어하는 싸움터로 나가서 없어. 며느리 하나만으로 외로우셨을 거야…… 외로우셨을 거야."

히데요시의 눈에서 비로소 굵은 눈물방울이 뚝뚝 떨어지기 시작했다. 쓰루마쓰가 죽었을 때와 큰 차이가 있는, 깊이 파고드는 듯한 무상감을 담은 울음이었다…….

겐이는 숨죽이고 히데요시를 지켜보았다. 이번의 태도에는 털끝만 한 가식도 느껴지지 않았다. 쓰루마쓰가 죽었을 때의 그 호들갑스러운 비탄에 비하면 전혀 다른 사람 같은 느낌이었다.

"겐이……."

"……옛."

"난 불효자식이었다…… 어머니 곁에서 마지막 임종을 지켜보는 대신 가장 싫어하시는 싸움에만 몰두하여……."

"그렇지 않습니다. 불효라니요…… 오만도코로님께서는 털끝만큼도 그런 생각을 하지 않으셨을 겁니다. 다만 전하의 신상을 염려하셨지요."

"바로 그거야. 자식이란 부모 마음을 괴롭히기만 하는 존재인지도 몰라."

겐이는 숨이 막힐 것 같아 그 자리에서 달아나고 싶었다. 그만큼 온몸에서 힘도 긴장도 다 빠져 달아나버린 히데요시는 그저 운명에 지쳐버린 한 불쌍한 늙은이로 보였다. 겐이는 여전히 얼굴은 외면한 채 말했다.

"오만도코로님은…… 기타노만도코로님에게 전하의 몸이 상하지 않도록 부디부디 잘 보살펴 달라……는 당부만 하고 계셨습니다."

"그랬겠지…… 어머님은 나 이상으로 네네에게 의지하고 계셨으니까."

"참으로 의좋은 며느리와 시어머니의 본보기였습니다."

"그게 아니다. 내가 어머니를 보살펴 드리지 못해 네네에게 의지했던 거지. 사람이란 무언가에 의지하지 않고는 살 수 없는 약한 존재……라는 것을 이 히데요시는 이제야 겨우 깨달은 것 같다."

"그런 마음 약하신 말씀을. 그보다도 교토에 돌아가신 뒤의 지시를 여쭙고 싶습니다……."

"오, 그렇지. 다이코는 비탄에 빠진 나머지 어머님 장례도 지시하지 않았다……는 말을 듣는다면 천하의 웃음거리가 되지."

말하면서 히데요시는 또다시 흐릿한 눈으로 허공을 바라보았다.

히데요시가 정신을 잃은 것은 그날 밤 10시가 지나서였다. 의원들이 온갖 지혜를 모아 보관해 온 오만도코로의 유해를 8월 6일 다이토쿠사에서 장사지내고 7일에 렌다이 들판에서 화장한다는 지시를 내린 다음, 차려온 저녁상에 수저도 대지 않고 팔걸이에 기대어 있다가 낮은 신음소리와 함께 정신을 잃은 것이다.

성안에서는 큰 소동이 벌어졌다. 빈혈을 일으킨 것을 뇌일혈이라고 속단하는 자도 있어, 이러다가 오만도코로의 장례에 이어 다이코의 장례를 치르게 될지도 모른다는 소문까지 퍼졌다.

'고집만으로는 전하도 더 이상 버틸 수 없었던 거다……'

빈혈 때문임을 안 겐이는 두어 시간 만에 다시 정신이 들 때까지 비로소 히데요시의 인간으로서의 참모습을 본 것 같아 감개무량했다.

이튿날 히데요시는 벌써 기력을 되찾았다.

"곧 배를 준비하라……"

명령 내린 뒤 돌아가신 어머니의 명복을 빌기 위해 고야산에 올라 세이간사(靑嚴寺)를 세운다는 것, 귀경을 기회로 단숨에 후시미성을 축성한다는 것 등을 발표하고 그대로 교토를 향해 출발했다.

세이간사 건립은 그렇다 하더라도, 후시미 축성은 때가 때이니만큼 사람들을 놀라게 했다.

'역시 다이코는 다이코로군……'

그러나 겐이는 그것이 히데요시의 마지막 허세, 마지막 발버둥인 듯하여 쓸쓸한 마음이 들었다. 히데요시만 한 인간도 인간 그 자체가 짊어진 숙명에서는 벗어날 수 없는지도 모른다.

오만도코로를 잃고 세이간사 건립과 후시미 축성을 시작한 무렵의 히데요시에게는 흡사 신들린 것 같은 느낌이 있었다. 조선출병이 뜻대로 되지 않는 데 대한 자격지심을 감추려고 잇달아 무리를 거듭했다……

아마 히데요시는 이 무렵부터 조선 및 명나라와 강화조약을 맺을 무대를 비밀리에 구상하기 시작했던 게 틀림없다. 강화하려면 히데쓰구에게 내준다고 약속한 주라쿠 저택에서는 좋지 않을 것 같았다. 그래서 저쪽에서 올 사신들을 맞이할 장소가 필요했다. 그것을 위한 후시미성이었지만, 그렇다고 그렇게 느끼게 하는 건 체면과 관계되는 일이었다.

히데요시는 조선에 출병하지 않은 영주들에게서 1만 석에 24명씩 인부를 징발하여 총인원 3만 5000명을 모아 공사를 시작했다. 이 인부 수는 뒤에 영주들의 골칫거리가 될 정도로 늘어만 갔는데, 히데요시답게 규모가 거창한 건축이다 보니 뜻있는 사람들 눈에는 이것도 궁색한 고집으로만 보였다.

조선에서는 드디어 명나라군과 일본군의 충돌이 눈앞에 닥쳐와 있었고, 8월 끝 무렵 평양에서 심유경(沈惟敬)과 고니시 유키나가의 휴전협상이 시작되었으며, 조정에서는 기쿠테이 하루스에를 칙사로 보내 히데요시에게 나고야로 가지 말 것을 권했다.

그러나 히데요시는 10월에 이르러 무리를 무릅쓰고 다시 한번 나고야로 갔다. 명나라 장수 이여송(李如松), 이여백(李如栢), 장세작(張世爵), 양원(揚元) 등의 대군이 산해관(山海關)을 출발하여 조선으로 오고 있다는 정보가 들어와 가만히 있을 수 없었던 것이다.

이렇듯 내우외환에 휘말린 히데요시에게 또 결정적인 큰 사건이 터졌다. 나고야성에서 전세를 어떻게 다시 호전시킬 것인가 고심하고 있는 히데요시에게, 일단 요도성으로 돌려보냈던 자차히메가 임신했다는 소식이 날아든 것이다. 그 기별은 기타노만도코로의 편지로 진중에 알려졌는데, 그것을 보았을 때는 히데요시도 망연자실하고 말았다.

불리한 전쟁상황.

어머니의 죽음.

후시미 축성…….

자신의 늘그막을 난도질하는 듯한 사건의 연속으로 극도로 긴장되어 있을 때이 뜻밖의 소식이라니!

'믿을 수 없다! 이것도 운명의 함정일 거야.'

혹시 자차히메가 진중생활을 견디지 못해 다시 내려오기 싫어서 꾸민 거짓말이 아닐까……? 그보다도 지금까지 자신의 망막에서 사라지지 않고 있는 쓰루마쓰에게 미안한 것 같은 갈피를 잡을 수 없는 심정이었다…….

히데요시는 마침 그 자리에 있던 우라쿠 앞에 편지를 내동댕이치며 퍼붓듯 말했다.

"거짓말이다, 이건……아무리 호랑이 간이 효험있기로 나에게 또 자식이 생길 리 있단 말인가. 우라쿠, 자차는 장난이 지나쳐. 내 자식이 또 태어난다……는 어처구니없는 일이 어디 있나. 그럼, 쓰루마쓰는 어떻게 되느냐…… 히데쓰구는 또 어떻게 되고. 당치도 않은 일이지……."

당혹해 하는 히데요시의 모습을 우라쿠는 싸늘한 표정으로 바라보았다.

물론 자차히메가 거짓말할 리는 없다. 쓰루마쓰가 죽은 뒤 자차히메는 사람이 달라진 듯 얌전해져 있었다. 그 도도한 교만과 강한 자존심이 사라지고 평범한 여인의 가련하고 어리석은 모습을 보이며 줄곧 돌아가신 아버지와 어머니 공양에 정성을 쏟았다. 그 마음 뒤에는 망령의 원한이 쓰루마쓰를 요절시킨 게 아닐까 하는 미신이 역력하게 엿보였다.

'역시 자차도 평범한 여인일까. 지금의 자차는 이미 평범한 측실일 뿐…….'

그 자차히메가 다시 아이를 가졌다는 대담한 거짓말이나 농담을 할 리 없었다.

"이봐, 우라쿠, 왜 가만히 있는가. 나에게 또 자식이 생긴다니……그건 있을 수 없는 일이야."

"그러시면 전하께서는 동침하신 기억이 없다는 말씀입니까?"

"아니, 그건……없는 건 아니지만……."

"그렇다면 사실이겠지요. 요도 마님이 설마 혼자서 아기를 가질 수는 없을 테니……."

"우라쿠!"

"예."

"그럼, 그대는 나더러 이 소식을 기뻐하란 말인가."

"그럼, 기뻐할 소식이 아닙니까?"

"비꼬지 마라. 알겠나, 동생 히데나가가 죽고부터는 무엇 하나 좋은 일이 없었다."

"길흉은 언제나 반반씩 찾아오는 것입니다."

"아니야, 그렇지 않아. 히데나가의 죽음에 뒤이은 쓰루마쓰의 죽음…… 그리고 이번에는 또 어머님이 돌아가시지 않았나. 그러한 나에게 갑작스럽게 기뻐하라니 그건 무리한 일이야."

그리고 히데요시는 목소리를 떨구었다.

"그런데 계집아이일까, 사내아이일까?"

"아직 태어나신 것은 아닙니다."

"그러니 기뻐할 수 없다는 거야. 유산할 수도 있고 병이 날 수도 있어. 섣불리 믿을 일이 아니란 말이다."

"그럼, 이대로 두시겠습니까?"

"그럴 수는 없지. 그래, 내가 직접 기타노만도코로한테 편지를 써야겠어."

"그게 좋겠습니다."

"아직은 기뻐하지 말라고 말야. 그 사람이 기뻐 어쩔 줄 모르다가……만약 얼마 안 가 유산이라도 되는 날이면 또 병이 덜컥 날 것 아닌가."

우라쿠는 웃으려야 웃을 수 없었다. 아무래도 태양의 아들이라는 히데요시의 큰 자신감이 무너져가고 있었다.

'만약의 불행한 경우를 두려워하고 있다…….'

우라쿠는 조용히 히데요시 앞에 벼루와 종이를 가져다놓고 다시 냉정하게 히데요시를 지켜보았다. 히데요시의 이마에서 김이 오르고 있었다. 이 소식에 그가 얼마나 흥분하는지 애처로울 정도로 잘 알 수 있었다.

"어떻게 쓸까? 만일 사내아이라면 뭐라고 이름 지을까?"

"좋으실 대로 하시지요."

그 대답이 못마땅했던지 히데요시는 갑자기 붓 끝을 깨물며 '흥' 하고 웃었다. 히데요시는 이제 우라쿠마저 의식에서 사라져버린 듯한 태도였다. 입술에 먹을 묻힌 채 그 분방한 언문 글씨로 단숨에 붓을 달리기 시작했다.

"사내아이라면 그래……히로이(拾 ; 주운 아이)라고 부르게 해야겠군. 쓰루마쓰는 스테마루(버린 아이)라고 불렀는데도 자라지 못했어."

"오히로이 님……이라고 하시겠습니까?"

"오히로이 님…… '오'자 따위를 붙여서는 안 돼. 님자를 붙이는 것도 당치 않아. 제대로 자랄지 어떨지도 모르는 놈. 나를 슬프게 하기 위해 태어나는 놈인지도 모르거든."

"반대로 기쁘게 해드리기 위한 하늘의 섭리인지도 모릅니다."

"아니야, 그렇더라도 님이니 하는 존칭은 안 돼. 그냥 히로이야. 주운 아이라고 불러도 자라지 못할 놈이라면 아예 태어나지 않는 게 좋아."

히데요시는 붓을 놀리면서 마치 태어날 아이가 불길한 운명의 사자라도 되는 듯 말하며 그대로 쓰고 있는 것 같았다. 미치도록 기쁘면서도 그 기쁨을 감추려 하는 늙은 아버지. 우라쿠는 자꾸만 가련한 생각이 들었다.

'변한 것은 자차히메만이 아니다……'

히데요시 또한 잇단 혈육의 죽음에 차츰 인간의 슬픈 본바탕을 드러내기 시작했다. 이 편이 자연스럽고 친근감을 느끼게는 하나 어딘지 불안했다. 그러고 보면 지금까지의 그 비할 데 없이 분방했던 히데요시의 큰 자신감은 대체 어디서 솟아났더란 말인가……?

"다 썼다……우라쿠. 물론 나는 군무에 바쁘므로 보러 갈 수도 안아주러 갈 수도 없다. 이런 기별은 정말 난처해. 도요토미 문중에는 이미 히데쓰구라는 후계자가 있다. 그에게 간파쿠 자리를 물려주었는데 글쎄 이게 웬 소란이람, 조그만 아이 새끼 놈이."

"전하."

"뭔가. 그대는 그렇게 생각하지 않나?"

"도련님일지 아가씨일지 아직 태어나지도 않았습니다……."

"바로 그거야. 그래서 화난단 말이다. 비록 사내아이일지라도 기뻐하지 않겠다. 히로이야, 히로이! 아랫사람들까지 히로이라고 막 부르게 하라고, 편지에 분명히 써놨어."

"이 우라쿠는 전하의 심정을 도무지 헤아릴 수 없습니다."

"뭐……뭐라고. 내 심정을 모르겠다고?"

"예, 전하의 혈육을 천한 사람들까지 마구 불러대게 하는 건……."

"그러니 명령하는 거야. 기타노만도코로에게 명해서, 님이니 하는 존칭을 결코 못 붙이게 하겠어."

"전하께서는 무척 변하셨습니다."

"변한 게 아니지. 내 뜻을 관철하려는 것뿐이다."

"그러나 저는 이번 아기가 쓰루마쓰 님의 환생처럼 생각됩니다만."

"흥, 어째서 쓰루마쓰가 다시 태어난단 말이냐. 그런 어리석기 짝이 없는 미신을 우라쿠쯤되는 사람도 믿는가?"

우라쿠는 비로소 웃으며 말했다.

"믿습니다. 전하께서 신사와 절에 기울이신 독실한 믿음이 일단 데려가셨던 도련님을 환생하게 하신 거라고 저는 믿습니다."

그 말을 듣자 히데요시는 무릎을 치며 웃음을 터뜨렸다. 우라쿠의 그 말이 무척 마음에 들었던 모양이다. 히데요시는 눈을 가늘게 뜨고 줄곧 웃어댔다.

"우라쿠가 또 제법 그럴듯한 아첨을 늘어놓는군. 하하하……내가 바친 신불에 대한 독실한 믿음이 일단 데려갔던 쓰루마쓰를 돌려보내 주다니, 거참, 희한한 말재주로다. 핫핫핫하……그럼, 만약 계집애가 태어나면 우리 어머니를 돌려보내신 건가? 정말 재미있어…… 배가 아프도록……."

우라쿠는 곧 냉정한 표정으로 돌아가 말했다.

"웃으실 일이 아닙니다. 사람이 죽은 뒤 혼백이 있고 없는 것은 저마다 생전의 마음가짐에 달려 있습니다."

"그만 됐다. 더 이상 말하지 마라. 좋다, 무엇이 태어나더라도 나는 존칭을 붙이지 못하게 할 테다. 나를 홀리게 하고 슬프게 한 벌이야."

그러나 거듭된 불행과 불리한 전세는 히데요시의 자부심을 뒤흔들고 있었다. 아니, 흔들리지 않으려는 눈물겨운 투쟁이 히데요시의 마음속에 일어나기 시작한 것은 의심할 여지 없는 사실이었다.

그 탓인지 그 뒤에도 조선에서 정보가 올 때마다 히데요시의 의견은 곧잘 바뀌곤 했다.

'요도 마님이 다시 임신했다……'

그 기쁜 소식으로 어쩌면 마음의 불안을 지우려는 것인지도 모른다. 불길한 별이 흐르는 밤은 물러가고, 다시금 밝은 아침이 찾아왔다……는 자신감을 가지려다 도리어 그것이 동요의 원인이 되는 경우도 있다.

그해 12월 18일에 분로쿠(文祿)로 연호가 바뀌어, 분로쿠 1년(1592)은 겨우 12일 만에 분로쿠 2년으로 넘어갔다.

연호가 바뀌자마자 히데요시는 또다시 직접 바다를 건너가 압록강을 건너온 명나라 장수 이여송과 결전을 벌이겠다고 큰소리치기 시작했다.

"이제, 나에게 다시 자식이 태어난다. 어찌 늙어 꼬부라져 있어야 한단 말이냐.

진두에 서서 명나라 군사를 무찔러버리리라."

그러면서 3월에는 바다를 건너가겠다고 구로다 나가마사에게 실제로 편지를 보내기도 했다.

그러나 자차히메가 임신했다는 반가운 소식과 반대로 분로쿠 2년은 정월 초부터 다사다난했다.

1월 5일에 오기마치 상황(上皇)이 세상을 떠나고, 같은 날 명나라 장수 이여송이 조선군과 합세하여 평양을 공격하기 시작했다는……기별이 거의 같은 시간에 나고야에 도착했다.

평양에서는 고니시 유키나가가 계속 강화협상을 추진하고 있었다. 그 유키나가가 만일 명나라군에게 패배당한다면 히데요시의 체면도 서지 않을 뿐 아니라, 일본군의 모든 장수들은 심각한 고전을 면치 못하게 된다.

"아무래도 내가 가지 않으면 안 되겠어. 행정관들은 그동안 대체 무엇을 하고 있었단 말이냐?"

큰소리치며 한가롭게 다회를 베풀기도 했지만, 히데요시의 머리에서는 하얗게 센 머리카락이 눈에 띄게 늘어났다.

모란봉을 불태운 이여송 때문에 평양에서 포위되어 고니시 유키나가가 크게 패한 것이 1월 8일, 동시에 명나라 선봉장 전세정(錢世楨) 등이 대동강을 건너 남진하고 있었다.

한양 수비장수로서 참모부를 형성하고 있던 이시다 미쓰나리, 마시타 나가모리 등과 구로다, 가토, 고바야카와 등 현지 장수들 사이의 감정이 대립되기 시작한 것은 이때부터였다.

1월 21일, 불리한 전세를 만회하기 위해 일본군은 일단 한양으로 철수하여 재집결했다.

어떤 전쟁이든 참모부와 현지 지휘관 사이에 작전상 의견 차이가 있는 법이다. 더구나 이 싸움에서는 고니시 유키나가, 이시다 미쓰나리, 마시타 나가모리 등이 처음부터 이 싸움의 불리한 점을 내다보았으면서도 감히 히데요시에게 진상을 보고하지 않은 잘못을 저지르고 있었다. 가토, 고바야카와, 다치바나, 깃카와, 구로다 등의 장수들은 그 이면의 사정을 모른다. 그러므로 처음부터 싸우는 태도에 상당한 차이가 있었다. 한쪽은 되도록 빨리 강화를 맺었으면 했고, 한쪽에서는 의기충전해 진격을 감행하고 싶어했다.

그런데 1월 21일의 한양 작전회의에서 어쩔 수 없이 진상을 털어놓게 되었다.

1월 26일—

고바야카와 다카카게, 다치바나 무네시게, 깃카와 히로이에, 우키타 히데이에, 구로다 나가마사 등은 드디어 이여송을 벽제관(碧蹄館)에서 역습하여 평양으로 몰아냈다.

그리고 같은 달 29일 나베시마 나오시게와 함께 한양에 도착한 가토 기요마사는 2월 16일 다시 이여송을 개성에서 격파하고 고니시 유키나가, 구로다 나가마사, 이시다 미쓰나리 등은 행주산성(幸州山城)을 공격해 전세를 어느 정도 만회시켰는데, 이러한 전황의 자세한 보고가 히데요시에게 전해지는 데 한 달 가까운 시일이 걸렸다.

따라서 1월과 2월에 와닿은 정보는 대부분 패전 소식이었다. 히데요시가 남몰래 분해하며 후회하기 시작한 것은 이 무렵부터가 아니었을까. 어떤 때는 패전 소식보다 전선에서 몰래 빠져나온 병졸이며 인부들이 먼저 본국에 와닿았다. 식량난은 극도에 이르고, 수송능력이 바로 일본군의 운명을 결정한다는 사실이 차츰 히데요시를 초조하게 만들었다.

이제 호언장담만으로는 해결할 수 있는 사태를 넘어서 있었다. 히데요시가 모리 데루모토에게 부산 포구에서 병량을 지급받아 전군에게 나눠주라는 명령을 내린 것이 3월 첫 무렵, 조선에 있던 장수들이 보급품 부족을 호소하며 히데요시의 도항을 연기하라고 요구해 온 것이 3월 16일. 히데요시가 조선에 주둔해 있는 병사들의 탈주를 엄하게 단속하라는 명령을 내린 것이 4월 3일. 히데요시 자신이 직접 타고 가려고 준비했던 병선으로 식량을 수송하게 하고, 도항을 중지한다고 발표한 것이 4월 12일이었다.

히데요시는 도항을 단념했다고 발표함과 동시에 일본군의 한양 철수를 명령하고, 아사노 나가마사에게 부산포에서 식량 관리와 선박의 신속한 회송을 하도록 엄명했다. 상륙하자마자 단숨에 함락해 버렸던 한양마저 포기하지 않을 수 없게 되었던 것이다.

당연히 그동안 강화대책을 강구하지 않으면 안 되었다. 앞서 고니시 유키나가와 접촉해 온 명나라 사람 심유경과 유키나가는 4월 22일 용산(龍山)에서 다시 만나 강화조건 검토에 들어갔다.

히데요시는 이미 일본이 불리하다는 것을 충분히 깨닫고 있었다. 그러나 그 불리함을 그대로 드러내 보일 히데요시가 아니었다. 거기에도 역시 히데요시의 반생에 걸쳐, 너무나 화려했던 운명의 별이 그 그림자를 기묘하게 드리우고 있었다.

이시다 미쓰나리, 마시타 나가모리, 오타니 요시쓰구, 고니시 유키나가 등이 강화조건 협상 때문에 명나라 장수 심유경을 부산에 머물게 하고 나고야의 본진으로 돌아온 것은 5월 8일이었다.

윤회의 소리

　조선에서의 전쟁이 히데요시 운명의 흐름을 크게 바꾸어놓고 있을 때 요도 마님 자차히메의 운명에도 뜻하지 않은 변화가 일어나고 있었다.

　나고야성에서의 자차히메는 쓰루마쓰의 죽음으로 타격받은 탓인지 이상할 정도로 평범한 측실이 되어 있었다. 함께 가 있던 교고쿠 부인 쪽이 오히려 히데요시에게 접근하여 총애와 권력을 독차지했다. 둘 다 자식 없는 측실이고 보면 용모나 재치로 보아 교고쿠 부인 쪽이 자차히메를 능가했는지도 모른다.

　물론 자차히메는 그 일에 대해 질투나 경쟁심을 느끼지 않았다. 그러한 평범한 일상의 일들보다 자차히메의 마음에는 역시 '쓰루마쓰의 죽음'이 훨씬 더 큰 비중으로 남아 있었다.

　'쓰루마쓰는 왜 태어났던 것일까……?'

　한 번 그 어머니에게 간파쿠 가문의 후계자라는 큰 꿈을 보여주고 홀연히 가버린 아이. 생각하기에 따라서는, 자차히메에게 죽음 뒤의 고독을 뼈저리게 느끼게 해주려고 태어났다고도 할 수 있었다.

　자차히메가 미신을 많이 믿게 된 것도 어쩌면 당연한 일이었다. 자차히메는 평소의 그 성미대로 노부나가처럼 부모며 혈육의 명복을 빈 일이 거의 없었다.

　'인간이 죽은 뒤 무엇이 남는단 말인가…….'

　그런 일까지 자차히메를 괴롭히기 시작한 것도 자식으로 인한 망집 때문이었으리라.

히데요시 역시 지금까지도 쓰루마쓰의 죽음을 잊기 힘들었던지, 잠자리에서 곧잘 엉뚱한 의심을 입에 담기도 했다. 그 말에 의하면 쓰루마쓰는 히데요시의 씨가 아니었다는 것이다. 자차히메가 누군가와 밀통해 잉태한 아이. 그것은 신불만이 알고 계시며, 내 아들이라고 믿어 의심치 않는 히데요시를 불쌍하게 여겨 그 애를 황천으로 데려가버린 것이다…… 다시 말하면 쓰루마쓰의 죽음은 자차히메의 간통에 대한 하늘의 심판이 아니냐…….

그런 이야기를 농담인지 진담인지 알 수 없는 투로 꺼내도 자차히메는 그리 심하게 말다툼하지 않았다. 그만큼 죽은 아이의 나이를 헤아려보는 일조차 싫었던 것이다.

그런데 이번에는 정반대였다. 자차히메가 확실히 임신이라고 느낀 것은 3월 첫 무렵이었으며, 그때 이미 넉 달째로 접어든 듯했다.

자차히메는 저도 모르게 입술을 깨물며 손가락을 꼽아보았다. 히데요시가 다시 나고야로 출발한 것은 10월 초하루였다. 그렇다면 히데요시는 출발하기 직전 자차히메의 태내에 자식을 남기고 떠난 게 된다.

자차히메는 히데요시를 따라 오사카로 돌아오자 곧 요도성으로 옮겼다. 히데요시가 요도성에 들른 것은……하고 생각하자 왠지 마음이 떨려왔다. 요도성은 오사카성 내전처럼 남자들 출입이 엄격하지 않았다. 만일 히데요시가 의심한다면 의심할 수도 있는 수태 날짜…… 만일 배 속의 아이가 8월 10일 이후에 태어난다면 이번이야말로 히데요시는 틀림없이 태어나는 아이에 대해 의심할 수 있게 된다.

자차히메가 당황해 임신 사실을 오사카의 기타노만도코로에게 알리고 스스로 오사카성으로 옮겨 아이를 낳고 싶다는 뜻을 전한 것은 3월 중순이었다. 그 무렵부터 자차히메는 이따금 작은 책상 위에 조그만 관음보살상을 올려놓고 줄곧 기도드렸다.

자차히메의 성격으로는 배 속의 아기보다 조선의 전황에 더 많은 흥미를 가질 것 같았으나, 임신을 깨닫고 나서는 그런 일에 전혀 관심을 보이지 않게 되었다. 자차히메로서는 이 싸움의 승패보다 태어날 아이의 출생 쪽에 더 많은 관심이 가지 않을 수 없었다.

'만일 히데요시가 의심한다면 어떻게 할까……?'

자차히메의 성격은 여기에 이르러 또다시 바뀌었다. 처음에는 대쪽 같은 성미로 모든 것을 뜻대로 하지 않고는 못 배기던 패기만만한 처녀였다. 그런데 쓰루마쓰의 죽음을 만나 겸손하고 평범한 여인으로 변했는데, 4월 중순 무렵부터 다이코의 위세를 빌려 처녀 시절과 젊은 어머니 시절 이상으로 콧대 센 여자로 탈바꿈했다.

기타노만도코로부터 한동안 소식이 없자 자차히메는 오쿠라 부인을 보내 강하게 담판 짓게 했다.

"정실이라고 생각하여 전하께 직접 알리는 것을 삼가며 순서를 밟아 기타노만도코로님의 지시를 받으려는 겁니다. 돌아가신 도련님의 생모께서 다시 잉태하신 이 기쁜 소식을 급히 전하께 알리시고, 오사카성으로 옮겨 출산준비를 하도록 분부해 주시기를……."

만일 그 일을 주저한다면 히데요시에게 직접 사자를 보내겠다……는 뜻을 은근히 풍기면서 따지는 듯한 말투였다고 기타노만도코로의 시녀들은 수군댔다.

기타노만도코로는 오쿠라 부인을 달래지 않을 수 없었던 모양이다.

"알다시피 전하께서는 지금 싸움을 지휘하시느라 좀처럼 틈을 낼 수 없으시다. 내가 이미 알려드렸으니 조금만 더 기다리도록……."

자차히메는 그 대답을 들은 무렵부터, 성안의 복도를 걸을 때 일부러 배를 내미는 눈치마저 있었다. 측실은 자차히메뿐만이 아니다. 그 여러 측실들이 기타노만도코로 쪽에 붙어서 어떤 소문이라도 나돌게 되면 그야말로 돌이킬 수 없는 중대사가 되고 만다.

"이번 아기는 전하께서 안 계시는 동안……."

인간의 태아는 세상에서 말하듯 정말로 꼭 열 달 열흘만에 태어나는 것일까? 예정일이 늦어지는 경우도 있을지 모르는데, 그런 경우 소문은 그대로 태어나는 아기의 앞날을 어둠으로 칠하게 된다…….

측실문제뿐만이 아니었다. 도요토미 문중 후계자는 이미 간파쿠 히데쓰구로 결정되어 있다. 만일 또 사내아이가 태어나면 히데쓰구로서는 당연히 반갑지 않은 아이가 될 것이다.

자차히메는 나날의 행동에서 더욱 거만해졌다. 그러나 측실들이며 간파쿠에 대해 은연중 예의 지키는 일을 잊지 않았다.

기타노만도코로한테서, 히데요시로부터 소식이 왔으니 오쿠라 부인을 주라쿠 저택에 보내라……는 기별이 요도성에 온 것은 5월 30일.

나고야에서는 명나라 사신 사용재(謝用梓)와 서일관(徐一貫) 등을 맞아 도쿠가와 이에야스와 마에다 도시이에 등이 그 접대역이 되고, 히데요시는 어떻게 하면 자신의 체면을 손상시키지 않고 강화를 추진할 수 있을까 고심하고 있는 중이었다.

자차히메는 서둘러 오쿠라 부인을 기타노만도코로에게 보냈다.

기타노만도코로는 오쿠라 부인을 맞아들이자 보일 듯 말 듯 웃었다.

"요도 마님은 별고 없으신가?"

여러 가지 뜬소문은 네네의 귀에도 들어갔을 것이다. 그것을 잘 아는 오쿠라 부인 눈에는 네네의 미소가 비웃음으로 보였다.

"별일 없으십니다. 몸도 건강하시지요. 그런데……."

"그런데?"

"예, 전하께서 교토에 안 계시니 태중의 아기가 가여워서. 전하께서 계셨다면 복대(腹帶)의식도 하셨을 텐데……."

"오쿠라."

"네."

"그런 건 그대가 말하지 않는 게 좋을 것 같군."

"어찌 그런 말씀을! 기타노만도코로님답지 않은 말씀이십니다. 다이코 전하께서 그토록 원하시던 아기님, 그런데 마치 원치 않는 아기님이기라도 한 것처럼……."

"닥치지 못할까, 요도 마님에게 비록 그런 불만이 있다 하더라도 그대까지 함부로 입을 놀려선 안 돼. 전하께서 지금 출진 중이 아니신가."

"하오나 분부가 너무 늦으시나……."

"바로 그 이야기다. 출진 중의 모든 일은 뒤를 지키는 사람들이 처리해야 하는 것. 되도록 전하를 번거롭게 해드리지 말아야지."

"그러니, 그러니 기타노만도코로님께서 오사카로 옮겨 출산하도록 분부를 내려주십사는 겁니다."

"여보게, 여자들만 있는 내전이 얼마나 시끄러운지는 잘 알고 있겠지?"

"그러시다면?"

"그대마저 그렇게 경거망동하면 없는 소문도 더욱 커지지 않겠는가 말야. 어째서 나를 믿고 조용히 기다리지 못하는가?"

말하며 네네는 다시 미소 지었다. 네네로서는 상대가 자차히메 이상으로 흥분한 것을 진정시켜 주려는 의도였는데, 오쿠라 부인은 그 미소를 보자 단번에 얼굴빛이 달라졌다.

"그럼, 기타노만도코로님께서도 그 말도 안 되는 뜬소문을 믿고 계시다는 말씀인가요."

"그 말도 안 되는 뜬소문이라니?"

"그것을 제 입으로······."

"말을 꺼낸 것은 그대가 아닌가, 말해 보아라."

사실 네네는 그 뜬소문······이라는 것을 확실하게 들은 적은 없었다. 네네가 들은 것은 히데요시의 두 번째 출진과 임신 날짜에 대한 억측의 범위를 벗어나지 못했다. 그걸 오쿠라 부인 편에서 '말도 안 되는 뜬소문'이라고 하니 그대로 한 귀로 흘려버릴 수 없었다.

오쿠라 부인은 입술을 깨물었다. 똑바로 네네를 쳐다보는 눈길 속에 심상치 않은 증오와 당혹감이 들어 있다.

"들으시겠다면 말씀드리겠습니다. 제 자식 하루나가가 분명 말벗 삼아 몇 차례 마님 앞에 불려간 일 있었습니다만, 이는 제 자식 입장에서는 어쩔 수 없는 일입니다."

"오쿠라! 그게 대체 무슨 말인가?!"

"그것도 말하라시는 겁니까······ 말씀드리지요. 마님 태중의 아기가 제 아들놈의 씨라는···이런 터무니없는 말은 도요토미 가문을 저주하는 악의에 찬 소문에 지나지 않습니다······ 저는 제 아들을 그런 못된 놈으로 키우지 않았습니다."

너무나 엄청난 말에 네네는 자기 귀를 의심했다.

"그럼, 요도성에 그런 소문이 퍼지고 있단 말인가······?"

그러고 보니 오쿠라 부인의 아들 오노 하루나가(大野治長)를 네네도 한두 번본 적 있었다. 결코 네네의 마음에 드는 풍채는 아니지만 제법 요즘 유행에 따라 몸치장하여 여자들 취향에 맞을 듯한 살결이 흰 젊은이였다.

그런 소문이 떠돌고 있다면, 오쿠라 부인은 어째서 더욱 차분하게 그 소문을 가라앉히려 하지 않는 것인가……?

놀란 것은 네네뿐만이 아니었다. 옆에 앉아 있던 고조스 역시 숨죽이며 네네와 오쿠라 부인을 번갈아 쳐다보았다.

한동안 어색한 침묵이 흘렀다. 아마 오쿠라 부인은 그 소문을 네네가 알면서도 짓궂게 자기를 놀리는 것으로 알았던 모양이다.

'그렇구나. 그런 소문이……'

네네는 피로 녹슨 큰 창에 가슴이 푹 찔린 듯한 느낌이었다. 네네는 본디 자차히메의 성품을 좋아하지 않았다. 자차히메는 재치를 뽐내는 한편 네네와는 전혀 다른 이기적인 분방함과 철부지 같은 투정을 지녔다. 그것이 오히려 히데요시로 하여금 구미를 돋우게 하는 걸 알므로 네네는 더욱 견딜 수 없었다.

'이런 소문이 히데요시의 귀에 들어가면 어떻게 될까……?'

사나이 대 사나이로서는 호방하기 짝이 없는 히데요시지만 일단 의심에 사로잡히면 집요한 질투의 화신이 된다. 어쩌면 이 소문만으로 히데요시의 여생도 태어나는 아이의 운명도 시커멓게 먹칠이 될지도 모른다…….

"기타노만도코로님, 마님께서도 이 오쿠라 모자를 의심하십니까?"

"무슨 소리야? 경박하구나."

네네는 엄하게 꾸짖고 눈을 감았다. 사람의 행복을 산산이 부숴버리는 것은, 천지를 진동시키는 큰 사건보다 때로 손끝에 박힌 아주 작은 가시인 경우가 많다.

'이럴 때 나는 대체 어떻게 해야 좋단 말인가?'

한 여인으로서 네네는 히데요시를 비웃어주고 싶은 생각도 들었다.

"흥, 꼴좋다."

한편으로는 그러면 자신이 더욱 비참한 존재로 떨어져버릴 것 같은 느낌도 들었다.

네네는 화가 치밀었다. 히데요시에게도 자차히메에게도…… 그러나 자차히메가 임신한 것도, 히데요시의 자식이라는 이름으로 아이가 태어나는 것도 인간의 힘으로는 어쩔 도리 없는 엄연한 사실이다.

'어쩌면 자차히메도 그런 소문에 신경이 날카로워져 초조해 하고 있는지도 모

른다.'

거기까지 생각하자 네네는 차츰 침착을 되찾았다. 자차히메나 오쿠라 부인과 같은 인간이 되고 싶지는 않았다. 히데요시의 정실이라는 입장에서 히데요시를 어머니처럼 포근히 감싸주는 것이 전부터 줄곧 마음속에 품어온 네네의 각오가 아니었던가…….

"고조스, 선반에서 전하의 편지를 가져와다오. 오쿠라에게 보여주자."

네네는 조용히 말하며 다시 부드럽게 웃어보였다.

오쿠라 부인은 아직도 적의를 띤 눈으로 지그시 네네를 쳐다보고 있었다.

고조스는 소리 없이 일어나 선반 위의 문갑을 가지고 왔다. 그녀는 네네가 히데요시한테서 온 편지를 오쿠라 부인에게 왜 보여주려고 하는지 알 수 있을 것 같았다. 지금 네네가 편지를 보여주지 않고 내용만 오쿠라 부인에게 전해 준다면 겸허한 마음으로 듣지 않을 거라고 생각했기 때문이다.

"오쿠라, 실은 이 편지는 그대에게 보여줄 게 아니지만."

네네가 편지를 꺼내며 말하자 오쿠라 부인은 굳은 얼굴로 대답했다.

"네."

"그러나 그대가 말한 그런 소문이 퍼져 있다면 보여줘야겠지. 이야기는 이제부터니, 우선 이걸 읽어보도록 해라."

"황송합니다."

네네가 펼쳐서 건네준 편지를 오쿠라 부인은 공손히 받쳐들고 읽기 시작했다. 틀림없는 히데요시의 필적이었다. 부르는 음대로 된 읽기 힘든 한자와 언문을 섞어 마구 갈겨쓴 것으로 오쿠라 부인 역시 자차히메에게 보내져 온 것을 몇 번 읽어본 기억이 있었다.

읽어내려가는 동안 오쿠라 부인은 어깨에서 손까락 끝까지 부들부들 떨리기 시작했다. 거기에는 자차히메의 임신을 기뻐하는 말도, 태어날 아이에 대한 애정도 씌어 있지 않았다.

요도가 또 잉태했다는 소리가 들리는데, 그것은 히데요시의 자식이 아니다. 히데요시에게는 자식이 없다. 어디까지나 자차히메 한 사람의 아이니 그리 알고 조처하라.

그뿐 아니라 다음 한 구절은 오쿠라 부인을 더욱 놀라게 했다.

몇 번이나 되풀이하지만 아이 이름은 히로라고 부르도록 할 것. 천한 아랫것들에 이르기까지 결코 님이니 하는 경어를 일절 붙이지 말고……히로이, 히로이 하고 막 부르도록 지시할 것. 머지않아 개선해 돌아가겠으니 안심하도록. 총총.

다이코
네네에게

다 읽기를 기다려 네네는 오쿠라 부인에게 말했다.
"그대는 이 글의 의미를 모를 거야."
오쿠라 부인은 입술을 꽉 깨문 채 그래도 공손히 편지를 네네에게 돌려주고 고개를 숙여 보였다.
"부부 사이의 글은 부부가 아니면 모를 때가 많은 법이야."
"그럼……그럼, 오사카성에서의 출산은 안 된다……는 말씀이십니까?"
"오쿠라……."
"네!"
"누가 안 된다고 했나? 이 편지의 어디에 안 된다고 쓰여 있었지?"
"하지만 거기에는 자차 한 사람의 아이……라고 씌어 있었습니다."
"오쿠라, 자차 한 사람의 아이라고 해서 여자 혼자서 아이가 생기나?"
네네는 다시 웃는 듯했으나 오쿠라의 흥분은 오히려 더 높아졌다.
"그러면……그러면……기타노만도코로님도 다이코 전하께서도 모두 태중의 아이가 하루나가의 자식이라는 것입니까?"
"호호……무슨 소리. 오쿠라! 그런 게 아니야. 이 편지에는 전하의 기쁨이 넘치고 있어. 기뻐서 기뻐서 어쩔 줄 몰라 하시는 거란 말이야."
사람은 저마다 이해능력에 한계가 있다. 네네의 말도 오쿠라 부인에게는 그대로 통하지 않았다.
"그 편지가……저, 전하의 기쁨을 전해 주고 있다는 말씀입니까?"
"그렇지. 전하의 심정은 내가 아니면 이해할 수 없지. 이건 기쁘고 또 기쁘면서도 자기 스스로 겸연쩍어하시고 경계도 하시는 그런 편지야."

"어디까지나 자차히메 한 사람의 아이……라고 씌어 있었습니다만……"

"그게 그대로서는 이해할 수 없는 부분이지. 그러나 나는 잘 알 수 있어. 알아듣겠나. 어쨌든 이렇게 분부하셨으니 태어날 아이는 딸이든 아들이든 이름은 히로이야."

"님이니 하는 경어를 붙여선 안 된다……고 하셨지요?"

"그런 뜻을 요도 마님에게 잘 전해 드려라. 알겠지? 히로이라는 이름은 이 아이는 전하의 자식이 아니다, 남의 자식이 버려져 있는 것을 주우시겠다는 뜻이지."

"남의 자식을……?"

"그래, 죽은 쓰루마쓰는 처음에 스테마루라고 부르셨다. 버린 아이는 잘 큰다는 전하의 깊은 생각에서였지. 그러나 그 아이도 일찍 세상 떠났으니 이번에는 버려진 아이를 주워서 키운다는 뜻일 거야. 나는 잘 알 수 있어. 요도 마님에게 아이가 태어나면 일단 버리라고……그대가 잘 전해……"

오쿠라 부인은 황급히 기타노만도코로의 말을 가로막았다.

"그러면……그러면 요도성에서 출산하시고 버리라…… 그러면 오사카에서 주우시겠다……는 말씀이십니까?"

"서두르지 마라."

기타노만도코로는 소리 내어 웃었다. 그만큼 오쿠라 부인은 당황하고 있었다. 어쩌면 오쿠라 부인 자신도 자차히메의 태아가 혹시 자기 아들 하루나가의……? 하는 의혹을 어렴풋이 가지고 있는지도 모른다. 만약 그렇다면 오쿠라 부인이 이 이야기에 안절부절못하는 것도 당연했다.

"오쿠라 부인."

"네."

"방금 보여준 편지에서처럼 개선해 돌아오실 때까지 모든 일은 내가 전하를 대신해 조치하겠다. 알겠나?"

"……네."

"요도 마님은 좋은 날을 받아 오사카성으로 가서 서쪽 성에 드시도록."

"그럼, 옮겨도……?"

"내가 허락해. 그리고 외부 사람이며 남자들은 일절 드나드는 일이 없게 하고,

조용히 안산의 날을 기다리도록…… 안산 축원은 이세(伊勢)의 대신궁(大神宮)에서 옛 범절에 따라 하겠다. 이 일로 저쪽에서 이오 히코로쿠자에몬(飯尾彦六左衛門)이라는 사람을 시켜 산실에서 소용될 물건들, 신전에 바칠 물건 등에 대해 자세히 조사해 오라고, 벌써 이야기해 두었다."

"축원은 이세의 대신궁에서……."

"그래, 다이코 전하의 자손이니."

"하지만 태어나시면 곧 버려야 하는 것 아닙니까?"

"그렇지, 태어난 날 일단 성 밖에 내버리면 곧 마쓰라 사누키노카미(松浦讚岐守)를 시켜 데려오도록 하겠다. 그에 대한 조치도 다 마련해 두었으니 서둘러 오사카 서성으로 옮기도록…… 알았겠지?"

"네."

그러나 오쿠라의 굳은 표정은 여전히 풀리지 않고 있었다.

네네로서는 충분히 감정을 누르고 정실로서 남편 히데요시의 뜻에 따른 셈이었다. 아마 이로써 히데요시도 만족하고 고마워할 것이다.

"네네, 과연 잘 처리해 주었소!"

히로이라고 불러라! 히데요시의 마음은 이 한 마디 속에 다 들어 있었다. 그것을 제대로 이해할 수 있는 사람은 아마 네네밖에 없으리라.

그러나 그러한 네네의 지시와 마음을 오쿠라 부인에게 그대로 이해시키는 것은 무리인 듯싶었다. 무엇보다도 오쿠라 부인의 마음에 걸려 떨어지지 않는 것은 이렇게 쓴 히데요시의 글귀였다.

"히데요시에게는 자식이 없다."

그것은 히데요시는 이미 늙어서 '자손의 씨'가 없다는 의미로 들린다. 그러고 보면 히데요시의 자식을 낳은 것은 자차히메뿐이었다. 만일 기타노만도코로가 세상에서 말하는 '돌계집'이라 하더라도 교고쿠 부인을 비롯하여 싱싱한 젊음을 지닌 가가 부인이며 산조 부인까지 모두 아이를 못 낳은 것은 무슨 까닭일까? 히데요시는 그 원인이 자기에게 있음을 알고 써 보낸 게 아닐까?

"어디까지나 자차 한 사람의 아이……."

그렇게 생각하면 오쿠라 부인 또한 깊은 의혹에 빠지지 않을 수 없었다.

'설마 그런 일이……'

그렇게는 생각했으나 오쿠라의 아들 오노 하루나가는 자주 자차히메한테 드나들며 문안드리고 있었다. 마치 아이들처럼 둘이서 주사위를 가지고 다투기도 하고, 주연에 참석하거나 분부에 따라 춤도 추었다. 하루나가는 어머니 오쿠라 부인이 보기에도 고상하고 세련된 멋을 갖고 있었다. 그래서 여인들 입에 자주 올랐고 연서를 받는 일도 있었다.

'그러나 총애받을 만한 기회는 없었다……'

이렇게 생각하다가…… 역시 오쿠라 부인이 혼란에 빠지게 되는 건 단 한 번이었으나 하루나가가 술에 취해 머리가 아프다는 자차히메를 방에서 간호해 준 일이 있었다. 그리고 사내와 계집이 사람 눈을 피할 마음만 있다면 무슨 방법인들 없을 것인가…… 그런 의심이 마음 한구석에 도사리고 있는 그녀로서는 더욱 네네의 말을 그대로 받아들일 수 없었다 해도 좋았다.

아무튼 다과를 대접받은 뒤 주라쿠 저택에서 물러나오자, 오쿠라 부인은 가마 속에서 깊은 생각에 잠겼다. 버렸다가 다시 줍는 습관은 천한 평민들 사이에 흔히 있는 일이므로 이상할 것 없었으나, 주워온 아이라고 해서 그 이름마저 '히로이'라 짓고 게다가 존경의 뜻으로 붙이는 '오'자를 결코 쓰지 말라는 분부는 심상치 않다는 생각이 든다.

게다가 히데요시는 아랫사람들에게까지 '오'자를 붙이지 말라고 엄명 내렸다. 만약 히데요시가 자기 자식이 아닌 것을 알면서 자차히메의 추문이 세상으로 흘러나가는 것을 막기 위해, 분노를 억누르며 내린 지시라면 어떻게 되는 것일까……? 그 편지는 그러한 불안을 가지고 읽으면 그렇게 볼 수도 있는 편지가 아니었던가…….

오쿠라 부인은 쓰루마쓰를 잃었던 무렵 히데요시의 낙담이 얼마나 컸던지에 대해서는 잊고 있었다. '오'자를 붙이지 말라는 의미는 기쁘게 해놓고 나중에 실망시키는 게 아닐까 하는 히데요시의 공포와 너무 귀하게 키우면 오히려 잘 자라지 못한다는 속설에 대한 경계심이었는데, 지금의 오쿠라 부인은 그것을 알지 못했다.

그녀의 불안은 가마가 요도성에 가까워짐에 따라 더욱 커졌다.

'히데요시는 이번 임신에 대해 틀림없이 의심을 품고 있다……'

그러한 생각이 점점 더 크게 오쿠라 부인의 가슴속에 자리 잡았다. 만일 그렇다면 개선해 돌아온 뒤 히로이라고 이름 붙여진 아이를 어떻게 처리하실까……? 아니, 그보다도 자차히메와 하루나가를 어떻게 처리하실까……?

일단은 오사카 서성으로 옮겨 서성 마님으로 부르게 하다가 전혀 다른 일을 트집 잡아 베어버릴 작정은 아닌지……? 자차히메를 없애버릴 정도라면 하루나가 따위는 문제도 되지 않는다. 할복이든 처형이든 얼마든지 구실 붙일 수 있다. 물론 그렇게 되면 오쿠라 부인도 살아남지 못하리라…….

여기까지 생각하다가 그녀는 또 흠칫했다. 기타노만도코로의 자못 시치미 떼며 미소 짓던 얼굴이 떠오른 것이다.

'그렇다…… 규슈 구석에 있는 히데요시가 뭘 알 수 있단 말인가…….'

이것은 모두 기타노만도코로가 알려줬기 때문이 아닐까?

오쿠라 부인은 온몸의 피가 머리꼭대기로 치미는 것을 느꼈다. 뒤에서 히데요시를 선동해 놓고 겉으로는 자못 점잖고 어진 사람인 것처럼 안산을 위한 기도 축원이니 내버린 아이를 다시 줍는 조치를 한다느니 하고 있었다.

'보통 음험한 사람이 아니야…….'

햇볕이 지글지글 내리쬐는 성문으로 가마가 들어설 무렵……이미 오쿠라 부인은 더위조차 의식하지 못할 만큼 기타노만도코로에 대한 증오심에 불탔다. 미천한 태생인 기타노만도코로는 자차히메에 대한 질투와 증오로 잔인한 함정을 준비하고 모든 사람이 걸려들 날을 조용히 기다리고 있다…….

"오쿠라, 지금 돌아왔습니다."

가마에서 내리자 마중 나온 시녀들을 밀어젖히듯 하며 자차히메의 방으로 들어갔다.

사방의 문을 열어젖힌 방 안에는 요즘 총애받는 오노의 오쓰가 말벗으로 초대받아 와 있었고, 쇼에이(正榮) 여승과 아에바 부인, 그리고 문제의 자기 아들 하루나가가 동석하여 말솜씨 좋은 오쓰의 이야기에 귀 기울이고 있었다.

"재미있는 말씀 도중이오나 사람을 물리쳐주시기 바랍니다."

"괜찮아, 조금만 더……."

말하며 자차히메는 팔걸이에 기댄 어깨로 가쁜 숨을 몰아쉬었다.

교토에서 돌아오니 요도강에서 불어오는 바람이 새삼 시원했다.

"급히 드려야 할 말씀이 있습니다. 하루나가, 잠시 여러분을……."

그런 말을 듣고 보니 오쓰도 하던 이야기를 중단할 수밖에 없었고, 아에바 부인도 일어설 자세가 되었다.

"그래. 그럼, 이야기가 끝난 뒤로 미루자. 모두 잠시 쉬도록 해라."

자차히메는 대범하게 말하며 모두를 물러가게 했다.

"안 된다고 하던가, 오사카로 가는 건……?"

오쿠라는 그 말에는 대답하지 않았다.

"마님, 하루나가를 측근에 부르시는 걸 삼가십시오."

자차히메는 놀리듯 몸을 내밀며 웃었다.

"호호호호. 왜? 공연한 소문이 퍼져서 그러나?"

오쿠라 부인은 태평스러운 자차히메의 웃음에 화가 났다.

"마님 마음은 잘 알고 있습니다. 제 자식 하루나가까지 총애해 주시는 그 마음은…… 그러나 그 때문에 고약한 소문이 퍼져 마님이며 앞으로 태어나실 아기씨에게까지 누를 끼치는 일이 있다면 너무 억울한 일입니다."

자차히메는 여전히 창백한 미소를 지으면서 말했다.

"그럼, 누군가 그런 중상을 하는 사람이 있다는 이야기로구나."

"예, 저는 기타노만도코로님에게서 생각지도 못한 전하의 편지까지 읽고 왔습니다."

"전하께서 뭐라고 써보내셨던가?"

"예, 히데요시에게는 자식이 없다고 씌어 있었습니다."

오쿠라 부인은 잔인할 만큼 또렷하게 내뱉은 뒤 지그시 자차히메의 표정 변화를 살펴보았다. 자차히메가 만일 하루나가를 사랑한 일이 있었다면, 당연히 이 말을 태연하게 들어넘길 수 없을 것이다.

자차히메는 착잡한 그늘을 보이며 웃었다.

"호호……그리고 그 밖에 다른 것은……?"

"태어날 아이는 어디까지나 자차히메 한 사람의 아이니 그렇게 알고 조처하라는 지시였습니다."

"뭐, 나 한 사람의 아이……?"

"예, 틀림없는 전하의 필적으로……잘못 보지는 않았습니다."

자차히메는 다시 한번 고개를 갸우뚱하며 생각했다.

"그럼, 오사카에서 아이를 낳지 못하게 할 작정인가 보군……."

"그런데 그게 아니고, 빨리 오사카성으로 옮겨 서성에 들라십니다."

"호, 그것도 편지에 씌어 있었나?"

"아닙니다, 이건 기타노만도코로님 지시입니다. 편지에는 아무 말씀도 씌어 있지 않았습니다. 아마도 기타노만도코로님께서 그 문제를 전하게 의논하셨던 답장은 아닌 것 같았습니다."

"호."

"또 있습니다. 아기의 이름은 딸이든 아들이든 '히로이'라고 하라."

"히로이……라고"

"더구나 아랫것들도 결코 '오'자를 붙여 부르지 못하게 하라. 그냥 히로이라고 막 부르도록 하라는 분부였습니다. 마님, 이게 대체 어떻게 된 일일까요? 다이코 전하의 자식을 아무에게나 막 부르게 하고, 더구나 전하 자신이 나에게는 자식이 없다, 어디까지나 자차히메 한 사람의 아이라고 하시는 것은……."

자차히메는 꼼짝도 하지 않고 팔걸이에 기댄 채 숨죽이고 생각에 잠겼다. 그 모습이 오쿠라 부인의 가슴을 날카롭게 찔러왔다.

'어쩌면 자차 자신도 히데요시의 아이라는 자신이 없는 게 아닐까……?'

만약 여자가 남편의 눈을 속여 간통하면서 잉태한다면, 자기 스스로도 누가 아이의 아버지인지 분명치 않은 경우가 있으리라…….

"마님, 왜 그러세요? 마음을 단단히 잡수시지 않으면 태어나실 아기씨에게도 큰일이 될 거예요."

오쿠라 부인이 다짐해도 자차히메는 잠자코 턱을 괸 채 움직이지 않았다.

오쿠라 부인의 불안은 더욱 커져갔다…….

자차히메가 별안간 발작하듯 웃기 시작한 것은 그로부터 잠시 뒤였다. 서쪽으로 기울어진 햇살이 수척한 자차히메의 이마에 요사스럽도록 밝은 빛을 드리워 파랗게 돋은 심줄에 얽힌 가느다란 혈관까지 드러내면서 깔깔 웃기 시작했던 것이다.

오쿠라 부인은 오싹 소름이 끼쳤다.

'궁지에 몰린 끝에 그만 실성해버린 것이 아닐까……?'

그러나 그 웃음이 멎자 자차히메의 목소리는 뜻밖일 정도로 부드럽고 장난기가 가득했다.

"오쿠라……."

"……네, 깜짝 놀랐습니다. 갑작스럽게 웃으셔서."

"하지만 그대마저 쓸데없는 망상을 하고 있어…… 그러니 그런 소문도 날 만하지."

"뭐……뭐라고 하셨습니까?"

"그대까지 하루나가와 나 사이를 의심하고 있어…… 호호……난 그게 재미있어 죽겠어……아니, 슬펐다……."

"……."

"이 소문은 말야, 생각하기에 따라서는 이 세상의 부자연스러움에 대한 항의이고 불신이야. 떠돌 만한 소문이지."

"그런……그런 무서운 말씀을……."

"아니, 그렇지 않아. 나는 이제 25살. 하루나가 정도면 내 남편감으로 격이 맞을 거야. 그런데 전하는 벌써 60살이 가까운 분 아니냐. 그런데 그 전하의 아이를 낳는다……는 부자연스러운 일에 대한 세상 사람들의 항의란 말이야, 그 소문은……."

"마님, 행여라도 그런 농담은 두 번 다시 입 밖에 내지 마십시오…… 무서운 일입니다……."

"무엇이 두렵다는 거냐? 나는 지금 그 일에 대해 생각해 보았어."

"그 일이라니요……?"

"배 속의 아이가 하루나가의 아이라면 하고……."

"제발……그만하십시오. 만약 다른 사람 귀에라도 들어가면 그야말로 여러 사람의 파멸입니다."

"글쎄, 내 말 좀 들어봐. 하루나가의 아이라면 여기서 기타노만도코로를 번거롭게 할 일도 없이, 마음 편하게 작은 영주의 자식으로 자랄 것을……하필이면 부자연스러운 다이코의 자식이기 때문에 세상에 태어나기도 전에 이러쿵저러쿵 말이 많은 거야……."

"제발 부탁입니다. 다시는 그런 무서운 말씀을……."

"만약 이 아이가 아들이라면 간파쿠님의 원한까지 짊어지고 살아야만 해. 그런 일을 태어날 아이가 원할지 어떨지."

"부디 그런 말씀은……."

"오쿠라, 인간은 태어나고 싶은 곳에 태어나고 죽고 싶을 때 죽는 게 아니었어…… 자, 그다음 이야기를 들려줘. 기타노만도코로가 뭐라고 지시 내렸지?"

자차히메는 여기서 더욱 목소리를 낮췄다.

"내가 전하의 측실이 아니고, 오다 노부나가의 조카딸이나 아사이의 딸도 아니라면, 오쿠라, 그대는 내 시어머니가 되었을지도 몰라."

별안간 오쿠라 부인은 얼굴을 가리고 흐느껴 울었다.

'역시 그런 일이 있었는지도 모른다……'

그런 의심은 여전히 풀리지 않았고, 게다가 자차히메는 하루나가를 좋아하는 모양……이라는 생각이 들자 기쁘기도 하고 슬프기도 한 형용할 수 없는 안타까운 느낌이었다.

"말씀드리겠습니다. 기타노만도코로님은 부부의 편지는 부부가 아니면 이해할 수 없다, 이건 내가 아니면 알 수 없는 속뜻까지 읽고 내리는 지시라고 말씀하셨습니다."

두 여인의 감정은 가까스로 제자리를 잡기 시작했다. 온갖 불만, 불합리 위에 위태롭게 성립된 가엾은 여인들의 삶이 귀결되는 곳은 체념밖에 없다. 물론 자차히메의 체념은 언제 또 격렬하게 폭발할지 모르는 것이었지만……지금은 어쨌든 기타노만도코로를 내세우지 않을 수 없었다.

"부부가 아니면 알 수 없는 속뜻을 읽었다고……."

"네, 그렇기 때문에 어기면 안 된다고 못박으셨습니다."

"흥, 그럴 테지. 상대는 정실 기타노만도코로님이니까."

"우선 서둘러 오사카로 옮겨 서성에 드실 것."

"그건 내가 바라던 바야."

"전하께서 지시하신 대로 히로이라고 이름 지을 것."

"히로이…… 그것도 따를 수밖에 도리 없겠지."

"기타노만도코로님이 부부가 아니면 이해할 수 없다고 하신 말씀은 바로 이 부분인 것 같았습니다. 아무튼 순산을 위한 기도는 이세의 대신궁에서 거행될 모양입니다. 옛 격식에 따라 산실의 모든 준비도 소상하게 직접 분부하시겠다고. 그리고 아기가 태어나면 남녀를 가리지 않고 일단 성문 밖에 내다버리라고 하셨습니다."

"나는 다만 낳기만 하면 된다는 거지……"

"그런 것 같습니다. 일단 버린 아기를 마쓰라 사누키노카미로 하여금 주워오게 하여 기르신다는 겁니다."

"그럼, 기타노만도코로의 아이로서 말이냐?"

"거기까지는 말씀하지 않았습니다. 아무튼 자차히메 한 사람의 아이……라고 다이코 전하의 편지에 적혀 있는지라……"

"자차히메 한 사람의 아이…… 그것이 정말이라면 기쁜 일이지."

"그렇게만은 말씀할 수 없는 일이라고……"

"어째서?"

"일단 아기를 낳도록 한 다음 개선해 돌아오신 뒤에 다시 조사할 속셈이 아닌가……"

"누가 무엇을 조사한단 말이냐?"

"기타노만도코로의 입김으로 전하께서 아기 아버지를…… 그런 속셈이 분명합니다."

자차히메는 그 말에는 대답하지 않았다. 버렸다가 주울 것이니 '히로이'라고 이름 짓는다는 그 이면에 히데요시의 유별난 자식 사랑이 숨겨져 있는 것만 같았다.

"나는 이 아이를 기타노만도코로에게 빼앗기고 싶지 않다!"

"하지만 내놓으라고 하시면 어쩔 도리 없지요. 거절하면 더욱 자차히메 한 사람의 아이라고……"

"이봐, 오쿠라."

"네."

"나는 전하가 자차히메 한 사람의 아이……라고 하신 것은 다른 의미가 있어서 하신 말로 생각되는데."

"다른 의미라니요?"

"전하께서 새로 세우시는 후시미성……자차히메 한 사람의 아이니 그 성으로 데리고 가시겠다는 뜻."

"글쎄요, 그것은……?"

"도요토미 문중의 아이라면 오사카에 있어야 해. 그러나 상속은 이미 히데쓰구 님으로 정해져 있으니, 그래서 자차히메 한 사람의 아이라고……."

자차히메는 자기가 한 말에 스스로도 깜짝 놀라는 것 같았다.

'그렇다. 이건 어쩌면 히데요시에게 깊은 생각이 있어서 나온 말인지도 모른다……'

그렇게 생각하니 자차히메의 눈앞에서 음산한 안개가 홀연히 걷혀버리는 느낌이었다. 무슨 일이고 다른 사람의 의표를 찌르는 히데요시다. 만일 히데요시가 자차히메의 임신을 뛸 듯이 기뻐한다면 어떤 지시를 내릴까……?

"히데요시에게는 자식이 없다. 어디까지나 자차히메 한 사람의 자식……."

히데요시가 큰 기쁨을 감추고 그렇게 말했다면 이것은 오쿠라 부인의 해석과 정반대의 대답이 나온다. 히데요시는 무엇보다도 자신의 후계자로 결정된 히데쓰구를 의식하고 있는 것이 아닐까.

간파쿠 히데쓰구는 히데요시와 비교도 할 수 없이 단순한 데가 있다. 지금 히데요시에게 친자식이 태어나 자신의 지위가 위태로워질 거라고 생각하면 자포자기할지도 모른다. 아니, 히데쓰구 자신은 심각하게 생각지 않는다 하더라도, 그 중신들이며 추종자들이 히데쓰구에게 무슨 소리를 할지 알 수 없는 일이다. 그 결과 태어나는 어린 생명에 대한 저주나 박해로 나타날지도 모른다.

히데요시는 그것을 직감하고 일부러 내 자식이 아니다, 자차히메 한 사람의 아이……라고 말한 게 아닐까…… 이 경우 자차히메 한 사람의 아이……라는 의미는 결코 도요토미 문중의 후계자로 삼지 않겠다, 자차히메의 아이로서 신분에 맞게 분가시켜 주겠다, 그러니 태어나는 아이로 해서 소란 떨 것 없다……는 뜻이 숨겨져 있는 게 아닐까……? 그렇게 생각하면 히데요시의 말은 그리 부자연스럽게 들리지 않는다.

오쿠라 부인은 아직도 자기 생각의 울타리 안에서 눈을 번들거리고 있다. 자차히메는 갑자기 그것이 우스꽝스럽게 보이기 시작했다.

'어째서 처음부터 깨닫지 못했던 것일까……?'

히데요시가 자신의 젊음에 빠진 것도, 쓰루마쓰를 잃어 얼마나 처절하게 슬퍼했는지도 잘 알고 있었다. 그런데도 이번 아이의 임신을 히데요시가 그리 기뻐하지 않는다고 믿어버린 건 무엇 때문일까……? 자차히메 역시 쓰루마쓰의 죽음에 어리둥절한 나머지 생각하는 힘을 잃고 있었던 것은 아닐까?

여기서 만약 자차히메에게 좀더 인생을 깊이 통찰할 수 있는 힘이 있었다면, 당연히 기타노만도코로의 지시를 생각해 보았어야 했다. 기타노만도코로는 히데요시가 말한 대로 히로이라고 이름 지을 아이를 위해 순산기도소를 일본에서 으뜸가는 이세 신궁으로 잡고 있다. 그것을 깨달았다면 자차히메는 기타노만도코로가 말한 부부 사이가 아니면 편지내용을 알 수 없다고 한 말에 조용히 감사해야 했다.

그런데 자차히메는 그 점만은 미처 생각지 못했다. 그만큼 눈앞이 밝아지면서 뛸 듯이 기뻐했다고 해도 좋을 것이다.

"마님, 왜 그러십니까? 혼자서 웃으시다니……."

오쿠라 부인이 이상하다는 듯 묻자 자차히메는 사람이 달라진 것처럼 빠른 말로 대답했다.

"호호호호, 알았어. 이것으로 됐어. 이젠 나도 지지 않아. 짐작이 돼. 나도 방법이 있어……."

"방법이 있다니요……?"

의아한 듯 되묻는 오쿠라 부인에게 자차히메는 또 말을 쏟아냈다.

"오쿠라, 얼른 아에바 부인과 쇼에이 스님을 불러줘. 여럿이 의논해 보는 게 좋겠어. 빨리 불러와요……."

그리고 오노의 오쓰를 여태껏 기다리게 한 일을 깨달은 듯 덧붙였다.

"오쓰는 돌려보내요. 오늘은 급한 볼일이 생겼으니 다시 기별해 부르겠다고 해…… 빨리."

오쿠라 부인은 다시 한번 고개를 갸웃거리며 자리에서 일어섰다. 아무튼 의논하겠다니 다른 두 사람을 불러오는 게 좋겠다고 판단한 것이다. 아에바 부인, 쇼에이 스님, 오쿠라 부인 세 사람은 자차히메의 중신이라 할 만한 심복들이었다.

오쿠라가 나가 두 사람을 불러올 때까지 자차히메는 반짝반짝 물기를 머금은 창백한 눈동자로 허공을 바라보고 있었다. 이따금 소리 내어 웃는 모습이 맑지 못한 임부의 혈색과 함께 어쩐지 무섭기조차 했다.

세 사람이 나란히 들어오자, 자차히메는 경박해 보이는 거동으로 손을 저어

오쿠라 부인을 가로막았다.

"두 사람의 생각을 먼저 물어볼 테니 그대는 잠깐 입을 다물고 있어요."

"네, 마님 분부시라면……."

"아에바도, 스님도 들어봐요. 전하께서 태중의 아기에 관해 지시를 내리셨어."

여승이 대답했다.

"참으로 다행이군요. 그럼, 곧 오사카로 옮겨가시겠지요?"

"그렇지, 서성으로 옮겨 해산하게 될 모양이야. 모든 준비는 기타노만도코로가 주선해 주시겠대요. 다만 한 가지 전하의 편지에 마음에 걸리는 구절이 있어……."

"무슨 구절이온지……?"

이번에는 아에바 부인이 윗몸을 앞으로 내밀었다. 긴장한 탓에 목소리가 굳어 있다.

"히데요시의 자식이 아니다, 자차히메 한 사람의 아이다……라고 편지에 적혀 있다는군. 대체 무슨 뜻일까? 자차히메 한 사람의 아이라니……."

"자차히메 한 사람의 아이……."

여승과 아에바 부인은 입을 모아 대답하면서 서로 얼굴을 마주보았다.

"알겠습니다! 이것은 전하께서 이번에 태어나시는 아기를 기타노만도코로님에게 넘겨주지 않으려는 계략일 겁니다."

쇼에이 여승이 자신 있는 목소리로 대답하자, 아에바 부인이 손을 들어 그 말을 막았다.

"그렇지만은 않은 것 같습니다. 태어나시는 아기가 도련님일 경우, 후계자로 결정된 간파쿠의 심중을 우려하신 대책이 아닐까 합니다."

자차히메는 생긋 웃으며 세 사람을 번갈아 쳐다보았다. 결국 자차히메의 세 심복들은 저마다 다른 의견을 내놓은 것이다. 아에바 부인의 생각이 자차히메의 생각과 가장 가까웠지만, 쇼에이 스님이 생각하는 경우도, 오쿠라 부인이 불안해하는 경우도 결코 있을 수 없는 일은 아니다.

"오쿠라 부인, 어때, 사람에게는 저마다 생각이 있지 않아?"

"그러나 두 분의 의견은 제가 보기에 일을 너무 간단하게 생각하시는 것 같아서……."

"그래, 그러므로 세 사람과 의논하자고 한 거야. 이름에 대한 일은 어떻든 세 사람에게서 모두 다른 의견이 나오는 건 태어날 아기를 위해 좋지 않아. 나는 이 세 사람의 의견 가운데 누구 의견이 전하의 참뜻일지를 알아보려는 거야."

아에바 부인이 깜짝 놀란 듯 되물었다.

"저, 규슈의 전하에게까지?"

세 사람에게 자차히메가 지금 한 말은 너무나 당돌하게 들렸다. 규슈의 진중에 있는 히데요시에게 그런 이야기를 전할 생각을 하다니…… 싸움으로 날을 지새운 시대를 살아온 세 늙은 여인에게는 생각조차 할 수 없는 어리광이요 탈선으로 생각되었다.

그러나 자차히메는 그런 일에 그리 구애받지 않았다.

"조선에서 돌아온 이시다 미쓰나리가 진중에 있을 거야. 미쓰나리를 시켜 여쭈어보게 하면 돼. 전하께서 무엇 때문에 이런 수수께끼 같은 지시를 내리셨는지. 자차히메 한 사람의 아이……는 좋다 하더라도 이름을 히로라 짓고 천한 백성들까지 '오'라는 호칭을 붙여 부르지 못하게 하라는 그 참뜻은 짐작할 수 없어. 나는 그것이 마음에 걸려 이렇게 나가다가는 해산 때까지 아무 탈 없이 버틸 수 있을지 의문이야…… 세 사람이 연명으로 이런 말을 전하면 미쓰나리가 넌지시 전하께 여쭈어볼 게 아니냐. 내가 미쓰나리를 의지하고 믿는다고 써 보내면 될 거야."

처음에 세 여인은 한동안 숨죽이고 서로 얼굴을 마주볼 뿐이었다. 오쿠라 부인은 어떻든 아에바 부인과 쇼에이 스님은 아직 자세한 사정을 알지 못하는 탓도 있었다.

그러나 그런 사소한 의문은 차츰 풀려갔다.

"아들이 태어날 경우 전하께서 안 계시는 동안 기타노만도코로나 간파쿠님의 미움을 받게 된다면 제대로 자랄 수 없어. 거기에 어떻게 대처해야 좋을지? 미쓰나리한테 기별해 두는 것이 뒷일을 위해서도 좋을 거야."

자차히메가 설명하자 세 사람은 비로소 고개를 크게 끄덕였다.

"과연 말씀을 듣고 보니 이건 마님뿐 아니라 도요토미 문중에도 여간 큰일이 아닙니다."

아에바 부인이 말을 시작하자 오쿠라 부인이 맞장구쳤다.

"그야 물론 큰일 중의 큰일이지요."

그러나 아직 세 사람의 의견이 하나가 된 것은 아니었다. 하지만 저마다 다른 생각이 어느 한 점에서 하나의 오해를 향해 흘러가고 있는 것은 사실이었다. 그것은 히데요시가 이 같은 묘한 편지를 쓴 원인이 기타노만도코로와 간파쿠 히데쓰구에게 있을 것이라는 상상이었으며, 그 두 사람은 만일 사내아이가 태어나면 그 아이를 적대하고 미워할 거라는 감정의 비약이었다. 이러한 경우 웬만한 인물이 옆에 있지 않으면 상상과 감정에, 또 그 감정에 의한 나쁜 상상이 더욱 겹쳐져 사실과 동떨어진 슬픈 착각과 비극의 싹을 키우는 법이다. 그 싹을 지금 네 여인이 이마를 맞대어 키우고 있었다.

"전하께서는 역시 기타노만도코로님이 두려우신 거야."

"아닙니다, 기타노만도코로님보다도 그 뒤에 있는 가토, 후쿠시마, 아사노, 구로다 같은 시동 출신들이 무서운 거지요. 그분들은 모두 기타노만도코로님을 어머니처럼 여기며 편들고 있으니까요."

"그리고 보면 조선 원정의 선봉 명예도 고니시 유키나가 님에게서 가토 기요마사 님에게 주려고 기타노만도코로님이 여러 가지로 애쓰셨대요."

"그럼, 이쪽도 마음 놓을 수 없겠네요. 이번 일은 이시다 미쓰나리 님뿐 아니라 유키나가 님, 나가모리 님에게도 알려두는 것이 좋지 않겠어요?"

"그보다도 누구를 시켜 이 편지를 보낼 것인가 하는 게 먼저겠지요. 아무래도 군무파발 편에 보낼 수는 없을 테니까요."

세 사람 중에서는 역시 아에바 부인이 가장 현실적이었다.

"누가 좋을까?"

쇼에이 스님은 미간을 모으며 생각에 잠겼다. 이것저것 대책을 세웠으나 막상 심부름꾼을 물색하려니 시녀들로는 불안했다. 결코 떳떳하다고 할 수 없는 일이다.

'만약 이 일이 기타노만도코로님이나 간파쿠 히데쓰구에게 새어나간다면 어떻게 될까……?'

비밀을 누설할 염려가 전혀 없다고 믿을 자는 지금 의논하고 있는 세 사람밖에 없었다. 그러나 세 사람 가운데 누군가 길 떠난 일이 새어나간다면 상대는 구구한 억측을 할 것이다.

"누구 알맞은 사람이 없을까?"

자차히메가 재촉했으나 세 사람은 서로 얼굴을 쳐다보며 고개만 갸웃했다.

"그래! 하루나가가 좋겠다. 오쿠라, 그대가 하루나가한테 잘 이야기해서 몰래 떠나보내는 게 좋겠어. 겉으로는 내가 오사카로 옮기게 되어 전하께 알려드릴 겸 고맙다는 인사를 드리러 간다……고 하면 그리 이상하지 않겠지?"

어째서 그 생각을 못 했던가 하는 표정으로 오쿠라 부인도 몸을 내밀었다. 그녀로서는 하루나가를 자차히메 옆에 두는 게 두려워 견딜 수 없었다. 세상의 소문이야 어떻든 둘 다 젊은 남녀가 아닌가?

게다가 자차히메의 기질 센 성품은 이따금 크게 탈선을 저지르곤 한다. 만일 어떤 계기로 두 사람 사이에 잘못된 일이라도 일어나고 그것이 시녀들 눈에 띈다면 그야말로 돌이킬 수 없게 된다…….

"그렇군요. 이 일에는 하루나가를 보내도록 하십시다! 하루나가라면 틀림없이 마님을 위해 일을 잘 처리할 것입니다."

"그게 좋겠습니다. 하루나가를 깜박 잊고 있었군요."

아에바 부인도 쇼에이 스님도 오노 하루나가를 보내는 데 이의가 없었다. 그러나 어디까지나 오쿠라 부인이 시킨 일이며, 자차히메는 전혀 모르는 것으로 하는 게 좋겠다는 두 사람의 의견이었다.

오쿠라 부인은 곧 하루나가가 대기하고 있는 별실로 갔다. 오쓰는 이미 그곳에 없었고 하루나가가 시녀들에게 둘러싸여 무언가 재미있는 이야기를 해주고 있었다.

오쿠라 부인은 필요 이상 엄격한 표정으로 시녀들을 물러가게 했다.

"하루나가, 마님에게 큰일이 생겼다. 나고야까지 심부름을 가줘야겠어."

오쿠라 부인은 두 사람을 멀리 떼어놓을 수 있다는 생각에 이상하게 마음이 조급했다. 그리고 필요 이상으로 과장되는 것을 굳이 이상하다고 느끼지 않았다.

"태중의 아기가 사내아이인지 계집아이인지 알기도 전에 간파쿠를 비롯한 기타노만도코로님까지 음모를 꾸미는 눈치다…… 너도 짐작하겠지만 기타노만도코로님에게는 가토, 후쿠시마, 구로다, 아사노 같은 어려서부터 길러낸 수족 같은 심복들이 많다. 그런데 마님 쪽에는 그런 사람이 아무도 없어. 너는 지금부터 우리 세 사람의 편지를 가지고 가서 은밀히 이시다 님을 만나 마님께서 얼마나 믿고 의지하시는지 말씀드리고, 아무쪼록 도와달라고 부탁하고 오너라."

"제가……규슈까지."

"왜 그러느냐, 그런 얼굴로…… 마님의 중대사야. 이런 때 도와드리지 않는다면 말이 되겠나? 반드시 명심하여 편지를 적에게 빼앗기지 않도록 해야 한다……."

어느덧 오쿠라 부인은 적……이라는 말을 입에 담으면서도 그것이 조금도 부자연스럽지 않았다.

인간의 집단과 집단 사이에는 이익의 충돌이 있게 마련이다. 더구나 그것이 감정을 앞세운 규방 여인들의 대립이고 보면 구원할 길이 없다. 히데요시도 그것을 경계해 모든 경우에 기타노만도코로를 내세워왔다. 처첩의 서열을 바로잡는 외에 그 암투를 피할 방법은 없기 때문이었다.

그리고 쓰루마쓰가 탄생할 때까지 이렇다 할 파탄이 보이지 않았는데, 두 번째 임신에서 여인들의 감정이 드디어 히데요시가 쌓아올린 경계의 둑을 무너뜨리고 넘치기 시작했다. 히데요시 자신이 자식을 갖게 되는 경험 앞에서 차츰 이성이 무너지고 있었기 때문이기도 했지만…….

아무튼 이 무렵의 히데요시는 또다시 눈이 어지러울 정도로 분주해지고 있었다.

5월 15일 나고야에 온 명나라 사신을 23일에 처음 대면하고 고니시 유키나가에게 명령 내려 강화를 추진시키면서, 싸움 지시도 내리고 명나라 사신 접대도 생각해야 했다.

이것이 처음의 예상대로 이기는 싸움이었다면 좀더 여유를 가질 수 있었을 텐데, 차츰 고전의 실상이 드러나던 때인 만큼 어떻게든 체면을 유지하면서 화친을 맺고 싶다는 초조감이 그를 괴롭혔다.

6월 9일, 히데요시는 명나라 사신을 초대하여 뱃놀이를 했다. 이것 역시 어떤 의미에서 하나의 시위라고 할 수 있었다.

"일본은 선박이 조금도 부족하지 않다."

다음 날인 10일에는 일부러 교토에서 옮겨온 황금 다실에서 다회를 열어 그들을 초대했다.

현지에서는 가토 기요마사에게 명령해 사로잡았던 두 왕자를 돌려보내고, 교섭중이라는 약점을 보이지 않기 위해 은밀히 진주성 총공격을 명령하는 등…… 늦추었다 당겼다 하는 비책을 강구해 나가면서 강화조건을 협상하고 있었다.

그런 때이므로 어떤 사자가 누구에게 왔는지도 모르고, 자차히메는 기타노만도코로의 분부로 오사카성에 들어가 해산 날을 기다리는 줄만 알고 있었다.

물론 태어날 아이가 마음에 걸리지 않을 리 없었다. 이따금 그것이 사내아이일 경우를 생각하면 가슴이 설레었다.

히데요시가 구상하는 강화조건은 다음 일곱 조항이었다.

첫째, 명나라 황제의 딸을 일본 왕비로 보낼 것.

둘째, 뱃길을 다시 트고 상선을 왕래시켜 활발한 무역을 할 것.

셋째, 일본과 명나라 두 대신이 서로 서약서를 교환해 우호를 도모할 것.

넷째, 조선 4도(四道)를 일본에 할양하고 나머지 4도와 한양은 조선에 돌려줄 것.

다섯째, 조선의 왕자와 대신 두 사람을 일본에 볼모로 머물게 할 것.

여섯째, 이미 시행한 조선의 두 왕자를 조선 왕에게 돌려보낼 것.

일곱째, 조선의 대신으로 하여금 일본을 영원히 배반하지 않겠다고 서약하게 할 것…….

그리고 명나라 사신으로 하여금 어떻게 이 강화조건을 받아들이게 할 수 있을지 궁리하느라 여념 없었다.

그 눈코 뜰 새 없이 바쁘게 돌아가는 가운데 문제의 아기 히데요리가 오사카성에서 첫울음 소리를 울린 것은 아직 늦더위가 기왓장을 달구고 있던 분로쿠 2년(1593) 8월 3일이었다…… 운명의 아들 히데요리는 태어나자마자 일단 버려졌다가 마쓰라 사누키노카미에 의해 다시 주워져 왔다.

늦둥이 아들

아들이 태어난 소식이 히데요시에게 전해진 것은 명나라 사자가 강화에 대한 일곱 조항을 명나라 왕에게 보고하기 위해 나고야를 떠나 귀국길에 오른 뒤였다.

조선에서는 가토 기요마사, 구로다 나가마사 등이 진주성을 함락하여 진주목사 서예원(徐禮元)을 베었고, 이여송이 병력을 철수시켜 명나라로 돌아갔다는 소식도 들어왔다. 따라서 조선의 4도를 일본 국내의 분배와 마찬가지로 전공 있는 장수들에게 나눠주어 조선 왕 이상의 선정을 베풀게 함으로써 일단 이 난은 마무리하자……고 생각했던 때인 만큼 이 소식을 들은 히데요시의 기쁨은 이루 말할 수 없었다.

"그래, 낳았느냐……?"

이시다 미쓰나리에게서 소식을 듣고 먼저 손가락부터 꼽았다.

"8월 3일이라…… 그러고 보니, 그래그래, 기억이 난다."

역시 히데요시도 자차히메의 임신 날짜에 의문을 품고 있었던지 어린아이처럼 볼을 허물어뜨리며 웃었다.

"이제 됐다. 지금까지는 마음에 걸리는 일이 너무 많았어. 그러나 싸움이 끝나기 무섭게 그것을 기다린 듯 아이가 태어났으니 이 얼마나 신기하고 상서로운 징조냐. 아, 이제 한시름 놓았다."

미쓰나리는 그런 히데요시를 냉정하게 관찰하고 있었다. 냉정한 관찰자의 눈으로 보면 이것은 역시 미덥지 못한 히데요시의 변화였다. 명나라 도성까지 단숨에 쳐들어가겠다고 한 히데요시의 처음 기상은 어디로 가버린 것인가? 다행히도 조정에서 측근에 이르기까지 모두 이 싸움이 끝나기를 기다렸기에 망정이지, 아직 강경하게 주전론을 들고 나서는 자가 있었다면 뭐라고 변명할 셈인지…….

"도련님 탄생은 경사로우나 강화에 대해서는 아직 경계를 늦추시면……."

"그래. 나는 이번 일에서 고니시와 소 요시토모에게 보기 좋게 속았으니까. 조선 놈들도 상당히 끈질기더군."

"그리고 아직 말씀 안 드렸지만 교토 일로 좀 마음에 걸리는 게 있습니다."

"뭐, 교토 일로 마음에 걸리는 게……?"

"예, 후시미성 공사 도중에 좀 불쾌한 일이."

"미쓰나리! 그대는 이상하게 말을 돌려서 하는 버릇이 있어. 그런 일이 있었으면 왜 진작 나한테 알려주지 않았느냐? 그런 말을 듣는다고 내가 군무에 지장을 주리라고 생각하느냐?"

"아닙니다. 물론 그렇게 생각지는 않습니다만 싸움을 끝낼 일에 대해 구상 중이신데 사소한 일로 번거롭게 해드려서는……."

"말해, 말해. 돌리지 말고 솔직하게 말해. 교토에서 무슨 일이 있었나?"

히데요시의 재촉을 받고 미쓰나리는 더욱 신중하게 고개 숙였다.

"이건 역시 교토에 돌아가실 때까지 말씀드리지 않는 편이 좋을지도 모르겠습니다."

"무슨 일이 있었느냐고 묻지 않나! 어서 말 못 하나, 천치 같은 놈!"

"실은 간파쿠에 관한 일입니다."

"간파쿠가 어쨌다는 거냐?"

"교토 안팎에서, 살생 간파쿠……라는 별명으로 불리고 있다고 합니다."

미쓰나리는 진심으로 그 일을 걱정하는 듯 이마에 깊은 주름을 새겼다.

"뭐, 살생 간파쿠…… 그건 좋지 못한 별명이구나."

히데요시도 목소리를 죽이며 몸을 내밀었다. 간파쿠 히데쓰구에게 거친 면이 있는 것은 히데요시도 잘 알았다. 그러므로 간파쿠직을 물려줄 때도 세심하게 거듭 훈계하며 일부러 서약서까지 받았을 정도였다.

"예, 예사로운 별명이 아닙니다. 그 때문에 전하의 덕을 손상시키고 뒷날까지 사람들 입에 오르내리게 되어서는……."

"무슨, 무슨 짓을 하여 그런 별명이 붙었느냐? 이유가 있겠지. 말해라."

"실은……."

미쓰나리는 더욱 가라앉은 목소리와 표정으로 말했다.

"지난 1월 5일, 오기마치 상황께서 보령(宝齡) 77살로 붕어하신 것은 아시는 바와 같습니다."

"아무렴. 나도 황실에 삼가 조의를 표했지."

"그 붕어하신 지 한 달도 안 된 상중에 간파쿠님은 사냥을 가셨답니다."

"뭐, 붕어하신 지 한 달도 안 되어 사냥을 갔다고?!"

"예, 교토 전체가 가무음곡을 금하며 한결같이 근신하고 있던 때 말입니다."

히데요시는 세게 혀를 찼다.

"그 못난 것이 기어코 분별없는 짓을 했구나. 매사냥이었겠지."

"아닙니다. 매사냥이었다면 그런 별명이 사람들 입에 오르지 않을 겁니다."

"매사냥이 아니었단 말이냐?"

"무장한 많은 몰이꾼을 이끌고 총을 사용한 노루사냥이었습니다."

"뭣이, 총으로 노루사냥을!"

히데요시가 기대고 있던 팔걸이가 소리 내며 앞으로 쓰러졌다.

"믿을 수 없다! 어떻게 그런 일이 있을 수 있나? 아무리 미친놈이라도 국상 중에 총을 쏘며 노루사냥을 하다니……."

"황송하오나 저도 그렇게 생각하여 일부러 사람을 보내 알아보았습니다."

"그랬더니 틀림없는 사실이더란 말이냐? 그 바보 놈이."

"예, 더구나 사냥 장소가 좋지 못했습니다."

"장소…… 어디서 했단 말이냐?"

"나라를 지키는 신성한 장소, 히에이산이었습니다."

한순간 히데요시는 망연자실했다.

'무슨 실수였겠지.'

말은 하지 않았지만 그렇게 생각했다. 만일 그게 사실이라면 히데쓰구는 실성한 거라고 보는 수밖에 없다.

'누군가가 일을 꾸며 히데쓰구를 모함하려는 것이다……'

미쓰나리는 그러한 히데요시의 의심을 충분히 알아차리고 다시 입을 열었다.

"그건 있을 수 없는 일입니다. 그 있을 수 없는 일을 하셨습니다. 그러므로 교토 사람들이 기겁하여 살생 간파쿠라고 별명 붙인 거지요. 상민들도 처음에는 간파쿠께서 미치셨다고들 했답니다…… 그러나 그렇지 않은 것을 알게 되자 평판이 점점 더 나빠진 모양입니다. 그 평판에 대한 것도 일단 이것저것 알아왔습니다. 그 중에는 터무니없는 것도 있는데……"

미쓰나리가 들려주는 이 뜻밖의 이야기는 히데요시에게 다른 생각을 할 수 있는 여유를 주지 않았다.

국상 중에 히에이산에서 사냥했다, 더욱이 많은 몰이꾼에게 무장을 시키고 살생이 금지된 영산(靈山)에서 총을 쏘았다…… 실성해서 그런 게 아니라면 마땅히 히데쓰구에게 무슨 생각이 있어 한 일이 분명했고, 그 때문에 엉뚱한 소문이 떠도는 것도 당연한 일이었다.

"미쓰나리!"

"예."

"그 소문을 말해라. 소문 그대로, 백성들이 말하는 대로 이야기해."

"황송하오나 아직 참인지 거짓인지 판명되지 않은 일이라서……"

"판단은 내가 하겠다. 소문대로 말해 봐."

"그럼, 말씀드리겠습니다. 그것은 요도 마님의 잉태와 관련 있다고 합니다."

"뭣이! 이번에 태어난 아이와 관련 있다고?"

"예, 쓰루마쓰 도련님을 잃으셨을 때 전하께서 그토록 슬퍼하신 일로 미루어 친아들이 탄생하시면 이제 간파쿠는 밀려날 것이다. 그렇게 판단하여 자포자기했다는 것이 그 하나……"

"그럼, 그 밖에 또 있단 말이냐?"

"예, 그러나 그건……"

"에잇! 빨리 말하라는데도!"

"예."

미쓰나리는 난처한 듯 다시 조용히 말을 이었다.

"이것도 역시 도련님의 탄생과 관련 있습니다만, 좀더 깊이 파고들면 간파쿠가 자포자기한 원인은 이번 싸움에도 있다는 소문입니다."

"이번 싸움과 간파쿠가 무슨 관련 있나?"

"이번 싸움은 황송하오나 전하의 판단이 잘못되었다…… 대군을 가진 명나라를 굴복시킬 수는 없다……."

"흠, 그래서……."

"머지않아 바다 건너 그 땅에 가 있는 장수들은 모두 자멸할 것이라고."

"백성들이 그런 소문을 퍼뜨리고 있단 말이지?"

"예, 터무니없는 소문이오나……곧 그 총대장으로 간파쿠가 그곳에 파견될 게 틀림없다. 그렇게 되면 전하께서는 손에 피 한 방울 묻히지 않고 간파쿠를 처치하고 태어나는 도련님에게 천하를 물려줄 수 있다……고 생각하시는 것을 우연한 기회에 간파쿠가 눈치채셨다…… 그래서 그런 난폭한 행동을 감히 한 것이라고……."

히데요시는 다시 숨을 삼키며 신음소리를 냈다. 생각지도 못한 일이었으나, 그러고 보니 히데쓰구에게 자기 대신 바다를 건너가라고 말한 적은 분명 있었다. 그것을 히데쓰구가 그토록 나쁘게 받아들였단 말인가? 다른 무장들 앞에서 체면을 위해 실행할 마음도 없이 그저 말해 보았을 뿐이었는데…….

그러나 살생 간파쿠라니, 이 무슨 고약한 별명이란 말인가! 이런 별명은 한번 퍼지기 시작하면 영원히 지워지지 않고 남는 법이다…….

"음, 그냥 내버려둘 수 없는 일인걸."

"하오나 단지 백성들이 제멋대로 한 상상인데……."

"그 상상이 무서운 것이다. 히데쓰구 놈! 기어이 내 얼굴에 똥칠을 했구나. 그래, 살생 간파쿠라……."

히데요시의 눈에 일찍이 보지 못한 어두운 분노의 빛이 서렸다.

미쓰나리는 조용히 히데요시를 바라보았다. 히데요시의 분노의 원인이 무엇인지 확인하려는 듯이.

"미쓰나리, 그대가 하는 일이니 그 뒷처리에 실수는 없을 테지?"

"실수……라니요?"

"그 뒤 간파쿠에게 은밀히 감시를 붙여두었느냐 말이다."

"황송하오나 그런 일은 제가……."

"어째서 못하는가?"

"상대는 전하의 후계자이신 간파쿠 전하입니다."

"간파쿠니까 감시를 붙일 수 없다고 생각하는 게 잘못이야."

"그러나 그건……."

"만일 정말 그 소문대로 행동하고 생각한다면 어쩔 텐가?"

"그런 일은 결코 없을 것입니다. 전하께서 충분히 훈계하셨고, 서약서까지 쓰신 간파쿠 전하이신데 신하인 저희들이 그 품행에 참견하는 것은 감히 생각지도 못할 일입니다."

"뭣이, 참견하지 못한다고?"

"예, 전하를 두고 어찌 저희들이……."

"그래?"

히데요시는 문득 말을 멈추고 다시 진지하게 생각에 잠겼다. 미쓰나리의 말이 옳았다. 히데요시 같은 양아버지를 제쳐놓고 행정관들이 이것저것 책동한다면 분명 가풍이 어지러워진다.

'이 일을 어떻게 하면 좋단 말인가……?'

아들이 태어날 경우를 생각해 히데요시가 말해둔 자차히메 한 사람의 자식……이라는 것도, 히로이라고 이름 붙이게 한 것도 다 히데쓰구에 대한 영향을 생각해서 한 일이었는데 그에게 전혀 통하지 않은 것이다.

"미쓰나리."

"예."

"그렇다면 참고로 물어보는데 그대가 만일 내 입장이라면 이 문제를 어떻게 해결하겠나?"

"참으로 황공한 질문입니다. 저에게 전하 이상의 지혜가 있을 리 있겠습니까?"

"그렇지도 않을걸. 나에게 하고 싶은 말이 있다고 그대 얼굴에 씌어 있어."

"허참, 더욱 당치도 않은 추측입니다. 그러면 저마다 간파쿠 전하를 못마땅하게 여겨 헐뜯기라도 한 것같이 들립니다."

"쓸데없는 소리 마라. 비록 그대가 헐뜯는다 해도, 그 때문에 생각을 바꿀 히데요시가 아니다. 질문을 받았으면 생각한 대로 대답해 보라."

미쓰나리는 한순간 날카로운 긴장을 얼굴에 드러냈다.

'요도 마님이 이것저것 연락해 온 일을 눈치채고 있는 게 아닐까?'

그러한 불안이 가슴을 스쳐간 것이다.

"왜 대답이 없나, 미쓰나리……."

"황송하오나 그 일 같으면 저희들이 전하께 여쭤볼 말씀이 있습니다."

"뭐, 그대 쪽에서……."

"예, 그것을 듣기 전에는 궁리도 대책도 세울 수 없습니다."

미쓰나리는 교묘하게 히데요시의 속셈을 살피려 들었다. 히데요시는 씁쓸하게 웃었다. 자기가 먼저 이번에 태어난 아이에 대해 미쓰나리가 어떤 생각을 하는지 물어보려 했는데, 미쓰나리가 보기 좋게 선수 친 것이다. 미쓰나리로서는 히데요시가 어떻게 나올지 먼저 확인하고 싶은 것이리라.

"빈틈없는 사람이로군. 그럼, 그대부터 먼저 말해 보라."

"황공하신 분부…… 아무튼 천하를 물려주신 뒤에 도련님이 태어나셨습니다."

"얄궂게 되었지, 그 점에서는."

"그러므로 이 도련님을 전하께서 어떻게 대우하실 작정이신지, 그것을 알기 전에는 저희들도 생각할 여지가 없습니다."

"나는 아직 거기까지는 생각지 않았어. 백지 상태야."

"그럼, 요도 마님 혼자만의 아기라고 하신 것은?"

"태어날 줄 알고 있다가 만일 유산이라도 된다면, 좋다가 마는 것…… 그 뒤의 낙담이 두려웠기 때문이다."

"그럼, 또 한 가지, 어째서 아랫것들에게까지 경어를 쓰지 말라고 하셨습니까?"

"그것도 역시 부모 마음이지. 귀하게 키울수록 아이는 약해진다고 세상에서 말하지 않은가?"

"단지 그 이유만으로 그렇듯 이상하게 해석될 수 있는 말씀을 하신 것은 좀 경솔하시지 않았나 합니다."

"뭐……뭐라고."

"그 때문에 요도 마님은 전하께서 도련님을 미워하시는 줄 의심하시게 되고, 간파쿠는 간파쿠대로 자기를 속일 셈으로 용의주도하게 음모를 꾸민 줄 여기고 계십니다. 이래서는 집안을 두 조각내는 소동의 씨앗을 일부러 뿌리시는 거나 다름없다고 생각합니다만, 어떠신지요?"

"음."

히데요시는 나직이 신음한 다음 당황해서 말했다.

"그것 봐, 그대에게 벌써 그런 궁리가 있지 않은가?"

"전하, 저희에게 말씀해 주십시오. 이번에 태어나신 도련님을 어떻게 하실 작정이십니까."

"또 묻는구나…… 아직 거기까지는 생각하지 않았다는데도."

"그럼, 그 생각이 결정될 때까지는 요도 마님의 의혹이며 간파쿠의 불안이 계속 쌓이는 대로 내버려두는 수밖에 도리 없습니다. 이것은 저희가 나설 수 있는 성질의 일이 아닙니다."

히데요시는 혀를 차고 다시 입을 다물었다.

'미쓰나리의 말이 옳다.'

자신의 생각이 정리되기 전에 이러니저러니 말할 만큼 미쓰나리는 조심성 없는 사람이 아니다.

"미쓰나리, 내 진심을 말하마. 나는 이번 아이가 무사히 성장한다면 간파쿠와 의논해 간파쿠 다음에 천하를 물려주고 싶다. 히데요시의 친자식으로 태어난 아이니까."

"그 말씀을 들으니 저도 생각을 정할 수 있게 되었습니다. 간파쿠 전하 다음에 천하를 물려주신다……면 가문은 하나로 이어지는군요."

"그렇지. 한번 천하를 물려준 간파쿠에게 잘못이 있다 해서 그만두게 할 수야 없지. 그렇다고 나의 친자식으로 태어났는데 간파쿠 아들의 신하로 만드는 것도 불쌍한 노릇이거든."

사실 그것은 히데요시의 거짓 없는 심경이었다.

미쓰나리는 고개를 끄덕이며 좀더 다가앉았다.

'히데요시로서는 무리한 일이 아니다……'

내 친자식에게 간파쿠 히데쓰구의 아들을 섬기게 하고 싶지는 않으리라. 그렇다면 나이로 보아도 히데쓰구 다음에 세상에 나갈 수 있다……는 것은 타당한 생각이었다.

"그 말씀을 들으시면 요도 마님도 안심하실 테고, 저 역시 생각할 방법이 있습니다."

미쓰나리는 천천히 머리를 숙여보였다.

"이렇게 하면 어떻겠습니까. 간파쿠에게 따님이 계십니다. 그 따님을 히로이 님

색시감으로 맞아들일 약속을 하시면……."

히데요시가 어이없는 듯 말을 가로막았다.

"잠깐, 미쓰나리, 그 이야기는 너무 이르다. 나는 아직 아이의 얼굴도 보지 못했어. 게다가 듣자 하니 히데쓰구 놈이 그냥 넘어갈 수 없는 괘씸한 짓을 하고 있다지 않은가?"

"황송하오나 바로 그 일입니다."

"무엇이 그 일이냐. 그대에게는 요즘 건방지게 말을 돌려대는 나쁜 버릇이 생겼어."

"만일 간파쿠 전하가 전하의 심중을 떠보려고 일부러 살생을 하셨다면 어떻게 하시겠습니까?"

"뭐, 내 마음을 떠보려고……?"

"만일……이라고 말씀드렸습니다. 친아들이 태어났다, 그러니 이쯤에서 꾸중 들을 원인을 만들어 은퇴할 길을 터보자……는 생각도 어쩌면 있을지 모릅니다."

"음, 많이 생각했구나, 미쓰나리……."

"이런 일은 천하에 큰 영향을 미치는 중대사니까요."

"그럼, 그대는 간파쿠의 딸과 히로이를 짝지워주겠다……고 언질을 주면 간파쿠도 마음 놓고 못된 짓을 안 할 것이란 말이지?"

"황송하오나 거기까지는 모르겠습니다만, 간파쿠 전하가 하신 살생이 그러한 불안에서 온 것인지 아니면 성격에 의한 것인지……확실하게 판명될 거라고 생각됩니다."

히데요시는 비꼬듯 웃었다.

"흐흐……미쓰나리, 그대는 악인이로군."

"무슨 말씀을? 모두 전하의 은혜를 생각해서 하는 일인데 그 말씀은 천만뜻밖입니다."

"아니, 참아라, 참아, 농담이다. 그러나 그대 말에는 확실히 일리가 있어. 그러나 미쓰나리, 이건 그대의 머리에서 나온 책략이라는 소문이 나지 않도록 해. 두고두고 그대가 난처해질 테니까. 어디까지나 히데요시 혼자의 생각에서 나온 것으로 해야 한다."

"그 일이라면 말씀하실 필요도 없습니다. 다만 저는 도련님에 대한 전하의 사랑이 어떠한지 요도 마님에게만은 말씀드리고 싶습니다."

"그건 괜찮겠지. 아이를 양육하는 마음가짐이 달라질 테니."

히데요시는 고개를 끄덕이고 다시 허공을 노려보았다. 히데쓰구의 고약한 행동에 대한 노여움이 어느덧 아직 보지도 못한 갓난아기에 대한 환상으로 바뀌어 얼굴 전체에 웃음이 번졌다. 어떻든 바다 건너에서 싸움이 잠잠해졌을 때, 잊을 수 없는 쓰루마쓰를 대신하는 아이가 고고의 소리를 울린 것이다.

'이제부터 내 인생에 다시 새로운 아침이 찾아올 모양이구나.'

생각만 해도 온몸이 훈훈해지는 느낌이었다. 히데요시는 시동을 불러 술을 내오라고 명했다. 사람에게는 말을 하지 않고는 있을 수 없는 때가 있다.

'어째서 이렇듯 즐거운 것일까?'

생각하면 자못 어린아이 같은 면구스러움이 느껴졌으나 어쨌든 오늘의 히데요시는 오랜만에 동심으로 돌아갔다.

시동이 술을 날라오자 히데요시는 미쓰나리에게 잔을 주며 평소보다 말이 많아졌다.

"알겠나? 이건 우리끼리 하는 이야기인데."

"예, 말씀하십시오."

"만일 간파쿠의 딸을 히로이의 아내로 맞이하고, 간파쿠는 적당한 시기에 은퇴시킨다고 하자……."

"예."

"그때 가서 히로이 주위에 누구누구를 두어 정무를 돕게 하는 게 좋은지가 문제다. 어때, 물론 술기운에 여흥 삼아 하는 말이라도 좋다. 술김에 한 말은 책임 없으니 생각한 대로 말해 봐."

"황송하오나 그런 일은 함부로 입 밖에 낼 것이 못 된다……고 생각합니다만."

"하하……누가 듣고 있는 것도 아니고 그대와 나 둘만의 술자리가 아닌가?"

"하오나 그것만은……."

"하하……이시다 미쓰나리 하나만 있으면 문제없다……고 자신 있게 가슴을 두드리고 싶은 모양이지?"

"원, 당치도 않은 말씀을!"

"그것 봐, 핵심을 찔러서 당황하는 꼴이 그 증거야."

"전하!"

미쓰나리는 점점 어두워지는 큰 방에서 주의 깊게 뜰을 살핀 다음 말을 이었다.

"이번 싸움이 끝난 다음에는 과감하게 인심을 전환시킬 필요가 있지 않을까요?"

"그렇다면……?"

"현재의 여러 영주들은 모두 싸움터에서는 유례없는 용장이었습니다만, 용장이 그대로 백성을 다스리는 데도 유능하다고 단언할 수는 없습니다. 모두들 민심을 얻지 못해 초조한 나머지 경계한 자들끼리 분쟁을 일으킬 우려가 다분히 있습니다."

"하하……염려 마라. 그때는 언제든 꼼짝 못하게 누를 수 있지 않은가?"

"아닙니다. 그 작은 다툼이 파벌싸움으로 발전하면 그리 간단하게 제압할 수 없게 됩니다. 그러므로 민심을 잘 파악할 수 있는 중앙으로부터의 지도력이 중요해집니다."

"그건 그렇지. 그러면 히로이의 주변에 무장 출신 영주들보다 문치(文治)에 능한 자를 많이 두라는 말이로구나."

"명철하신 헤아림, 참으로 놀랍습니다."

"좋아. 바로 그 문치에 능한 자 말인데, 일단 그대는 제쳐두고 누가 적당할까? 큰 영주들 중에서……?"

"글쎄요, 그게 도무지."

"마에다 도시이에는 어떨까?"

"고지식하고 의리 바른 분이지요."

"모리도 좋지. 이번 싸움에서 있는 힘을 다해 잘 싸워주었어."

"그러나 아직 전하를 섬긴 지 얼마 되지 않아서……."

"이에야스는 어떤가? 인물로는 역시 이에야스가 가장 출중하다고 생각되는데."

그러자 미쓰나리는 문득 표정을 굳히며 다시 한번 날카롭게 주위를 둘러보았다.

히데요시는 미쓰나리가 무슨 말을 하려는지 미리 짐작하고 빙그레 웃었다.

"방심할 수 없단 말인가, 히로이에게는?"

짓궂게 웃는 히데요시의 얼굴을 보자 미쓰나리는 더욱 표정을 굳혔다. 히데요시에게는 이 자리의 대화가 주흥이겠지만 미쓰나리로서는 좀처럼 얻기 어려운 간언의 기회였다.

요즘 히데요시는 미쓰나리가 볼 때 적잖이 불만스러웠다.

'오다와라 전투 때만 해도 거의 한 치의 틈도 보이지 않는 매서운 분이었는데……'

그런데 소와 고니시가 하는 애매한 보고를 꿰뚫어 보지 못하고 조선출병을 강행한 무렵부터 조금씩 시대의 흐름과 빗나가기 시작한 느낌이었다. 주라쿠 저택을 짓고 큰 불전을 세우고 전국의 칼을 회수하고 토지조사를 실시한 다음, 어째서 이 같은 싸움에 운명을 걸지 않으면 안 되었단 말인가? 건축에, 그림에, 도자기 기술에, 다도……가히 히데요시의 시대라고 할 만한 활발한 진보를 이루었으면서 어째서 다시 전쟁을 시작해야만 했던가……?

노부나가 이래의 염원이었던 일본 통일이 완성된 이상 마땅히 안정된 외교로 문치를 밀고 나가 히데요시야말로 여느 무장이 아니었다……고 후세 역사가들을 경탄하게 했어야 하는데 굳이 일을 벌여 역시 싸움밖에 모르는 사람이었다는 평을 받을 역행을 감행한 것이다.

그리고 지금도 히데요시는 조선을 점령한 무장들에게 일본 국내에서 하던 습관대로 그 영토를 그대로 상으로 내릴 수 있는 줄 여기고 있다. 바다를 건너가 현지를 샅샅이 돌아보고 온 미쓰나리에게는 그것도 불안의 씨였다.

'일본 국내에서 두려워하는 만큼 다른 나라에서도 히데요시를 두려워할지, 어떨지?'

히데요시가 제시한 일곱 조항을 가지고 명나라 사신은 일단 귀국했지만 과연 히데요시의 희망대로 강화가 성립될 것인지……?

그런 불안을 애써 누르면서 열심히 일하는 미쓰나리에게 은밀히 히로이에 대한 일이 알려졌고 자차히메로부터 절박한 부탁이 있었다. 따라서 미쓰나리는 이 문제를 전혀 다른 각도에서 받아들였다.

'이것이야말로 하나의 구원이다!'

친자식을 사랑하지 않는 사람은 없다. 하물며 늦둥이 아들일수록 더욱 걱정이 많다…… 이것은 전하를 위한 좋은 노리개다. 되도록 이 일로 마음 돌리게 하여 외국과 싸우는 일에서 빨리 손 떼게 하는 게 상책……이라는 마음을 먹고 찾아온 미쓰나리에게 히데요시 쪽에서 가문의 장래를 위해 히로이를 누가 보필하게 하는 게 좋겠느냐고 물어왔으니 다시없는 기회였다.

"이야기가 나왔으니 분명히 말씀드립니다만, 도쿠가와 님에게는 늘 방심하지 말고 주의하시는 것이 좋을 거라고 생각합니다."

미쓰나리가 진지하게 대답하자 히데요시는 다시 한번 빙그레 웃었다.

"미쓰나리답지 않은 말을 하는구나. 이에야스의 심중은 이번 싸움에서 속속들이 살펴봤다. 쩨쩨한 책략이나 흥정이 아니었어. 진심으로 일본을 염려하고 나를 걱정하며 표리 없이 일했지. 게다가 이에야스의 말이라면 무장 출신 영주들도 모두 납득한다. 미쓰나리, 그것을 순수하게 받아들이지 못한다면 그대의 기량도 뻔하구나."

히데요시는 그 일에서 화제를 돌리려고 말한 것이었으나 미쓰나리는 눈썹을 확 치켜뜨며 한무릎 다가갔다.

"그러므로, 그러므로 방심은 금물이라고 말씀드린 것입니다."

미쓰나리는 여기서 히데요시의 눈을 다시 국내로 돌리게 하기 위해서는, 히데요시의 아들 출생을 계기로 감히 2, 3명의 가상적인 적을 만들어도 괜찮다고 생각했다. 만일 그 가상의 적이 국내에 없으면, 강화조건에 대한 명나라의 회답에 따라 히데요시는 국력을 내걸 만한 큰 모험을 다시 감행할 우려가 있다.

'이것은 결코 무의미한 작은 책략이 아니다. 직접적으로는 도요토미 가문을 위하고 동시에 일본을 위한 일이다……'

미쓰나리는 자신이 놓인 입장에서, 자차히메는 어머니 입장에서, 또 히데요시와 이에야스도 저마다 다른 입장에서 다른 세계가 보이는 시야에 서 있다. 그리고 그 견해의 차이가 때로는 건설의 원인도 되고 붕괴의 원인이 되기도 한다.

히데요시는 노골적으로 불쾌한 기색을 드러내며 미쓰나리를 꾸짖었다.

"도쿠가와에 대해서는 말을 삼가라, 미쓰나리. 그렇지 않아도 엉뚱한 소문이나 있다."

"어떤 소문입니까?"

"지난날의 내 시동들이 모두 이에야스에게 심복하고 있기 때문에 미쓰나리가 초조해 한다는 소문이다."

"전하는 그것을 믿으십니까?"

"믿는다면 그대한테 이렇게 이야기하겠나, 못난 소리."

"그렇다면 말씀드리지요. 지난날의 시동들, 지금의 용장들과 도쿠가와 님의 접근을 달가워하지 않는다는 소문은 사실입니다."

"뭣이! 그대 자신이 사실이라고 수긍한단 말이지?"

"예, 도쿠가와 님과 영주들의 접근을 좋아하지 않는 것만이 아니지요. 간파쿠와 영주들의 접근도 도가 지나치면 좋지 않다고 생각합니다."

히데요시는 눈을 크게 부릅뜨고 미쓰나리를 노려보았다. 늦둥이 아들에 대한 별스럽지 않은 대화가 예사로 들어넘길 수 없는 중대사로 발전해 버린 데 대한 놀라움 때문이었다.

"그대는 내 마음에 일부러 풍파를 일으키려는 것인가?"

"아닙니다. 문제는 바다 밖에만 있는 게 아니라는 뜻일 뿐입니다."

"음, 얄미운 소리를 하는군."

"만일 간파쿠가 잔뜩 의심을 품고 계시는데 전하께서는 온 힘을 다 기울여 해외 일에만 몰두하시고 나라 안을 전혀 돌아보지 않으신다면 어떻게 되겠습니까? 그러면 일부러 소인배들의 야심을 부채질하는 것과 같은 결과가 되지 않겠습니까……?"

미쓰나리는 차츰 스스로 자기 말에 끌려들어갔다. 그것이 히데요시를 얼마나 동요시키게 될지는 잊고 있다.

히데요시는 미쓰나리를 노려본 채 한동안 말이 없었다. 듣고 보니 틀린 말이 아니었다. 생각지도 않던 아들의 탄생으로 히데쓰구의 마음이 크게 흔들리고 있다. 이럴 때 어릴 때부터 길들인 시동 출신 영주들의 마음을 히데요시 이상으로 단단히 사로잡는 자가 나타난다면 틀림없이 파탄의 원인이 될 것이다. 더구나 지금 히데요시는 그 히데쓰구 다음에 천하를 물려주고 싶은 아들의 탄생을 맞이하고 있다…….

히데요시는 자기를 지그시 쏘아보는 미쓰나리에게 잠자코 잔을 내밀었다.

"마셔라. 그대 이야기는 불쾌하기 짝이 없어."

"들겠습니다."

미쓰나리는 아직도 히데요시에게서 시선을 돌리지 않고 잔을 받았다.

'이만하면 히데요시의 마음을 국내로 돌릴 수 있겠지.'

생각하니 마음속으로 오히려 자랑스러웠다.

"꾸중 들을 각오를 하고 말씀드렸습니다. 용서해 주십시오."

"미쓰나리."

"예."

"아직 할 말이 더 있겠지. 이런 불쾌한 이야기는 한 번으로 충분하다. 모두 말해라."

"황송하오나 말이 좀 지나쳤던 것 같습니다. 그러나 머지않아 간파쿠 세대에서 도련님 세대로 바뀔 날이 올 거라고 생각하니 말씀드리지 않을 수 없었습니다."

"그대는 나더러 이곳 처리를 빨리 끝내고 교토로 돌아가라는 말이지?"

"그렇습니다. 곧 명나라에서 사자도 올 것이니 후시미성을 빨리 완성시켜 거기서 유유히 사신을 기다리는 것이 좋을 거라고 생각합니다."

"더 이상 명나라 일에 깊이 들어가지 마라, 국내에도 아직 근심거리가 많다고 말하고 싶은 거냐?"

"무엇이든 훤히 헤아려주시니……황송할 따름입니다."

"그리고 나에게, 이제 안팎으로 싸움은 모두 끝났다, 모든 백성들이 저마다 평화를 누릴 수 있도록 무장들을 제압하고 정치에 힘쓰라고 명령하는 것이렷다."

"무슨 당치도 않은 말씀을…… 제가 어찌 전하께 명령 같은 것을."

"이제 그만해라. 알았다. 이 이야기는 우리끼리 이야기로 끝내자."

"그야 물론……."

"히데쓰구의 동요는 미숙한 탓으로 치더라도, 이에야스에게 야심이 있다고 여기는 것은 그대의 지나친 생각이다. 앞으로는 결코 그런 말을 입에 담지 마라."

"……예."

"알겠나? 모처럼 품 안에 든 자도 의심을 갖고 대하면 반드시 두려워 멀리하며 차츰 적의를 품게 되는 법이다."

엄하게 말하면서 히데요시는 그 말과 반대로 왠지 이에야스가 마음에 걸리기 시작했다. 그러고 보니 요즘 이에야스는 히데요시에게 저항을 느끼게 하는 언동이 전혀 없었다. 명나라 사자를 접대하는 태도도, 일선 장병에 대한 연락도, 진중에서 하는 각 장수에 대한 접촉도 얄미울 만큼 히데요시의 뜻을 잘 받들어 행동하고 있었다. 때에 따라서는 미쓰나리나 나가모리보다 훨씬 세심하게 마음 쓴다고도 할 수 있었다.

물론 히데요시도 이에야스의 체면을 충분히 세워주었는데 생각해 보면 그것도 일종의 위험성을 내포하고 있었다.

'히데요시까지 그토록 믿고 존중하는구나……'

무장들 마음에 그런 생각이 뚜렷이 침투되어가는 것은, 이에야스야말로 히데요시의 후계자……라고 여기게 할 위험이 없지 않았다. 미쓰나리는 눈치 빠르게 알아차리고 결코 마음 놓지 말라는 것인데, 과연 히데쓰구며 이번에 태어난 아기에게는 이에야스의 존재가 필요 이상으로 크게 부각될지도 모른다……고 생각되자 히데요시는 저도 모르게 소리 내어 웃으며 말했다.

"천하는 오직 나와 나의 가문을 위해서만 있는 게 아니다. 나 이상의 인물이 나오면 언제든 이 자리를 빼앗을 수 있는 거야……."

깜짝 놀란 듯 미쓰나리가 되물었다.

"뭐라고 하셨습니까? 무엇이 그토록 우스우십니까."

히데요시는 거리낌 없이 털어놓았다.

"아니, 묘한 일이야. 한번 뺏어간 쓰루마쓰를 신불이 다시 내 손에 돌려주셨다……고 생각한 순간 내 마음에 비열한 욕심이 생기려 했으니."

미쓰나리 역시 미소 지으며 대답했다.

"비열한 욕심……이라니요?"

"더 이상 묻지 마라. 간단한 이치 아니냐?"

"그렇지만 전하께서 하시는 말씀이니……비열한 욕심이란 어느 정도의 것인지 알아두었다가 참고로 삼고자 합니다만."

"하하……또 미쓰나리의 탐색하는 버릇이 시작되었구나. 좋다. 그럼, 들려주지."

히데요시는 눈을 가늘게 뜨고 먼 곳을 바라보는 표정으로 말했다.

"쓰루마쓰가 죽었을 때, 실은 나도 죽은 셈 치자고 생각했다. 더 이상 살아서 마음 죄며 괴로워하는 게 정말 견딜 수 없었다…… 따라서 그때부터 나는 죽은 셈 치고 진중에 있었던 것이다. 지난날 히데요시가 아니라 일에 미친 귀신이 된다……는 심정으로."

"그 심정, 짐작할 것 같습니다."

"그런데 그 쓰루마쓰가 뜻밖에 다시 내 품에 돌아왔다. 그렇게 되니 쓰루마쓰는 잠시 저승에 가 있는 동안 도요토미 가문의 후계자가 아니게 된 거지. 생각하면 가엾다…… 비열한 욕심이 생긴다는 이야기야."

"그렇군요. 쓰루마쓰 님이 잠시 저승에 몸을 숨기고 계시는 동안……."

"그러나 이것은 결코 품어서는 안 되는 비열한 욕심이야. 내 자식에게 천하를 물려주고 싶다…… 자식을 사랑하지 않는 부모는 없을 테니까. 누구나 한번쯤은 그렇게 생각하겠지."

"당연한 인정입니다."

"그런데 그런 일은 해서 안 되는 것……."

"……그럴까요?"

"그렇고말고. 사람이란 거기서 구제받을 수 없는 미망의 구렁텅이에 빠지게 된다. 기요모리(清盛 ; 미나모토(源) 가문을 대신하여 정권을 잡았던 다이라(平) 가문의 무장. 딸을 황후로 삼아 외척으로 권세를 휘둘렀던 세도가)를 보아라. 아들 고마쓰(小松)가 자기보다 먼저 죽자 다이라(平) 가문은 멸망했다. 요리토모(賴朝 ; 가마쿠라(鎌倉) 막부를 연 미나모토 요리토모. 무신 정권의 창시자)를 보아라. 요리이에(賴家 ; 요리토모의 맏아들)와 사네토모(實朝 ; 요리토모의 둘째아들)도 일단 천하를 물려받았으면서 모두 불행한 꼴이 되었다. 아니, 먼 옛날까지 거슬러올라갈 것도 없이 돌아가신 노부나가 님의 경우가 좋은 예지. 노부타다 님은 그때 함께 숨졌으니 그렇다 치고, 노부카쓰와 노부타카는 그럴 만한 인물이 못 되었어. 천하를 맡기고 싶어도 그릇이 작은 자에게는 맡길 수 없는 이치지."

미쓰나리는 히데요시를 흘끗 쳐다보았을 뿐 잠자코 있었다.

"그러므로 천하는 천하의 것, 실력 여하에 따라 누구든 차지할 수 있는 거라고 늘 나는 말해 왔다. 그러던 내가 문득 쓰루마쓰에게 넘겨줄 수 있다면……하고 생각했다니 우스운 일이지. 도요토미 히데요시만 한 인물이 이 무슨 비열한 생각을 하는가 하고 말이다, 하하하."

"말씀 명심하겠습니다."

"명심해서 그대도 한번 천하를 노려볼 텐가?"

"무슨 말씀을…… 저희들은 전하의 은혜를 입어 출세한 자들입니다. 도요토미 가문을 위해 살고 죽는 게 본분입니다."

"하하……그렇게 정색하며 얼굴빛을 바꿀 것 없다. 농담이야, 농담. 어쨌든 히로이가 태어났으니 실력이 있든 없든 그대들이 모두 이 아이를 도와주지 않으면 안 된다."

　그리고 문득 히데요시는 다시 입을 다물었다. 비열한 욕심……이라고 스스로 말한 그 욕심이 다시금 끈질기게 마음속에서 거미줄을 펼치고 있는 듯한 기분이 들었던 것이다.

　'어쨌든 어서 히로이부터 봐야겠다…….'

주라쿠(聚樂) 내전

간파쿠 히데쓰구의 거실이 된 주라쿠 저택 안의 시로쇼인(白書院)에서는 오늘 밤에도 기묘하고 어색한 주연이 열리고 있었다.

30명 넘는 히데쓰구의 측실들이 꽃처럼 자리에 늘어앉고, 그 애첩들 중에서 비파의 명수로 이름난 사에몬(左衛門)이 헤이쿄쿠(平曲 ; 다이라(平) 가문의 흥망 이야기에 곡을 붙인 노래)를 한 곡조 탄 뒤부터 좌중의 분위기가 묘하게 가라앉기 시작했다.

"히데요시가 머지않아 교토로 돌아온다."

그 소식이 있기 전에 잇달아 들어온 첩보는 모두 히데쓰구를 어리둥절하게 하는 것뿐이었다.

"다이코님은 간파쿠께서 사냥하신 일로 노발대발하고 계십니다."

"다이코님은 간파쿠를 폐하고 새로 태어나신 히로이 님을 후계자로 삼기 위해 이시다 미쓰나리와 며칠 동안 밀담을 나누셨습니다."

"다이코님은 돌아오시는 길로 간파쿠를 오사카성에 불러 손수 베어버리실 거라는 소문이 퍼져 있습니다."

"다이코님은······."

그러한 소문이 중신과 여자들 사이에 은연중 퍼져가는 참인데 헤이쿄쿠의 구슬픈 곡조가 연주된 게 좋지 않았다.

사에몬은 히데쓰구보다 10살 위로, 비파의 명수일 뿐 아니라 히데쓰구의 노래 스승 노릇도 하고 있었으며 어딘지 조용하고 음울한 성격이었다. 그 사에몬이 비파를 내려놓기 무섭게 히데쓰구의 오른쪽에서 가느다란 울음소리가 새어나왔다. 어머니 이치노미다이(一御台)와 함께 모녀가 첩으로 있는 딸 오미야(於宮)였다.

이치노미다이가 나무랐다.

"얘, 조심해라. 전하의 기분이 더 울적해지신다."

"네……네, 하지만 너무 슬픈 곡이어서 그만."

한창 감성이 예민한 13살의 오미야는 당황해 눈물을 닦았지만, 이미 히데쓰구의 눈썹은 불쾌하게 치켜올라가 있었다. 모녀를 측실로……그 일로 히데요시가 몹시 노여워하고 있다는 소리를 들었기 때문이었다.

"어미와 딸을 함께 총애한다고?……짐승 같은 짓이지."

그것도 첩자의 보고였으나, 모녀가 함께 히데쓰구의 잠자리 시중을 드는 이들은 이 밖에 또 한 쌍 우에몬(右衛門)과 딸 오마쓰(於松)도 있었다.

"무엇이 슬퍼서 우느냐? 울려면 물러가라."

히데쓰구에게 야단맞자 어머니 이치노미다이가 당황하여 대신 변명했다.

"무엇을 들어도 슬퍼지는 나이입니다. 귀담아듣지 마시고 용서해 주십시오."

"듣기 싫다! 그대도 물러가라!"

"……네."

요즘 히데쓰구는 한번 말을 내놓으면 막무가내였다. 차츰 주정이 심해져서 어떤 때는 술잔이 날아가고 음식상이 뒤집어졌다. 그것을 알므로 이치노미다이와 오미야는 소리 없이 물러갔다. 그쯤 되자 벌써 여자들 중에서는 아무도 입을 여는 사람이 없었다.

"술을 따라라! 뭘 겁먹고 있어."

"……네."

"내가 무섭나? 다이코의 눈치만 살피며 안절부절못하는 나 같은 사내가 무섭단 말이냐!"

술병을 받쳐들고 술을 따르려던 것은 히데쓰구의 측실 중에서 가장 어린 12살의 오마쓰였다. 오마쓰는 가을꽃을 수놓은 엷은 자줏빛 비단옷을 걸치고 하얀 손을 뻗은 채 오들오들 떨었다.

"왜 무서워하느냐!"

히데쓰구는 이번에는 무릎으로 세차게 보료를 쳤다.

"그대들이 모두 까닭 없이 두려워하기 때문에 다이코는 나를 포악한 놈으로 생각하는 거다. 그대들은 나를 괴롭히는 게 그렇게 재미있나?"

"아닙니다, 그런 일은……."

"그렇다면 떨지 마라!"

"네……네."

아직 어린 티가 가시지 않은 오마쓰는 대답과 달리 술잔 가장자리에 달각달각 술병을 부딪쳤다.

"에잇! 떨지 말라는데도."

술잔이 오른쪽으로 날아가 13살 난 오아이(於愛)의 가슴에 맞았다.

"앗……."

술을 뒤집어쓴 오아이가 비명 지르는 순간 히데쓰구가 시동의 손에서 칼을 빼앗으려 했다.

중신 구마가이 다이젠(熊谷大膳)이 오른쪽에서 꾸짖듯 외쳤다.

"참으십시오. 이러시면 안 됩니다. 그러시면 더 두려워합니다. 오마쓰 님은 아직 어립니다."

오른쪽에서 기무라 히타치노스케(木村常陸介)도 말했다.

"그렇습니다. 지금은 우선 노여움을 푸시고 다이코 전하께서 오사카에 도착하셨을 때의 일을 의논하는 것이 더 중요합니다."

"그럼, 나를 불러 베어버리겠다는 다이코를 자진해 마중하라는 건가?"

"무슨 말씀을, 아무도 아직 그렇게 결정하지는 않았습니다. 차라리 이쪽에서 다른 마음이 없다는 것을 보여주기 위해서라도 마중 나가는 게…… 물론 하나의 의견에 지나지 않습니다만."

히타치노스케는 눈짓으로 오마쓰와 옷을 적셔버린 오아이에게 물러가도록 신호하면서 침착한 목소리로 말했다.

"물론 전하께서 안 된다고 하신다면 달리 생각할 수도 있는 일입니다만, 지금은 특히 하루하루의 행동을 삼가시는 게 좋을 듯합니다."

"히타치노스케!"

"예."

"나는 마중 가지 않는다. 그보다도 그대가 포섭하겠다던 영주들은 어찌 되었는가……?"

"무슨 말씀이신지……."

히타치노스케는 난처한 듯 좌중을 둘러보며 구마가이 다이젠과 서로 고개를 끄덕였다.

"전하께서는 간파쿠이신데 내 편이니 적이니 하는 게 있을 리 없지요. 다만 영주들 중에 이번 싸움으로 지출이 많아 재정이 여의치 않다고 호소하는 자가 있어 그들에게 여분의 돈을 빌려주시어 위급을 구해 주는 게 뒷날을 위해 요긴한 일……이라고 말씀드렸을 뿐입니다."

"흥, 그래? 그렇게 말해야 되는 것인가? 싸움과 후시미 축성으로 다이코는 영주들을 쥐어짜고 있다. 그래서 뒤로 내가 돈을 빌려주어 구원한다. 이것이 한편으로 만드는 게 아니라 뒷날을 위해 요긴한 일이라는 말인가?……좋아, 알았다. 그 뒷날을 위해 돈을 빌려준 상대는 누구누구인가?"

히데쓰구의 술기운은 마침내 일을 이상한 방향으로 몰아가기 시작했다.

기무라 히타치노스케와 구마가이 다이젠은 다시 한번 눈살을 찌푸리며 서로 고개를 끄덕였다.

'전하는 너무 단순하다…….'

이 자리에 다이코나 미쓰나리의 첩자가 끼어 있는지도 모르는데, 우리 편이니 돈을 빌려준 영주의 이름을 대라니 하다가는 어떤 오해를 받게 될지 모를 일이다.

실제로 다테, 호소카와, 아사노 등에게 이미 돈을 빌려주었으나 그 이름을 댔다가는 유사시에 한편이 되기는커녕 적으로 돌아서버리리라.

"황송하오나 그건 지금 기억하고 있지 않습니다. 그보다 다이코 전하의 영접에 대한 상의를 했으면 합니다."

구마가이 다이젠이 엄격한 말투로 대꾸하자 히데쓰구는 잔에 술을 따르게 하고 어깨를 떨며 혀를 찼다.

"마중은 나가지 않겠다! 마중하는 건 싫다고 분명 말했잖나?"

"허참……그럼, 다이코 전하께서 오사카성에 들어가신 다음에 인사하러 가시겠다……는 말씀이십니까?"

히데쓰구는 대답이 궁해 술잔을 꽉 깨물었다.

"전하, 마중은 그렇다 해도 오사카에 도착하시면 인사드리러 가지 않을 수 없습니다."

"안 간다!"

"허……무슨 그런 엄청난 말씀을! 그렇지 않소, 히타치노스케 님?"

"그렇습니다. 마중도 안 하고 인사도 안 간다…… 그렇게 되면, 당연히 다이코 전하로부터 호출이 있을 테지요."

"물론이오. 전하께 여쭈어보지 않을 수 없군요. 전하! 마중도 인사도 안 가셨다가 다이코 전하께서 부르시면 어떻게 하실 작정이십니까?"

"뭐, 나를 부르실 경우……만일 부르신다 해도 야단맞아 죽게 될 곳에 무엇 하러 가나?"

"참으로 성급하십니다. 다이코께서 노하셨다거나 손수 베실 거라는 것은 모두 소문에 지나지 않습니다. 그 소문을 전하 자신이 사실로 만드신다면 큰일입니다."

히데쓰구는 더욱 창백해진 얼굴을 씰룩거리면서 말했다.

"다이젠, 히타치노스케! 그대들도 나를 괴롭혀서 즐거운가? 나를 그렇게 몰아세우는 게 지혜로운 중신들의 할 짓이라고 생각하나?"

"당치도 않은 말씀입니다."

"그렇다면 그대들이 왜 좋은 방법을 생각해내지 않은가? 생각한 다음 이것이 가장 상책이니 이렇게 하라고 어째서 말하지 않은가?"

다시 다이젠이 말했다.

"전하! 그렇기에 효고 언저리까지 영접을 나가시라고 했던 겁니다. 그런데 전하께서는 무조건 싫다고만 하셨습니다. 그래서 차선의 방법이지만 오사카성에 도착하시기를 기다려 곧 개선축하 인사를 올리시라는 것인데 그것마저 싫다고 하셨습니다. 그러므로 이번에는 만일 다이코의 호출이 있을 때는 어떻게 하실 작정이신가 하고……."

거기까지 말하자 또 술잔이 홱 날아갔다. 상대를 겨냥하여 던진 것은 아니다. 어쩌지 못하는 울분을 보이지 않는 허공에 발산하는 분풀이였다. 이번에는 좌석 중간쯤에서 술을 뒤집어쓴 오사이(於佐伊)가 작게 비명을 질렀다.

"앗!"

틈을 주지 않고 히타치노스케가 모두에게 말했다.

"부인들은 일단 이 자리를 물러가 주십시오. 전하께서 몹시 화나셨지만 중요한 의논도 있고 하니 우리가 기분을 풀어드리겠소. 그러니 일단 물러가십시오.”

여자들은 안도한 듯 서로 고개를 끄덕이며 일어섰다. 한동안 그녀들의 몸에서 풍기는 향기로운 내음이 내전 안팎을 진동시켰다.

히데쓰구는 모두들 나가버릴 때까지 부들부들 떨면서 풀 길 없는 분노를 억누르고 있었다.

“모두 물러갔다! 무슨 의논을 하겠다는 거냐?”

“전하, 그렇게 화내고만 계실 때가 아닙니다.”

“나를 꾸짖을 작정으로 여자들을 물러가게 했구나, 히타치노스케.”

“그렇습니다. 여자들 가운데 혹시 미쓰나리의 첩자라도 있으면 어떻게 하시겠습니까?”

“만약 그런 것이 있다면 갈가리 찢어버리겠다.”

“그렇게 되면 미쓰나리의 함정에 빠지는 겁니다. 미쓰나리는……”

히타치노스케는 말하려다 말고 다이젠과 시선을 흘끗 나누며 서로 고개를 끄덕였다.

‘역시 분명히 말하는 게 좋다……’

이러한 의미였다.

“미쓰나리는 결코 나쁜 사람이 아닙니다. 나쁜 사람은커녕 스스로 남보다 뛰어난 재주와 사려를 겸비한 도요토미 가문의 대들보라고 자부하고 있습니다.”

“내 앞에서 날 꾸짖고 미쓰나리를 칭찬하는 건가?”

“우선 좀 들어주십시오. 그러므로 전하께서 일상의 행동을 삼가신다면 미쓰나리도 엿볼 틈이 없을 겁니다. 다이코는 벌써 예순의 나이…… 히로이 님은 아직 갓난아기…… 히로이 님이 다이코의 뒤를 잇기에는 나이 차가 너무 많습니다.”

“그런 건 그대들 설명을 듣지 않아도 잘 알고 있어.”

“알고 계시다면 화를 거두시고 잘 생각하시기 바랍니다. 미쓰나리는 자신을 도요토미 가문의 대들보로 자처하므로 당연히 히로이 님 대에는 보좌역이 되어 받들어야 한다고 생각하고 있을 겁니다.”

“그게 어쨌다는 거냐. 나는 그 야심이 밉다는 거다.”

“그렇다 해서 다이코 전하 곁에서 떠나지 않는 측근인 미쓰나리를 원수로 삼는 건, 다이코를 적으로 돌리는 것과 같습니다. 그러니 차라리 전하께서 미쓰나리를 넓은 마음으로 품 안에 끌어들이도록 하시는 게 어떻겠습니까."

"뭐……뭐라고? 미쓰나리를 내 편으로 한다고?"

"간파쿠는 미쓰나리를 전혀 문제 삼지 않고 있다. 미쓰나리도 도요토미 가문의 훌륭한 가신……으로 생각한다는 태도로 대하신다면?"

"그러고 보니 그대들은 나에게 다이코뿐만 아니라 미쓰나리까지 영접하라는 거로구나."

"황송하오나 효고까지 나가서서 먼저 미쓰나리를 부르시어 수고했다, 아버님께서는 여전하신가……하고 물어보신 뒤 미쓰나리의 안내로 다이코 전하와 대면하시는 겁니다. 그러면 세상의 뜬소문도 사라지고 또 미쓰나리도 고자질할 틈이 없게 됩니다. 어떻습니까?"

그러나 히데쓰구는 세차게 고개를 저었다.

"싫다. 나는 안 간다. 나를 살생 간파쿠라고 고해바치는 미쓰나리의 비위를 맞출 바에는 배를 가르고 죽어버리는 게 낫지."

히타치노스케와 다이젠은 희미하게 입술을 일그러뜨리며 웃었다. 세상에 풍파가 일어날 때는 언제나 몇 가지 악조건이 겹쳐서 나타나게 마련이다. 한 가지만으로는 별스럽지 않은 일도 그것이 다음 원인이 되고, 다음 원인이 또다시 악조건의 바탕이 되어 점점 통제할 수 없이 자라간다.

히데요시는 히데쓰구를 완전한 후계자로 보고 있지 않았다. 자신의 눈이 미치는 한 부족한 부분을 채워줘야 하는 인물……이라고 생각하며 미쓰나리에게 슬며시 그 동정을 살피도록 일러두었던 것이다.

거기에 자차히메의 불안이 겹쳐졌다. 자차히메는 미쓰나리가 히데요시에게 가장 신임받고 있는 것을 알고, 자신의 불안을 미쓰나리에게 호소하며 매달렸다. 자차히메가 낳은 아들인 히로이와 미쓰나리…… 그렇게 되자 히데쓰구의 자격지심은 더욱 이상한 감정 쪽으로 흘러갔다.

히데쓰구는 처음부터 미쓰나리가 자신의 적이었던 것 같은 착각에 빠져 미워하기 시작했다. 그 증오가 이미 단번에 뽑아버릴 수 없게 자라난 것을 알게 되자, 이번에는 히데쓰구의 측근들 사이에서 뜻하지 않은 야심의 싹이 고개를 쳐들었다. 지금 히타치노스케와 다이젠의 입가에 떠오른 야릇한 미소가 바로 그것이었다. 물론 그들도 처음에는 그저 충직하게 히데쓰구를 섬기는 고지식한 가신들에

지나지 않았다. 그런데 지금은 전혀 다른 꿈을 꾸기 시작하고 있었다.

'어차피 좋게 끝나지 않을 바에야……'

히데요시는 이미 노경에 들어섰으니 히데쓰구를 업고 미쓰나리와 대결하여 이쪽에서 천하를 뺏어보자는 야심이었다. 어느 세상에나 이런 것이 파벌을 만드는 분열의 법칙이라 해도 과언이 아닐 것이다. 더구나 그러한 야심을 품기 시작하면 인간은 무언가 새로운 삶의 보람을 찾아낸 것 같은 착각을 하게 된다.

"그럼, 영접을 나가시는 일은 아무래도 마음 내키지 않으신다는 말씀이군요."

"두말할 것 없다!"

"하지만 지금 당장 다이코 전하와 싸울 수는 없는 것 아닙니까?"

"그러기에 내가 묻지 않았나? 우리 편이 될 영주들은 누구누구냐고?"

"그거라면 호소카와, 아사노, 다테 등과 연락이 되어 있습니다만, 그것만으로 다이코 전하와 힘으로 겨루는 건 어림도 없는 일입니다."

"도쿠가와는 어떻게 되나? 이에야스는 없더라도 히데타다가 교토의 집에 있지 않은가?"

"그쪽과도 충분히 친분을 다지고 있습니다만……"

"도쿠가와를 우리 편으로 끌어들인다면, 아무리 다이코라도 섣불리 우리에게 손대지 못할 거야. 처음부터 미움 받고 있는 처지이니, 병을 핑계 삼아 버티겠다. 병이 났다고 우겨대서라도, 미쓰나리 놈들의 참소에 넘어가 다이코가 잔소리를 하지 못하도록 빨리 실력을 키워라. 다이코는 결코 나를 미워하고 있지 않아. 힘이 선결문제야."

히데쓰구는 무슨 생각을 했는지 눈물을 뚝뚝 흘렸다. 그로서는 역시 히데요시를 미워할 수가 없었다. 미운 것은 미쓰나리와 자차히메였다. 자차히메에 대해서는 지금도 이것저것 좋지 못한 소문들이 들려오고 있었다. 히로이의 진짜 아비는 오노 하루나가이거나, 아니면 바로 그 미쓰나리일 것이라는 등…….

'그런 히로이가 무엇 때문에 이 세상에 태어날 필요가 있었던가……?'

본디부터 자신은 히데요시에게 훨씬 못 미친다고 여기며 열등감을 가지고 살아온 히데쓰구였다. 그런 점에서는 다케다 신겐이 죽은 뒤, 그 아들 가쓰요리가 중신들에게 아버지의 위대함에 대해 귀가 따갑도록 듣고 그에 대한 고집으로 더욱 싸움을 즐겼던 예와 비슷했다.

히데쓰구 역시 히데요시의 신임을 받고 있을 때는 자기가 얼마나 훌륭한 면을 갖고 있는지 세상에 보이려고 필요 이상으로 노력했다. 싸움터에서의 활약은 말할 것도 없고 고노에 산먀쿠인(近衛三藐院) 등에게 '무식한 애송이'라고 조롱당하면서도 꾸준히 학문 보급에도 힘써왔다. 야마토에 있는 여러 사찰 승려들에게 명하여 《겐지 이야기(源氏物語 ; 궁중생활을 중심으로 헤아안(平安)시대 중 기까지의 세상(世相)을 그린 장편소설)》의 해석서를 내게 했고, 옛 노래 해석에도 힘을 기울였으며, 옛일에 밝은 학자와 신관과 가인(歌人)과 역사기록자들에게 저마다 연구를 장려하고, 아시카가 학교의 겐키쓰 산요(元佶三要)에게 소장한 서적을 교토로 옮겨 오게 해 학교를 열 계획을 세우기도 했다.

그러나 본디 마음 약한 사람이어서 자차히메의 임신, 히로이의 출생으로 갑자기 의기소침해져 사람이 변하고 말았다. 쓰루마쓰의 죽음을 슬퍼하던 히데요시를 보았기 때문에, 친아들이 생긴다면 마땅히 자기는 쫓겨날 것으로 믿고 있었다. 그뿐만 아니라, 그렇다면 차라리 이쪽에서 히데요시에게 구실을 만들어주어 눈총 받는 자리에서 미련 없이 물러나고 싶다는 생각까지 할 때가 있었다.

그런데 언제부터인가 힘으로 히데요시에게 맞설 경우 어쩌면 히데요시도 손대지 못하지 않을까……하는 꿈을 갖기 시작했다. 거기에는 아무래도 측근들의 영향이 크게 작용했으리라. 물론 히데요시에게 반기를 들고 당당히 도전할 자신은 없었다. 그러나 만에 하나라도 싸움이 벌어진다면, 히데요시는 세상의 평판을 염려해 히데쓰구를 강력히 처분하지는 못하리라는 게 지금 그의 계산이었다. 그러나 그 계산도 가끔 감정의 움직임에 따라 위태롭게 이리저리 흔들렸다.

"전하, 눈물을 흘리고 계실 때가 아닙니다. 냉정하게 생각하지 않으면 안 됩니다. 저쪽에는 미쓰나리를 비롯하여 마시타, 고니시, 오타니 등 지혜로운 자들이 모두 모여 있습니다."

다이젠의 말에 히데쓰구는 더욱 크게 흐느꼈다.

"어째서 나는 다이코와 다투지 않으면 안 되는가? 언제가 되어야 옛날같이 진심으로 마음을 열고 대면할 수 있단 말인가……."

모든 것은 힘이라고 금방 말해놓고, 그 침이 마르기도 전에 벌써 이 모양이었다. 그러나 근신들 중의 야심가들은 더 이상 그것을 책망하려 하지 않았다. 이 약점이야말로 자신들이 야심을 펼 수 있는 틈이라고 은밀히 눈치를 주고받는 기색이었다.

"그럼, 이렇게 하시는 게 어떻겠습니까……?"

이제는 슬슬 본심을 말해도 될 시기라고 여겼던지 히타치노스케가 신중하게 말을 꺼냈다.

"막연히 병 때문에 영접하지 못한다고 하면 세상 사람들이 어떻게 생각할지 모릅니다. 차라리 병명을 정하시고 온천에서 요양할 필요가 있는 듯 꾸며, 오와리의 성으로 가시는 것이……."

이번에는 히데쓰구가 깜짝 놀라 기묘한 소리를 지르며 되물었다.

"뭐, 교토를 떠나라는 건가? 다이코가 개선하신다…… 더구나 후시미 축성과 히로이의 탄생 등 큰일이 겹쳤는데 내가 교토를 비우면 어떻게 되나? 요도 마님과 그 무리들이 이때다 하고 갖은 책략을 다 부릴 텐데."

히타치노스케와 다이젠은 히데쓰구가 얼굴빛이 달라지며 말할 것을 예상하고 있었던지 조금도 놀라는 기색이 없었다.

"전하, 잘 생각하십시오."

"뭘 생각하라는 건가? 교토를 비워도 되느냐고 묻고 있지 않느냐?"

"전하께서 영접하는 일은 싫다고 말씀하셨습니다. 그렇게 되면 오사카성에서 전하를 부르실 것입니다."

"그야 그렇지만……."

"그런 경우에 안 가시겠다고 말씀하시면."

히타치노스케는 서서히 히데쓰구를 죄어왔다.

"그렇게 되면 무사히 넘어갈 수 없게 됩니다. 언짢은 말이 나오게 되지요. 그러므로 기요스 본성으로 온천요양을 가시어, 영접할 뜻은 있지만 부재중이라 뵈러 갈 수 없다……고 처리할 생각으로 말씀드린 겁니다."

"그렇게 되면 미쓰나리 따위들이 내가 없는 틈을 타서 교토에 머물고 있는 영주며 공경들까지 자기 편으로 끌어들이려 하지 않겠느냐."

"그럼, 온천요양도 싫으시다는 겁니까?"

"그게 아니다. 그 부재중에 상대의 간교한 계책을 막을 수 있는 수단을 묻고 있는 거다."

아직 미쓰나리 쪽에서는 적이니 내 편이니, 히데쓰구파니 히로이파니 하는 의식이 없었다. 그러나 여기서는 이미 히데쓰구의 입에서 그런 말이 나오고 있었다. 그런 면에서 볼 때 히데쓰구는 사려분별이 모자라는 어리석은 자라고 할 수 있었다.

"전하, 전하께서 요양차 고향 기요스에 가서서 온천치료를 하고 계시는 것으로 하면 미쓰나리는 안심하고 그 술책의 손을 뻗어올 것입니다."

"그러니까 내버려둬도 되느냐고……."

"잠깐 제 이야기를 더 들어보십시오. 물론 이쪽도 가만히 보고만 있지 않습니다. 늘 저쪽의 동향을 살필 것입니다. 그렇게 되면 그들이 무슨 생각을 하고, 어떤 수단을 쓰는지에 따라 이쪽에도 자연히 대책이 서겠지요. 그런데 여기 계시면서 부름에 응하지 않으신다면 이쪽에 그럴 여유가 없게 됩니다. 그런 점을 여러모로 생각한 끝에 말씀드리는 겁니다만……."

"그럼, 나는 아무래도 교토를 비워야 한단 말인가?"

"교토에 계시면서 문안드리지 않는다면 너무나 모나는 행동이 됩니다."

히데쓰구는 으드득 이를 갈았다. 어느새 그는 중신들에게까지 없는 게 오히려 도움 되는 방해자 취급을 받고 있었다. 물론 그런 말을 뚜렷이 한 것은 아니지만 은연중에 느끼게 했다.

"좋다, 그대들이 모두 원하는 일이라면 하는 수 없지. 요양하러 가겠다. 그 대신 내가 없는 동안에도 우리 편을 포섭하는 공작을 잊어서는 안 돼."

제3자가 들으면 반역을 꾸미고 있는 자의 말……로밖에 들리지 않을 것이다.

태어날 때의 그릇 차이는 적지만, 환경에 의해 그 차이가 갈수록 벌어져 나중에는 비교도 할 수 없게 된다. 본디 히데요시와 히데쓰구는 서로 비슷한 점이 많았다. 싸움터에서 자기를 돌보지 않는 용기, 남의 의표를 찌르는 점, 여자를 좋아하고 사치를 즐기는 성격, 필요 이상의 겉치레와 허풍…… 그런 만큼 히데요시의 눈에는 히데쓰구가 자신의 결점만 가지고 태어난 것 같아 견딜 수 없었고, 히데쓰구가 볼 때는 그리 잘못한 것도 없는데 너무 혹독하게 대하는 숙부로 보였다.

히데쓰구는 생각했다.

'특별한 이유도 없이 꾸짖는다…… 히로이가 태어났으므로 무엇이든 트집 잡으려는 것이다……'

그렇게밖에 해석하지 못하는 데 구제할 수 없는 히데쓰구의 편견이 자라고 있었다.

히데쓰구는 처음부터 미요시 가문의 뒤를 이은 영주였으며, 그 뒤에는 모두들

부러워하는 간파쿠의 조카였다. 그런데 히데요시는 가장 밑바닥인 졸개에서부터 꾸준히 자신을 단련시켜 왔다. 매우 닮은 숙질간이었으나 그 단련의 차이는 명장의 손으로 만든 칼과 쇠붙이만큼의 차이를 만들어버렸다.

히데쓰구는 마침내 히데요시의 귀경을 앞두고 온천요양이라는 명목으로 기요스로 떠날 것을 승낙했다. 그의 중신들 말을 빌리면 이것이 다이코로부터의 힐책을 피할 수 있는 유일한 방법인 것 같았지만, 그런 잔꾀를 꿰뚫어 보지 못할 만큼 세상을 모르는 히데요시일까……?

이미 히데요시는 나고야를 출발했으니 이 소식을 당연히 기타노만도코로에게 알렸어야 했다. 그런데 그의 중신들은 비밀리에 일을 진행시켰다. 섣불리 연락했다가는 당연히 기타노만도코로에게 제지당할 것으로 판단한 것이다.

"안 될 일이오. 그런 무례한 짓을."

기타노만도코로에게도, 그곳에 드나드는 생모 즈이류인 닛슈(瑞龍院日秀)에게도 알리지 않고 출발했다. 아마 히데쓰구 자신은 누군가가 알린 줄 믿고 그리 신경 쓰지 않았을 것이다. 그런 점에서도 히데요시와는 비교할 수 없는 히데쓰구의 소홀함이 드러나고 있었다.

출발하는 날 히데쓰구는 네 자녀의 머리를 쓰다듬어주면서 말했다.

"바보가 되면 안 된다. 너희들에게 히로라는 적이 나타났다. 바보가 되면 살아남을 수 없어."

이때 맏딸은 7살, 맏아들 센치요마루(仙千代丸)는 4살이었다. 나머지는 아직 젖먹이들이다. 딸과 센치요마루는 고개를 갸우뚱하며 천진스럽게 대답했다.

"네, 아버지."

물론 아버지의 말뜻을 알아들을 나이는 아니다. 따라서 이러한 아버지의 무분별한 행동이 나중에 일족에게 어떤 비참한 결과를 몰고 올지도 알 까닭이 없었다.

중신들은 히데쓰구를 세타(瀨田) 큰 다리 언저리까지 전송한 뒤 모두들 한시름 놓은 듯한 표정으로 돌아갔다.

그들 또한 앞날을 내다보지 못한 점에서는 히데쓰구의 어린아이들과 마찬가지였다. 생각이 얕은 주인 밑에서, 그 어리석음을 이용해 사사로운 욕심을 채우려는 생각……그것이 이미 구원받을 수 없는 어리석음이었다…….

고뇌하는 다이코(太閤)

히데요시가 오사카성에 도착한 것은 9월 첫 무렵이었다. 눈에 익은 요도강 양쪽 기슭에는 벌써 갈대와 억새의 이삭이 하얗게 패여가고, 날로 번창해 가는 오사카 사람들의 환영은 열광적이었다.

히데요시도 겉으로는 무척 기분 좋았다. 싸움은 강화의 길로 접어들었고, 아들도 태어났다…… 그러나 마음속은 결코 겉으로 보여주는 웃는 얼굴과 같지 않았다.

강화문제에서는 히데요시가 제시한 일곱 조항을 가지고 명나라 사신이 일단 나고야에서 북경으로 돌아갔다. 그리고 일본 쪽에서는 고니시 유키나가의 아버지 조안(如安)을 한양으로 보내 심유경에게 여러모로 탐색의 손길을 뻗치고 있었으나, 그들의 정보를 종합하여 분석해 보면 반드시 낙관할 수만은 없는 상태였다.

'양쪽 놈들이 다 농간부리고 있다……'

명나라 황제에게도 히데요시에게도 저마다 이긴 것처럼 생각하게 하여 현지에서 적당히 강화를 매듭지으려고 서둘러대는 기색이 있다. 그렇게 되면 히데요시가 제시한 일곱 조항은 그대로 용납될 리 없으므로, 수용되지 않을 경우 무력으로 한 발도 물러나지 않겠다는 결의를 보여 교섭을 뒷받침하지 않으면 안 된다.

히데요시는 아사노 나가마사에게 은밀히 수송선을 재촉하여 양식을 보내는 한편, 조선에 있는 병사들의 탈주를 더욱 엄하게 단속하라는 밀명을 내렸다. 다치바나 무네시게 등에게는 강화교섭과 관계없이 더욱 빈틈없는 전쟁 준비를 명하고, 8월 25일 오전 8시에 슬그머니 나고야를 출발한 것이다.

나고야성을 지키는 사람은 데라사와 마사나리(寺澤正成). 조선에 나가 있는 군사의 표면적인 총지휘자는 쓰시마에 있는 모리 데루모토.

그만큼 강화에 관한 한, 히데요시의 마음에는 더욱 방심할 수 없다는 경계심이 깊이 뿌리박혀 있었다.

아들의 탄생에 대해서도 마찬가지였다. 처음에는 무조건 기쁨에 겨웠으나 차츰 어두운 구름이 끼기 시작했다.

그 점에서 히데요시는 히데쓰구가 안타깝기 짝이 없었다.

'왜, 나 같은 숙부를 믿지 못하는가?'

히데요시에게 모든 걸 맡긴 채 자중해 준다면, 혈육 사이의 원만한 대화로 끝날 일이었다. 그런데 갈수록 사태를 악화시키는 불온한 소문만 끊임없이 히데요시의 귀에 들어왔다. 살생 간파쿠 정도가 아니었다. 히데쓰구는 히데요시에게 반역을 도모하기 위해 영주들을 자기 편으로 계속 끌어들이려 하고 있다는 소문까지 들려왔다.

"그런 어리석은 일이 어디 있는가? 현명하지 못한 언동이 그런 오해를 낳게 한 것이지. 본인은 내 앞에서 고양이처럼 얌전해."

미쓰나리와 나가모리가 그런 소문을 전할 때마다 히데요시는 손을 저으면서 쓴웃음을 지었다.

그런데 오사카에 도착해 보니 히데쓰구는 양아버지인 이 숙부를 마중하기는커녕 병치료를 한답시고 교토에 있지도 않다는 게 아닌가. 히데쓰구 대신 마중 나온 중신들로부터 그 이야기를 들었을 때 히데요시는 그만 숨죽인 채 말도 할 수 없었다.

'마땅히 효고 언저리까지 마중 나오겠지. 그러면 오사카까지 동행하면서 세상의 소문을 씻어버려야겠다……'

그렇게 생각했던 히데요시의 애정의 손길을 히데쓰구 쪽에서 무참하게도 뿌리치고 만 것이다.

히데요시는 오후 2시가 지나 오사카성에 들어가자 사무적인 일을 서둘러 끝내고 내전으로 들어갔다.

'입성하면 곧 서성의 자차와 히로이를 불러 히데쓰구와 함께 대면해야지.'

그러한 인간적인 즐거운 꿈도 히데쓰구 때문에 무참히 깨어지고 말았다. 아마 히데요시가 맨 먼저 히로이부터 껴안고 볼을 비볐다고 세상에 소문나면 히데쓰구는 더욱 비뚤어질 것이다.

'어쩌면 이토록 못난 놈이란 말인가!'

속이 지글지글 끓어올라도 노골적으로 노여움도 나타낼 수 없는 히데요시였다. 전쟁이 끝나지 않았는데 집안도 제대로 다스리지 못한다면 그야말로 세상의 웃음거리…… 아직도 행운의 별이란 놈은 나를 피해 가고 있구나……하는 기분으로 내전에 들어가 곧장 기타노만도코로의 거실로 향했다. 이렇듯 견딜 수 없는 심정일 때는 기타노만도코로가 있는 곳만이 히데요시가 마음을 털어놓을 수 있는 유일한 곳이었다.

"개선을 축하합니다."

두 손을 짚고 공손하게 인사하는 기타노만도코로에게 히데요시는 마구 혀를 차며 퍼부었다.

"축하할 것도 없어, 조선의 4도만 점령하고 발을 뺀 싸움 따위."

"아닙니다. 바다를 건너시지 않고도 승리를 거두신 일, 그것만으로도 충분하다고 생각합니다."

"그렇다고 치자, 여자 따위가 나의 큰 욕망을 알 수는 없을 테니. 그러나 강화 문제에 아직 믿을 수 없는 점이 있어."

"그보다 서성의 요도 님과 오히로이 님을 부르셔서 만나보셔야지요."

"뭐, 오히로이 님…… 네네, 그대는 누구의 허락을 받고 '오'자와 '님'자를 붙여 부르는 건가?"

"호호……그건 무리입니다."

"무엇이 무리야."

"어린애 같은 소리 하지 마세요. 누가 전하의 아드님을 마구 부를 수 있겠습니까?"

"마구 부를 수 없다고…… 그대는 그렇듯 자신이 있나, 아이를 기르는 일이?"

"아니, 어째서 그런 말씀을……!"

"듣기 싫소! 오늘 간파쿠는 나를 마중 나오지도 않았어. 듣자니 병 때문에 거성으로 돌아가 요양 중이라더군. 병명이 뭐야? 그렇게 중한 병이라면 왜 내게 알리지 않았나? 히로이 일도 그렇고, 그대는 히데쓰구에 대해서도 그렇고, 정신을 어디에 두고 집을 지키고 있었나? 다이코의 정실답게 집을 제대로 지키지 못할 바에는 냉큼 머리라도 깎아버리는 게 어때?"

부인은 기가 막히는 듯 히데요시를 바라보았다. 히데쓰구의 귀향을 모르고 있었던 일로 무슨 말을 들으리라고 예상은 했지만 이렇게 묘한 논리로 떠들어댈 줄은 몰랐다.

"왜 가만히 있나? 히데쓰구가 그대에게는 귀향한다는 의논을 했을 테지."

"전하, 뵙기 민망합니다."

"뭐, 뵙기 민망해…… 민망해 해야 하는 것은 집도 제대로 못 지키는 여편네들이겠지."

"아닙니다. 마음에 들지 않는 일이 좀 있다고 해서 그렇듯 꾸중하시다니. 전하는 주어진 일을 감당하지 못하는 분이 되셨다, 늙으셨다고들 웃을 거예요."

"이봐! 이제 막 돌아온 나에게 거역할 셈인가?"

"돌아오자마자 뭘 그리 역정을 내십니까? 전하는 아직 간파쿠에게 군사와 정치를 물려주시지 않은 천하인이신데 부끄러운 일이라고 생각지 않으십니까?"

네네의 가차 없는 반격을 받고 히데요시는 쓰디쓴 표정을 지었다. 히데쓰구에게 무례한 점이 있었다 해도 그건 네네의 잘못이 아니다. 그만한 일쯤 잘 알면서도 달리 분풀이할 곳이 없었던 것이다.

"네네, 그렇다면 히데쓰구의 잘못은 모두 내 탓이라는 거냐?"

"그렇습니다. 그 생각을 하신 일이 없으십니까?"

"정말 대단한 여자로군!"

어지간한 히데요시도 눈을 크게 떴다. 네네 탓도 아니고 히데요시 탓도 아니다……는 정도로 대답할 줄 알았더니, 분명하게 히데요시 탓이라고 잘라 말한 것이다.

"어디, 들어보자. 히데쓰구의 잘못이 어째서 내 탓인가?"

"첫째로 군사도 정치도 맡길 수 없는 사람을 어찌하여 간파쿠로 추천하셨습니까?"

"뭐, 뭐라고?"

"히데쓰구를 도요토미 가문의 후계자로 정하신 것도, 간파쿠로 추천하신 것도 모두 전하 자신입니다. 히데쓰구 쪽에서 그렇게 해달라고 부탁한 건 아니지요."

"그런 것이 부탁한다고 될 일인가?"

"그러니 원인은 전하에게 있다……고 분명히 말씀드리는 겁니다."

"네네, 그대는 무서운 말을 하는 여자로군."

"진실을 말씀드리고 있을 뿐입니다. 다른 영주들이며 가신들은 모두 아부가 7할에 진실이 3할. 그러니 네네만이라도 진실을 말씀드리자……고 결심한 지 오래되었지요. 진실한 말을 들으니 무서우십니까?"

히데요시는 숨죽이며 기타노만도코로를 지켜보았다. 투정 부릴 곳이 못 되었다. 바로 이곳에 폐부를 찌르는 따갑기 짝이 없는 바늘이 기다리고 있었던 것이다.

"음, 그대는 그렇게 생각하고 있었나?"

"생각한 게 아닙니다. 본 것을 그대로 말씀드리는 겁니다."

"그대의 눈에는 그렇게 보이던가?"

"아마도 뜻있는 사람 눈에는 다 저와 같이 보였을 겁니다. 히데쓰구를 후계자로 정하시고 간파쿠로 앉히신 것도, 모두 전하 멋대로 혼자서 정하신 것…… 그런데 그것이 갑자기 변했습니다."

"갑자기 변했다니?"

"예, 전하는 히데쓰구에게 간파쿠 자리를 물려주시고 큰 도박을 시작하셨습니다. 대륙출병이 바로 그것이지요. 그 도박이 뜻대로 되었더라면 히데쓰구도 어디선가 전하의 마음에 들 만한 활약을 했을 것입니다. 그런데 그 일이 생각했던 대로 되지 않았습니다…… 그 때문에 또 한번 사정이 크게 달라진 거지요."

"음."

"신음하실 것까지는 없습니다. 자신의 사정에 따라 멋대로 후계자를 정하시고, 조정과 천황의 어전에서 보란 듯이 대를 잇는 큰 칼까지 건네주셨지요…… 그다음에 히로이 님이 태어났습니다. 대륙의 싸움은 신통치 않은데 핏줄을 이을 아들이 태어난 거지요. 게다가 전황이 신통치 않은 바다 건너 전선에 출정하라고까지 하셨어요…… 처음부터 군사와 정치를 맡기지 못할 정도로 미숙한 양아들이, 그런 일에 동요하지 않을 것으로 생각했다면 그렇게 생각한 쪽이 잘못된 거지요…… 그렇지 않습니까, 전하?"

히데요시는 네네의 머리채를 휘어잡아 방 안을 끌고 다니고 싶은 충동에 사로

잡혔다. 그것을 겨우 억누를 수 있었던 것은, 그렇게 한다고 해서 결코 항복할 네네가 아님을 알기 때문이었다.

만일 그런 짓을 한다면 네네는 이 자리에서 머리를 깎을 것이다. 30여 년을 함께 살아왔지만 비로소 남편의 어리석음을 깨달았다고 통렬하게 비판하며 불문에 들어가리라. 그렇게 된다면 내일부터 히데요시는 세상에 얼굴을 들 수 없게 된다. 히데쓰구에 관한 수치스러움 정도가 아니다. 자차히메의 아름다운 용모에 현혹되어 조강지처를 버렸다는 비난마저 들끓을 것이다.

'차라리 베어버린다면……?'

그런 생각도 했다. 그러나 네네 또한 천황으로부터 종1품의 위계를 받은 몸이다. 거기서 히데요시는 가까스로, 최악의 파국으로 줄달음치던 망상을 내던질 수 있었다.

'내가 무슨 딴생각을 하고 있는 거지? 네네야말로 나를 위해 진심으로 걱정해주고 있는 건데……'

생각의 방향을 바꾸고 나서야 히데요시는 비로소 가슴이 뜨끔했다. 네네의 눈에 금방이라도 쏟아질 듯한 눈물이 가득 고여 있었다. 아마 네네 쪽에서도 최악의 경우까지 생각하고 말했을 것이 틀림없었다.

"네네, 그대가 한 말이 내 마음을 아프게 찔러오는군…… 그러나 그게 진실이겠지."

"이제 아시겠습니까?"

"솔직하게 말해서 듣기 싫다고 고함지르고 싶은 심정이오. 30여 년을 함께 살아온 그대가 아니었다면, 어쩌면 베어버렸을지도 몰라."

"저도……죽을지 모른다……고 생각했습니다."

"그래? 그건 역시……나의 실수였던가?"

"그렇게 생각하신다면 다음 일을 도모하실 수 있을 겁니다."

"히데쓰구가 후계자로 삼아달라거나 간파쿠를 시켜달라고 한 것은 아니었다……"

"능력 이상으로 발탁되어, 무거운 짐에 비틀거리고 있는 간파쿠가 가엾습니다."

"그런가. 인간은 제 그릇 이상으로 쓰면 안 되는 것인가……"

"쓰이는 쪽에서 언젠가 커다란 파탄에 빠지게 됩니다…… 분수에 어울려야 한다는 말은 참으로 깊은 뜻을 지닌 말입니다."

"네네."

"네."

"그대는 거기에 한 마디 더 하고 싶겠지?"

"무……무엇을 말입니까?"

"이 히데요시가 명나라 정복을 생각한 건 분수를 넘어선 망상이라고 말하고 싶지?"

"글쎄요……."

"그럴지도 몰라. 그걸 생각했기에 히데쓰구를 무리하게 간파쿠 자리에 앉힌 것이야. 무리의 원인은 그런 곳에 숨어 있었다고도 할 수 있겠지……."

"전하, 부디 그다음 일을 생각해 주십시오."

"나에게 생각하라……고 말하는 건 그대에게도 거기에 대한 생각이 있기 때문일 터, 어떻게 하면 좋을까, 히데쓰구를?"

어느새 히데요시는 분노에서 해방되어 역시 아내를 다시없는 인생의 상담자로 대하고 있었다.

네네는 살피듯 히데요시를 바라보며 잠시 생각에 잠겼다…….

"히데쓰구가 맞지도 않는 갑옷을 입고 비틀거리고 있다는 것은 알았소. 그러니 그 갑옷을 입혀준 나는 어떻게 하면 좋겠소?"

히데요시가 다시 재촉하자 네네는 살며시 눈물을 닦았다.

"간파쿠는 전하께 단 한 분 남은 친누님의 아들입니다."

"그러므로 나는 그 녀석이 귀여워."

"그 귀여워하시는 마음을 그대로 뻗으시어 한시라도 빨리 조용하게 힘에 겨운 갑옷을 벗겨주십시오."

"알았소. 그게 옳아. 그래, 그대에게 좋은 의견이 있겠지. 우선 어떻게 하면 좋을까, 그 철부지 놈을."

"저 같으면……."

일단 반항의 창끝을 거둔 네네는 다시 조심스러운 태도로 돌아가 있었다.

"간파쿠의 마음에 떠오른 온갖 억측들은 문제 삼지 않겠습니다."

"상대하지 말라는 말이로군."

"예, 그리고 간파쿠의 중신들을 불러 간파쿠의 병세를 조용히 묻고 나서 위문품을 보내주겠습니다."

"내 편에서 비위를 맞추는 건가."

"칭얼거리는 아이를 달래는 것이지요."

"알았다. 그다음에는……?"

"자차 부인이 간파쿠에게 병문안을 겸한 친서를 보내게 합니다."

"뭐라구 자차가 간파쿠에게?"

"……네, 주제넘다고 나무라지 마십시오. 이것은 그저 네네가 생각한 집안의 수치를 밖에 내놓지 않으려는 하나의 궁리입니다."

"좋아, 들어보지. 자차가 편지에 뭐라고 써보내면 되는 것이오?"

"전하가 말씀하시기를……."

"내가 자차에게 말하기를……."

"히로이가 태어났으니 아직 어떻게 자랄지는 모르지만 나중의 일을 확실하게 결정해 두고 싶다고."

"음, 알았소. 그리고?"

"히로이를 간파쿠의 양자로 삼고 간파쿠의 딸과 혼인시켜, 도요토미 가문을 하나로 뭉치게 하고 싶다고 하셨다……."

히데요시는 흠칫해 주위를 돌아보았다. 이것은 그와 미쓰나리가 은밀하게 주고받았던 이야기와 짜맞춘 듯이 똑같았다.

"응, 그래서?"

"그러니 기요스에서 돌아올 때 꼭 오사카에 들러 히로이를 만나주기 바란다. 가능하면 따님도 데려오기 바란다며 정중히 병문안하게 하시면 어떻겠습니까?"

히데요시는 대답 대신 몇 번이고 고개를 끄덕였다. 묘하게 가슴이 뜨거워지면서 목소리가 떨릴 것 같아 금방 말이 나오지 않았다.

'과연 돌아가신 어머니가 이 사람을 좋아할 만했어…….'

지금 히데요시가 노하면 노할수록 도요토미 가문의 집안일이 밖으로 퍼져 나가게 되고, 그 원인은 외국 원정으로 궁지에 몰린 탓이라고 히데요시 자신에게 비판이 미치게 될 것이다.

'그렇다. 그렇게 해주면 아무리 히데쓰구라도 공연한 피해망상은 털어버릴 게

틀림없다.'

우선 그걸 버리게 한 다음 한시바삐 은퇴하게 하면 되는 것이다.

"전하, 네네는 결코 자신의 생각만 주장하지는 않겠습니다."

히데요시는 그 말에도 황급히 두 번이나 고개를 끄덕였다.

"인연이 있어 전하께 시집와 분에 넘치는 은혜를 입으며 행복을 누렸습니다. 그 보답으로 어떻게든 전하의 생애와 이 가문에 오점을 남기지 않도록 해야겠다……고 자나 깨나 그 일만 염려합니다."

"알았소. 이제 됐어. 그대가 말한 대로 하지."

"들어주시겠습니까?"

"자식이니 달래줘야지. 못난 철부지라도 자식과는 인연을 끊을 수 없지 않소? 그런 체념이 중요한 것 같아."

"그런 마음으로 대하신다면, 간파쿠도 반드시 전하의 무릎에 매달려 눈물을 흘릴 때가 있을 겁니다. 간파쿠는 갑옷은 무겁게 여길지라도 온정을 모를 만큼 미련하지는 않습니다."

"네네."

"네."

"히데쓰구는 좋은 숙모, 훌륭한 양어머니를 두었어."

"그렇게 말씀하시면 오히려 부끄럽습니다."

"아니야, 그렇지 않아. 그대가 없었다면 히데쓰구는 내 명령으로 할복해야 했을 거요. 좋아, 모든 게 히데쓰구를 위하고, 히데요시를 위하고, 우리 가문을 위한 일이라는 것을 알았소. 나는 돌아가신 어머님의 명복을 빌러 고야산에 다녀오다. 명나라 출정이라는 궁지에 빠져 괴로워하고 있는 듯 보이는 것도 화나는 일이니, 내년 봄에는 요시노로 꽃놀이를 다녀올까 생각하오. 그때 히데쓰구도 데려가 부자간의 의좋은 모습을 보여주면 세상 사람들도 마음 놓겠지."

"그러면 돌아가신 어머님이며 간파쿠의 생모께서도 얼마나 기뻐하시겠어요?"

"그걸 그대가 깨닫게 해주었소. 그렇군, 오늘 저녁에는 오랜만에 함께 저녁식사를 들겠으니 준비시켜 주시오."

"전하."

"왜 그러오, 갑자기 생글거리며 웃다니."

"무언가 한 가지 잊으신 게 없으신지요?"

"잊은 것……그게 뭔데?"

"오늘 저녁에는 여기서 진지를 드실 수 없습니다."

"그건 왜?"

"전하를 기다리는 사람이 따로 있습니다."

말하더니 네네는 손뼉 쳐 고조스를 불렀다.

"부르셨습니까?"

"고조스, 서성으로 심부름 좀 가주게."

"알겠습니다."

"서성 마님에게 가서 이제부터 전하께서 그곳에 건너가시어 히로이와 첫 대면을 하실 거라고……."

"네."

"미리 일러둔 대로 축하상 준비를 하고 기다리도록 하게. 이제 곧 가실 테니…… 내가 그렇게 말하더라고 전해 주게."

"알겠습니다."

고조스가 발소리도 내지 않고 나가자 네네는 히데요시를 돌아보며 빙긋이 웃었다.

히데요시는 당황해 시선을 돌렸다.

"전하, 오늘은 진짓상을 올리지 않겠습니다."

"그……그래."

"서성으로 건너가시면 히로이 님이 놀라지 않도록 큰 소리는 삼가주세요."

"응, 그렇지. 큰 소리로 웃는 것을 내 조심하리다."

히데요시는 순순히 대답하며 목덜미를 발갛게 물들였다.

자차히메는 지금 오사카성 안에서 서성 마님으로 불리고 있었다. 그렇게 부르게 한 것도 기타노만도코로의 지시인 듯했다. 어쨌든 서성 마님이란 히로이의 생모를 대우하는 데 알맞은 이름……이라고 히데요시는 생각했다.

무슨 일이 있을 때마다 히데요시는 마음속 깊이 생각했다.

'재미있는 여자야, 기타노만도코로는…….'

졸개 시절로부터 두 사람의 신분은 눈이 어지러울 정도로 변화를 거듭했다. 그런데도 언제나 네네는 그때그때 히데요시를 내조하면서 실수가 없는 아내였다. 대부분의 여자들은 3, 4만 석의 영주가 되면 벌써 그때부터 호사에 맛 들여 더 자랄 수 있는 싹이 성장을 멈춰버리는데, 네네는 그렇지 않았다.

나가하마 시대에는 부지런히 시동들 양성에 힘썼고, 간파쿠가 되어서는 정치적인 일도 훤히 알고 조언했다. 다이코가 되어 이번 일 같은 괴로운 입장에 놓이게 되어도 네네는 히데요시와의 사이에 조금도 거리를 만들지 않았다.

서성으로 건너가면서 히데요시는 새삼 네네의 얼굴과 돌아가신 어머니 얼굴을 눈앞에 떠올리고 있었다. 어머니 오만도코로도 네네라는 며느리가 옆에 있었기에 만족스럽게 눈을 감았을 것으로 여겨졌다. 만일 네네가 훨씬 높은 신분의 출신이었더라면, 오만도코로는 숨이 막혀 아들의 출세를 저주했을지도 모른다. 그런 의미에서 누이동생 아사히히메와 누님 미요시 부인에게는 그런 경향이 있었다.

'내가 여기서 히데쓰구에게 벌 내리면 누님이 몸 둘 바 몰라하며 얼마나 슬퍼할까……'

먼 옛날, 오와리의 나카무라에서 함께 흙냄새를 맡으며 자란 누님 오미쓰…… 이렇게 생각하자 네네야말로 도요토미 가문에 행운의 여신인 것 같은 느낌이 들었다. 히데요시의 출세도, 일족의 화합도 모두 네네를 중심으로 은연중에 자연스럽게 형성되어 온 것이다…….

'그렇다, 네네는 우리 가문의 수호신이다.'

다시 한번 마음속으로 되뇌었을 때 벌써 서성 현관으로 통하는 안뜰에 들어서고 있었다.

그러자 히데요시의 마음에 자차히메의 얼굴이 떠올랐다.

'자차는 우리 가문에 있어서 대체 무엇일까?'

이 역시 생각해 보면 끝없는 기이한 인연의 끈을 연상케 한다. 히데요시가 자차를 처음 보았을 때는 아직 4, 5살밖에 안 되는 어린아이로, 도라고젠산 진지에서 내려다보이는 오다니성의 새끼비둘기였다. 성이 함락될 무렵에는 아마 6, 7살쯤 되었으리라. 물론 그즈음에는 그 어린아이가 자기 아들을 낳아줄 줄 꿈에도 생각지 못했다.

'아버지를 죽인 자로서 나를 원망하겠지……'

그런 생각에 마음 아파했는데, 지금은 서성의 안주인으로 이곳에 살고 있다…….

"전하께서 오십니다……."

안에서 여자 목소리가 들렸다. 그 소리에 히데요시의 회상은 중단되었다. 어떻게 생긴 자식이……하는 아버지다운 호기심이 가슴 가득 차올라 걸음걸이마저 들뜨기 시작했다.

마중 나온 오쿠라 부인과 아에바 부인에게 고개를 끄덕이니, 그 너머로 포대기에 싼 아기를 유모에게 안기고 얌전하게 두 손을 짚고 있는 자차히메의 모습이 보였다.

"개선하신 것을 축하드립니다."

히데요시는 그 옆의 아기에게 마음을 빼앗기고 있었다.

"그대도 수고 많았다. 순산했다니 무엇보다 다행한 일이야."

성큼성큼 마련된 자리에 앉자마자 히데요시의 손은 벌써 유모를 향하고 있었다.

"이리 내봐, 히로이 말이다. 그놈을 한번 안아보자."

"……네."

유모는 당황해 도움을 청하듯 자차히메를 쳐다보았다. 자차히메는 긴장된 표정으로 일단 아기를 받은 다음 살며시 히데요시에게 내주었다.

히데요시는 화난 것 같은 표정으로 아직 무게가 느껴지지 않는, 고개도 제대로 가누지 못하는 갓난아기를 받아 안았다.

잠깐이었으나 그 자리에 어색한 침묵이 냉랭하게 흘렀다.

그 침묵을 어떻게 해석했는지 오쿠라 부인이 갈라진 목소리로 말했다.

"아랫것들까지 모두 전하를 꼭 닮았다고 말하고 있습니다. 자, 도련님, 아버님이십니다."

히데요시는 잔뜩 얼굴을 찌푸리고 있는 갓난아기를 잠자코 들여다보고 있었다. 닮았다는 건 원숭이 같은 얼굴의 주름을 말하는 것일까? 그렇다면 오쿠라 부인은 참으로 비꼬기 잘하는 여자로군…….

"음."

"발육도 좋으시고 우시는 목소리도 전하를 닮아 무척 큽니다."

"음."

"젖도 실컷 잡수시고 유난히 목욕을 좋아하셔서……."

"음."

"목욕을 좋아하는 아기는 크면 살색이 희어진다는 옛말이 있습니다만."

"자차."

"……네!"

"음."

이번에는 고개를 든 채 굳어버린 듯 자기를 쳐다보는 자차히메와 갓난아기를 히데요시는 뚫어질 듯 번갈아 보기 시작했다.

자차히메는 숨이 막혀 견딜 수 없었다.

"전하, 전하께서는 이 아기를 내 자식이 아니다, 자차히메 혼자만의 아이다, 라고 말씀하셨다지요?"

"음, 비슷하구나."

"그, 그건, 무슨 뜻인가요?"

"닮았다. 틀림없이 닮았어."

"누구를 닮았단 말씀입니까?"

모든 사람의 얼굴빛이 공포도 아니고 긴박감도 아닌 극도로 불안한 긴장을 나타냈다. 그럴 수밖에 없는 것이, 누구 입에서 나온 말인지 모르지만 태어난 아기가 오노 하루나가와 닮았다는 소문이 나돌고 있었기 때문이었다.

히데요시는 비로소 온 얼굴에 주름을 잡으며 웃었다.

"닮았어. 닮았어. 이마에서 눈언저리가 자차히메를 꼭 닮았어. 하하……."

오쿠라 부인이 자차히메의 무릎을 살며시 눌렀다.

아마 자기의 얼굴이 어떤 줄은 모르고, 자차히메가 무섭도록 긴장한 것을 풀어주기 위한 신호였으리라.

자차히메는 웃으면서 두 손을 내밀었다.

"자, 대면이 끝나셨으면 아기는 저에게 주십시오. 무릎에 오줌이라도 쌀까 저어됩니다."

그러나 히데요시는 여전히 젖먹이에게서 눈을 떼지 않았다…… 히데요시가 닮았다고 말한 의미는 복잡했다. 자차히메와도 물론 닮았으나 죽은 쓰루마쓰를 닮기도 했고, 그보다도 머리가 불안정하게 큰 느낌은 아사이 나가마사를, 그리고 작으면서도 오뚝한 코는 그의 아내 오이치 부인을 생각나게 했다.

이상한 생각이 들었다.

한 인간의 얼굴 속에는 과거의 여러 혈육이 복잡하게 살고 있다. 남이 본다면 히데요시 자신도 있을 것이고, 오만도코로도, 그리고 어려서 사별한 아버지 기노시타 야에몬(木下彌右衛門)도 살고 있으리라…… 그렇게 생각하니 갑자기 애틋한 사랑이 커다란 파도처럼 히데요시를 덮쳤다.

'사랑스럽다!'

아니, 그보다도 슬픈 기분이 드는 것은 어쩐 일일까?

"오, 오, 오……."

히데요시는 느닷없이 갓난아기에게 볼을 비볐다. 아기는 흠칫 몸을 움츠리더니 눈을 크게 떴다. 시선은 아직 불안했다. 그런데 속눈썹이 긴 것이 마음에 걸렸다.

'이 아이도 혹시 나약하지 않을까?'

아이의 볼을 비비는 히데요시의 눈에서 눈물이 뚝뚝 떨어지기 시작했다.

"아!"

주위의 여자들이 안도의 탄성을 지른 것은 그 히데요시의 눈물을 보았을 때였다.

'전하께서 의심 같은 건 전혀 하고 계시지 않았다…….'

"옷에 실례하면 안 됩니다. 아기를 저에게."

히데요시는 순순히 아기를 자차히메의 손에 건네주려다가 다시 빼앗았다. 조그마한 입이 무엇을 빠는 시늉을 하며 오물거리고 있었다.

"헛허……."

히데요시가 이번에는 웃기 시작했다. 웃으면서 자꾸만 눈물이 나와 견딜 수 없었다. 불현듯……참으로 뜻밖에 이런 생각이 머리에 떠올랐던 것이다.

'이 아이가 몇 살이 될 때까지 나는 살 수 있을까……? 이 아이가 10살이 될 때까지 산다 해도 69살이 되는구나…….'

자신에게 과연 예순아홉까지 살아갈 기력이 있을지……?

"귀엽다, 정말 귀여워."

"전하, 이제 그만 이리 주십시오."

"뭘 그리 서두르느냐? 조금만 더 안아보자."

"아이……."

"쓰루마쓰는 나를 두고 먼저 갔다…… 우리는 다시 만나지 못해. 이번에는 내가 먼저 가서 다시 만날 수 없게 되겠지."

"……."

"오만도코로가 조금만 더 사셨더라면 이 아이를 보셨을 텐데 못 보고 돌아가셨어……."

히데요시는 조그맣게 주먹 쥔 아기의 손에 입술을 대고 빨았다.

"그래, 만나기 힘든 세상에서 우연히 만난 것이야. 남이라 해도 서로 미워하면 안 되지. 그런데 더구나 내 자식이니……이 귀여운 심정을 어쩌면 좋을까."

히데요시는 비로소 히로이를 자차히메의 손에 넘겨주었다. 넘겨주고 나서도 여전히 아이 얼굴에서 눈을 떼지 않고 가늘게 몸을 떨었다. 그것은 다이코도 아니고 천하인의 모습도 아니었다. 솔직하고 소박하고 늙은 한 아버지의 애처로움으로 가득한 자식에 대한 집착이었다.

어느덧 여자들도 눈시울을 붉게 물들이며 그 정경을 지켜보고 있었다…….

영원이라는 시간의 흐름 속에서 본다면 인간의 일생이란 참으로 한순간에 지나지 않는다. 히데요시가 술회한 것처럼 오만도코로와 히로이는 이미 조그마한 차이로 엇갈려버리고 말았다. 그렇듯 만나기 어려운 한순간에 서로 만나는 인간들의 이상한 인연이 지금 히데요시를 사로잡고 있었다.

"자차."

"……네."

"그대가 간파쿠에게 편지를 써줄 수 없을까?"

"네?"

자차히메는 질겁한 듯 히데요시를 뚫어지게 쳐다보았다.

"서로 미워하면 못쓴다. 모두 사이좋게 지내야지."

"그건……무슨 뜻입니까, 전하?"

"이 세상에서 같은 시절에 만나 함께 살아가는 것은 말할 수 없이 깊은 인연이다. 나는 간파쿠의 별명을 듣고 진심으로 화났어."

"그런 전하께서 어찌하여 제게 편지를 쓰라고 하시는지……."

"자차, 간파쿠는 내 조카다. 같은 때에 만나 살고 있는 다이코의 혈육이란 말이다.”

“그러기에 간파쿠가 되지 않았습니까? 제가 여쭙는 건 그게 아닙니다.”

“글쎄, 더 들어봐……”

히데요시는 손을 들어 가로막았다.

“잘 들어. 이 아이가 10살이 되면 내가 몇 살이 된다고 생각하나? 나는 지금 문득 그걸 생각했어. 오래 살고 싶다, 이 아이가 훌륭하게 성장할 때까지!”

“저도 그러시기를 바라고 있습니다.”

“그렇지만 그건 아무도 모르는 일이다. 그러기에 이 아이를 위해서라도 간파쿠와 좋은 사이를 유지해야 한다는 말이다.”

자차히메는 입을 다물고 대답하지 않았다.

“알겠나. 그대의 처소에도 간파쿠의 나쁜 행실에 대한 소문이 들렸겠지. 그러나 히로이와 간파쿠는 끊으려야 끊을 수 없는 혈육이다.”

“……”

“그러므로 나는 도요토미 가문을 되도록이면 하나로 묶고 싶다. 간파쿠와 히로이가 서로 갈라져 있으면, 어떤 게 본가이고 어떤 게 분가인지 정하기도 힘들게 돼.”

“그렇지만 이미 두 개가 되어 있는 것을……”

“그것을 하나로 합치는 거야. 자차, 알겠나? 간파쿠에게는 딸이 있다, 나이가 좀 위지만…… 그 애를 히로이와 짝지어 이다음에 간파쿠직을 히로이에게 물려주게 하는 거야. 그러면 하나가 되겠지.”

자차히메는 어이없는 듯 히데요시를 빤히 지켜보고 있었다.

“나이 먹으면 마음이 급해진다. 아니……나이와 상관있는 일이 아니야. 사물을 정확히 내다보는 눈이 있어야 해. 정할 일은 정해 놓는 게 안전한 법…… 간파쿠에게 넌지시 히로이와 간파쿠의 딸에 대한 이야기를 비치면서 병을 위로하는 편지를 그대 손으로 써주었으면 좋겠어.”

히데요시가 단숨에 말을 마치자 비로소 자차히메의 얼굴에 비웃음이 떠올랐다.

“전하, 그건 전하의 생각에서 나온 게 아니로군요.”

“왜 그런 말을 하는가.”

"그것은 기타노만도코로님 의견이겠지요?"

"누구 의견이든 좋은 건 좋은 것이다. 또한 다이코가 채택하면 그건 이미 다이코의 의견이 되는 거야."

"저는 싫습니다. 히로이가 자라지 못하도록 저주하고 있는 간파쿠에게 이쪽에서 그런 편지를…… 싫습니다."

"무엇이! 히로이가 자라지 못하도록 저주하고 있다고…… 그게, 대체 누구란 말이냐?"

히데요시의 얼굴빛이 달라졌다. 자차히메의 말의 이면에서는, 히데쓰구만 히로이의 탄생을 저주하고 있는 게 아니라 네네 역시 그 히데쓰구 편이라는 암시가 강하게 느껴졌기 때문이다.

"누구라니요, 저는 간파쿠……라고 똑똑히 말씀드렸습니다."

"자차, 함부로 말하는 게 아니야. 간파쿠가 저주한다는 증거라도 가지고 있는가?"

"있습니다."

자차히메는 싸늘하게 대답하며 심복인 여자들을 돌아보았다.

여자들은 모두 의미심장하게 머리를 끄덕였다. 히데요시에게는 그것이 모두 자차히메를 격려하는 듯 보였다.

"좋아, 어디 들어보자. 간파쿠가 언제 어디서 어떻게 히로이를 저주했는지."

"전하, 전하께서는 간파쿠가 왜 살생 간파쿠라는 별명을 듣게 되었는지 아십니까?"

"그걸 모를까, 내가 그토록 당부했는데도 히에이산에서 사냥을 했지…… 더구나 상황께서 돌아가신 지 며칠 지나지 않았는데."

"아닙니다, 그런 게 아닙니다."

"뭐, 아니라고?"

"네, 전하께서는 아직 누구한테서도 진상을 듣지 못하셨습니다. 간파쿠는 히에이산에 제단을 쌓아놓고 히로이가 유산되도록 저주의 기도를 올렸습니다."

"설마 그런 일이…… 그것은 그대의 오해다. 무서운 자격지심이야."

"아닙니다. 그것을 교묘하게 감추기 위해 사냥한 것입니다. 그리고 그쪽으로 주의가 쏠리게 했지요…… 전하께서도 그 소문을 믿으시고 진실을 모르실 정도로."

히데요시는 자차히메를 뚫어질 듯 쏘아본 뒤 주위 여자들도 노려보았다. 모두들 한결같이 진지한 표정으로 자차히메의 말에 동의하고 있었다. 히데요시는 오싹 소름이 끼치는 걸 느꼈다. 모두의 마음에 이토록 굳게 뿌리내린 오해는 어지간한 방법으로는 풀 수 없으리라.

'어찌 이런 어처구니없는 소문이 나돌고 있단 말인가······.'

이 소문은 도요토미 일족을, 다시는 일어설 수 없는 암투의 수렁으로 몰아넣을지도 모른다.

히데요시는 웃으려고 애썼다.

"자차, 세상에는 말해서 좋은 것과 나쁜 게 있다. 그대는 아직 젊어. 만일 이런 소문이 우리 가문에 풍파가 일어나는 것을 보고 싶어하는 못된 놈의 모함이라면 어떻게 되겠나? 그놈은 아마 손뼉 치며 좋아할 거야."

"그럼, 전하께서는 이것이 그런 자가 꾸며낸 당치도 않는 소문이란 말씀입니까?"

"있을 수 없는 일이야. 히데쓰구는 좀 난폭한 점은 있지만 그리 음흉한 사람은 아니지. 그리고 별다른 증거도 없을 텐데."

"아닙니다, 증거가 있습니다."

"무엇을 증거로 그렇게 우기는 거냐?"

"사냥 현장을 자세히 조사하고 제게 그걸 알려준 것은 이시다 미쓰나리 님입니다."

"뭐, 미쓰나리가······?"

히데요시는 너무나 뜻밖의 말에 아연실색하여 말도 나오지 않았다. 네네에게서 맛본 감동은 자차히메의 입에서 미쓰나리의 이름이 나옴으로써 산산이 부서지고 말았다.

'미쓰나리는 어쩌자고 그런 말을 여자들에게 한 것일까······.'

히데쓰구의 저주가 사실이라면, 그야말로 그냥 덮어둘 수 없는 일이었다. 그런 것은 여자들에게 알려서 될 일이 아니고, 꼭 알려야 할 필요가 있다면 히데요시와 미리 의논했어야 했다.

자차히메는 다시 그 콧대 높은 쌀쌀한 투로 공격하듯 말을 이었다.

"전하, 전하께서는 모르고 계십니다. 그날 영산에 총소리를 울려 우선 중들의 얼을 빼놓아 제단 옆에 아무도 얼씬거리지 못하게 한 겁니다. 물론 사냥도 했지요. 그리고 잡은 걸 요리해 측근들에게 먹인 것도 사실이겠지요. 그러나 그 언저리에 음식을 장만한 흔적과는 다른, 저주의 신을 모신 제단의 흔적이 있었답니다. 주위를 무장한 병사로 에워싸게 하고 비밀제단을 만들어 기도하는 그따위 간파쿠에게, 제가 무엇 때문에 병문안 편지 같은 걸⋯⋯.”

히데요시는 큰 소리로 자차히메의 말을 가로막았다.

“그만둬! 믿을 수 없다⋯⋯.”

그리고 고개를 한 번 갸우뚱했다.

“히데쓰구는 그런 무섭고 치밀한 계획을 세울 수 있는 위인이 아니야. 히데쓰구의 생각은 언제나 어수룩해.”

“그럼, 전하는 미쓰나리 님보다 간파쿠를 더 믿으신단 말입니까?”

“그 미쓰나리의 말이⋯⋯.”

말하다 말고 히데요시는 무릎을 쳤다.

“그렇다. 미쓰나리의 말에도 수상한 점이 있다. 미쓰나리를 이리로 불러라.”

“네, 그게 좋겠어요. 아에바, 그대가 가서 불러와.”

“알겠습니다.”

아에바가 일어서 나가자 그곳에 상이 들어왔다. 상은 히데요시와 아직 아무것도 모르는 젖먹이 두 사람 분이었다.

“음, 미쓰나리한테서 들었다면 그대가 믿는 것도 무리가 아니지.”

“전하, 축하상 앞에 히로이를 앉히겠습니다.”

“오, 그래. 그럼, 시늉만이라도 잔을.”

히데요시는 잔을 들어 먼저 마시고 그것을 유모의 품에 안겨 있는 히로이의 머리 위에 조금 부었다. 이미 조금 전에 처음으로 아들을 안았을 때와 같은 밝은 감동은 마음에 돌아오지 않았다.

‘태어나기 전부터 저주받았다⋯⋯.’

가엾기도 하고 사랑스럽기도 했다.

“그럼, 그대들은 누구를 시켜 그 저주를 풀었다는 것이냐?”

“네, 어떤 저주를 받았는지는 밝히지 않았지만 은밀히 사방으로 수소문하여⋯⋯.”

"믿을 수 없다. 나로선 역시 믿어지지 않아."

"미쓰나리 님이 오시면 모든 일을 아시게 될 겁니다."

"그렇지. 이제 이것으로 축배는 끝났다. 히로이는 별실에 데려다 눕혀라."

"네."

유모가 아기를 데리고 나가자 히데요시는 그 두 사람이 사라져간 곳을 지그시 바라보며 생각에 잠겼다.

미쓰나리가 나타난 것은 그로부터 30분쯤 뒤였다. 미쓰나리는 자차히메와 히데요시 사이에서 히데쓰구의 일이 문제 되고 있는 줄은 꿈에도 모르는 눈치였다. 그는 공손히 두 손을 짚고 인사 올렸다.

"도련님과의 대면이 무사히 끝나신 것 같으니 미쓰나리, 진심으로 축하말씀 드립니다."

히데요시는 잠시 잠자코 미쓰나리를 쏘아보았다.

미쓰나리는 히데요시가 겸연쩍어서 말이 없는 줄 알고 이번에는 자차히메에게로 시선을 옮겨 말을 걸었다.

"어떠십니까, 작은주군의 건강은? 도련님은 머지않아 후시미성으로 옮기셔서 전하의 슬하에서 성장하실 줄 압니다. 옮기실 날의 길일을 택하셔야 할 것입니다."

자차히메도 역시 고개만 끄덕이고 대답은 하지 않았다. 미쓰나리는 그제야 비로소 무슨 일이 있다고 짐작한 듯했다.

"전하, 부르신 일은?"

히데요시는 그 말에 대꾸도 하지 않고 술병을 받쳐든 시녀에게 명을 내렸다.

"미쓰나리에게도 잔을 주어라."

그리고 비로소 날카로운 시선을 풀면서 팔걸이를 앞으로 고쳐놓았다.

"미쓰나리."

"예."

"그대는 나에게 중요한 사실은 이야기해 주지 않았어."

"중요한 사실을…… 그럼, 무슨 보고를 빠뜨리기라도……?"

"그렇다, 가장 중요한 것을. 빠뜨린 게 아니라 생각이 있어서 이야기하지 않았겠지. 간파쿠에 대한 일 말이야."

"간파쿠의 일……이라면 빠짐없이 말씀드렸다고 생각합니다만."

"그대는 간파쿠의 이번 병을 어떻게 생각하나?"

"그것에 대해서는 좀 조사해 놓았습니다. 간파쿠가 마중 나가는 게 싫다고 우기셔서 중신들이 하는 수 없이 병이라 둘러대어 기요스로 물러나게 한 것이랍니다."

"그 정도는 그대의 보고를 안 들어도 알아. 어째서 마중하는 게 싫다고 했는지, 그 원인이 문제다."

"그건……."

말하려다가 미쓰나리는 고개를 조금 갸우뚱했다.

"전하가 두렵다, 두려워하는 감정이 쌓이고 쌓여 얼마쯤 망상이 지나쳤던 게 아닌가 합니다만……."

"망상…… 그럼, 진실이 아니란 말이냐?"

"예, 전하의 꾸중을 듣는 게 무섭다……혹시 할복이라도 명하시는 게 아닐까……하는 생각으로 잘못 빗나간 게 아닐까 합니다."

"미쓰나리, 그대는 말을 너무 돌려대는군."

"예?"

"그, 나를 두려워하는 감정이 어디서 온 것인지 그걸 묻는 거다, 나는."

"그야 물론 전하의 위엄과 기량의 차이…… 두려워하는 것이 당연하며, 특별히 깊은 이유 같은 게 있겠습니까?"

히데요시는 흘끗 자차히메를 쳐다보고 혀를 찼다.

"특별히 나를 두려워할 이유가 없단 말이지?"

"예, 간파쿠가 전하를 두려워하고 계신 건 저희들보다 전하께서 더 잘 알고 계실 줄 압니다만."

"그렇다면 묻겠는데, 간파쿠는 히로이가 태어나지 못하게 히에이산에 들어가 저주했다고 하는데……그래도 나를 특별히 두려워할 이유가 없다는 말이냐?"

방 안은 쥐 죽은 듯 숨소리도 들리지 않았다.

미쓰나리는 깜짝 놀란 듯 눈을 크게 떴다.

"간파쿠가 도련님을 저주했다는 말씀입니까……?"

"시치미 떼지 마라. 이제 보니 터무니없이 미친 녀석이로군. 벌써 자차에게 다 들었어. 그런 일이 있었다면, 왜 자차의 귀에 넣기 전에 내게 미리 말하지 않았나?

그대는 여자들을 놀라게 해놓고 좋아하는, 생각 없는 여우새끼였나?"

히데요시의 추궁을 받고 미쓰나리의 눈은 더욱 휘둥그레졌다. 뭐가 뭔지 전혀 모르겠다는 그 능청스러운 표정은, 히데요시보다 자차히메를 더욱 초조하게 만들기에 충분했다.

"미쓰나리 님, 그대가 나에게 그 이야기를 한 사실을 부정할 셈이에요?"

"도무지 무슨 소리인지 모르겠습니다…… 간파쿠가 도련님을 저주하셨단 말입니까?"

"에잇! 화를 더 돋우고 있어!"

히데요시는 팔걸이 앞으로 더욱 몸을 내밀었다.

"간파쿠가 저주했더라도 나에게 화내지 말라는 것이냐?"

자차히메도 마침내 한무릎 다가앉았다.

"미쓰나리 님, 미쓰나리 님이 나에게 말한 대로 간파쿠가 히에이산에서 사냥하던 날의 상황을 전하께 말씀드리세요."

"그 이야기는 서성 마님에게보다 전하께 더 자세히 말씀드렸습니다. 무장한 몰이꾼을 여럿 거느리고 영산에 들어가 평화롭게 살고 있는 사슴 떼를 사냥하셨다, 그리고 그 자리에서 생가죽을 벗기고 요리해 측근들과 함께 나눠먹는 난폭한 행위를……그래서 살생 간파쿠라는 엉뚱한 별명을 얻으셨다고……."

"미쓰나리 님!"

"예."

"그대가 내게 들려준 게 그뿐이란 말이오?"

"예, 그렇습니다. 그 밖의 사실은 저도 모르기 때문에 말씀드렸을 리 없습니다."

자차히메는 기막히다는 듯 미쓰나리를 보고 또 히데요시를 보았다.

히데요시는 한시름 놓았는지 이마의 땀을 닦았다.

'역시 자차가 잘못 들었구나…….'

생각하며 안도하는 모습을 보자 자차히메는 피가 거꾸로 흐르는 것 같았다.

"미쓰나리 님! 그대는 그 일을 전하에게 말씀드리는 건 너무 잔인하니……삼가라는 뜻이군요."

"예? 무슨 말씀이십니까, 그 일이라니?"

"에잇! 시치미 떼는 데도 정도가 있지. 내가 벌써 전하께 말씀드렸다고 했잖아요? 그걸 그대가 슬쩍 피해 버리면, 내 입장은 뭐가 되겠어요? 그대는 그 사냥한 것들을 요리한 장소 언저리에 저주의 기도를 올린 흔적이 뚜렷한 제단이 있었다고 말했소."

"아, 그 이야기 말입니까?"

"그것 봐요. 전하, 들으셨지요?"

자차히메의 말에 이어 미쓰나리가 별안간 소리 내어 웃었다.

"알겠습니다. 아니, 이건 웃을 일이 아닙니다. 그렇다면 그 제단의 흔적이 있다고 말씀드린 것을, 서성 마님은 도련님을 저주한 제단으로 알아들으셨군요……?"

자차히메는 새파랗게 질린 표정으로 방 안 가득히 울리도록 소리쳤다.

"뭐……뭐라고? 그럼, 이제 와서 그런 게 아니라는 말이오?"

미쓰나리는 미간을 찌푸리며 자차히메의 말이 끝나기를 기다렸다. 그 또한 차츰 냉정을 잃어 붉은 입술이 씰룩씰룩 경련하고 있다.

"서성 마님, 그건 완전히 잘못 들으신 겁니다. 우선 마음을 진정하시고 제 설명을 다시 한번 조용히 들어보십시오."

"그렇다면 역시 도련님을 저주한 제사 이야기를 내게 하지 않았다고 우길 작정이군요."

"그렇습니다!"

미쓰나리는 안으로 억누른, 그러나 강한 말투로 또렷하게 부정하면서 재빨리 시선을 히데요시에게로 옮겼다.

"전하, 저는 사슴의 생가죽을 벗겨 사방을 피로 더럽히고 요리한 그 언저리에 제단이 있었다고 말씀드렸습니다."

"아니, 그래도……."

또 대들려는 자차히메를 이번에는 히데요시가 엄하게 눌렀다.

"자차, 그대는 좀 가만히 있어. 아직 미쓰나리의 말이 끝나지 않았다. 그래서……?"

"그 말을 어찌하여 그렇게 들으셨는지 그저 놀라울 뿐입니다. 하지만 제 말에 부족한 점도 있었던 탓이라고 깊이 반성합니다. 제가 서성 마님께 말씀드린 것은 승려가 제단을 차리는 성지, 이를테면 영기가 자욱이 어린 거룩한 곳을 짐승 피로 더럽혔다……는 놀라움을 말씀드렸던 것입니다."

"음."

"그런데 태중의 아기에 대한 생각이 잠시도 마음에서 떠나지 않은 서성 마님은, 그 제단을 도련님을 저주하는 제단으로 착각하신 것 같습니다…… 이런 말씀을 드릴 때는 듣는 분의 마음을 좀더 깊이 헤아려 오해가 없으시도록, 그 제단은 간파쿠가 차리신 게 아니라……고 분명하게 말씀드렸어야 하는 것을. 그 점, 깊이 반성하고 있습니다."

히데요시는 씁쓸한 표정으로 몇 번이나 고개를 끄덕였다.

"그러면 그대는 그게 히로이의 저주를 위한 제단이라고는 말하지 않았다는 건가?"

"말할 리 없습니다. 간파쿠 전하는 성품은 거칠지만 사람을 저주하는 음험한 분은 아니라고 지금도 굳게 믿고 있습니다."

"그래. 그럼, 오해였군."

"서성 마님도 그때 제가 드린 말씀을 잘 되새겨 보시기 바랍니다…… 물론 저는 결코 그것을 무리한 일이라고는 생각지 않습니다. 그토록 아기를 염려하는 어머니의 마음……을 깊이 이해할 수 있게 된 기분입니다."

그래도 자차히메는 아직 수긍하려 하지 않았다. 마음속으로는 어쩌면 저렇듯 교활하고 언변 좋은 놈인가 하며 적의를 불태우고 있을지도 모른다.

"이제, 알았나? 이건 그대의 마음속에 있는 어머니 마음에서 비롯된 지나친 걱정이었던 모양이야."

"……"

"그렇지 않다고 생각한다면 미쓰나리가 있을 때 따져봐."

그리고 히데요시도 시무룩해져서 입을 다물었다. 오해의 원인은 알았으나, 생각해 보면 이건 또 어째서 이토록 어두운 그림자가 어린 사건이란 말인가…….

자차히메가 이런 망상을 하고 있는 것을 보면 히데쓰구 쪽에서도 그 이상의 망상으로 히데요시를 괴롭혀 올 게 분명했다. 더구나 그것은, 누구의 힘으로도 어찌할 수 없는 히로이의 탄생이라는 사실과 맞물려 자꾸만 자라날 암투의 싹이었다.

히데요시는 눈을 감았다. 무거운 피로가 뼛속까지 파고들어 입을 여는 것조차 힘겨웠다.

역사는 흐른다

히데요시 뒤를 따라 나고야를 출발하여 교토에 돌아와 있던 이에야스는, 10월 14일 교토를 떠나 일단 에도로 돌아갔다.

그러나 히데요시는 이에야스를 오랫동안 에도에 머물게 두지 않았다. 후시미 축성과, 명나라와의 강화에 관한 일도 있고, 내년 봄에는 간파쿠 히데쓰구를 비롯하여 이에야스며 도시이에 등과 함께 요시노산으로 유람하고 싶으니 서둘러 상경하라는 재촉을 받고 섣달그믐께 다시 교토에 돌아와 있었다.

그 무렵부터 이에야스의 눈에 비치는 히데요시는 부쩍 늙었음을 느끼게 했다. 전에는 언제나 위압하는 듯한 의지로 밀어붙이며 잠시의 틈도 주지 않던 히데요시가, 요즈음은 이에야스 앞에서도 가끔 방심에 가까운 멍한 모습을 보이곤 했다. 급히 불러놓고는 이렇다 할 용건도 없을 때가 많았고, 자기 옆에 이에야스며 도시이에 같은 중신들이 없으면 안절부절못하는 기색조차 보였다. 곧잘 사사로운 일을 털어놓기도 하고, 때로는 이 양반이……? 하고 의아스러울 정도로 쓸데없는 한탄까지 하게 되었다.

히데쓰구와의 사이는 히로이와 히데쓰구의 딸을 짝지어주는 것으로 일단 안정상태를 유지하는 모양이었으나, 자차히메와 히데쓰구의 성품은 여전히 히데요시를 괴롭히는 불씨가 되고 있는 듯했다.

이번의 요시노산 행차도, 그런 일들을 고려해 히데쓰구를 친히 가르치겠다는 뜻에서 나온 게 틀림없었다.

요시노산에서 꽃놀이를 마치고 바로 가까이 있는 고야산으로 가서 히데쓰구와 함께 어머니 오만도코로를 위해 세운 세이간사(靑嚴寺)를 참배하고 돌아올 예정이라고 한다. 아마도 어리석은 조카에게 끊을 수 없는 혈육의 정을 가르쳐주기에는 더 이상 적당한 장소와 기회가 없을 거라고 생각한 것이리라.

그 밖에도 히로이와 히데쓰구를 가까워지게 하려고 애쓰는 흔적이 여러 가지로 엿보였다. 요시노의 신사 경내에 있는 다리를 히로이의 이름으로 기부한다든가, 히데쓰구에게 가끔 자차히메로부터 선물을 보내게 한다든가…….

그러나 그런 일들이 이에야스에게는 한결같이 늙은 히데요시의 육체와 약해지는 마음에서 오는 것으로 보였다.

'시간은 잠시도 멈추지 않고 흘러간다…….'

이에야스로서는 히데요시가 이러한 잡다한 신변 일로 마음을 괴롭히기보다는 하던 채로 남아 있는 더욱 중요하고 근본적인 일이 많은데……하는 생각을 하지 않을 수 없었다.

다른 것이 아니다. 조선의 싸움터에 남겨두고 온 여러 무장들과, 명나라와의 교섭 경과였다. 조선에서는 가토 기요마사, 고니시 유키나가, 그의 아버지 고니시 조안 등이 줄곧 명나라 황제와의 교섭 기회를 잡으려 하고 있었으나 히데요시에게 들어오는 보고는 언제나 진상이 왜곡되어 와닿는 것 같았다.

때는 야마토의 벚꽃이 가까스로 만발했다는 소식이 들려온 분로쿠 3년(1594) 2월 20일 하오 무렵이었다.

우치노에 있는 이에야스 저택에는 오늘 사카이에서 손님이 와 있었다. 고노미와 그의 아버지 나야 쇼안, 그리고 두 사람을 안내해 온 자야 시로지로였다.

이에야스는 세 사람을 거실로 맞아들이자 근위무사를 물리친 뒤 익살스럽게 고노미에게 말했다.

"또 만났구나. 나는 그대가 약속을 지키지 않는 성실치 못한 여인인 줄 알았는데."

고노미는 말없이 웃는 얼굴을 지어 보였다. 여전히 사람을 두려워하지 않는 웃음이었다.

"그때는 정말 수고 많았다. 옆에서 보살펴주는 여인의 손길이 없을 때라 무척 도움 되었어."

이에야스의 뒤를 이어 자야가 정색하며 말했다.

"고노미 님 이야기를 듣고 쇼안 님도 동감을 느끼시어, 그때부터 사카이 사람들이 염탐할 수 있는 일은 모조리 현지에서 살펴주셨습니다."

"참으로 고맙소. 아무튼 조선에 자유로이 왕래할 수 있는 자는 사카이 사람들밖에 없으니."

이에야스는 쇼안 쪽으로 뚱뚱한 몸을 비틀 듯이 돌리며 고개를 꾸벅 숙였다.

쇼안도 가볍게 맞절하며 말했다.

"모두 일본을 위한 일이니까요. 그런데 다이나곤님, 앞으로의 전망부터 먼저 말씀드리자면, 이 강화는 성립되지 않을 겁니다."

"역시 그럴까?"

"예, 강화가 성립되기는커녕 현지에서는 조선사람들이 줄곧 가토와 고니시의 사이를 갈라놓으려고 이것저것 획책을 꾸미고 있는 기색입니다."

"가토와 고니시의 사이를……."

"아시다시피 이번 전쟁에서 다이코님의 뜻을 받들어 열심히 싸운 것은 가토 기요마사 단 하나뿐……이라 해도 과언이 아닐 것입니다."

"그럴지도 모르지."

"고니시는 처음부터 어떻게 하면 양쪽의 분노를 사지 않고 상대를 속일 수 있을까 하는 데만 열중하고 있었습니다. 그나마 다이코님보다 넓은 세상을 얼마쯤 알고 있어서 한 짓이니 고니시만 나무랄 수 없습니다만……."

쇼안은 이에야스의 둔중한 표정 속에서 무언가를 알아내려고 잠시 말을 멈추고 반응을 기다렸다. 그러나 이에야스는 별로 놀라지도 않고 웃지도 않았다. 이렇게 되면 쇼안은 상대를 좀 흥분시키고 싶어하는 버릇을 가지고 있다.

"다이나곤님, 시대가 바뀌었습니다."

"시대가 바뀌다니……?"

"다이코 시대는 지나갔습니다. 이제부터는 다이나곤님 시대인 것 같습니다."

"나야 님."

"예."

"그런 말은 함부로 입에 담을 일이 아니라고 생각하는데."

"입에 담으면 다이나곤님께 폐가 될까요?"

"그것이 문제가 아니라 강화가 성립되지 않는다면 전하는 다시 출병하실 텐데, 이는 모두가 협력해 상처를 조금이라도 작게 하지 않으면 안 될 일…… 그러므로 나라 안에 분규를 일으킬 개인의 감상은 함부로 입에 담아서는 안 되지."

따끔한 말을 듣고 쇼안은 빙그레 웃었다. 그 반응에서 묵직한 인간의 무게가 느껴졌고, 그 느낌이 주는 쾌감 때문이었다.

"제 말이 지나쳤던 것 같군요. 그럼, 다음 전망을 말씀드리지요."

"어디 들어봅시다."

"제가 탐지한 사실을 종합해 보면, 가토와 고니시는 머지않아 현지에서 충돌하게 될 것입니다. 그 일을 다이코가 어떻게 다룰 것인지. 고니시를 불러들이면 좋지만 만일 가토를 불러들인다면, 그때는 다이코에게 그런 위급한 사태를 처리할 역량이 없는 것으로 보아야 할 겁니다."

쇼안은 거만스럽게 단언하고 다시 이에야스의 반응을 기다리는 얼굴이 되었다.

이에야스는 과연 놀란 기색이었다. 쇼안의 말 속에 포함된 중대한 독단보다도 너무도 안하무인격인 태도에 놀란 모양이다. 그러나 그것도 잠시, 곧 전의 묵직한 무표정으로 돌아갔다.

그리고 다시 입을 열었을 때는 쇼안이 바로 직전에 한 말을 떠난 자신의 냉정한 질문이었다.

"그대는 강화가 깨어질 거라고 말했소."

"예, 분명히 그랬습니다."

"어째서? 무슨 까닭으로?"

"양쪽에서 진실을, 명나라 왕에게도 다이코에게도 알리지 않기 때문입니다."

"그렇다면 양쪽 교섭인들은, 진실을 알리지 않고는 회담을 성사시킬 만한 실력이 없다……는 말이 되는군."

"예, 그렇습니다."

"그러나 다이코 전하는, 고니시는 군사문제가 있으니 현지에 두기로 하고 그의 부친 조안을 북경에 보내기로 결정하셨는데, 그 조안으로도 교섭이 안 된다고 생각하는가?"

쇼안은 단호하게 잘라 말했다.

"될 리가 없습니다. 다이코님이 나고야에서 명나라 사신에게 제시하셨다는 일곱 조항, 그 가운데 나중의 네 가지는 조선에 관한 것이므로 제쳐두더라도 앞의 세 조항에 두 가지 무리가 있습니다."

"허, 첫째 조항은 명나라 황제의 딸을 데려다 일본의 황비로 삼는다는 것이었지."

"그렇습니다…… 이것은 싸움에 진 자가 보내는, 우리 나라에서 말하는 볼모입니다…… 그러나 명나라 황제는 자기 군사가 졌다고 생각하지 않고 있으니 내놓을 리 없지요."

"그렇군. 그러면 교섭당사자들은 어디선가 적당한 미녀를 찾아내어 가짜라도 내놓을 생각인가?"

"가짜인 줄 알면서 웃고 받아들일 다이코라면, 그런 방법으로 성사되지 않을 것도 없겠지요."

이에야스는 쓴웃음을 지으며 고개를 끄덕였다. 히데요시 또한 이겼다고 생각하고 있으니, 가짜인 줄 알면서도 웃으며 받아들일 거라고는 생각지도 못할 일이다.

"둘째 조항은, 명나라와의 통상감찰을 되살려 관용선박을 왕래시키자는 것이었지."

"그렇습니다. 이것이 국가 정세의 차이에서 파탄의 크나큰 원인이 될 겁니다."

"국가 정세의 차이……?"

"예, 명나라에는 아직 자유무역 규정이 없습니다. 통상감찰이란 곧 명나라 황제의 허가를 얻은 해외무역선에 의한 교역을 말하는 것입니다."

"허, 그것 같으면 다이코도 하고 계신 일…… 그게 어째서 파탄의 원인이 되는 것일까?"

"다이나곤님, 명나라에는 이런 감찰에 의한 교역을 허락하는 상대국은 명나라의 속국이 아니면 안 된다는 규정이 있어 속국 이외에는 허락하지 않습니다."

"뭣이! 그렇다면 이전에 일본과 교역한 것은……."

"아시카가 씨도 오우치(大內) 씨도 과거에 신하의 예를 갖추었던 거지요. 그러므로 감찰을 허가하라고 요구하면 저쪽에서는 일본을 속국으로 간주하고 먼저 책봉사(冊封使)부터 보낼 것입니다."

이에야스는 눈을 크게 뜬 채 꼼짝도 하지 않았다. 전국의 난세 속에 자랐으면서도 거기까지는 몰랐던 것이다.

"그럼, 고니시 유키나가는 그런 사실을 알고 있는가?"

쇼안은 짓궂게 눈을 치켜뜨며 고개를 끄덕였다.

"이익을 얻으려는 자는 체면 같은 것에 구애되지 않습니다."

이에야스는 쇼안의 앞에서 자신의 얼굴이 흉하게 일그러지는 것을 느꼈다. 쇼안의 말이 사실이라면, 히데요시가 생각하고 있는 것은 이 무슨 우스꽝스러운 혼자춤이란 말인가?

상대는 대명나라. 최고의 권력자로서 지상의 종주국으로 자부하고 있다. 따라서 교역을 허락하는 상대의 국왕을 모두 신하로 생각하고 있다. 그러한 상대에게 대등한 무역을 요구해 봤자 받아들일 리 없다. 신하의 예를 갖추든가, 아니면 실력으로 무릎 꿇게 하는 수밖에 없다.

다이코는 실력으로 해보려 했으나 성공시키지 못했다. 그러므로 무역도 단념할 수밖에 없다는 게 쇼안의 결론인 모양이다.

쇼안은 다시 한쪽 볼에 냉소를 지으며 말을 이었다.

"다이나곤님, 상황은 이미 전과 달라졌습니다. 명나라 정복은 불가능했다……따라서 이쪽에서 사정해 관허무역을 부활시키느냐, 아니면 모든 것을 없었던 일로 하고 단념해 버리느냐입니다."

"음."

"두고 보십시오, 조안이 북경에서 어떤 활약을 하고 돌아올지를."

"희망이 없단 말이지."

"책봉사 파견……그것밖에는 상대가 들어줄 리 없습니다."

"……"

"아마 다이코를 일본의 국왕에 임명한다는 따위의 서면을 가지고 사자가 올 것입니다. 아시카가 때도 그랬습니다. 다이코가 그것을 수락하면 무역은 부활됩니다. 그러나 그와 동시에 다이코는 명나라 왕가의 신하……라고 그 나라 기록에 남게 되는 것입니다."

"그런 일은 승복할 수 없지!"

"물론 다이코도 승복하지 않으실 것입니다. 그러므로 또 싸움이 벌어질 거라고 말씀드린 겁니다."

이에야스는 다시 나직하게 신음했다.

자야 시로지로를 보니, 그는 온몸의 무게를 무릎에 싣고 두 손을 짚은 채 얼어붙은 듯 숨죽이고 있었고, 고노미는 쏘는 듯한 시선으로 조용히 이에야스를 쳐다보고 있었다.

이에야스가 극단적인 긴장에서 한 가닥 여유를 되찾은 것은 10분 이상의 숨막히는 침묵이 흐른 뒤였다.

"허참, 사카이 사람들은 무섭구먼. 사카이 사람들 속셈으로는 다이코를 적당히 부추겨 잘되면 명나라 정복……실패하더라도 책봉사를 맞이해 감찰의 부활을 꾀하려던 게 처음부터의 생각이었던 모양이지."

이번에는 쇼안이 당황하여 가로막았다.

"그……그것은 오해입니다. 사카이 사람들 중에서도 소에키 님을 비롯해 저까지 모두 여기에 반대했습니다."

"그렇지는 않지. 고니시며 소도 모두 사카이 사람들과 한통속이 아닌가. 일본이 명나라의 속국이 되느냐 안 되느냐는 명분보다, 이름이야 어떻든 교역해서 이익을 올리자……그런 배짱으로 사람 좋은 다이코를 부채질한 것이야."

쇼안은 마침내 이마에 핏줄을 세웠다.

"이 무슨 뜻밖의 말씀을! 원인은 전혀 다른 데 있습니다. 그럼, 그 원인을 분명히 말씀드리지요. 이런 곤경에 맞닥뜨리게 된 것을 사카이 사람들 때문이라고 생각하신다면 곤란합니다. 문제는 그 이전에 있었습니다."

쇼안은 이에야스를 자극하려다가 도리어 자기가 먼저 자극받은 꼴이 되었다. 흥분하니 눈은 더욱 거만하게 빛났고 말투에도 위압하는 듯한 명석함이 더해졌다.

"제가 다이코 신변에 즐겨 사카이 사람들을 접근시킨 것은 사카이 사람들의 야심에서가 아니라 무장의 무지, 그것을 차마 보고만 있을 수 없기 때문이었다고 생각지 않으십니까?"

"글쎄……?"

"우리 나라 무장들은, 사리에 어두웠던 아시카가 씨의 정치에 물들어 진정한 무(武)라는 게 어떤 것인지 알지 못하는 무지하고 흉악한 무리로 전락했습니다."

"음."

"무라는 것은 흉도(凶刀)를 쳐들고서 난을 일으키는 것이 아닙니다. 어디까지나 창(戈)을 멈추게(止) 하는 평화의 뒷받침이 되지 않으면 안 되는 것……."

"글자는 분명 그렇게 생겨 있지만."

"세상 돌아가는 일에 어두워 그저 산적이나 들도적 흉내만 내며 손바닥만 한 땅을 뺏고 빼앗기고, 불태우고 죽이는 암흑의 세월이 100여 년이나 계속되었습니다. 그 무지에서 구하려고, 겨우 세계를 향한 창문을 연 사카이 사람들이 일어난 것이라고는 생각지 않으십니까?"

"그런 점도 있었겠지만……."

"그걸 아신다면 그다음 일도 아실 터…… 사카이 사람들은 힘을 합쳐 다이코를 돕고, 무장을 무장 본연의 모습으로 되돌리려고 무진 애를 써왔습니다."

"음."

"다이코를 부유하게 만들려고 광산 발굴에서 채광의 신지식을 알아내고, 교역의 길을 가르치고, 곡물시장을 열어 세상이 얼마나 넓은지 알려왔습니다…… 아니, 그 밖에 풍류의 길로 눈을 돌리게 했고, 경작지 조사와 전국의 무기 회수를 건의했으며……그리하여 이제 국내 통일의 기반이 섰다고 안심하며 한시름 놓고 있을 때 저 대륙출병이 결정되고 말았던 거요."

쇼안은 평소의 그로 돌아가 이에야스 따위는 안중에도 없는 식의 거만한 투로 말을 이었다.

"정면으로 무역을 요구하지 않더라도, 조선이나 명나라와 적당히 교역선을 왕래시킬 방법은 따로 있지요. 교역이란 국내의 결속이 차츰 굳어지고 물산이 풍부해지면 청하지 않아도 저쪽에서 이익을 얻으려고 찾아들게 마련……."

거기까지 말하고 쇼안은 고개를 저었다.

"아니, 그렇게 가르치고 싶었으나 미처 가르치지 못한 아쉬움이 사카이 사람들에게는 없지 않았소…… 사카이 사람들은 자기들이 애써 키운 매에게 하늘의 넓이를 가르치는 일을 너무 서둘렀던 거요. 이 매는 비할 데 없이 뛰어나긴 했으나, 제 날개의 힘도 모르고 홰를 치는 버릇을 가지고 있었소. 아, 또 한 가지, 그때까지 너무 작은 새들을 많이 잡게 했지요…… 그것이 화근이 되어 마침내 매는 나야말로 하늘의 왕자라고 뽐내며 독수리에게 덤벼들었소…… 그 매를 잘못 길들인 것은 사카이 사람들에게 있는지도 모르나……모든 것을 사카이 사람들의 잘못이라고 생각한다면 천만뜻밖이오. 문제의 근본은 무(武)를 잊고 산적, 들도적 같은 행위를 계속해 온 무장들의 무지함에 있었던 거요."

이에야스는 어느새 다시 조용히 눈을 감고 듣고 있었다…… 이에야스가 만일 이 오만한 쇼안과 만나기 전에 덴카이를 만나지 않았더라면 진노해 쇼안을 쫓아 냈을 것이다.

'화내지 말자. 모든 것이 하늘의 소리다.'

생각하면서도 이에야스는 때로 머릿속이 화끈 달아올랐다.

이 남자의 오만불손함에 대해서는 자야로부터 자주 들어 알고 있었다. 저 격류 같은 노부나가마저 소년시절부터 이 쇼안에게는 한 수 접고 대했다고 하지만, 직접 만나고 보니 유례없이 무례한 사람이었다.

"그러나 그가 하는 말은 늘 과녁을 꿰뚫고 있습니다."

그리고 자야는 젊은 날의 덴카이도 자주 이 쇼안에게 와서 함께 지내다 갔다 는 말을 했다.

"이야기가 매우 비약한 것 같은데, 그러면 그대는 다이코라는 날쌘 매도 독수 리 때문에 상처 입었단 말이로군."

"그렇소이다. 그리고 그 상처 입은 매가 다시 독수리에게 달려들지 않으면 안 될 판국이 될 거라고 예언하는 거요. 땅을 때리는 망치는 빗나가는 일이 있어도, 이 예언은 결코 빗나가지 않을 거요."

이에야스는 천천히 고개를 끄덕였다.

"그대의 예언, 마음에 새겨두고 상황을 지켜보겠소. 그밖에는 달리 방도가 없 을 것 같군."

"무슨 소리를 하시오? 속수무책으로 있다가 그렇게 되었을 때 책임을 다할 수 있다고 생각하시오?"

이에야스는 천천히 웃었다.

"허허……서두르지 마시오. 다이코 곁에는 아직 다치지 않은 젊은 매들이 많소."

"다이나곤님!"

"우선 이쯤 해놓고 한잔합시다. 안 그런가, 자야, 그게 좋겠지?"

화제를 바꾸려는 이에야스를 쇼안은 다시 날카롭게 물고 늘어졌다.

"실토하십시오. 미련이 상당히 많으신 분이군요."

"그건 무슨 소리인가?"

"다이코 옆에 있는 젊은 매들······그 가운데 정말로 다이나곤의 눈에 든 매가 있소?"

"있다······고 하면 어떻게 하겠나?"

"다이코가 실패했다 해서 꽁무니를 빼고 물러나 될 일이 아닙니다. 그 뒤를 이을 날쌘 매를 사카이 사람들이 아낌없이 도와주어야 합니다."

"허······."

"어서 그 이름을 대어 보십시오."

이에야스는 자야를 흘끗 보고 나서 이번에는 진지하게 생각했다.

"조스이의 아들은?"

쇼안은 고개를 저었다.

"아버지만 못합니다. 사나운 매에는 이미 질렸소."

"호소카와 다다오키."

"오십보백보."

"마에다의 아들 도시나가라면?"

"사려는 깊으나 폭이 좁지요."

"다테 마사무네는 어떨까?"

"음험해!"

"그렇다면 이시다 미쓰나리인가?"

"다이나곤님, 또 한 사람 중요한 이름이 빠졌소."

"우키타나 마시타는 아닐 테고, 모리인가?"

"아니오, 도쿠가와 이에야스라는 사람이오. 이에야스는 아직 그리 늙지 않았을 겁니다."

"허, 이에야스가 아직 쓸 만한가······?"

마치 남의 이야기처럼 중얼거리며 이에야스는 자야를 보고 고노미를 쳐다보았다.

고노미가 소리 죽여 웃었다.

쇼안은 아직도 이에야스에게서 눈을 떼지 않았다.

"난 또 이에야스도 다이코와 마찬가지로 상처 입고 세상에서 버림받은 매인 줄 알았는데."

"이에야스는 매가 아닙니다."

"허, 참으로 매서운 평이로군. 그럼, 솔개인가?"

"그것도 아닙니다, 우리 나라에서는 좀처럼 볼 수 없는 큰 독수리……라고, 죽기 전에 소에키 님이 나에게 말한 적 있소."

"소에키의 눈도 쓸 만한 게 못 되는구먼."

"혼아미 고에쓰가 찾아와서 다이코의 찢어진 곳을 꿰맬 수 있는 건 다이나곤……이라고 말했소. 그렇지 않으냐, 고노미?"

"네."

"꿰매기 전에 바늘에 실을 꿰어야 하겠지요. 나에게 한번 다이나곤을 만나보라고 권한 것도 그 젊은이입니다."

"고에쓰가 그랬나?"

"또 한 사람 있소. 즈이후라고 불리며 떠돌이 수도승 시절부터 나와 의기상통했던, 지금은 무사시의 가와고에에 사는 덴카이라는 중이지요."

"음."

덴카이의 이름이 나오자 이에야스는 눈부신 듯 눈을 껌벅거렸다. 이번에도 에도에서 만나고 왔는데, 덴카이의 말은 언제나 이에야스를 다음 천하인으로 정해버린 말투로, 이를테면 그럴 작정으로 길들이려 하는 매스승을 연상케 하는 데가 있었다.

"이제 그만둡시다, 그 이야기는. 자야, 술과 식사를 준비하도록 이르고 오게."

"예."

자야 시로지로가 나가자, 이에야스는 다시 한번 자신의 머릿속을 차지하고 있는 문제를 언급했다.

"그래, 명나라 왕이 다이코를 일본 국왕에 책봉하겠다고 나올 거란 말이지."

"그렇습니다. 그렇게 하지 않고는 그쪽에서 통상 감찰을 부활시킬 방법이 없으니까요."

"그렇다면, 슬슬 바늘에 실을 꿰어야지……."

"꿰어놓지 않으면, 싸움이 끝난 뒤 여러 무장들의 불평을 무마할 수 없을 거요. 그렇게 되면 다시 전국시대로 돌아갑니다."

"그런데 쇼안 님, 따님은 왜 데리고 오셨소?"

갑자기 이야기를 돌리자 쇼안은 빙긋 웃었다. 아마 쇼안 쪽에서도 슬슬 그 문제를 건드려 보려던 참이었던가 보다.

"이건 딸아이의 뜻에 의한 겁니다. 딸아이가 다이나곤을 그리워해서 말이오."

"아이참, 아버지도……"

고노미는 호들갑스럽게 몸을 꼬았지만 그리 부끄러워하는 빛도 없었다.

"허, 나를 그리워했다고?"

"나고야에서의 고마운 대접이 깊이 사무쳤던 모양으로, 일본을 꿰맬 만한 실이라면 제 손으로 뽑아보고 싶다고 하는군요. 어차피 쇼안이 버릇없이 키워 사내를 사내로 알지도 않는 딸자식……아니, 이건 좀 이상하게 됐군, 이렇게 되다 만 딸자식을 곁에 두시라……고 하는 건 사리에 맞지 않겠지요. 그런대로 튼튼한 실을 잣는다 여기시고 써주신다면 사카이 사람들과 이어주는 실 노릇이라도 될까 해서 데리고 왔습니다만……"

딸에 대한 이야기를 하는 쇼안의 말투는 갑자기 부드러워져 있었다.

이에야스는 다시 고노미를 흘끗 바라보았다.

고노미는 똑바로 이에야스를 응시하고 있었다. 그리워한다……는 사랑의 감정과는 거리가 먼 눈이었다. 남자에게 빈틈만 보이면 가차 없이 쳐들어올 여자의 눈. 그것은 여자의 눈이라기보다 무사의 눈이라는 편이 나았다.

'이런 눈을 어디선가 본 적 있는데'

그런 생각을 하며 이에야스는 혼자 고개를 끄덕였다. 시마즈 류하쿠(島津龍伯)의 눈, 혼다 헤이하치의 눈, 혼다 사쿠자에몬의 눈도 때때로 이런 식으로 빛났었다.

'이런 눈을 가진 처녀가 어째서 나를 섬기겠다는 것인가……?'

이에야스는 정색하고 쇼안에게 고개를 끄덕여 보였다.

"내가 따님에게 물어볼 말이 있는데 괜찮겠소?"

"하하……무슨 말씀이든지 물어보십시오. 뭐든 숨기는 것이 없도록 가르쳐놓았습니다."

"그런가. 이름이 고노미라고 했지?"

고노미는 눈 하나 까딱하지 않고 대답했다.

"잊으셨다면 섭섭합니다. 나고야에서는 가신들까지도 저를 애첩으로 생각했을 정도인데."

"허허허, 다루기 힘든 애첩이라 나를 결코 가까이 오지 못하게 했었지. 나를 무던히도 싫어하고 있을 줄 알았는데."

"지금도 좋아하지는 않습니다."

"허, 쇼안의 말과는 다른걸."

"명나라와 다이코님의 사자처럼."

"흥정이란 말인가?"

"중매쟁이의 말은 본디 믿을 게 못 됩니다."

"하하……여전하군그래. 생각났다 생각났어."

"무엇이 말입니까?"

"거 왜 나고야에서 우리 둘이 나눈 괴상한 문답 말이야. 그때 그대는 떨고 있었어. 지금보다 훨씬 귀엽고 기특했지. 오늘은 얼마쯤 얄밉지만."

"호호……싫은 사람과 미운 사람……."

"오늘은 아버지와 자야가 있으니 마음 놓은 모양이구나. 마음 놓고 함부로 말하는 여자는 얄미운 법이야."

그때 자야가 돌아왔다. 이에야스는 그 쪽으로 눈길을 돌렸다.

"자야, 어떻게 하면 좋을까?"

"예, 무엇을 말씀입니까?"

"고노미 말이야. 고노미가 사카이 사람을 대신해서 내 옆에 있으면서 나를 감시하고 싶단다. 어떻게 하면 좋을까?"

자야 시로지로는 당황해 쇼안을 쳐다보았다. 무섭게 빈정대는 이에야스의 말에 쇼안의 얼굴빛이 달라질 줄 알았던 것이다.

그러나 쇼안은 실눈을 뜨고 웃었다. 어쩌면 그는 두 사람의 이러한 자유분방한 대화를, 마음이 서로 통한 증거라고 보고 있는지도 모른다.

"글쎄……이건 역시 주군 마음에 달렸다고 생각합니다만."

"내 마음에 달렸다면 거절하고 싶구나. 나를 좋아하지 않는다……고 쏘아붙이는 여자가 가까이 있으면 마음 놓을 수 없어. 위험하지. 더구나 이것저것 나에게 훈계하려 들 테지. 숨이 막힌다."

고노미의 눈동자가 반짝반짝 빛났다.

"다이나곤님."

고노미는 아버지도 자야도 아랑곳하지 않았다. 길게 찢어진 맑은 눈에 장난기 어린 웃음을 담고 살며시 다가앉았다.

이에야스는 아직도 여전히 진지해 보이는 태도였다.

"저는 모든 게 이 나라의 앞날을 위한 일이라 듣고 큰마음 먹고 나온 것입니다."

"허, 그건 훌륭한 마음씨로군."

"다이나곤님 신변에 앞으로 어떤 일이 일어날 것인지, 그것도 이것저것 생각해 본 끝에."

"나의 신변에……무슨 위험한 일이 생길 거란 말인가?"

"예, 다이나곤님은 앞으로 당분간 여러 장수들이며 사카이 사람들에게 원망을 들으시게 됩니다."

"허, 그대만이 아니었구나, 나를 좋아하지 않는 사람이……."

"네, 명나라와의 교섭에 대한 진상이 알려지면 또다시 군사를 늘려야 하게 될 것입니다."

"그렇게 되겠지."

"그때 다이나곤님은 정면에서 다이코님을 반대하지 못하실 것입니다."

노래하는 듯한 어조로 하는 말을 듣고 이에야스는 뜨끔했다.

'모든 것을 내다보고 있구나…….'

이에야스가 지금 생각하고 있는 게 바로 그것이었다. 두 번째 군사력 증원이 논의될 때, 과연 자신은 히데요시를 말릴 수 있을 것인지……? 아마 못할 것이다. 못하게 되면, 일단 따랐다가 철수명령을 내리게 할 기회를 잡지 않으면 안 될 거라고…….

"반대하지 않으시면 다이코님은, 또다시 몸소 바다를 건너시겠다고 말씀하실 겁니다."

"그대가 그런 걸 어떻게 단언할 수 있지?"

"간파쿠 히데쓰구 님에게 바다를 건너라고 명할 수는 없기 때문입니다."

"허, 어째서 명할 수 없다고 생각하나?"

"만일 명하신다면, 비뚤어져 있는 간파쿠가 무슨 짓을 할지 모르기 때문입니다."

"그렇기도 하겠군……."

"다이코님은 그것을 잘 아시므로 간파쿠에게 명하시어 집안의 수치를 밖으로 드러내는 일은 하지 않으실 것입니다."

"뭐든 분명하게 단언하는군."

"그래서 다이나곤님이나 마에다 님을 불러놓고, 자신이 직접 바다를 건너겠다고 말씀하실 겁니다. 이것은 물론 수수께끼입니다."

이에야스는 다시 뜨끔하게 가슴이 찔리는 기분이었다. 분명히 그렇게 될 것 같은 예감이었다.

"그때 다이나곤님은 묵묵히 듣고만 계실 겁니까? 그렇지 않으면, 제가 대신…… 가겠다고 말씀하시겠습니까?"

"글쎄……그것은 그때 가서 봐야지."

이에야스는 당황스러움을 감추고 오른손으로 천천히 턱을 쓰다듬었다. 쇼안에게서 이야기를 듣고 온 건지도 모른다. 그렇다 해도, 이 여인은 어쩌면 이다지도 날카롭게 몰아대는 것일까……?

그때 시녀 둘이 점심상을 들고 왔다. 자야는 그 시녀의 손에서 술병을 받고 눈짓으로 물러가라는 신호를 하면서 먼저 이에야스의 잔에 술을 따랐다.

그동안 고노미는 말을 멈추고 정원을 바라보았다. 정원에서는 멧새가 한창 지저귀고 있었다.

시녀가 물러가자 고노미는 이에야스 쪽은 쳐다보지도 않고 중얼거리듯 말을 꺼냈다.

"그때 다이나곤님은 직접 바다를 건너는 일을 거절하지 못하실 것입니다. 그러나 다이코님이 그 이야기를 꺼내지 못하게 할 수 있는 여자가 이 세상에 단 한 사람 있습니다."

이에야스는 다시금 가슴이 뜨끔했다.

'보통 여자가 아니다…….'

만일 남자로 태어났다면 미쓰나리와도 거뜬히 맞겨룰 수 있는 재능을 지니고 있다.

마음속의 놀라움을 감추기 위해 이에야스는 일부러 엉뚱한 소리를 했다.

"그대는 무얼 보고 있었나? 정원에 무슨 진귀한 새라도 와 있나?"

"아닙니다. 진귀한 새는 여기 이렇게 와 있습니다."

고노미는 다시 도도하게 방싯 웃었다.

"그 단 한 사람의 여자란 바로 저입니다."

"그대에게 다이코 전하를 움직일 힘이 있단 말인가?"

"네, 물론 직접은 아닙니다. 다이코님을 움직일 수 있는 힘을 가진 분을 움직이는 것입니다."

"다이코를 움직일 수 있는 분……?"

고노미는 의미심장하게, 그러나 소녀처럼 장난기 어린 말투로 말했다.

"네, 기타노만도코로님. 여러 가지로 생각해 봤습니다. 그러나 이것 말고는 수단이 없습니다."

"또 분명히 단언하나?"

"단언할 수 있습니다. 다이코를 대신해 현지에 가서 전군을 지휘할 수 있는 분은 다이나곤님밖에 없습니다. 하지만 바다를 건너가신다면 나라의 상처는 더욱 커질 것입니다. 그러니 건너가시지 않고 철수하도록 교묘하게 다이코님 마음을 돌릴 수 있는 기회를 잡으시는 게 상책이라고 생각합니다."

"잠깐 고노미!"

"네."

"그렇다면 나는 그대에게 나를 위해 일해달라고 부탁해야 할 처지가 되는군."

"그래서 결심하고 왔습니다."

"내 말 좀 들으라니까."

이에야스는 마침내 얼굴이 붉어졌다. 냉정해지려고 노력하면서도 점점 더 흥분하고 있었다.

"그대는 기타노만도코로에게 접근할 연줄을 갖고 있단 말이지?"

"예, 접근하지 않으면 어떻게 부탁할 수 있겠습니까?"

"바로 그 이야기다. 그럼, 오사카성으로 가서 그대는 기타노만도코로님에게 뭐라고 말할 생각이냐? 그래! 그걸 들은 다음 나도 마음을 정하겠다."

고노미는 재미있는 듯이 웃었다.

"호호……"

이미 이에야스의 마음을 충분히 움직였다는 것을 꿰뚫어 보고 웃는 웃음이었다.

"저는 저만이 알고 있는 사실을 말씀드리겠습니다."

"그대만이 알고 있는 일……?"

"예, 간파쿠의 가신들이 군비에 쪼들리는 영주들에게 돈을 빌려주려고 무척 애쓰고 있습니다."

"뭐, 간파쿠가 영주들에게 돈을 빌려주고 있다고?"

"다이나곤님도 모르시는군요…… 그 빌려줄 돈이 모자라 사카이 사람들을 루손으로 교역하러 보냈습니다."

"뭐? 그게……정말이냐."

"네, 지금 그 배는 막대한 돈줄을 잡고 일본에 막 돌아왔습니다."

"선주는?"

"나야의 일족, 별명은 루손 스케자에몬(呂宋助左衛門)."

고노미는 다시 무언가를 암시하듯 밝은 목소리로 말하며 미소 지었다.

이에야스는 순간 고노미가 무슨 말을 하려는 건지 알 수 없었다. 분명히 알 수 있는 것은 히데쓰구의 중신들이 히데쓰구의 세력을 키우려고 영주들에게 돈을 빌려주는 모양이라는 것과, 그 돈을 마련하려고 교역선을 이용하고 있다는 것뿐이었다.

이에야스는 생각했다.

'있을 법한 일이다…….'

어쨌든 지금까지 그것을 모르고 있었던 자신의 미련함을 생각하니 얼굴이 달아올랐다. 히데쓰구의 근신 중에 각별히 기량이 뛰어나다고 생각되는 인물은 없었다. 그렇다면 그들이 주인을 위해 도모할 수 있는 것은 부를 이용하여 영주들의 환심을 사는 정도의 일일 것이다.

어쨌든 시대는 변했다는 것을 느끼지 않을 수 없었다. 지금까지는 광산을 발굴하고 영지의 상납미를 돈으로 바꾸어 자금을 조달해 왔다. 그런데 지금은 교역으로 이익을 추구한다…… 더구나 그런 것을 나이 어린 사카이 항구거리의 여인이 꿰뚫어 보고 있을 줄이야…….

"고노미, 아직 그대의 대답은 완전하지 못하다. 그 루손 스케자에몬의 배와 내가 바다를 건너지 않아도 되는 일이 어떤 관련 있다는 말인가?”

“다이나곤님.”

“그 이유를 좀더 자세히 말해 봐라.”

“이만큼 말씀드리면 기타노만도코로님은 능히 짐작하실 겁니다. 간파쿠님 가신들이 그런 일을 하고 있다면 다이나곤님을 다이코님 측근에서 떼어 놓을 수 없지 않겠습니까……?”

“과연.”

“외국에 나가서 전군을 지휘할 수 있는 분은 나라 안에서도 충분히 영주들을 제압할 수 있다……고 기타노만도코로님께서 생각하시도록 청을 드리는 것입니다.”

이에야스는 슬며시 나야 쇼안에게로 시선을 옮겼다.

쇼안은 달그락 소리 내며 잔을 내려놓고 그 시선을 맞았다.

“고노미를 받아들여야만 할 것 같군.”

“마음에 드셨습니까?”

“아니, 여자로서가 아니라 측근으로서 말이오.”

“그건 본인이 원하는 바일지도 모르겠습니다.”

“에도에는 데리고 가지 않겠다.”

이에야스는 자야에게로 시선을 옮겼다.

“교토 집에 있는 여자들을 총지휘하는 역할이다. 어떤가, 자야도 거기에 대해 이의 없겠지.”

“예, 실로 좀처럼 얻을 수 없는 분……이라고 생각합니다.”

“고노미!”

“네.”

“들은 대로다. 알았나?”

“네.”

“그러나 그대의 그 자유분방한 기질을 집안에 퍼뜨려서는 안 돼. 그러면 시건방진 계집……아니, 여자답지 못한 여자들만 들끓게 되어 눈 뜨고 볼 수 없게 될 테니까.”

“그 점은 거듭 조심하겠습니다.”

"그래다오. 그리고 이에야스의 결점을 너무 자세히 파헤치지 마라…… 이렇게 말해도 소용없겠지만. 이미 타고난 천성이니, 그대의 눈은……."

이에야스가 잔을 들자 고노미는 얼른 술병을 들어 술을 따랐다.

쇼안이 흐훗 하고 웃었다.

섬긴다—는 마음의 준비가 이미 되어 있는 고노미가 기특하고 재미있기도 했던 것이다…….

흑막

　소로리 신자에몬은 사카이의 이치노마치(市之町) 3가에 새로 지은 집에서 자리에 누워 있었다. 가끔 심한 기침이 나고 담에 피가 섞여 나왔다. 초가을에 감기 기운으로 누운 일을 시작으로, 요즘은 해 질 무렵만 되면 온몸에 기분 나쁜 미열이 올랐다. 그러나 천성이 느긋하게 요양할 수 있는 성질이 못 되어 조금만 나으면 일어나 사람들을 만났다.

　"재미있단 말이야. 내가 이쯤에서 죽어버린다면 후세 사람들이 뭐라고들 할까?"

　오사카성이나 히데요시 앞에 있을 때의 소로리 신자에몬은 이야기꾼들 중에서도 짐짓 능청을 떠는 탈속한 기인으로 보였으나, 자기 집에 있는 그는 사람이 달라진 것같이 음울했다.

　"다이코의 수염에 낀 먼지를 터는 데 급급해 살아온 다도꾼……아무 견식도 힘도 없는 아첨꾼이라고 하겠지."

　"아무도 그렇게 말하지는 않을 거요."

　천연덕스러운 표정으로 웃는 사람은, 올해에도 계절의 조수를 타고 루손에 건너갔다 온 뒤 다시 출항준비에 여념이 없는 나야 스케자에몬이었다.

　"후세 사람들은 소에키 님보다 훨씬 교활한 음모가였다고 할지도 모르지요."

　"스케자에몬, 나는 정말로 음모가일까?"

　"글쎄, 그런 답은 당신 가슴속에 있겠지요. 당신이나 나는 후세를 위해 그리 좋을 짓은 하지 않았으니."

두 사람은 새삼 얼굴을 마주보며 씁쓸하게 웃었다.

스케자에몬은 이제부터 은과 구리를 싣고 루손으로 건너가 그곳에서 토산물인 도자기를 가져와 히데요시의 돈을 실컷 우려내려는 계획을 꾸미고 있었다. 그 참모는 병상에 있는 소로리 신자에몬이었다.

"뭐, 음모라고까지는 할 것 없어도 꽤 어리석은 놈이었다는 소문은 남겠지."

스케자에몬은 가져온 포도주를 이부자리 위에 앉아 있는 소로리에게도 권하면서 말했다.

"아무튼 아케치 미쓰히데와 그토록 친했으면서도, 하루아침에 그의 적인 다이코에게로 홱 돌아서버린 당신이었으니까요."

"그리고 지금은 그 다이코에게서 돈을 우려내는 일을 도와주고 있고…… 이제 그런 이야기는 그만두세."

소로리 신자에몬은 우울한 얼굴로 말하고 장지문에 비친 매화나무 그림자를 지그시 바라보았다.

무구(武具)와 마구(馬具)를 취급하는 사카이 으뜸가는 거상의 아들로 태어났으면서도 한차례 가산을 깨끗이 탕진하고, 칼집 만드는 기술자가 된 소로리였다. 다도에서는 미쓰히데와 함께 조오(紹鷗)의 문하이고, 향도(香道 ; 향기를 즐기는 풍류)에서는 시노파(志野派) 다케베 소신(建部宗心)의 제자. 노래를 부르는가 하면, 북도 치고, 호궁(胡弓 ; 깡깡이 비슷한 동양악기)과 쟈비센도 탈 줄 아는 재주꾼인 데다 성격은 뻔뻔스럽고 사람을 우습게 아는 일면을 가지고 있다.

그러므로 미쓰히데의 야심을 꿰뚫어 보았으면서도 시치미 떼고 그의 소원대로 흰 소 18마리의 가슴가죽을 벗겨 천 벌의 칼집을 만들어주었다.

히데요시와는 총을 주선해 준 인연으로 오래전부터의 지기였으나, 그런 남다른 길을 걸어온 그의 마음에도 아무래도 뿌리 깊은 서리가 내려앉고 있는 모양이다. 이따금 문득 인생이 모두 허무해질 때가 있었다. 과거의 몸부림이 이상하게 슬퍼지고, 히데요시와 끝까지 싸우다 죽은 소에키가 갈수록 부러웠다.

스케자에몬이 놀리듯 말했다.

"뭘 그렇게 골똘히 생각하고 있소, 희대의 천치가."

소로리는 음울하게 대답했다.

"뭐, 별로 생각하는 것도 없어. 자네는 나보다 훨씬 젊어. 젊은 녀석이 늙은이가 느끼는 인생의 허무를 알 리 없지."

한창나이인 스케자에몬은 거침없이 말했다.

"하하……실컷 다이코를 주물러 왔으면서 막상 나를 거들어주려니 겁나오?"

"걱정 마라. 이번이 마지막이라 생각하며 체념하고 있으니까."

"마음이 꽤 약해지셨군. 쇼안 님을 좀 본받으시오. 그 나이에도 드디어 고노미 님을 에도의 도쿠가 님에게 들여보냈소."

"그분이야 특별한 사람이지. 언제나 자기를 천하의 주인으로 생각하고 있거든."

"소로리 님, 소로리 님은 다이코로부터 돈을 우려내는 것이 나쁜 짓으로 생각되는 모양이군요."

"아니, 반드시 그런 것도 아니지만……"

"다이코가 가진 재산의 얼마쯤은 사카이 사람들이 바친 거나 마찬가지, 너무 많이 바쳤으니 도로 찾아가는 것은 나쁜 짓이 아니오. 이 모두가 명나라와의 전쟁을 적당히 끝내게 하기 위한 내조란 말이오."

"구실은 어떻게든 붙일 수 있지. 그러나 그 돈을 히데쓰구 님에게 주어서 영주들에게 빌려주게 하여 국내를 소란케 하는 것은 보기에 따라서는 반역이지."

"그것도 다이코의 눈을 나라 안으로 돌리게 해서 싸움을 빨리 끝내기 위한 일……이 되면 훌륭한 계책이지요."

소로리는 귀찮은 듯이 손을 저었다.

"그만둬. 나는 자네가 물어오는 잡동사니를 천하의 진품이라고 떠들기만 하면 될 것 아닌가?"

"흐흐……그 말투도 기백이 약하오. 루손의 도자기는, 다인들의 훌륭한 차항아리가 되기에 충분하다고 하지 않았소?"

"그것을 다이코에게 팔아먹고, 다이코는 또 영주들에게 팔아먹는다. 억지로 사들이느라 돈이 딸리는 영주들은 몰래 히데쓰구 님에게 돈을 빌리러 간다…… 스케자에몬, 이런 것이 세상 돌아가는 실정이라고 생각하면 살아갈 맛이 없어…… 자네도 그런 생각이 들 때가 반드시 찾아올 거야."

"하하하……그만둡시다. 오늘은 영감이 어떻게 됐나보구려. 나는 더 큰일을 생각하고 있는데."

"사는 보람을 느낄 만한 아주 큰일이라도 있다면 또 모르지……"

"있지요, 있고말고!"

아마 나이 차이가 오늘 두 사람의 마음을 연결시켜 주지 않는 모양이었다. 인생 경험에서는 소로리 쪽이 훨씬 깊었으나, 기백과 용기는 스케자에몬의 젊음에 비할 수 없었다.

사카이 사람들 중에서도 대담하기로 이름났고, 명나라 일이 실패로 돌아간 것을 알게 된 다이코를 과거의 히데요시로 젊음을 되찾아주겠다고 큰소리치며 대만과 루손에도 벌써 서너 차례 오갔으므로 그것이 그대로 별명이 되어버린 루손 스케자에몬이었다.

"아룁니다. 나야 님 댁에서 전갈이 왔습니다만."

밖에서 소리가 났으나 스케자에몬은 그쪽을 돌아보지도 않았다.

"이제 곧 갈 거라고 일러주게. 오늘은 노인장과의 이야기가 영 신통치 않은걸."

내뱉듯 말하고는 다시 웃었다.

"그럼, 집에서 데리러 왔으니 오늘은 이만 돌아가겠소."

스케자에몬은 유리잔에 남은 붉은 액체를 단숨에 들이켰다.

"출항하기 전에 다시 한번 문안오겠소. 기운을 차리시오, 기운을."

"기운 차리지 못하면 자네가 곤란할 테니 말이지?"

소로리는 지지 않고 대꾸한 다음 싱긋 웃었다.

"묘한 일이군. 루손으로 출항할 사람이 방바닥에 누워 있는 사람을 걱정하다니."

"그럼, 생명의 위험은 내게 있지 당신에게는 없단 말이오?"

"방바닥에서는 조난도 표류도 없으니까."

"하하……그 대신 운명의 신은, 이제 슬슬 소로리 신자에몬에게 정이 떨어져가고 있소."

"다이코님처럼 말인가?"

"그렇지. 그러나 이 스케자에몬은 지금이 아침이오. 해가 떠오르기는 해도 가라앉지는 않지. 그러나 당신이나 다이코에게는 서서히 황혼이 다가오고 있거든."

"이것 좀 보게, 그게 문병객이 하는 수작인가? 빨리 꺼지게, 기분 나빠."

"하하……분하거든 빨리 낫도록 하시오. 완쾌해서 다시 한번 전처럼 설쳐보란 말이오."

스케자에몬은 거침없이 말하고 곧장 일어나 정원을 끼고 도는 복도로 나갔다.

'누군가 손님이 왔다고 사동이 전했는데……'

아마 쇼안일지 모른다고 스케자에몬은 생각했다.

'그 영감은 늙을 줄 모른다니까. 언제나 혼자 모든 걸 아는 것처럼 허풍 떨거든……'

어쩌면 그 허풍이 불로장수의 묘약인지도 모른다. 같은 일족인 스케자에몬 따위는 쇼안 앞에서 지금껏 어린애 취급을 받았다.

'만일 영감님이라면, 오늘은 내 쪽에서 한번 크게 허풍 쳐줄까?'

스케자에몬은 요즘 하나의 꿈을 그리고 있었다. 조선에서 손 떼게 한 뒤 히데요시에게 조선 이상으로 재미있는 장난감을 마련해 주려는 것이었다. 그것은 멀리 마카오 너머에 있는 안남(安南 ; 베트남) 땅에 대규모 일본인 도시를 만들려는 꿈이었다. 그런 일이라면 군사를 보내거나 피를 흘릴 필요가 전혀 없다. 일본에서 산출되는 금은 외에 구리며 남만철로 만든 물품을 배로 날라다주기만 하면 얼마든지 평화롭게 광대한 토지를 사들일 수 있다.

'모든 것을 싸워서 뺏지 않으면 안 되는 줄 알고 있는 구식 무사들의 눈을 뜨게 해줘야지.'

스케자에몬의 가게 창고는 해변에 있었으나, 집은 쇼안의 별장에 가까운 농민들의 여관거리 한 모퉁이에 있었다.

웬만한 절보다 넓은 땅을 마련해 한 번 항해할 때마다 한 채씩 건물을 늘리고 있었다. 단순한 건물이 아니고, 오사카성을 본뜨거나 주라쿠 저택을 모방한 방도 있었다. 금은 못을 박은 옻칠한 기둥이며 장지문 그림도 히데요시가 썼던 같은 화공을 데려다 그려놓았으니 그런 데에서도 이 사내의 기분을 확실히 엿볼 수 있다.

마중 나온 사동이 공손히 말했다.

"이제 오십니까? 손님은 에도의 도쿠가와 님 곁으로 가셨던 고노미 님입니다."

"뭐, 고노미 님이……?"

스케자에몬은 잠시 고개를 갸웃거렸으나, 걸음은 멈추지 않았다.

일족들 가운데서도 장가를 늦게 간 스케자에몬은, 전에 한 번 고노미를 달라고 쇼안에게 청한 적 있었다.

쇼안은 별로 반대하지 않는 듯 가볍게 대답했다.

"본인에게 물어봐. 본인 마음에 달렸지."

그러나 고노미에게 부딪쳐 보니 말할 수 없이 건방지게 퇴짜를 놓았다.

"호호……내가 스케자 님의 아내가 된다…… 아이, 우스워라, 호호호……."

"웃을 일이 아니야. 나는 진심으로 하는 말이야."

"그러니 우습지요. 호호호……내가 스케자 님의 아내가 되면 어떻게 되는 거야? 스케자 님은 아마 어느 바다에서 이상한 조개라도 먹고 왔나봐. 아이, 우스워……."

"싫다는 건가!"

"호호……."

"내가 부족하다는 건가, 이 스케자가……? 그대의 남편감으로."

"우습잖아요. 우스우니 웃을 수밖에, 호호호호……."

스케자에몬은 그 뒤부터 일절 고노미에게 말을 붙인 적 없었다. 누구보다 강한 오기를 가진 남자가 여자에게 일언지하에 거절당했으니 무리도 아니었다. 어쩌다 얼굴이 마주쳐도 그 뒤로는 스케자에몬 쪽에서 고노미를 무시했다.

그 고노미가 자기 집 객실에 태연하게 앉아 있었다. 자못 귀인의 내전에 있는 여인답게, 화려한 색채로 장지문에 그려진 '봄놀이' 그림을 등지고 앉아 사방에 물씬물씬 향기를 풍기고 있었다.

"귀한 손님이 찾아왔군."

스케자에몬은 무뚝뚝하게 말하고 손님 바로 앞에 책상다리를 하고 앉았다.

"무슨 바람이 불었지? 출항 전이니 너무 놀라게 하지 말도록."

고노미는 배시시 웃었으나 역시 머리는 숙이지 않았다.

"스케자 님? 오늘은 기타노만도코로님 심부름으로 왔어요."

"뭐라고, 오사카성 내전에서…… 그대가 일하러 간 곳은 교토 다이나곤의 저택이 아니었나?"

"일하러 간 곳은 교토지만, 심부름은 기타노만도코로님으로부터예요."

"그럼, 용건을 말씀하시옵소서……라고 해야 되나."

"물론."

"거드름 피우는군. 이 계집이……라고 말하면, 무례한 일이 되겠지."

"잘 아시는군요, 옳은 말씀……."

"잘난 체하지 마라. 용건이 뭔가?"

"당신은 괘씸한 사람이군요."

"그건 고노미의 말인가, 기타노만도코로의 말씀이신가?"

"물론 기타노만도코로님이시지요. 당신은 간파쿠에게 뒷구멍으로 돈을 빌려주고 있다면서요?"

"흥, 그런 이야기라면 기타노만도코로님에게서라도 들을 이유가 없어. 나는 오사카의 요도야와 동업으로 간파쿠의 쌀을 선불로 사들이고 있을 뿐이니까."

"스케자에몬 님."

고노미는 조용한 소리로 가로막으며 피식 웃었다.

스케자에몬은 혀를 차며 말했다.

"또 웃는군, 이 여자가…… 난 세계의 바다를 돌아다녀 남보다 넓은 세상을 보아온 선주, 옛날에 그대에게 혼담을 거절당할 무렵의 새파란 스케자가 아니야."

고노미는 이번에도 소리 내어 웃었다.

"호호호……그때는 새파랬다는 말인가요. 호호……"

"웃지 마라. 이젠 사나이로서 사리분별을 할 줄 아는 나이가 되었단 말이다."

"그 시절에도 당신은 얼굴이 새까맸어요. 그때는 아마 고토(五島) 먼바다까지 나가 교역하고 왔다고 했었는데, 거 왜, 노부나가 님이 이 사카이에서 처음 보시고 배를 잡고 웃으셨던 검둥이와 똑같은 얼굴이었어…… 그래서 어찌나 우스운지 웃음을 참을 수가 없었지요."

"그만둬! 용건이 뭐야?"

"괘씸한 사람이라고 말했잖아요? 간파쿠에게 넘어간 돈이 어떻게 사용되는지 잘 알면서 굳이 빌려준 것은, 세상을 소란케 하려는 속셈…… 저에게 가서 그 진상을 확인해 오라는 분부였어요."

"그 대답이라면 이미 했어. 나의 가업은 선주만이 아니야. 다이코 전하의 허가를 받아 미곡상도 하고 있어. 그래서 오사카 으뜸가는 요도야와 동업하여 가업에 전념하고 있는데, 무엇이 괘씸하단 말인가?"

"스케자 님, 그러면 그 가업으로 움직이는 자금이 천하를 어지럽히는 원인이 되어도 상관없다고 생각해요?"

"다 그런 거지."

"좋아요. 그 말을 들었으니 이제 됐어요."

"뭐라고?"

"나는 그대로 기타노만도코로님에게 보고드리겠어요. 기타노만도코로님이 그것을 어떻게 받아들이시고 다이코님에게 어떻게 말씀드리든 그건 내 알 바 아니에요."

"음, 꺼림칙한 말을 하는 여자로군. 무슨 생각이 있어서 말을 돌리는 거지?"

"훌륭해! 역시 스케자 님이셔! 그걸 어떻게 알았어요?"

"그만두지 못해!"

스케자에몬은 다시 한번 혀를 찼다.

"기분 나쁜 여자 같으니. 오늘 온 목적이 뭔지 분명히 말해 봐."

"말해서 알아들으면 좋겠지만, 바닷바람에 절어서 못 알아들을지도 모르겠군요."

"에이, 답답하다. 빨리 말해."

"나는 사과문을 받아가고 싶어요."

"사과문······? 내가 무엇을 사과해야 된단 말인가?"

"간파쿠 히데쓰구 님에게 돈을 빌려준 것은 나의 불찰이니 앞으로는 빌려주지 않겠다고, 내 앞으로 써도 돼요."

"그대 앞으로? 내가······?"

"싫다면 그만둬요. 그러면 기타노만도코로님이 다이코님에게······ 다이코님은 발칙한 장사치라고 당신에게 벌을 내리시겠지. 안 그래요, 스케자 님?"

스케자에몬은 분해죽겠는 듯 눈을 치켜뜨고 한참 동안 고노미를 지그시 노려보았다.

'이 여자는 벌써 언질을 받았군······.'

장사꾼이라고 해서 천하를 소란하게 만드는 원인인 줄 뻔히 알면서 돈을 빌려줘도 좋다는 법은 없다.

"내가 사과문을 쓰면 어떻게 되는 거지?"

스케자에몬이 말했을 때, 고노미는 실눈을 뜨고 정원을 바라보고 있었다.

"글쎄, 어떻게 될까?"

고노미는 놀리듯 중얼거리며 또 장난스럽게 웃었다.

스케자에몬은 다시 한번 혀를 찼으나, 천성인 분통은 터뜨리지 않고 꾹 참았다. 화는 났지만, 왠지 모르게 고노미에게 마음이 끌리고 있는 스케자에몬이었다. 재녀―라기보다 무서운 게 없는 이 여자의 배짱에 묘한 매력이 느껴졌다. 어쩌면 스케자에몬 자신의 근성을 그림자처럼 반영하고 있기 때문인지도 몰랐다.

"흠, 내가 그대에게 사과문을 쓴다……?"

"그래요. 그렇게 하는 게 스케자에몬 님에게 가장 이득 되지요."

스케자에몬은 그 말에는 대답하지 않고 중얼거렸다.

"그대가 그걸 가지고 가서 기타노만도코로님에게 보여준다…… 기타노만도코로님은 그것을 보시고, 나와 간파쿠 사이에 흥정이 있었다는 것을 확인하게 된다……."

"장해라! 과연 선주 스케자 님이야."

"또 놀리는군. 그만하라는데도…… 그러나 그다음을 모르겠는걸!"

"거기까지 내다봤으면 알 만도 한데, 망원경 앞이 흐려진 모양이군요."

"잠깐! 그대는 도쿠가와 님한테 가 있지?"

"그래요. 시녀들 총감독이에요."

"그렇다면 도쿠가와 님의 이익을 도모하겠군……."

"충성을 다하는 게 첫째니까요."

"그대 앞으로 쓴 내 사과문을 기타노만도코로님에게 보여주는 것이, 어째서 도쿠가와 님의 이익이 되나……? 그 부분만 알면 돼."

"그래요."

고노미는 또 소리 내어 웃었다.

"수수께끼 풀이보다 재미있네. 오랜만에 어린 시절로 돌아간 것 같아."

그러나 이미 스케자에몬은 화난 표정으로 고노미를 노려보고 있었다. 아마 고노미가 무엇을 생각하고 사과문을 쓰라고 했는지 깨달은 모양이었다.

"고노미, 그대는 몹쓸 여자로군."

"호호……스케자 님도 상어도 안 뜯어먹는 몹쓸 뱃사람 아닌가요?"

"이건 그대 혼자만의 생각이 아니겠지. 아버지 쇼안 님의 지혜가 들어 있어."

고노미는 앳된 소녀 같은 표정으로 고개를 저었다.

"아니에요! 혹시 들어 있다면 사카이 사람들 모두의 지혜가 들어 있을지 몰라도, 특별히 아버님 지혜는 아니에요."

"사카이 사람 모두의 지혜……?"

"그래요. 사카이 사람들이 지금 가장 바라고 있는 일에 도움 될 테니까요. 그대의 사과문이……."

그 말을 듣자 스케자에몬도 빙긋 웃었다.

"그런가? 결국 목적은 나와 마찬가지로군."

"그렇지 않고서야 무엇 때문에 고노미가 스케자에몬 님에게 사과문을 쓰라고 하겠어요. 모든 게 조선에서의 싸움을 빨리 끝내도록 하기 위해 그러는 거지요."

고노미가 눈을 반짝이며 의기양양한 얼굴로 맞장구치자, 이번에는 스케자에몬이 냉담하게 대꾸했다.

"안 돼. 나는 쓰지 않겠어. 루손 스케자에몬의 지혜가 여자인 그대보다 못했다……는 증거를 후세에 남겨서 될 말인가. 안 쓰겠어."

고노미는 요염하게 웃었다.

"호호……스케자에몬은 그렇듯 속 좁은 졸장부였던가요?"

"뭐라고!"

스케자에몬은 코웃음 치며 도로 비웃었다.

"아무리 그래도 그대는 날 따라오지 못해. 그러니 그런 잔재주는 부릴 필요 없다는 말이야."

"호, 참으로 재미있네! 그럼, 당신이 간파쿠 히데쓰구에게 돈을 빌려주면 도쿠가와 이에야스는 조선에 건너가지 않아도 된다는 말인가요?"

"흥, 결국 실토했군. 그랬던가, 도쿠가와 님을 조선에 보내지 않으려는 잔꾀였어."

"그걸 알았으면, 사과문을 쓰지 않겠다는 이유를 더 자세히 말해 줘도 되겠군요."

"고노미 님."

"네. 정색을 다 하고, 왜 그러지요?"

"내가 돈을 빌려주면 국내의 소란이 커진다, 국내의 소란이 커지면 그것을 진압시키기 위해 실력자인 도쿠가와 님을 조선으로 못 보낸다는 이치가 아닌가?"

고노미는 선뜻 고개를 저었다.

"그게 아니지요. 다이코 전하는 국내의 일쯤 자기 손 하나로 처리할 수 없다고 여길 만큼 아직 늙지 않았어요."

"그렇다면 국내 일은 내 손으로 다스릴 테니 도쿠가와 님은 저쪽으로 건너가라……고 나오리라 예상한다는 말인가?"

"결국은 그렇게 되겠지요."

"그래, 도쿠가와 님이 건너가면 사카이 사람들에게 어떤 손실이 있다고 보나?"

"흐려진 안경을 좀 닦지 그래요? 도쿠가와 님은 저 땅에서 전사하고, 다이코는 늙고, 간파쿠는 그릇이 못 된다……면 그다음은 어떻게 될까요?"

"음."

"사카이 사람들은 그때 대체 누구를 내세워 일본을 이끌어 나가겠어요? 또다시 왕도에서 수라(修羅)의 불길이 타오르고, 오슈에서는 다테 님, 규슈에서는 시마즈 님, 구로다 님, 가토 님, 주고쿠에서는 모리 님, 긴키에서는 호소카와, 간파쿠 이런 식으로 싸우기 시작하면 대체 사카이 사람들이 품은 꿈은 어떻게 되는 거지요? 오닌의 난 이래의 난세가 다시 돌아올 거라고 생각지 않나요?"

갑자기 스케자에몬은 천장까지 울리는 소리로 웃어젖혔다.

"왓핫핫하……! 알았소! 고노미 님"

"알았으면 그것으로 됐어요."

"아니, 방금 그 말을 알았다는 뜻이 아니야."

"네! 그럼, 무엇을 알았다는 거지요?"

"그대가 내 마누라가 되려 하지 않았던 이유를 알았다는 거지. 앞서 나가지 마."

"스케자 님은 아직도 그 일에 구애되고 있나요?"

"그래. 사나이 체면이 엉망이 된 일을 그리 쉽사리 잊을 수 있나? 누가 뭐라고 해도 그대는 여자니까."

"여자니까 아내로 삼겠다고 했겠지요."

"아니, 내가 여자라고 한 것은 꿈이 너무나 작다는 뜻으로 말한 거야. 그렇듯 작은 꿈을 가진 사람은 이 스케자에몬을 이해하지 못할 거야. 내 야망은 더 커! 즉 그대는 꿈이 너무 작아서 나라는 사나이를 이해하지 못한 거야…… 그걸 알고 나니 아내로 삼지 않은 게 오히려 다행이었어. 자, 이제 그만 돌아가. 돌아가라구."

거침없이 말하자 이번에는 고노미의 얼굴이 새빨개졌다. 화난 모양이다.

"사리를 가리는데 남녀의 구별은 없는 거예요. 크니 작으니 하면서 말을 흐려놓다니, 스케자 님이야말로 작은 사람이군요."

고노미는 말하면서 바싹 다가앉았다.

"자, 중요한 대답은 어떻게 됐지요? 도쿠가와 님은 조선에서 전사하고, 다이코는 늙어 꼬부라지고, 간파쿠는 시원치 않고……그렇게 됐을 경우의 당신 생각을 좀 말해 봐요."

"하하……그걸 새삼스럽게 들어야 아는 고노미인가?"

"네, 그래요. 어디 들어봐요."

"그래? 원한다면 들려줘야지. 듣지 않고는 물러가지 않을 테니까……."

스케자에몬도 필요 이상으로 몸을 앞으로 내밀고 검게 탄 얼굴을 일그러뜨리며 눈을 부릅떴다.

"우선 그대는 세상에 분쟁이 일어나는 원인이 뭔지 생각해 본 적 있나?"

"싸움 원인은 욕심이에요. 욕심은 끝없으니까. 일단 싸우기 시작하면 수습이 안 되는 난세가 되지요. 당신도 그걸 자세히 보아 왔을 텐데."

"그러니 작다는 말이야. 알겠나, 그대의 그 견해를 고쳐야 해. 인간 욕심의 대상이 되기에 일본이라는 나라는 너무 작아. 그래서 원하는 것을 손에 넣을 수 없으니 싸우는 거지."

"그리 다를 것도 없는 말이군요. 나 역시 욕심에 비해 얻는 게 너무 적기 때문에 싸움이 그치지 않는다고 말한 거예요."

"틀려 틀려, 그대의 생각과 내 생각은 전혀 달라. 난 말이야, 이미 싸움이 사라진 다음의 그 앞일까지 내다보며 엄청난 꿈을 꾸고 있지."

"어떤 일인지 말해 봐요."

"아무튼 일본은 누군가의 힘으로 통일될 거야. 평화가 오면 필요 없는 인간이 많이 생기게 돼."

"필요 없는 인간?"

"그렇지. 거기까지는 생각해 본 일도 없겠지, 그대는? 세상이 편해지면 필요 없는 인간은 바로 무사들. 이것을 어떻게 잘 다루느냐에 따라 세상의 사정은 달라져. 그들이 떠돌이무사가 되어 가난에 쪼들리며 거리에 넘쳐나게 되면, 누가 천하를 잡든 소란은 결코 끝나지 않아. 그들의 입신출세 기회는 천하의 대란, 난세란 말이야. 그런데 그들에게 무사 노릇보다 훨씬 좋은 일거리와 세상을 찾아준다면 사정은 완전히 달라지지."

"좋은 일과, 좋은 세계를……?"

"물론이지. 내가 생각해서 이미 시작한 방법이 바로 그거야. 세계는 넓어! 조선이나 루손만이 나라가 아니야. 마카오며 니포만이 항구가 아니지. 안남도, 캄보디아도, 샴도, 천축도 있어. 모두 기후가 따뜻하고 곡식이 한 해에 두세 번 무르익는 낙원 천지야. 그곳에 일본인의 도시를 만든다, 죽이네 죽네 하고 떠들지 않아도, 큰 배를 만들어 이곳저곳과 교역하면 가난을 모르고 지낼 수 있지. 어때? 그렇게 되어도 다이코가 늙었느니, 도쿠가와가 죽었느니 하면서 무사들이 혈안이 되어 싸울 거라고 생각하나? 인간의 욕심은 정말 끝없지만, 이것을 살그머니 다른 방향으로 바꿀 수 있다는 것을 안다면 그대도 진짜 대단한 여자가 되는 건데……."

그렇게 말하더니, 여자 따위는 모를 것이다—라고 하는 듯 스케자에몬은 일부러 오른손을 뻗어 고노미의 탐스러운 턱을 살짝 치켜들었다.

고노미는 매섭게 스케자에몬의 손을 뿌리쳐버렸다. 그 눈은 여전히 불꽃이 될 것처럼 맹렬하게 상대의 시선을 붙들고 놓아주지 않았다.

"그렇다면 스케자 님은 남쪽나라 여기저기에 일본인 도시를 만들어 전후의 무사들에게 새로운 삶의 터전을 마련해 주려는 건가요?"

"어떤가, 사나이의 생각이?"

"정말 놀랍군요! 과연 사카이의 선주다워!"

"응? 칭찬하는 건가? 그렇다면 빨리 돌아가야 할 텐데……."

"아니, 그만한 큰 뜻과 야망이 있다면, 스케자 님은 더욱 내 말을 들어야 해요."

"뭐라고! 아직도 나에게 사과문을 쓰란 말인가?"

"잘 아시는군요. 사과문을 쓴다면 나도 뒤에서 남몰래 스케자 님 사업이 이루어지기를 빌어드리겠어요."

"쓰지 않겠다고 거절한다면?"

"뻔하지요. 모처럼의 큰 뜻, 큰 야망을 품고도 다이코의 노여움을 사서 체포되겠지요. 어때요. 루손 스케자에몬 정도의 사나이가 사과문 한 장 때문에 세상을 구하겠다는 대망을 버렸다……는 말을 듣게 된다면 사나이 체면이 설 수 있을까요?"

스케자에몬은 신음소리를 냈다.

"음, 얄미운 여자로군……! 정말 주둥이부터 먼저 태어난 여자야."

"자, 생각은 충분히 했을 테니, 쓰느냐 마느냐, 다시 한번 대답할 기회를 드리겠어요. 나도 오늘은 기타노만도코로님의 사자란 말이에요."

아마도 승부는 꿈을 겨루는 데서는 스케자에몬의 승리였으나 논쟁에서는 고노미 쪽이 우세해 보였다.

"좋은 생각이에요. 과연……싸움이 끝나면 남아돌게 되는 무사들……그들을 그대로 두면, 일본 전체는 물론이고 각 영지에서도 여러모로 소란의 불씨가 되겠지요."

"음."

"자, 쓰느냐 마느냐, 한 마디만 하세요."

"……."

"고노미는 당신의 크기를 인정했어요. 인정받은 당신 역시 쾌히 승낙해 주는 것이 좋을 거예요."

"고노미."

"루손 씨, 왜 그래요?"

"고노미, 내 사나이의 크기를 인정했다고 했지?"

"그랬어요. 분명히 인정하고 있으니까요."

고노미가 말을 끝내는 것과 동시에 스케자에몬의 손이 다시 고노미의 부드러운 턱에 닿았다.

"그럼, 인정한 증거를 내놔."

"뭐라고요?"

"사나이의 크기를 인정한 증거가 필요하다고 했어."

"인정한 증거라니요……?"

"사나이의 크기를 잘못 봤기 때문에 전에는 내 청을 일언지하에 거절했어. 지금에 와서 그것을 알았다면 그대도 나에게 사과해야 되겠지."

"그럼, 이 고노미에게도 사과문을 쓰라는 말인가요?"

"아니, 내가 원하는 것은 그대의 정조! 한 번이면 충분해. 그것을 받고 나서 나도 사과문을 써주겠어. 어떤가? 잘못되었다는 걸 깨달았으면 순서대로 해결하자. 한 마디면 돼. 이 예쁜 입으로 대답해 다오."

스케자에몬은 손바닥 위에서 망연자실해 있는 고노미의 얼굴을 끌어당겼다.

고노미는 순간 온몸이 마비되는 것 같았다. 피하려 해도 다리가 일어서지 않고, 따귀를 때리려 해도 손이 말을 듣지 않는다. 놀라움 때문만이 아니라, 부자연스럽게 이성을 멀리해 온 노처녀의 생리적인 반역인 것 같았다.

스케자에몬은 놀란 듯 중얼거렸다.

"허, 반항하지 않는군. 그것은 몸으로 사과하겠다는 뜻이겠지."

그리고 갑자기 고노미의 목에 팔을 감았다. 뜨거운 입술이 목덜미로, 뺨으로, 턱으로, 이마로……끝내 입술 위에서 흡사 미친 듯 소리 내며 달라붙었다가 떨어졌다.

그렇다, 미친 듯이……라는 말은 오히려 스케자에몬 쪽이 아니라, 뜻밖의 기습을 당한 고노미 쪽의 감각이었는지도 몰랐다. 고노미는 눈을 감고 말았다. 전에도 이런 놀라움을 경험한 적이 한 번 있었다. 싫다고는 생각했어도, 꿈속에서처럼 몸이 죄어들고 사고가 마비되어 뜻대로 되지 않았다.

갑자기 스케자에몬이 웃어젖혔다.

"하하……."

두 손은 아직도 고노미의 목을 끌어안고 있었다.

"하하……고노미는 이제 내 여자가 되었어. 정말 재미있군. 핫핫하……."

방약무인이란 이런 사나이를 두고 하는 말이리라. 다시 고노미의 목덜미에서 입술이 쪽 소리를 냈다. 그리고 떠밀리듯 목에서 팔이 풀렸을 때도, 고노미의 몸은 여전히 굳은 채 자유를 되찾지 못하고 있었다.

"좋아, 그대가 이처럼 갸륵하게 사과하니 나도 약속을 지켜야겠지. 스케자에몬이라는 사나이가 일생일대, 단 한 장 써주는 사과문이야."

스케자에몬은 스스로에게 말하듯 하며 일어나더니, 선반에서 종이와 벼룻집을 내려와 그것을 두 사람 사이에 갖다놓았다.

고노미의 몸이 자연스러운 모습을 되찾은 것은 그 무렵부터였다. 자세를 바로잡으니 두뇌와 이성도 저절로 움직이기 시작했다…… 얼굴이 빨개지고 수치심이 온몸을 훑고 지나갔다.

'바로 이런 것이 사랑하거나 사랑받기 전의 자연스러운 인간의 몸가짐인 것일까……?'

"자, 불러줘. 그대가 생각한 대로…… 일단 쓴다고 한 이상, 그대가 원하는 대로 써주겠다."

"……."

"왜 잠자코 있나? 내가 써야 할 문구는 그대의 마음속에 준비되어 있을 게 아닌가?"

고노미는 꿀꺽 침을 삼켰다. 틀림없이 그랬으나 그것이 얼른 입에서 나오지 않는 것은, 아직도 당황한 나머지 그녀의 생각이 흩어져 있는 탓이리라.

"그럼, 부르는 대로 써주세요."

"염려 마라. 쓰겠다고 이렇게 내 손으로 벼루까지 갖다놓지 않았나?"

스케자에몬은 몹시 기분 좋은 듯 붓을 들어 먹을 적시고 종이를 펼쳤다.

"자, 준비됐어. 고노미……."

고노미의 눈동자는 그제야 본디의 빛으로 돌아갔다.

생각해 보면 참으로 기묘한 두 사람의 경쟁이었다. 같은 나야 집안으로 어릴 때부터 잘 아는 처지였다. 그리고 정치란 무엇인가. 정권이란, 상권이란, 무력이란, 긍지란…… 그러한 것을 보는 눈에 있어 두 사람 모두 쇼안의 영향을 받고 자라 사카이 사람들이야말로 앞으로 일본에 기둥이 되지 않으면 안 된다고 생각하도록 교육받아왔다. 따라서 두 사람의 타산은 언제나 일치되고 있었다. 일찍이 소에키며 소로리며 소큐 등이 히데요시의 측근에서 종횡무진 활약했던 것과 마찬가지로, 앞으로는 고노미나 스케자에몬이 활약할 시대……라고 생각하면서도 인간 개개인들 사이에는 우스꽝스러울 정도로 서로 양보하지 않으려는 자아의 치열한 투쟁이 감춰져 있었다.

"그럼, 부르겠어요, 스케자 님."

"오, 빨리 불러줘."

"먼저 사과문이라고 쓰고."

"사과문…… 자, 썼다."

"본인은 앞뒤 분별없이 어느 고귀한 분에게 금전을 융통해 드린 일이 있으나, 귀하의 말을 듣고 천하를 위해 참으로 잘못된 소행임을 깨달았음."

"굉장히 어려운 문구로군. 이건 간파쿠에게 돈을 빌려준 것이 큰 잘못이라는 의미렷다."

"그래요. 다 썼어요?"

"썼어. 참으로 잘못된 소행임을 깨달았음이라고."

"따라서 앞으로는 충분히 유념하여 신중히 행동할 것이며, 사과문 내용은 세상에 알려지지 않기를 진심으로 부탁하는 바임. 위의 사과문에 적힌 바와 같이……."

써내려가면서 스케자에몬은 싱긋 웃었다.

"흐흣……그러고 보니 루손 스케자에몬은, 고노미라는 여자에게 꼬리 잡혀 꼼짝도 못하는 꼴이 되었군그래."

"꼼짝 못하는 것처럼 쓰지 않으면 아무 뜻이 없지 않겠어요?"

"난데없이 여우귀신에게 홀린 것 같아. 이것을 기타노만도코로님에게 보여드려서, 이런 일이 있으니 도쿠가와 님을 국내에 두지 않으면 위험하다고 말할 작정이지?"

"다 썼으면 도장을 찍어서 내게 줘요."

"예, 여기 있습니다. 그런데 고노미."

"네, 틀림없이 받았습니다."

"나는 그대에게 그것을 써주긴 했지만, 돈은 약속한 대로 융통해 주겠다. 그러는 편이 도쿠가와 님이 국내에 있을 수 있도록 하는 길이 되는 모양이니 불만은 없겠지?"

고노미는 그 말에는 대답하지 않았다. 받아쥔 사과문을 정성껏 비단 보자기에 싸서 품 속에 깊이 간수하고 천천히 일어섰다.

"너무 오랫동안 폐를 끼쳤습니다."

"허허! 말하자면, 그렇다고 할 수 있지."

"차 한 잔도 대접 못 받고 돌아가는 것은 섭섭하지만, 오늘은 중요한 심부름이므로 이만 실례하겠습니다."

"비꼬는 인사로군. 그러나 이제 스케자에몬은 기분이 개운해. 낼 것은 차 한 잔도 내지 않고, 받을 것은 받았으니 말이야. 기운차게 루손에 다녀오리다. 그대도 조심해서 실수 없이 충성을 바치도록 해."

"그럼, 이만."

"그래, 돈을 많이 벌어와 다음에는 그대한테도 빌려주지. 핫핫하……."

이미 그때 고노미의 모습은 거기에 없었다.

요시노(吉野) 참배

오사카성은 지금 히데요시의 요시노 참배 준비로 모두들 정신없었다. 히데요시만의 들놀이가 아니고 이번에는 간파쿠 히데쓰구, 도쿠가와 이에야스, 마에다 도시이에도 함께 수행하여 요시노 벚꽃을 마음껏 즐기려 하므로 이 들놀이가 갖는 이면의 뜻은 중대했다.

히로이가 태어나 간파쿠와의 사이에 불온한 분위기가 일고 있었다. 그뿐 아니라, 세상의 눈은 지금 히로이의 사부로 누가 뽑히느냐는 데 쏠려 있었다. 히데요시가 히로이에게 천하를 물려줄 작정이라면, 그 준비를 위한 어릴 때부터의 양육법이 있을 것이다. 따라서 사부는 천하 으뜸가는 인물이어야 할 것이며, 그런 속셈이 없다면 신분을 가리지 않고 근친 가운데서 선정되리라고 여겼다.

그러던 참에 이에야스와 도시이에 두 최고 관직자의 수행이 결정되었으니 소문은 한층 더 떠들썩해졌다.

"어쩌면 여행 도중에 간파쿠를 죽여버릴 작정이 아닐까?"

"그럴지도 모르지. 그리고 도쿠가와 님과 마에다 님을 히로이 님 후견인으로 삼아놓으면 간파쿠의 잔당들도 꼼짝 못할 테니까."

"그러나 다이코님은 간파쿠의 딸과 히로이 님을 짝지워 도요토미 가문을 통합하실 생각이라고 들었는데."

"아니, 그건 벌써 옛날이야기야. 다이코님은 그러실 작정이었는데, 간파쿠가 여전히 행실을 바로잡지 않아 이대로 두면 천하의 법이 서지 않는다고 행정관들이 한결같이 반대해 생각이 달라지신 모양이야. 더구나 그쯤 되니 간파쿠 쪽에서는 점점 의심이 깊어져 다이코님과 좀처럼 만나려 들지도 않는대. 그래서 머리를 짜낸 것이, 이번의 요시노 참배라는 거야."

"그렇다면 이건 무사히 끝나지 않을지도 모르겠는걸."

그러한 오사카성의 소문을 기타노만도코로 한 사람만은 강하게 부정하고 있었다. 이미 후시미의 임시건물에 가 있던 히데요시가 오사카로 돌아와 히데쓰구를 불러 대면한 다음 함께 요시노로 가게 된 이번 들놀이 행차는, 그런 소문과는 정반대 내용을 갖는 일이었다. 히데요시는 깨끗한 감정으로 이 여행의 효과만 생각하고 있다. 간파쿠 히데쓰구와의 일도 두 사람이 정답게 여행하면 자연히 풀릴 것으로 믿고 있다. 그리고 그 담백한 부성애와도 같은 것이, 간파쿠의 의심을 풀어줄 거라고 기타노만도코로는 기회 있을 때마다 측근들에게 말해 왔다. 만도코로가 하는 말은 성안에서 충분히 또 다른 소문이 될 수 있기 때문이었다.

마침 그때 도쿠가와 가문에서 일하고 있다는 고노미가 문안드리러 찾아와 히데쓰구가 영주들의 환심을 사기 위해 사카이 사람들과 짜고 자금을 조달하고 있다, 머지않아 조정에도 돈을 바쳐서 세력을 펴나갈 모양이라고 지나가는 말처럼 온건하지 못한 말을 떠벌여 기타노만도코로는 얼굴빛이 달라졌다. 만일 그것이 사실이라면 큰일……이라는 불안과 함께, 그저 단순한 중상이라면 용서할 수 없다는 생각이 들었다. 그래서 증거가 있으면 내놓으라고 고노미를 꾸짖었다.

오늘은 그 소문의 소용돌이 속에 휩쓸려 있는 히데쓰구가 드디어 오사카성에 도착하는 날이다.

기타노만도코로는 아침 일찍부터 조카 기노시타 가쓰토시(木下勝俊)를 불러, 간파쿠가 도착하는 선착장에서 성까지 오는 길목을 경계하도록 넌지시 명했다. 히데요시의 판단은 전혀 잘못되지 않았다는 자신이 있었으나, 간파쿠에 대한 다섯 행정관들의 반감은 점점 높아져가고 있는 눈치였다. 히데쓰구 쪽에서도 신변을 경계하겠지만, 행정관들 부하 중에서 지금이야말로 좋은 기회라 생각하고 나서는 자가 없으라는 법은 없었다. 만일 그러한 사고라도 생긴다면, 그야말로 도요토미 가문의 둘도 없는 치욕이 된다.

기노시타 가쓰토시가 아무 일도 없었다는 걸 금방 알 수 있는 표정으로 기타노만도코로에게 돌아온 것은 오후 1시 무렵이었다.

기타노만도코로는 한시름 놓는 심정이었다.

"무사히 도착하신 모양이구나."

목소리가 들떠 있었다.

"예, 역시 혈육인지라 다이코 전하의 얼굴을 보더니 간파쿠님은 눈물을 지으셨습니다."

"그래? 정말 잘됐어! 세상이란 남의 집안일에 이러쿵저러쿵 나쁜 소문을 퍼뜨리고 싶어하는 거니까."

"근위무사의 경계는 삼엄했습니다만, 전하의 소탈하신 응대에 모두들 놀라는 표정들이었습니다."

"전하께서 오랫동안 기다리고 계셨으니 그렇지."

"예, 나고야에서 돌아오신 뒤의 첫 대면이니…… 이상한 일이지요, 두 분이 다 서로 그리워하면서도 소문이라는 눈에 안 보이는 울타리 때문에 지금껏 그것을 이루지 못하셨으니."

그리고 가쓰토시는 생각난 듯 덧붙였다.

"소문 이야기를 하다보니 생각나는데, 전혀 다른 소문을 들었습니다."

"전혀 다른 소문이라니……?"

"전하께서 간파쿠에 대한 일은 그리 마음에 두고 계시지 않다, 전하께서 이번 여행을 계획하신 까닭은 따로 있다고."

"호, 그건 또 색다른 소문이로구나. 그래, 여행을 계획하신 까닭이 뭐라고 하더냐?"

"외국정벌이 뜻대로 안되어 그 쑥스러운 감정을 감추려고, 이에야스와 도시이에를 대동하여 호화판으로 들놀이하는 것이라고."

"그럴듯하군."

"따라서 간파쿠도 이 화려한 들놀이를 장식하는 깃발 대신이지 다른 뜻은 없다는 것입니다."

"뭐, 간파쿠가 장식깃발이라고! 호호……이건 또 재미있는 소문이로군. 그렇게 되면, 간파쿠의 가신들도 아무 걱정할 게 없을 것 아닌가?"

"예, 자질구레한 걱정을 하는 것은 다이코 전하의 기량이며 인품을 모르기 때문이라고 말하고 있다더군요."

네네는 다시 한번 소리 내어 웃었다. 이것은 누가 생각해 냈는지 모르지만 숙질간에 얽힌 어두운 소문을 지워버리고 즐거운 여행을 하게 하려고 여긴 사람이 퍼뜨린 소문이 틀림없었다. 사실 그렇게 되어야만 했다. 히데요시의 본심은, 이번 여행에서 히데쓰구의 좁은 소견이 갖게 된 의심을 날려버리려는 데 있었다.

옆방에서 시녀 목소리가 들려왔다.

"아룁니다, 도쿠가와 님 댁에 종사하시는 사카이 부인이 뵙겠다고 와 있습니다."

사카이 부인이란 고노미를 가리키는 말이다. 때가 때인 만큼 네네의 미간이 흐려졌다.

"오늘은 만나고 싶지 않다. 아프다고…… 아니야, 만나마. 역시 따져보지 않으면 안 된다."

"그럼, 저는 이만……."

가쓰토시는 네네의 표정에서 민감하게 뭔가 느낀 듯 입속으로 중얼거리듯 말하고 물러갔다.

방 한구석에는 장식품처럼 무미건조한 고조스만 앉아 있었다…… 네네는 그쪽을 흘끗 바라보았다.

"그대는 그대로 있어요. 그러나 들은 것은 입 밖에 내지 말도록."

"알겠습니다."

"전하께서는 요시노에서 돌아오시는 길에 간파쿠를 데리고 고야산에 참배하실 거야. 고야산은 오만도코로님을 모신 곳이지. 오래간만에 오만도코로님이 기뻐하시겠어."

자신에게 일러주듯 말하며 다가오는 발소리에 귀 기울였다.

고노미의 발소리는 크다. 내전에서 일하는 시녀들은 어느 틈엔가 소리 없이 걷는 습관을 익히게 되는데 고노미는 그런 여자들과 달랐다.

"사카이 부인을 안내해 왔습니다."

"호호……내 앞에서는 고노미라고 해도 된다. 자, 이리 가까이."

"실례합니다."

고노미가 들어오자 방 안의 분위기가 뚜렷이 느껴질 정도로 밝아졌다. 네네는 그것이 좋기도 하고 화나기도 했다.

'뜬세상의 고통을 모르는 사람에게 감도는 밝음…….'

이 밝음에는 가끔 사람으로서의 온정이 부족할 때가 있다. 상대의 상처를 예사로 건드리고도 그것을 알지 못하는 경우가 종종 있었다.

"고노미 님, 오늘은 무슨 볼일이지. 잠시 뒤에 다이코 전하와 간파쿠가 함께 오실 예정이어서 이제나저제나 그것을 기다리고 있는 중이야."

고노미는 천진난만하다고 할 만한 표정으로 말했다.

"축하드립니다. 요시노 벚꽃이 아름답다는 건 소문으로 듣고 있었습니다만, 제 눈으로 직접 보는 것은 이번이 처음입니다."

"뭐, 직접 보다니……."

"네, 저도 요시노에 따라갑니다. 참, 기타노만도코로님께서는 요시노에 왜 벚꽃이 있는지 알고 계십니까?"

"글쎄, 심은 사람이 있으니까 있는 거겠지."

"아닙니다, 사람의 사랑이 꽃이 된 것입니다."

"사람의 사랑이 꽃이 된다. 호호……무슨 전설을 듣고 왔구나."

"네, 그 산을 처음 개척하신 수도승 오즈누(小角) 님을 사모하다가 죽은 사쿠라 히메(櫻姬)의 사랑이 엉기어 아래에 1000그루, 중간에 1000그루, 안쪽에 1000그루……이렇게 계곡도 봉우리도 모두 가냘픈 꽃으로 덮이게 되었답니다…… 사람이 심었다고 생각하는 것보다 그쪽이 훨씬 아름답고 슬프게 느껴집니다."

"호호……고노미답지 않은 말을 하는구나. 그대 입에서 사랑이니 뭐니 하는 말을 들을 줄은 몰랐다."

"그런데 기타노만도코로님께서는……."

"내가 어쨌다는 거냐?"

"다른 마님들도 동행하신다는데…… 물론 함께 행차하시겠지요?"

기타노만도코로는 씁쓸한 얼굴로 외면했다. 세상모르는 이 처녀는 끝내 해서는 안 될 말을 하고 만 것이다……

"제가 그만 쓸데없는 말씀을 드렸습니다."

고노미도 당황한 모양이다. 아니, 당황하는 척하며 자신의 용건을 꺼내려는 것인지도 모른다. 황급히 품 속에서 스케자에몬의 사과문을 꺼냈다.

"오늘은 바로 물러가겠습니다. 이것이 일전에 하신 말씀의 증거품입니다."

서둘러 사과문을 펼치는 고노미의 손을 네네는 의아스러운 듯 지켜보았다.

간파쿠의 중신들이 사카이 사람들로부터 돈을 거두어 영주들에게 빌려주기도 하고 조정에 헌납하겠다며 일을 꾸미고 있다…… 고노미가 그런 말을 했을 때 네네는 가볍게 꾸짖었다.

"그런 일은 세상의 오해를 만들기 쉽다. 그렇지 않아도 엉뚱한 소문이 두 사람 사이를 불편하게 하고 있는 때이니 삼가야 돼."

고노미는 그것을 뜬소문인지 아닌지 자기 손으로 확인해 오겠다고 했으나 정말로 이렇듯 그것이 사실이라는 증거를 들이댈 줄은 몰랐다.

"자, 보십시오. 이것은……."

하다가 방 한구석에 있는 고조스를 꺼리며 살며시 나야 스케자에몬이라고 이름이 씌어져 있는 곳을 손으로 가리켰다.

기타노만도코로는 흠칫 놀라는 눈치였다. 받는 이의 이름이 고노미로 되어 있었다. 이 억센 여인이, 상대를 무섭게 몰아붙여 불문곡직하고 이것을 쓰게 해서 가져온 것……이라고 네네는 생각했다.

"고노미!"

"네, 이로써 그것이 뜬소문이 아니라는 걸 아셨을 줄 압니다."

기타노만도코로는 잠자코 그 사과문을 집어들더니 두 조각으로 찢고 다시 네 조각으로 찢어 뭉쳐서 고노미의 무릎 앞에 휙 던졌다. 그리고 천천히 자세를 고쳐앉으며 빙그레 웃었다.

"이렇게 찢어버리기를 바랐을 거다. 이 사과문은……."

이번에는 고노미가 깜짝 놀랐다.

"됐어! 잘 보았다. 보았지만 잊어버렸다."

"……네."

"아까 그대는 사람의 사랑이 변해 요시노의 벚꽃이 되었다고 했지?"

"네, 그랬습니다."

"꽃이 되는 것은 사랑의 감정뿐일까. 남을 아껴주는 정답고 부드러운 마음은 꽃이 안 되는 것일까?"

"황송합니다. 그것이야말로 진실한 꽃이겠지요."

"알겠느냐. 찢어서 돌려준 내 심정을?"

"……네."

"그대가 하고 싶은 말은, 뒷날의 혼란을 염려하는 마음이라는 건 알았다. 그렇지?"

"네."

"더욱 방심하지 말고 사방을 살펴라, 조선에는 아직도 군사가 남아 있다, 그 싸움도 끝나기 전에 국내에서 엉뚱한 야심의 싹을 트게 해서는 안 된다……는 걱정으로 그랬겠지."

"화……황송합니다."

"알았다. 그런 위험을 미리 막으려면 전하 주위에 든든한 분이 있어야만 한다. 그런데 그건 누구일까……?"

네네는 다시 한번 살피듯 의미심장한 미소를 입가에 새겼다.

"알고 있다. 그대가 이런 일을 하는 심정도…… 그러고 보니 그대와 나는 마음이 같은 모양이야. 전하와 그분을 따로 떨어져 있게 해서는 안 돼. 두 사람이면서 한 사람……그렇게 되지 않으면 지난 몇십 년에 걸친 모두의 노력이 수포로 돌아갈 것이다. 나도 잘 알고 있어."

고노미는 할 말이 없었다. 온몸이 싸늘해지며 가늘게 떨려왔다…….

네네는 차분한 목소리로 다시 말을 이었다.

"그대는 남보다 슬기롭게 태어났으니 잘 알고 있을 테지. 이번 요시노의 꽃놀이를 누가 다이코 전하에게 권했는지……."

"글쎄요……누구일까요?"

"호호……아직 눈치채지 못하고 있었나?"

"네."

고노미는 대답하면서 몇몇 얼굴을 떠올려보고 있었다.

이시다 미쓰나리일까? 아니면 마에다 겐이나 오다 우라쿠일까……?

'만일 소에키 님이 살아 있다면, 반드시 그분이 권했을 텐데…….'

"모르겠나?"

"네."

"다른 사람이 아니야. 바로 이 기타노만도코로, 네네란 말이야."

"네……? 기타노만도코로님께서?"

네네는 천천히 고개를 끄덕이며 또 웃음을 머금었다.

"내가 도쿠가와 님과 마에다 님과 의논하여 권해 드렸다고 생각하면 될 거야. 이것저것 안팎이 원만하게 안정될까 해서 그랬지."

"어쩌면……만도코로님이……"

"그것을 그대는 뭐라고 했지? 다른 측실들이 동행하니 나에게도 가라고 했지?"

"요……용서……해 주십시오."

"호호……사과할 것까지는 없다. 그러나 누구를 데려가기로 정했다 해서 질투해도 되는 아내가 있고, 좀더 높은 곳에서 가만히 남편을 지켜봐 주지 않으면 안 되는 아내도 있다……"

"네……"

"그대라면 어느 쪽이 되겠나. 나는 이제 다투는 일은 질색이야."

고노미는 한 차례 빨개졌던 자신의 얼굴이 차츰 핼쑥해지는 것을 느꼈다. 고노미도 자기가 하는 일에 자신감을 갖고, 사카이 사람들 속에서 살아온 여자로, 그 위치에서 나라의 번영을 진지하게 생각해 왔다고 자부하고 있었다. 그러한 고노미가 어찌 기타노만도코로의 숨은 노고를 꿰뚫어 보지 못했단 말인가? 고노미보다 몇 배나 상처 입고 격노하고 질투하고 증오해 왔을 기타노만도코로…… 이제 모든 고통을 이겨내고 이처럼 높은 아내의 자리에 올라 있음을 고노미는 미처 알지 못했던 것이다……

"만도코로님, 정말로 부끄럽습니다."

"뭘 그래. 부끄러워할 건 없다. 사람이란 모두 인생의 계단을 하나씩 차근차근 올라가는 법이지. 그대도 내 나이에는 좀더 높은 곳에 서서 넓은 곳을 보고 있을 거야. 부끄럽다고 느끼는 그 마음……그것만 있으면 결코 멈추는 일이 없는 법이지."

"그 말씀을 하나하나 마음에 새겨두겠습니다."

네네는 고노미를 조용히 바라보며 찻가마 앞에 앉아 있는 늙은 여승에게 가볍게 재촉했다.

"고조스, 차를. 고노미, 그대는 역시 슬기로워. 차가 끝나면 내가 한 가지 그대에게 큰일을 부탁해 볼까."

"저, 저에게 만도코로님께서……?"

"그래, 아무에게도 말하지 못할 중요한 일을."

고노미는 흠칫하여 네네를 올려다보았다. 네네의 눈이 실처럼 가늘어져 있었다.

고노미의 가슴이 크게 뛰기 시작했다. 기타노만도코로가 보기 드문 현부인이라는 것은 오긴과 호소카와 부인을 통해 듣고 있었다. 그러나 이같이 모든 고통을 이겨내고 절개를 지켜온 부덕 있는 사람인 줄은 몰랐다. 다이코와 짚자리 위에서 혼례를 치른 이래 여자의 자아를 충분히 활용하면서 뻗어온 사람…… 그렇지만 다이코라는 후광이 있었기에 종1품에 오른 기타노만도코로……로 여기고 있었다. 그런데 그 네네는, 이미 알몸으로 거리에 내동댕이치더라도 고노미 따위와는 비교도 안 되는 잘 다듬어진 옥이 되어 있었다.

더구나 그 기타노만도코로가 고노미의 혈관 구석구석을 꿰뚫어 보고야 말겠다는 눈길로 말해 온 것이다.

"아무에게도 말할 수 없는 큰일을 부탁하고 싶다."

조용히 공기도 흔들리지 않는 동작으로 고조스가 찻잔을 갖다놓자, 고노미는 그것을 마시면서 기타노만도코로의 그다음 말이 몹시 궁금했다.

내놓은 찻잔은, 다이코와 소에키가 자주 말다툼을 벌였던 조지로의 검은 찻잔이었다. 찻잔에 그려진 경치에 눈길을 떨어뜨리면서 고노미는 온몸에 네네의 시선을 무겁게 느꼈다.

"고노미."

"네."

"아무에게도 말할 수 없는 중대사란, 그대가 넌지시……기회 있을 때마다 도쿠가와 님에게 전해 주었으면 하는 일이야."

"저, 도쿠가와 님에게?"

"그렇지. 도쿠가와 님을 보는 그대의 눈과 내 눈은 같은 모양이야."

"네!"

"다이코 전하를 부탁한다……고."

"그건 새삼스럽게 말씀하시지 않아도……."

"아니, 그대의 생각과 내 말 사이에는 간격이 있어. 내가 말하는 것은 도요토미 가문의 사람으로서 전하를 부탁한다……는 뜻이 아니야."

"네."

"천하인으로서의 전하를 말하는 거야. 돌아가신 노부나가 님이 남기신 뜻을 이어받아 천하를 평정하신 그 전하를 말하는 거야."

고노미는 눈을 커다랗게 뜬 채 고개를 갸우뚱했다. 도요토미 가문의 히데요시와 노부나가의 뜻을 이어받아 천하를 평정한 히데요시는 별개의 인간이란 말인가……? 적어도 기타노만도코로는 그것을 따로 생각하고 있는 듯한 말투로 들렸다.

"알아듣겠는가……?"

"알 것 같은……생각이 듭니다."

"천하를 평정하신 전하……그 전하의 뜻을 먼 후세에까지 살릴 수 있도록 도와달라는 말이다. 도요토미 가문, 단지 그것만을 위하기보다 몇십 년 몇백 년 뒤의 세상 사람들이, 만일 전하의 목상이라도 모시게 된다면 그 왼쪽에는 돌아가신 노부나가 님, 오른쪽에는 도쿠가와 님, 이렇게 세 분을 모셔놓고 이들이 평화시대를 이룩하신 분들이라고 제사 지낼 수 있도록 보좌하는 것…… 당장 눈앞에 있는 일이 아니라 후세에까지 신불의 뜻에 합당하도록 보좌하는 것…… 그것을 내가 거듭 당부하더라고 전해 주었으면 좋겠어."

고노미는 듣고 있는 동안 온몸이 싸늘하게 굳어지는 것을 느꼈다.

'이분은 도쿠가와 님의 성품까지 똑똑히 꿰뚫어 보고 계신다…….'

고노미가 본 이에야스는 이미 네네가 한 말과 같은 심정으로 히데요시를 대하고 있었다. 사소한 개인의 경쟁이나 원한을 초월하고 있었다. 언제나 히데요시 뒤에 숨어서 싸움의 상황과 국내 사정의 조화에 힘쓰고 있었다.

"그 일이라면 염려하실 필요 없을 줄 압니다."

"그럴까?"

"네……혹시 있다면 물론 저는 만도코로님 뜻에 따라 힘을 다할 생각입니다만."

"부탁한다."

부드럽게 한 번 다짐 두고 나서 네네는 비로소 요시노 참배문제로 화제를 옮겼다.

"전하께서는 어린애 같은 분이시라."

"……네."

"내가 요시노 참배를 권하자 무릎 치고 기뻐하시면서 글쎄, 그것이 몇 년 동안의 소원이기라도 했던 것처럼 좋아하시더구나."

"……그러시겠지요, 그런 성품이시니."

"다이코가 모처럼 요시노에서 꽃놀이하는 것이니 먼 뒷날까지 이야깃거리가 될 만한 일을 해야 한다……고 하시며 엄청난 사람들이 심부름으로 요시노를 드나들었지."

고노미는 또다시 얼굴이 붉어졌다. 기타노만도코로는 고노미보다 몇 배나 사정에 밝았다.

"그대는 요시노에서 묵을 숙소가 어딘지 알고 있나?"

"모릅니다……그것까지는."

"그 옛날 요시쓰네(義經 ; 헤이안(平安) 후기 무장. 이나 모토노 요시쓰네, 1159~1189)와 시즈카(靜 ; 요시쓰네 의 애첩)가 묵었던 깃스이사(吉水寺)라더군. 데리고 가시는 총인원은 5000명……여자들 수가 300명이라니 요시노의 봄이 요란하겠지?"

"그……그렇겠군요."

"숙소에서 사용하실 금병풍 100벌은 절에 기부할 물건들과 함께 벌써 실어보냈어. 오늘은 여러 지방에서 모은 벚나무 묘목 1만 그루를 꾸리느라고 법석일 거야."

"어머나, 1만 그루나……."

"그렇지. 그곳에 있는 3000그루에 다이코의 벚나무 1만 그루를 더 심어서, 먼 뒷날까지 이 꽃놀이의 멋과 화려함이 두고두고 이야깃거리가 되게 하겠다고 하셨어……."

거기까지 말하자 네네는 흥허물 없는 표정으로 쓸쓸하게 웃어보였다.

이미 고노미의 성격을 다 알고서 믿고 있는 여동생을 대하는 것 같은 느낌의 웃음이었다.

"그런 분이라 내 마음이 아프다……."

"네……?"

"그 호화로운 연회의 그늘에는 누구에게도 말 못할 고민이 숨어 있지…… 싸움 뒤처리……간파쿠에 대한 일……히로이 문제……요즘 두드러지게 눈에 띄기 시작한, 행정관들과 아직 조선에 남아 있는 무장들의 갈등 등…… 그런 의미에서 볼 때 전하는 가련한 분이야."

고노미는 대답을 삼가고 눈으로 수긍했다. 갑자기 기타노만도코로의 눈이 젖어오는 것처럼 보였기 때문이다.

"고노미."

"네."

"여자는 말이지, 처음에는 남편을 의지하고 산다."

"네."

"그러다가 나중에는 경쟁하고 다투기도 하면서 살다가……끝내는 어머니 마음으로 대하지 않으면 안 되는 모양이야."

"가르침, 깊이 마음에 새겨두겠습니다."

"어머니 마음은 변함이 없지. 그저 자식을 염려할 뿐이야. 어떻게 하면 고통을 덜어줄까, 어떻게 하면 무사히 지낼 수 있게 해줄까 하고."

그리고 다시 조용히 웃으며 소맷자락을 살며시 눈으로 가져갔다.

고노미가 기타노만도코로 앞에서 물러나온 것은 그로부터 얼마 안 되어서였다. 히데요시와 히데쓰구가 함께 기타노만도코로에게로 온다는 전갈이 있었기 때문이었다.

어쨌든 인생은 참으로 복잡미묘하게 짜인 비단과도 같다. 세상 사람이나 후세 사람들도 이번의 요시노 행차를, 히데요시의 호방하고 활달한 성품을 두고두고 전하는 좋은 이야깃거리로 삼을 게 틀림없었다. 그러나 그것은 이 행사의 이면에 지나지 않았다. 다이코 자신은 기타노만도코로의 말처럼 사면초가가 된 입장을 염려해서 하는 일이고, 그것을 권한 사람은 남편의 고민을 보다못해 나선 조강지처였다. 그러한 진실은 아마 히데요시의 손에 의해 심어진 1만 그루 벚나무도 알지 못할 것이다. 그러한 데에 인생의 깊은 슬픔과 역사의 비밀이 소리 없이 감추어져 있었다.

성의 서쪽문을 나설 때, 고노미는 수많은 짐바리가 말등에 실려나가는 것을 보았다. 벚나무 묘목뿐 아니라 꽃놀이 잔치에 쓰일 온갖 기구까지 모두 이 성에서 가져가는 모양이었다.

요시노의 깃스이사는 구리로 만든 이름난 신사문을 들어서서 그 옛날 모리요시 친왕(護良親王)의 본진으로 삼았던 자오당(藏王堂) 왼쪽으로 뻗은 언덕 끝에 있다고 들었다. 그 언저리 언덕에 5000명이나 되는 장병이 자리 잡고, 골짜기를 메운 중턱의 1000그루 벚나무를 감상하면서 성대한 주연을 벌인다……

목적은 자꾸만 어긋나려는 간파쿠 히데쓰구의 마음을 되돌리고 히데요시의 위력을 천하에 과시하는 데 있었으니, 고노미는 그 광경을 본다면 울음을 터뜨리고 말 것 같은 두려움을 느꼈다. 요시노의 벚꽃은, 수도승과의 사랑을 이루지 못한 사쿠라히메의 혼령······그렇게 생각하는 편이 아름답고 마음도 편했다.

그런데 이제 그 요시노에 다이코 벚나무가 더 심어진다. 오다와라 싸움 때까지만 해도 하는 일마다 뜻대로 되지 않은 적 없었던, 희대의 총아가 그 불행한 늘그막에 눈물을 감추고 호탕하게 꽃놀이를 벌인 구슬픈 추억을 보태는 것이다. 그리고 그 뒤에는 사쿠라히메의 한결같은 사모의 정보다 더욱 깊고 슬픈 한 여인 기타노만도코로의 시들었지만 맑은 애정이 숨어 있다······ 고노미는 자기 역시 그 호화로운 향연 속에 300명 여자들 틈의 한 사람으로 참여한다고 생각하니 이상하게 가슴이 메었다.

문을 나서서 해자 가의 버드나무 그늘에 걸음을 멈추고 다시 한번 네모로 이어진 정문 지붕을 가만히 돌아보았을 때, 고노미 뒤에서 말굽 소리가 뚝 멈췄다.

"어이구, 여기서 뜻밖의 여인을 만나다니."

말 위의 사람이 훌쩍 뛰어내렸으나 고노미는 아직 그것을 알아차리지 못했다.

"사카이의 쇼안 님 따님이 아닌가?"

"네!"

그제야 돌아본 고노미는 공손히 머리 숙였다.

"아, 이시다 님이시군요."

"역시 그렇군. 고노미로구나. 그런데 그 옷차림은 어떻게 된 거지? 내전에서 종사하게 되었나?"

"아닙니다. 잠시 기타노만도코로님에게 문안드리러."

이시다 미쓰나리는 미심쩍은 듯 고개를 갸웃거리며 성큼성큼 고노미에게 다가왔다. 미쓰나리는 고노미의 어깨에 손이라도 얹을 듯 가까이 다가와 친근하게 물었다.

"기타노만도코로님께서 그대를 자주 부르시는가?"

장난을 좋아하는 고노미의 성격이 불현듯 고개를 쳐든 것은 그다지 작은 사람으로 보이지 않았던 미쓰나리의 키가 자기보다 작은 것을 깨달았을 때부터였다.

'이 남자가 기타노만도코로님에게 좋지 않은 감정을 품고 도요토미 가문을 쥐고 흔들려 한다……'

그런 생각이 들자 곧 놀려주고 싶은 충동이 생긴 것도 말하자면 고노미의 지기 싫어하는 경쟁심의 발로인 것 같았다. 고노미는 일부러 순진한 척하며 고개를 크게 끄덕여 보이고 노래하는 듯한 목소리로 대답했다.

"저도 도쿠가와 가문 여인들과 함께 요시노에 가게 되었습니다."

"뭐, 도쿠가와 가문 여인들과……?"

"네, 요시노에 가면 깃스이사에 묵게 되고 그 봉우리에 잇닿은 언덕에서 큰 주연이 벌어진답니다. 아름다운 오동무늬 장막에 몇천 그루의 벚나무에서 흩날리는 꽃보라…… 생각만 해도 가슴이 두근거립니다."

"도쿠가와 가문……이라면 그대는 도쿠가와 가문에서 일하고 있다는 말인가?"

"네, 다이나곤님이 굳이 원하셔서."

"그렇다면 나고야에서의 소문이 정말이었구먼."

"호호……그럴지도 모르지요. 아니, 그게 아니라 역시 요시노에 가보고 싶어서였는지도 모르지요."

"그래, 그 도쿠가와 가문에 종사하는 그대가 어찌 기타노만도코로님에게?"

고노미는 또 한번 천진스럽게 웃었다.

"호호……이번 행차에 기타노만도코로님은 가시지 않는답니다. 그래서 요시노의 일들을 이것저것 보고 돌아와 자세히 알려드릴까 생각하고 있어요."

미쓰나리의 눈이 번쩍 빛났다. 고노미의 짓궂은 유혹의 덫에 걸려든 건지도 모른다.

"그래? 이번 여행의 모습을 이것저것……."

"네, 기타노만도코로님께서는 여러 가지로 걱정이 많으신 모양…… 아니, 그건 저와 상관없는 일이고……이번 나들이에 오긴 님이며 호소카와 마님도 함께 가신다면 즐거움이 얼마나 더할까 생각하면서 걷고 있던 참이었습니다."

"고노미 님, 이렇게 서서 이야기할 수는 없으니 정문 밖까지 함께 가기로 하지. 행정관 방에 가서 나도 그대에게 부탁할 게 있어."

"네? 미쓰나리 님이 여자인 저에게?"

"그래. 좀 은밀히 할 이야기가 있어."

"어머나! 그렇지만 다음에 하시면."

"급한 볼일이라도 있나?"

"아니요…… 저……급하지는 않지만, 기타노만도코로님이 다이나곤님에게 전하시는 말씀도 있고 해서."

미쓰나리는 드디어 이 한 마디에 재녀의 덫에 꼼짝없이 걸린 모양이었다. 그는 긴장과 친근함이 뒤섞인 수완가다운 표정으로 더욱 고노미에게 다가섰다.

"사실은 내 용건도 기타노만도코로며 다이나곤과 전혀 관계없는 게 아니야. 오래 걸리지는 않을 거야. 요시노 여행에 관해서다. 알아놓지 않으면 나중에 소홀했다고 꾸중 들을 테니."

그러고는 말도 졸개도 잊은 듯 앞장서 걷기 시작했다.

어느 시대에나 재녀에게는 모험이 따라다니는 모양이다. 고노미는 상대가 어떤 커다란 비밀을 말할 것 같다는 생각이 들어서, 말과는 반대로 자진해 따라가고 싶은 생각이 들었다. 미쓰나리가 반(反) 간파쿠파의 우두머리이고, 다섯 행정관 중에서 으뜸가는 수완가이며, 지금은 히로이와 그 생모 자차히메의 지혜주머니……라는 소문도 이미 듣고 있었다.

'기타노만도코로님의 본심은 알고 왔다…….'

여기서 미쓰나리를 만난 것도 그녀에게 두 파의 기밀을 알리기 위해, 어떤 보이지 않는 의지가 움직이고 있는 건지도 모른다…… 그런 혼자만의 판단을 하면서 미쓰나리가 하자는 대로 뒤따랐다.

미쓰나리는 도중에 이번 여행길의 계획을 신나게 계속 늘어놓았다. 출발은 25일. 수행하는 영주들은 이번에도 화려한 행렬을 겨루면서 갈 것이므로 야마토 가도의 시골사람들은 남녀노소 할 것 없이 놀란 눈으로 행렬을 맞을 것이다. 27일에는 야마토의 무쓰다 다리(六田橋)를 건너 이치노 고개(一坂)로 접어든다.

그러면 그곳 신궁(新宮)에 야마토 히데토시(大和季俊)가 한껏 멋 부려 지은 찻집이 있다. 거기서 다이코가 쉰 다음 드디어 1000그루의 벚나무가 있는 아래쪽으로 접어든다…….

"모처럼 요시노에 행차하신다면서 전하는 벌써부터 노래의 초안을 잡고 계신다. 아직 보지도 않은 벚꽃을 이래저래 읊으시면서 말이야. 그대가 좋아서 어쩔 줄 몰라하는 것과 같지."

그런 말을 하면서 미쓰나리는 소리 내어 웃기도 했다.

"요시노에 도착하시면 깃스이사로부터 도노오(塔尾)의 왕릉과 황궁터, 조오(藏王) 등을 한 바퀴 둘러보시고 혹시 비가 올 때의 여흥도 생각하셔서 탈춤과 다도까지 세심하게 준비하고 가신다."

솔직히 말해 고노미는 그런 미쓰나리의 말에는 그리 흥미를 느끼지 않았다. 고노미가 흥미를 갖는 것은 오로지 미쓰나리가 '부탁이 있다'고 말한 그 내용이었다.

'나에게도 히로이를 위해 발 벗고 나서라는 것일까······? 아니면 기타노만도코로가 무슨 생각을 하고 있는지 탐지하려는 것일까······?'

정문 해자 옆에 이 나니와 거리를 건설한 거상과 행정관, 그리고 그 부하 관리들이 사무를 맡아보는 건물이 있었다. 그 문을 들어서서 오른쪽으로 가장 깊숙한 마당에서 요도강이 바라보이는 곳에 미쓰나리의 방이 있었다.

그곳으로 들어가자 미쓰나리는 서기와 하급관리들을 내보내고 고노미와 마주앉았다.

"고노미, 그대를 어째서 여기 데려왔는지 알고 있겠지?"

부드러운 소리로 말했을 때만 해도 고노미는 두려움 같은 것은 조금도 느끼지 않았다.

"네, 미쓰나리 님께서 무슨 이야기가 있으시다고······."

"바로 그 이야기 말이야. 알고 있겠지?"

"아니, 모르겠습니다."

"그럼. 조사를 시작하겠다. 말은 내지 않을 것이다. 다이코 전하의 엄명으로 알면 돼. 자, 오늘 기타노만도코로와 그대 사이에 오간 말······조금도 꾸밈없이 모두 말해라. 그대에게 해롭게 하지는 않는다. 그러나 숨기는 날에는 그냥 두지 않을 것이다."

고노미는 갑자기 변한 미쓰나리의 얼굴을 멍한 표정으로 올려다보았다. 미쓰나리의 눈이 번쩍번쩍 빛나고 있었다.

처음에는 몹시 당황했다. 미쓰나리의 진의를 전혀 알 수 없었던 것이다. 부탁이 있다고 한 것은 여기까지 고노미를 끌어들이기 위한 구실이었고, 일단 따라온 이상 이미 이쪽의 마음대로라는 위협일까? 아니면 정말로 기타노만도코로가 도요토미 가문에 불리한 일을 무엇인가 꾸미는 줄 알고 있는 것일까……?

"자, 순서를 좇아 차근차근 말해. 무슨 일로 기타노만도코로에게 불려갔지?"

"불려간 게 아닙니다. 제가 문안드리러 찾아간 것입니다."

무서운 생각은 들었지만 아직 장난기가 완전히 사라진 것은 아니었다. 그런 만큼 고노미는 여전히 놀리는 듯한 말투였다.

미쓰나리가 고함질렀다.

"닥쳐! 그대는 도쿠가와 님에게 종사한다고는 하나, 기껏해야 장사꾼의 딸이 아닌가. 그런데도 자기 쪽에서 기타노만도코로를 찾아갔다느니 하는 뻔뻔스러운 소리를 하다니, 그게 말이 되느냐?"

"죄송합니다. 오긴 님이며 호소카와 부인과 함께 다도를 배울 때부터 기타노만도코로님께 각별히 귀여움 받았으므로 그만 경솔한 말을 하고 말았습니다. 용서해 주십시오."

"그럼, 역시 부르심을 받고 문안갔단 말이로구나."

"아닙니다. 찾아갔다……고 말하면 실례지만 제 편에서 찾아뵌 것은 틀림없습니다."

"그럼, 도쿠가와 님의 밀명을 받고 갔나? 거짓말하면 용서하지 않겠다."

"무엇 때문에 거짓말을…… 저도 요시노에 가게 되어 그 일을 말씀드리고 여러 가지 여행의 마음가짐 같은 것을 여쭈어보러 올라갔던 것입니다."

"음, 그러면 처음 상황부터 자세하게 말해봐라. 기타노만도코로께서는 오늘 간파쿠와의 대면도 있고 하니 여간한 일이 아니면 만나주지도 않으셨을 텐데."

"네, 그건 분명 그렇게 말씀하셨습니다. 그러나 쇼안의 딸이라고 말씀드렸더니……."

"만나겠다고 하셨단 말이지?"

"네, 그리고 제가 요시노에 간다는 말씀을 드렸더니 쓸쓸한 듯이 나는 안 갈 생각이라고 하셨습니다."

"고노미."

"네."

"모호하게 말끝을 흐리면 요시노에 못 가게 된다. 알고 있나?"

"요시노에 못 가게 되다니요?"

"여기서 내보내주지 않아. 이곳에는 재판소도 있고 감옥도 있다는 걸 알고 있겠지?"

고노미는 비로소 등골에 소름이 오싹 끼쳤다. 미쓰나리의 말투는 다시 부드러워졌으나 그 이면에는 충분히 무서운 의지가 풍기고 있다.

"미쓰나리 님, 그게 무슨 말씀입니까? 제가 기타노만도코로님에게 은밀히 뭔가 말씀드리기 위해 문안 왔다고 의심하시는 겁니까?"

"의심하고 안 하고의 문제가 아냐. 요 며칠 동안 기타노만도코로님에게 출입하는 자는 일절 한동안 밖에 내보내지 말라⋯⋯는 다이코 전하의 내명이 있었다는 것만 알아둬. 그러니 쇼안의 딸이건 도쿠가와 님의 시녀건 우리가 신분을 따질 바 아니다. 말하자면 그대는 불행한 방문객이었어."

미쓰나리는 입가에 보일 듯 말 듯 미소를 지었다. 어느새 놀리는 쪽과 놀림 당하는 쪽의 위치가 완전히 뒤바뀐 것 같았다.

고노미는 당황했다. 이곳에 데리고 온 것은 미쓰나리의 의사가 아니고 다이코의 내명이라고 한다. 기타노만도코로를 방문하는 자는 누구든 가리지 않고 당분간 밖에 내보내지 않는다⋯⋯ 듣고 보니 문제는 고노미와 미쓰나리의 관계가 아니고, 더욱 큰 권력자와 양(羊)의 입장으로 바뀐 것 같다.

"그렇다면 아무리 변명해도 헛일이라는 말인가요?"

"그렇지. 그대가 만난 것이 이 미쓰나리가 아니었으면 당분간 가차 없이 감옥에 들어가야 했을걸."

미쓰나리는 차디차게 말하고 다시 무섭게 눈을 치켜떴다.

"그대는 사카이 으뜸가는 재녀라 하니 이만큼 말했으면 대강의 사정을 짐작할 수 있겠지."

"아닙니다, 그게 전혀⋯⋯."

"왜 다이코 전하께서 기타노만도코로님께 출입하는 자를 그토록 경계하시는지⋯⋯모르겠나?"

"글쎄요⋯⋯?"

"이를테면⋯⋯."

미쓰나리는 다시 허공으로 시선을 보냈다.

"기타노만도코로님은 어디까지나 간파쿠님을 옹호하시려고 한다."

"그것은 도요토미 가문을 생각하셔서……."

"물론이지. 그러나 다이코 전하 역시 그 이상으로 깊이 생각하시어 벌써 간파쿠를 단념하고 계시다면 어떻게 될까?"

"네! 그럼, 저……."

"그렇다면 이번 요시노 행차의 의미도 전혀 달라지지. 기타노만도코로는 이번 여행을 다이코 전하와 간파쿠의 화목을 위한 여행……이라고 생각하실 테고, 다이코 전하는 섭섭한 결별의 정이라고 생각하실 것이다. 이렇게까지 해도 간파쿠의 마음은 돌아오지 않는다, 그러니 앞으로의 일에 참견하지 말라……는 생각이시라면 어떻게 될까?"

고노미는 다시금 온몸에 소름이 끼쳤다. 여기에도 그녀의 생각이 미치지 못했던 또 하나 '요시노 행차'의 뜻이 숨겨져 있는 모양이었다.

"잘 될 것으로 보고 계시는 기타노만도코로님과, 기타노만도코로를 비롯하여 간파쿠에게 미련 두고 있는 사람들에게 이렇게까지 해도 통하지 않는 상대……라는 걸 이해시키기 위한 여행……을 시도하시는 분은 자연 행동이 달라질 터. 뒷날 기타노만도코로님을 궁지에 몰아넣는 일이 없게 하기 위해 방문객을 경계하시는 거라고 생각하면 그대도 전하가 내리신 내명의 뜻을 잘 알 수 있을 것이다. 어때, 요시노 행차의 진의를 이제 알겠는가?"

미쓰나리는 다시 타이르듯, 달래듯 하는 친근한 태도로 목소리를 낮췄다.

"알겠나. 나는 무조건 그대를 이곳에 명령대로 묶어놓고 모처럼의 요시노 행을 중지시키려는 게 아니다. 그대가 이 미쓰나리를 믿고, 앞으로도 도요토미 가문을 위해 온 힘을 다 기울일 나를 도와주겠다면 곧 돌려보내 주겠다는 이야기지."

마침내 미쓰나리는 본격적으로 자신의 목적을 털어놓았다. 역시 고노미의 입장과 재능을 첩자로 이용하려는 것이 틀림없었다.

고노미는 머릿속이 뜨거워졌다. 분노였다. 약자의 마음에 타오르는 반항심이었다.

"미쓰나리 님, 저는 돌아가지 않겠습니다. 요시노 행도 단념하겠어요."

"뭐, 요시노 행을 단념하겠다고!"

미쓰나리는 뜻하지 않은 고노미의 대답에 놀랐다. 아마 이렇듯 강하게 반발할 줄은 예상치 못했던 것이리라.

"그래, 이대로 여기에 묶여 있겠단 말인가?"

"네, 변명은 소용없는 일이라 생각합니다. 마음대로 처분하십시오."

미쓰나리는 일단 굳어졌던 얼굴에 곧 다시 미소를 띠었다.

"고노미······그렇다면, 그대는 내 말을 믿을 수 없다는 말이로군."

"아닙니다, 미쓰나리 님 같은 분의 말씀이시니 다이코님의 본심을 잘 알아차리신 뒤의 말씀이라 생각됩니다."

"그런가. 그럼, 그 다이코님의 뜻이 마음에 들지 않는다, 그래서 기타노만도코로 님 편을 들어 전하의 생각을 바꾸시도록 하겠다는 건가."

"미쓰나리 님! 저는 하찮은 사카이 장사꾼의 딸입니다. 도요토미 가문의 중대사나 천하의 일 같은 것은 알 리도 없거니와 알고 싶지도 않습니다."

"허, 그 쇼안의 딸이 말이지······."

미쓰나리는 또 한번 나직이 웃은 다음 말했다.

"그릇이 못 되는 인물을 간파쿠로 섬기는 것은 일부러 세상에 파탄을 일으키는 일이 된다······ 지금은 그런 때가 아니라는 걸, 쇼안이라면 깨닫고 있을 텐데······."

"······."

"그대도 알다시피 아직 명나라와의 강화가 어떻게 될지 아무도 예측할 수 없어. 현지에 남아 있는 무장들은 나를 몹시 원망하는 모양이야. 미쓰나리가 고니시와 짜고 여러 가지 분규를 일으키고 있다고 말이지."

"······."

"더구나 그 무장들은 대부분 어릴 때부터 시동으로 자란 사람들이라 기타노만도코로를 어머니처럼 따르고 있다. 간파쿠를 그대로 둔다면 간파쿠와 기타노만도코로를 싸고도는 무장들과, 이 미쓰나리를 포함한 측근의 행정관들 두 파로 갈라져 맞서지 않으면 안 되게 돼. 그렇게 되면 큰일이지."

"미쓰나리 님, 그것도 다이코 전하의 생각이십니까?"

"아니, 미쓰나리의 전망······이라고 해도 좋아. 미쓰나리가 말씀드려 전하께서도 그렇게 생각하고 계신다고 해석해도 되고. 모두 도요토미 가문을 위해, 뒷날의 화합을 위해서야."

"그리고 미쓰나리 님과 서성 마님과 히로이 님을 위하는 길도 되고요."

고노미는 기어코 해서는 안 될 말을 하고 말았다. 미쓰나리의 눈썹이 바짝 곤두서고 관자놀이가 꿈틀꿈틀 움직였다.

"고노미!"

"네."

"도요토미 가문을 위하고 뒷날의 화합을 위해 도모하는 일이, 자신을 위하고 서성 마님과 히로이 님을 위한 일이 되는 게 나쁘다고 생각하나?"

"아닙니다. 다만 그 때문에 간파쿠의 마음을 풀어보려는 노력을 깨끗이 포기해도 되는지 그것을 여쭈어본 겁니다."

"알았다! 이제 그대에게 더 말할 필요가 없을 것 같군. 다만 사정은 그대에게 더욱 불리하게 되었어. 그대는 당분간 가두어두는 것만으로는 안 되겠다…… 베지 않으면 안 되겠어. 본의는 아니지만."

고노미는 이제 놀라지 않았다.

"베지 않으면 안 된다."

미쓰나리의 뜻은 잘 알 수 있었다. 미쓰나리는 고노미가 그의 뜻대로 복종하리라 예상하고 너무 많은 이야기를 털어놓았다. 아마 지금 들은 이야기들이 그대로 세상에 흘러나간다면 다이코의 요시노 행차와 고야산 참배는 영원히 꼴사나운 술책이었다는 말을 두고두고 듣게 될 것이다. 그렇게 되면 미쓰나리가 설 자리가 없다.

미쓰나리는 조용히 일어섰다. 일부러 고노미 쪽은 보지 않고 곧장 복도로 나가버렸다.

고노미는 휴 하고 어깨로 숨을 내쉬며 주위를 둘러보았다. 정원 끝에서 강기슭을 철썩이는 잔물결 소리와 조그맣게 우는 꾀꼬리 소리가 들려왔다. 목덜미에 싸늘한 오한이 스며드는 것 같았다.

'쓸데없는 말을 했다……'

그렇게 저항하기보다 미쓰나리에게 편들겠다고 했으면 그의 속셈을 좀더 알아낼 수 있었을 텐데. 그런 다음 냉정하게 자기가 믿는 대로 행동했더라면 좋았을 것을…….

어쨌든 미쓰나리 등이 건의한 책략으로 이미 간파쿠의 운명은 결정되어버린 모양이다. 요시노와 고야산을 구경시킨 다음 머지않아 어딘가에서 할복을 명할 게 틀림없었다. 그토록 영리한 기타노만도코로로도 미처 거기까지는 생각하지 못한 채 지금쯤 간파쿠를 만나 잘못된 생각을 버리고 히데요시에게 좀더 다가가라고 차근차근 타이르고 있을 것이다.

그런 의미에서 히데요시는 죄 많은 남편이었다. 그처럼 깊이 믿고 깊이 사랑하는 아내의 마음까지 속일 줄이야…… 얄궂게도, 줄곧 의심에 사로잡혀 있던 간파쿠 히데쓰구의 예감이 보기 좋게 적중했다고 할 수 있다.

복도에 다시 발소리가 났다. 미쓰나리가 칼을 가지고 돌아왔는지 아니면 부하가 부르러 왔는지 고노미는 일부러 그 쪽을 쳐다보지 않았다.

발소리가 고노미의 뒤에서 멎었다. 아마 미쓰나리의 시동인 모양이다. 뒤이어 다시 귀에 익은 미쓰나리의 옷자락 스치는 소리가 들려왔기 때문이다.

"고노미, 딱하게 되었어."

고노미는 잠자코 있었다.

"미쓰나리가 경솔하게 말을 너무 많이 했다. 하지 않았더라면 그대를 베지 않아도 되었을 것을……."

"……."

"각오는 되어 있겠지."

뒤에서 미쓰나리는 칼을 받아들었다. 칼집에서 칼을 뽑는 소리가 들렸다.

"마루로 나가라. 뜰까지 나갈 것은 없다."

고노미는 어쩐지 우스워졌다. 여기서 미쓰나리의 손에 죽는다…… 그리고 그것으로 고노미라는 한 인간의 일생이 끝나는 것이다. 바로 조금 전까지 마음대로 살아온 한 여자의 일생이…….

믿을 수 없다. 꿈 같다. 무섭지도 않고 실감도 나지 않는다. 모든 것이 뜻하지 않게 너무나 빨리 벌어져 이성도 감정도 어리둥절해 있는 탓이리라.

고노미는 비틀비틀 일어서서 명령대로 마루 끝에 나가 앉았다. 풀이 갓 돋기 시작한 뜰에는 아직도 서리가 내린 뒤의 삭막함이 그대로 남아 있었다.

"각오는 되어 있겠지."

미쓰나리는 조용히 큰 칼을 치켜들었다.

고노미가 본능적으로 죽음의 공포를 느낀 것은 미쓰나리의 칼날이 오른쪽 뺨에 차갑게 닿았을 때였다. 칼의 차가운 감촉이 그대로 온몸에 짜릿하게 퍼졌다.

'죽는구나······.'

순간 고노미는 눈을 감고 떨리는 것을 참았다. 여기서도 역시 반항심은 버릴 수 없었다. 심한 공포를 상대에게 눈치채이지 않으려는, 불꽃이 튀는 듯한 싸움이었다.

미쓰나리는 짓궂을 만큼 조용한 목소리로 물었다.

"고노미, 남길 말 없나? 있으면 말하라. 나중에 내가 선처해 주겠다."

퉁기듯 고노미는 대답했다.

"없습니다!"

대답하는 순간 하고 싶은 말이 가슴에 넘쳤다. 마구 욕을 퍼붓고도 싶고 아버지와 이에야스, 그리고 스케자에몬과 기타노만도코로의 얼굴이 주마등같이 눈앞에 되살아났다.

"그래? 그대는 여자로서는 아까운 기량이다."

"빨리 베십시오."

"여기서 죽으면 얼마 동안은 어디로 도망간 것으로 생각되겠지. 그러나 시간이 흐르면 자연히 모든 걸 알게 될 거야."

그 말이 채 끝나기도 전에 칼날이 고노미의 목덜미를 떠났다.

"얏!"

나직한 기합소리가 미쓰나리의 입에서 새어나오는가 했더니, 찰칵 하고 칼날이 칼집에 꽂히는 소리가 났다.

그리고—

옷자락 스치는 소리가 다시 조용히 복도로 멀어져가는 것을 듣고, 고노미는 흠칫 놀라 제정신으로 돌아왔다.

'살아 있다!'

아무 데도 베인 곳이 없었다. 황급히 왼손으로 목을 만져보았다. 손끝에 차가운 땀이 묻을 뿐 앉아 있는 마루 끝에 먼지 하나 떨어지지 않았다.

긴장이 풀린 고노미의 신경이, 잠들려는 때와 같은 몽롱하고 달콤한 허탈상태에 빠진 것은 그때부터였다. 잠시 동안 고노미는 자기가 살았다는 감정도 구제되었다는 부담도 느끼지 않았다. 다만 멍하니 달콤한 피로에 젖어 몸도 마음도 텅 빈 것처럼 앉아 있었다.

뜰이 시야에 들어왔다.

은빛을 띤 봄날의 강물과 그 위에 펼쳐진 하늘이 눈에 들어왔다. 흙냄새와 새싹과 엷은 햇살, 정원의 돌들⋯⋯그리고 무릎에 얌전히 두 손을 모으고 앉아 있는 자신의 모습을 발견했다.

"말씀드립니다."

정신을 차리고 보니, 저만큼 떨어진 뒤쪽 문지방 옆에 아직 앞머리를 내린 시동 하나가 두 손을 짚고 앉아 있었다.

"가마가 준비되어 있습니다."

"⋯⋯."

"아직도 이 언저리에는 여러 영주의 무사들과 인부들 왕래가 빈번합니다. 혹시라도 실수가 있어서는 안 될 테니, 제가 도쿠가와 님 저택까지 모셔다 드리겠습니다."

그제야 비로소 고노미는 자기가 미쓰나리에게 커다란 은혜를 입었다는 사실을 깨달았다.

젊은 무사는 다시 재촉했다.

"행정관님 명령입니다. 서둘러 주십시오."

파국

　히데쓰구를 거느린 히데요시가 요시노에서 고야산으로 가서, 히데쓰구에게는 조모인 오만도코로의 시주절 세이간사에 들어간 것은 3월 3일이었다.

　요시노에서의 다이코와 간파쿠의 놀이는 반드시 만족할 만한 것은 못 되었다. 행렬의 화려함이나 주연의 호화로움에 비해 어딘지 마음에 걸리는 냉랭함이 따라다녔다. 무엇보다도 요시노에서는 날씨가 좋지 못해 축축하게 꽃을 적시는 봄비 때문에 야외놀이를 할 수 없어 이틀 동안이나 숙소에서 다도와 탈춤으로 지낸 것이 양쪽 다 거북스럽고 답답했다.

　히데요시는 줄곧 '간파쿠' '간파쿠' 하고 허물없이 말을 걸었으나 히데쓰구 쪽은 언제나 무엇인가에 대비하고 있는 눈치를 감출 수 없었다.

　"저렇게도 무서울까."

　"암, 어릴 때부터 늘 꾸중만 들었던 무서운 숙부니까."

　"간파쿠 쪽에서 품 안에 뛰어들어 마음껏 응석이라도 부린다면 다이코는 기뻐하며 안아줄 텐데."

　"글쎄, 꼭 그렇다고만은 할 수 없을걸. 지금은 히로이 님이 계시니까."

　어딘지 석연치 않은 기분을 한 가닥 남긴 채 고야산으로 옮긴 히데요시는 절에 막대한 시주를 약속했다. 세이간사뿐 아니라 고야산을 위해서도 대웅전을 비롯하여 25채의 건축 공사를 도맡겠다고 하여 온 산의 승려들을 놀라게 했다.

　"다이코와 간파쿠 부자가 함께 오만도코로의 공양을 드리러 온 기념이다. 그렇지, 간파쿠? 그것도 너무 적은 듯하구나."

그렇게 말하면서 히데요시는 서둘러 산을 내려와 효고를 거쳐 오사카로 돌아갔다.

이 무렵부터 히데요시는 눈에 띄게 식욕이 줄고 가끔 찌르는 듯한 두통을 호소하기 시작했다.

후시미 축성, 명나라며 조선과의 교섭, 그리고 요시노와 고야산에 다시 공사를 시작한 데다 히데쓰구냐 히로이냐 하는 겉으로 내색할 수 없는 고민이 거듭되고……그런 것들이 마침내 강건한 히데요시의 육체를 좀먹기 시작한 증거였다.

교토에 돌아오자 4월 2일에 히데요시는 다시 히데쓰구와 세야쿠인(施藥院)에서 만났다. 그리고 4월 11일에 히데쓰구에게 학을 보내주고, 4월 28일에 히데쓰구와 히로이를 오사카성에서 대면시키기도 했다.

그리고 히데요시 자신은 피로에 지쳐 29일에 아리마로 온천요양을 떠났는데, 이같이 다이코와 간파쿠의 대면이 거듭될수록 세상에서는 반대로 두 사람 사이가 이대로 수습되지 않을 것이라는 소문이 파다하게 퍼져나갔다. 참으로 야릇한 일이 아닐 수 없었다.

"모처럼 저렇듯 전하께서 간파쿠와 화목을 도모하고 계시는데, 누가 그런 불길한 소문을 퍼뜨리는 것일까?"

기타노만도코로는 그런 말을 하며 눈살을 찌푸렸다고 했다.

그동안 자차히메를 위해 지었던 요도성은 헐렸다. 히로이를 낳은 요도 마님, 지금의 서성 마님은 이제 요도성에 돌아갈 필요가 없어진 것이다. 이제부터 히로이와 함께 신축한 후시미성으로 옮겨 다이코와 함께 살 것이며, 머지않아 간파쿠가 사는 주라쿠 저택도 이 두 사람을 위해 헐릴 거라는 소문이 나기 시작한 7월 끝 무렵, 이에야스는 주라쿠 저택 안에 있는 도쿠가와 가문 숙소에서 아들 히데타다와 자야 시로지로, 그리고 고노미와 함께 여름차를 즐기고 있었다.

자야는 이에야스가 없는 동안에도 교토에 머물고 있는 히데타다에게 여전히 가지가지 정보를 제공했고 여러 가문 또는 여러 계층 사이의 연락을 담당하는 역할을 맡았다.

그 자야 시로지로가 오늘은 가즈사의 고이소에서 노후를 보내던 혼다 사쿠자에몬의 죽음을 알려왔다. 사쿠자에몬은 시모우사 유키(結城)의 성주가 된 이에야스의 둘째아들로 히데요시의 양자가 된 히데야스 밑에서 겨우 3000석을 받고 있었다. 세상에서는 이 노인의 옹고집이 이에야스의 미움을 사서 끝내 영주가 되지 못했다는 소문이 돌고 있었다.

그러나 사실은 전혀 반대였다.

"영주가 되기 위한 충성이었다."

이런 말을 듣는 것을 사쿠자는 무엇보다 싫어했다. 누구 앞에서나 오만하게 말했다.

"나는 자신의 출세나 녹봉을 위해 일한 게 아니다. 나는 이에야스에게 반했어. 사나이는 말이야, 자신이 반한 사나이를 위해서는 이해를 떠나 일하는 법이거든."

그리고 지금도 다이코의 이름만 나오면 기를 쓰고 악담을 퍼부었다. 이에야스까지 히데요시를 세워주고 있는 지금 세상에서 히데요시를 줄곧 욕하니 만 석 이상의 영주로 발탁될 턱이 없었다.

"이시카와 가즈마사 놈은 신슈 마쓰모토(松本)에서 성을 가진 영주가 되어버렸어. 참된 사나이란 샛별보다 귀한 거야."

그 술회의 뜻을, 자신은 잘 알 수 있다고 자야는 말했다.

"마음속으로 줄곧 이시카와 님과 고집을 겨루어온 모양입니다."

이에야스는 고개를 크게 끄덕이면서 그 일에는 더 이상 언급하지 말라고 눈짓했다.

히데타다에게는 가즈마사와 이에야스 사이의 묵계도 사쿠자와 가즈마사의 마음의 경쟁도 알려져 있지 않은 일이었다. 그런 일들은 굳이 알 필요가 없는, 어떤 한 시대의 지각(地殼) 안쪽에 숨겨진 인간의 가련한 고집에 지나지 않았다.

"그 사쿠자도 죽었구나."

"예……예, 이제 그런 노인은 좀처럼 나타나지 않을 것 같습니다."

"그래, 그러나 정말 고집불통 할아범이었어."

"하고 싶은 말은 끝까지 하고 돌아가셨습니다. 세속적인 인간들의 집착을 끝까지 비웃으면서 살아온 일생이었지요."

이에야스는 차를 마시면서 가볍게 눈을 감고 사쿠자의 명복을 빌지 않을 수 없었다. 반한 사나이……라고 늘 그가 입에 담아온, 그 신뢰에 보답할 수 있을지 어떨지……?

'사쿠자여, 그대의 고집은 지금도 나를 채찍질하기를 멈추지 않는다.'

사쿠자에몬은 이에야스가 자신을 히데야스 아래로 보낸 뒤 히데요시를 꺼려 히데야스와 거의 만나지 않은 모양이었다. 어렸을 때 자신이 엄하게 단련시켜 기른 오기마루…… 그러나 그 오기마루도 히데야스로 성장하고 나니 아무래도 그가 '반할 사나이'는 못 되었는지도 모른다.

'쓸쓸한 노후였을 텐데……'

생각하자 이에야스는 눈시울이 뜨거워지며 불현듯 한숨이 나왔다…….

아무리 완고하게 자기를 주장해 온 사람이건 추하게 발버둥 친 사람이건 신불은 공평하게 죽음을 내린다…… 따라서 살아 있는 동안만을 인생이라 생각한다면 출세 외에는 아무것도 없을 것이다. 그러나 살아 있으면서 남의 생사를 음미해 보면 그 맛은 역시 무한하다.

자야가 찻잔을 내려놓고 회상하듯 말을 꺼냈다.

"제가 알고 있는 한 다도에선 소에키 님, 무사로선 혼다 사쿠자에몬……그분들이 가장 훌륭했다고 생각됩니다."

"그랬지, 모두 나름대로 고집을 지니고 있었으니까."

이에야스도 지그시 먼 곳을 바라보는 눈길이 되었다.

"그 고집 속에서 인간 목숨의 덧없음을 깊숙이 내다보고 있었지요."

"자야."

"예."

"그대도 죽음을 생각하면서 살아가는 나이가 된 모양이구나."

"예, 부족하오나 눈을 감을 때 후회 없도록 노력하고 있습니다."

"그런데 간파쿠는 요즘 어떻게 지내는가?"

"저도 그 말씀을 드리려던 참이었습니다."

자야는 새삼 히데타다를 바라보았다.

"히데타다 님도 너무 가까이하시지 않는 게 좋을 듯합니다만……."

고노미는 그러한 대화에 거의 마음을 두지 않는 듯한 조용한 동작으로 여러 사람 앞에서 찻잔을 거두고 있었다.

"여전히 술타령인가?"

"예, 그 버릇이 갈수록 고약해지시는 모양입니다. 무리도 아닌 것이, 측근 중에서도 원로들과 총신들이 양쪽에서 번갈아가며 간파쿠를 협박하고 있는 형편이니까요."

"그렇겠군."

"한쪽에서는 그런 짓을 하시면 다이코 전하의 노여움을 사게 된다고 꾸짖고, 한쪽에서는 은밀히 반역을 부추기는 눈치입니다."

"음."

"더구나 그 중신 중에 간파쿠를 이용해 출세할 기회를 잡으려는 자가 있는가 하면 미쓰나리 님에게 밀고하는 자도 있습니다. 이러니 아무리 기상이 굳센 인물이라도 갈피를 못 잡는 게 당연하지요."

이에야스는 깊숙이 고개를 끄덕이며 히데타다에게 말했다.

"중장도 잘 들어두어라. 가문을 통솔하지 못하게 되면 주인은 말썽의 불씨 노릇밖에 안 되는 거야."

"예, 명심하겠습니다."

자야가 두 사람의 말을 이어받았다.

"지난번에도……가만자(釜座)에 사는 일꾼의 마누라가 성안에 불려들어간 채 돌아오지 않고 있습니다. 벌써 7개월인가 8개월째 되는 임산부랍니다."

"임산부를……왜 그랬을까?"

"그것이 글쎄 배를 가르고 속에서 태아를 꺼내 여흥으로 삼으셨다는 소문입니다."

"음."

"히로이도 이렇게 태 안에 있었던가? 태 안에 있을 때 이렇게 했더라면 속이 후련했을 것을……."

자야는 거기서 차마 말을 더 잇지 못하고 입을 다물었다.

"뭐라고? 히로이도 태 안에 있을 때 배를 갈라서…… 그렇게 말했다고?"

이에야스가 되묻자 자야는 찌푸린 표정으로 손을 저었다.

"그게……아무리 술에 취했다 해도 그런 말을 하실 리 있겠습니까? 그것이 자못 그럴듯하게 사실처럼 온통 소문이 퍼졌으니……거기엔 뭔가 이유가 있다는 것을 중장께서 생각해 주셨으면 합니다."

이에야스는 고개를 크게 끄덕이며 다시 히데타다를 바라보았다.

히데타다는 무릎에 두 손을 단정히 올려놓고 자세를 반듯이 하여 앉아 있었다.

"어떤가 중장, 자야가 말한 뜻을 알아듣겠나?"

"예, 알아듣겠습니다."

"그럼, 참고 삼아 물어보자. 어떻게 알아들었는지 말해 봐라."

"예."

히데타다는 공손하게 대답하며 가느스름한 눈을 들었다.

"그런 소문이 순식간에 퍼진다는 것은 간파쿠를 함정에 빠뜨리려고 여러모로 일을 꾸미는 자가 있는 것으로 생각됩니다."

"허, 그렇다면 그것은 누구일까?"

"예, 그 이름을 이 자리에서 입 밖에 내는 것은 삼가고 싶습니다."

이에야스는 자야와 함께 조용히 고개를 끄덕였다. 성실한 히데타다의 성품이 이 한 마디 속에 분명히 새겨져 있었다. 아마 히데타다는 여기서 다이코나 미쓰나리, 자차히메 등의 이름을 대는 것은 경솔한 일이라 여겨 스스로 삼가는 것이 틀림없었다.

"그래, 알고는 있지만 입 밖에 안 내겠단 말이냐?"

"예, 아직은 상상하고 있는 정도니까요."

"참으로 옳은 생각이야. 그러나 그 이름은 대지 않더라도 그런 흐름 속에서 중장 자신이 어떻게 행동할 것인지……그런 각오가 없으면 안 된다. 그래서 다짐 삼아 한 가지 더 묻는데, 중장이 본 바로는 다이코 전하와 간파쿠 사이의 화합이 이루어질 것으로 보느냐, 그렇지 않다고 보느냐?"

"예, 이미 파국이 가까워진 게 아닌가 생각합니다."

히데타다에게서 정연한 대답을 듣고 이에야스는 눈을 크게 떴다. 성실하기는 했으나, 이처럼 뚜렷이 자신의 주관을 세우고 있을 줄 몰랐던 것이다.

"허, 그렇게 보는 근거는?"

"예, 간파쿠에게 돈을 빌린 영주들이 앞다투어 돈을 마련하여 빚을 갚는 모양인데……그건 그들의 눈에도 파국이 가까워진 것으로 보인 증거라고 생각합니다."

"음."

이에야스는 다시 자야를 쳐다보았다. 웬일인지 자야는 놀라움 이상의 당황한 빛을 보이며 얼굴이 빨개져 있다. 이에야스는 그 이유를 잘 알았다.

이에야스도 이미 양쪽 사이의 화목은 틀렸다고 보고 있다. 문제는 자차히메나 미쓰나리의 획책에 있는 게 아니라 아리마로 온천요양을 떠날 무렵부터 히데요시의 심중에 커다란 변화가 일어났기 때문이었다.

고노미가 미쓰나리한테서 탐지해낸 것과 달리 요시노, 고야산으로 다닐 무렵의 히데요시는 그래도 히데쓰구를 저버리지 않고 있었다. 그러나 돌아와 처음 병났을 때부터 히데요시의 마음은 히로이 쪽으로 송두리째 기울어져버린 모양이었다.

그래서 이에야스는 벌써 앞일에 대비하여 자야의 의견을 받아들이려던 참이었다…… 자야는 군비 조달에 쪼들려 간파쿠로부터 돈을 융통해 쓴 호소카와, 다테, 가토 등의 가문에 이에야스가 자야를 통해 돈을 빌려주면 어떻겠느냐고 비밀리에 의견을 내놓고 있었다.

이에야스는 아직 분명하게 승낙하지 않고 있었다. 그러나 두 사람 사이가 파국으로 결정나면 개인적 부채관계일지라도 간파쿠에게서 돈을 빌렸다면 다이코에게 의심받을 우려가 있다…… 아니, 의심받을 것을 두려워하여 더 깊이 들어가다가는 충분히 천하의 화근이 될 수 있다고 진언했다.

아무것도 모르는 줄 알았던 고지식한 히데타다가 그 일을 이미 알고 있다. 자야의 당황은 그 때문이었다.

"그런가, 그럼 중장은 영주들도 간파쿠를 저버리기 시작했다는 건가?"

"예, 또 하나의 증거는 그 때문에 간파쿠가 저에게 더욱 친근감을 보인다는 것입니다."

"음, 친근감을 보이는 간파쿠에 대한 대비는?"

"인정으로는 안됐습니다만 차츰 멀리하는 게 현명하리라고 생각합니다."

"중장, 그대는 보기보다 차갑고 매정한 사람이구나."

"예, 사소한 인정보다 천하의 일이 더 중요……하다고 생각되어."

"만일 간파쿠가 파국을 털어놓고 편이 되어주기를 청해 오면 어쩌지?"

"그때는 딱 잘라 거절하겠습니다."

"그러나……털어놓은 이상 간파쿠도 그대를 순순히 돌아가게 해주지는 않겠지. 문 밖에 무사를 숨겨놓고 위협하다가 싫다고 거절하면 한칼에……이런 태도로 나온다면 어떻게 하겠느냐?"

모두에게 등을 돌리고 차도구를 치우던 고노미는 생긋 웃었다. 이것은 고노미에게도 흥미로운 질문이었기 때문이리라.

"아버님, 그때는 일단 히데타다는 불신을 저지르겠습니다."

"뭐, 불신을 저지른다고······?"

"예, 히데타다는 승낙한다, 그러나 히데타다만으로는 성사되지 않을 것이니 아버님과 의논하여 아버님도 끌어들이겠다고 말하고 돌아오겠습니다."

"허, 돌아와서는 어떻게 하지? 나는 물론 동의하지 않을 텐데"

"그때는 이 히데타다를 베시고 사태의 위급을 다이코 전하와 상의하시기 바랍니다."

"그대를 베고······."

"예, 그러면 아버님은 억울한 의심을 받지 않게 됩니다. 이 히데타다가 간파쿠 손에 말없이 죽는다면 반드시 아버님까지 의심받게 되실 겁니다."

히데타다가 거기까지 대답했을 때였다. 고노미가 세 사람 쪽으로 돌아앉으며 입을 열었다.

"말씀드리겠습니다. 중장님의 각오는 매우 훌륭하다고 생각합니다만 그 일에 대해 좀 귀띔해 드릴 일이 있습니다."

"무언지 말해 봐라."

"간파쿠 쪽에서는 일단 일을 벌이게 되면, 차나 바둑을 핑계로 중장님을 초대해 볼모로 잡고 아버님인 다이나곤님을 한편으로 끌어들이려는 계획을 세우고 있습니다."

"흠, 그렇겠지."

"그리고 그 계획에 다이코 전하의 측근도 한몫 끼어 있으니 마음 놓을 수 없습니다."

자야는 깜짝 놀라 고노미를 다시 보았다. 간파쿠 쪽에서 히데타다를 한편으로 끌어넣으려는 것은 이해할 수 있다. 하지만 그 계획에 다이코의 측근도 한몫 끼어 있다는 건 자야에게 아무래도 납득되지 않는 말이었다.

"다이코의 측근에서 왜 그런 계획에······?"

자야가 소리 죽이며 몸을 내밀자 고노미는 가볍게 제지하며 말을 이었다.

"측근들 사이에 간파쿠 다음으로 경계할 것은 다이나곤님……이라는 생각이 뿌리 깊게 자리하고 있습니다. 그러므로 간파쿠와 함께 다이나곤님을 몰아낼 수 있다면 그야말로 일석이조지요."

이에야스는 좀 꾸짖는 투로 말했다.

"고노미, 그대는 무슨 증거로 그렇듯 대담한 말을 하는가?"

"네, 저는 가끔 미쓰나리 님을 만나고 있습니다."

히데타다의 눈썹이 꿈틀했다. 자야도 눈이 휘둥그레졌다. 그러나 이에야스는 그리 놀라는 기색이 없었다.

"그럼, 미쓰나리가 그대에게 무언가 말했단 말인가?"

"말은 하지 않았습니다만 저도 후각이 있습니다."

"겁 없이 말하는 여자로군. 그런데 간파쿠가 히데타다를 볼모로 잡으면 다이코의 측근들은 나를 어떻게 하겠다는 건가?"

"아마 후시미성에 가둘 것입니다."

"음……그래서?"

"간파쿠한테서 돈을 빌렸던 영주들과 다이나곤님의 관계를 조사할 것입니다. 그리고 부자가 함께 간파쿠의 반역에 관련되었다고 퍼뜨리면 아시다시피 이틀도 안 돼 엉뚱한 소문이 퍼지겠지요."

이에야스는 쓸쓸하게 웃었다.

"그러면 그대는 내 손으로 영주들에게 돈을 빌려주면 안 된다는 거로군."

"네, 돈은 나야 스케자에몬의 손을 통해 건너가는 것으로 충분합니다. 스케자에몬 님 배가 이미 사카이에 돌아왔습니다. 아니, 그보다도 중장님이 볼모로 잡혀서는 안 됩니다."

이에야스는 가만히 히데타다를 쳐다보았다.

이번에는 히데타다도 생각이 떠오르지 않는지 말없이 앉아 있었다.

"많은 영주들과 동석하는 자리라면 몰라도 중장님만 초대할 경우에는 결코 응하시면 안 됩니다."

"그러나 응하지 않으면 의심하지 않겠는가?"

"대책이 있습니다."

"허, 어떻게 하라는 건가. 말해 봐."

"만일 간파쿠님이 중장님을 초대할 경우 죄송하다며 거절하십시오."

"죄송하다……면 꾀병이라도 앓으란 말인가?"

"아닙니다. 선약이 있으니 다녀와서 방문하겠다……고 대답하십시오."

"선약……으로 간파쿠의 초대를 거절할 수 있다고 생각하는가?"

"네, 오직 한 분 간파쿠가 두말하지 못할 분이 계시지요."

"그게 누군데?"

"다이코님입니다. 사실은 오늘 다이코님의 다회 초대를 받고 방금 나가려던 참이었다, 돌아와 찾아뵙겠으니 잘 말씀드려 주기 바란다……고 말하시고 곧 후시미로 가셔서 다이나곤님과 합류하십시오. 그것만이 간파쿠와 다이코 측근의 함정을 피할 유일한 길……이라고 저는 생각합니다."

히데타다는 눈을 깜박이는 것조차 잊고 고노미의 아름답게 움직이는 입을 바라보았다.

이에야스는 복잡한 표정으로 미소 지으며 자야를 돌아보았다. 고노미의 말은 모든 것을 다 지적하고 있다. 히데요시와 히데쓰구의 파국은 이제 누가 무슨 수를 쓰더라도 헛일이다. 처음에는 히데요시며 히데쓰구, 그리고 중간에 선 미쓰나리에게도 저마다 수습해 보려는 의지가 있었으나 지금은 이상한 방향으로 모두 빗나갔다. 히데요시는 차츰 히로이를 깊이 편애하게 되었고, 히데쓰구도 그것을 알고 자포자기하는 태도를 버리지 못하고 있었다. 게다가 히데쓰구의 측근과 미쓰나리의 야심이 얽혀들었으니 어쩔 도리 없었다. 그렇다고는 하나 그런 사정을 자야 이상으로 정확하게 꿰뚫어 보는 고노미의 눈은 무서울 정도로 날카로웠다.

"그럼, 고노미는 이제 중장 혼자서는 간파쿠를 가까이하면 안 된다는 것이군?"

넌지시 히데타다에게 다짐주듯 말하며 이에야스는 고노미를 향해 앉았다.

"그대 말처럼 미쓰나리는 나까지 못마땅하게 여기는 것일까?"

고노미는 대답하는 대신 한 걸음 더 다가앉았다.

"미쓰나리 님은 보기 드문 충신입니다."

"허……."

"다이코 전하의 마음을 구석구석 파악하여 노후를 편안하게 해드리려고 심혼을 기울이고 있습니다."

"그런가."

"아마 명나라의 실상을 보고하지 않는 것도 그 때문인 듯합니다."

"고노미, 빈정대지는 마라. 중장이 갈피를 못 잡겠다."

"아닙니다, 빈정대는 게 아닙니다. 다이코 전하를 만족스럽게 해드리기 위해서는 어떤 일도 마다하지 않겠다는 것이 미쓰나리 님의 지금 심경……이라고 저는 보았습니다."

"그건 전하께서 나를 멀리하려 하시는 것처럼 들리는데……."

고노미는 거기에는 직접 대답하지 않았다.

"그 증거로 머지않아 중장께 혼담이 들어올 것입니다."

"허, 그것도 미쓰나리가 사이에 들었나?"

"네, 전하는 그렇게 말씀 안 하시겠지만……."

"금시초문인걸. 중장도 궁금해 할 것이다. 상대는 누구의 딸인가, 그건 못 들었나?"

"들었습니다. 아사이 나가마사 님의 따님인데 전하의 양녀로 삼아 혼인하게 하실 것입니다."

"뭐, 아사이 나가마사의 딸……아사이의 딸이라면 요도 마님의 동생…… 그들은 모두 시집가서 아이를 낳지 않았는가?"

고노미는 진지하게 고개를 끄덕였다.

"하지만 막내따님은 바로 얼마 전에 세 번째 남편과 사별했습니다."

"뭐, 막내딸…… 그렇다면 다쓰히메라는 그 따님인가?"

"예, 첫 남편은 사지 가즈나리 님, 다음이 노부나가의 아드님이셨던 히데카쓰 님, 그리고 그 히데카쓰 님이 병사한 뒤에는 구조 미치후사(九條道房) 공에게 시집가셨던 따님입니다."

고노미에게서 분명한 이야기를 듣자 어지간한 이에야스도 당황했다. 히데타다보다 나이가 훨씬 많고, 아비가 다른 아이들도 여럿 낳았다. 그것을 이 성실한 히데타다의 정실로…… 생각하니 잊으려 해도 잊을 수 없는 아사히히메와의 그 부자연스러운 혼인을 떠올리지 않을 수 없었다.

"그게 사실인가, 고노미?"

고노미는 입을 일그러뜨리며 고개를 끄덕였다.

"어찌 농담으로 이런 말을 할 수 있겠습니까. 이 혼담은 머지않아 다이코 전하께서 대감님께 직접 말씀이 계실 것입니다."

고노미의 너무도 분명한 대답에 이에야스는 저도 모르게 뜰로 시선을 옮겼다.

'음, 두세 번이나 시집갔다가 과부가 된 요도 마님의 동생을……'

"잘 아시겠지만 다이코 전하가 궁지에 몰렸을 때 쓰는 수법입니다."

"알았다, 그 이야기는 그만하자."

이에야스는 히데타다의 심정을 생각해 얼른 고노미의 입을 막았다.

고노미의 설명을 듣지 않아도 이에야스는 히데요시의 고뇌와 초조한 마음을 잘 알고 있었다. 일찍이 아사히히메를 도쿠가와 가문에 시집보냈던 무렵 히데요시의 곤경은 누구보다도 이에야스가 소상히 알고 있었다. 더 이상 써볼 방책이 없자 사지 히데마사와 이혼시키고, 40여 살이나 되는 아사히히메를 이에야스의 정실로 떠안겼던 것이다.

이번에도 그와 똑같은 수법을 생각하고 있는 모양이다. 아사히히메와의 혼인으로 이에야스는 억지로 히데요시의 매부가 되었다. 그런데 이번에는 이에야스의 아들 히데타다에게 히로이의 생모 요도 마님의 동생을 짝지워 히데타다와 히로이를 이모부와 조카의 인연으로 묶을 모양이다. 따지고 보면 이에야스와 그 아들 히데타다는 다 함께 히데요시의 동생뻘이 된다고 할 수 있었다.

'그렇게까지 생각해야 될 정도라면 히데요시의 마음은 이미 결정되었다고 볼 수 있다……'

이렇게 궁여지책을 쓰는 걸 보면, 히데쓰구를 제거한 다음의 혼란을 두려워하고 있다는 증거로밖에 생각할 수 없었다. 아마 히데쓰구의 측근들도 여러 가지로 대책을 마련하고 있겠지만, 히데요시 자신도 미쓰나리나 나가모리를 상대로 제거 뒤의 사태에 신경 쓰고 있다고 보아 무방할 것이다.

"고노미, 그대는 잠시 자리를 비키고 혼다 마사노부와 도이 도시카쓰를 불러다오."

명을 받고 고노미는 흘끗 자야를 쳐다보았다. 자기를 내보내고 드디어 중대한 밀담에 들어가는구나 하는 불평이 살짝 엿보였다.

자야는 공손히 무릎에 두 손을 놓은 채 고노미 쪽은 쳐다보지 않았다. 그는 고노미가 자기 이상으로 여러 가지 정보를 탐지한 데 혀를 내두르고 있는 것이 분명했다.

"알겠습니다. 두 분을 이리로 모셔오겠습니다."

이에야스가 교토에 오래 머물고 있어 마사노부는 에도 일을 보고하러 상경했고, 도시카쓰는 히데타다의 사부가 되어 그의 지혜주머니이며 오른팔이기도 한 중신이었다.

고노미가 나가고 도이 도시카쓰가 혼다 마사노부와 함께 들어왔다. 모두 조용히 자리에 앉았으나 이에야스는 한동안 입을 다문 채 무언지 생각에 잠겨 있었다.

이에야스가 작은 목소리로 히데타다의 사부에게 말을 건넨 것은 30분이나 지나서였다.

"도시카쓰……나는 일단 에도로 돌아갈까 한다."

"예? 무슨 말씀입니까? 후시미성 건축을 비롯해 명나라와의 교섭과 간파쿠와의 알력, 이처럼 일이 많은 때……?"

"일이 많으므로 당분간 소용돌이 밖에 있고 싶다. 소용돌이 안에 있으면 주위가 보이지 않아. 주위가 보이지 않으면 배를 저을 수 없지 않나?"

도시카쓰는 당황해 한무릎 다가앉았다. 지금 이에야스가 귀향한다면 히데타다의 중신으로서 교토에서의 도쿠가와 가문의 모든 책임이 그의 어깨에 얹히게 된다.

"그럼, 에도로 돌아가셔서 거기서 지시하시는 것입니까?"

"도시카쓰……아니, 히데타다도 잘 들어라. 나는 이제 되도록 지시하고 싶지 않다. 지시하는 일은 지시대로, 지시가 없는 일은 앞으로 그대들 책임으로 결정하는 습관을 길러야 돼."

"예, 그러나……."

"잠깐, 가문의 일을 차질 없게 결정하려면 정확한 정보가 있어야 한다. 그러므로 우선 명나라와의 교섭에 관한 일부터 이야기해 주겠다."

도시카쓰보다 히데타다가 먼저 대답했다.

"예, 듣겠습니다."

히데타다는 아직 젊다. 젊은 까닭에 책임의 무게를 도시카쓰보다 더 많이 바라고 있었다.

"명나라와의 교섭이 부진한 원인은 첫째로 고니시 유키나가 부자가 무식한 데 있다.”

“고니시의 무식함이라니요……?”

“그래. 유키나가는 조선에서 명나라 사신 심유경과 자주 만나는 동안 그 무식함을 상대에게 꿰뚫어 보이고 말았다. 유키나가는 명나라의 책봉사(冊封使)에 대해 몰랐던 것 같다.”

뜻밖의 이야기에 마사노부도 숨죽이며 이에야스를 지켜보았다.

“책봉사라고 하니까 아마 명왕이 퇴위하고 그 자리를 다이코에게 물려줄 사신으로 알았던 모양이야. 그 무식을 눈치챈 심유경은 이걸 이용해 속임수를 쓰려고 생각했다. 유키나가가 이 정도면 다이코는 더욱 무식할 테니 충분히 속일 수 있다고 생각한 거지. 유키나가도 물론 나중에는 알게 되었지. 따라서 심유경과 유키나가가 공모한 거라고 나는 단정하고 있고, 현지에서는 가토가 맨 먼저 눈치챘다. 아무튼 이 싸움은 처음부터 무리였어. 오래 끌수록 출혈은 더욱 심해진다. 그래서 아무튼 명왕과 다이코의 체면만 살린 채 사태를 얼버무리려는……고니시의 생각에 이시다 미쓰나리를 비롯한 다섯 행정관도 모두 동조했다. 아니, 다이코마저도 속으로 지금 몹시 후회하고 있지…… 알아듣겠나, 내가 이런 이야기를 히데타다에게 하는 것은 그대도 더욱 학문에 힘을 쏟으라는 것이다. 알겠나, 고니시의 무지와 다이코의 무지가 커다란 화근이 되었어. 아마 머지않아 가토 기요마사는 현지에서 소환될 거야. 그 사람이 있으면 공모한 교섭에 방해되어 곤란하니까. 그리고 가장 충실했던 자가 가장 호되게 다이코의 꾸지람을 받게 될 거야. 우리나라에서 고니시 조안이 지금 명나라 북경으로 갔다. 그러나 이 역시 아들 유키나가와 한통속이니 사실은 감쪽같이 숨기고 돌아올 테지…… 이것이 명나라와의 교섭 경위다. 알겠느냐?”

“……예!”

“자칫하면 이 교섭은 성립되지 않는다…… 고니시며 심유경의 속임수가 탄로될 경우 말이다. 그리고 속이려 들었던 측근들과 충실하게 일본군의 위신을 위해 싸운 가토 이하 무장들과의 반목이 심해지겠지. 거기에 간파쿠의 문제도 얽히게 된다.”

이에야스는 거기까지 말하고 도시카쓰를 손짓해 불렀다.

“잘 들어라, 도시카쓰, 간파쿠는 다음에 또 틀림없이 황실에 헌금할 것이다. 그

때……그때가 분명 양자 간에 불이 붙는 때라는 걸 명심해라."

도이 도시카쓰는 숨죽이고 엎드렸다.

자야는 부신 듯 눈을 깜박였다. 이에야스에게 정보를 제공하는 자는 자기와 고노미뿐인 것으로 알고 있었다. 그런데 그것은 아주 미미한 부분에 지나지 않았다. 생각해 보면, 이에야스는 늘 다이코 옆에서 기밀상담에 참여하고 있었다. 따라서 최고의 정보와 판단에서 그들은 비교도 되지 않았다.

"그러면 마지막으로 간파쿠가 대궐에 다시 헌금하시는 일입니까?"

히데타다가 의아한 듯 묻자 이에야스는 크게 고개를 끄덕였다.

"인간의 약점이지. 다이코와 싸워야 한다……고 생각하며 황실의 비위를 맞추려는 거지. 다이코는……아니, 그 측근은 그것을 간파쿠가 반역을 시작하는 때라고 단단히 벼르며 기다리고 있다. 헌금이라는 말을 들으면, 이미 그때는 중장이 간파쿠에게 접근해서는 안 될 때다."

이에야스는 조용히 설명하고 나서 생각난 듯 흰 부채로 무릎을 쳤다.

"알겠느냐, 이건 아비나 그대가 다이코 편이냐 간파쿠 편이냐 하는 이야기가 아니다. 우리 부자 또한 천황의 신하, 일본의 혼란을 최소한으로 줄이기 위해 그 어느 쪽에도 가담하지 않는다……는 마음가짐이다. 그렇기 때문에 아비는 일단 교토를 피해 에도로 돌아간다. 알겠느냐?"

"……예! 알겠습니다."

"아까, 고노미는 다이코의 초대가 있다고 꾸며 주라쿠 저택을 나와 후시미에서 아비와 합류하는 게 좋을 거라고 말했다. 그러나 나는 후시미에 없다. 후시미로 난을 피한 다음에는, 도시카쓰와 잘 의논해 다이코의 지시를 받도록 해라."

"잘 알겠습니다."

"도시카쓰는."

"예!"

"간파쿠 쪽에서만 유혹이 있다고 생각해서는 안 된다."

"그러면……?"

"다이코 쪽에서도 그와 비슷한 일이 있을 거라는 이야기다."

"다이코 전하로부터도……?"

"그렇다. 도쿠가와 가문은 고마키 싸움 이래 언제나 천하를 판가름하는 하나의 목표가 되어왔다. 그러므로 일이 있을 때마다 반드시 양쪽에서 유혹이 있을 것이다. 그런 때의 판단은 늘 무엇이 천하를 위한 일인가에 따라 결정하지 않으면 안 된다."

"예!"

"다이코 쪽에서는 아사히의 유언도 있고 하니 반드시 히데타다의 혼담을 들고 나올 것이다."

"저, 중장님의 혼담 말입니까?!"

"히데타다는 조금 전에 처음으로 그 말을 들었다. 매우 침울한 얼굴이더군. 상대가 나이가 많으니."

"그렇다면 그 상대는?"

"요도 마님의 동생이며 전에 다쓰히메로 불렸던 여자다."

"그럼 저, 바로 얼마 전에 남편을 잃은……구조의 과부……."

"도시카쓰!"

"예."

"그대마저 왜 그런 얼굴을 하나? 그대에게 단단히 일러둘 테니 잘 들어라. 다이코에게서 혹시 그런 말이 나온다면 기꺼이 받아들이도록, 알겠나? 불행한 여인 하나를 우리 가문에서 행복하게 해줄 생각으로 말이다."

히데타다의 얼굴에서 핏기가 사라졌다. 히데타다가 마음속 불만을 이렇듯 뚜렷이 나타내 보인 것은 처음이었다.

"아버님, 그 일은 좀더 생각해 보게 허락해 주십시오."

목소리도 두 손도 떨리고 있었다. 이에야스는 아들을 흘끗 바라본 다음 목소리를 높였다.

"싫은가, 히데타다?"

"……좀더 생각해 보고……."

"안 돼!"

"예……."

"안 된다고 했다, 모르겠나, 히데타다?"

"예, 상대는 세 번이나 남편을 바꾼 여인인 데다 아이들도 많고……."

이에야스는 덮어씌우듯 가로막았다.

"그게 어떻다는 거냐. 우리 부자의 염원을 잊었느냐? 천하의 균형은 우리 가문의 움직임에 달렸다……고, 조금 전 내가 한 말을 새기지 못했느냐?"

"……."

"그런 각오를 갖고는 이에야스의 뒤를 이을 수 없어. 대장이란 언제나 보통 사람과 달리 스스로를 떠난 인내 속에서 살지 않으면 안 된다. 남편을 여러 번 바꾼……나이 많은 여인……그런 여자를 다이코가 권한다. 이런 경우에는 다이코의 강요이지만."

"예, 그러므로 세상의 평판도 어떨까 해서."

"아니다. 세상에는 눈도 있고 귀도 있다. 다이코의 어쩔 수 없는 억지를 받아들였다, 이 모두가 태평천하를 바라는 마음의 발로……이렇게 되면 그대는 인내의 승부에서 다이코를 이긴 것이라고 생각하지 않느냐?"

"……."

"인내란 어느 쪽이 천하를 더 생각하는가 하는 경쟁이기도 하다. 우리 부자가 간파쿠를 편들지 못하게 하기 위해 다이코가 계획한 것, 그것을 그대가 태평천하를 위해 받아들인다. 그대의 출발에 이처럼 자랑스러운 일이 또 있을까. 그렇지 않나, 도시카쓰?"

도시카쓰는 황급히 또 머리를 조아렸다.

"깊으신 생각에 놀라울 뿐입니다."

"하하……깊은 생각에서가 아니다. 연민이야. 신불의 뜻에 합당한 인간다운 행위의 하나지. 알겠나, 다이코는 자기 측실의 동생을 이 사람 저 사람에게 출가시켰다. 언제나 억지를 느끼게 하는 정략으로…… 그 불행한 여인을 우리 가문에 데려다 위로해 주어라…… 상대는 반드시 그 일에 보답할 것이다. 이 이치는 움직일 수 없는 사람의 정과 정의 결합이다."

별안간 자야가 가만히 손끝으로 눈시울을 눌렀다. 자야는 구조 가문에 드나들고 있는 교토의 동업자 가리가네야 소하쿠(雁金屋宗柏)로부터 그 옛날의 다쓰히메, 이제 미망인이 된 그녀의 불행을 전해 듣고 남몰래 눈물을 흘렸던 것이다.

다쓰 부인은 자신의 불행을 그지없이 슬퍼했다.

"시집가는 곳마다 남편이 죽다니…… 이 몸은 어떤 별 아래 태어났단 말인가?"

그렇게 말하고 다이코에게 불문에 들어가겠다고 했으나 허락을 얻지 못했다고 한다.

"다이코는 또 나를 어디론가 보낼 작정……"

그렇게 말하더라고 소하쿠는 이야기했다. 그 시집갈 곳이 히데타다임을 이제 알게 된 것이다. 그렇긴 하나 지금 이에야스가 한 말을 다쓰 부인이 듣는다면, 얼마나 감격의 눈물을 흘릴 것인가…… 그런 생각을 하니 자신도 모르게 눈물이 나왔다.

"이제 알아듣겠느냐, 히데타다."

이에야스는 다시 누르는 듯한 무거운 목소리로 말하며 히데타다를 바라보았다…….

히데타다는 한동안 대답이 없었다. 무리도 아니었다. 여성문제에서도 히데타다는 매우 고지식하고 결백했다. 겁쟁이라 할 만큼 욕망을 조용히 억누르고 근신하며 지냈다. 그 이면에는 양모 아사히히메의 마지막 말이 있었기 때문이었다.

"히데타다 님 배필은 내가 골라 드리지요. 일본에서 으뜸가는 어질고 청순한 색시로."

그 아사히히메는 히데타다가 교토식으로 옷을 바꾸어 입었을 때, 황홀한 듯 넋을 잃고 바라보았다. 어느 집안의 귀공자며 귀족 아들에게도 뒤지지 않는 인물이라고 생각했을 것이다. 그 양모의 말을 통해 히데타다는 자기 배필로 등장할 여인을 이모저모로 상상하고 있었다.

'일본 으뜸가는 어질고 청순한 여성……'

그런데 그 꿈이 지금 아사히히메의 오빠 다이코에 의해 무참하게 상처 입으려 하고 있다. 사내를 알았던 여자……라는 것만으로도 순진한 히데타다에게는 불결한 느낌이 들었다. 더구나 아이를 넷이나 낳고, 남편을 세 사람이나 바꾼 여인이다. 사리로는 아버지의 말을 잘 알아들었으나 감정으로는 견딜 수 없이 싫었다.

"도시카쓰."

말없이 앉아 있는 히데타다를 한동안 지그시 바라보다가 이에야스는 도이 도시카쓰에게 말을 건넸다.

"히데타다는 여자에 대해 너무 모르고 있다."

"예……"

"고지식한 것만이 예절이 아니야. 여자를 다루는 법도 좀 가르쳐 줘라."

"예."

"저것 봐. 그대까지 그렇듯 딱딱하니 히데타다가 더욱 소심해지는 거야. 여자를 잘 다루는 것도 집안 화목의 중요한 비결이지. 알겠나? 히데타다는 내 명령에 거역할 사람이 아니다. 내가 없는 동안 다이코로부터 말이 있거든, 그대가 대신 감사히 받아들이도록 해."

"예!"

"히데타다, 이제 됐다. 그 문제는 결정됐어. 이곳에 고노미를 두고 갈 테니 여자의 마음에 대해서도 좀 연구해 보는 게 좋을 거야."

그리고 이에야스는 자야를 돌아보며 자리에서 일어섰다.

"후시미에서 돌아오는 길에 그대에게 들르지. 이미 파국……을 피할 수 없다면, 그대에게도 부탁해 둘 것이 있다."

"예, 알겠습니다."

"그럼, 도시카쓰, 히데타다를 잘 부탁한다."

"예!"

"전송은 필요 없다. 자야, 가자."

자야가 급히 일어나 이에야스를 따라 복도로 나가자, 이에야스는 목소리를 죽이면서 말을 걸었다.

"간파쿠에게서 돈을 빌려 난처하게 된 자는……."

"예."

"그대가 손써서 구해 주도록 해라. 이런 일로 소동이 벌어지게 하는 건 어리석어."

"그러나 고노미 님……아니, 사카이 부인은 그 일을 루손 스케자에몬에게 명하시는 게 어떠냐고……."

"그건 그대가 지시하면 되겠지. 나는 그대에게 부탁하는 거야."

"잘 알겠습니다."

히데타다와 도시카쓰는 단정하게 복도에 앉아 두 사람을 전송했다.

이에야스가 돌아가자 도이 도시카쓰는 곧 고노미를 불러들였다. 혼담에 관한 이야기를 고노미가 했다고 히데타다로부터 들었기 때문이었다.

"사카이 부인, 그대는 중장님의 혼담에 대해 들었으면 왜 나에게 먼저 이야기해 주지 않았소. 하마터면 주군께 꾸중 들을 뻔했소."

고노미는 정색하며 고개를 숙였다.

"미처 그 생각을 하지 못했습니다. 하지만 말을 내놓은 상대가 다이코 전하라면 처음부터 거절이나 대책은 없을 것으로 여겨져 그랬습니다."

"바로 그거요, 그러기에 더욱 먼저 알고 중장님께 받아들이시도록 설득했으면 좋았을 것 아니오?"

"그렇다면 중장님이 납득하지 않으신다는 말입니까?"

"부인! 참으로 무자비한 말을 하는군. 중장님은 아직……여자를 모르시는 분이오. 그런데 느닷없이 손위의, 더구나 여기저기 시집갔던 분이라면……당장……승낙하기 어렵지 않겠소?"

히데타다가 여전히 창백한 얼굴로 가로막았다.

"아니다, 도시카쓰 이제 그만해. 아버님에게 효도가 되겠지. 나는 납득했어."

"정말이십니까?"

"남편을 세 사람이나 거쳤다는 말을 들었을 때는 오싹했다. 네 번째인 나도 잡아먹히는 게 아닌가 하고. 그러나 한번 운명을 시험해 보는 거야."

"운명을 시험한다……?"

"그래. 나도 그 여자에게 먹혀 죽는다면, 어지간히 불행하게 태어난 것일 테지."

고노미는 웃음을 터뜨리려다가 당황해 자세를 바로잡았다. 히데타다의 눈동자에서 얼핏 반짝이는 것을 보았기 때문이다.

"중장님. 너무 상심 마세요. 아사이 님 막냇동생은 참으로 성품이 뛰어나고 우아한 분이라고 들었습니다. 중장님의 정실이 되셔도 틀림없이 충실히 모실 겁니다."

그러나 눈물을 머금은 히데타다의 얼굴은 밝아지지 않았다.

생각해 보면 묘한 윤회의 모습이었다. 다이코와 간파쿠의 내분이 히데타다의 아내를 결정하게 될 줄이야…… 그러나 고노미는 그것이 결코 나쁜 결과를 가져오지만은 않을 거라고 생각했다.

차츰 쇠운(衰運)이 짙어가는 다이코 앞에서 조용히 천하를 지켜보고 있는 이에야스. 결코 다이코를 거스르지 않고 그의 착실한 조언자이며 내조자로서 힘쓰는 이에야스 앞에 저절로 밝은 서광이 비쳐올 듯한 예감이 드는 것이다.

"중장님, 묘한 인연이 되겠군요."

"……뭐라고 했소?"

"다이코 전하와 간파쿠 사이의 불화가 중장님을 요도 마님과 인척으로 맺어준 다…… 그렇게 되면 히로이 님과 중장님 자녀들은 사촌형제, 저는 이번 일이 중장님의 운을 열어주는 기틀이 될 거라는 생각이 드는군요."

"……."

"불운한 분에게는 파탄이지만 운이 열리는 분에게는 그 반대로 작용할 겁니다. 아버님께서는 조용히 그 일을 예측하고 계시는 듯한 느낌이 듭니다."

그러나 히데타다는 여전히 눈물을 글썽인 채 대답하지 않았다.

히데쓰구(秀次) 지옥

분로쿠 3년(1594) 늦가을부터 4년 봄에 이르기까지는 히데요시에게 가장 혹독했던 운명의 시련기였다.

북경에 보낸 고니시 조안과 명나라 황제의 교섭도 마음에 걸렸고, 조선에서 이 교섭의 성공을 지원하고 있는 유키나가로부터의 보고도 비관과 낙관이 반반이라 마음 놓을 수 없었다. 게다가 히데쓰구와의 문제는 갈수록 갈등이 심해졌다……

그래서 8월 중에 완공된 후시미성으로도 곧 옮겨가지 못할 형편이었다. 옮길 때는 히로이를 데리고 갈 생각이었는데, 시끄러운 세평으로 볼 때 만일 데리고 간다면 그대로 히데요시와 히데쓰구의 사이가 결렬된 듯 비칠 것 같았다.

눈앞에 불러놓으면 히데쓰구는 신통할 정도로 온순했으나, 주라쿠 저택으로 돌아가면 금방 그것을 뒤집는 소문이 들려왔다. 그토록 타일렀건만 히에이산에서 버젓이 사냥했다느니, 솜씨가 무디어진다는 구실로 죄인을 뜰에 끌어내어 직접 베었다느니, 임신부의 배를 갈라 보았다느니, 장님을 말에 매달아 찢어죽였다느니 하는 믿을 수 없는 광태가 전해져 왔다.

12월에 이르러 히데요시는 마침내 3살도 안 된 히로이를 데리고 후시미성으로 옮겼다. 좀더 빨리 옮겨야 했지만 생모 자차히메가 이것저것 미신 같은 소리를 하는 바람에 연기했노라고 퍼뜨렸어야 할 만큼 신경 쓴 이전이었으나, 그래도 곧 소문이 쫙 퍼졌다.

"이것으로 도요토미 가문의 후계자는 결정되었다. 간파쿠가 아닌 히로이 님으로."

그것은 히데요시에게 보이지 않는 곳에 숨어 있던 자가 던진 진흙을 얻어맞은 것 같은 불쾌감을 주었으나 터무니없는 소문일수록 빨리 퍼졌다.

이러한 고뇌 속에서 히데요시의 마음을 위로하는 것은 오직 한 가지, 히로이의 성장이었다. 히로이가 자라감에 따라 히데요시의 마음에 남아 있는 쓰루마쓰의 환영이 겹쳐졌다.

'어쩌면 이토록 귀여울까? 어째서 이다지도 걱정되는 것일까……?'

분로쿠 4년(1595) 3월에 이르자 히데요시는 더 이상 참지 못하고 히로이의 이름을 '히데요리(秀賴)'로 바꾸어 황실에 봉작(封爵)을 청원했다. 황실에서 만 3살이 되기 전에는 봉작의 예가 없다 하여 8월까지 연기하기로 하고 어린 히데요리에게 칼과 말만 하사했다.

그리고 4월 중순께 히데요시는 나고야에서 돌아오자 마침내 두 번째로 병이 났다. 그러나 그 병조차도 세상 사람들은 그대로 믿지 않았다.

"드디어 간파쿠 토벌에 대한 계략을 꾸미고 있는 것이겠지."

세상 사람들은 그런 소문을 퍼뜨리며 다음에 불어닥칠 바람을 기다리는 듯한 공기였다. 지금까지 간파쿠에게 드나들던 자들도 여름이 되자 차츰 멀어졌고, 있는 대로 여기저기 융통해 주었던 돈까지 소리 없이 반환되었다. 그날 간파쿠 히데쓰구는 한낮이 지나서부터 마시기 시작한 술을 밤 10시가 지나도 그만두려 하지 않았다.

마실수록 얼굴이 창백해져서 측실 사에몬 부인에게 집요하게 비파를 뜯게 했다. 듣고 있는가 하면 그렇지도 않으면서 그만두면 눈을 부릅뜨고 꾸짖었다…….

그 히데쓰구가 눈물을 뚝뚝 떨어뜨리며 울기 시작한 것은 이미 자정이 가까웠을 때였다.

중신들은 거의 곁에 없었다. 주연이 너무 길어지는 것보다 길어진 끝의 주정을 두려워한 것이다.

주정을 두려워하는 것은 중신들뿐만이 아니었다. 30여 명의 처첩들과 아름답게 차려입은 시동들도 마찬가지였으나, 오늘 밤의 히데쓰구는 여인들과 시동들에게 자리를 뜨지 못하게 했다.

"가고 싶은 자는 다 가라……."

중신들이 하나둘 일어설 때마다 이렇게 말하면서 처첩들에게 고개를 끄덕여 보였다. 그 모습은 고독을 견디다 못하여 무언중에 애원하는 것 같아 일어날 수가 없었다.

"그대들만은 내 곁에 있어 다오……."

이러한 히데쓰구에게 히데요시가 딸려준 후견인이 두 사람 있었다. 나카무라(中村)와 다나카(田中)였다. 그러나 그들은 저마다 다른 일을 자청해 맡아보며 히데쓰구 앞에 얼굴을 내밀지 않았다. 아마 그것도 히데쓰구에게는 견딜 수 없는 일 가운데 하나였을 것이다.

히데쓰구는 한동안 비파를 들면서 허공을 바라보며 울고 있었다. 그리고 그 눈물에 젖은 얼굴로 처첩들을 하나하나 물끄러미 쳐다보더니 그중에서 아직 13살밖에 안 된 오미야를 손짓해 불렀다. 오미야는 이치노미다이의 딸로 공경의 혈통인 아름다움과 기품이 응집된 것 같은 미인이었다.

"이리 오너라, 오미야…… 오늘 밤은 그대가 가장 귀엽구나."

"……네."

오미야는 시키는 대로 히데쓰구의 오른쪽 무릎에 윗몸을 기대며 살며시 손끝으로 히데쓰구의 눈물을 닦아주었다.

히데쓰구는 그것을 취기 어린 핏발 선 눈으로 바라보았다.

다른 처첩들은 만취 뒤의 폭발을 두려워하며 숨을 삼킨 채 두 사람을 지켜보았다.

히데쓰구는 부드럽게 말했다.

"그대와 헤어질 때가 온 것 같구나. 내 목숨도 앞이 보이는구나. 조정에서 8월에 히데요리에게 관작을 내리신다니까. 도요토미 가문의 후계자와 그렇지 않은 자는 위계가 다르단 말이야."

"……네."

"따라서 그 전에 내 목숨의 불도 꺼지겠지. 덧없는 인연이었다……."

"어찌 그러한 말씀을…… 슬픕니다."

"그대가 착하므로 특별히 말해 준다…… 실은 다이코께서 그대를 측실로 원했었어."

"어머나……."

"놀랄 것 없어. 다이코는 나보다 훨씬 색을 좋아하지. 그런데 그런 그대를 이 히데쓰구가 총애하고 말았다. 그래서 노발대발 화낸 것을 모를 테지."

"네……조금도."

"그대는 이치노미다이와 그 딸, 모녀를 함께 사랑해도 된다고 생각하느냐, 짐승이다, 짐승, 너는…… 이렇게 말하며 내 뺨을 때리셨지."

"……."

"알겠느냐, 그러니 내가 죽으면 그대는 저 백발의 다이코 품에 안겨야 한다. 입을 맞추고 껴안으며 아양 떨어야만 한다. 어때, 그 짓을 너는 할 수 있겠나?"

어느덧 비파 소리가 멎고 주위에 으스스한 정적이 감돌았다.

"왜 대답하지 않지, 오미야? 그대가 가련해서 특별히 말해 주었는데 어떻게 들은 거냐?"

히데쓰구의 힐문에 오미야는 온몸을 굳힌 채 몸을 바싹 기대왔다. 아직 사내를 다루는 방법이며 교태를 알 나이는 아니었다. 그보다도 그런 물음에 대답할 수 있는 이는 아마 아무도 없을 것이다. 백발인 다이코의 잠자리에서 노리개가 될 수 있느냐는 물음이 아닌가.

"할 수 있어요."

이렇게 대답하면 히데쓰구는 틀림없이 미친 듯이 날뛸 게 분명했다.

"그럴 수 없어요."

이렇게 대답하면, 그러면 내 손으로 베어주마고 말할 것만 같았다.

"이봐, 오미야. 왜 대답이 없지?"

"……네, 그런 것은……."

13살 난 오미야가 할 수 있는 것은 말끝을 얼버무리면서 매달리는 일뿐이었다. 필사적으로 매달려가면 혹시 연민을 느끼고 그냥 넘어가 줄지도 모른다…….

"그런 것을……할 수 있다는 거냐, 없다는 거냐?"

술에 취한 히데쓰구는 더욱 집요하게 물고 늘어졌다.

"똑똑히 말해라. 내 귀에는 들리지 않는다, 오미야."

"……네."

"네라고만 해서는 모른다. 그 백발의 목을 껴안고 주름투성이 입을 맞출 수 있느냐고 묻는 거다."

돌풍에 휩쓸려 떨어진 작은 새처럼 얼굴을 돌리고 몸을 떠는 오미야의 목에 마침내 히데쓰구의 손이 다가갔다. 강제로 그것을 자기 쪽으로 돌리며 말했다.

"자, 말해! 마음에 있는 그대로 말해 봐."

오미야의 천진난만한 얼굴에서 완전히 핏기가 가셨다. 공포 때문에 온몸의 피가 멎은 건지도 모른다.

"자, 이래도 말하지 않을 테냐. 말하면 안 된다고 생각하는 거냐?"

"아, 아니에요……그런……그런"

"그렇다면 말해! 내가 죽은 다음 다이코는 반드시 너를 채간다."

"그때는……그때는……."

"어떻게 하겠나. 자, 말해봐!"

"자……자……자결하여 간파쿠님 뒤를 따르겠습니다."

히데쓰구는 목에서 조용히 손을 뗐다. 그리고 다시 눈물을 뚝뚝 떨어뜨렸다.

사람들은 안도의 숨을 내쉬었다. 오미야의 절박한 대답이 히데쓰구의 노여움을 풀어주었다고 생각한 것이다.

히데쓰구는 오미야의 어깨에서 슬며시 손을 풀었다. 몹시 초연했다. 비애 그 자체의 모습이다.

"그래, 그렇게 생각한다는 말이냐?"

"네."

"좋아, 저기 있는 칼을."

"저, 칼을……?"

"그렇다. 그때 자결할 바에는 내 손으로 죽여주는 게 차라리 낫겠지."

기어코 최악의 사태가 벌어지고 말았다. 아마 이렇게 될 거라고 모두들 생각하고 있다가 히데쓰구의 태도가 너무나 초연한 것을 보고 안도로 가슴을 쓸어내리고 있었는데…….

"네, 여기 칼이 있습니다."

오미야는 의외일 만큼 침착한 걸음걸이로 칼을 가져다 바쳤다. 이미 작은 새는 자신의 비운이 피할 수 없는 것임을 자각했는지도 모른다.

히데쓰구는 무표정하게 칼을 쓱 뽑아들었다. 몽유병자 같은 허탈상태로……

칼을 빼어든 히데쓰구는 비틀거리며 일어섰다. 온몸에서 요기가 풍기고 등불그림자가 등 뒤 휘장에서 커다랗게 움직였다. 눈은 여전히 허공을 응시하며 눈물짓고 있었다.

오미야의 생모 이치노미다이가 뭔가 말하려다가 입을 다물었다. 섣불리 거스르면 그다음 돌아오는 것은 곱절이 된다.

"오미야 년이 거짓말을 했다……."

"아닙니다, 거짓말은 티끌만큼도."

"아니다, 거짓말이다. 히데쓰구는 다 알고 있어."

"아닙니다. 거짓말이 아닌 증거로……."

오미야는 히데쓰구에게서 획 돌아앉아 새하얀 두 손을 가슴 앞에 모았다.

그러나 히데쓰구는 그 쪽은 쳐다보려고도 하지 않았다.

"오미야의 본심은 살고 싶은 거야. 아니, 오미야뿐이 아니지…… 누구나 다 살고 싶어한다."

"나무아미타불……."

"내 뒤를 따라 죽고 싶은 놈이 어디 있어? 있을 턱이 없지……."

"아닙니다, 각오는 이미 되었습니다. 어서 마음대로 하십시오."

"어쩔 수 없는 각오 말이지? 궁지에 몰려 더 이상 도망갈 수 없다……고 판단한 각오라면 이 히데쓰구도 되어 있다."

"간파쿠님, 부디 제가 먼저 가도록."

"궁지에 몰려서 그대로 죽겠느냐……?"

여기저기서 참다못한 흐느낌이 들려왔다. 미친 듯이 오미야를 베어버리리라……고 당연히 생각했던 예상을 뒤엎고 오늘 밤의 히데쓰구는 모든 사람의 마음에 그대로 스며드는 인간세상의 서글픔을 호소해 오는 것이었다.

"오세치(阿世智), 저 선반에서 차항아리를 내려라."

이치노미다이 옆에 앉아 있던 오세치는 깜짝 놀라 얼굴을 들고 히데쓰구를 우러러보았다. 오세치는 교토 태생으로 벌써 30살, 노래솜씨가 뛰어나 측실이 된 중년여인이었다.

'네, 오늘 후시미에서 보내온 항아리 말씀입니까?'

"그렇다, 나야 스케자에몬이 멀리 루손에서 가져온 항아리……그것을 다이코는 후시미성에서 영주들에게 강매했다더군."

"네, 가져오겠습니다. 잠깐만……."

오세치가 허둥지둥 선반에서 높이 5, 6치, 지름이 4치쯤 되는 도자기 항아리를 내려오자, 히데쓰구는 손에 든 칼을 항아리에 똑바로 겨누었다.

"바보 같은 다이젠(大膳)이 또 다이코의 비위를 맞추려고 200냥을 주고 사온 것이라더군."

"어머나, 이런 항아리가 200냥……."

"200냥의 가치가 없다는 말이냐?"

"아닙니다, 그건."

"있다! 잘 봐라, 이 항아리는 꼭 사람 머리 크기만 하다. 그것도 늙은 곰보의 백발 머리통과 흡사하다. 200냥은커녕 1000냥의 가치가 있어."

"……그렇겠군요, 머나먼 루손에서 온 항아리니까."

"그것을 조금 더 오른쪽으로 놔라."

"네."

"내 이 항아리를 오미야 대신 베어버리리라."

히데쓰구가 비틀거리는가 싶자, 별안간 칼이 비스듬히 내려가다가 날카로운 칼끝이 뒤로 흘렀다. 오미야가 비명을 질렀다.

"앗!"

흘러간 칼끝이 합장하고 있는 오미야의 몸에 닿았던 것이다. 의상만인지 아니면 살과 뼈까지 베었는지, 어깨에서 겨드랑이까지 찢어진 옥색 비단옷이 갈라지며 새하얀 속살이 드러난 오미야가 뒤로 자빠졌다.

이치노미다이가 황급히 오미야를 안아일으켰다. 상처는 아무 데도 없다. 칼은 옷만 스쳤을 뿐 무사했다…… 그걸 확인한 순간 이번에는 어머니 이치노미다이가 음 하고 신음하면서 까무라쳤다.

모녀가 한 사내에게 총애받는다……는 정신적인 수치심을 딸보다 어머니 이치노미다이 쪽이 깊고 크게 느끼고 있었기 때문이리라. 그런 이치노미다이가 딸이 무사한 것을 알자 극도의 긴장이 풀리면서 쓰러지고 만 것인데, 그것을 본 히데쓰구의 눈빛에 갑자기 광포함이 더해졌다.

아마 히데쓰구 자신도 그 일이 평소부터 마음에 걸렸던 것이리라.

'왜 그러느냐, 내가 오미야를 죽였단 말이냐?'

"아닙니다. 그건……."

당황해 모녀를 감싸주려는 오세치에게 히데쓰구는 칼을 들이댔다.

"아니라면 어째서 미다이가 이렇게 넘어진단 말이냐. 이건 나에 대한 반항이다. 용서할 수 없어! 이렇게 된 바에는 베어버리겠다."

"참으십시오. 용서해 주십시오…… 이치노미다이는……그저 놀랐을 뿐입니다."

"에잇, 비켜라! 벤다고 하면 벤다. 모녀를 함께 베어주마."

번쩍 발을 들어 오세치를 차버리는 순간, 그때까지 반대쪽에 말없이 대령해 있던 후와 반사쿠(不破伴作)가 몸을 확 던지다시피 하여 히데쓰구 앞에 막아섰다.

"주군, 고정하십시오."

두 팔을 벌린 시동 차림의 반사쿠에게는 여자들과 또 다른 요염함이 있었다. 반사쿠는 18살. 노부나가에 대한 모리 란마루처럼, 히데쓰구가 있는 곳에는 반드시 그림자처럼 따르는 총신이었다.

"어째서 말리느냐, 반사쿠?"

"주군, 그 모습이 참으로 한심스럽습니다."

"뭐라구, 내 모습이 한심스럽다고……."

"예, 그것이 간파쿠의 모습이십니까? 여기 있는 여인들은 모두 간파쿠만 의지하며 사는, 저항 한 번 할 수 없는 분들입니다."

"재미있는 말을 하는구나, 반사쿠. 그럼, 너는 반항할 수 있다는 말이냐?"

"말씀을 엉뚱한 곳으로 돌리지 마십시오. 보시다시피 모두들 겁을 잔뜩 먹고 있으니 부디 칼을 집어넣으시기 바랍니다."

"반사쿠, 칼을 빼라!"

"무슨 말씀이십니까?"

"여자들에게 화풀이하지는 않겠다. 그 대신 네가 나의 상대다."

"그런 억지 말씀은……."

"억지가 아니다! 이 히데쓰구는 이 세상의 모든 놈들을 마구 베어버린 뒤 죽고 싶은 심정이다. 이 슬픔은 아무도 몰라…… 그래! 사양할 필요 없어. 네 손으로 벨 수 있다면 히데쓰구를 베어봐라."

견디다 못한 반사쿠의 목소리가 소리 높이 울렸다.

"고정하십시오! 여기서 이성을 잃으신다면 다이코의 판단이 옳았다……간파쿠는 역시 간파쿠의 그릇이 못 되었다고 후세까지 비웃음을 사게 될 것입니다."

"그건 이미 각오했어. 비웃을 놈은 비웃으라지. 히데쓰구는 이미 세상의 평판 따위에 구애받고 있을 수 없단 말이야. 자, 뽑아라, 반사쿠! 히데쓰구는 미쳤다…… 혈육인 숙부에게 학대받아 미쳐버렸어. 그거면 되는 거야. 그거면 된다구, 히데쓰구는……."

반사쿠는 팔을 크게 벌려 왼손으로 히데쓰구의 오른쪽 팔꿈치를 잡고 점점 눈시울을 붉게 물들였다.

'역시 이렇게 되고 마는구나…….'

폭음 끝에 이렇게 될 거라고 짐작하고 있었으나 슬펐다. 가장 믿어주기 바랐던 상대에게서 냉정하게 배신당했다고 여길 때 인간은 신뢰를 얻고자 이처럼 분별없이 광증을 보여주는 것일까?

어쨌든 히데쓰구가 가장 신뢰를 얻고 싶어했던 사람은 히데요시였다. 반사쿠는 그 히데요시가 진심으로 히데쓰구를 미워하고 있다고는 아무래도 믿어지지 않았다. 요도 마님을 비롯하여 미쓰나리, 나가모리 등이 히데쓰구를 방해하는 게 사실이더라도 히데쓰구가 그것을 알고 조심했더라면 두 사람 사이를 호전시킬 기회는 얼마든지 있었다. 그런 것을 히데쓰구는 늘 자기 쪽에서 스스로 파괴해 버리는 것 같았다.

반사쿠는 이렇게 해석하고 있다.

'그 원인은 조선출병 때 히데요시가 한 지나친 언동에 있었다…….'

금방이라도 조선과 명나라를 정복하여 히데쓰구를 조선 왕으로 삼는다느니, 명나라의 간파쿠로 앉힌다느니 한 말이 히데쓰구의 마음에 오히려 의심을 심어주고 말았던 것이다. 그 뒤에도 전세가 불리하다는 소식이 전해질 때마다 몇 번이나 히데쓰구의 출전이 소문에 올라 그것이 더욱 의심을 깊게 했다.

'다이코는 이길 수 없는 싸움인 줄 알면서 히데쓰구를 대륙으로 내쫓아 자멸시킬 속셈이구나…….'

그러자 히데쓰구는 더욱 완고해졌고, 또 그렇게 생각하고 보니 그 의심은 더욱 깊어질 뿐 풀어지는 일이 거의 없었다.

"자, 이렇게 되면 반사쿠가 상대다. 너는 이 히데쓰구의 고민을 알고 있겠지. 뽑아라! 뽑아서 마음대로 덤벼봐. 내가 베이느냐, 네가 죽느냐……."

반사쿠는 여전히 같은 자세로 시동 사이가 아코(雜賀阿虎)에게 소리쳤다.

"아코 님, 미다이 모녀를 빨리 방으로."

"그렇다면 정말 칼싸움할 생각이오?"

"빨리! 이대로는 끝나지 않소. 다치면 안 되니 여인들은 모두 이 자리를 피하도록."

"알겠습니다."

아코가 일어나 이치노미다이를 어깨에 둘러메자 야마다 산주로(山田三十郎)가 오미야를 안아올리며 모두를 재촉했다.

"자, 모두들 빨리……."

그동안 히데쓰구는 다시 아연한 표정으로 팔꿈치를 잡힌 채 서 있었다.

측실들이 허둥지둥 일어났다. 광풍에 흩날리는 가엾은 꽃…… 더구나 오늘 밤만이 아니라 요즈음 거의 날마다 되풀이되는 주연의 종점이었다.

모두가 나가자 전각 안이 훨씬 넓어 보였다. 나란히 서 있는 촛대와 남겨진 술상 등이 불탄 자리를 연상시킨다.

"됐어! 모두 나갔다. 자, 오너라. 승부를 가리자, 반사쿠."

다시 정신이 든 것처럼 고함치기 시작한 히데쓰구의 옆구리에 반사쿠가 급소를 찔렀다.

"용서를!"

히데쓰구는 소리 없이 그 자리에 푹 쓰러지고 말았다.

반사쿠는 쓰러진 히데쓰구 옆에 조용히 앉았다. 여자들을 물러가게 한 아코와 산주로 두 사람이 돌아와 눈을 휘둥그렇게 떴다. 히데쓰구의 술주정에 익숙한 시동들이지만 주군을 이렇듯 기절시키면서까지 일을 수습해야 한다고는 생각지 않았다.

불안한 듯이 아코가 말했다.

"반사쿠 님, 이래도 괜찮겠소? 정신이 드시면 더욱 노하실 텐데."

"그래. 감히 주군의 몸에……."

산주로가 말하는 것을 반사쿠는 가로막았다.

"나는 생각했어, 이미 우리가 주군의 자결을 거들어 드려야 할 때가 온 것이 아닌가 하고."

"무슨 소리요, 반사쿠 님? 아직 다이코의 마음이 풀리지 않은 것으로 단정하는 건 일러. 지난 26일에 이시다 미쓰나리와 나쓰카 마사이에, 마시타 나가모리 세 사람이 힐문하러 왔을 때 주군은 서약서를 7장이나 써주었어…… 그것이 효력 있어 그 뒤로 후시미에서 아무 트집도 없잖소?"

산주로가 강하게 반발하자 반사쿠는 다시 손을 들어 제지했다. 반사쿠는 두 사람과 달리 두 눈에 깊은 수심의 빛이 깃들어 있다.

"이제 와서…… 서약서 같은 건 아무 소용 없어."

"서약서가 소용없다니 무슨 이유지?"

"절차에 지나지 않아. 돌아가실 때까지의……."

"그것을, 그것을 반사쿠 님이 어떻게 알 수 있단 말이오?"

"중신들은 이미 주군과 의논마저 하지 않게 되었소. 오늘 밤에도 시늉만 하다가 일찌감치 자리를 떴어…… 이게 다 주군을 버렸다는 증거라고 생각지 않소?"

"중신들이 버렸다고?"

"그렇소. 처음에는 주군의 위엄에 의지하던 사람들이, 다음에는 주군을 선동했소. 순순히 앉아서 죽을 필요는 없다, 이 주라쿠 저택에서 농성하라고 권하기도 하고, 농성으로는 승산 없을 테니 단숨에 후시미를 찌르라든가, 오미의 사카모토로 나가 일본을 둘로 나누어 결전을 벌이자는 둥……갖가지 의견을 아뢰었소. 그러던 사람들이 이제 아무 말도 하지 않게 되었소."

반사쿠는 거기까지 말한 뒤 정신 잃은 히데쓰구의 얼굴을 수건으로 덮어주었다. 너무나 창백하여 보기에도 애처로운 히데쓰구의 초췌한 얼굴이었다.

"지금 중신들은 세 파로 갈려 있소. 그 하나는 어떻게 하면 주군에게서 떨어져 나가 자기 목숨을 부지할 수 있을까 생각하는 자……."

"그……그렇게 비겁한 자가."

"더 들으시오, 아코 님. 둘째는 이미 살 가망이 없으니 함께 죽자…… 그러나 하다못해 자손에게까지는 다이코의 노여움이 미치지 않도록 하자……."

"또 하나는……또 하나는 뭐요? 반사쿠 님은 세 파로 갈려 있다고 했소."

"그리고 나머지 하나는 주군의 행동을 다이코 쪽에 낱낱이 밀고하여 배신하려는 자요."

"그것이 누구요? 그게 만일 사실이라면 용서할 수 없소."

반사쿠는 두 사람의 물음에는 대답하지 않고 뜻밖의 말을 했다.

"나는 내일 아침 주군이 일어나시면 황실에 헌금하시도록 권해 볼 작정이오."

산주로가 어깨를 들썩이며 반사쿠에게 대들었다.

"황실에 헌금을……! 지금 이 마당에 황실에서 주군 편이 되어줄 거라고 생각하는 거요?"

심지가 다 타버렸는지 불이 하나둘 꺼져갔다.

쓰러져 있는 히데쓰구를 둘러싼 세 시동의 그림자는 이 광대한 저택을 더욱 기괴한 요기(妖氣) 속으로 녹아들게 했다.

산주로는 다시 반사쿠에게 따지고 들었다.

"헌금을 하시면 황실에서 편든다고 누가 그랬소? 그것은 반사쿠 님의 생각이오?"

반사쿠는 천천히 고개를 저었다.

"나는 가문의 원로 다나카 님과 중신 기무라 히다치 님의 밀담을 엿들었소."

"뭐, 엿들었다고……?"

"나쁜 짓인 줄 알면서도 주군이 염려되어 몰래 엿들었소."

"다나카 님은 뭐라고 하던가요?"

"헌금하시면 그것을 신호로 후시미로 불러내어 처형하실 예정이니 조심하라고……."

"다나카 님이 누설했단 말이지."

"주의를 주신 거요. 그러니 만일 주군이 헌금을 하시겠다면 간할 것인가 권할 것인가 하고."

"권한다는 건 배신한다는 소리가 아니오?"

반사쿠는 다시 고개를 저었다.

"아니, 그렇지 않소. 다나카 님의 동정이었소. 헌금하는 것은 황실까지 한편에 끌어넣어 모반할 속셈이라는 구실로 다이코 쪽에서 여지없이 처형하실 작정이니, 그 역수를 쓰라는 암시였지요."

"역수를 쓰라는 것은……?"

"조정에 헌금을 하고 간파쿠직을 거두어달라고 청원하는 거요. 히데쓰구는 몸이 허약하여 벼슬자리에서 물러나, 조모 오만도코로의 시주절에서 머리 깎아 출가하고 싶으니 부디 다이코에게 잘 주선해 달라고…… 이렇게 해서 황실의 주선으로 출가가 결정되면 다이코도 주군 목숨에 손대지 못할 것이오. 목숨을 살릴 수 있는 방법이 지금으로서는 이 일 말고 없을 거라는 밀담이었소……."

"그랬더니 기무라 님은 뭐라고 대답하던가요?"

"그것까지는 못 들었소. 하지만 아직 주군께 말씀드리지 않는 것을 보니 말씀드리려도 헛일이라고 생각하는 모양이오."

"그럼, 그대가 그것을 주군께 말씀드려 보겠다는 거로군."

"그리고 들어주지 않으실 때는 자결을 권하여 내 손으로 목을 쳐드리고 싶소. 이제는 그럴 때가 되었어…… 자꾸 그런 생각만 드오……."

반사쿠는 아코에게 눈짓하여 둘이서 가만히 히데쓰구를 안아올렸다.

"자, 침실로 모시지."

"음, 그런 뜻에서의 헌금이라."

"상대는 그것을 기다리고 있소. 모반의 증거로 삼기 위해……."

산주로는……두 사람이 사라진 뒤에도 잠시 꼿꼿이 앉은 채 움직이지 않았다. 그들에게 드디어 파국이 눈앞에 닥쳐온 것이다.

"게 누구 없느냐, 주연은 끝났으니 상을 치워라."

반 시각 남짓 꼼짝 않고 앉아 있던 산주로가 큰 소리로 숙직자를 부르며 히데쓰구의 침실 옆방으로 들어갔을 때, 침실에서는 정신이 깨어난 히데쓰구의 살을 에는 듯한 흐느낌 소리가 새어나오고 있었다. 어쩌면 이미 반사쿠가 무슨 말을 했는지도 모른다…….

자다가 깨면 결코 혼자서는 자지 않는 히데쓰구였다. 때로는 시첩의 자리를 서넛이나 나란히 깔게 하여 차례차례 자기 이불 속으로 불러들이는 요상한 짓조차 서슴지 않았다.

다이코와의 사이가 이렇게 되기 전까지는 그러한 병적인 행태를 보이지 않았었다. 그때는 그 나름대로 넘쳐나는 청춘을 낭비했을망정 소박한 무장으로서의 자세는 가지고 있었다. 무예단련을 무엇보다 중시하고 학문에도 조예를 가지려고 우스꽝스러울 정도로 노력했다.

그런데 다이코와의 사이가 틀어짐에 따라 홍수에 터진 둑처럼 걷잡을 수 없이 무너져갔다. 술에도 분노에도 절도가 없어지고, 인간을 불신하는 감정에 빠졌으며, 규방생활에도 저절로 눈을 돌리게 하는 잔인하고 음란한 행위가 시작되었다. 어떤 측실은 알몸인 채 겨울철 뜰로 쫓겨나갔고, 어떤 측실은 피곤하여 코를 골다가 하마터면 베일 뻔했다. 꽃병의 물을 머리에 뒤집어쓴 사람도 있었고, 정사 도중에 교대명령을 받고 그 자리를 물러나는 일을 금지당한 채 밤새도록 머리맡에 앉아 있어야 했던 사람도 있었다. 그렇게 되면 이미 인간이 아니라 악마였다. 어떻게 하면 이보다 더 참혹한 짓을 할 수 있을까 하며 악마처럼 눈을 부릅뜨고 발광하는 것이었다.

그 히데쓰구가 오늘 밤은 여자들도 들이지 않고 반사쿠와 단둘뿐인 침실에서 하염없이 울고 있었다.

아코는 저도 모르게 귀 기울이며 마른침을 삼켰다. 반사쿠와 히데쓰구 사이에 어떤 이야기가 오가는지, 그것이 그대로 자기들의 운명을 결정짓는다 싶으니 엿듣지 않을 수 없었다.

한동안 울고 난 다음 히데쓰구가 말했다.

"반사쿠, 너 역시 무정한 놈이구나."

"황송합니다."

"누구나……모두 히데쓰구를 저버렸다고 잘도 말했겠다."

"마음을 모질게 먹고 말씀드렸습니다. 말씀드리지 않고 모른 척하는 것은 불충입니다."

"잘 말했다…… 나도 이미 그것을 알므로 미친 행동을 서슴지 않았어."

"그럼, 이대로 처형을 기다리시겠습니까?"

"아니야, 네 말을 따를 수밖에 없겠지. 내일 아침 일찍 무토 사쿄(武藤左京)를 불러 황실에 문안드리도록 하자."

이번에는 반사쿠의 흐느낌이 나직하게 새어나왔다.

"이치노미다이의 부친 기쿠테이 하루스에를 통해 은 3000냥을 헌납……하면 된다는 말이렷다."

"황송합니다."

"그것을 처자의 구명 비용으로 쓰라는……네 생각은 아직 나를 염려해 주기 때문에 하는 말이야."

"주군!"

"그런 다음 나는 결코 딴마음이 없다는 것을 곧 다이코에게 알리고 고야산에 들어가겠다. 그러면 되겠지?"

"……예, 그밖에는 달리 방법이 없다는 다나카 님 말씀이었습니다."

"좋다, 그렇게 하자. 나 때문에 처자까지 죽인다면 신불에게 죄가 되겠지."

"주군! 그리고 또 한 가지 청이……."

"뭐냐, 말해 봐라."

"이것은 제 생각입니다만, 도쿠가와 님에게만은 모든 것을 말씀드리고 한편으로 끌어들일 수 없을까요?"

"하지만 이에야스 공은 교토에 없다. 히데타다 님 말인가?"

아코는 무릎을 꽉 움켜잡고 온 신경을 집중했다.

간파쿠 히데쓰구는 마침내 주라쿠 저택을 나가 출가할 결심이 선 모양이다. 그리고 그 순서는 우선 이치노미다이의 친정인 상주관(上奏官) 기쿠테이를 통해 은 3000냥을 조정에 바치고, 그것으로 히데요시와의 사이를 주선케 하여 처자의 안전을 도모하려는 것이다.

아무리 히데요시일지라도 출가하여 오만도코로의 명복을 빌겠다는 히데쓰구를 베려고는 하지 않으리라. 더구나 조정에서의 말도 있고 보면, 5살 된 적자 센치요에게 영지를 좀 남겨주어 가문의 존속만은 허락해 줄 것이다.

"도쿠가와 님도 거들어준다면 한층 더 힘이 될 것입니다."

이러한 일은 중신들도 물론 생각했을 것이다. 그러나 그들은 모두 저마다 묘한 망설임에 사로잡혀 새삼스럽게 그 말을 꺼낼 수 없는 입장이 되어 움츠리고 있다…… 아니, 중신들이 말하면 감정적으로 완전히 비뚤어진 히데쓰구는 들으려 하지 않았을 게 틀림없다. 그런 의미에서는 반사쿠의 제안이 양쪽에 모두 바람직할 것이다.

"그래? 히데타다에게 사정을 털어놓는 게 좋다고 생각하느냐……?"

"예, 히데타다 님에게는 직접적인 힘이 없습니다. 그러나 그 뒤에는 아버님이 계십니다. 히데타다 님을 통해 이에야스 공의 조언을 받게 해달라……고 청하신다면 반드시 힘이……."

반사쿠의 목소리는 더욱 낮아져 알아듣기 힘들었다. 아코는 자기 일처럼 크게 고개를 끄덕이며, 들리지 않는 부분은 자신의 생각으로 보충했다.

확실히 명안인 듯했다. 왜냐하면 히데요시가 이에야스에게 한 걸음 양보하고 있는 것은 세상이 다 아는 일이었고, 이에야스의 아들 히데타다가 이곳 교토 저택에 있으며 히데쓰구와 가까이 지내는 것도 사실이었다. 그 히데타다를 불러 자세한 사정을 털어놓고 아버지 이에야스의 조력을 구한다……면, 조정의 주선과 함께 큰 힘이 될 것 같았다.

안에서 또 히데쓰구가 말했다.

"히데타다를 초대하자는 것이구나…… 요즘은 히데타다도 얼굴을 비치지 않는다. 하지만 바둑을 두자고 낮에 초대하면 싫다고 하지 않겠지."

"술자리 초대라면 못 오시겠지만 한낮의 바둑 초대는 기꺼이 오실 줄 압니다."

"그럼, 그렇게 하자. 나는 이제 지쳤다…… 한시라도 빨리 이 고통에서 벗어나고 싶다."

"그 심정 잘 알고 있습니다."

"내가 출가함으로써 가문이 유지된다면 가신들 가운데 얼마쯤은 떠돌이무사 노릇을 하지 않아도 되겠군. 어째서 좀더 빨리 그것을 깨닫지 못했을까?"

아코의 눈에서도 언제부터인지 눈물이 뚝뚝 떨어지고 있었다.

결코 최상의 해결책은 아니었다. 그러나 오도 가도 못하게 된 숨 막히듯 막막한 세계에서 이로써 몸을 움직일 수 있게 될 듯한 생각이 들었다.

'어쨌든 외로우실 것이다. 간파쿠라는 빈자리만 주어졌던 분이니…….'

침실 안에서는 다시 한차례 두 사람의 이야기가 두런두런 이어졌다.

생각해 보면 히데쓰구의 생애만큼 자주성 없는 부평초 같은 삶도 드물었다. 히데요시라는 불세출의 영웅을 숙부로 두었던 탓에 그의 삶 전체가 그 여파에 휩쓸려 몸을 움직일 자유조차 허락되지 않았다……

꼭두각시꾼의 실에 조종되는 인형에게 의지란 처음부터 없지만, 히데쓰구는 의지를 가진 인간으로 태어났으면서도 히데요시가 조종하는 실에서 한 발짝도 벗어날 수 없었다. 히데요시의 누님 닛슈(日秀)의 아들로 태어나 미요시 야스나가(三好康長)의 양자가 되어 미요시 성을 쓰게 된 것도 히데요시의 뜻이었고, 18살 때 하시바(羽柴) 성으로 불리게 된 것도 히데요시의 지시에 의해서였다.

고마키, 나가쿠테 싸움에서 패했을 때의 심한 질책도, 19살에 20만 석의 오미

영주가 되어 톡톡히 칭찬 들었을 때의 기억도, 히데요시만이 알고 있을 뿐 히데쓰구에게는 도무지 납득되지 않는 일이었다. 규슈 출진의 공훈, 오다와라 싸움 뒤의 오슈 정벌…… 히데쓰구는 오로지 이기지 않으면 죽게 되는 것이 싸움터이므로 필사적으로 싸웠으나 그 때문에 자기가 간파쿠가 될 줄은 꿈에도 몰랐다.

그런데 쓰루마쓰의 죽음으로 눈 깜짝할 새 도요토미 가문의 후계자로 지목되고 다시 간파쿠로 천거되었다. 그리고 히데요시는 나고야 출전 때 그에게 그럴싸한 서약서를 쓰게 한 뒤 그 자신이 어리둥절해질 만큼 연극조로 선언했다.

"일본을 그대에게 넘겨준다."

알 듯하면서도 알 수 없는 일은 그 일본의 간파쿠가 자기 뜻대로 사냥 한 번 할 수 없다는 것이었다.

"군대는 내가 지휘하겠다."

이렇게 말하는가 하면 또 이렇게도 말했다.

"재정은 아직 맡길 수 없다."

군사와 재정 외에 어디에 간파쿠의 할 일이 있단 말인가. 그는 간파쿠라는 이름의 한 영주에 지나지 않았고, 더구나 히데요리가 태어난 날부터는 눈엣가시로 바뀌었다.

아무것도 아니었다. 하나에서 열까지 히데요시의 장난감으로서 꾸지람 듣고 칭찬 들으며 추켜졌다 내려졌다 하는 동안 역적이니 반역자니 하는 이름으로 옴짝달싹할 수 없는 적으로 몰리고 말았다.

'이런 어처구니없는 노릇이……!'

이를 갈며 주위를 다시 둘러보았을 때 허락된 것이라고는 술 마시는 일과 여자를 들볶는 일밖에 남아 있지 않았다.

그 지옥 속에서 마침내 히데쓰구는 항복해 버린 것이다. 히데요시와 히데쓰구의 행복은 양립할 수 없었다. 숙부의 인생은 혈육의 행복을 물어뜯는 승냥이 같은 비정함을 품고 있었다. 그것은 영웅이라는 독재자의 주위에 당연히 쌓여가는 희생의 탑인지도 모른다.

잠시 뒤 반사쿠는 눈시울이 붉어진 채 침실에서 나왔다. 아코의 얼굴을 흘끗 보더니 그대로 말없이 나란히 앉았다.

"잠드신 모양이군."

"그렇소."

"이로써 주군의 생애도……."

반사쿠는 대답하지 않았다.

이제 머지않아 여름밤은 가고 먼동이 틀 것이다. 날이 새면 중신들이 마지막 회의를 열게 될 것인데, 과연 그들의 생각대로 될지 어떨지?

두 사람 다 날이 훤히 밝을 때까지 꼼짝도 하지 않고 앉아 있었다.

혈육의 태풍

　히데쓰구가 조정에 백은(白銀) 3000냥을 바친 것은 7월 3일. 다시금 히데요시에게 두 마음이 없다는 뜻의 서약서를 기무라 히타치노스케를 시켜 후시미성에 보낸 것은 그 이틀 뒤인 5일이었다.

　그리고 6일 이른 아침에, 주라쿠 저택 안의 히데쓰구로부터 도쿠가와 히데타다에게 바둑을 두자는 초대가 있었다. 사자로 온 자는 집안일을 맡아보는 야마모토 도노모노스케(山本主殿助)로, 도쿠가와 가문에서는 도이 도시카쓰가 직접 맞아들였다.

　도노모노스케는 아무 걱정 없는 듯한 밝은 표정으로 말을 꺼냈다.

　"요즘 더위가 기승부리는데 히데타다 님께서는 별고 없으시겠지요?"

　그때 도이 도시카쓰는 아직 헌금에 대해 모르고 있었다. 거의 날마다 중신들이 간파쿠를 둘러싸고 무언가 의논했고, 주라쿠 저택과 거리를 잇는 출입구에는 경비병 수가 엄청나게 늘어나 있었다.

　'드디어 사태가 절박하게 돌아가는구나…….'

　그런 생각은 했지만 히데타다의 발치까지 벌써 불길이 다가와 있는 줄은 모르고 있었다.

　"예, 요즘 한동안 더위를 이기시겠다면서 날마다 병법에 힘을 기울이고 계십니다."

　"참으로 좋은 일이시군요. 실은 도이 님, 간파쿠께서 히데타다 님이 한동안 오시지 않아 혹시 더위라도 잡수셨나 걱정하시면서 저에게 가보고 오라셨습니다."

"아, 그렇습니까? 염려해 주셔서 감사합니다."

"별고 없으시다니 다행이군요. 그럼, 곧 간파쿠님 말씀을 전해 주십시오. 오늘 오랜만에 바둑을 두고 싶으니 날이 너무 더워지기 전에 저에게 모시고 오라는 분부입니다."

말을 들은 도시카쓰는 가슴이 뜨끔했다. 이에야스로부터 간곡하게 지시받은 일이 생각났던 것이다.

"아……그것 참……유감이군요. 사실은 히데타다 님이 오늘 출타하실 예정이시라 지금 그 준비 중이십니다."

"뭐, 출타 준비요?"

"예……그렇습니다."

어지간한 도시카쓰도 너무나 갑작스러운 일이라 대답할 말이 얼른 입에서 나오지 않았다.

그러자 도노모노스케는 의아한 듯 고개를 갸우뚱했다.

"이상한데. 요즘 4, 5일간 성에서의 외출이 금지되어 있을 텐데요?"

"그런데……실은 거절할 수 없는 분한테서 초대받아서 말입니다."

"거절할 수 없는 분……이라니요?"

"그렇습니다. 후시미의 다이코 전하로부터 온 초대입니다."

거기까지 말하자 도시카쓰는 겨우 침착을 되찾아 할 말의 순서를 생각할 수 있었다.

"아실 것입니다. 루손에서 나야 스케자에몬이라는 자가 진귀한 차도구를 많이 가져왔다며 다회에 초대받았습니다."

"다회에 초대를……?"

도노모노스케는 다시 한번 고개를 갸웃하며 중얼거렸다.

"그런 사자가 이 성안에 들어왔다는 보고는 없었는데, 사실입니까?"

도노모노스케는 살피듯 도시카쓰를 바라보았다.

도시카쓰는 당황했다. 모든 출입구에 경비병이 배치되어 있었던 것이다.

'이거 서투른 대답을 해버렸구나……'

그렇게 생각하자 자신의 표정이 일그러지는 것을 스스로도 느낄 수 있었다. 도시카쓰는 간파쿠가 이미 불문에 들어갈 결심을 하고 있는 것을 모른다. 그런 만큼 군사를 일으키려 결정하고 히데타다를 볼모로 삼을 작정이라고 판단했기 때문에 생각이 더욱 혼란에 빠졌다.

"그……그……그건……그렇지요. 사나흘, 아니, 대엿새나 전의 일입니다, 초대가 온 것은…… 그때 오늘 낮에 다회가 있으니 꼭 오라는 말씀이 계셨습니다."

"그렇습니까? 5, 6일 전……이라면 사자가 지나갔다는 보고가 되었을 리 없을 거고…… 아무튼 유감이군요."

"예, 히데타다 님도 유감스럽게 생각하실 겁니다. 그러나 다름 아닌 다이코 전하의 초청이니 나가지 않을 수 없지요. 이런 사정을 귀하께서 잘 말씀드려 주시기 바랍니다."

그렇게 말한 다음 겨우 대화의 주도권을 잡았다.

"그건 그렇고, 세상에 뜻밖의 소문들이 마구 퍼지고 있더군요."

"아, 그 일 같으면 염려하실 것 없습니다. 모든 게 순리적으로 잘 진행되어서요. 출입문 경비도 2, 3일 안으로 필요 없게 될 것 같습니다."

"순리적으로 잘 진행되었다는 말씀은……."

"엉뚱한 소문을 확실하게 없애버리기 위해 황실에서도 배려해 주시게 되었지요. 아마 간파쿠는 히데타다 님에게 그 말씀도 하실 생각으로 계신 줄 알고 있습니다만……."

도시카쓰는 다시 바짝 긴장했다.

'그렇다면 히데요시 쪽에서 기다리고 있는 헌금을……'

그 상상을 도노모노스케가 밝은 표정으로 긍정해 주었다.

"사실은 이번에 간파쿠 가문에서 황실에 헌금을 하셨습니다."

"허, 헌금을요?"

"황실에 대한 지극한 충성심에서지요. 황실에서도 이것을 기꺼이 받아들여 중재에 나서주실 테니 이번에야말로 모든 일이 완전히 제자리로 돌아갈 것입니다. 도이 님 앞에서 말하기 뭣하지만, 사실 지금까지는 모든 게 뒤엉켜 있지 않았습니까?"

"그……그러셨군요."

수긍은 했으나, 도시카쓰는 그때부터 이미 도노모노스케의 말을 듣고 있지 않았다.

'드디어 불이 붙었구나!'

어떤 변명을 하건 헌금을 계기로 히데쓰구를 처단한다는, 다이코 쪽의 정보를 이미 입수하고 있는 도시카쓰였다. 비록 그것이 황실을 생각하는 순수한 충성심에서일지라도 이시다, 마시타, 나쓰카 등은 이것을 좋지 않게 꾸며 다이코에게 보고할 게 틀림없었다.

문제는 아직 아무것도 모르고 활터에서 활쏘기 연습을 하고 있는 히데타다를 어떻게 이 성에서 내보내느냐는 것이었다. 만일 늦어져 간파쿠의 포로라도 된다면 그야말로 도시카쓰의 입장이 난처해진다.

그러한 도시카쓰의 조바심을 아는지 모르는지 도노모노스케는 부드러운 목소리로 말을 계속했다.

"헌금을 하시며 간파쿠께서는 결코 다이코에게 딴생각이 없다는 뜻을 간곡히 되풀이 전했습니다. 아마 머지않아 다이코께서도 간파쿠를 부르실 겁니다. 뭐니 뭐니 해도 혈육인데, 사이에 사람을 두지 않고 직접 두 분께서 이야기 나누신다면 잘 통할 것이고…… 또 이번에는 간파쿠도 자진해서 후시미성으로 문안드리러 가시겠다고 말씀하셨습니다. 우리도 정말……한시름 놓았습니다."

도시카쓰는 머릿속이 점점 혼란스러웠다.

도노모노스케의 말에는 그리 불안하게 느껴지는 대목이 없었다. 정말로 다이코가 부를 것이고, 그러면 히데쓰구는 후시미까지 가서 대면하게 될 줄 믿고 있었다. 만일 그것이 사실이라면 지금 히데타다를 후시미로 피하게 하는 것은 오히려 사건을 표면화시키는 결과가 될지도 모른다.

다이코에게 다회 초대를 받았다……고 하며 이 주라쿠 저택에서 나가는 이상, 히데타다를 히데요시에게 안 보낼 수도 없는 노릇이었다.

'그때는 대체 뭐라고 말해야 할까?'

히데타다마저 위험을 느낀 나머지 난을 피해 후시미로 왔다면 히데요시 쪽에서는 이거야말로 간파쿠가 반역한 증거라고 내세울 게 분명했다. 그렇게 되면 히데타다는 직접 고발한 장본인이 되어 일부러 이 사건의 도화선에 불을 붙인 결과도 될 것이다.

그러나 일단 입 밖에 낸 일은 이미 실행하는 수밖에 없었다. 도시카쓰는 도노모노스케를 배웅하고 나서 곧 고노미를 불렀다.

고노미는 그 뒤로 시동들 속에 끼어 히데타다의 신변을 충실히 보살펴주고 있었다. 히데타다는 가까이하면 할수록 근엄하고 원숙한 성자 같은 인품을 지니고 있었다. 소심한지 대담한지조차 측근에게 드러내지 않았다. 어쩌면 자신을 완전히 죽이고 이에야스의 뜻에 따라 살려고 한결같이 노력해 온 결과인지도 모른다.

도시카쓰가 말했다.

"고노미 님, 주군의 예측대로 되었소. 대궐에 헌금한 것도 모르고 있었는데 벌써 사흘 전 일이라는군. 아마 자야는 그것을 탐지하고 있었더라도 알릴 수 없었을 거요."

그러나 고노미는 특별히 놀라는 기색이 없었다.

"그럼, 드디어 히데타다 님을 후시미로 보내시는 겁니까?"

"바로 그 일인데, 한 가지 문제점이 있소. 그대는 지혜로운 사람이니 좋은 생각이라도 있으면 들려주시오."

도시카쓰는 신중하게 목소리를 낮추며 다가앉았다.

"간파쿠 쪽에서는 조정의 중재로 머지않아 다이코를 만난다, 만나기만 하면 두 사람 사이에 화해가 이루어질 거라고 믿고 있는 모양이오. 그런데 히데타다 님을 피신시키게 되면 히데타다 님이 불을 붙이는 게 되지 않을까?"

고노미는 졸리는 표정으로 대수롭지 않게 대답했다.

"그렇게 되더라도 할 수 없지 않습니까……?"

"뭐라구! 불붙이는 역할을 하게 되어도 무방하단 말이오?"

"아닙니다, 그것을 피하는 수단은 따로……."

"있다면 안심이오. 그대라면 뭐라고 하며 다이코 앞에 나아가겠소?"

고노미는 미소 지은 채 거침없이 대답했다.

"그 일 같으면 제 생각보다도 본인인 히데타다 님 의견을 묻는 게 순서가 아닐까 합니다만."

"과연, 남의 지혜로는 안 된다는 말이지. 옳지, 그러면 우선 히데타다 님의 생각을."

도시카쓰는 허둥지둥 일어나 직접 히데타다를 부르러 나갔다.

그동안 고노미는 왠지 야릇하게 즐거웠다. 이로써 지금까지 정체를 알 길 없었던 히데타다의 본성을 알 수 있다……똑똑한지 미련한지…… 그만큼 히데타다의 성격은 고노미도 파악할 수 없는 수수께끼를 지니고 있었다.

히데타다가 온 것은 그로부터 얼마 지나지 않아서였다. 땀이 밴 홑옷을 갈아입고 흰 부채를 손에 들고 있었다. 그것을 단정히 무릎에 세우고 또렷한 목소리로 도시카쓰에게 되물었다.

"그러면 다이코의 다회에 초대받았기 때문에 간파쿠에게 못간다고 했단 말이지."

"예, 그렇게밖에 달리 거절할 구실이 없었습니다."

"그렇다면 곧 후시미로 떠날 테니 시종들에게 준비시켜라."

"그건 알겠습니다만, 후시미에 가셔서 다이코 전하께 오늘 일을 뭐라고 말씀드리실 겁니까?"

고노미는 히데타다의 입 언저리로 눈을 돌렸다. 히데타다의 표정에는 아무 변화도 없다.

"뭐라고 말하다니 그게 무슨 말인가, 도시카쓰."

"그럼, 진상을 그대로 말씀드릴 생각이십니까?"

"그래, 있는 그대로."

"그러나 그렇게 되면 작은주군께서는 간파쿠의 비행을 고발하러 가는 게 됩니다……."

"그렇지 않아."

"그러시다면?"

"그대가 이 히데타다를 간파쿠에게 접근시키지 않으려고 초대를 거절했다, 거절한 이상 가신의 체면을 세워주지 않으면 안 된다고 생각하여 문안드리러 왔습니다, 주라쿠 저택 안은 무사평온합니다, 차 한잔 주시면 감사히 마시고 가겠습니다……라고 말씀드릴 거다. 그게 사실이니까."

도시카쓰는 깜짝 놀란 듯 고노미를 보며 고개를 끄덕였다. 고노미는 미소 지었다. 아마 그 이상의 지혜는 없을 거라고 그녀도 생각했다.

"과연 손들었습니다. 거짓말한 것은 이 도시카쓰인데 작은주군께서 그런 저의 체면을 세워주시겠다니……황송합니다."

"그럼, 서둘러 준비를."

이렇게 해서 도시카쓰의 걱정은 단번에 해소되었다. 일부러 가마 두 채를 준비시켜 하나는 히데타다, 또 하나는 고노미가 타고 도시카쓰는 걸어서 20명이 넘는 시종들과 함께 가마를 따랐다. 때가 때인 만큼 말을 타고 간다면 경비병을 자극할 우려가 있을 거라는 젊은 히데타다의 지시에서였다.

7월 햇살은 따가웠다. 후시미에 도착했을 때 고노미와 도시카쓰는 등이 젖을 정도로 땀을 흘렸으나, 성문 앞에서 가마를 내린 히데타다는 땀 한 방울 흘리지 않고 있었다. 평소부터 그러한 점까지 마음 쓰는 빈틈없는 성격이 그의 행동에 일관되어 있었다.

뜻하지 않은 히데타다의 방문에 무엇보다 놀란 것은 나쓰카였다. 그는 허둥지둥 다이코에게 안내하면서도 몇 번이나 살피듯 도시카쓰에게 속삭였다.

"무슨 중대한 일이……."

그들 쪽에서는 간파쿠 이상으로 사태가 절박해지기를 기대하고 있는지도 모른다.

히데요시는 장지문도 나무향기도 새로운 새 서원에서 히데요리를 무릎에 올려놓고 있었다.

"오, 잘 왔다. 간파쿠가 보고도 용케 놓쳤군. 자, 이리 가까이."

큰 소리로 말하는 히데요시의 얼굴은 온통 웃음으로 주름이 가득했다.

히데타다는 여기서도 단정하게 절하고 나서 도시카쓰와 맞추어둔 인사말을 한 마디도 틀리지 않게 말했다.

"뭐라고, 주라쿠 저택 안은 아무 일 없이 평온하다고?"

"예, 간파쿠가 바둑두자고 초대하실 정도니까요."

"핫핫하, 역시 젊구나. 평온하기는커녕 그대는 하마터면 볼모로 끌려갈 뻔한 거야."

히데타다는 숨죽이며 히데요시를 올려다보았다.

히데요시의 의심은 확고한 것 같았다.

"히데타다, 나는 간파쿠와 각별히 친했던 자들에게 모두 사자를 보내 야단치고 있는 중이야. 나카무라며 다나카란 놈들은 무엇을 보는지 감독관 신분으로 그놈의 반역도 모르고 있었다니 어처구니없는 태만이다. 영주들도 그렇지. 호소카와 다다오키까지 간파쿠에게서 뇌물을 받고 있다더군. 아사노 유키나가, 다테 마사무네, 모가미 요시미쓰도 수상해…… 그런데 내가 아무것도 모르는 줄 알고 뻔한 거짓말로 서약서를 보내온다…… 그러나 히데타다는 다행이야. 히데타다는 젊어서 몰랐겠지만 도시카쓰는 알고 있었어…… 안 그런가, 도시카쓰, 그렇지?"

"……예, 그러나 그것은 어디까지나 히데타다 님께서 잘 헤아리시고."

"좋아 좋아, 군신이 서로 위하는 모습은 보는 사람의 기분도 좋게 하는 법이지. 우라쿠에게 차를 끓이도록 해서 대접하겠다. 참 그렇군, 요도 마님도 불러라. 히로이 님을 안아주라고 말이다."

히데요시는 말하고 나서 비로소 고노미가 온 것을 발견한 듯 말했다.

"그대도 수고가 많다. 어떤가, 히데타다에게 예쁜 시녀라도 생겼나?"

"네, 그런데 히데타다 님은 너무나 견실하셔서."

"그게 좋지 않은 거야. 젊은 사람을 그냥 내버려두는 건 좋지 않지. 하기야 간파쿠처럼 닥치는 대로 손대는 건 곤란하지만…… 워낙 짐승 같은 놈이라서."

히데쓰구에게 말이 미치자 히데요시의 얼굴 가득 증오가 떠올랐다.

히데타다는 조용히 그것을 확인했다.

'그래, 일이 이쯤 되었으니 이미 수습할 수 있는 단계는 지났어…….'

"그래, 마침 좋은 기회다. 앞으로 당분간 그대가 후시미에 있어줘야겠어. 그동안 간파쿠에 대한 문제도 해결날 테니까."

그사이에 시녀가 일어나 자차히메를 부르러 나갔다.

이야기 도중에 갑자기 히데요시가 히데요리를 높이 쳐들고 외쳤다.

"아……쌌다, 쌌어!"

옷자락에서 수놓은 히데요시의 아름다운 비단보료 위로 오줌이 뚝뚝 떨어지고 있었다.

"빨리 자차를 불러라…… 오히로이 님이 오줌을 쌌다, 오줌을!"

유모가 얼른 히데요시의 손에서 히데요리를 받자, 히데요시는 오줌을 손으로 대충 털어버리고 그대로 태연히 팔걸이에 상반신을 기댔다. 사랑하는 아들의 오줌은 조금도 불결하다는 생각이 안 드는 모양이었다. 그러고 보니 처음에 '오' 자를 붙이지 마라, 님이라고 부를 필요도 없다고 엄하게 명령했던 히데요시 자신이 어느 틈엔가 오히로이 님이니 도련님이니 하고 부르면서도 부자연스럽게 느끼지 않고 있었다. 그 이름이 달라지는 것과 함께 히데요시의 마음도 크게 변한 것이리라.

거기에 자차히메가 한 여인을 데리고 나타났다. 눈썹을 민 자리에서 다시 돋아나는 것이 느껴지고, 이도 한 번 물들였었던 것처럼 보이는 여인이었다.

"어머나, 히데타다 님, 잘 오셨어요."

자차히메는 그렇게 말하고 옆의 여인을 돌아보며 히데요시와 얼굴을 마주 쳐다보았다.

히데요시는 흐흐흐 웃었다.

"히데타다, 이 사람은 오히로이의 이모다, 서로 알아두도록."

히데타다는 그 말에 아무 반응을 보이지 않았다. 상대 여인도 역시 히데타다를 무시하는 태도로 잠시 눈인사만 한 채 자리에 앉았다. 말할 것도 없이 이 여인이 구조 미치후사의 죽음으로 히데요시에게 돌아와 있는 옛날의 다쓰히메임에 틀림없었다.

도시카쓰로서는 이 자리에서 히데타다의 혼사 이야기를 듣게 되는 것이 참으로 뜻밖이었다. 그런 만큼 히데타다와 고노미 이상으로 긴장해 움직이지 않으려고 해도 자꾸만 눈이 그곳으로 갔다.

히데요시는 다시 한번 자차히메와 얼굴을 마주보고 서로 웃었다. 속으로는 히데쓰구의 처벌에 관한 일에 이것저것 마음 쓰고 있을 것이다. 그러면서도 자차히메 앞에서는 그런 근심을 나타내지 않으려 애쓰고 있었다. 히데요리를 낳았다는 사실이 자차히메의 지위와 히데요시의 마음을 크게 바꾸어버린 것이다.

"그렇지, 자차……?"

히데요시는 유모의 손에서 히데요리를 받는 자차히메에게 저어하듯 말을 붙였다.

"사람의 일생에는 좋지 않은 일만 일어나는 게 아니다. 간파쿠의 처벌을 얼른 끝내고 그다음에는 히데타다의 혼례에 관해 이야기하자."

"정말 그렇게 되면 모두들 마음이 후련해지겠지요."

"글쎄, 그놈만은 내가 잘못 보았어. 그러나 이미 결정하고 나니 마음이 가볍다. 그렇지, 도시카쓰……."

"……예, 그런데 이미 결정하셨다는 말씀은……?"

"그건 묻지 마라. 간파쿠의 일은 나중에 자연히 알게 돼. 그보다도 다이나곤으로부터 그대도 뭔가 들은 말이 있겠지?"

"예……?"

"히데쓰구의 색싯감 말이야. 오늘은 그 연습이다. 다쓰히메, 이분이 도쿠가와 가문의 히데타다다. 어떤가, 미남이지?"

상대는 히데타다를 쳐다보려고도 하지 않았다.

"예."

대답만 하고 히데요리를 들여다보고 있다. 어쩌면 구조 집안에 두고 온 어린 자식을 생각하는지도 모른다.

그때 우라쿠가 들어와 스케자에몬이 루손에서 가져왔다는 항아리를 꺼내놓아 그나마 어색한 분위기가 얼마쯤 무마되었다.

히데요시도 뭔가 재미있는 이야기를 하려고 해도 잘 되지 않아 우물쭈물하고 있었다. 항아리 이야기며 루손에 대한 이야기 사이에 히데쓰구에 대한 말이 몇 번인가 나왔다.

고노미는 그러한 히데요시의 태도와 이야기의 단편에서, 이미 미쓰나리 이하 여러 사람들이 히데쓰구를 체포하러 간 것이 아닌가 하고 생각했다. 그렇다면 히데타다는 당분간 후시미의 도쿠가와 저택에 머물러야 할 것이고, 그것을 도시카쓰를 통해 히데요시에게 분명히 알려줘야 한다고 생각했다.

우라쿠가 내놓은 맑은 차를 모두들 마신 다음 고노미는 도시카쓰를 보고 말을 꺼냈다.

"그럼, 히데타다 님은 당분간 후시미에 머무르시기로 하고 오늘은 일단 물러나는 것이……."

그동안 자차히메의 동생만은 처음부터 끝까지 감정을 드러내지 않고 무표정하게 앉아 있었다. 아직 혼담 같은 것을 생각할 심정이 아닌 모양이다. 아니, 그녀 이상으로 히데요시도 마음의 초점이 흔들리는 것 같았다.

"잘 생각했다. 그럼, 그렇게 해라. 간파쿠 문제가 해결될 때까지."

히데요시는 말을 마치자 다시 성급히 히데요리를 받아 안았다. 지금의 히데요시에게는 오직 히데요리만이 마음의 위안이 되는 모양이었다. 히데타다 일행이 히데요시 앞을 물러나온 지 한 시간도 안 되었을 때 자야 시로지로가 후시미의 도쿠가와 저택으로 달려왔다.

자야는 히데타다의 얼굴을 보자마자 누구에게랄 것도 없이 말했다.

"정말 잘 탈출하셨습니다. 간파쿠의 처형이 결정된 모양입니다."

히데타다는 고개를 끄덕였을 뿐이었으나 도시카쓰는 몸을 앞으로 내밀었다.

"그걸 어떻게 알았습니까?"

"예, 에치모지 님에게서 들었습니다."

에치모지 님이란 호소카와 다다오키를 가리키는 것이었다.

"그래요. 그럼, 다다오키 님도 간파쿠에게 빌린 돈을 갚으셨겠군요."

"예, 은밀히 명하신 대로 황금 200냥을 제가 마련해 드려……."

"그것참, 잘됐군. 그 대가……라고 하면 우습지만……."

"예, 난데없는 의심을 받아 큰 곤욕을 당할 뻔했다고 매우 기뻐하시며, 해명도 할 겸 미쓰나리 님을 방문했다가 사정을 모두 듣고 오신 모양입니다."

"역시 할복이겠군요?"

"예, 오는 8일 간파쿠님이 직접 후시미에 오신답니다."

"흠, 역시 자신이 직접 해명하면 알아주실 거라……고 생각해서 하는 일이겠지."

"그런데 이미 다이코 전하는 면회를 하지 않기로 결정했답니다. 그대로 체포해 고야산으로 보내고……그동안 자녀들을 비롯하여 처첩에 이르기까지 모조리 붙잡아 도쿠나가 도시마사(德永壽昌) 님 저택에 감금하려는 생각이신가 봅니다."

단숨에 말을 끝내고 자야는 다시 생각난 듯 몸서리쳤다.

"참으로 아슬아슬하게 위기를 벗어나셨습니다. 만일 히데타다 님이 어제 초대에 응해 간파쿠와 함께 계셨더라면 무슨 밀담을 했느냐고 일단 후시미로 끌려와 심문받을 뻔했습니다."

"뭐라구? 히데타다 님도 체포해서……."

"예, 이미 간파쿠가 무슨 말로 해명해도 후시미에서는 들어주지 않습니다. 그러므로 밀담하다니 괘씸한 일이라고, 아마 미쓰나리 님이 파놓은 함정인지도 모릅니다. 교묘하게 탈출하셔서 의심의 뿌리를 뽑으셨으니……정말 위기일발이었다고 에치모지 님도 말씀하시더군요."

도이 도시카쓰는 지그시 허공을 노려본 채 한동안 눈도 깜박이지 않았다.

'그래, 조심해야 할 상대는 간파쿠뿐이 아니었어.'

"그러면 주라쿠 저택 안에도 미쓰나리 일파의 첩자들이 많이 있다……는 말씀이십니까?"

"그렇지요…… 그러므로 이미 간파쿠는 꼼짝달싹 못하게 되었다고 에치모지 님도……."

"기막힌 일이로군! 그토록 혈육이 미울 수 있을까요?"

그러나 히데타다는 눈을 스르르 감고 단정하게 앉은 채 대답이 없었다. 도시카쓰도 이해할 수 없는 인간심리의 깊은 단면이 아직 젊은 히데타다에게 이해될 리 없었다. 히데타다는 히데요시가 가엾은 생각이 들었다. 모든 게 히데요리라는 사랑스러운 존재의 탄생을 미끼로 인정의 미묘함을 이용당하고, 그것을 방패로 삼는 측근들 때문에 자신의 의지를 관철할 수 없게 되었다……는 생각이 자꾸만 드는 것이었다.

자야가 제공한 정보는 정확했다. 후시미 저택에 머무르며 숨죽이고 형세를 지켜보는 히데타다에게 전갈이 와닿았다.

"간파쿠 히데쓰구, 주라쿠 저택을 출발하여 후시미로 향했음."

후시미성과 그 주위에서 그때 5000명 넘는 군사가 히데쓰구의 진로를 향해 출동하고 있었다. 히데쓰구는 가마 하나만 준비하여 몇 안 되는 군사들만 따르고 있었다. 시동 후와 반사쿠, 야마모토 도노모노스케, 야마다 산주로, 사이가 아코 등과 그 밖에 류사이도(隆西堂)라는 말 잘하는 학자가 뒤따랐을 뿐 중신들 얼굴은 하나도 보이지 않는다는 첩자의 보고였다.

그리고 그 전날 밤의 중신회의 내용이 뒤따라 보고되었다. 이치노미다이의 시녀로 들여넣었던 어느 공경의 하녀가 간파쿠의 출발과 동시에 해제된 경비망을 뚫고 재빨리 자야에게 알려온 것이다. 그것에 의하면 전날 밤 중신회의에 참석한 자는 구마가이 다이젠, 기무라 히타치노스케, 사사베 아와지노카미, 시라이 빈고노카미와 아와 모쿠노카미 5명이었던 모양이다.

구마가이 다이젠은 말했다.

"지금 후시미성으로 변명하러 가는 것은 어리석기 짝이 없는 일입니다. 또한 이 주라쿠 저택에서 농성한다는 건 당치도 않은 일이니 당장 이 밤 안으로 사카모토까지 피하셔서, 오다케(大岳)를 본성으로 하여 군사를 일으켜, 참언한 자의 규명을 요구하십시오. 이시다 미쓰나리가 우리 주군을 몰아내고 히데요리를 옹립한다는 명분을 내세워 다이코가 사망한 뒤의 천하를 노리는 것은 이미 명백한 사실입니다. 그러므로 지금은 우선 군사 준비 없이는 교섭할 수 없습니다. 그리고 일이 실패로 끝났을 때는 모두 당당하게 싸우다 죽으면 됩니다. 이 거병은 이시다 미쓰나리의 야망과 부정을 천하에 알리기 위해 반드시 해야 할 의거라고 생각합니다."

시라이는 군사를 일으키자는 그 생각을 비판하며 꾸짖고 온건한 의견을 내놓은 모양이다.

"우리 셋 가운데 우선 한 사람을 후시미로 보내 직접 다이코와 무릎을 맞대고 사정해 본 뒤 만일 그대로 못 돌아오게 되면 그때야말로 최후의 결심을."

기무라 히타치노스케는 구마가이보다 더 과격한 주전론을 펼쳤다 한다.

"주군께서 몸소 후시미에 가신다 해도 죄를 사해 줄 다이코가 아닙니다. 그러므로 오늘 밤 안으로 군사를 일으켜 단번에 후시미성을 공격해야 합니다. 그러면 어쩌면 이길지도 모릅니다…… 아니, 그것이 안된다면 오늘 밤 안으로 교토를 불태우고 이 성으로 천황을 모셔 싸우게 되면……다이코도 함부로 천황에게 활을 쏘지 못할 테지요. 그런 다음 구마가이 님 말씀대로 교섭해야 대등한 교섭이 성립될 것입니다."

그러나 히데쓰구는 사람이 달라진 것 같은 부드러운 태도로 그들의 말을 받아들이지 않았다고 한다. 자기가 스스로 후시미로 가서 해명을 하겠다는 것이었다. 그 말에는 아와 한 사람만 눈물지으며 찬성했다.

따라서 시동들만 거느리고 주라쿠 저택을 나온 히데쓰구의 마음은 아직 숙부 다이코를 믿고 의지하는 마음으로 큰 기대를 품고 있었다……

'그런데 후시미 쪽에서는 그를 체포하는 절차만 남겨두고 있으니…….'

그런 생각을 하면 젊은 히데타다는 인간세상에 얽힌 증오의 불가사의함에 그저 어리둥절해질 뿐이었다.

"간파쿠가 후시미성 입구에서 체포되었습니다."

뜰에 뛰어든 히데타다의 시동 나가사카 고주로(長坂小十郎)가 얼굴빛이 달라져 한쪽 무릎을 꿇었을 때, 히데타다의 눈썹이 바르르 떨렸다.

"체포한 것은 누구의 부하냐?"

"예, 마시타 나가모리 본인입니다."

"갑자기 간파쿠의 가마를 에워쌌는가?"

"예, 그렇습니다. 갑자기 여럿이 우르르 가마 앞을 막아서 어명이라고 외치면서 가마를 세웠습니다."

"이상한 일이로군. 아직 칙허도 안 내렸는데 간파쿠에게 다이코의 명을 어명이라고 하다니……."

히데타다는 거기까지 말하고 더 이상 물어보지 않았다.

도시카쓰는 마루 끝까지 몸을 내밀고 물었다.

"보고 온 대로 말해 봐라. 그때 간파쿠는 어떻게 했느냐?"

"나는 양부 다이코에게 두 마음이 없음을 말하러 가는 길이니 그대들이 나설 일이 아니다. 가마를 호위하여 성안까지 안내하라고 하셨습니다."

"마시타는 뭐라고 했느냐?"

"바로 다이코의 명령이니 삼가 받들라고 기세등등하게 소리쳤습니다."

"역시 순서도 위계도 없군. 그래서 간파쿠는 순순히 체포되셨단 말이냐?"

"예, 그리고 다이코의 명령이라는 것도 전달됐습니다. 이미 면회도 안 된다, 이 대로 고야산에 가서 근신하라……고."

"들으셨습니까, 주군?"

도시카쓰가 기막힌 듯 고개를 저으며 히데타다에게 말을 건넸고, 나가사카 고주로는 흥분한 모습으로 다시 말을 이었다.

"그러고 나서 나가모리 님은 비로소 말투를 바꾸어, 이것은 마시타 나가모리 개인의 의견입니다만 순순히 고야산에 가셔서 그곳에서 사정을 잘 말씀드리도록 하시고 오늘은 이대로 명령에 복종하시는 게 좋으리라 생각된다고……."

"그렇지, 고야산에 감금해 놓으면 이미 누구의 손도 미치지 않게 되지. 과연 꼼짝달싹할 수 없는 함정이로구나."

도시카쓰가 탄식을 섞어 중얼거렸을 때 히데타다가 다시 무거운 목소리로 마지막 질문을 했다.

"그래서 따라온 시동들은 주군을 위하여 아무도 저항 한 번 하지 않은 채 체포됐단 말이냐?"

"예, 뱀 앞의 개구리 같았습니다. 아무튼 길목마다 양쪽에 빽빽하게 후시미군이 있었으니……어쩔 수 없이 큰 칼을 맡기고 야마토 길로 방향을 바꾸었습니다."

히데타다는 무슨 생각을 하는지 음 하는 신음소리를 내고는 다시 입을 다물었다. 아마 히데타다의 생각으로는 거기서 시동들이 싸워 주라쿠 저택으로 돌아가는 길을 트든가 아니면 히데쓰구에게 권해 할복시키지 않았던 게 안타까웠는지도 모른다.

"가는 도중에 사람들 소문을 들으니 나라(奈良)에 도착하기 전에 간파쿠는 상투를 잘리고 출가하게 될 것이다, 이로써 도요토미 가문은 히로이 님 것으로 확실히 결정되었다, 아무튼 경사스러운 일이라고 말들을 주고받고 있었습니다."

"됐다, 알았으니 물러가 쉬어라."

도시카쓰가 말했을 때, 오늘도 직접 분주히 돌아다닌 자야가 고노미의 안내를 받으며 복도로 들어왔다.

"주라쿠 저택은 헐어버리기로 결정되었습니다…… 전번에 말씀드린 대로 자녀들을 비롯해 부인과 측실들은 이미 주라쿠 저택에 아무도 없습니다."

"역시 자녀들과 부인들도 체포되었다는 말입니까?"

도시카쓰는 자신의 목소리에 스스로 놀랐다.

그렇기로서니 다이코 쪽에서 이토록 빨리 손쓰다니. 아니, 손쉽게 일이 진행되도록 만든 건 다이코가 아닐 것이다. 다이코의 승낙이 떨어지자마자 질풍 같은 속도로 전략을 지휘한 이시다 미쓰나리임이 틀림없다. 미쓰나리의 눈으로 본다면, 혈육의 정에 의지하며 주색으로 고뇌를 달래려 하는 히데쓰구 따위는 어리석기 짝이 없는 허점투성이 인간으로 보였을 것이다.

자야는 이마의 땀을 닦으면서 말했다.

"저도 이번만큼은 어지간히 놀랐습니다. 오사카에 계신 기타노만도코로님도 간파쿠의 어머니도, 간파쿠는 쫓겨나도 센치요 님에게 그대로 기요스 가문을 계승시킬 거라고 굳게 믿고 계셨습니다만."

"다이코 전하는 기타노만도코로와 혈육인 누님까지도 속이셨군요."

"아닙니다. 저는 그렇게 생각하지 않습니다. 다이코 전하는 그럴 생각이 없었지만 측근에서 그것을 허용하지 않았을 겁니다."

"뭐라고, 측근에서 다이코를 허용하지 않았을 거라고? 일본을 마음대로 쥐고 흔드는 다이코를?"

자야는 도시카쓰와 히데타다를 번갈아 보면서 말을 이었다.

"그렇습니다…… 무서운 일입니다. 정말 이번에야말로 이 자야, 가문의 상속다툼이 얼마나 무서운지 뼈저리게 느꼈습니다. 천하의 일은 몰라도 상속다툼에는 다이코 같은 분도 완전히 귀머거리가 되더군요."

"음, 그런 것일까?"

"예, 히데타다 님도 깊이 명심하시는 게 좋을 것 같습니다…… 이미 가신들 목소리는 요도 마님과 미쓰나리 님 두 분의 벽에 가로막혀 다이코의 귀에 전혀 들어가지 않고 있는 모양입니다…… 기타노만도코로님 말씀이며 간파쿠를 낳으신 혈육인 누님 말씀마저……."

도이 도시카쓰는 자야의 말을 히데타다가 어떻게 받아들일까 하고 지그시 옆에 앉아 지켜보고 있었다. 히데타다는 여전히 자세를 반듯이 한 채 수긍도 하지 않고 가로막지도 않았다.

"한쪽은 눈에 넣어도 아프지 않은 히로이 님의 생모, 또 한쪽은 마음속까지 들여다보는 재주를 가진 총신……어느 쪽이나 인간으로서는 뛰어난 소중한 분들이니……그런 두 사람을 가까이 두셨다는 사실이, 이 소동을 도저히 걷잡을 수 없는 데까지 몰고 간 게 아닌가 합니다. 아마 이것이 다이코 전하 생애에 가장 큰 장애가 될 것입니다."

도이 도시카쓰는 자야의 말을 보충해 줄 셈으로 입을 열었다.

"그렇다 해서……체포되었다고는 하지만 큰따님이 6살인가 7살, 센치요 님이 5살, 모모마루(百丸) 님은 4살, 오주마루(於十丸) 님은 3살, 쓰치마루(土丸) 님은 젖먹이……나머지는 아무 죄 없는 여인들이오. 일단 보호한 다음 사건이 일단락된 뒤 상속을 허락하지 않을까 싶은데요?"

"아닙니다, 그런 일은 없을 것입니다."

자야는 보기 드물게 딱 잘라 말하고 한숨을 쉬었다.

"그럴 작정이시라면 이렇듯 서둘러 체포할 필요가 없지요. 간파쿠가 출발하자마자 모두 체포하고 주라쿠 저택의 파괴를 발표하는……그사이에 한 치의 빈틈도 없었습니다."

도시카쓰는 다시 흘끗 히데타다를 쳐다보며 말했다.

"한 치의 빈틈도 없다는 건 누군가의 음모인 증거라는 말씀이겠지요."

도시카쓰도 자야와 마찬가지로 이 사건을 살아 있는 교훈으로서 히데타다에게 똑똑히 보여줄 생각인 모양이다.

"그렇습니다. 그러기에 반드시 뜻하지 않은 죄인이 생길 것입니다."

"뜻하지 않은 죄인이라니……?"

"다이코 전하는 간파쿠의 가족까지 처형할 생각은 없습니다. 그런데 누군가가 마음대로 체포했다면 반드시 큰 이유가 있어야 합니다."

히데타다의 어깨가 꿈틀 움직였다. 자야가 무슨 말을 하려는지 알아차리고 놀란 게 분명했다.

도시카쓰는 선뜻 고개를 크게 끄덕였다.

"과연 자야 님 말이 맞습니다. 이 사건에 관한 한 다이코 전하는 이미 아무 말도 들을 수 없는 뒷자리로 밀려나 계십니다…… 그렇다면 그자가 말하는 체포 이유를 그대로 믿으실 것 아닙니까?"

"그렇지요."

"그러면 그 이유는 어떤 성질의 일로 조작될 것인지? 그렇지, 이것은 히데타다 님도 유의하셔야 될 일입니다."

"……"

"이를테면 간파쿠의 자녀들이 다이코 전하를 저주하고 있다…… 아니, 그런 것으로는 이유가 안 되겠지. 중신들 중에 이 자녀들을 데려다 복수를 꾀하려는 자가 있다, 또는 자녀들 모두 히로이 님을 미워하고 있다든지…… 그렇다면 자녀들만 체포해야 되는데, 자녀뿐 아니라 30여 명의 처첩들까지 모조리 붙잡았다…… 면 일이 복잡하게 되어가는군요, 자야 님……."

"……예, 그렇기 때문에 아마 뜻하지 않은……세상 사람들이 깜짝 놀랄 만한 죄인이 생기는 게 아닐지요."

"그렇군, 그래. 이거 재미있겠는걸…… 아니, 재미라고 하면 어폐가 있지만 처첩들까지 모두 체포하는 데 무엇을 구실로 삼을지 그것이 큰 과제가 됩니다. 히데타다 님!"

도시카쓰는 생각난 듯 무릎을 치며 히데타다를 향해 고쳐앉았다.

"모두들 그 이유를 맞혀보면 어떨까요? 누구 예상이 적중할지. 이건 세상을 알고 가문의 분규를 가리는 데 더없이 좋은 내기가 아니겠습니까?"

거기까지 말하자 히데타다는 무서운 눈빛으로 도시카쓰를 노려보았다.

"삼가게, 도시카쓰!"

"예······?"

"이번 일은 적어도 천하의 큰 소란이다. 아니, 도요토미 가문의 내분이라고 해도 좋아. 그렇게 여러 사람들을 불행과 비탄에 빠뜨린 사건을 심심풀이 내깃거리로 삼아도 된다고 생각하나? 그것이 무장된 자의 마음가짐인가? 나를 생각하는 건 좋으나 그렇게까지 말하는 것은 용서할 수 없는 경솔한 언동이야. 앞으로 삼가라!"

"예!"

도시카쓰는 황급히 두 손을 짚고 머리를 조아리면서 살짝 자야를 쳐다보았다. 자야도 함께 꿇어 엎드리고 있었다. 그리고 두 사람의 시선이 마주쳤을 때 서로 약속한 듯 다시 한번 예! 하고 대답하면서 미소를 감추고 절을 올렸다.

히데타다는 이미 조용한 표정으로 다시 돌아가 무언지 골똘히 생각에 잠겨 있었다.

고야산(高野山)에 비 내리다

히데쓰구가 나라(奈良)를 거쳐 고야산 세이간사에 도착한 것은 7월 10일 해 질 무렵이었다. 한여름이었으나 겹겹이 둘러싼 산들이 안개같이 흐르는 실비에 싸여 시야는 뿌옇게 흐려 있었다.

지난번에 다이코와 가마를 타고 나란히 올라왔을 때는 히데쓰구 또한 간파쿠라는 화려하고 영광스러운 지위여서 세이간사 앞에 예복을 차려입고 영접하는 승려들로 가득했는데, 이번에는 모쿠지키 대사마저 마중 나오지 않았고, 절 주위는 수많은 군사들로 완전히 에워싸여 있었다.

히데쓰구는 아무 생각도 할 기력이 없는지 멍하니 가마를 탄 채 지나갔다.

"도착했습니다."

가마문이 열리면서 역시 몹시 초췌한 후와 반사쿠가 말했으나, 히데쓰구는 한동안 움직이려 하지 않았다.

"도착했습니다."

반사쿠는 다시 한번 말하며 히데쓰구의 손을 잡았다. 상투는 나라에서 이미 잘려 짧은 머리가 목덜미에 드리워져 있다. 28살의 나이에서 한꺼번에 10년은 더 늙은 것 같았다.

"아……도착했나."

히데쓰구는 내려서서 비로소 한 마디 중얼거리고는 그대로 안내하는 노승의 뒤를 따라갔다. 눈에 익은 본당 옆 객실을 지나 복도를 따라 깊숙이 들어간 곳에 오른편으로 전각이 펼쳐져 있다.

　전에 한 번 묵은 적 있는 인연 있는 방이었다. 그 건물 주위에도 여기저기 군사들 모습이 보였다.

　히데쓰구는 문득 생각난 듯 노승에게 물었다.

　"저 군사들은?"

　"예, 후쿠시마 마사노리 님 부하들입니다."

　"그래, 마사노리의 부하인가."

　그리고 그대로 털썩 자리에 앉더니 반사쿠를 돌아보았다.

　"술은?"

　"부탁입니다. 여기는 성스러운 곳이니 삼가시기를."

　이번에는 꾸짖듯이 노승에게 말했다.

　"술을 가지고 와!"

　"이곳에는 술이 없습니다. 곧 차를……."

　그렇게 말하고 총총히 물러가더니 곧 덴쇼구로(天正黑)의 큰 찻잔을 받쳐 들고 돌아왔다. 물론 속에 든 것은 술일 것이다. 히데쓰구는 허기진 사람처럼 단숨에 들이켜고 나서 다시 잔을 내밀었다.

　"한 잔 더."

　두 잔째 술이 목을 넘어가자 비로소 눈과 입가에 불그레 생기가 돌았다.

　"반사쿠와 도노모노스케와 산주로, 그리고 아와지와 류사이……뿐인가?"

　"그렇습니다."

　"오붓해서 좋군. 산에서 듣는 빗소리는 각별하구나."

　갑자기 반사쿠가 목놓아 통곡하며 쓰러졌다.

　"드릴 말씀이 없습니다. 제가……공연한 일을 권해드려, 감쪽같이 함정에 빠지고 말았습니다."

　히데쓰구는 가볍게 고개를 저었다.

　"됐다, 그만둬라."

　"그렇지만 다이코 전하께서 이토록 잔인하실 줄은……."

　"그만두라니까!"

　"……예."

"잘 들어. 이제 아무도 군소리하지 마라. 히데쓰구의 마음은 차분히 정리되었어…… 이게 전생의 운명인 게야."

그들은 그대로 입을 다물고 서로 약속한 듯 한동안 빗소리에 귀 기울였다. 빗발이 더 굵어졌는지, 아니면 이 오다와라 계곡의 산기운이 정적을 더욱 북돋는지 빗소리는 그대로 모든 이의 영혼 밑바닥까지 고요를 몰고 왔다.

지난번 산에 올랐을 때는 지금과 전혀 달랐다. 히데쓰구가 있는 이곳은 버드나무 전각이라고 불렸고, 다이코의 방으로 정해진 전각은 칙사문을 들어선 정면에 기와지붕의 화사함을 뽐내고 있었다. 그리고 어느 전각에서나 떠들썩한 웃음소리와 작은 북소리가 새어나왔었다. 다이코는 이 절에서, 신작품 10개 중에서 고야 참배라는 노래를 쓴 족자 한 폭에 금도장을 찍어 하사하고 더없는 좋은 일이라며 탈춤공연도 벌였었다.

그러나 지금 와서 생각하니 모든 일이 히데쓰구를 내쫓기 위한 치밀한 과정의 하나였던 것 같다. 히데쓰구는 물론 그런 의심은 꿈에도 품지 않고 조모 오만도코로의 영전에서 자신의 과오를 사죄하고, 히데요시의 온정에 오로지 감사했다.

'그때는 술도 맛있었지.'

그렇게 생각하자 아직도 히데요시의 참뜻이 어디에 있었는지 갈피를 잡을 수 없었다. 아무리 수단과 방법을 가리지 않는 히데요시라도 어머니의 명복을 빌기 위해 세운 절을 조카 무덤으로 삼으려 생각할 수 있단 말인가?

'역시, 그 뒤에 히데요시의 생각이 변한 게 틀림없어……'

그렇다면 변하게 한 것은 무엇일까? 미쓰나리 무리의 참소일까, 아니면 자신의 소행 때문인가?

그러나 지금에 와서는 어느 쪽이든 이미 허망한 일일 뿐이다. 히데쓰구는 상투를 잘리고 불문곡직 중이 되어 이곳에 갇혀버렸다. 이렇게 된 이상 어떤 변명으로도 히데쓰구의 목숨을 건질 수는 없을 것이다.

여기서는 깨끗이 할복하여 반역이라는 오명을 씻지 않으면 자신의 수치일 뿐 아니라 다이코의 수치도 된다. 히데쓰구는 이미 그 뒷일까지는 생각이 미치지 않았다.

무거운 침묵을 견디지 못하고 나이 많은 류사이도가 입을 열었다.

"말씀드립니다. 모쿠지키 대사를 부르셔서 주군의 뜻을 다이코 전하께 전해주시도록 말씀해 보시면 어떻겠습니까?"

히데쓰구는 그를 흘끗 쳐다보았을 뿐 다시 허공으로 눈을 돌렸다.

모쿠지키 대사에게 두 사람 사이를 중재할 의사가 있다면 벌써 이 자리에 찾아왔어야 할 터인데……아직 얼굴도 안 비치는 것을 보면 대사 또한 모든 중재를 소용없는 일로 보고 있음이 틀림없다.

'만일 그렇다면 나는 어떻게 처신해야 옳을까……?'

해도 소용없는 말을 하면 미욱하다는 비난만 받게 되리라.

'그래. 나 자신이 스스로 할복을 청하는 수밖에 도리 없다……'

"어떻겠습니까? 대사는 우리보다 다이코 전하의 속뜻을 깊이 알고 계실 줄 압니다만……"

그래도 히데쓰구는 대답이 없었다. 잠시 뒤 간소한 밥상이 들어와 히데쓰구 혼자 쓸쓸히 젓가락을 들었을 때 모쿠지키 대사가 나타났다.

이 무렵 고야산의 법무를 맡고 있던 모쿠지키 오고(木食應其)는 진언종(眞言宗) 중흥의 고승인 동시에 호걸이기도 했다. 본디 무사 출신으로 전에는 오치 아와노카미(越智阿波守)를 섬겨 여러 번 무용을 떨쳤던 과거를 가지고 있다. 그러다가 주군 가문의 멸망과 함께 고야산으로 피해 와 그야말로 초근목피로 연명하며 도를 닦기 13년에 이르렀을 때, 히데요시의 고야산 정벌을 맞았다.

그리하여 어쩔 줄 몰라 우왕좌왕하는 승려들과 히데요시 사이를 중재하여 산문을 싸움에서 구하고, 신임을 한몸에 모으는 동시에 히데요시로부터도 깊은 신임을 받아 이 오다와라 계곡에 있는 세이간사를 오만도코로 세이간니(靑巖尼), 곧 오만도로코의 시주절로 재건했다.

따라서 히데요시가 대사에게 히데쓰구를 맡긴 이면의 사정은 히데쓰구 이상으로 대사가 상세히 알고 있을 것이었다.

"이렇듯 버드나무 전각에서 다시 뵙게 되니 참으로 기이한 인연이라고밖에 할 말이 없습니다."

대사는 깡마른 몸집에 감정을 전혀 드러내 보이지 않고 고개를 숙였다.

"아무 대접도 못 해드립니다만 마음 편히 머무르시기 바랍니다."

히데쓰구는 이 말에도 그리 대답이 없었다. 히데요시가 무슨 생각을 하는지는 히데쓰구도 이미 알고 있었다. 그렇다 해도 모쿠지키 오고의 인사는 너무도 냉랭하게 느껴졌다.

그로부터 잠시 동안 대사는 식사가 끝나기를 기다렸다. 노승이 따라주는 더운물을 마시고 나서 비로소 히데쓰구는 입을 열었다.

"맛있게 먹었소. 평생에 다시는 맛볼 수 없을 테지…… 잘 먹었소."

"그 말씀을 들으니 소승도 마음 놓입니다."

"여러모로 폐를 끼치는구려. 그러나 이제는 나도 결심했소."

대사는 입가에 미소를 지으며 말했다.

"소승이 도울 수 있는 일이 있다면 뭐든지 말씀해 주시기 바랍니다."

그 말은 히데쓰구가 자결할 결심임을 알고 마음 놓는 말인 것 같았다.

'오고도 난처하겠지……'

생각하자 히데쓰구는 스스로도 뜻하지 않았던 미소가 입가에 떠올랐다.

"대사, 특별히 스님께 부탁이 있소."

"예, 말씀하십시오."

"히데쓰구는 어리석었소. 이런 곳으로 쫓겨오기 전에 자결했어야만 했소."

"아닙니다. 사람에게는 쉽사리 뜻대로 되지 않는 일이 있는 법입니다."

"히데쓰구에게 모자란 것은 자신을 엄하게 다루지 못한 점이오. 자신에게 엄격하면 자연히 남에게 너그러워지는 법…… 인간으로서 가장 중요한 그 마음가짐이 부족했소."

"황송합니다. 그것이야말로 넘기 힘든 큰 깨달음의 난관이지요."

"나는 오만도코로의 영전에 죄를 지었소. 히데쓰구가 비웃음 받는 것은 히데요시의 수치…… 히데요시가 비웃음 받는 것은 오만도코로의 수치…… 모든 수치는 하나인데, 그것을 깨닫지 못하고 다이코의 수치까지 드러내놓고 말았소. 오만도코로가……오만도코로가……슬퍼하고 계실 것이오."

히데쓰구의 눈에서 눈물이 한꺼번에 쏟아져나왔다. 모쿠지키 대사는 잠자코 히데쓰구의 눈물이 멎기를 기다렸다.

주라쿠 저택에서 후시미로……그리고 후시미에서 고야산으로의 짧은 여행이 간파쿠 히데쓰구에게는 28년 동안 겪은 괴로움보다 더한 깨달음의 여행이 되었던 모양이다. 자신에게 엄격한 것이 남을 용서하는 바탕이 된다니 이 얼마나 큰 발견이란 말인가.

남에게 너그러울 수 있다면 이미 그 사람의 앞길에는 발전만 있고, 반대인 경우에는 끝없는 어둠이 계속된다.

"부처님의 가르침과 구원도 바로 그런 것을 가리킵니다. 자신에게 엄격하고 남에게 너그러운……생활이야말로 풍부한 삶이고, 그것을 모르고 살아가는 것을 가난이라고 합니다. 히데쓰구 공께서는 단번에 풍요로워지셨습니다."

"대사."

"……예."

"나는 지금 오만도코로의 영전에 사죄드리고 싶소."

"고마우신 말씀입니다."

"내가 잘못했소. 나 자신을 꾸짖어야 했는데 다이코만 원망하며 살아왔소. 그 대가가 바로 이거요. 이대로, 내가 모반혐의를 받은 채 죽는다면 다이코에게 씻을 수 없는 오명이 될 것이오. 다이코의 명령을 기다릴 것 없이 자결하겠소."

"자결 말입니까?"

"그러니 스님이 직접 나의 마지막을 있는 그대로 다이코에게 전해 주오."

"그 일이라면 어김없이……."

"히데쓰구는 참으로 어리석었소. 인간으로 중요한 수행이 모자라 어둠 속에서 발버둥 쳐왔소…… 그러나 다이코에 대한 반역 따위는 꿈에도 생각한 적 없었소. 그런 마음은 추호도 없었소. 다만 응석 부렸던 것뿐이오. 미숙한 데다 방자하기까지 했소. 그것을 깨달았기에 자결해 다이코와 오만도코로의 영전에 사죄하겠소…… 그렇게 분명히 전해 주기 바라오."

거기까지 듣자 대사의 얼굴에 미소가 떠올랐다.

"그 뜻은 잘 알겠습니다."

"결코 모반할 마음은 없었다는 것을……."

"그러나 일단 그런 결심을 하셨다면 자결하는 일은 당분간 이 오고에게 맡겨주지 않으시겠습니까?"

"그건 무슨 말이오……?"

"오만도코로님의 시주절을 맡고 있는 몸으로서 소승이 귀공의 생전에 그 뜻을 다이코 전하께 말씀드려 보고자 합니다."

히데쓰구는 놀란 듯 대사를 다시 쳐다보았다.

'그럼, 대사는 아직도 중재할 여지가 있다고 생각하는 것일까?'

히데쓰구는 천천히 고개를 저었다.

"스님의 호의는 고맙소. 그러나 이 히데쓰구는 미숙한 인간이오. 더 이상 어리석은 짓을 거듭하기 싫소. 중재는 자결한 뒤에 해주시오."

대사는 목소리에 힘을 주며 말했다.

"무슨 말씀을. 모처럼 진리를 깨달으신 분이 어찌 그렇듯 소심한 말씀을…… 공에게는 무인으로서의 마음가짐이, 그리고 오고에게는 승려로서의 마음가짐이 있어야 하지 않겠습니까? 그러므로 서로의 처지를 이해해 주어야 합니다. 잠시만이라도…… 그렇지 않소, 여러분?"

좌중의 사람들은 가만히 얼굴을 서로 마주보았다. 그들에게는 히데쓰구의 심경 변화가 아직 충분히 이해되지 않는 모양이었다. 대사는 다시 히데쓰구에게 머리 숙였다.

"가신들이 납득할 때까지만이라도."

결국 히데쓰구는 자결 시기를 모쿠지키 대사에게 맡기기로 했다. 대사는 어떠한 방법으로 히데요시와 교섭할 작정인지는 말하지 않았으나 마음속으로는 성공할 가능성이 있다고 여기는 모양이었다.

대사가 물러가자 그 자리에 다시 차를 가장한 얼마쯤의 술이 나왔고, 저마다의 절박한 운명과 관계되는 말은 되도록 피하면서 잡담을 나누다가 10시가 넘어 잠자리에 들었다.

비는 여전히 그치지 않고 있었다. 히데쓰구는 몇 번이나 몸을 뒤척이면서 모쿠지키 오고의 말을 마음속에 되새겨 보았다. 히데쓰구에게 무사의 마음가짐이 있다면 오고에게도 승려의 마음가짐이 없어서는 안 된다고 했다. 승려의 마음가짐이란 말할 나위 없이 중생의 구제를 가리키는 것이리라.

'그렇다면……대사도 역시 다이코에게 나를 살릴 마음이 있다……고 생각하는 것일까?'

뜻하지 않은 절망의 벼랑 위에 서서 단 한 가닥의 빛을 발견하게 되면 인간은 오히려 당황하는 모양이다. 오늘 밤의 히데쓰구가 그랬다.

잠든 히데쓰구는 조모 오만도코로의 꿈을 꾸었다. 꿈속의 오만도코로는 살아 있었다. 모쿠지키 오고와 나란히 버드나무 전각으로 들어오더니 지금까지 일어난 일은 아무것도 모르는 듯 웃는 얼굴로 창밖을 가리켰다.

"자, 그대를 마중하러 왔다. 빨리 교토로 돌아갈 준비를. 그대는 간파쿠야. 간파쿠에게는 그에 어울리는 신하가 필요하지. 저것 봐라. 절 밖에 그대를 마중 온 가신들이 가득하구나…… 가마를 타겠나, 말을 타겠나?"

"예, 히데쓰구는 아직 젊습니다. 말을 타지요."

"그래, 그게 좋겠어. 그럼, 가신들이 끌고온 말을 불러주마."

히데쓰구는 왠지 참을 수 없도록 눈물이 줄줄 흘렀다. 이처럼 정다운 할머니와 손자 사이에는 기묘한 권모술수며 장황한 해명을 필요로 하는 번거로운 흥정 따위 아무것도 없었다. 다만 혈육의 절절한 사랑과 위로가 있을 뿐이다……라는 생각을 하니 울어도 울어도 눈물이 끝없이 흘러내렸다.

"자, 말이 대령했구나. 가신들이 저렇듯 기뻐하며 그대가 돌아오기를 기다리고 있다. 마당에 나가야지."

그때 히데쓰구는 오다와라 계곡을 뒤덮은 인마 소리를 똑똑히 들었다.

정신이 들고 보니 창밖은 환하게 밝았고, 비는 개었으며, 베개가 축축이 젖어 있었다…… 아니, 그보다도 히데쓰구를 더욱 놀라게 한 것은 꿈속에 본 인마가 정말로 절 주위에 넘치고 있는 것이었다.

"아뿔싸!"

히데쓰구는 벌떡 일어났다. 주라쿠 저택을 나간 채 돌아오지 않는 히데쓰구를 걱정한 중신들이 군사를 끌고 절에 온 게 틀림없다……고 여겼다.

"아무도 없느냐. 덧문을 열어라."

"예."

벌써 일어나 있었던지 후와 반사쿠가 허리 굽히고 옆방에서 달려나왔다.

"주군! 이미 늦었습니다."

비통한 눈빛으로 절하고 그대로 덧문을 열었다. 그러자 젖빛처럼 뿌연 빛과 함께 밖에서 왁자지껄한 소리가 귀청을 때렸다.

히데쓰구는 칼을 고쳐들고 마루로 뛰었다.

'여기서 소란을 일으키면 할머니께 죄송하다.'

후와 반사쿠가 외친 이미 늦었다는 한 마디로 중신들이 벌써 산에 불이라도 지른 게 아닌가 생각했던 것이다. 그러나 정반대였다. 맨 먼저 눈에 들어온 깃발은 히데쓰구의 것도 중신들 것도 아니었다.

"아니, 저건? 후쿠시마 마사노리의 마표!"

히데쓰구는 마루에서 방으로 얼른 돌아왔다.

"반사쿠, 저 군사는 나를 토벌하러 온 부대인가?"

"……예! 이미 늦어버렸습니다."

"음!"

히데쓰구의 눈이 찢어질 듯 크게 열렸다. 아직도 꿈속에서 들었던 할머니의 목소리가 그대로 귀에 남아 있었다.

"그대는 간파쿠다. 간파쿠에게는 그에 어울리는……."

그 얼마나 통렬한 야유를 품은 역몽(逆夢)이었단 말인가? 간파쿠를 치는 데는 그만한 인원이 필요하다고, 혈육인 숙부가 보내준 황천길을 배웅하는 군사일 줄이야…….

"반사쿠, 대사를 불러라."

"예."

반사쿠가 대사의 방을 향해 복도를 뛰어갔을 무렵, 이미 사태를 안 부하들이 구석자리에 앉아 조용히 히데쓰구를 올려다보고 있었다. 히데쓰구는 온몸의 핏줄이 분노를 못이겨 곧 터질 것만 같았다. 28살의 젊음이 또다시 자신을 분별없는 자포자기로 밀어넣으려 하고 있었다. 아찔하게 현기증이 나면서 입은 타들어가고 온몸이 와들와들 떨렸다.

모쿠지키 대사는 방에 없다면서 한 노승을 데리고 반사쿠가 버드나무 전각으로 돌아왔을 때, 분노를 참지 못한 히데쓰구의 손에서 칼이 철컥철컥 소리 내고 있었다.

"우선 고정하시기 바랍니다. 대사가 도착한 군사와 교섭 중이니……."

"무엇이, 교섭 중이라고?"

"예, 다이코 전하는 이러한 대군은 결코 산에 올려보내지 않겠다고 대사에게 굳게 약속하셨다고 합니다."

"노승, 그대는 알고 있겠지. 마사노리가 인솔하고 온 병력은?"

"예, 마사노리 님 군사뿐 아니라 후쿠하라 사마노스케(福原左馬助) 님, 이케다 이요노카미(池田伊予守) 님 등 세 분의 대장이 후시미를 떠났을 때 1만여 기라고……."

"뭐라고? 1만……!"

"예, 아직 총대장 마사노리 님은 도착하지 않았습니다. 길목을 굳히면서 산을 포위하여 올라온다고 하며, 산에 와 있는 병력은 3000인가 4000쯤…… 나머지는 산 밑에 배치되었답니다."

거기까지 듣더니 히데쓰구는 갑자기 칼을 내동댕이치고 웃기 시작했다.

"간파쿠에게는 그에 어울리는 신하가……."

꿈속에서 말한 할머니 목소리와, 저항 같은 건 생각지도 않는 자신 때문에 1만 이상의 군사를 나누어 보낸 숙부의 과장된 공포가 견딜 수 없이 우스꽝스러운 대조를 이루었기 때문이었다.

"왓핫하……우스워 죽겠군. 비로소 다이코의 정체를 알았다. 다이코는 나 하나를 없애는 데 1만여 기의 군사를 출동시킬 만큼 고지식하고 담이 작은 분이었어, 핫핫핫하……."

히데쓰구의 웃음은 그 뒤에도 한참 동안 그치지 않았다. 다이코 역시 히데쓰구가 생각했던 것보다 남에게 훨씬 엄격한 소인배에 지나지 않았다……고 생각하니 자꾸만 웃음이 치밀어올랐다.

"결국 소인배끼리 빚어낸 흔해빠진 분쟁이었어, 핫핫핫핫하……."

웃고 있는 동안 점점 마음이 슬퍼져 이번에는 걷잡을 수 없이 눈물이 쏟아졌다. 부하들은 숙연히 히데쓰구를 올려다보고 있었다.

모쿠지키 대사가 찾아온 것은 히데쓰구의 눈물이 겨우 가라앉은 무렵이었다. 모쿠지키는 눈을 가늘게 뜨고 히데쓰구를 똑바로 쳐다보았다.

"사죄드리러 왔습니다. 한번 자결하기로 결심하신 심정을 어지럽혀드리기만 했습니다."

히데쓰구는 대사가 예상한 것보다 훨씬 밝은 목소리로 고개를 끄덕였다.

"이제 됐소. 대사도 이제 말리지 않겠지?"

"……예."

"그러나 나는 지금 당장 할복하지는 않겠소."

"그러시면?"

"마사노리가 도착해 뭐라고 하는지 들은 다음 천천히 내 생각대로 하겠소."

"소승으로서는 거기까지 간섭할 자격은 없습니다."

"걱정 마시오. 히데쓰구는 마음이 완전히 편해졌소. 다이코를 조금도 두려워하지 않는 사람이 되었소."

"예."

"다이코도 불쌍한 사람이오. 아직도 번뇌에 사로잡혀 괴로운 삶을 허우적거리고 있거든……안 그러냐, 너희들?"

부하들을 돌아보는 히데쓰구의 눈에 희미한 웃음마저 감돌고 있었다.

모쿠지키 대사는 진심으로 안도의 숨을 내쉬었다. 그가 히데요시에게 보낸 사자는 하시모토(橋本) 어귀에서 후쿠하라의 부하들 제지를 받고 그대로 돌아왔다. 다이코에게는 이미 히데쓰구를 살리려는 생각 따위 털끝만큼도 없었다. 아니, 있다 하더라도 이미 통로가 모조리 막혀버린 것이다.

대사는 조용히 물러가 그날 밤에는 특별히 술을 늘려 상을 차려 보냈다.

"간파쿠에게는 저항하실 마음이 조금도 없습니다, 그러니 전각 언저리로 병사들을 보내지 마시기를."

군사를 물리치고 마지막 술자리를 베풀어주고 싶었던 것인데, 나중에 들으니 깨끗이 머리를 깎은 히데쓰구는 그 술에 손도 대지 않았다고 한다……

후쿠시마 마사노리가 도착하여 히데쓰구 앞에 나타난 것은 7월 13일 오후였다. 깨끗이 삭발한 히데쓰구를 보더니 마사노리는 차마 눈시울을 붉히지 않을 수 없었다. 그 역시 마음속으로는 미쓰나리에게 반감을 품고 있었고, 기타노만도코로의 심정도 잘 알고 있었다.

그도 순서가 뒤바뀐 사자임을 느끼는 태도로 히데쓰구의 격노를 경계하면서 필요 이상으로 소리 질렀다.

"어명이오! 대역죄를 꾀하여 그 죄가 괘씸하므로 할복을 명하노라."

그리고 이시다 미쓰나리, 마시타 나가모리, 나쓰카 마사이에 세 사람이 서명한 서한을 히데쓰구에게 엄숙하게 내밀었다.

히데쓰구는 새파랗게 밀어버린 머리를 옆으로 조금 기울이듯 하고 잠시 대답하지 않았다.

"마사노리."

히데쓰구가 말을 걸었을 때, 마사노리는 서한을 말아서 히데쓰구 앞에 놓고 몇 발자국 물러나 무장한 채 걸상 앞에 버티고 서 있었다.

"그대는 이 히데쓰구를 정말로 모반자라고 생각하는가?"

"모릅니다. 마사노리는 다만 사자로 왔을 뿐입니다."

"그래, 모르면서 사자로 왔다?"

"그렇습니다!"

"그럼, 똑똑히 말해 줄 테니 들어라."

"예."

"히데쓰구는 죄가 없다. 반역을 꾀한 일은 추호도 없다."

"……"

"그러나 다이코에게는 효자가 아니었지. 오늘날까지 다이코가 쌓아올린 공을 더럽힐 우려가 있는 부덕한 아들이었어……"

"……예."

"그런 까닭에 당치도 않은 혐의를 받은 나 자신의 어리석음을 부끄럽게 여겨, 사자를 기다리지 않고 자결할 생각이었다."

"……"

"그런데 그대들이 많은 군사를 이끌고 절을 에워쌌다는 말을 들었다. 그렇게 되면 명령을 기다리지 않고 죽을 수 없지 않은가? 어떤가, 알겠나?"

마사노리는 일언지하에 대답했다.

"모르겠습니다! 세상에서는 겁내신 것으로 알겠지요."

이번에는 히데쓰구가 소리쳤다.

"그렇지 않다! 나는 죄가 없어! 나를 참소한 자가 있어 그들이 히데쓰구를 모반자로 만든 거다. 그러므로 명령을 기다리지 않고 자결하면 죄가 있으니 할복해 죽었다는 소문을 퍼뜨리겠지. 그렇게 되면 다이코도 그 말을 믿고 내 가신들을 모두 처형할지 모른다. 그 이치를 정녕 모르겠나?"

그 말에 마사노리는 황급히 눈을 껌벅거렸다.

"옳은 말씀입니다. 모른다고 말씀드린 것은 제 잘못입니다."

"그럴 테지. 마사노리는 부정을 싫어하는 사나이다. 알겠나? 그러므로 히데쓰구는 자결을 잠시 미루고 그대의 도착을 기다렸던 거야."

"잘 알겠습니다."

"알았으면 마음에 잘 새겨두었다가 다이코에게 반드시 전하기 바란다…… 히데쓰구는 기억에도 없는 모반이라는 죄명에는 단연코 복종하지 않는다. 그러나 자신의 부덕함을 부끄럽게 여기고, 불효를 후회하며 자결하겠다."

"예."

"따라서 히데쓰구의 자결이 가신들에게 누를 미쳐서는 안 된다. 가신 가운데 죄 있는 자는 한 사람도 없다. 이 뜻을 다이코에게 꼭 전하도록……."

거기까지 듣자 마사노리는 털썩 소리 나게 그 자리에 주저앉았다. 히데쓰구 이상으로 그도 마음의 격동을 억누를 수 없었던 모양이었다.

그는 앉자마자 두 손을 짚고 울부짖듯 대답했다.

"예!"

그리고 그대로 한동안 얼굴을 못 들고 목놓아 울었다. 히데쓰구는 그 모습을 딴사람이 된 듯 조용한 표정으로 내려다보았다.

히데쓰구 뒤에 나란히 앉아 있던 5명의 부하들 속에서도 약속한 듯 흐느끼는 소리가 들려왔다.

"자, 그러면 내일 하루는 천천히 이 세상에서의 마지막 회포를 풀고, 모레 15일 새벽에 하직하기로 할까. 어떤가, 마사노리?"

히데쓰구는 다시 남의 일처럼 말하고 있었다.

짐승 무덤

히데쓰구의 할복은 7월 15일 오전 10시에 이루어졌다.

입회한 사람은 후쿠시마 마사노리 등 세 사람으로, 모쿠지키 대사가 한 번 더 구명탄원을 요청했으나 모두 동의하지 않았다. 이 결정은 이미 움직일 수 없는 것으로 모두들 굳게 믿고 있었고, 다만 히데쓰구의 할복이 다이코에 대한 불효를 비는 할복이며 모반죄를 긍정하는 뜻이 아니라는 것만은 보고하겠다고 승낙했다.

때는 마침 수많은 혼백들도 저승에서 혈육을 찾는다는 우란분재(盂蘭盆齋)의 날, 히데쓰구는 오히려 황천길을 떠나게 되었다.

야마모토 도노모노스케, 야마다 산주로, 후와 반사쿠 세 시동들은 히데쓰구가 아무리 말려도 순사를 고집하여 마침내 히데쓰구 죽음의 길잡이를 맡게 되었다.

"우리가 죽는 꼴을 똑똑히 보아두어라. 알겠느냐? 내 명복을 빈다면 나를 섬긴 자들의 목숨은 꼭 살려주도록 하여라. 이것만은 부디 그대들에게 부탁한다."

히데쓰구가 말하자 맨 먼저 도노모노스케가 배에 소도를 푹 꽂았다. 그는 이때 19살. 히데쓰구가 하사했던 구니요시(國吉) 소도로 법식대로 훌륭하게 열십자로 배를 가르자마자 오른손으로 창자를 움켜잡고 꺼내려 했다. 역시 마음속의 불만이 젊음과 한 덩어리가 되어 폭발하려 한 것이리라.

순간 히데쓰구의 큰 칼이 번쩍였고 도노모노스케의 목은 그 자신의 무릎 위로 떨어졌다.

다음은 산주로였다. 그는 9치8푼짜리 칼을 공손히 받쳐들고 피 묻은 칼을 움켜잡고 있는 히데쓰구에게 싱긋 웃어보이며 배에 칼을 꽂았다. 그 또한 19살로 도노모노스케 못지않은 경쟁심을 가지고 있었다. 또 분사의 모습을 보이기 전에 히데쓰구는 곧바로 산주로의 목을 쳤다.

세 번째는 반사쿠였다. 17살로 그즈음 일본 으뜸가는 미소년으로 소문난 시동이었다. 따라서 어깨를 벗어부친 새하얀 살결이 성별이 의심스러울 만큼 아름다워 보는 이의 눈길을 돌리게 했다.

"어디까지든 끝까지 모시겠습니다."

반사쿠는 히데쓰구를 올려다보며 역시 하사품인 소도로 왼쪽 가슴을 찌르고 나서도 시선을 돌리려 하지 않았다. 그는 왼쪽 젖가슴에서 오른쪽 허리까지 마치 즐기듯 천천히 칼을 그으며 끝내 고통의 빛을 보이지 않고 조용히 히데쓰구의 칼을 기다렸다.

히데쓰구의 눈에 천성적으로 타고난 분노의 빛이 번뜩인 것은 이때였다.

"가거라, 반사쿠!"

폭 좁은 큰 칼이 세 번째로 내리쳐지자 이번에도 목이 무릎에 떨어졌다. 역시 칼을 잡고 선 맹장 히데쓰구의 숨결은 조금도 흐트러짐을 보이지 않았다. 그러나 총애했던 세 시동의 목을 벤 데 대한 감정의 파동은 역시 컸다. 누구에게인지 모르는 분노가 피를 보고 끓어오르기 시작했다.

"내가 세 시동의 목을 손수 벤 것은 그들이 분사의 모습을 보이지 않도록 하기 위해서였다. 하지만 이제 나도 더 이상 견디지 못할 것 같구나. 아와지! 내 목은 그대가 쳐라."

"옛!"

이대로는 분노가 폭발할 것 같았던 모양이다. 네 번째는 히데쓰구 자신이 손잡이 없이 중간까지 헝겊을 감은 1자3치나 되는 마사무네 소도를 오른손에 잡고 자기 배에 찔러넣었다.

여기저기서 독경소리가 들려왔다…… 어쩌면 한바탕 요란하게 울어대는 매미 소리를 그렇게 들은 건지도 모른다. 다만 말석에 나란히 앉아 있던 승려들은 히데쓰구가 배에 칼을 찔러넣는 동시에 약속한 듯 눈을 감고 염주를 굴리기 시작했다.

'뭐야, 이게 죽음이라는 것인가……'

한시름 놓고 평상에 걸터앉은 것 같은 편안함과, 죽지 않으면 안 되는 애매한 이유가 따끔하게 영혼을 찔렀다.

그다음은 물이 얕은 곳으로 흐르듯 무사의 관습을 행하는 것뿐이었다. 칼을 허리쪽으로 긋는 동안, 문득 자기도 창자를 움켜잡아 굳어버린 듯 나란히 앉아 있는 세 사람의 얼굴을 향해 던지고 싶은 장난기가 치미는 것을 느꼈다.

'창자 벼락을 맞으면 마사노리 놈, 어떤 낯짝을 할까?'

아니다, 그것만은 삼가야 할 일이라고 고쳐 생각하며 오른편 허리뼈에 칼끝이 딱 부딪쳤을 때 손을 들었다. 아와지가 금방 칼을 내리칠 것 같았기 때문이다.

"기다려라! 아직 열십자로 가르지 않았다."

그리고 천천히 칼을 돌려 칼끝이 가슴까지 왔을 때 고개를 끄덕였다.

아와지는 온 얼굴이 땀투성이가 되어 있었다. 어쩌면 눈물이 섞여 있었는지도 모른다. 어딘지 단순하면서도 난폭하고, 그러므로 사람 좋았던 히데쓰구…… 끝내 자신의 삶을 평생 갖지 못한 채 다이코의 꼭두각시로 살아왔던 히데쓰구…….

그 히데쓰구가 제 뜻대로 할 수 있는 것은 할복뿐인지도 몰랐다.

"얏!"

아와지가 큰 칼을 내리쳤다.

'이것으로 모든 게 끝났다……'

히데쓰구의 머리가 떼구르르 굴러떨어졌다.

"용서를!"

아와지는 사이 두지 않고 자기 또한 그 옆에 앉아 웃통을 벗어젖혔다. 가엾은 주군, 어리석은 주군 히데쓰구는 이미 이 세상에 없었다. 그도 역시 여기서 마지막으로 '자기 뜻대로'의 자결을 해 보이고 싶었다.

그는 말했다.

"입회하느라 수고 많았소. 아니지. 인간들은 너나없이 모두 공연한 고생들을 하고 있어."

그것은 그의 온갖 감정과 회포를 담은 야유이며 조소였고 자신에 대한 위로이기도 했다. 그는 큰 칼을 그 자리에 내던지고 1자 3치의 소도를 천천히 빼들었다. 그리고 절구공이로 떡이라도 치는 것처럼 힘껏 두 번 배에 소도를 찔러넣었다. 두 번째는 힘이 넘쳐 칼끝이 5치쯤 등으로 나왔다. 그는 살생을 좋아하는 개구쟁이가 벌레 다리라도 잡아뜯는 듯한 표정으로 등을 뚫고 나간 칼을 다시 한번 잡아뺐다. 그리고 그 칼날을 목 뒤에 대고 두 손으로 잡더니 빙그레 웃었다. 동시에 얏! 하는 나지막한 기합소리가 새나오자 툭 하고 목이 무릎에 떨어졌다.

"앗!"

사람들은 저도 모르게 숨을 삼켰다. 스스로 직접 벤 목이 보란 듯 그 무릎 위에 오도카니 올라앉아 모두를 바라보고 있었다. 이를 목격한 사람들 중에는 그날 밤부터 열이 오르며 앓아누운 사람들도 있었다.

아와지의 기이한 자결이 끝나자 그때까지 고개 숙여 대기하고 있던 류사이도가 천천히 얼굴을 들었다.

"시신 뒤처리는 이 류사이도에게 맡겨주시겠소?"

반속반승(半俗半僧)인 류사이도는 누구에게랄 것도 없이 말하고 대답을 기다렸다.

세 검시자는 그 의미를 알아듣지 못했는지 한동안 아무도 대답하지 않았다.

"시신의 처분을 소인에게……"

류사이도가 다시 말하려 하자 이케다 이요가 황급히 꾸짖었다.

"무슨 말도 안 되는 소리인가! 여기는 절이다. 그리고 우리 세 사람이 명을 받고 이 자리에 입회한 것을 잊었느냐?"

"그럼, 유해를 역시 죄인으로 다루시려는 건지?"

"그것을 그대가 물어서 어쩌려는 건가?"

"그러나 이 몸도 이제부터 간파쿠의 뒤를 따르려는 자, 잠시나마 뒤에 남은 자로서 그 뒤의 일을 보고해 드릴 책임이 있습니다."

말하며 류사이도는 이케다를 향해 똑바로 앉았다. 이케다는 혀를 차며 마사노리를 돌아보았다. 마사노리는 당황하여 또 눈을 깜박거렸다.

"그대의 말도 일리가 있다. 유해는 모쿠지키 대사가 정중히 장례 지내실 것이니 안심하고 뒤따르도록 하라."

"예! 그 말씀을 들으니 안심되는군요. 그럼, 이만……"

류사이도는 천천히 웃통을 벗고 나서 새삼 주위를 둘러보았다.

"모두들 용감하게 먼저 가서 이 몸이 죽을 방법이 없어졌군요. 먼저 떠나는 게 득이었군요."

태연자약한 표정으로 말한 이 유창한 변설가는 소도를 배에 꽂았다.

"이놈의 생애도 이것으로 마지막…… 한시름 놓았습니다. 그러나 여러분에게는 이제부터 앞길이 남아 있습니다. 그렇다고 죽지 않아도 될 분은 한 분도 없겠지요. 신불은 참으로 공평하게 죽음을 내리십니다. 여러분에게는 어떤 죽음을 내리실지. 다이코 전하께는……마사노리 님에게는……후쿠하라 님에게는……이케다 님에게는……."

그러면서 칼을 점점 오른쪽으로 움직이며 고통을 누르고 웃기 시작했다.

"하하……역시 먼저 가는 게 이득인 것 같군요……."

그런 다음 배에서 칼을 쓱 뽑더니 오른쪽 경동맥에 칼날을 대고 위에서 아래로 확 그었다. 소리 내며 피가 솟구치더니 그 핏속에 엎어져 숨이 끊어졌다.

이처럼 통렬한 야유는 없었다. 잠시 동안 세 사람은 망연자실하여 즐비한 시체를 멍하니 바라보고 있었다.

'신불은 공평하게 죽음을 내리신다.'

그것은 모두의 장래에 저주의 구름을 펼쳐보인 뼈아픈 한 마디였다.

"할복은 확인했다. 대사를 이리로 모셔라."

마사노리가 문득 생각난 듯 말하자 별안간 절 주위가 술렁거리기 시작했다. 모두들 납득한 것 같기도 하고 그렇지 않은 것 같기도 한, 야릇하고 견딜 수 없는 처형이었다.

매미소리는 아직도 온 산을 뒤덮고 있었다…….

이에야스가 다시 에도에서 상경한 것은 히데쓰구가 자결한 뒤 9일째인 7월 24일이었다.

그때는 이미 히데요시가 궤도를 벗어난 엄격함으로 히데쓰구의 가신들을 차례차례 처형한 뒤였다. 기무라 히타치는 이바라키(茨木)에서 할복했고, 그 아들 시마노스케(志摩介)는 교토의 기타야마(北山)에 숨어 있다가 아버지의 죽음을 알고 데라마치(寺町)의 세코사(正行寺)에 들어가 자결했다.

구마가이 다이젠은 사가(嵯峨)의 니손사(二尊寺)에서, 시라이 빈고는 시조(四條)

의 다이운사(大雲寺)에서, 아와는 히가시야마(東山)에서 저마다 자결했다. 이로써 히데쓰구 가문 재흥의 꿈은 영원히 사라졌다.

　이토록 가혹하게 처분할 필요가 있다고 생각한 사람은 아무도 없었다. 그러나 그렇게 처리하리라는 것을 이에야스 부자만은 처음부터 예상하고 있었다. 형벌은 그것을 내린 자에게 다시 불안으로 돌아오게 마련이다. 처벌과 양심의 악순환인 것이다.

　'그놈도 나를 원망하겠지.'

　이런 생각은 마침내 그 원한이 사랑하는 히데요리에게 돌아오지 않을까 하는 불안이 되고, 그 불안에서 벗어나기 위해 다시 처벌의 그물을 펼치게 되었다. 이전의 히데요시……동생 히데나가와 소에키가 측근에 있을 무렵에는 전혀 없던 의심이 히데요시를 사로잡았다.

　히데요시는 단지 처벌의 범위만 넓힌 게 아니었다. 그것과 병행해 천하의 영주들에게 히데요리에게 충성을 맹세하는 서약서를 쓰게 하여 엄격히 거두어들이기 시작했다. 마시타 나가모리, 이시다 미쓰나리 등이 앞장서 충성을 맹세하고 나선 것은 물론이고, 곧이어 이에야스를 비롯하여 모리 데루모토, 고바야카와 다카카게, 마에다 도시이에, 우키타 히데이에 등이 서약서를 바치게 되었다.

　"도요토미 가문 후계자 히데요리에게 평생토록 변하지 않는 충성을 다한다."

　그 히데요리는 아직 히데요시의 무릎에 안겨 엄마 아빠 소리만 겨우 할 줄 아는데, 그 주위에서 어른들이 차례차례 피를 흘리며 죽어가고 있었다…….

　히데쓰구의 측실 이치노미다이의 아버지 기쿠테이는 간파쿠가 헌납한 황금을 조정에 전했다는 것만으로 에치고에 귀양 갔고, 다테 마사무네는 히데쓰구에게 출입이 잦았다 하여 하마터면 가문이 멸망당할 뻔했다.

　이에야스는 상경하자마자 깜짝 놀라 마사무네를 위해 적극적으로 해명하며 두둔했다. 지금 마사무네를 없애면 오슈 지방은 순식간에 혼란에 빠지게 된다. 명나라와의 화친도 아직 이루지 못한 때 내란을 일으켜 어쩌자는 것인가.

　히데요시는 이에야스의 간언을 받아들였다.

　"이것으로 그대의 목을 두 번이나 몸뚱이에 붙여주었다. 세 번째는 어떻게 될지 단단히 각오하라."

　노골적으로 감정을 드러내며 꾸짖어, 오히려 마사무네를 단번에 이에야스 편으로 접근시키고 말았다.

그러는 동안 히데쓰구의 자식들과 처첩은 남김없이 산조의 형장에서 처형하기로 결정되었다. 이렇게 되면 이미 다이코는 자기 그림자에 겁먹고 광란을 일으켰다고밖에 달리 해석할 도리가 없었다.

기타노만도코로도 만류하고 이에야스와 도시나가도 말리려 했지만 히데요시는 귀 기울이지 않았다. 그들을 이대로 살려두면 뒷날 반드시 히데요리에게 화근이 된다며 말을 듣지 않는 것이었다.

이리하여 교토 거리에 가을바람이 솔솔 불기 시작한 8월 초이틀, 마침내 히데쓰구의 처첩과 자녀 38명은 감금되어 있던 도쿠나가 가즈마사의 집에서 산조의 형장으로 끌려나왔다.

만일 히데쓰구가 살아 있어 산조 개울로 끌려가는 처첩들의 행렬을 보았다면 뭐라고 했을까……? 그는 끝까지 숙부의 참모습을 몰랐구나 하고 이를 갈며 분해 하지 않았을까? 아니, 그것은 결코 숙부 다이코만이 아니라, 한번 의심지옥에 빠져들면 헤어나지 못하는 알몸뚱이 인간의 흉측한 모습인지도 모른다.

옛날의 히데요시는 강대하고 호쾌했다. 모든 것을 헤아리고 모든 것을 지배할 수 있다는 커다란 자신감을 갖고 의연하게 비바람 속에 서 있었다. 그런 히데요시가 자기 사후에 대한 불안에 사로잡히고부터 전혀 다른 나약함을 노골적으로 드러내고 만 것이다.

"정말 가혹한 일이야. 저 어린것들까지 모두 처형하시려는 걸까."

"설마 저런 철없는 아이들까지 죽일라구. 저분들은 다른 곳에 옮겨서 맡겨 두겠지."

"그렇지. 그럴 게 틀림없어. 철없이 웃고 있는 모습을 좀 봐……."

장남 센치요마루는 5살.

차남 모모마루는 4살.

삼남 오주마루는 3살.

사남 쓰치마루는 1살.

그리고 가마에 태워 데리고 나온 딸은 겨우 앞뒤를 가릴 수 있을까 말까 한 어린아이였다.

그러나 오늘을 마지막으로 성장한 33명의 여자들과 똑같이 그들의 행렬도 가

미쿄(上京)에서 이치조(一條)를 거쳐 산조까지 끌려와 강변에 도착했다. 그것은 아름답게 만발한 꽃을 닥치는 대로 우마차에 마구 쌓아올리는 것 같은 난폭한 만행이었다. 모든 여자들이 하나같이 약속한 듯 염주를 목에 걸고 있는 것이 더할 수 없이 애처로웠다.

구경꾼들은 숨죽이며 강변을 메우고 있었다. 상대가 아녀자들이므로 울타리도 허술하고 경비도 그리 엄중하지 않았으나, 놀랍게도 그녀들이 죽음을 맞이할 자리 앞에 썩어가는 히데쓰구의 목이 매달려 있는 게 아닌가……

보기에 따라서는 이 학살을 교토 사람들에게 마음껏 구경시킬 작정이라고 해석할 수 있다. 그리고 그 참혹함에 공포를 느끼는 자들에게 영원히 히데요시의 뜻을 거역하면 안 된다고 위협하는 것 같기도 했다. 썩어가는 히데쓰구의 목을 뒤로 하고 10명 남짓한 망나니들이 칼날에 물을 뿌리면서 나란히 서 있는 앞에, 먼저 아이들 이름부터 호명하여 순서대로 꿇어앉혔다.

간파쿠의 처자……가 아니라 그 부하보다도 못한 대우로 나란히 앉혀졌을 때부터 어린아이들의 표정이 달라져갔다. 비록 동물이라 할지라도 도살장에 끌려들어가면 본능적으로 생명의 공포를 느낀다. 비명과 애원이 사람들의 귀와 눈을 가리게 했다.

어린아이들의 처형이 시작되자 형장 안팎은 염불소리로 뒤덮였다. 어린아이들의 생모뿐 아니라 똑같이 죽음의 자리에 앉혀진 여자들의 마지막 저항이기도 했다.

구경꾼들도 함께 염불하기 시작했다. 그리고 그들의 증오는 당연히 검시하기 위해 다리 서쪽 강변에 자리를 깔고 나란히 앉아 있는 미쓰나리와 나가모리에게 향해졌다.

자녀들의 처형이 끝나자 이치노미다이의 이름이 소리 높이 호명되었다. 기쿠테이의 딸 이치노미다이는 새하얀 옷차림으로 자세를 가다듬더니 준비한 유언시를 가늘지만 맑은 목소리로 읊기 시작했다.

살면 살수록 뜬세상인 것을
말을 남겨 무엇하리오.

그리고 망나니의 큰 칼이 가차 없이 내리쳐졌다.

두 번째로 호명된 것은 오쓰마(於妻)였다. 삼위중장(三位中將)의 딸로 16살인 오쓰마는 보라와 연둣빛 엷은 비단 겹옷에 하얀 치마, 명주 홑옷을 걸치고 검은 머리는 반쯤 잘라 어깨에 늘어뜨리고 있었다.

그녀는 앞에 걸려 있는 히데쓰구의 목에 공손히 세 번 절한 다음 역시 유언시를 읊었다.

　　나팔꽃에 맺힌 아침이슬보다
　　덧없는 이내 몸 어찌 아까워하리.

그러나 그것을 채 다 읊기도 전에 목이 잘렸다.

세 번째는 히데쓰구의 딸을 낳은 오카메(於龜)였다. 셋쓰 오바마의 신종파(眞宗派) 절 태생으로, 자기보다 앞서 베인 딸의 모습을 차마 보지 못하며 염주를 이마에 꼭 댄 채 유언시를 읊었다.

　　자비로운 부처님의 가르침으로
　　가엾은 이 몸을 이끌어주소서…….

네 번째는 센치요의 생모 가즈코(和子)였다. 가즈코는 오와리의 무장 히비노(日比野)의 딸로 이때 18살, 이어서 모모마루의 생모가 처형되었다.

모두들 저마다 각오했던 모양인지 한결같이 유언시를 읊었지만, 이미 사람들 귀에는 그 소리가 들리지 않았다. 왜냐하면 이 무렵부터 구경꾼들의 분노가 기묘한 형태로 처형장에 끓어오르기 시작했기 때문이었다.

이곳에서 처형되는 사람들에게 죄가 있다고 생각하는 사람은 아무도 없었다. 그런데도 그 시체마저 혈육의 손에 넘겨주지 않고, 이 자리에 동원되어 나온 거지들 손으로 커다란 구덩이 속에 던져진다는 것을 알았기 때문이었다.

"이런 무참한 일이 또 있을까?"

"인간 이하의 취급이다."

"염불이라도 해주자. 저 가련한 영혼들을 위해."

"그래. 이것으로 다이코의 세상도 끝이다. 이토록 무자비한 소행을 신불께서 용서하실 리 없어."

사람들의 술렁거림은 망나니들의 신경을 더욱 자극하는 결과가 되었다. 쓰치마루의 생모 오차, 오주마루의 생모 오사코(於佐子), 오만(於萬), 오요멘(於與免), 오아코(於阿子), 오이만(於伊滿)의 순서로 벨 무렵 형장을 에워싼 염불소리가 이상한 땅울림과도 흡사한 열기를 자아내고 있었다.

더구나 처형이 끝난 것은 오세치까지 아직 12명에 지나지 않았다. 사에몬, 우에몬에 이어 이치노미다이의 딸 오미야, 오키쿠 등 13, 4살 난 젊은 부인들의 목이 잘리고, 가장 어린 12살 오마쓰 뒤에 망나니가 섰을 때 마침내 어디선가 돌팔매가 날라왔다.

우에몬의 딸 오마쓰가 먼저 죽은 어머니 시체에 엎어져 통곡하기 시작했다. 그렇게 되면 망나니도 당황하지 않을 수 없다. 어깨에 내려뜨린 머리칼을 휘어잡고 난폭하게 뒤로 젖힌 뒤 칼을 휘둘렀다. 칼이 목을 빗나가 어깨에 파고들자 한층 더 처참한 비명이 오른다. 더욱 당황한 망나니는 거지에게 무언가 외쳤고, 거지는 아직 살아 있는 몸을 구덩이에 차넣었다.

이렇게 되자 차례를 기다리던 오사이(於佐伊)와 오코호(於古保), 오카나(於假名), 오타케(於竹)가 달아나려고 했다. 모두 아직 15, 6살인 만큼 무리도 아니었다. 마침내 순서가 마구 뒤바뀌며 산조의 형장은 한낮의 생지옥으로 변하고 말았다.

구경꾼들 중에는 실신하는 자, 구토를 일으키는 자, 얼굴을 가리고 달아나려는 자가 있는가 하면, 이 역사적 사실을 정확하게 기록해 남기려고 붓을 놀리는 자도 있었다. 모두들 이 일을 간담이 서늘하고 혼비백산할 사건으로 받아들이고 있는 증거였다. 처형시간은 처음부터 끝까지 겨우 2시각 남짓이었으나, 아마 끝까지 구경한 사람은 드물었을 것이다. 그리고 그들은 살아 있는 한 왕도에서는 볼 수 없었던 이 광경이 자주 떠올라 괴로움에 시달릴 게 틀림없었다.

"다이코란 이토록 무서운 사람이란 말인가……?"

"아니야, 다이코님 지시가 아니야. 모두 이시다 미쓰나리라는 무서운 인간이 꾸며낸 각본이야."

"그럴지도 모르지. 히데요리 님 세상이 되면 천하는 미쓰나리의 뜻대로 될 테니까."

상민들뿐 아니라 무사들 중에도 이 처형의 책임을 미쓰나리에게 전가하려는 자가 있었다. 그만큼 사람들은 아직도 지난날 히데요시의 인기를 아쉬워하고 있었던 것이다. 그렇게 되니 미쓰나리의 입장은 매우 미묘해지지 않을 수 없었다. 수완이 뛰어나고 기지가 있으며 거만해 보이는 성격이 사실 이상으로 서민들의 반감을 부채질했다.

　　"들으셨습니까? 미쓰나리 혼자 곳곳에서 비난 듣고 있습니다."

　　다리 서쪽에서 검시하고 있던 미쓰나리 일행이 가버리자, 강가에서 지금의 처형을 꼼꼼하게 기록하던 무사가 다리 밑에서 삿갓을 쳐들고 있는 주인인 듯싶은 사나이에게 말을 걸었다.

　　"그렇겠지. 미쓰나리는 다이코에게 관록을 붙여주려고 부질없이 날뛰었으니까."

　　역시 삿갓 밑에서 대답하며 데라마치 쪽으로 걸음을 옮기기 시작한 사람은, 오늘의 처형을 구경 나온 사카이 다다카쓰와 그의 가신 스기하라 지카키요(杉原親清)였다.

　　"관록을 붙여주려고 고심하는 것도 충성의 하나겠습니다만, 저렇듯 미움을 받아서는 이득이 없을 겁니다."

　　"그런 것이야, 충성이란…… 우리 가문에서도 머지않아 혼다 마사노부 등이 가장 악인이었다는 말을 듣겠지. 아니, 마사노부보다 나나 나오마사일지도 모르겠군. 아무튼 좋아, 모처럼 이곳에서의 상황을 기록한 것이니 주군께 보고하기로 하자."

　　그리고 다다카쓰는 가까이에 침을 뱉었다.

　　"싸움터라면 몰라도 무기도 안 가진 아녀자들을 정말 끔찍하게도 죽였군."

　　"더구나 한 구덩이에 시체를 차넣더군요."

　　"마치 짐승을 구덩이에 묻는 것 같았어. 속이 울렁거리는구먼."

　　"본디 비위가 약하신가 보지요."

　　"그보다도 지카키요, 그대는 그 글 속에서 누구를 탓할 텐가? 하늘인가 땅인가, 아니면 다이코인가 미쓰나리인가…… 또 있군, 자차 부인인가, 아니면 히데요리인가?"

　　이 말에 지카키요는 혀를 찼다.

　　"잔인한 것을 물으시는군요."

"그렇다면 그대도 역시 미쓰나리가 나쁘다고 쓸 테지. 그렇게 쓰지 않으면 백성들이 납득하지 않을 테니까. 서민들은 다이코를 좋아하거든."

"모두에게 사랑받고 있는 그 다이코도 자신의 눈이 멀었다는 것을 아신다면 이런 일은……."

"그게 원인일세. 사람 눈이 미치는 범위는 한계가 있어. 나이도 그것을 보지 못하게 하는 하나의 원인이지만 권력 또한 그렇지, 그리고 또 맹목적인 사랑도. 아무튼 우리 주군께서는 약으시단 말이야. 이번 처형이 결정되고 나서야 상경하셨으니."

이에야스는 다다카쓰로부터 처형 광경을 자세히 듣고 한 마디의 감상도 입 밖에 내지 않았다.

'만일 입을 연다면 뭐라고 하실까?'

다다카쓰는 그것이 듣고 싶어 집요하게 요리조리 물어봤으나 애매하게 말끝을 흐렸다.

"다이코는 불행한 사람이야. 간파쿠도 그렇고."

그리고 이튿날부터 후시미성에 출사했다.

사실 뭐라고 할 말이 없었으리라. 인간이 지닌 업보와 업보의 충돌이었다고 보면, 어느 것이 선이고 어느 것이 악이라고 갈라놓아 보았자 무의미했다. 양쪽 다 허물이 있고 양쪽 다 처지가 딱했다.

다만 히데쓰구와 그 처자의 처형이 끝나자 히데요시의 노쇠와 조급함이 갑자기 두드러지기 시작했다. 히데쓰구를 할복시키고 난 다음 황망히 조정에 히데쓰구의 간파쿠 파면을 상주하더니, 주라쿠 저택을 곧바로 허물어버리라고 엄명 내리는가 하면, 마에다 도시이에를 히데요리의 사부로 결정했다면서 일부러 모두 초청해 잔치를 베풀기도 했다……

그보다 더 우스꽝스러운 것은 명나라 정사(正使) 이종성(李宗城)이 한양에서 부산으로 출발했다는 소식을 듣더니 일부러 이에야스를 불러내어 뭐라고 대꾸할 겨를도 없이 요도 마님의 동생을 히데타다에게 떠안긴 일이었다.

"경사로다, 경사. 이제 싸움은 마무리되었고, 이참에 전에 이야기했던 혼담 말인데……."

히데요시의 양딸로 내린다고 했고 도쿠가 가문으로서도 이미 각오한 바였으나, 이 강압적인 혼사에는 이에야스에게 아사히히메를 떠맡기던 지난날의 히데요시다운 대담성도 무서운 박력도 느낄 수 없었다. 오히려 이에야스의 비위를 맞추려는 듯한 비굴하고 이기적인 냄새가 풍겨 도리어 이에야스가 민망할 정도였다.

혼례식은 9월 17일에 거행되었다.

물론 측근에서는 이 혼인을 달가워하지 않는 자들이 많았으나, 히데요시는 뭔가 한시름 놓은 안도감을 느끼는 것 같았다. 이에야스가 친척으로서 히데요시를 보좌하는 한 영주들은 히데요시에게 복종할 것……이라고 계산하며 억지로 강요한 것이 멋지게 성공했다고 생각하며 기뻐하는 어리석음이 똑똑히 느껴졌다.

"다이코도 이제 늙었구나……."

그리고 그 노쇠에 박차를 가한 직접적인 원인은 역시 히데쓰구 사건이었다고 이에야스는 생각했다. 아직까지는 싸움을 지휘하면 되살아날 것 같은 정기를 보이는 히데요시였으나, 혈육 간의 다툼은 일찍이 없었던 일인 만큼 무척 타격이 컸던 모양이다.

이리하여 9월 17일에 요도 마님의 동생을 히데타다에게 출가시킨 히데요시는 11월 첫 무렵 세 번째로 병상에 눕게 되었다.

한편 명나라 정사 이종성은 부산에 있던 고니시 유키나가와 함께 성립될 수 없는 화친을 어떻게 어물어물 넘길 수 있을까 하고 먼저 와 있던 심유경과 빈번하게 협의를 거듭하고 있었다…….

그 무렵 후시미성에서는 헐어버린 주라쿠 저택에서 날라온 다옥(茶屋)과 기물에 히데쓰구의 처첩들 망령이 붙어왔다는 소문이 나돌기 시작했다. 히데요시가 가끔 엉뚱한 헛소리를 했기 때문인데, 그런 의미에서 히데요시 또한 여느 사람과 그리 다르지 않은 신경의 소유자라 할 수 있었다…….

화친의 유령

　히데요시의 병이 완쾌된 것은 이듬해인 게이초 원년(1596) 3월이었다. 병상에서 일어난 히데요시는 곧 4살이 되는 히데요리를 천황에게 알현시키는 일에 마음 쓰기 시작했다.

　아니, 히데요시뿐 아니라 다섯 행정관들도 히데요시의 관심을 그런 일에 돌려 명나라와의 강화문제에서 눈을 떼도록 하려고 애써 획책하는 느낌이었다. 생각하기에 따라서는 그것도 '충성'이라고 할 수 있었다. 그러나 그동안에도 히데요시의 생애에 먹칠하는 '명나라 사신 내조(來朝)' 사건의 수레바퀴는 히데요시가 알지 못하는 곳에서 시시각각 굴러가고 있었다.

　만 4살이 되는 8월을 기다리지 않고, 히데요리가 처음으로 황실에 들어간 것은 5월 13일—

　그리고 그 일에 반대하지 못하게 하려는 의도를 비치면서 마에다 도시이에가 다이나곤, 도쿠가와 이에야스가 내대신에 임명된 것은 그보다 닷새 전인 5월 8일이었다. 이들의 승진은 히데요리의 입궐을 위한 전주곡이었다.

　그리고 6월 9일에는 오직 홀로 충실하고 강직하게 현지에서 히데요시의 의지를 관철시키려 애쓰고 있던 가토 기요마사가 '현지에 두어서는 안 될 화평의 방해자'로 지목되어 본국으로 소환명령을 받고 부산을 출발했다.

　이에 앞서 한양까지 와 있던 명나라 정사 이종성은 이 화평교섭이 너무나 기만에 가득 찬 데 놀라 조선에서 도망치듯 가버리고 말았다. 고니시 유키나가, 소 요시토모, 이시다 미쓰나리 등은 이종성이 도망간 것을 기요마사가 위협했기 때문이라고 히데요시에게 보고했고, 히데요시는 그것을 그대로 믿고 격노하여 귀국한 다음에도 기요마사에게 근신을 엄명하며 만나는 일조차 허락하지 않았다.

히데요리에 대한 편애로, 히데요시는 여기서도 또 한번 큰 과오를 거듭했다. 귀국과 함께 기요마사의 오랜 노고를 위로해 주고, 조선에서의 사정을 소상하게 들어야 마땅했다. 그랬더라면 어린 히데요리의 장래를 위해 수백 장의 서약서와 비교도 할 수 없는 사랑의 성채가 되었을 것인데, 불세출의 영웅으로 칭송받는 히데요시도 이제는 번뇌가 지배하는 대로 행동하는 망령 든 노인이 되어 있었던 것이다……

그 때문인지 어떤지는 모르나 윤 7월 12일에는 후시미에서 교토에 걸쳐 대지진이 덮쳤다. 후시미성에서도 미처 피하지 못한 여자들 가운데 사상자가 속출했고, 교토에서도 경전 보관실과 불당 등이 파괴되어 사람들을 공포에 몰아넣었다.

천재(天災)와 인간사를 결부시켜 생각하는 것은 그 당시 사람들의 관습이었다.

"역시 간파쿠와 그 일가의 저주야."

"아니, 그게 아냐. 조선 바다에서 죽어간 일본의 뱃사람과 어부들의 앙갚음일 거야."

"어쨌든 근래에 와서 다이코가 한 일들은 하늘의 도리에서 너무 벗어났어. 이러고서야 히데요리 님도 행복해질 리 없지."

이런 소문들이 사카이까지 퍼져 후시미와 교토의 피해상황이 사람들 입에 오르내릴 즈음, 나야 쇼안의 지모리 별장에 느닷없이 고노미를 태운 가마가 도착했다.

"오, 별일 없었구나. 후시미에서 여자와 아이들이 많이 죽었다고 해서 걱정하고 있었다."

일부러 현관까지 마중 나온 쇼안을 보고, 고노미는 웃으며 가마에서 내렸다.

"그렇듯 쉽게 죽겠어요, 팔자 센 여자가."

"다행이다! 자, 어서 올라오너라."

쇼안은 오랜만에 보는 고노미가 여전히 콧대 높은 웃음을 보이는 것을 보고 마음 놓았다.

"그래, 도쿠가와 님 댁은 모두 무사하시냐?"

"네, 누구보다 운이 센 분은 히데타다 님 부인입니다."

"히데타다 님 부인…… 아, 요도 마님 동생 말이냐?"

"예, 후시미성에 있었다면 다른 사람들과 함께 깔려 죽었을 텐데 억지로 시집가는 바람에 목숨을 건졌지요."

"그렇군. 그럼, 성안의 피해가 소문대로 심했던 모양이구나."

두 사람은 큰 소리로 말하면서 복도를 지나 쇼안의 방으로 들어갔다.

"다이코님도, 요도 마님과 도련님도 모두 무사하시다고 들었는데, 다쓰 부인이 시집가기 전에 계셨던 언저리 건물이 모두 내려앉았단 말이로구나."

"네, 여자들이 300명 가까이 무참하게 깔려 죽었습니다. 그러자 곧 그런 나쁜 소문이 돌게 되었지요."

고노미는 할 말이 너무나 많아 마음이 급한 표정으로 앉자마자 바로 말을 계속했다.

"그나저나 모두 산조 강변에서 아무 죄 없는 간파쿠의 부인들을 죽인 벌이지요. 그래서 이번에는 여자 일손이 모자란다고."

"그런 소문을 들으면 다이코님은 어떠실까?"

"그 억지 고집은 여전하십니다. 그까짓 여자들이야 일본에 얼마든지 있다고 하시며 곧 마에다 님께 명해 그날 안으로 야나기 거리(柳町)의 기녀들을 80명이나 성안에 불러 시중들게 했습니다."

그 말을 듣자 쇼안은 배를 움켜쥐고 웃었다.

"핫핫하……야나기 거리 유곽의 기녀들로 때웠구나. 그것참, 그럴듯하군. 다이코님답다! 자, 편히 앉아라. 곧 차를 주마…… 그런데 이번에 찾아온 일은 무사한 얼굴을 보여주려는 것뿐이냐?"

고노미는 응석 부리듯 새침한 표정으로 고개를 저었다.

"아니오. 저도 쇼안의 딸입니다. 사사로운 일로 나돌아다니지는 않아요. 적어도 천하를 위하는 일이 아니고는."

"야, 대단한 말을 하는군! 천하를 위하여 뭘 물어보려고 왔느냐?"

"아버님, 조선과 명나라의 사자를 태운 배는 이미 이 사카이를 향해 오고 있는 중이겠지요?"

"그렇고말고. 이제 열흘 안에 도착한다."

"그 배에, 천황의 비가 되기 위해 명나라 황제의 딸이 정말로 타고 있을까요?"

"무……무슨 바보 같은 소리를 하느냐. 그런 건 나보다도 도쿠가와 님이 훨씬 잘 알고 계신다."

"그렇지만……다이코님은, 히데요리 님의 입궐인사차 황실에 배알하러 가셨을 때 자신 있는 듯 그런 말씀을 드렸다던데요?"

"뭐? 그럼, 다이코는 그 내막도 여태껏 모르고 계신단 말이냐?"

"모르고 있어서는 안 될 일이지요. 그래서 내대신님도 깜짝 놀라서 사실 여부를 조사해 오라는 내명을 내려 왔어요."

쇼안은 기가 막혀 한동안 대답도 할 수 없었다. 히데요시의 화친조건에는 분명 그런 조항이 있었다. 그러나 그것을 명나라 황제에게 전혀 알리지 않았다는 것은 고니시와 미쓰나리도 너무나 잘 알고 있는 사실이 아니던가.

"저쪽에 가 있는 뱃사람들로부터 아버님에게 무슨 소식이 있었겠지요? 만일 명나라 공주가 타고 있지 않다면 이 일은 대체 어떻게 되는 거예요?"

쇼안은 고노미의 질문에는 대답하지 않고 먼 곳에 귀 기울이는 듯한 표정으로 지그시 차만 젓고 있었다.

"그럼, 다이코님은 아직 가토 기요마사의 보고를 듣지 않으신 모양이군."

"예, 처음에는 매우 노하셨지요. 화의를 방해한 것은 기요마사 놈이다, 그놈이 위협했기 때문에 명나라의 정사는 부산에 도착하기도 전에 도망가 버렸고 그 때문에 화의가 지연되고 있다, 눈앞에 나타나지 말라고 하시면서……."

"기막힌 일이로군. 허나 그렇게라도 얼버무려 놓지 않으면 고니시며 미쓰나리의 체면이 서지 않겠으니까."

쇼안은 딸 앞에 찻잔을 반듯하게 놓았다.

"음, 다이코님은 아직도 그런 줄 알고 계신단 말이지."

"하지만 이번 지진으로 가토 님에게 화나셨던 일은 많이 풀어졌습니다. 근신 중인데도 비상사태가 되자 바로 성으로 달려와 정문의 경비를 맡아주셨기 때문에."

"흠, 기요마사다운 의리 있는 행동이군. 그러나 모든 것은 이미 때가 늦었다고 할 수 있어……."

"아버님께 들어온 보고의 내용은……?"

"그게 말이다, 너무나 기가 막혀 이 아비마저 온몸에 식은땀이 흐를 만큼 부끄"

러운 속임수였다. 조선의 4도를 차지하여 싸움에는 그럭저럭 이겼다고 할 수 있지. 그러나 교섭에 있어서는 심유경인가 하는 작자에게 농락당해 말할 수 없을 정도로 비참하고 창피스러워……"

"그……그……그 내용을 들려주세요……"

"우선 진정하고 차부터 마셔라…… 너도 고니시 조안이 다이코님 사신으로 북경에 간 일은 알고 있겠지?"

"알고 있습니다."

"그 조안이 북경에서 어떤 교섭을 했는지, 아무튼 북경에서는 조안의 요청을 받아들여 이종성을 정사로 보내게 된 거다."

"그래서 다이코님은 자신의 조건을 받아들였다……명나라 황제가 공주를 일본의 황실에 보내는 것으로 믿고 계시지요……"

고노미는 답답하다는 듯 찻잔을 내려놓았다.

"그런데 만일 안 온다면 어떻게 될까요?"

쇼안은 자기도 한 모금 맛있는 듯 소리 내어 마시고 나서 대답했다.

"올 리가 없지. 파견된 이종성이 부산에 도착하기도 전에 도망간 게 무엇보다 뚜렷한 증거가 아니냐?"

"그건 그렇지요. 그럼, 역시 가토 님이 무조건 상대를 위협하여 놀라게 했다는 것이 사실인가요?"

쇼안은 가만히 고개를 저으며 화로 앞에서 일어나 문갑 밑바닥을 들췄다.

"믿고 싶지 않구나. 이것은 명나라 궁전에서 작성한 조안과 저쪽 관리의 문답 기록이다. 저쪽에서는 저쪽대로 얼마쯤 문장을 꾸며댔겠지만 이것을 읽었을 때 나는 쥐구멍이라도 있으면 들어가고 싶었어."

말하면서 내민 두루마리에는 한문 사이에 빨간 글씨로 깨알처럼 잘게 일본말로 번역해 기입되어 있었다. 조안과 상대의 교섭 기록……이것이야말로 최근의 모든 수수께끼를 푸는 유일한 열쇠라고 할 수 있었다.

겨우 5줄도 읽기 전에 고노미의 얼굴이 굳어졌다. 일본의 사신 고니시 조안과 명나라 재상 석성(石星)의 회담은 우선 석성의 질문으로부터 기록되어 있었는데, 마치 중죄인이 재판소에 끌려나와 심문을 받는 것 같은 느낌이었다.

문 "조선은 우리 조정에 순종하는 속국인데 너희 간파쿠는 어째서 지난해 이를 침범했는가?"

답 "—일본은 명나라로부터 책봉을 받으려고 일찍이 조선에 부탁하여 요청하도록 했으나 조선이 이를 감추고 전하지 않았으며, 또한 일본인을 속이고 죽였기 때문이오."

문 "—조선이 급히 구원을 청하여 우리는 이를 지원했다. 책봉을 받으려 한다면 일본군은 순순히 귀순해야 옳거늘 평양, 개성, 벽제관 등지에서 이에 저항하여 싸운 것은 어쩐 일인가?"

답 "—일본군은 평양에 주둔하여 오로지 책봉을 요구하면서 조정과 친선하려 했으나, 귀국의 군사가 떼 지어 성을 공격하였으므로 부득이 이를 막아냈을 뿐이오. 그러나 일본군은 곧 서둘러 한양으로 후퇴했소."

문 "—어찌하여 한양으로 후퇴했으며 또한 조선의 왕자와 중신을 돌려보냈는가?"

답 "—명나라 조정에서 책봉을 허가했다고 귀국의 심유경이 통보한 말을 믿었고, 게다가 명나라군 70만이 이미 조선 북쪽에 도착했다고 하므로 급히 후퇴하여, 왕자와 중신을 돌려보내고 아울러 7도를 명나라에 돌려준 것이오."

문 "—너희들이 공물을 원한다고 말하면서 진주를 침범한 것은 불신 행위가 되므로 책봉은 허락하나 공물은 허락하지 않겠다. 심유경을 통하여 이미 책봉은 허락한다고 했고 너희도 그것을 믿었다고 말했다. 믿었다면 곧 본국으로 돌아가 명령을 기다려야 할 것이어늘 어찌 군량을 나르고 진막을 세워 장기간 부산에 주둔하며 퇴거하지 않은가?"

답 "—정말 책봉사가 올 것인지 믿을 수 없었기 때문이오. 귀국의 사신이 오기만 한다면 모든 군비는 말끔히 태워버릴 예정이오."

문 "—히데요시가 이미 66개 섬을 평정했다면 스스로 왕이 된 셈이다. 그런데 어찌하여 일부러 멀리까지 와서 책봉을 청하는가?"

답 "—히데요시는 국왕(을 말함)이 아케치에게 살해되는 것을 보고, 또 조선이 귀국의 책봉을 받아 인심이 안정되어 복종하는 것을 보았소. 그러므로 히데요시는 특별히 귀국의 책봉을 요청하게 된 것이오."

문 "—너희 나라는 이미 천황이라 칭하고 또 국왕이라고도 칭하니 천황은 국왕인가 아닌가?"

　답　"—천황은 국왕이오. 즉 국왕은 노부나가에게 살해되었소."

　문　"—이제 겨우 알았다. 그러한 사정이라면 천자께 보고해 너희들이 요구하는 책봉을 허락하도록 할 터이니 조속히 돌아가 책봉사를 영접할 준비나 하라. 한 가지라도 불미한 점이 있으면 책봉마저 허락하지 않겠다."

　답　"—삼가 귀국 조정의 명령에 위배되지 않도록 조치하겠습니다."

　끝까지 읽었을 때 고노미도 그만 벌어진 입을 다물 수 없었다. 명나라 공주는 고사하고, 히데요시의 화의조건 같은 것은 비치지도 않았으며, 천황까지 노부나가에게 살해되어 없는 것으로 되어 있었다. 일부러 북경까지 찾아가 이자는 대체 무엇을 생각하고 있었단 말인가……?

　고니시 조안은 처음부터 진지하게 교섭할 성의도 없었거니와 능력도 없었음이 분명하다. 히데요시가 이긴 것으로 믿고 내놓은 조건을 명나라 왕에게 하나도 전하지 않고, 북경에서 어떤 굴욕적인 대우를 받더라도 그저 옳다며 들어만 두고는 히데요시에게 일절 알리지 않았다. 아무튼 명나라 사신이라는 자를 일본에 불러들여 말이 통하지 않는 것을 이용하여 속여서 싸움을 끝내려는 모양이었다.

　"보시는 바와 같이 명나라 왕은 전하께 항복한 것입니다."

　물론 이런 일은 조안 한 사람의 재능으로 되는 게 아니다. 그렇다면 이와 같은 궁리를 함께 한 사람은 대체 누구누구란 말인가……?

　고니시 유키나가며 소 요시토모만이 아니라 이시다 미쓰나리를 비롯한 다섯 행정관들은 당연히 알고 있을 것이며, 현지에 있는 무장들 가운데도 은밀히 이에 동의한 자가 있을 것이다.

　"어떠냐, 이만하면 명나라의 정사 이종성이라는 사람이 일본에 건너오기 전에 도망간 이유를 알겠지?"

　쇼안의 말을 듣고도 고노미는 한동안 대답할 수가 없었다.

　그러고 보니 북경에서 이 문답서대로 지시받고 출발한 정사라면, 조선에서 가토 기요마사를 만나보고 깜짝 놀라 도망가지 않을 수 없었을 것이다. 기요마사만은 히데요시의 뜻을 바르게 받들고 있었다. 따라서 그는 히데요시가 무엇을 원하고, 명나라 사신에게 무엇을 기대하고 있는지 소신대로 말했을 게 틀림없을 테니까…….

쇼안이 다시 말했다.

"문제는……이러한 경위를 다이코가 어렴풋이나마 눈치채고 있는지 여부에 달려 있다. 전혀 모르고 있다면 이미 다이코 시대도 끝났다고 해야 된다. 이렇게까지 다이코를 허수아비로 만든 계획은 다시 없을 테니까. 아니지, 다이코만의 일로 끝나는 게 아니다. 이것은 일본의 치욕이고 일본인 전체의 수치야."

"……."

"이 문서는 이종성에게서 새어나와 내 손에 들어온 것으로 알고 있거라. 이종성은 그 뒤 공무 이탈죄로 붙들렸으며, 지금 일본으로 오고 있는 양방형(楊方亨)이라는 자가 다시 정사로 임명되어 심유경 등과 함께 온다. 그러나 명나라의 방침이 그 뒤에 변경되었다고는 생각할 수 없다. 저쪽에서 책봉은 허락하나 공물을 허락하지 않으며 특별히 배려해 속국으로 해주겠다는 식이니 이쪽의 요청대로 황제의 딸을 보낸다는 것은 어림도 없는 일이지."

고노미는 다 읽은 문답서를 다시 말아서 아버지 앞에 가만히 놓았다.

"정말 다이코님은 완전히 바보취급 받으셨군요."

"글쎄, 그렇다니까. 그분의 생애에서 이렇게까지 가신에게 농락당한 일은 아마 없을 거다. 요컨대 이 전쟁은 처음부터 잘못된 생각에서 출발했기 때문이지만."

고노미는 잠자코 돌아갈 채비를 했다.

"왜, 벌써 가려느냐?"

"네, 저도 가만히 있을 수 없게 되었습니다. 명나라 사신이 도착한 다음에 이 사실을 다이코님이 아시게 되면 어떻게 될까요?"

"잠깐 기다려라. 묵고 가라고는 않겠다. 그러나 너도 이대로 돌아가서는 안 될 텐데?"

"네? 무슨 말씀이세요?"

"다이코가 이것을 아신 다음의 처리……그 준비가 중요하다."

고노미는 일어서려다가 다시 주저앉았다. 아버지 말이 옳았다. 마음에 좀 안 맞는다고 해서 히데쓰구와 그 일족에게 그러한 극형을 감행한 요즈음의 히데요시이다.

'만약 이번에 이 교섭의 진상을 알게 된다면……'

생각만 해도 고노미는 온몸에 소름이 끼치는 것 같았다.

히데요시는 명나라 사신을 당장 죽이라고 길길이 뛸 것이다. 그것이 두려워 최초의 정사 이종성이 도망갔을 정도니까…….

그런데 다시 다른 사신이 오고 있다……는 것은, 심유경과 일본 대표 사이에 무슨 일이 있어도 처형은 당하지 않도록 하겠다는 밀약이 성립되어 있음이 틀림없다. 그렇다면 히데요시의 분노와, 그 밀약을 맺고 있는 사람들의 충돌은 피할 수 없게 된다. 아마 히데요시는 격분한 나머지 풀포기를 헤쳐서라도 관련자를 모두 색출해내고 말 것이다.

'그렇게 되면 이 불길은 어디까지 번져갈 것인가?'

쇼안은 고노미의 이마 언저리를 지그시 바라보며 딸의 질문을 기다리고 있다.

"아버님, 아버님이 저라면……."

"이런 경우에 어떻게 하겠느냐는 말이지?"

"네, 그리고 아버님이 내대신이시라면……그리고 다이코라면……?"

"욕심 많은 질문이군그래."

그러나 쇼안은 웃지 않았다. 세 사람의 입장에서 일을 어떻게 처리할 것인지를 들으려 하는 딸이 귀엽고 기특했다.

"내가 너라면 우선 도쿠가와 님께 일의 진상을 소상하게 알리겠다…… 네가 할 일은 그것밖에 없다."

"……네."

"자, 그러면 내가 만일 너에게 보고받은 도쿠가와 님이라면……."

"맨 먼저 어떻게 하시겠습니까?!"

"때로는 가슴에 담아두어야 할 일과, 배짱이나 경험만으로는 해결 안 되는 일이 있는 법이다. 우선 다이코님과 단둘이서 만난다."

"그래서요……?"

"만나기는 하지만 모든 것을 말하지는 않는다. 말해서 나라 안을 다시 여러 조각 내는 혼란에 빠뜨리게 되면 그야말로 다시없는 나라의 치욕이거든."

"정말 그렇군요……."

"저에게 들어온 정보에 의하면 명나라 사신은 예사 수단으로는 다룰 수 없는 기이한 자인 것 같습니다, 그러니 무례한 언사가 나올 경우 화의는 이것으로 결럴됐다며 곧바로 쫓아버리십시오, 하고 말하는 거다."

"죽이면 안 된다……는 뜻이군요."

쇼안도 어느새 미간에 깊은 주름을 새기고 있었다.

"죽여서 될 일이 아니지. 그리고 살려서 돌려보낸 다음 곧 두 번째 출병을 하십시오, 라고 해."

"네? 또 전쟁을……?"

"끝까지 들어봐. 아마 그것으로 다이코의 마음은 밖으로 향할 것이다. 출병을 하고 안 하고가 문제가 아니고, 해야 한다고 생각하는 것만으로도 국내는 조용해진다. 알겠니? 출병을 안 하면 다이코의 체통이 서지 않는다고 하면, 내부 분쟁은 피해야 한다고 반사적으로 생각하게 마련이다. 이것을 반대로 하면, 내부의 분쟁에서 오는 손해가 밖으로 얼마쯤 출병하는 것보다 몇 배 몇십 배 큰 손해가 되니까."

그렇게 말하고, 쇼안은 다시 쏘는 듯한 눈으로 딸이 얼마나 이해했는지 가만히 살폈다.

고노미가 아버지의 말을 곰곰이 새기며 그 뜻을 이해할 때까지 꽤 오랜 시간이 흘렀다. 외국과의 전쟁을 그토록 반대했던 아버지가, 다시 한번 다이코에게 출병을 시킬망정 국내의 혼란만은 막아야 한다는 의견이었다.

듣고 보니 분명히 그럴지도 몰랐다. 다이코가 격노해 측근의 누군가를 죽이려하고, 그 측근이 저마다 친분 있는 무장을 불러들여 이에 대항하려 한다면 나라 안은 그야말로 수습할 수 없는 큰 혼란에 빠져들 것이다.

'그보다는 심유경 등의 무례를 문책하며 한 번 더 원군을 보냈다가 그 원군과 협력해 철수할 기회를 잡는다. 그렇게 하면 어떻든 이 전쟁의 실패로 국내의 평화가 깨어지는 일만은 모면할 수 있겠지.'

사이를 두고 쇼안이 조용히 물었다.

"어떠냐, 이해되느냐?"

"네……생각하면 할수록 다이코님이 딱한 입장에 놓여 계시는 것을 알겠습니다."

"바로 그거다. 항간에서는 간파쿠 처자식의 유령이 나온다고들 말하고 있는 모양인데, 그 처참한 간파쿠의 처형은 실은 조선땅에서 싸우다 죽은 유령들이 시키는 소행…… 이 세상에 뜻 없는 싸움만큼 무서운 재앙을 주는 것은 없다. 단단히 명심해 둬야 할 일이야."

"정말입니다……."

고노미는 간파쿠의 부인들이 처형되던 날의 참상을 조용히 되새기고 있었다. 어느 누가 그 처참한 형장의 모습과 조선의 전쟁을 연결시켜 생각해 본 사람이 있을까? 모두들 한결같이 '히데요리'라는 친아들이 태어났기 때문에 생긴 분쟁으로만 생각했다. 그러나 사실은 그렇지 않았다. 측근들은 거짓말만 거듭해 온 명나라와의 교섭을 눈치 빠른 히데요시가 눈치채지 못하게 하려고, 히데쓰구를 필요 이상 악인으로 조작하여 히데요리의 장래를 걱정하게 하면서 관심을 다른 곳으로 돌리게 했던 것이다.

그런 뜻에서 본다면 히데쓰구를 죽인 것도, 가신들 중에 히데요리파를 만들어놓은 것도, 그리고 히데요시의 늘그막에 커다란 오점을 남기게 한 것도 사실은 모두 조선땅의 전쟁유령들이었던 것이다. 그뿐만 아니라 그 유령들은 또다시 히데요시의 의사와는 완전히 어긋나는 명나라 사신을 보내 히데요시의 생애를 말살하려고 덤비고 있다.

"아버님, 한 가지 더 들려주시지요. 만일 아버님이 그 유령의 저주를 받는 다이코라면 어떻게 하시겠습니까?"

"바로 그게 문제인데."

쇼안은 가만히 주위를 돌아보며 목소리를 낮추었다.

"자신이 부른 재앙이라고 해서 노여움을 누를 수 있을지는 몰라도, 그것으로 일이 해결되는 것은 아니지. 그러므로 우선 명나라 사절이 도착하면 동행한 조선의 사신부터 만나겠다."

"조선의 사신을……?"

"그래, 그리고 그들에게만은 충분히 예의를 다해 마음속의 뜻을 전해둔다. 그들도 사정은 자세히 알고 있을 테니까."

"하지만 그것만으로는……."

"아니, 그들은 안심할 것이다. 보기 좋게 속였다고 하면서…… 바로 그거야. 그 다음에 명나라 사신의 무례를 질책하여 그들을 한꺼번에 쫓아보낸다…… 그렇게 되면 비로소 다이코는 천황을 제쳐놓고 명나라의 책봉을 요청할 정도로 의를 모르는 사람은 아니었다고 안팎으로 적잖게 오명을 씻을 수 있게 될 것 아니냐?……."

고노미는 그 말을 듣고 나서야 다시 매무새를 가다듬고 돌아갈 준비를 시작했다. 이것은 촌각을 다투는 천하의 위급상황……이라고 생각한 것이다.

고노미가 후시미성 복구를 위한 목재를 실은 어용선을 타고 서쪽 성 서편에 있는 이시다 구역과 마주 바라보는 도쿠가와 저택에 돌아왔을 때, 이에야스는 아침 등성 준비를 끝내고 마침 집을 나서는 참이었다. 히데요시는 지진이 일어난 뒤에도 아직 초조해 하면서 병상에서 일어나지 못하고 있었다. 기다란 보라색 머리띠를 오른쪽으로 늘어뜨리고 누구랄 것 없이 머리맡에 불러들여 야단쳤다. 그렇게 되면 이에야스가 옆에서 중재하지 않으면 일이 진전되지 않았다.

이미 현관까지 나와 있던 이에야스는 고노미가 돌아온 것을 보자, 큰 연못에서 우지(宇治)가 바라보이는 동산의 정자로 데리고 가서 보고를 들었다.

"아무도 듣지 못할 것이니 쇼안이 말한 대로 이야기해 보아라."

고노미는 오해가 있으면 큰일이라 싶어 지난 밤사이 배 안에서 생각했던 대로 사사로운 의견은 전혀 섞지 않고 우선 아버지의 말부터 전했다. 그다음에 질문을 하면 자기 의견을 말할 생각이었다.

"그래. 북경에서의 문답서라는 것이 있었구나……."

"네, 처음에 일본으로 올 예정이던 이종성이 도망가다가 빠뜨린 것 같습니다."

이에야스는 눈을 감은 채 고개를 조금 끄덕였을 뿐이었다. 얼굴빛은 역시 심각했으나 거기에 대한 감상이며 감정은 드러내지 않았다.

고노미는 자신이 쇼안에게 세 가지 질문을 한 사실을 이야기했다.

"마음이 다급하여 주군의 함자까지 들먹이며 물어보았습니다. 용서해 주십시오."

그렇게 말머리를 꺼낸 뒤 설명하는 동안, 이에야스는 때때로 흘끗 고노미를 쏘아보았으나 말은 그리하지 않았다.

쇼안이 이에야스라면…….

쇼안이 히데요시라면…….

이런 질문방식은 알아듣기는 쉽지만 상대의 자존심이 손상될 수도 있는 일이다. 그러므로 상대가 이에야스가 아니었다면 고노미도 솔직하게 털어놓을 수 없었을 것이다.

그러나 그런 뜻에서 고노미는 이에야스에게 응석 부리듯 대했고, 이에야스도 그런 고노미를 특별히 허락하고 있었다.

"좋다, 알았다. 지금 이야기 속에 그대 의견은 섞여 있지 않겠지?"

"……네, 모두 아버님 말씀 그대로입니다."

"그럼, 한 가지만 더 물어보마. 그대가 이에야스라면 아버지와 똑같은 생각인가?"

고노미는 흠칫했다. 그런 질문이 자기에게 돌아오리라고는 생각지도 못했던 것이다.

"하하……됐어. 그것도 알겠다."

이에야스는 일어섰다.

"지금부터 다이코에게 내 생각을 말씀드리러 가겠다. 그런데 고노미……"

"네."

"이 일이 만일 누설된다면 그것은 그대 아니면 나다, 알고 있겠지?"

"네, 그건 결코……"

"부디 말조심하도록."

이에야스는 그대로 정자를 내려가 동산 밑에서 기다리고 있는 도리이 신타로를 재촉하여 본성으로 향했다.

잠이 모자라는 고노미의 눈에 그 뒷모습은 눈부시도록 늠름하고 침착하게 보였다.

갈림길

후시미성 안에는 유곽 여자들이 불려와 일하고 있었다. 히데요시의 기호에 따라 히데요리의 생모는 물론 다른 측실들도 모두 화려하게 차려입고 필요 이상으로 도도하고 새침하게 행동했다. 따라서 수많은 여자들을 압사시킨 지진 뒤의 인력 부족은 성에 야릇한 여인의 향기를 들여놓았다.

히데쓰구 사건도 있었고 어린 히데요리도 염려되어 신원이 확실치 않은 여자는 들일 수 없었다…… 그래서 야나기 거리 말터에 유곽을 허가해 준 하라 사부로자에몬(原三郎左衛門)과 하야시 마타이치로(林又一郎) 등에게 명하여, 그들의 책임 아래 유녀들을 임시시녀로 동원한 것이었다.

지난날 히데요시의 말구종이었던 사부로자에몬은 세상이 평화로워지면 유곽이 필요해진다고 진언하더니, 미련 없이 무사를 그만두고 포주가 되어 그때까지 교토 여기저기에 흩어져 있던 여자들을 자기 딸로 삼아 야나기 거리의 말터에 유곽을 열었다.

동원된 여자들은 그의 딸로 되어 있었다. 이 여자들은 시라뵤시(白拍子), 가가메(加賀女), 가쓰라메(桂女) 등의 전통을 이어받은 교토의 유녀들 외에 사카이의 미나미치모리(南乳守), 에구치(江口), 간자키(神崎), 가니시마(蟹島), 가와지리(河尻) 등의 유흥가에서 뽑혀온 그 방면의 일류들이었다.

유곽에서는 그녀들을 남자 이름, 그것도 어마어마한 벼슬아치의 이름으로 불렀다. 이를테면 뒷날 이름을 떨치는 이즈모(出雲)의 오쿠니(阿國)라든가 기타노 쓰시마노카미(北野對馬守)라고 하는 식이었다. 성안에서는 그런 이름으로 부를 수 없으므로 기타노, 마쓰야마(松山), 사도(佐渡), 또는 이쿠지마(幾島) 등의 지명이나 성, 아명(兒名) 등이 뒤범벅이 되어 있었다. 그들이 제가 맡은 임시주인을 섬기거나 히데요시의 시중을 들었으니, 보기에 따라서는 성안 내전에 이상하고 새로운 풍조가 불어닥친 것이라고도 할 수 있었다.

그 여자들은 저마다 임시상전에게 갖가지 세상 이야기며 사랑의 기법과 사나이의 어리석음에 대해 가르쳐주었다. 이따금 그 거동이 너무 선정적이어서 젊은 무사들에게 꾸중 듣는 일이 있었다. 그러면 그 유녀들은 화내는 상대의 어깨를 툭 치고 생긋 웃으며 지나갔다.

"이게 될 말입니까! 성안을 유곽으로 알고 있습니다. 서둘러 내보내지 않으면 돌이킬 수 없는 일이 벌어질 겁니다."

이러한 울분을 이에야스에게 직접 터뜨리는 자도 있었으나, 히데요시의 지시에 의한 일이므로 아무도 어쩔 도리가 없었다.

여진(餘震)은 그 뒤에도 간헐적으로 계속되었다. 많은 날에는 하루 60회를 넘는 날도 있어 그럴 때마다 사람들은 히데쓰구와 그 가족의 처형을 떠올리므로 유녀들 존재는 그러한 음울함을 털어내기 위한 하나의 묘약이라고 할 수도 있었다.

히데요시는 그날도 기명(妓名)이 오노 고다유(小野小太夫)인 유녀에게 어깨를 주무르게 하면서 히데요리를 어르고 있었다. 결코 기분 좋은 표정이 아니었다.

마에다 겐이가 가져오는 소식은 하나같이 막대한 수리비를 요하는 절과 신궁의 피해상황뿐이었기 때문이다. 그때 시동이 이에야스의 등성을 알려왔다. 히데요시는 고개만 끄덕였을 뿐 아무 말도 하지 않았다.

요즈음 히데요시는 이에야스와 마주 대하면 뭔가 숨 막히는 듯한 압박감을 느꼈다. 육체의 노쇠가 기력에도 영향을 주는 증거였다.

들어온 이에야스가 히데요시에게 물었다.

"기분이 좀 어떠십니까?"

"이 여자의 안마 솜씨가 제법 쓸 만해."

그제서야 히데요시는 마지못한 듯 등 뒤의 유녀를 턱짓해 가리켰다.

"여보게, 내대신. 내전의 여자들을 처음부터 유곽의 여자들로 채울 걸 그랬소.

눈치가 빠르고 쓸데없는 말은 잘 하지 않아."

이에야스는 흐흐 웃었다. 모호한 웃음이었다. 지당하신 말씀이라는 뜻인지, 당치도 않은 말이라는 뜻인지 종잡을 수가 없었다.

"어떻소. 에도에서도 한번 써보게. 기분이 풀릴 거야."

"전하, 좀 은밀히 드릴 말씀이 있습니다만."

"하게, 이대로 괜찮으니. 이제 겨우 오른쪽 어깨가 끝난 참이라."

"황송하오나 측근을 물리쳐 주시기를."

"그럴 필요 없어. 여기 있는 자는 여자들 말고는 겐이뿐이니까…… 그리고 허리도 아파서 말이야."

이에야스는 다시 한번 낮은 목소리로 밀고 나갔다.

"좀 복잡한 일이 있어 지시를 받아야만 하겠습니다. 명나라 사신에 관한 일입니다만……."

"그 일이라면 미쓰나리가 잘 알고 있지. 미쓰나리와 의논해 좋도록 처리하게."

"예."

이에야스는 더 이상 그 말에 거역하지 않았다. 그러나 미쓰나리를 불러 달라거나 그에게 가려고는 하지 않고 미간을 모으며 히데요리를 바라보았다. 히데요리는 히데요시의 보료 가장자리에서 작은 인형을 만지작거리며 놀고 있었다.

"내대신."

"예."

"꼭 사람을 물리쳐야 하나?"

"그렇게 분부해 주신다면 감사하겠습니다."

"좋아, 우선 히로이를 안고 나가고, 겐이, 너도 물러가라. 명나라 사신 문제라면 중대한 일이니."

그리고 히데요시는 등을 주무르는 유녀에게도 일렀다.

"나중에 또 부르겠다. 너도 나가거라."

방에 있던 사람들은 모두 나갔다.

그러나 이에야스는 아직도 입을 열지 않고 있었다. 히데요시가 교섭의 진상을 얼마나 알고 있는 것인지? 이에야스에게는 그것이 꺼림칙했다.

'만일 모든 것을 알고 혼자서 수습책을 생각하고 있는 것이라면…….'

그렇게 생각했을 때 히데요시의 입술에서 혀 차는 소리가 새나왔다.

"내대신, 이제 아무도 없소."

"예, 실은……."

"실은, 어쨌다는 건가?"

"부산에서 돌아온 사공들 말에 의하면, 명나라와 조선의 사신들이 부산을 출발했지만, 어느 배에도 명나라 공주는 타고 있지 않은 모양입니다."

이에야스는 한 마디 한 마디 끊듯이 말하며 히데요시의 반응에 숨을 죽였다.

히데요시의 표정에 복잡한 빛이 한꺼번에 움직였다. 놀란 것도 같고, 예상하고 있었던 것도 같았으며, 공연한 소리 말라며 비난하고 있는 것 같기도 했다.

"그래서……그게 어떻다는 건가, 내대신은……?"

히데요시의 목소리가 뜻밖에 조용하여 이에야스는 좀 어리둥절했다.

'알고 있으면서 대궐에서 그런 말을 했단 말인가……?'

"알고 계셨습니까? 알고 계시다면 됐습니다만."

"몰랐어. 하지만 그런 일이 있을지도 모른다……고는 생각하고 있었지."

히데요시는 다시 한번 조용히 말하고 나서 눈을 번쩍 치켜떴다.

"내대신……그대가 물어보니 감출 수도 없겠군. 실은 말이야, 히데요시의 속셈은 벌써 결정되어 있네."

"그러시다면 구태여 말씀드릴 것도 없겠군요."

"명나라 사신이 온다는데 이번 지진으로 그들을 위압할 예정이던 후시미성이 이 꼴이 되었고, 수리할 여유도 없어. 게다가 화친이 깨졌다고 한다면 인심도 동요할 거야."

"지당하신 말씀입니다. 저희들도 그것을 염려하고 있습니다."

"그렇다고 지금 우리가 화내어 사신이 도착하기 전에 이것저것 꾸짖고 책망해봤자 혼란만 커질 뿐이지."

"거기까지 헤아리고 계신다면 아뢸 말씀도 없습니다."

"우선 조용히 사신을 맞이하세. 그리고 그들이 약속한 조항을 위반한 점이 있다면 그것을 힐책해야지. 화친을 깬 것은 우리가 아니야."

"지당하신 말씀입니다."

"그리고 다시 한번 힘을 합해서 싸우는 거야. 싸워서 상대가 굴복하기를 기다리는……명나라 왕과 히데요시의 끈기 시합이지."

이에야스는 한숨 돌렸다. 역시 히데요시도 화친이 이대로 성립되리라고는 생각하지 않는 모양이다. 그렇다면 대궐에서의 발언은 어쩌면 화친의 조항을 실행하지 않는 명나라 쪽을 나무라기 위한 포석이었는지도 모른다.

"어때, 내대신에게는 무언가 이 다이코와 다른 의견이라도 있소?"

이에야스는 더 이상 이 이야기에 깊이 들어가는 것에 위험을 느꼈다. 더 말했다가는 어쩔 수 없이 교섭을 맡았던 고니시 조안이며 유키나가, 미쓰나리 등의 이름이 나올 것이기 때문이었다. 확실히 히데요시의 말대로 지금 이 시기에서의 집안싸움은 무의미한 일이었다. 일본에서는 어디까지나 성실하게 화친의 성립을 믿고 있었다는 태도로 사절을 맞이하지 않으면 치욕이 이중 삼중으로 겹쳐지고 만다.

이에야스는 밝게 소리 내어 웃으며 말했다.

"아닙니다, 흉중을 헤아리고 안심했습니다. 어찌 이에야스에게 다른 의견이 있겠습니까? 이제 그 사신의 도착이 가까워졌으니 아무쪼록 몸조리에 전념하십시오. 곧 근위무사를 부르겠습니다."

그리고 시동이 나타나자 유녀를 불러 다시 어깨를 주무르도록 명했다.

히데요시는 또 무엇인가 말하고 싶은 눈치였다. 지기 싫어하는 성품이라 그만 무작정 대답은 했지만, 교섭의 진상을 똑똑히 알고 있을 리 없었다.

"그래, 역시 데리고 오지 않는가?"

이에야스는 못 들은 척하고 물러나 그날도 온종일 성 수리를 지시했다. 일단 히데요시에게 귀띔만 해놓으면 아직은 분별을 그르치지 않겠지, 마음의 준비만 있다면 히데요시는 다시 명석한 판단력을 되찾을 것이다……생각하고 뒤에서 조용히 히데요시를 관찰하기 시작했다.

히데요시가 기요마사를 불러들여 여러 가지로 조선의 사정을 캐물은 것은 그때부터였다. 아마 기요마사도 교섭의 결과를 상세히는 모르고 있을 게 틀림없었다. 그러나 이에야스는 그것으로 충분하다고 생각했다.

이 문제로 일단 마음을 돌리기만 하면 히데요시는 결코 평범한 장수가 아니었다. 사물의 진상을 꿰뚫어 보는 힘을 충분히 가지고 있다…….

그렇게 생각하고 관찰해 보니, 히데요시는 그날부터 태도가 확 바뀌어 있었다. 무엇보다도 늙은 사람 특유의 조급함 때문에 주위사람들에게 역정을 부리지 않게 되었고, 그와 동시에 차츰 건강도 되찾았다.

이에야스는 생각했다.

'괴로워하고 있다……'

진상을 어느 정도 파악했을까? 어쨌든 고민이 히데요시를 다시 젊게 만들었다. 그렇게 되니 성의 보수공사 또한 눈에 띄게 진척되기 시작했다.

본디 이 후시미성은 단순히 히데요시가 은거하기 위한 곳이 아니라, 명나라 사신을 맞이하여 그들을 깜짝 놀라게 해주려는 의도에서 지은 것이었다.

사절의 배가 사카이에 도착하면 수로를 따라 오사카로 가서 거기서 오사카성의 웅장함을 과시한 다음 왕도는 여기서 더 들어가야 한다며 다시 요도강을 거슬러올라가 문자 그대로 산자수명(山紫水明)한 우지강과 큰 연못 저편에 홀연히 솟은 아름답고 화려한 꿈의 전당을 보여주어 그들의 간담을 서늘하게 해주겠다는, 참으로 히데요시다운 생각에서였다.

"일본의 황성은 여기서 또 훨씬 더 가야 있다."

그렇게 말하며 자랑스럽게 접대해 줄 생각으로, 일부러 눈에 거슬리는 요도성까지 헐게 했던 것이다.

그런데 그 사절을 맞이하기 위한 교섭에 의심스러운 일이 내포되어 있음을 알았으니 이만저만한 고민이 아닐 것이다. 히데요시의 생애를 화려하게 장식하느냐, 아니면 부질없는 전쟁을 했다고 후세에 이르기까지 웃음거리를 남기느냐 하는 갈림길이다.

이에야스는 그 뒤에도 계속 히데요시를 지켜보았다.

히데요시에게서 무엇이든 질문받으면 곧바로 대답하지 않으면 안 되었다. 주제넘은 참견은 결코 하지 말아야 했다. 자존심 바로 그 자체라고 해도 과언이 아닌 히데요시는, 때로 아무리 명안이라도 옹고집 부리며 받아들이지 않을 때가 있다.

8월 4일에 조선의 정사 황신(黃愼), 부사 박홍장(朴弘長) 등이 소 가문의 중신 야나가와 시게노부(柳川調信)와 함께 부산을 출발했다는 소식이 도착했다.

그들은 부산에서 쓰시마로 가서 명나라 사신을 기다렸다가 합류하여 함께 사카이로 향했다…….

히데요시는 그 소식이 전해진 날 비로소 분노의 기색을 보이며 이에야스에게 속삭였다.

"조선의 사신들은 나에게 베일 각오로 오는 모양이군."

"어째서 그렇게 생각하십니까."

"베지 않을 거라고 생각했다면 우리들이 살려준 두 왕자나 대신이 올 게 아닌가? 그런데 모두 신분 낮은 조무래기들만 보냈어. 거짓이 탄로 날 것을 미리 겁내어 베여도 좋은 자를 보낸 거야."

이에야스는 안심되었다. 거기까지 눈이 미치는 히데요시라면 마음 놓아도 좋다고 생각했다.

그즈음 사신들을 국내에서 영접하기 위해 고니시 유키나가가 한발 앞서 돌아왔다. 유키나가의 귀국을 마중하는 이에야스는 마음이 조마조마했다. 아니, 이에야스뿐만 아니라 미쓰나리, 나가모리 등 다섯 행정관 중의 반전론자들도 안절부절못하는 눈치였다.

이미 히데요시는 고지식한 주전론자인 기요마사와 만나고 있었다. 만일 히데요시가 그들의 속임수를 눈치챘다면 그 벼락은 맨 먼저 유키나가의 머리 위에 떨어질 것이었다.

그러나 히데요시는 그때 화내지 않았다. 그뿐만 아니라 슬그머니 노고를 위로했다.

"수고했다. 군사들이 그곳에서 돌림병으로 고생했다더군."

"예, 그러나 우리 쪽만 아니라 명나라 군에게도 큰 낭패였습니다."

"그랬겠지, 잘 싸웠다."

그런 다음 이렇게 덧붙였다.

"화친 사신들이 오면 모두 옛말이 되겠지. 그들이 도착하면 잘 접대하라."

이에야스는 이때도 히데요시 곁에 있었다. 이것은 사정을 아는 이에야스에게는 더할 수 없이 불길한 폭풍우 전야의 정적으로 받아들여졌다.

'벌써 심중에 뚜렷이 작정한 바가 있는 게 분명하다.'

그런 의미에서는 안심되었지만, 과연 그것이 어떠한 형태로 폭발할 것인지는 이에야스도 짐작되지 않았다. 아무튼 만인을 제압한 걸출한 영웅의 생애를 건 최후의 대연극인 것이다. 그 탓인지 건강은 되찾았지만 온몸은 학처럼 마르고 눈만 더욱 반짝반짝 안광을 내뿜고 있다.

유키나가는 과연 그러한 다이코의 심정을 아는지 모르는지 명나라 왕이 히데요시의 위력을 두려워하여 예를 다해 조안을 접대했다는 둥 거짓말을 늘어놓고 물러갔다.

그리고 8월 18일—

명나라 사신 양방형과 심유경이 조선 사절 황신과 박홍장을 동반하고 사카이에 도착했다. 심유경은 전에 이미 한 차례 일본에 와서 후시미성에 여러 가지 예물을 보낸 일이 있었다.

히데요시는 곧 접견하려고 하지 않았다. 그들을 사카이에 머물게 하고 유유히 성 보수공사를 돌아보면서 틈만 나면 히데요리를 어르며 놀아주었다.

명나라 사신의 예물이라며 유키나가가 수많은 물품을 후시미성으로 날라왔다. 이것도 물론 심유경과 그가 도중에 마련해 온 게 틀림없었다.

조선의 사신 두 사람이 주저하며 후시미로 상황탐지를 겸해 히데요시에게 인사하러 온 것은 8월 29일이었다.

히데요시는 일언지하에 이들을 물리쳤다.

"면회는 결코 안 된다. 우리는 두 왕자를 살려주었다. 그 은혜를 생각한다면 왕자를 보내는 게 예의이리라. 그런데 이름 없는 말단 벼슬아치를 사자로 보내다니…… 속히 사카이로 쫓아보내라."

이에야스는 그때도 묵묵히 히데요시가 하는 대로 내맡겼다.

조선의 사신이 돌아가고 나자 명나라 사신이 금인(金印)과 면류관에 명나라 왕의 옥새가 찍힌 국서를 받들고 알현을 요청해 왔다. 히데요시는 허락했다. 9월 초하루에 명나라 사신 두 사람을 오사카성에 맞이하여 이것을 받고, 이튿날 두 사신을 후시미로 초대하여 연극을 보여주면서 성대한 잔치를 베풀었다.

히데요시는 자못 진심으로 명나라 사신을 환영하고 있는 듯이 보였다. 이날 히데요시를 비롯하여 이에야스 등 다섯 대로(大老 ; 무가(武家) 정치에서 도요토미 및 도쿠가와 가문을 보필했던 최상위 직급)와 유키나가 등 일곱 명은 모두 명나라 왕이 보낸 관을 쓰고 예복을 입고 접대했다. 여흥인 연극도 무사히 끝나고 그 뒤에 온갖 호사를 다한 향연이 시작되었다.

무슨 생각을 하는지 그날도 히데요시는 온종일 기분이 좋았고 화내는 기색은 털끝만큼도 없었다. 아마도 명나라 사신이며 그들을 안내해 온 유키나가를 비롯한 측근의 거동을 찬찬히 관찰하고 있었을 것이다.

이에야스도 물론 그를 따라 두 사신의 행동을 눈여겨보고 있었다. 정사 양방형은 처음에 매우 겁냈으나 부사 심유경은 두려운 빛을 보이지 않았다. 어쩐지 그는 처음부터 히데요시를 쉽게 생각하며 줄곧 양방형을 격려하는 눈치였다.

'저자가 정사보다 만만찮은 놈인 것 같다.'

그렇게 생각하고 보니 향연 도중에 이따금 두 사람이 속삭이는 내용도 언어가 통하지 않는데도 똑똑히 짐작할 수 있었다.

"염려 마시오. 보시다시피 우리 일은 이미 성사되었소."

십중팔구 그런 뜻의 말을 수군거렸을 게 틀림없었다. 심유경이 뭐라고 말할 때마다 양방형의 태도에서 긴장이 풀려 주연이 끝날 무렵에는 완전히 마음 놓고 잔을 기울이고 있었다.

단지 히데요시는 이에야스가 예상한 것만큼 일본이며 자신에 대한 자랑을 늘어놓지 않았다. 그만큼 겉으로 꾸민 표정 이면에서 노여움을 불태우고 있었던 것이리라.

사흘째 아침이 되었다.

"오늘은 다시 오사카성으로 가서 사신이 가져온 국서를 두 사람 앞에서 듣자. 쇼타이(承兌)를 불러 명나라 왕이 우리에게 보낸 인사장을 엄숙히 읽게 하라. 모든 중신들도 배석한 자리에서."

이에야스는 시키는 대로 겐이에게 지시하여 오사카성 안의 큰 접견실에 자리를 마련했다. 한 단 높은 중앙에 히데요시의 의자를 놓고, 그 좌우에 이에야스 이하 일곱 중신이 늘어섰다. 그리고 두 사신은 히데요시 앞에 무릎 꿇고 예를 올리는, 어제와는 전혀 다른 분위기였다.

히데요시는 그날도 증정받은 관에 붉은 당나라 의복으로 자리에 나왔고 일곱 중신도 마찬가지였다. 국서가 히데요시 앞에 놓이고, 승려 쇼타이가 불려나와 낭독하는 순서였다.

히데요시가 중신들을 거느리고 들어오자 명나라 사신들은 공손히 삼배의 예로 맞이했다. 이제 일이 다 성사되었다고 여기며 두 사람은 얼굴이 여간 밝지 않았다.

쇼타이가 불려나왔다. 유키나가는 성큼 쇼타이 곁으로 다가가 속삭였다.

"새삼 말할 필요도 없는 일이지만, 국서의 내용을 조심해 읽으시도록. 화친을 무사히 맺는 것이 중요하오."

쇼타이는 유키나가를 흘끗 쳐다본 다음 앞으로 나아갔다. 아마 유키나가는 쇼타이에게 있는 그대로 읽지 말라는 의사를 미쓰나리 등이 충분히 귀띔해 두었을 거라고 생각한 것이리라. 그 말만 속삭이고 천천히 자리로 돌아갔다. 그런데 쇼타이는 유키나가나 미쓰나리보다 몇 갑절 더 무서운 히데요시로부터 한 마디라도 잘못 읽으면 용서하지 않겠다는 엄한 명령을 받고 있었다. 쇼타이는 긴장하여 국서를 집어들고 공손히 절한 뒤 끈을 풀었다.

이에야스는 히데요시의 표정을 차마 볼 수 없어 눈을 반쯤 감고 열심히 듣는 척하고 있었다. 이날까지 명나라 황제의 딸을 데려오지 않은 데 대해 한 마디도 비치지 않았던 히데요시, 그가 과연 어디서 약속위반을 힐문할지 이에야스는 온몸이 달아올랐다.

쇼타이가 좀 떨리는 목소리로 읽기 시작했다. 물론 한문으로 된 글을 일본식으로 풀어서 읽어내려가는 것인데, 첫머리부터 온당치 않은 글귀로 채워져 있었다.

당연한 일이었다. 명나라 쪽에서는 히데요시를 대등한 상대로 여기지 않고 어디까지나 굽히고 들어오는 작은 섬나라의 새로운 주인에게 온정을 베푸는 고유문(告諭文 : 알깨우고 타 이르는 글)이었기 때문이다.

지난날 아시카가 요시미쓰(足利義滿)도 그것으로 충분히 만족했던 전례가 있었고, 싸움도 명나라 군의 승리로 보고되어 있었다. 따라서 히데요시에게 내용이 납득될 리 없었다. 쇼타이의 목소리는 차츰 더듬거리다가 책봉 조목에 이르렀다.

"그대를 일본 국왕으로 책봉하노라."

그 목소리가 떨어지자마자 히데요시의 노성이 폭발했다.

"잠깐, 읽는 것을 멈춰라!"

"예!"

"이리 가져와! 그 괘씸한 편지를, 어서……이리 가져와!"

사람들은 팅기듯 고개를 쳐들었다. 그리고 쇼타이의 손에서 국서를 빼앗아 새파랗게 질린 얼굴로 우뚝 서 있는 히데요시의 앙상한 온몸이 부들부들 떨리고 있는 것을 보자 숨을 들이마셨다.

"유키나가!"

"예!"

"네놈이 이 히데요시를 속였겠다!"

"처……처……천만의……."

"닥쳐라! 이따위 무례하기 짝이 없는 사신을 뻔뻔스럽게도 내 앞에 데리고 왔겠다. 각오는 되어 있겠지!"

학처럼 여윈 몸 어디에서 그런 소리가 나오는지 의심스러울 정도로, 우렁차게 울려퍼지는 그 소리는 지난날 싸움터에서 들었던 바로 그 히데요시의 목소리였다.

"나는 이미 일본을 통일했다. 만일 왕이 되려는 마음이 있다면 언제든 될 수 있는 몸이라고 사자에게 일러라."

"예."

"무엇 때문에 내가 남의 나라 왕의 책봉을 바라겠느냐? 우리 일본에는 만세일계(萬世一系)의 천황이 계시다는 걸 네놈들은 모르느냐! 나에게 왕이 되라니, 불손하기 짝이 없는 일! 이 화친 교섭은 이것으로 끝이다."

"예."

"이런 무례를 안 이상 이런 것은 잠시도 걸칠 수 없다. 그대들도 벗어라!"

부르짖듯 소리치더니 먼저 국서부터 그 자리에 내동댕이치고 이어서 관과 의복을 벗어 사자 앞에 집어던졌다. 히데요시의 복장이 당나라 의복을 벗어던져도 볼썽사납지 않게 차려져 있는 것을 보고 이에야스는 안도의 숨을 내쉬었다. 그리고 그 역시 천천히 관을 벗고 의복을 벗었다.

사자들을 보니 양방형은 얼굴에서 핏기를 잃고 와들와들 떨었지만 심유경은 대담한 낯짝에 비웃음마저 띠고 있었다…….

그때 또다시 히데요시의 호통이 터져나왔다.

"칼을 가져와! 유키나가만은 용서할 수 없다. 베어버리겠다, 칼을!"

유키나가를 정말 벨지도 모른다고 생각했는지 심유경도 파랗게 질렸다. 아마 그는 유키나가나 미쓰나리가 능히 뒷수습을 할 것으로 얕보고 있었던 모양이다. 그래서인지 그는 쫓겨나다시피 사카이의 숙소로 돌아간 뒤에도 여전히 히데요시의 재출병은 말뿐이라고 여기고 있었다.

"칼을 가져오란 말이다. 나를 속이고 국위를 손상시킨 발칙한 놈을 어떻게 그냥 둘 수 있단 말이냐!"

쇼타이가 황급히 히데요시의 소맷자락에 매달렸다.

"자……자……잠시 고정하십시오. 이것은 유키나가 님도 모르는 일인 줄 압니다. 부디 고정하시고……."

"뭐라고, 유키나가도 모르는 일이라고?"

"예, 아무튼 명나라 황제가 전하께 보낸 편지이니 그 내용을 유키나가 님이 알 리 없습니다. 속은 것은 유키나가 님도 마찬가지일 겁니다. 그렇지 않소, 유키나가 님?"

"그……그렇소. 이렇게 무례한 내용인 줄 꿈에도 모르고……."

유키나가가 더듬더듬 쇼타이의 구원에 매달리자, 이에야스는 비로소 겐이를 손짓해 불러 엄한 목소리로 명했다.

"사신을 어서 물러가게 해라. 그렇지, 이 성에는 놔둘 수 없으니 사카이로 내려보내 근신하게 해라."

"잘 알겠습니다. 자, 두 사자도 어서……."

그 뒤를 이어 히데요시는 다시 한번 때리듯 퍼부었다.

"알겠느냐! 화친은 깨졌다. 히데요시는 곧 조선에 출병하리라."

쇼타이는 필사적이었다.

"그러시다면 더더욱……유키나가 님에게 오늘의 불명예를 씻을 기회를 한 번 더 내려주시기를……."

순간 히데요시는 복잡한 표정으로 이에야스와 도시이에에게 눈짓했다.

두 사람은 말없이 고개를 끄덕였다. 만일 히데요시가 이 일을 미리 몰랐더라면 유키나가는 명나라 사신 앞에서 정말로 베였을지도 모른다.

그러나 히데요시는 이렇게 될 것을 이미 예측하고 있었다. 아마도 처음부터 유키나가를 벨 생각은 없었음이 틀림없다. 만일 유키나가를 벤다면 미쓰나리와 요시쓰구, 나가모리도 모두 그대로 내버려둘 수 없게 된다.

"네 이놈! 운이 센 놈 같으니. 그러나 아직 용서한다고는 안 했다."

말하고는 엎드려 있는 유키나가 앞에서 발소리도 거칠게 내전으로 들어가버렸다.

이에야스와 도시이에는 서로 고개를 끄덕이며 뒤따랐다. 거실에 온 히데요시는 팔걸이를 바짝 껴안다시피 하고 어깨로 거칠게 숨을 몰아쉬었다.

도시이에는 어느 정도 히데요시의 심중을 알고 있는지, 여기서도 이에야스를 돌아본 다음 히데요시에게 말을 걸었다.

"전하의 심중 충분히 헤아리고 있습니다."

"뭐라고?"

히데요시가 두 눈을 부릅떴다. 그리고 그 번쩍번쩍 빛나는 눈을 두 사람에게 겨누며 말했다.

"출전이다! 이번에는 내가 직접 가서 진두지휘하겠다. 누가 뭐라 해도 이번에는 결코 포기하지 않을 것이다."

이에야스는 조용히 엎드렸다. 이것 또한 슬픈 마지막 연극이라고 생각하니 문득 눈시울이 뜨거워졌다.

지은이
야마오카 소하치(山岡莊八)

그린이
기노시타 지카이(木下二介)

옮긴이
박재희(청춘사도대학교 일문학 전공) 김문운(니혼대학교 일문학 전공)
김영수(와세다대학교 일문학 전공) 문호(게이오대학교 일문학 전공)
유정(조치대학교 일문학 전공) 추영현(서울대학교 사회학 전공)
허문순(경남대학교 불교학 전공) 김인영(숙명여자대학교 미술학 전공)

도쿠가와 이에야스
대망 7
야마오카 소하치 지음/책임편집 박재희 추영현 김인영
1판 1쇄/1970. 4. 1
2판 1쇄/2005. 4. 1
2판 21쇄/2024. 1. 1
발행인 고윤주
발행처 동서문화사
창업 1956. 12. 12. 등록 16-3799
서울 중구 마른내로 144 동서빌딩 3층
☎ 546-0331~2 Fax. 545-0331
www.dongsuhbook.com

사업자등록번호 211-87-75330
ISBN 978-89-497-0310-7 04830
ISBN 978-89-497-0291-9 (세트)

葛飾北齋畫